ULLSTEIN

Das Buch

Sie haben die ultimative Terrorwaffe – einen Atomsprengkopf –, und sie verstecken ihn dort, wo die Provokation durch ein palästinensisches Kommando am ungeheuerlichsten ist: im Washingtoner Holocaust-Museum, in Sichtweite des Weißen Hauses. Kann der amerikanische Präsident dieser tödlichen Herausforderung widerstehen? Wird sich Israel erstmals der Erpressung durch arabische Terroristen beugen? Und muß Rußlands Präsident, gerade auf Staatsbesuch in Washington, hilflos zusehen, wie eine Nuklearwaffe, gestohlen aus seinem eigenen Arsenal, die neugewonnenen Verbündeten in die Knie zwingt?

Die Autoren

Werner Sonne, geboren 1947 in Riedenburg, ist seit 1968 als Radio- und Fernsehkorrespondent bei der ARD tätig, zuletzt als Leiter des ARD-Studios in Washington. Er war Moderator der Polit-Talk-Show *Schwerpunkt* (Phönix). Werner Sonne ist heute Korrespondent im ARD-Hauptstadtstudio Berlin. Mort Ehudin, geboren 1935 und aufgewachsen in Baltimore, Maryland, lebt heute in Washington D.C. und arbeitet als Zahnarzt.

In unserem Hause ist von Werner Sonne und Mort Ehudin bereits erschienen: *Es war einmal in Deutschland*

Werner Sonne
Mort Ehudin

Allahs Rache

Roman

Übersetzung der amerikanischen Passagen
von Chris Unterstenhöfer

Ullstein

Der Ullstein Taschenbuchverlag ist ein Unternehmen der Econ Ullstein List Verlag GmbH & Co. KG, München
1. Auflage 2001

Übersetzung der amerikanischen Passagen: Chris Unterstenhöfer
Umschlagkonzept: Lohmüller Werbeagentur GmbH & Co. KG, Berlin
Umschlaggestaltung: DYADEsign, Düsseldorf
Titelabbildung: ifa
Gesetzt aus der Minion und Frutiger bold
Satz: Utesch GmbH, Hamburg
Druck und Bindearbeiten: Elsnerdruck, Berlin
Printed in Germany
ISBN 3-548-25032-7

1. Teil

1982–1995

Beirut, Libanon

14. September 1982

Der junge Mann auf dem Dach blinzelte in die heiße Septembersonne. Er versuchte einen Augenblick, dem grellen Licht standzuhalten, bis er seine schmerzenden Augen abwenden mußte. Sein weißes, kurzärmliges Hemd war durchgeschwitzt, es klebte an seinem Körper. Seine Hände waren feucht.

Nein, ein kaltblütiger Killer war er nicht. Aber er würde es tun. Es gab kein Zurück.

Er blickte auf die Straße hinunter. Vor dem Eingang des benachbarten dreistöckigen Hauses lungerten drei Gestalten in olivgrünen Uniformen herum, ihre amerikanischen M-16-Schnellfeuergewehre hatten sie über die Schulter gehängt. Er wußte, daß sie auf die Ankunft derselben Limousine warteten wie er. Einen Moment überlegte er, ob sie auch mit draufgehen würden. Inshallah, ihr Schicksal lag in Gottes Hand.

Wieder wandte er sich dem grellroten Sonnenball zu. Er wischte sich mit einem Taschentuch den Schweiß aus den Augen. Seine Gedanken gingen zu dem Mann in der Limousine, die jetzt durch die Straßen von Beirut glitt.

Bastard, dachte er, verfluchter Bastard, schau sie dir nur noch einmal an, genieße sie. Für dich wird es das letzte Mal sein, daß du diese Sonne siehst.

Sein Daumen fuhr spielerisch über den Knopf des kleinen Senders, der den Zünder auslösen würde. Noch nicht, dachte er, noch nicht.

Immer noch waren seine Augen geblendet. Er schloß sie für einen Moment. Als er sie wieder öffnete, sah er im Westen einen kleinen Punkt, der plötzlich aus dem gleißenden Blauweiß des Spätsommer-Himmels herabstieß wie ein Raubvogel auf seine Beute. Kurz darauf stieg eine schwarze Rauchwolke auf, irgendwo aus dem braungrauen Häusermeer des Lagers. Die Schallwelle der Explosion brauchte einige Sekunden, bis sie ihn erreichte.

Der junge Mann verfolgte den kleinen Punkt, der über dem Lager abdrehte, auf ihn zugeflogen kam und schnell größer wurde. Dann zog der israelische Phantom-Jagdbomber hoch und schien sich wieder im Blau des Himmels aufzulösen.

Seine Hand hielt den Sender fest umklammert. Du mieser Hurensohn, dachte er, du verdammter Mörder, dafür wirst du büßen, bald.

Habib Tanious Schartouni schaute auf seine Armbanduhr. 15.45 Uhr. Noch eine Viertelstunde. Von seinem Beobachtungsposten auf dem Dach konnte er die Straße und das Haus gut überblicken. Noch immer standen die drei Wachtposten vor dem Eingang herum. Einer hatte sich auf die Treppe gesetzt, sein Gewehr von der Schulter genommen und putzte es mit einem alten Lappen. Die beiden anderen rauchten.

Er erkannte ihre Gesichter wieder. Es waren dieselben Typen, die ihn am Tag zuvor in das Haus eingelassen hatten. Auch der schwere Koffer in seiner Hand hatte ihren Argwohn nicht erregt. Warum auch, schließlich lebte seine Schwester seit Jahren hier, und sein Cousin war ein enger Mitarbeiter von Pierre Gemayel, dem Gründer der christlichen Falangisten und Vater des gerade gewählten neuen Präsidenten. Warum also sollten sie vermuten, daß in diesem Koffer genug Dynamit war, um die Geschichte des Libanon völlig umzuschreiben?

Warum sollten sie annehmen, daß dieser unauffällige junge Mann ein Anhänger der NSSP war, der Nationalen Syrischen Sozialistischen Partei, die für einen Zusammenschluß des Libanon, Palästinas und Syriens kämpfte – unter Führung von Damaskus natürlich?

Seine Hintermänner im syrischen Geheimdienst hatten völlig richtig kalkuliert. Habib Tanious Schartouni war genau der Mann für diesen Job. Was ihm an Kaltblütigkeit fehlte, ersetzte er durch einen glühenden Fanatismus. Und es war genau der richtige Zeitpunkt. In weniger als zwei Wochen würde Beschir Gemayel sein Amt als Präsident des Libanon antreten, und er hatte versprochen, daß er das vom Bürgerkrieg zerrissene Land von allen ausländischen Mächten befreien würde – eine klare Warnung an die Syrer, die sich doch als Schutzmacht seit Jahren mit ihren Truppen in ihrem Nachbarstaat eingerichtet hatten und keine Absicht zeigten, ihn jemals wieder zu verlassen. Die Syrer wußten, daß Beschir Gemayel nicht bluffte. Er hatte mächtige Verbündete, die mächtigsten im Nahen Osten: die Israelis, die drei Monate zuvor in den Libanon eingefallen und Gemayels Wahl durchgesetzt hatten.

Schartounis Blick ging wieder zu seiner Armbanduhr. 15.55 Uhr. Würde er auch wirklich kommen? Er wußte, daß Beschir Gemayel an jedem Dienstag um 16.00 Uhr hier im Hauptquartier der Falangisten im Beiruter Ortsteil Aschrafiya auftauchte, und auch für heute war sein Erscheinen angekündigt worden.

Dann sah er sie: zwei dunkle Limousinen, die mit hohem Tempo die Straße herunterkamen und abrupt vor dem Hauptquartier anhielten. Aus dem ersten Auto sprangen mehrere Bewaffnete heraus, dann öffnete sich die Tür des zweiten Wagens. Ein junger dunkelhaariger Mann in einem blauen Safari-Anzug stieg aus und ging auf den Eingang zu.

Schartounis Atem ging schneller. Wieder strich sein Daumen über den Auslöseknopf. Er bemerkte, daß seine Hand zitterte. Ruhig, dachte er, ruhig.

Er hoffte, daß der Sender, den ihm die Syrer gegeben hatten, auch funktionieren würde. Er hatte den Koffer mit dem Sprengstoff auf dem Fußboden im Wohnzimmer seiner Schwester deponiert, direkt über dem Raum, in dem Beshir Gemayel zu seinen Anhängern sprechen würde. Wenn alles nach Plan ablief, mußte die Sprengkraft ausreichen, um das ganze Haus in Stücke zu reißen.

Seine Schwester – er hatte sie kurz zuvor angerufen und ihr mitgeteilt, daß er sich an der Hand verletzt hatte. Und er hatte gesehen, wie sie das Haus eilig verlassen hatte. Schartouni versuchte, regelmäßig zu atmen und sich auf seine Aufgabe zu konzentrieren. Nur noch wenige Minuten, dachte er, wenige Minuten, dann würde es vorbei sein.

Beschir Gemayel nahm den Beifall seiner Anhänger gelassen entgegen. Seine dunklen, stechenden Augen wanderten über die rund 100 Menschen, die sich in dem Raum drängten. Sie klatschten, wieder und wieder schlugen sie ihre Hände rhythmisch zusammen. »Khallisna ya Beschir, Khallisna ya Beschir«, riefen sie immer wieder, »Rette uns, Beschir, rette uns.«

Gemayels volles Gesicht strahlte Zufriedenheit aus, sein schmallippiger Mund lächelte. Ja, er würde ihr Retter sein, dachte er, er würde endlich im Lande aufräumen. Mit nur 35 Jahren würde er in den Präsidentenpalast einziehen, wieder ein Christ, der auch über die Moslems regieren sollte, obwohl sie längst die Mehrheit im Lande bildeten.

Der Raum, der an der Stirnseite mit der Fahne des Libanon geschmückt war, war voll. Auch viele Frauen waren an diesem Nachmittag gekommen. Sie alle wollten den Mann hören, der dem vom Bürgerkrieg zerrissenen Libanon endlich wieder Frieden bringen sollte.

Gemayel blickte auf die Uhr. Es war 16.04 Uhr. Er hatte nicht viel Zeit. Er war der Oberkommandierende der 15000 Mann starken Miliz der gefürchteten Falangisten, und seit er zum Präsidenten gewählt worden war, wollten alle mit ihm reden, vor allem die neuen Besatzer, die Israelis. Für 17.00 Uhr war eine Besprechung mit israelischen Geheimdienstlern vorgesehen. Beschir Gemayel wollte diesen Termin nicht versäumen. Er machte eine Handbewegung. Das Klatschen erstarb.

»Meine Freunde«, sagte er, »ich will euch eine Geschichte erzählen.« Mit Genugtuung registrierte er, wie sich alle Augen auf ihn richteten.

»Als man das Denkmal für unseren früheren Präsidenten Bishara el-Khouri errichtete, da haben sich seine Söhne zuerst beschwert. Dieses Denkmal, so sagten sie, habe überhaupt keine Ähnlichkeit mit ihrem Vater. Aber nach und nach gewöhnten sich die Menschen daran, und irgendwann hatten sie vergessen, daß der Mann auf dem Sockel überhaupt keine Ähnlichkeit hatte mit den Photos, die sie von ihm in ihren Häusern hängen hatten.«

Begierig hingen die Zuhörer an seinen Lippen.

»Dasselbe wird jetzt passieren«, sagte er. Wieder lächelte er. »Die Opposition wird sich an das Porträt des neuen Präsidenten gewöhnen – obwohl sie ihn nicht wollte.«

Die Leute begannen wieder zu klatschen. »Beschir, Beschir«, riefen sie. Erneut schaute Gemayel auf seine Uhr. Der große Zeiger rückte auf 16.07 Uhr vor. Er hatte nicht mehr viel Zeit. Er wollte die Israelis nicht warten lassen.

Der Mann auf dem Dach blickte noch einmal zur Sonne hinauf. Sie war ein Stück tiefer gesunken, sie flimmerte über der spiegelglatten Oberfläche des Mittelmeers.

Er richtete seinen Blick nach Südwesten, über die Grüne Linie hinüber, die das christliche Beirut von dem moslemischen Teil trennte. Noch immer stieg schwarzer Rauch über dem Lager auf, wo die Bomben eingeschlagen waren.

Habib Schartouni stellte sich die zerrissenen Leiber vor, die schreienden Frauen, die Kinder, in deren aufgerissenen Augen sich der Horror spiegelte.

Und da unten, in dem Haus gleich nebenan, feierten sie den Mann, der sich mit den Teufeln aus Jerusalem verbündet hatte. Shartouni spürte, wie sein Herz raste.

Er ging in die Knie und suchte Deckung. Schartouni versuchte, die zittrigen Hände zu stabilisieren. Eigentlich war es einfach, fast zu einfach. Nur ein Druck auf diesen kleinen Knopf. Jedes Kind würde es tun können.

Es durfte kein Zögern mehr geben. Fast automatisch warf er einen Blick auf seine Uhr: 16.08 Uhr.

Er schloß die Augen. Noch einmal holte er tief Luft. Dann drückte er entschlossen auf den Knopf der Fernsteuerung.

Das scharfe Krachen der Detonation ging wie ein Messer durch seine Ohren. Das Haus nebenan schien sich für einen Augenblick aus seinen Grundmauern zu erheben, dann barsten die Wände, das Gebäude fiel in sich zusammen. Eine braungraue Rauchwolke formte sich über den Trümmern.

Shartouni lag auf dem Bauch und hielt sich mit beiden Händen den Kopf, für einen Moment unfähig zu denken. Dann hörte er das Schreien, das von der Straße heraufdrang.

Er lugte über den Rand des Daches. Unter ihm liefen Männer in grünen Uniformen kopflos hin und her. Der Miliz-Soldat, der eben noch sein Gewehr geputzt hatte, saß auf dem Bürgersteig. Er stützte sich jetzt mit beiden Händen auf die Waffe, den Kopf dagegen gelehnt. Sein Körper wurde von einem Weinkrampf geschüttelt. »Ya Allah«, schrie er immer wieder, »mein Gott. Ya Allah, er ist tot, der Kata'eb ist tot.«

Beirut, Libanon

17. September 1982

Den größten Teil des Vortages und die gesamte Nacht hatte er unter einem Kleiderstapel verbracht, in einer Ecke des Hinterzimmers ihrer Behausung, einer erbärmlichen Mischung aus Hütte und Zelt. Im Morgengrauen des zweiten Tages schob er den Stapel vorsichtig beiseite und kroch in geduckter Haltung zur Tür.

Auf halbem Wege nach draußen hielt er inne und starrte in das Rechteck des frühmorgendlichen Lichts, das über die Schwelle ins Innere der Behausung drang. Die ersten, noch schwachen Sonnenstrahlen fielen auf einen nackten Arm, der mit der Handfläche nach oben wie ein ungebetener Eindringling im vorderen Zimmer lag. Wie gelähmt betrachtete er die gekrümmten Finger, dann wanderte sein Blick über das Handgelenk und den Unterarm. Wie ein entdeckungsfreudiges Kind, dem die menschliche Anatomie noch wie ein Geheimnis erscheint, schob er sich zum Objekt seiner Neugier hin und achtete sorgfältig darauf, daß er dem Arm nur ja nicht zu nahe kam. Jetzt hatte er die Türöffnung erreicht, und von hier konnte er erkennen, daß es der Arm einer Frau war, der seinen Blick magisch anzog. Da lag sie vor ihm, die Arme in die Hüfte gestemmt, die schmutzigen nackten Beine und Füße ausgestreckt. Auf ihrem Kleid sah er einen großen, rotbraunen Fleck.

Wie in Trance drehte er sich langsam, um ihr ins Gesicht zu schauen. Die Bewegung scheuchte den Fliegenschwarm von ihrer Brust, der sich jedoch gleich wieder dort niederließ. Fasziniert starrte er den geöffneten Mund und den Blick ihrer Augen an, suchte nach einem Hinweis darauf, wer sie war. Selbst wenn er diese Frau gekannt hätte, so hatte sie doch der Tod bis zur Unkenntlichkeit verändert.

Ali Ben Nasar hörte ein Seufzen hinter sich. Es brachte ihn in die Gegenwart zurück. Er drehte sich um und schaute in die Augen eines Kindes, das auf der unbefestigten, staubigen Straße des Lagers stand. Der Junge war völlig nackt, sein Körper beschmiert mit getrocknetem Blut, sein Gesicht tränennaß. Zum ersten Mal hob Ali den Blick, so daß er die gesamte enge Gasse überschaute und den Abwassergraben, der die schäbigen Hüttenreihen in Shatilla voneinander trennte.

Im Morgendunst dieses Septembertages sah er nichts als Leichen – einige aufeinandergetürmt, andere am Wegrand verstreut wie blutige Stoffpuppen.

Die eisige Starre löste sich erst, als das Kind zu weinen begann. Ali ging zu ihm und streckte seine Hand nach ihm aus.

»Komm, kleiner Bruder«, flüsterte er ihm zu, »wir suchen deine Mutter.«

Er ergriff die kleine Hand des Jungen und machte sich langsam auf den Weg zum Eingangstor des Lagers. Die Luft hatte gerade erst begonnen, die Hitze des Tages zu speichern, aber er bemerkte jetzt zum erstenmal den süßlichen Geruch vermodernden Fleisches. Sie gingen an einer alten Nachbarin vorbei, die auf der Seite lag, so als schlafe sie, und er sah die Wunde, die die Kugel in ihren Hinterkopf gerissen hatte. Direkt neben ihr lag ihr Hündchen, ebenfalls in den Kopf geschossen. Zwei junge Mädchen, die ihn früher oft gehänselt hatten, lagen wie ein Klumpen mit ihrer Mutter verschmolzen am Boden. Die Arme der Mutter waren um sie geschlungen, so als wolle sie beide von ihrem unausweichlichen Schicksal schützen – vergeblich. Ihnen direkt gegenüber saß der alte Scherenschleifer, der in dieser Straße wohnte, vor seiner Hütte. Sein Kopf war nach vorn auf seine Brust geknickt.

Das Kind begann wieder zu weinen, Ali beugte sich zu ihm nieder und hob es auf seine Arme, als das Schießen erneut aufflammte. Er hielt inne und horchte. Die Schüsse kamen jetzt sporadisch. Sie klangen, als kämen sie von ein paar Straßen weiter her, aber er wollte kein Risiko eingehen. Er verschwand mit dem Kind im Arm in der nächsten Hütte, ließ sich dort in einer Ecke nieder und streichelte dem Jungen beruhigend über den Rücken. Bald war er eingeschlafen, und Ali legte ihn auf ein Kissen. Dann rückte er ein Feldbett vor den Eingang, das den Kleinen versteckte.

Draußen auf der Straße ging er vorsichtig zum Tor. Immer, wenn das Feuer wieder eröffnet wurde, suchte er Deckung im Schatten. Aber die Schießerei schien sich in die andere Richtung zu bewegen, weg von ihm zum südlichen Teil des Lagers hin.

Wo war sein Vater? Und wo war Leila? Und wo waren die Kämpfer der PLO, die sie doch verteidigen sollten? Bei jeder Leiche entlang des Wegs kauerte er sich nieder und schaute nach, ob sie sein Vater oder seine Schwester sein könnte. Auf der gesamten Straße sah er keinen einzigen lebendigen Menschen. Die Leute waren entweder tot, oder sie versteckten sich, dachte Ali. Endlich hatte er den Zaun erreicht.

Das erste, was ihm auffiel, war die Ordnung, die hier herrschte. Es lagen mindestens 20 Leichen hier, aber man hatte sie ordentlich am Zaun aufgereiht. Als er näher kam, stellte er fest, daß es sich ausschließlich um junge Männer handelte, alle um die zwanzig Jahre alt, alle seine Helden, denen er nachzueifern gehofft hatte. Man hatte sie an Händen und Füßen gefesselt, und die zahlreichen Wunden, die über ihre gesamten Körper verteilt waren, zeigten, daß sie mit automatischen Waffen niedergemäht worden waren.

Er schaute in bekannte Gesichter: Da lagen Mustafa, Nawaf, Amin und Kemal. Er kannte sie alle. Er war ihr »kleiner Bruder« gewesen, der junge Krieger, dem die Zukunft gehört. Ali schritt langsam die Reihe der Leichen ab. Er zählte 23. Dann blieb er stehen und wischte seine Tränen mit der Rückseite seines Arms ab. Als das Stakkato neuer Schüsse hinter ihm ertönte, warf er sich instinktiv hinter den Kadaver eines Pferdes in Deckung und zog den Zipfel einer Wagenplane über sich.

Das Geräusch der Schüsse kam näher und wurde immer intensiver, vermischte sich mit Schmerzensschreien. Ali hob die Plane ein Stück, so daß er auf die Straße blicken konnte. Eine kleine Gruppe von Frauen und Kindern lief um eine Ecke herum in die Straße, die er beobachtete. Er konnte das Entsetzen auf ihren Gesichtern deutlich erkennen.

Dann sah er die sie verfolgenden Falangisten, die rücksichtslos auf alles und jeden schossen. Als die erste der flüchtenden Frauen, die zwei Kinder an ihren Händen mit sich zog, sich Alis Versteck näherte, schlug die Salve um sie herum ein. Voller Grauen sah er, wie sich ein Schwall von Blut aus ihrem Oberkörper ergoß, wie sie auf die Knie sank und über die Hinterbeine des Pferdekadavers zu Boden stürzte.

Das Feuer nahm kein Ende, und er konnte das Geheul der Kinder hören. Er wollte sie zu sich in Sicherheit ziehen, aber er wagte nicht, sich zu bewegen. Die Mörder waren sehr nahe vor ihm, und so ließ er die Plane wieder ganz auf sich fallen. Zwei Kugeln flogen so nah an seinem Kopf vorbei, daß seine Ohren schmerzten.

Als sich das Geräusch der Schüsse allmählich von ihm entfernte, fühlte er sich wieder etwas sicherer und hob die schützende Plane erneut an. Da lagen die Körper der beiden kleinen Kinder, zu Boden gestreckt neben ihrer Mutter.

Den Rest des Tages und die Nacht verbrachte er hinter dem Kadaver und lauschte dem Geräusch des Gewehrfeuers, den Explosionen, und ab und zu konnte er Schreie hören. Am Morgen des dritten Tages wurde das Feuer allmählich schwächer, bestand nur noch aus vereinzelten Schüssen. Seit dem frühen Abend hatte Ali keinen Falangisten mehr auf dieser Straße gesehen, und daher entschied er, daß er sich wieder aus seinem Versteck heraustrauen konnte.

Als er sich nach Hause schlich, kam er an der Hütte vorbei, in der er das Kind am Tage vorher zurückgelassen hatte und schaute nach. Fast gleichgültig, oder vielleicht erwartete er auch nichts anderes mehr, erblickte er im schwachen Licht das umgestoßene Feldbett und den winzigen Körper in einer Blutlache.

Er kehrte auf die Straße zurück. Nicht weit von der Hütte seiner Familie entfernt fand er Leila. Als Ali Ben Nasar ihren leblosen Körper in seinen Armen wiegte, weinte er zum letzten Mal in seinem jungen Leben. Schließlich legte er sie nieder und bedeckte ihr Gesicht mit einem Stück Bettuch.

Dann richtete er sich vor ihr auf und legte einen Schwur ab. Bald bin ich dreizehn, sagte er sich. Es ist an der Zeit, daß ich zum Mann werde, und die Zeit der Tränen ist endgültig vorüber. Jetzt kommt die Zeit des Handelns. Leila, ich schwöre dir bei allem, was mir heilig ist, daß ich den Mord an dir rächen werde. Für deinen Tod werden die Feinde unseres Volkes teuer bezahlen. Das schwöre ich im Namen Allahs.

Seinen Vater fand er versteckt unter einem Bretterstapel hinter dem Zelt des Schneiders. Der alte Mann umarmte seinen Sohn und küßte ihn auf Wangen und Stirn. Ali glaubte, er müsse Freude, Glück oder zumindest Erleichterung verspüren, weil sein Vater überlebt hatte, doch er fühlte nichts, nur eine völlige Leere in seinem Herzen, und in seinem Hirn war brennender Haß.

»Allah sei gepriesen«, sagte sein Vater, »daß deine Mutter nicht mehr lebt und diesen Tag des Schreckens nicht erleben muß, und gepriesen sei er, daß dein Bruder jetzt in Beirut ist und dieses Schicksal ihm erspart blieb.«

»Die Vergeltung wird kommen, Vater. Darauf gebe ich dir mein Wort, und das habe ich dem Allmächtigen, gepriesen sei sein Name, mit einem heiligen Eid geschworen«, sagte er.

Beirut, Libanon

18. September 1982

Er nahm eine Dose Coca-Cola aus seinem olivgrünen Rucksack und riß die Metall-Lasche auf. Eine scharfe Mondsichel hing über der Stadt. Noch immer strahlten die schweren Metallplatten die Hitze ab, die sie während des heißen Septembertages gespeichert hatten. Sein Gaumen fühlte sich trocken an, seine Augen brannten von dem Staub, der aus dem Lager herüberwehte. Er nahm einen Schluck aus der Cola-Dose, spuckte ihn aber sofort wieder aus. Mist, dachte er, lauwarme, süße Brühe. Er warf die Dose angewidert über den Erdwall, der das Lager von der Straße abtrennte.

»Hier«, sagte Moshe Landau und reichte ihm seine Feldflasche.

»*Todah,* danke.« Jacov Berman schraubte den Verschluß ab und hob die Flasche zum Mund. Der Oberleutnant trank mit gierigen Schlucken. Auch das Wasser war lauwarm, aber wenigstens klebte es nicht am Gaumen.

Er hörte das laute Plopp des Abschusses. Die Leuchtrakete, abgefeuert von einem 81-Millimeter-Granatwerfer aus einer der israelischen Stellungen, stieg steil in den Himmel über Shatilla und sank dann langsam der Erde entgegen, während ihr gleißendes Licht das Lager taghell erleuchtete.

Sofort begann das Bellen der Maschinenpistolen wieder.

Es war die zweite Nacht, seit die Falangisten mit ihren Jeeps in das Lager eingerückt waren. Jacov Berman setzte die Feldflasche ab und reichte sie an Landau zurück. Sie saßen auf dem hinteren Teil ihres Centurion-Panzers, direkt über dem schweren Dieselmotor. Der Panzer stand auf dem Bürgersteig des Chamille-Chamoun-Boulevard, der das Gebiet des Lagers nach Westen abschloß.

Der Oberleutnant hob das schwere Fernglas an die Augen. Er sah eine Gruppe in weißen Gewändern durch das Dunkel aus einer der engen Gassen des Lagers auf sie zulaufen. Hinter ihnen waren drei Männer in dunklen Uniformen zu erkennen, die die

Gruppe, ihre Gewehre im Anschlag, vor sich hertrieben. Als sie näherkamen, konnte er erkennen, daß es sich um Frauen handelte, dazwischen einige Kinder. Eine der Frauen stolperte über ihr langes Gewand. Sie fiel, krümmte sich auf dem Boden. Ein Kind warf sich über sie. Berman preßte das Fernglas an die Augen. Während die anderen weiterliefen, stoppte einer der Männer in Uniform. Er richtete sein M-16-Gewehr auf die Frau und zog ab. Dann zielte er auf das Kind, das sich über die Palästinenserin geworfen hatte. Der Feuerstoß des Schnellfeuergewehrs ließ den kleinen Körper erzittern, dann lag er still.

»Mein Gott«, stöhnte Berman. Wieder stieg eine Leuchtrakete in den Himmel. »Wahnsinn«, sagte er, und noch einmal: »Wahnsinn.«

Inzwischen war die Gruppe der Gefangenen auf der anderen Seite des Erdwalls an ihnen vorbeigelaufen, immer noch gejagt von den Falangisten. Die Männer mit den Gewehren winkten den Israelis auf dem Panzer zu.

Das Licht der Rakete illuminierte das unrasierte Gesicht des Feldwebels, der neben ihm saß. Moshe Landau nahm eine Pakkung Zigaretten aus der rechten Brusttasche seines Uniformhemdes und bot Berman eine an. Sie rauchten. Langsam verglomm das Licht der Leuchtrakete. Berman nahm einen tiefen Zug aus seiner Zigarette.

»Seit zwei Tagen schlachten sie da drüben die Palästinenser ab«, sagte er. Wütend warf er die angerauchte Zigarette auf die Straße. »Und was machen wir? Wir sitzen hier und lassen sie gewähren. Und nicht nur das: Wir beleuchten für sie auch noch alles, damit sie auch ja nicht danebenschießen.«

Der Feldwebel schaute ihn an. »Was willst du eigentlich? Die Falangisten machen für uns die Drecksarbeit. Sie säubern das Lager von den palästinensischen Terroristen, die die PLO nach ihrem Abzug aus Beirut zurückgelassen hat. Und natürlich nehmen sie Rache für ihren Gemayel. Möchtest du lieber selbst jetzt da drin sein?«

»Aber sie bringen doch alles um, was sich bewegt, Frauen,

Kinder, alte Leute – und sind auch noch stolz darauf. Weißt du, was gestern einer zu mir gesagt hat: ›Frauen kriegen die Kinder, und die werden dann wieder Terroristen‹.«

Er wies auf das sechsstöckige Gebäude, das hinter ihnen auf der anderen Straßenseite in den Nachthimmel ragte. »Da oben, auf dem Dach, sitzt die israelische Einsatzleitung. Von da können sie alles übersehen, und sie haben alles mit den Falangisten abgesprochen. Keiner kann sagen, wir hätten es nicht gewußt, was da im Lager passiert.«

Moshe Landau saugte weiter an seiner Zigarette. Eine Weile herrschte Stille, nur das Zirpen der Zikaden war zu hören. Auch das Schießen hatte aufgehört. Jacov Berman schloß die Augen. Plötzlich merkte er, wie müde er war. Vor drei Tagen waren sie in West-Beirut eingerückt – obwohl die Regierung von Menachem Begin den Amerikanern versprochen hatte, daß sie diesen Stadtteil nicht betreten würden. Seither hatte er diese Stellung hier unmittelbar an der Grenze zu dem Lager Shatilla mit seinen Panzern besetzt gehalten.

Er legte sich auf den Rücken, legte die Hände unter seinen Kopf und starrte in den Sternenhimmel über ihm. Jacov Berman versuchte sich vorzustellen, wie seine Frau gerade in ihrem Apartment in Tel Aviv die drei Kinder zu überreden versuchte, endlich ins Bett zu gehen, David, Avi und Ruthi, eine ganz normale israelische Familie. Normal? Sie alle hatten schon einen Krieg erlebt, 1973 im Oktober. Jacov Berman war damals an der Front, auf den Golanhöhen, hatte mitgekämpft, war an der Schulter verletzt worden, wäre beinahe bei dem syrischen Angriff draufgegangen. Das war normal.

Jetzt war er 37, eigentlich längst als Ingenieur ins Zivilleben integriert. Doch dann hatten sie ihn wieder einberufen, wie Tausende anderer auch. Und nun lag er in dieser samtenen Spätsommernacht in Beirut auf dem Panzer, um einen Krieg zu führen, in dem es zum ersten Mal nicht wirklich ums Überleben des Judenstaates ging. Das, so dachte Jacov Berman, war nicht normal. Es war Arik Sharons Krieg, den viele den »König Israels«

nannten, Menachem Begins Verteidigungsminister, der Mann, der die Araber haßte, seine ganz persönliche Rechnung mit ihnen beglich. Aber mußte dies auch sein Krieg sein? fragte sich Jacov Berman. Mußte er hier tatenlos auf seinem Panzer herumliegen, während direkt vor seinen Augen blutrünstige Christen die Palästinenser abschlachteten? Konnten die Juden noch guten Gewissens die Terroristen bekämpfen, wenn sie selbst solche Tiere in Menschengestalt ausdrücklich gewähren ließen? Der Zweck der Operation »Frieden für Galiläa« war, die Palästinenser ein für allemal aus dem Libanon zu vertreiben. Aber heiligte der Zweck wirklich die Mittel?

Das Licht einer weiteren Leuchtrakete traf unvorbereitet seine Augen. Er setzte sich ruckartig auf. Er wartete darauf, daß das Schießen wieder beginnen würde. Es dauerte nur wenige Sekunden, dann füllte das Stakkato der Maschinenwaffen die Stille der Nacht.

Moshe Landau saß immer noch neben ihm. Sein Kopf war an den Turm des Panzers gelehnt. Die Zigarette war ihm aus dem Mund gefallen. Jacov Berman bemerkte, daß der Feldwebel eingeschlafen war. Er suchte nach der Feldflasche, die neben ihm lag, und nahm einen tiefen Schluck.

Tel Aviv, Israel

24. September 1982

Jacov Berman warf seine Uniformmütze auf den Tisch, ließ seine Tasche auf den Boden fallen und rief: »Hallo! Jemand zu Hause?«

Er hörte das Freudengeschrei seiner Tochter Ruthi, bevor er sie zu Gesicht bekommen hatte. Dann platzte sie in die Küche und schlang ihre Arme um ihn.

»Oh, *Abba*«, seufzte sie, »bin ich froh, daß du wieder da bist und dir nichts passiert ist. Wir haben so viele schreckliche Geschichten gehört. Nächtelang konnte ich nicht schlafen.«

»Na, na«, sagte er. »Ich bin ja hier, und mir geht's gut. Nur die paar Tage, mein Kleines, aber es ist schön, wieder zu Hause zu sein.« Dann schob er sie vor sich, um sie zu betrachten. »Mein Gott, jedesmal, wenn ich dich sehe, wirst du immer mehr zur Frau. Ich möchte wetten, daß die Jungs wie Bienen nach dem Honig hinter dir her sind.«

»Papa!« rief sie mit gespielter Verlegenheit. »Ich bin ja noch nicht mal dreizehn, und da planst du schon meine Hochzeit.«

»Und was für eine!« strahlte er sie an und schaute sich dann um. »Wo ist denn deine Mutter?«

»Sie ist auf dem *Mackolit*«, antwortete Ruthi. »Sie braucht noch was fürs Abendessen.«

Jacov griff nach seiner Uniformmütze und sagte: »Ich glaub', ich werd' sie mal überraschen.«

Der Händler des Lebensmittelgeschäfts des *Moshav* trat mit ausgestreckten Armen hinter seiner Kasse hervor.

»Jacov! Jacov Berman!« rief er aus und umarmte den Leutnant, dem dies etwas peinlich war, kräftig mit beiden Armen. Er ließ einen Arm auf Jacovs Schulter ruhen, drehte den Kopf und rief nach seiner Frau. »Tillie, schau mal, wer hier ist. Der Held unseres Viertels!«

»Ich suche doch nur nach Miriam. Ruthi hat mir gesagt, sie sei hier.«

»Ja klar«, sagte der Lebensmittelhändler. »Sie war hier, aber sie ist schon wieder fort. Komm, setzt dich einen Moment zu uns.« Dabei deutete er auf einen Stuhl neben der Kasse. »Tillie, bring Jacov was Kaltes zu trinken«, rief er seiner Frau zu.

»Also, das ist wirklich sehr nett von dir, aber ich …«, konnte Jacov nur sagen.

»Nur einen Augenblick«, unterbrach ihn der Händler und zog sich auch einen Stuhl heran. »So, *Nu?* Erzähl mal, wie ist es denn da oben?«

»Tja, Mani«, antwortete Jacov und steckte seine Militärmütze unter die Achselklappe seines Uniformhemds, »du kannst dich bestimmt noch daran erinnern, wie es zu deiner Militärzeit war. Viel rumsitzen und ab und zu mal ein Einsatz. So ist das immer noch.«

»Du bist also zum Einsatz gekommen?«

»Das ist ein Krieg. Da wird geschossen.«

»Sharons Krieg«, sagte Tillie und reichte Jacov eine Flasche Soda. »Dieser *Meshugina* hat uns da reingezogen. Und wozu, frage ich dich? Doch nur, weil er den großen Kriegshelden spielen will!«

»So einfach ist das auch wieder nicht«, entgegnete ihr Mann. »Da oben im Norden brauchen wir eben eine sichere Grenze. Wir müssen da rein und die Gegend von der PLO säubern.«

»Auch von Frauen und Kindern?« mischte sich nun eine Kundin in die Unterhaltung. »Seit wann tötet denn die israelische Armee Frauen und Kinder?« fragte sie.

Jacov drehte sich zu ihr um und schaute sie an.

»Wir töten keine Frauen und Kinder«, antwortete er.

»Vielleicht tötet ihr sie nicht eigenhändig, aber ihr laßt es geschehen«, erwiderte die Frau des Lebensmittelhändlers.

»Es herrscht eben Krieg da oben«, sagte der Händler und zuckte mit den Schultern. »Und der Krieg fordert nun mal seine Opfer.«

Ein älterer Herr mit Einkaufsnetz gesellte sich zu ihnen.

»Es ist doch eine verdammte Schande, daß wir einfach nur zusehen, wenn die Falangisten in die Lager da reinmarschieren und harmlose Leute umbringen, selbst wenn es Araber sind.«

»Und was ist, wenn diese ›harmlosen‹ Leute PLO-Terroristen verstecken und mit Lebensmitteln versorgen?« fragte der Händler zurück. »Die Frauen und Kinder dort waren wohl doch nicht so harmlos.«

»Eine furchtbare Sache«, sagte Jacov und schaute dabei auf seine Hände herunter. »Ich war da, als es geschah.«

»Du warst dabei?« fragte die Frau des Händlers und legte eine Hand auf ihre Wange. »*Oy, vay iss mir.*«

»Warst du wirklich selbst dabei, Jacov?« fragte ihr Mann nach.

Jacov nickte.

»Schlachter!« sagte die Kundin. »Daß israelische Jungs bei so etwas mitmachen!«

»Und du hältst jetzt mal den Mund, Fräulein Saubermann. Laß ihn die Geschichte selbst erzählen«, sagte der Händler und wandte sich an Jacov. »Also, wie war das, Jacov? War es wirklich so schlimm, wie man berichtet hat?«

»Wir haben lediglich unsere Befehle befolgt«, antwortete Jacov mit leiser Stimme.

Da meldete sich der alte Mann wieder zu Wort. »Ach! Habt nur eure Befehle ausgeführt? Das kommt mir doch bekannt vor, und dabei hätte ich nie gedacht, daß ich so was einmal von einem israelischen Soldaten hören würde. Sind wir schon so tief gesunken? Nur Befehle befolgen? So wie die Nazis?«

»Schluß jetzt, Amram«, unterbrach ihn der Händler. »Laß den Mann ausreden.«

Jacov rutschte auf seinem Stuhl hin und her und räusperte sich schließlich.

»Also, zuerst wußten wir nicht so ganz, was überhaupt los war, jedenfalls ich nicht. Wir schoben nur Wache, haben das Lagertor bewacht. Dann kam die Falangistenmiliz. Es herrschte eine freundschaftliche Atmosphäre, und wir haben ihnen von unserem Essen abgegeben. Dann, am nächsten Morgen ...« Jacov stockte und schaute über die Köpfe seiner kleinen Zuhörerschaft hinweg. Miriam war gekommen.

Sie schauten sich gegenseitig an, als der Händler fragte: »Und weiter?«

Jacov schaute seine Frau weiter an und fuhr fort. »Sie gingen ins Lager. Ein Kamerad fragte einen von ihnen: ›Was wollt ihr denn im Lager?‹ Der lachte ihn an und sagte: ›Wir machen ein Einkaufszentrum draus.‹ Der redet vielleicht ein merkwürdiges Zeug, dachte ich mir.«

»Ein Einkaufszentrum? Was hat der gesagt, ein Einkaufszentrum?« fragte die Händlersfrau.

Jacov starrte wieder auf seine Hände.

»Und dann ging die Schießerei los«, flüsterte er mit rauher Stimme. »Es fing morgens an und dauerte drei Tage lang, mit kurzen Pausen dazwischen. Von unserem Standort aus konnten wir nicht viel erkennen, eben nur Gewehrfeuer und Explosionen. Aber am zweiten Tag sah ich, wie sie ein paar Frauen vor sich her trieben und sie dann von hinten erschossen. Das war das Schlimmste, das ich je gesehen habe.«

»Und du hast nur da rumgesessen und zugeguckt?« fragte der alte Mann.

»Einige von uns sind gleich zum Major gegangen und haben ihm gesagt, daß wir mit so was nichts zu tun haben wollten, aber der hat uns gesagt, wir sollten zu unserem Panzer zurückgehen und tun, was man uns befohlen hatte.«

»Also habt ihr doch zugeschaut?« fragte der alte Mann voller Sarkasmus.

»Er hat nur das getan, was man von einem Soldaten verlangt«, kam der Händler Jacov zu Hilfe.

»Ja, wir haben zugeschaut«, sagte Jacov und blickte mit Tränen in den Augen Miriam an.

»Ruthi, iß jetzt dein Abendessen«, sagte Miriam.

Ruthi Berman legte ihre Gabel aus der Hand und schaute ihren Vater über den Tisch hinweg an.

»Ich kann einfach nicht glauben, daß du dabei warst, *Abba*, daß du da warst und es zugelassen hast, daß die ein solches Massaker anrichten konnten«, sagte sie zu ihrem Vater.

»So redet man nicht mit seinem Vater«, mahnte ihre Mutter.

»Er ist Soldat«, stieß ihr älterer Bruder Avi ins selbe Horn. »Er hat seine Pflicht getan. Du bist doch noch viel zu jung, um so etwas zu verstehen.«

»Jedenfalls bin ich alt genug, um zu wissen, daß Mord was Böses ist«, gab Ruthi schnippisch zurück. »Und ich bin alt genug ...«

»Schluß jetzt!« unterbrach sie ihre Mutter.

»Nein, laß sie ausreden«, sagte Jacov, legte seine Gabel auf den Tisch und wischte sich den Mund.

»Wie lange soll denn das noch weitergehen?« fragte Ruthi. »Mein eigener Vater sitzt da und beobachtet, wie Frauen und Kinder abgeschlachtet werden. Und mein Bruder David geht irgendwann zum Militär, und du, Avi, bist anschließend auch dran«.

Avi grinste.

»Vergiß nicht, mein kleiner Friedensengel, du mußt schließlich auch zwei Jahre Soldat spielen.«

Sie hämmerte mit ihren kleinen Fäusten auf der Tischplatte herum.

»All dies Kämpfen und Töten – wann hört das denn jemals auf?«

»Wenn die Araber uns in Frieden leben lassen«, erwiderte Avi.

»Aber keiner redet davon, wie man Frieden schließen könnte«, fuhr Ruthi fort. »Ich höre nur, daß das Töten und Kämpfen weitergeht. Ist das alles, auf das ich mich freuen soll? Daß ich mal eigene Söhne haben soll, die ich dann losschicke, damit sie kämpfen und sterben?«

»Solange wie sie uns nicht in Frieden lassen«, sagte Avi, »geben wir ihnen die einzige Antwort, die sie verstehen. Sie sind nicht so wie wir. Für sie bedeutet ein Menschenleben nichts. Wovon sie was verstehen, ist nur Stolz und Gewalt. Wir müssen sie solange prügeln, bis sie uns in Ruhe lassen. Wenn ich dafür sterben muß ... ja, dann bin ich bereit, genau wie mein Vater und mein Bruder auch.«

Ruthi stand auf.

»So was mußte ich mir schon anhören, als ich noch ein kleines Mädchen war, und nichts hat sich geändert. Nichts ändert sich überhaupt hier. Nein, falsch. Es hat sich doch was geändert. Bis jetzt hat die israelische Armee noch nie mit Mord zu tun gehabt. Wie weit müssen wir uns denn noch von den Gesetzen der Thora entfernen? Wann wird dieses Land endlich einmal sagen: ›Es reicht!‹«

Sie drehte sich um und ging hinaus.

Miriam Berman legte ihre Hand tröstend auf die ihres Mannes.

Avi Berman rückte seinen Stuhl vom Tisch, stand auf und legte seinem Vater die Hand auf die Schulter.

Beirut, Libanon

23. Oktober 1983

Der Obergefreite der Marineinfanterie Eddie DiFranco fragte sich, was der Junge da so früh in der Nähe des Bataillonslandungsteams zu schaffen hatte.

Gerade erst war die Sonne aufgegangen und warf lange, undeutliche Schatten. Er mochte diese Zeit gegen Ende der Nachtwache, denn jetzt konnte er sich von den trügerischen Erscheinungen befreien, die in der Nacht zu Leben erwachten. Der Verstand täuschte in der Dunkelheit auf merkwürdige Art und Weise die Sinne, selbst jetzt, wo sie mit den neuen Nachtsichtgläsern ausgerüstet waren. Das Licht des frühen Morgens erleichterte ihm seine Aufgabe, und so fühlte er wie immer die Anspannung von sich abfallen. Aber ganz entspannen konnte man sich hier ja sowieso nie.

Eddie ging kein Risiko ein, aber er war sich auch nicht ganz sicher, ob sich seine Vorgesetzten nicht viele der Schauergeschichten, die sie ihren Untergebenen erzählten, einfach nur ausdachten, damit sie auch ja wachsam blieben. Hatten sie wirklich über hundert Autobombendrohungen erhalten, seit die Marines in Beirut gelandet waren? Anscheinend machte jeden Tag eine neue solche Geschichte die Runde. Man hatte ihnen gesagt, sie sollten auf Lieferwagen, Krankenwagen, UN-Fahrzeuge und auf ungefähr alles, was Räder hatte, achten. Und auch auf das, was zum Teufel keine Räder hatte! Letzte Woche waren es Hunde gewesen. Es sprach sich herum, daß sie sie Hunde, denen sie TNT-Sprengstoff am Körper befestigt hatten, zum Bataillonslandungsteam schicken würden. Also hatten sie jeden verdammten Köter erschossen, der ihnen vor die Flinte kam. Was für ein Ort! Immer, wenn er daran dachte, mußte er den Kopf schütteln, selbst dann, wenn niemand in der Nähe war.

Eigentlich hätten sie die Wache zu zweit machen sollen, aber irgendwie war der Dienstplan durcheinandergeraten, und als er dies dem Sergeant gemeldet hatte, war es zu spät, um ihn zu korrigieren. Doch so schlimm war das nun auch nicht. Trotz all der Gerüchte hatten er und seine Kumpel auf keiner der Wachschichten etwas Ungewöhnliches bemerkt. Nun ja, bis auf die Kinder, die die Soldaten mit Steinen bewarfen. Natürlich wußten sie alle vom Attentat mit der Autobombe auf die Botschaft in der Innenstadt, aber das war ja ein ziviles Gebäude.

Hier draußen am Flugplatz hatten sie alles unter Kontrolle, und einer allein konnte genauso gut seine Aufgabe erfüllen wie zwei. Die Aufgabe, sagte er sich und mußte lächeln. Worin zum Teufel bestand die eigentlich? Keiner seiner Freunde konnte sich genau vorstellen, was sie eigentlich hier drüben taten und was um Himmels willen hier überhaupt los war. Solche Gefühle hatte wohl auch sein Vetter Ronnie gehabt, als man ihn losgeschickt hatte, um Schlitzaugen zu töten. Die Typen in Washington denken sich immer irgendeine gequirlte Scheiße aus, hatte er gesagt, und wer soll da reintreten und sie aufwischen? Klar doch, natürlich die Marines, die gute alte US-Marineinfanterie. Nach dem Motto: Immer treu und redlich. Wir sollen keine Fragen stellen, wir sollen es nur richten oder abkratzen.

Irgend jemand hatte gesagt, dies sei ein Bürgerkrieg, aber einem seiner Stubenkameraden war das überhaupt nicht so klar, und der hatte gesagt: »Bürgerkrieg? Tja, vielleicht, aber nicht einfach Norden gegen Süden, nein, sondern Norden gegen Süden, Osten gegen Westen, Südosten gegen Nordwesten und so weiter, und so weiter.«

DiFranco schaute auf seine Uhr und beobachtete dann den Streifen Niemandsland, der vor dem Haupttor lag und als Pufferzone diente. Der Junge stand immer noch da, hatte die Hände in die Taschen seiner kurzen Hose gesteckt und bohrte mit der Sandalenspitze Löcher in den Dreck. Nur noch zwei Stunden, dann würde er abgelöst.

Dann sah er zu dem durch Sandsäcke geschützten Posten am Eingang des Hauptquartiers hinüber und nickte Sergeant Stephen Russell zu. Der nickte zurück, und DiFranco hängte sein Gewehr auf die andere Schulter. Wie zufällig schaute er auf das Mauerwerk des unscheinbaren vierstöckigen Gebäudes, in dem die Abteilung der Marineinfanterie untergebracht war.

»Du Kaugummi?«

DiFranco blickte sich um und sah auf den Jungen herab, der plötzlich direkt vor ihm stand. Es war derselbe Junge, den er draußen gesehen hatte. Jetzt, wo er so nahe vor ihm stand, schätzte er sein Alter auf etwa dreizehn Jahre. Seine Hände hielt er immer noch in den Taschen seiner schmutzigen kurzen Hose vergraben, und sein weißgelbes Georgia-Tech-T-Shirt war voller Löcher. Aber es waren die Augen des Jungen, die DiFrancos Aufmerksamkeit erregten. Sie waren pechschwarz, schauten unter einem wilden schwarzen Haarschopf hervor und schienen viel mehr als nur Kaugummi zu fordern. DiFranco fühlte sich etwas unbehaglich, als er in die Tasche seiner Drillichhose griff und ein Paket Doublemint herauszog.

»Hier, nimm die ganze Packung«, sagte er und hielt sie dem Jungen hin. Es kam ihm merkwürdig vor, daß der Junge keine Anstalten machte, den Kaugummi zu nehmen. Statt dessen blickte er fest in DiFrancos Augen, bis schließlich ein Lächeln auf seinen dünnen Lippen erschien. Einen kurzen Augenblick lang wollte DiFranco sein Gewehr von der Schulter nehmen, aber er ließ es dann doch, als der Junge, dessen Blick ihn weiterhin fixierte, eine Hand aus der Hosentasche zog und nach der Packung griff.

»Danke«, sagte er und starrte DiFranco immer noch in die Augen. Dann drehte er sich um und marschierte entschlossen durch die Pufferzone.

Zehn Minuten darauf sah Sergeant Russell von seinem sandsackgeschützten Wachtposten aus, wie der riesige gelbe Kipplaster an DiFranco vorbeiraste, und er fragte sich, warum seine Wache ihn nicht angehalten hatte. Später fiel DiFranco auf, daß er sich nicht an das Gesicht des Mannes am Steuer erinnern konnte, sondern nur daran, daß der in seine Richtung geschaut und ihm im Vorbeifahren zugelächelt hatte. Russell sah dieses Lächeln nicht, aber bei ihm begannen die Alarmglocken zu läuten, als der schwere LKW um den Parkplatz kreiste und dabei immer schneller wurde.

Als er auf fast hundert Stundenkilometer beschleunigt hatte, beendete der Riesenlaster mit dem Mercedesemblem im Kühlergrill seine Kreisfahrt und fuhr geradewegs auf die Vorderseite des Gebäudes zu. Mit seinen fast sechs Tonnen Dynamit durchbrach der Lastwagen den Stacheldrahtzaun und schoß auf den Haupteingang des Kasernengebäudes zu. Russell hatte die Gefahr sofort erkannt, rannte hinein und brüllte durch die Lobby: »Auf den Boden! Werft euch auf den Boden!«

Als er sich umdrehte, sah er, wie der LKW in sein Wachhäuschen krachte und ein paar Sekunden später in die Luft flog. Die Druckwelle der Explosion fegte ihn durch den Hintereingang hinaus.

Yousef Shahar sah den Explosionsblitz von seinem Beobachtungspunkt am einen Ende des Flughafens aus, und dann sah er, wie die Vorderseite der Kaserne der Marineinfanterie hinter einer riesigen Wolke von Rauch und Staub in Schutt und Asche zusammenbrach. Da konnte er noch nicht wissen, daß 241 amerikanische Soldaten bei der Explosion ihr Leben verloren hatten, aber er wußte genau, daß er und seine Leute den amerikanischen Teufeln einen tödlichen Schlag versetzt hatten. Er legte sein Fernglas nieder und klopfte dem Jungen, der neben ihm lag, anerkennend auf die Schulter.

»Gute Arbeit, Ali. Gut gemacht. Du hast uns alles erzählt, was wir hier heute morgen wissen mußten. Allah lächelt heute auf dich herab, mein Junge.« Ali Ben Nasar blickte weiter auf den Schauplatz der Verwüstung. Für Leila, dachte er, für alle Leilas. Dann wickelte er langsam ein Stück Kaugummi aus der Packung und schob es in den Mund.

Baalbek, Libanon

12. Juli 1986

»Tötet sie, tötet sie!« Der Mullah schrie es, wieder und wieder. »Tötet die Juden! Bringt sie um, alle!«

Ali Ben Nasar lag auf dem Bauch. Er hatte den Kolben der Kalaschnikow fest gegen seine rechte Schulter gepreßt. Sein Zeigefinger war um den Abzug gekrümmt. Sorgfältig zielte er auf die Stoffpuppe, die in etwa fünfzig Meter Entfernung gegen einen Felsen gelehnt war. Auf ihrer Brust war ein weiß-blauer Davidstern aufgemalt. Neben ihm lagen noch zehn andere Kämpfer auf dem felsigen Untergrund, einige von ihnen noch fast Kinder, keiner älter als 16, die ebenfalls ihre Maschinenpistolen im Anschlag hatten. Ein heißer Wind blies rotgelben feinen Sandstaub über das Felsenplateau hoch über dem grünen Bekaa-Tal. Ali Ben Nasar merkte, wie er langsam in seine Nasenlöcher eindrang. Er zwang sich, nicht zu niesen. Für einen kurzen Augenblick schloß er die Augen. Dann starrte er erneut auf die Puppe vor ihm. Sie hatte einen einfachen Kopf aus weißem Leinenstoff, ohne Gesicht oder Haare. Er versuchte sich ihr Gesicht vorzustellen. Er kannte es nur aus der Zeitung. Ein breites Gesicht mit hellen wachen Augen, darüber blonden Haaren, das Gesicht von Arik Scharon, dem Schlächter aus Tel Aviv. Er merkte, wie die Hitzewelle in ihm hochkam, die Wut sein Gehirn durchflutete, jener unkontrollierbare, wilde Zorn, der alles andere verdrängte, alle anderen Gefühle, alle anderen Regungen. Ja, er wollte töten, ja, ja, tausendmal ja.

»Vernichtet die Ungläubigen! Zertretet sie wie Ungeziefer.«

Die Stimme des Mullahs, der hinter den jungen Palästinensern stand, überschlug sich. Er trug ein schwarzes, knöchellanges Gewand und einen weißen Turban, dessen Stoffbahnen um seinen Kopf gewickelt waren, seine nackten Füße steckten in offenen Sandalen. Sein volles Gesicht wurde eingerahmt von einem pechschwarzen Vollbart. Seine dunklen Augen blitzten. »Allah wird euch belohnen«, schrie er, »folgt nur seinen Befehlen.«

Dann, nach einer kurzen Pause: »Feuer.«

Ali Ben Nasar zog den Abzug. Er spürte den Schlag gegen seine Schulter, als der Feuerstoß der Kalaschnikow sich entlud. Ali sah, wie der Körper der Stoffpuppe sich aufbäumte, unter dem Einschlag der Kugeln wild hin- und herzuckte und dann zusammenfiel.

Rechts davon, an einer Felsenwand, waren weitere Ziele aufgereiht. Auch diese Puppen trugen einen Davidstern auf der Brust. »Los, macht sie fertig«, brüllte der Mullah wieder, »auf, auf, schlachtet die Zionisten!«

Die Gruppe sprang auf. Ali Ben Nasar war als erster auf den Füßen. Er hielt die Kalaschnikow, an deren Lauf ein Bajonett aufgesteckt war, mit beiden Händen vor sich, während er voranhastete. Er hörte das Gekeuche der anderen hinter sich. Er lief schneller, sprang über mehrere kleine Felsbrocken. Er sah die Stoffpuppe auf sich zukommen. Ali Ben Nasar riß die Kalaschnikow hoch, rannte, rannte, stieß zu, rammte das Bajonett immer wieder in ihren Bauch. Er keuchte. Er fühlte eine Lust in sich, Wut und Lust, einen totalen Rausch. Töten, töten, töten.

Sie marschierten zurück, in einer Zweierreihe, die Waffen geschultert. Ein alter Fellache, der einen Maulesel an seinem Zügel hielt, stand am Rande der schmalen, steinigen Straße. Ali Ben Nasar bemerkte seinen Blick, in dem sich Neugier mit Furcht mischte.

In der Ferne sah er die Steinblöcke der Ruinen in den blauen Himmel ragen, die Überreste der mächtigen römischen Tempelanlage, die Baalbeck früher zu einer Touristenattraktion gemacht hatte.

Am Horizont vor ihnen, aus der Richtung der Ruinen, türmte sich eine Staubwolke auf, die auf sie zukam. Eine lange Kolonne von hellbraun gestrichenen Lastwagen rollte ihnen entgegen. Die meisten zogen schwere Artilleriegeschütze. Soldaten mit Stahlhelmen saßen auf hölzernen Sitzbänken auf den offenen Ladeflächen, ihre Gesichter müde und von einer Staubschicht bedeckt. Sie winkten zu der kleinen Gruppe der Palästinenser herab. Minutenlang hing noch der Staub in der Luft, während die Kolonne schon längst hinter einer Wegbiegung verschwunden war.

Ja, das waren Waffen, dachte Ali Ben Nasar, wer sie hatte, konnte sich gegen die Israelis wehren. Aber er wußte, daß die syrischen Streitkräfte, die mit ihren 30000 Soldaten die wahren Herren im Bekaa waren, sich zurückhielten. Sie wollten die Kontrolle über den Libanon, keinen neuen Krieg mit den Juden. Sie ließen die Iraner und die seit einiger Zeit mit ihnen verbündeten Palästinenser gewähren, ließen sie den bewaffneten Nervenkrieg gegen die Israelis führen, die steten Nadelstiche gegen den gemeinsamen Feind, aber sie suchten nicht die direkte Konfrontation mit dem mächtigen Judenstaat.

Endlich tauchte das Camp vor ihnen auf. Es lag am Rande von Baalbeck. Um eine ehemalige Schule war ein rund vier Meter hoher Zaun gezogen. Hinter dem Schulgebäude war eine Zeltstadt für die rund 1000 Pasdaran entstanden, die revolutionären Garden aus dem Iran.

Sie marschierten durch den Eingang, über dem ein überlebensgroßes Bild des Imam hing, der mit zornig-finsterem Blick auf die Ankömmlinge herabzuschauen schien. Rechts und links des Eingangs lagen Sandsäcke, hinter denen junge, bärtige Männer kauerten, ihre Waffen im Anschlag. Überall an den Wänden des Schulgebäudes und eines etwa 100 Meter entfernten Gebäudes, dem eigentlichen Hauptquartier der Mullahs, hingen große Plakate. »Tod den USA und Israel«, stand auf einem zu lesen,

»Die islamische Revolution wird siegen«, auf einem anderen. Und immer wieder Bilder des bärtigen alten Mannes, der diese Revolution im fernen Teheran begonnen und nun hierher in den Libanon verpflanzt hatte.

»Wascht euch«, rief der Mullah, »in zehn Minuten sehen wir uns da drüben.« Er wies mit der Hand auf den mächtigen Zedern-Baum, der hinter der Schule stand.

Ein leichter Wind war aufgekommen, aber er brachte an diesem heißen Juli-Nachmittag keine Kühlung. Die Gruppe der jungen Palästinenser kauerte sich auf dem Sandboden in den Schatten der Zeder. Rund um den Baum begannen die grün-weiß-roten Fahnen zu flattern, die die Abgesandten des Ayatollah Khomenie dort an Stangen aufgehängt hatten. Der Mullah stand an die Zeder gelehnt. In der Hand hielt er einen Koran. Er reckte seinen Zuhörern des Buch entgegen. »Wir Moslems stehen durch den Befehl des Propheten in der Verpflichtung, die Juden zu bekämpfen und zu töten, wo immer wir sie finden können«, sagte er. »Ihr seid seine Kämpfer, ihr seid dazu ausersehen, Palästina von den zionistischen Teufeln zu befreien. Ihr werdet das Privileg haben, El-Kuds, unser geliebtes Jerusalem, mit seinen heiligen Stätten für uns Moslems zurückzuerobern.«

Er hielt den Koran hoch über sich. »Hier steht es«, rief er, »in der 2. Sure, Vers 62, über die Kinder Israels: ›Und sie wurden mit Schande und Elend geschlagen und luden Allahs Zorn auf sich; dies, weil sie die Zeichen Allahs verwarfen und die Propheten zu Unrecht töten wollten: das war, weil sie widerspenstig waren und frevelten.‹«

Seine dunklen Augen blitzten. Er schaute über die Palästinenser, die zu seinen Füßen saßen, hinweg, irgendwo in die Ferne.

»Der Ayatollah will, daß wir im Namen Allahs, des Mächtigen und Erhabenen, sein Name sei gelobt, das Feuer der Revolution ausbreiten. Zuerst müssen wir seine Erzfeinde in Tel Aviv hinwegfegen, doch auch die Gottlosen in der arabischen Welt, die glauben, sie seien die Herren der Menschen, müssen weg! Es gibt nur einen Herren, und das ist Allah. Jeder, der sich gegen seinen Willen stellt, der verdient den Tod. Vertreibt die Gottlosen aus ihren Palästen, aus ihren Regierungsgebäuden. Nur die Scharia gilt, das Gesetz des Propheten, nur das ist die Richtschnur unseres Lebens. Nur von einem Gebäude darf die Macht in unserer Gemeinschaft ausgehen, und das ist die Moschee.«

Er wandte sich wieder den jungen Kämpfern zu, die ihre Kalaschnikows neben sich gelegt hatten. »Ja, meine Freunde, das ist die Lehre des Propheten: Ihr dürft jeden töten, der ein Feind Allahs ist. Der bewaffnete Kampf gegen die Ungläubigen ist der Wille unseres Gottes. Das ist nicht nur euer Recht, das ist eure heilige Pflicht. Euer Glaube wird durch eure Handlungen bestimmt. Und wer als Kämpfer für diesen heiligen Krieg ums Leben kommt, der ist ein Schahid, ein Märtyrer. Allah wird ihn direkt in das Paradies holen.«

Der Mullah schaute in die jungen Gesichter vor ihm, sah in die Augen der Palästinenser, die an seinen Lippen zu hängen schienen.

»Ihr seid Allahs Soldaten, ihr seid die Kämpfer von Hesbollah, der Partei Gottes. Seid mutig und unerschrocken. Fürchtet nicht den Tod. Euch ist der Platz im Paradies sicher!«

Er wies mit der Hand auf Ali Ben Nasar. »Steh auf, mein Freund«. Der junge Palästinenser erhob sich. Der Mullah reichte ihm den Koran. »Hier, nimm es. Du bist dieses heiligen Buches würdig. Du hast schon einmal im Angesicht des Todes geholfen, die amerikanischen Bastarde, die noch schlimmer sind als die Israelis, zu vernichten. Du sollst unsere jungen Kämpfer der Hesbollah anführen.«

Er umarmte Ali Ben Nasar. Dann reckte er die Faust in die Höhe.

»Alahuh akbar«, rief er, »Gott ist groß.«

Afghanistan

22. Juni 1988

»Schnell, schnell, raus hier.« Der Feldwebel, ein stämmiger 30jähriger, schrie gegen den Lärm des Triebwerks an, das weiterlief. Er winkte mit der Hand in Richtung auf die offene Tür. Hauptmann Jurij Arbatov griff nach seiner AK-47-Kalaschnikow und seinem Rucksack und sprang als erster aus der Tür hinaus auf den steinigen Boden. Die anderen neun des Erkundungstrupps folgten. Der Feldwebel schloß hastig die Tür hinter ihnen. Die Umdrehungsgeschwindigkeit der Rotoren nahm wieder zu, bis sie eine undurchlässige Scheibe bildeten. Dann hob der schwere MI-8-Hubschrauber ab, verhielt einige Sekunden kurz über dem Boden, so, als sei er unentschlossen, dann stieg er steil in die Höhe und verschwand nach einer fast eleganten Kurve hinter einem Bergrücken.

»*Dawai, dawai*, los, Jungs, macht voran«, rief Arbatov den unschlüssig vor ihm Stehenden zu. Die Soldaten schulterten ihre Rucksäcke und die Waffen. Sie standen am Anfang eines schmalen Pfades. Vor ihnen türmte sich eine Kette steiler, gezackter Bergspitzen auf, auf denen trotz der heißen Frühsommertemperaturen noch Schnee lag.

Tief unter ihnen, in dem schmalen Taleinschnitt, lag ein Kischlak, eines der kleinen afghanischen Dörfer. Arbatov hob sein Fernglas an die Augen. Bis auf einen Hund, der mit eingekniffenem Schwanz durch das Dorf strich, sah er kein Lebenszeichen. Aus einer der armseligen Steinhütten, deren Dach verbrannt war, stieg noch schwacher Rauch auf. Arbatov wußte, daß am Tag zuvor die sowjetischen Kampfhubschrauber das Dorf eine halbe Stunde lang mit ihren Maschinenkanonen und Raketen angegriffen hatten. Es war die Rache für den Tod des Unterleutnants Sergeij Mowtschan, der mit seinem Zug am Rande des Kischlak in einen Hinterhalt der Mudschahedin geraten war. Gestern hatten sie ihn nach Taschkent geflogen, in einem Zinksarg.

Sechs der neun Soldaten in seinem Zug waren dabei gewesen, zwei andere waren schwer verwundet worden. Jetzt hatten sie den Auftrag, die Mudschahedin aufzustöbern und zu vernichten, die sich aus dem Dorf in die Berge zurückgezogen hatten.

Der Unteroffizier Oleg Jakubowski, ein blonder Junge aus Leningrad, ging als erster, die Maschinenpistole im Anschlag, ihm folgten die anderen in Einerreihe. Arbatov bemerkte bei dem Gefreiten Fjodor Leonow, der direkt hinter Jakubowski hertrabte, ein leichtes Schwanken. Bald stieg der Pfad steil an. Der Hauptmann begann seine Lunge zu spüren. Die Luft war hier auf fast 3000 Meter Höhe dünn, das schwere Gepäck schien das doppelte Gewicht zu haben. Arbatov wischte sich den Schweiß von der Stirn. Das Schwanken des Gefreiten Leonow wurde immer stärker. Er stolperte, fiel hin, raffte sich dann mühsam wieder auf. Nach einer halben Stunde schaute sich der Unteroffizier nach Arbatov um. Der Hauptmann nickte.

Jakubowski nahm die rechte Hand hoch, ließ sie dann fallen und wies auf einen großen Felsen, der neben dem Pfad in die Höhe ragte. Die Soldaten rissen ihre Rucksäcke herunter, warfen sie neben sich und ließen sich sofort auf den Boden fallen, völlig erschöpft.

Sie holten ihre Feldflaschen hervor und tranken gierig.

Arbatov ließ eine Zigarettenpackung herumgehen. Fast alle bedienten sich. Er bemerkte, daß der Gefreite Leonow fehlte. Er stemmte sich hoch, hatte aber weiche Knie. Es flimmerte vor seinen Augen. Der Blutdruck war tief abgesackt. Verdammte Höhe, dachte er.

Arbatov ging um den Felsen herum. Er sah, wie Leonow mit dem Rücken an die Felswand gelehnt dasaß, die Beine mit den schweren Stiefeln vor sich ausgestreckt. Der Gefreite, der in die andere Richtung blickte, saugte heftig an einer kleinen Pfeife. Arbatov roch sofort den süßlichen Duft des Haschisch. Er wollte auf Leonow zulaufen und ihn mit der Faust ins Gesicht schlagen, hielt sich aber gerade noch zurück.

Er biß sich auf die Lippen. Wie oft hatte er in den letzten

Monaten diesen Duft aufgesogen, wie oft Soldaten dabei beobachtet, wie sie heimlich kifften. Fast die Hälfte der Wehrpflichtigen rauchte Haschisch. Und das war noch die harmlose Variante. Viele waren längst auf Heroin umgestiegen. Es war leicht zu bekommen, denn vor allem im Norden Afghanistans wurde überall Opium, das Rohmaterial für die Heroinherstellung, angebaut. Dafür versetzten sie alles, alles, was sie aus den Depots stehlen konnten, Dieselkraftstoff, Reifen und immer wieder auch Waffen. Und viele dieser Waffen landeten auf diesem Umweg in den Händen der Mudschahedin, die den Rauschgifthandel mit den Sowjets über Mittelsmänner ausdrücklich förderten. Sie wußten, die Rauschgifthändler waren ihre besten Verbündeten im Kampf gegen die Eindringlinge aus dem Norden.

Arbatov packte die Wut. Wieder wollte er auf Leonow einschlagen. Dieser Schwächling, diese miese Ratte, dachte er. Schlimm genug, daß er hier lag und sich vollkiffte. Arbatov wußte sehr genau, warum sie Hasch rauchten oder an der Nadel hingen. Es war Angst, simple, banale Angst, in die Statistik einzugehen, die man sich zuflüsterte in den sowjetischen Stützpunkten, die Statistik von den Zinksärgen. 15000 Tote, 15000 Zinksärge, die über die Grenze nach Norden geflogen wurden, und 30000 Verletzte, Krüppel, junge Burschen mit von Minen abgerissenen Gliedern, schweren Verbrennungen, blind, niemand konnte die Zahlen mehr geheimhalten, sie tauchten überall in der Heimat auf; kein Ort, in dem es keine toten Söhne oder Brüder gab, kein Dorf in der Sowjetunion, in das nicht einer auf Krücken heimkehrte.

Arbatov wußte nicht, auf wen oder was er wirklich mehr wütend war. Auf diesen Leonow, diesen vor Angst bibbernden Schwachkopf, oder auf die Regierung in Moskau. Warum kämpften sie den Kampf nicht bis zu Ende, ein für allemal, warum bekamen sie nicht noch mehr Verstärkung? Warum ließen sie so viele verrecken? Warum ließen sie zu, daß die glorreiche hochgerüstete Rote Armee von den Mudschahedin geschlagen, massakriert, erledigt, erniedrigt wurde – von einer Horde dreckiger, zerlumpter, wildaussehender bärtiger Burschen, undiszipliniert, untrainiert und trotzdem immer öfter siegreich. Die CIA, dachte Arbatov, ohne die verdammten Amerikaner könnte dieses Lumpenpack es niemals mit den sowjetischen Truppen aufnehmen. Seit die Mudschahedin nun auch noch die tragbaren Stinger-Flugabwehrraketen hatten, wurde es selbst für die Luftwaffe immer gefährlicher, den Bodentruppen wenigstens noch Feuerschutz aus der Luft zu geben.

Er sah auf Leonow herab. Der Gefreite blickte mit glasigen Augen zurück, denen er ansah, daß sie ihn nicht erkannten. Arbatov nahm ihm die Pfeife aus der Hand und zertrat sie. Erneut wallte die Wut in ihm auf. Das war Sabotage, das war Feigheit vor dem Feind. Er trat Leonow mit seinem Stiefel gegen das Schienbein. Der Gefreite stöhnte kurz auf, dann ging sein Stöhnen in ein Gewinsel über.

Aber es hatte keinen Zweck, Leonow hatte sein Ziel erreicht. Er mußte ihn zurücklassen, es war unmöglich, ihn mitzunehmen, der Gefreite würde in diesem Zustand sonst nur sich selbst und alle anderen gefährden. Er würde den Kerl auf dem Rückweg wieder auflesen und ihn vor ein Kriegsgericht bringen. Er würde ein Exempel statuieren, er würde dafür sorgen, daß sie ihn fertigmachten.

Arbatov ging wieder um den Felsen herum. Er gab dem Unteroffizier ein Zeichen. »Auf, auf«, rief Jakubowski. Widerwillig erhoben sich die anderen und schulterten ihre Waffen. Wieder stellten sie sich in Einerreihe hintereinander auf. Langsam setzte sich der Zug in Bewegung. Sie stolperten, keuchten, stiegen über riesige Felsblöcke, die immer wieder den Pfad blockierten. Gelegentlich polterte Steinschlag über sie hinweg. Die Strahlen der Sonne brannten jetzt direkt auf ihre Köpfe und blendeten sie.

Arbatov konnte, als sie um die Felskante bogen, gegen das grelle Sonnenlicht das Aufblitzen des Mündungsfeuers nicht erkennen, das irgendwo aus den Felsen vor ihnen kam. Er nahm nur das Hämmern von Maschinenwaffen wahr, hörte das Schreien Jakubowskis, sah die Männer vor ihm fallen, sich im Todeskampf krümmen, einer rutschte, sich immer wieder überschlagend, den Abhang herunter. Er riß seine Kalaschnikow hoch, schoß blind, Dauerfeuer, warf sich dann auf den Bauch, immer noch feuernd. Dann spürte er den schweren Schlag gegen seinen Kopf. Er registrierte nicht mehr, daß die Kugel durch den Stahlhelm gedrungen und in seiner Schädeldecke steckengeblieben war. Er war schon in ein Nichts abgetaucht, in ein tiefes erlösendes Schwarz.

Jurij Arbatov hörte die Worte, als kämen sie durch eine Wand aus Watte zu ihm. »Ist er schon wieder aufgewacht, Schwester?« fragte eine männliche Stimme. »Ich weiß nicht, er liegt schon zehn Stunden in der Narkose«, sagte eine weibliche Stimme.

Arbatov öffnete die Augen, schloß sie aber schnell wieder, geblendet von dem scharfen Licht einer nackten Glühbirne, die direkt über ihm hing.

»Ich glaube, er hat sich bewegt«, sagte die weibliche Stimme.

»Ja, wollen wir mal sehen«, antwortete die männliche Stimme. Dann, nach einem kurzen Augenblick, diesmal näher an seinem Ohr, weniger wattig:

»Genosse Arbatov?«

Arbatov beschloß, die Augen wieder aufzuschlagen. Er blickte in ein Gesicht, das sich hinter einer weißen Maske über ihn beugte. Er versuchte, sich aufzurichten, spürte aber einen stechenden Schmerz in seiner Schädeldecke und ließ den Kopf wieder sinken.

»Ganz ruhig«, sagte die Stimme hinter der Maske, »wir haben Sie wieder zusammengeflickt, Genosse, spätestens in einer Woche geht's los, ab nach Hause.«

Wieder wollte Arbatov sich aufrichten. Eine Hand drückte ihn sanft zurück in die Kissen. »Sie müssen sich schonen, Hauptmann Arbatov, dann kommt schon alles wieder in Ordnung«, sagte die männliche Stimme. »Geben Sie dem Hauptmann ein Schmerzmittel, Schwester«, sagte das Gesicht hinter der Maske.

Und wieder an den Mann in dem schmalen Bett gewandt: »Seien Sie froh, für Sie ist der Krieg nun vorbei.«

Ein Ventilator an der Decke zerhackte die heiße Luft, ohne wirkliche Kühlung zu bringen. Die Tür ging auf, und Oberstleutnant Andreij Luschkow betrat das Krankenzimmer, in dem etwa zehn Mann auf Pritschen lagen. Arbatov sah seinen suchenden Blick. Sein Bataillonskommandeur, der seinen grüngefleckten, staubbedeckten Kampfanzug trug, erkannte ihn schließlich und kam auf ihn zu. Unter dem linken Arm trug er einen großen Briefumschlag, in der rechten eine Tüte. Linkisch legte er die Tüte, aus deren Öffnung Orangen herausschauten, auf den kleinen Tisch neben der Pritsche. »Für Sie, Genosse Arbatov.«

Arbatov streckte ihm die Hand hin, die Luschkow nahm und heftig drückte. Er war etwa 35, aber er sah viel älter aus. Seine Augen lagen tief in ihren Höhlen, seine dunklen, kurzen Haare wiesen große graue Flächen auf.

»Darf ich?« Arbatov nickte. Der Oberstleutnant nestelte eine Zigarettenpackung aus seiner Uniformjacke und steckte sich eine an.

»Der Arzt sagt, er kriegt Sie wieder vollständig hin. Wird nur eine kleine Narbe zurückbleiben«, sagte er, nachdem er den Rauch durch die Nase ausgestoßen hatte.

»Sie … Sie haben großes Glück gehabt.«

Arbatov schaute ihm in die Augen.

»Was ist mit den anderen?«

Luschkow wich seinem Blick aus und zog erneut an seiner Zigarette. Nach einer Weile sagte er stockend:

»Sie und der Gefreite haben überlebt. Die anderen …«

Seine Stimme brach ab. Arbatov spürte, wie der Schmerz in seiner Schädeldecke zurückkam. Er starrte auf den Ventilator, der über ihm surrte. Schließlich fragte er:

»Der Gefreite?«

»Ja, der Gefreite Leonow. Er ist der einzige, der unverletzt blieb. Er hat ein Riesenschwein gehabt. Er konnte sich offenbar hinter einem Felsen verbergen. Hat wohl eine ganze Weile dagelegen und sich nicht gerührt, während die Mudschahedin kamen und sich die Waffen geholt haben. Als sie wieder weg waren, hat er über Funk einen Hubschrauber gerufen, der sie beide abgeholt hat. Der Unteroffizier Jakubowski hat noch eine Weile gelebt. Leonow hat ihn verbunden. Leider hat er es aber nicht mehr gepackt ... Er ist im Hubschrauber gestorben.«

Luschkow warf die Zigarette auf den Boden und drückte sie mit seinem Stiefel aus. »Ohne den Gefreiten Leonow lägen Sie auch noch da oben. Ein tapferer Bursche. Wenn Sie es unterstützen, werde ich ihn für eine Auszeichnung vorschlagen«, sagte er.

Arbatov atmete tief aus. Leonow, der Held! Sein Lebensretter! Der bekiffteste Soldat des Bataillons! Er spürte ein Würgen im Hals. Offenbar erwartete Luschkow keine Antwort. Statt dessen holte er den Briefumschlag hervor.

»Vielleicht ein bißchen viel auf einmal«, sagte er, »aber hier sind ein paar Dinge, die Sie wissen sollten.« Er legte mehrere Blätter vor Arbatov auf das Bett. »Hier, das sind Ihre Papiere für den Rücktransport, erst nach Taschkent, dann weiter nach Moskau, in ein Sanatorium, für ein paar Wochen. Dann haben wir hier Ihre Versetzung.«

Arbatov stützte sich ruckartig auf seine Arme auf.

»Meine Versetzung?«

»Ja, Ihre Versetzung, direkt aus dem Verteidigungsministerium.«

»Aber ...«, versuchte Arbatov zu protestieren. Hatte der Oberstleutnant nicht gesagt, daß sie ihn wieder völlig hinkriegen würden? Warum sollte er Afghanistan verlassen, während die anderen blieben? Er dachte an seinen Vater. Oberst Boris Arbatov hatte mit der Roten Armee Berlin erobert. Er war jetzt ein alter Mann. Aber was würde er zu dieser Versetzung sagen, weg von der Front? Ein Arbatov weicht nicht vor dem Feind.

»Kein Aber«, sagte Luschkow. »Das ist eine Versetzung an einen wichtigen Platz. Nur die Besten kommen dorthin. Zur Westgruppe der Truppen, ins Hauptquartier, nach Deutschland.«

Von der Pritsche am Ende des Zimmers war ein Stöhnen zu hören. Ein Schwerverwundeter wälzte sich unruhig hin und her.

Luschkow schaute auf seine Stiefel. Schließlich sagte er leise: »Bald werden wir alle gehen. Moskau hat beschlossen, daß wir Afghanistan aufgeben. Die erste Hälfte geht noch in diesem Jahr, die andere folgt 1989.«

Jurij Arbatov riß die Augen auf. Dann war es also wahr, was als Gerücht seit Wochen die Runde gemacht hatte. Die Regierung war also tatsächlich eingeknickt. Die große, mächtige Sowjetunion würde ihre Verbündeten in Afghanistan im Stich lassen! Neun Jahre Krieg umsonst. Ein Hitzeschauer ging durch seinen Körper. Seine Finger ballten sich zur Faust, zerknüllten dabei die Papiere, die auf der Bettdecke lagen.

Luschkow zog sie ihm aus der Hand.

»Hier«, sagte er und zeigte auf ein Blatt, das aussah wie eine Urkunde. »Das ist gestern auch noch gekommen. Ihre Beförderung. Herzlichen Glückwunsch, Major Arbatov.«

Arbatovs Blick ging auf das Papier. Er versuchte sich auf die Buchstaben zu konzentrieren. Aber sie verschwammen vor seinen Augen. Wieder hörte er das Stöhnen am anderen Ende des Zimmers. Er fühlte die Schweißperlen auf seiner Stirn. Luschkow nahm die Papiere von dem Bett und legte sie sorgfältig auf den kleinen Tisch neben Arbatovs Pritsche.

»Übermorgen geht Ihr Flugzeug. Viel Glück.«

Er erhob sich und ging. Arbatov schloß die Augen. Noch immer hörte er Luschkows Stimme. »Herzlichen Glückwunsch, Major Arbatov.« Er fühlte sich erniedrigt, geschlagen. Warum war Jakubowski tot und nicht er?

Im Süd-Libanon

3. März 1989

Die Frau stieß einen Heulton aus, schrill und durchdringend. Sie hob die Hände, die Handflächen nach oben gerichtet, anklagend gegen den Himmel. Sie trug ein bodenlanges, schwarzes Kleid, das ihre massige Figur umhüllte, ihr Kopf war von einem langen beigefarbenen Tuch umgeben, das ihr breites Gesicht mit den schwarzen Augen freiließ, die ihn haßerfüllt anblitzten.

David Berman schätzte sie auf Mitte fünfzig, war sich aber nicht sicher. Er hatte immer noch Probleme damit, das Alter der Frauen in den arabischen Dörfern zu bestimmen. Es schien ihm, als alterten sie schneller als die Frauen in einem Kibbuz.

»Nun mach schon, mach voran«, rief er dem Gefreiten zu, der die Kiste mit dem Sprengstoff von dem Jeep herunterwuchtete. Sie hatten das Haus umstellt, zehn Soldaten standen herum, ihre Gabriel-Schnellfeuergewehre im Anschlag. David war mit 20 der Älteste unter ihnen. Als Unteroffizier führte er das Kommando.

Das Haus war ein flaches, einstöckiges Gebäude aus grauen Quadersteinen. Es war an einen Hügel geschmiegt, der nach Süden, in Richtung auf die israelische Grenze lag.

David Berman schaute sich die anderen Häuser an. Sie waren alle ähnlich, Steinhäuser mit Flachdächern, mit gedrechselten Metallgitterstäben vor den Fenstern. Das nächste lag etwa 50 Meter entfernt. Weit genug, dachte Berman, kein Problem. Die Bewohner standen vor den Türen und blickten zu den Israelis herüber. Ein alter Mann mit einem hageren, verwitterten Gesicht und einem langen grauen Bart saß auf einem Stuhl und starrte unverwandt auf die Frau, die immer noch die Hände gegen den Himmel erhoben hatte.

Der Gefreite war inzwischen dabei, die Sprengstoffstäbe an den Ecken des Hauses anzubringen. Als er die Haustür aufstieß, um den übrigen Teil des Sprengstoffs im Haus zu verteilen, schrie die Frau: »Ihr Teufel, ihr Mörder, er ist unschuldig, mein Sohn ist unschuldig.«

David Berman biß sich auf die Lippen. Natürlich war er unschuldig, ihr Sohn. Sie waren alle immer unschuldig. Wenn die Israelis auftauchten, dann war es immer dieselbe Geschichte. Keiner war es gewesen, niemand hatte etwas gesehen, nicht den Abschuß der Raketen, nicht die Vorbereitungen dazu. Fest stand nur, daß diese Raketen jenseits der Grenze in einer israelischen Kleinstadt eingeschlagen und eine Schule getroffen hatten. Da es Nacht war, hatte es nur Sachschäden gegeben, keine Toten oder Verletzten.

Der Mossad hatte 48 Stunden gebraucht, um durch einen Informanten in dem Dorf im Süden Libanons, gleich hinter der Sicherheitszone, den 23jährigen auszumachen, der offensichtlich hinter dem Anschlag stand, seit Jahren ein aktiver Kämpfer für Hesbollah. Und diese kreischende Alte war seine Mutter. »Er ist unschuldig«, heulte sie wieder. Welche Mutter würde schon zugeben, daß ihr Sohn ein Terrorist ist? dachte Berman. Und was hieß schon Terrorist? Für die Dorfbewohner war er ein Kämpfer, ein Kämpfer im heiligen Krieg gegen die Israelis. Und wie sicher konnte er schon sein, das es wirklich dieser junge Araber war? Wie vertrauenswürdig waren die Informanten in diesen Dörfern, wie zuverlässig tatsächlich ihre Hinweise?

David Berman haßte diese Einsätze. Es ging um Abschrekkung, oder genauer, um Vergeltung, simple, brutale Vergeltung. Auge um Auge, Haus um Haus. Die israelische Antwort bestand aus einem Paket von Sprengstoff, das man in dem Haus der Familie des Schuldigen anbrachte und in die Luft jagte. Natürlich saßen die wahren Schuldigen woanders, irgendwo im Bekaa-Tal, unter dem Schutz der Syrer, schwer zu erreichen selbst für die Kommando-Einheiten der israelischen Armee. Sie suchten sich Helfer in den Dörfern, deren junge Leute anfällig waren für die Botschaften von Hesbollah.

Aber die Israelis konnten die Anschläge nicht einfach hinnehmen. Sie reagierten mit eiserner Faust, mit Luftschlägen, mit Artillerieangriffen, oder – wie jetzt – mit Sprengungen.

Der Gefreite kam heraus und reckte den rechten Daumen nach oben. David Berman nickte zwei der übrigen Soldaten zu. Sie faßten die Alte bei den Armen und begannen sie fortzuschieben, weg von dem Haus. Sie kreischte, leistete aber keinen Widerstand.

Auch die anderen Israelis fingen an, sich langsam zurückzuziehen. Sie hatten fünf Minuten.

Berman sah den Greis, der immer noch auf seinem Stuhl saß und auf das Haus starrte. Ihre Blicke schienen sich zu kreuzen, aber er sah keine Bewegung im Gesicht des Arabers. Die anderen Nachbarn standen um ihn herum. Die Alte hielt sich an der Stuhllehne fest. Ihr schrilles Gekreische war zu einem leisen Wimmern herabgesunken. Berman blickte auf seine Armbanduhr. Er spürte, daß sein Mund trocken war. Verflucht, dachte er, warum mußten diese Zeiger nur so dahinkriechen? Sie würde ihn danach fragen, das war sicher. Morgen begann das Wochenende, dann würde er nach Hause, nach Tel Aviv fahren, und Ruthi, seine Schwester, würde ihn wieder ausfragen. Er sah schon ihr ärgerliches Gesicht vor sich, wenn er von der Sprengung erzählen würde. Verdammt noch mal, sie konnten das doch nicht einfach hinnehmen. Irgendwie mußte man diesen Araber doch Vernunft eintrichtern, und sei es mit Gewalt. Dann geschah es. Die Wucht der Explosion ließ die Erde ringsum einen kurzen Augenblick erzittern, dann stieg eine Wolke aus Staub und kleinen Steinen auf.

Berman atmete tief aus. Er winkte den anderen zu. Sie beluden die drei Jeeps wieder mit ihren Waffen und den leeren Sprengstoff-Kisten. Berman schwang sich in den ersten Jeep und nickte dem Fahrer zu. Der gab Gas. Der Konvoi erreichte nach etwa drei Kilometern die Sicherheitszone, die im Süden des Libanons von den Israelis kontrolliert wurde. Die Hügel waren in frisches Grün getaucht, überall blühten Frühlingsblumen.

David Berman genoß den sanften Fahrtwind, der die erste

Wärme des Jahres in das Land trug. Er schaltete das kleine Transistorradio ein, das er in seinem Rucksack bei sich trug, und stülpte sich den Kopfhörer über. Es war auf den Armeesender eingestellt, der mit die beste Popmusik in Israel spielte. Er hörte die Rolling Stones. Sie sangen »Time is on your side«.

Bald würden sie die Orangenhaine auf der israelischen Seite erreichen. David Berman freute sich auf den schweren, durchdringenden Duft der Orangenblüten.

Er schloß die Augen. Da sah er sie wieder vor sich, das dunkle Gesicht mit dem Kopftuch, die Augen voller Haß, er hörte wieder das Gekreische der Alten. Ihr Teufel, ihr Teufel, ihr Teufel, schrie sie. Er schaltete das Radio lauter, versuchte, das Gesicht aus seinem Bewußtsein zu vertreiben. Aber es blieb. Ja, time is on your side, sangen immer noch die Rolling Stones, you come running back to me. Dazwischen ihr Gekreische. Ihr Teufel.

Noch immer hielt er die Augen geschlossen. Er spürte ein starkes Rütteln in seinem Rücken. Das Brummen des Motors nahm zu. Der Jeep schlingerte leicht. Endlich öffnete er die Augen wieder.

Er bemerkte, daß sie von der engen asphaltierten Straße abgewichen waren. Die Fahrbahn war aufgerissen, irgendwelche Reparaturarbeiten. Sie fuhren über einen holprigen Sandweg, neben der eigentlichen Straße, der das Hindernis umging.

Einen Moment packte ihn ein Unbehagen. Er wollte den Fahrer am Arm nehmen, ihn zum Anhalten bewegen. Doch dann dachte er, weniger als eine Stunde, dann würden sie in Israel sein. Ohnehin würde der Weg nach hundert Metern wieder auf die Straße zurückführen. Vor ihm lag das lange Wochenende. Nur jetzt kein Verzögern mehr. Zur Hölle mit den Arabern, jedenfalls für die nächsten 48 Stunden.

David Berman hörte noch den scharfen Knall der Explosion, merkte, wie der Jeep hochgehoben wurde. Dann spürte er, beinahe verwundert, ein unbekanntes Gefühl, intensiv, erstaunlich schmerzfrei, als sein Unterleib zerrissen wurde. Erst wurde es weiß vor seinen Augen, dann schwarz. Daß der Jeep, der auf die große Landmine gefahren war, die in dem aufgewühlten Erdreich des Sandwegs versteckt war, umkippte und den Fahrer und ihn unter sich begrub, merkte er nicht mehr.

Wünsdorf, Deutschland

31. 12. 1989

Sie stand vor dem Spiegel in der Diele und drehte sich hin und her. Raissa Arbatov trug einen langen Mantel mit einem Pelzkragen, dazu eine dunkle Pelzmütze, unter der ihre hellblonden Haare hervorlugten. Ihr dunkelroter Lippenstift bildete einen deutlichen Kontrast zu ihrer hellen, feinen Haut. Sie lächelte ihrem Spiegelbild zu.

Dann drehte sie sich um, ging die paar Schritte zum Wohnzimmer und fragte: »Na, wie seh ich aus?« Jurij Arbatov ließ die *Iswestija* sinken, schob das Teeglas beiseite, das auf dem kleinen Tisch vor ihm stand, und erhob sich aus seinem Sessel. Er hatte sein Uniformhemd aufgeknöpft und die schweren Militärstiefel ausgezogen. Arbatov nahm sie in den Arm und zog sie an sich, so daß ihr Kopf an seiner Brust ruhte. Er hielt sie so fest, einen langen Augenblick.

»Wunderschön«, flüsterte er ihr schließlich ins Ohr, »du siehst wunderschön aus.«

»Neu«, sagte sie, »direkt aus Moskau. Und ganz preiswert.«

Jurij Arabatov, der sie immer noch umschlungen hielt, verbarg sein Gesicht im Nerzkragen ihres Mantels, der weich war und schmiegsam. Er vermied es, seinem Drang nachzugeben und nach dem Preis zu fragen. Einmal hatte er sich diese Frage erlaubt, als sie in einem neuen Kleid nach Hause gekommen war. Er hatte das Aufblitzen in ihren Augen gesehen, die plötzlich eisblau zu sein schienen, kalt und hart.

Sie waren erst seit einem Jahr verheiratet; das Ergebnis eines schnellen Entschlusses. Er war im Sanatorium in Moskau, ein verwundeter Afghanistan-Heimkehrer, sie war dort Krankenschwester. Arbatov hatte sich in sie verliebt, sofort. Er wußte nicht, wie ihm geschah. Es war die erste Frau, die ihn je so in ihren Bann geschlagen hatte, so vollständig, so unwiderruflich, so total, ja, und so bedingungslos – ihn, den Berufssoldaten, dessen Welt jahrelang der Krieg gewesen war, der Dienst, die Kaserne, die Uniform, Befehl und Gehorsam, und dann die Partei, der man sich unterzuordnen, die immer recht hatte.

Nach zwei Wochen hatte sie Ja gesagt, am Tag, an dem er ihr von seiner Versetzung erzählt hatte, nach Deutschland. Er erinnerte sich an ihren Augenaufschlag. Deutschland! Für ihn war es die wichtigste Bastion der Sowjetunion gegenüber dem anderen Machtblock, gegenüber der NATO, für sie war es der Westen – auch wenn ihr neuer Aufenthaltsort in der DDR lag.

Jetzt standen sie, eng umklammert, in einer Offizierswohnung in Wünsdorf, wo sie zusammen mit bis zu 70 000 anderen Sowjetbürgern lebten, im Hauptquartier der Westgruppe der Truppen der Roten Armee, einer 600 Hektar großen sowjetischen Insel in Ost-Deutschland, mit eigenen Geschäften, Schulen, Freizeiteinrichtungen, ein komfortables Leben für die Offiziere und ihre Familien. Die 2500 Deutschen, die eigentlichen Bürger von Wünsdorf, wohnten streng abgeschirmt auf der anderen Seite der 18 Kilometer langen Mauer, die den Stützpunkt umgab. Raissa hatte in dem Militärkrankenhaus wieder einen Job als Krankenschwester gefunden, sie genoß das Leben mit seinen vielen Privilegien für die ausgesuchten Soldaten, die die Regierung in Moskau nach Deutschland geschickt hatte.

Sie hob ihr Gesicht zu ihm auf, so daß sie ihm in die Augen sehen konnte. Sie lächelte. »Jurij, hast du schon gehört? Die Deutschen werden heute ein großes Fest feiern. Alle reden davon.«

Arbatov merkte, wie wieder das Unbehagen in ihm hochstieg. Seine Gesichtszüge verhärteten sich. Ja, die Deutschen feierten. Vor sieben Wochen hatten sie plötzlich die Mauer geöffnet, und seitdem machten sie, was sie wollten. Und dieser Gorbatschow hatte es zugelassen! Nichts hatte er unternommen, nichts! Konnte er nicht erkennen, was dahinter steckte? Wenn die Mauer offen war, dann war das Bollwerk eingerissen, das die Sowjetunion nach Westen hin schützte. Zu viel schon hatte der Mann im Kreml hingenommen. Wie sollte es weitergehen?

Einen Moment lang hatte er vergessen, daß er sie immer noch in den Armen hielt. Er schaute in ihr Gesicht, in dem ihr Lächeln eingefroren zu sein schien. Jetzt kam wieder Bewegung in ihre Züge.

»Du, ich habe gedacht … ich meine, vielleicht könnten wir ja auch nach Berlin fahren«, sagte sie.

»Nach Berlin?« fragte er, verblüfft.

»Ja, es ist Silvester, und da ist bestimmt toll was los.«

Er schwieg.

»Bitte, Jurij, bitte, bitte.«

Sie legte ihre Arme um seinen Hals und zog ihn zu sich heran. Er bekämpfte mit Mühe seinen Zorn, das plötzliche Aufwallen aus Wut und Frustration. Arbatov wußte, daß sie nicht lockerlassen, daß dieses Silvester eine Katastrophe werden würde, wenn er nicht nachgab. »Also gut«, murmelte er.

Sie küßte ihn. »Danke, Jurij.« Dann sagte sie, fast nebenher: »Ach, noch etwas, vielleicht ist es besser, wenn du ohne Uniform fährst.«

Das Blut schoß ihm in den Kopf.

»Unmöglich«, sagte er. »Das geht nicht, ganz unmöglich.«

Sie legte ihre Hand auf seinen Arm. »Jurij, tu es mir zuliebe. Nur das eine Mal, glaub mir, in Berlin ist es heute besser so.«

Er wußte, daß es keinen Sinn hatte. Entweder er schluckte seinen Stolz hinunter, umging alle Vorschriften, oder er würde mindestens 48 Stunden ihren nachtragenden Zorn aushalten müssen. Er sagte nichts, ging aber in das Schlafzimmer und begann sich umzuziehen.

Die rote Fahne über der sowjetischen Botschaft hing schlaff an ihrem Mast, hoch über dem langgestreckten Gebäude aus weißen Quadersteinen. Die meisten Lichter in den Büros waren abgeschaltet. Die Tore in dem Zaun aus Eisenstäben, der die Botschaft zur Straße »Unter den Linden« hin abschottete, waren verschlossen. Die Berliner, die lärmend daran vorbeizogen, mit Sekt- und Bierflaschen in der Hand, zollten dem Gebäude keine Aufmerksamkeit.

Ihr Ziel lag nur ein paar hundert Meter weiter, in Richtung Westen. Bis vor wenigen Wochen war es ihnen nicht erlaubt gewesen, auch nur in seine Nähe zu kommen. Bewaffnete Posten hinter einer Gitterabsperrung hatten sie 28 Jahre lang davon abgehalten. Doch jetzt war der Pariser Platz plötzlich wieder ein Platz, kein freies Schußfeld mehr, das Brandenburger Tor wieder ein Tor, das offen war, das irgendwohin führte, auch wenn ein paar Meter davor immer noch die Mauer stand.

Immer mehr Menschen strömten an diesem Abend ausgelassen, heiter, über den breiten Mittelstreifen unter den Linden auf das Tor mit seinen massiven Steinsäulen zu.

Raissa hatte sich bei Jurij untergehakt. In der linken Hand trug sie eine Plastiktüte. Arbatov ließ sich von ihr widerstrebend voranziehen, mitten in der Menschenflut, die sich in Richtung Westen bewegte. Er schaute auf seine Armbanduhr: 23.30 Uhr.

Endlich kamen sie am Brandenburger Tor an, vor dem inzwischen Zehntausende standen, dicht an dicht, Schulter an Schulter. Bald war er eingekeilt in der Menschenmasse, um ihn herum überwiegend junge Leute, die sich an den Händen hielten, sich zuprosteten, lachten, sangen. Waren das wirklich die braven, zurückhaltenden DDR-Bürger, die er jahrelang beobachtet hatte, dachte er.

Hinter dem Brandenburger Tor, auf der West-Seite, lösten sich die ersten Knallkörper, dann immer mehr. Arbatov zuckte zusammen, er schloß, fast automatisch, die Augen. Wie im Schnellgang spulte sich ein Film vor ihm ab, berstendes Krachen, hämmernde Maschinenwaffen, Leuchtspurgeschosse, die armseligen Hütten entgegenzischten, ein totes afghanisches Kind starrte ihn aus leeren Augen an. Er bemerkte das plötzliche Stechen in seiner Schädeldecke. Ein Zittern ging durch seinen Körper.

Arbatov zwang sich, die Augen zu öffnen. Er merkte, daß er schwankte. Das Schwanken ging von Raissa aus. Sie hatte ihren rechten Arm bei ihm untergehakt, ihr linker Arm war mit dem eines jungen Deutschen verhakt, der wiederum mit seiner Nachbarin Arm in Arm dastand, und alle schunkelten, sangen. Einer rief: »Wir sind ein Volk.« Und plötzlich riefen alle: »Wir sind ein Volk! Wir sind ein Volk!«

Die Zahl der explodierenden Knallkörper nahm zu. Die Menschen begannen, nach vorn zu schieben, durch die Säulen des Brandenburger Tores hindurch, eine Flut, der man sich nicht entgegenstemmen konnte. Davor herrschte noch mehr Enge. Tausende drängten sich auf der Fläche zwischen dem Tor und der Mauer. Arbatov hatte das Gefühl, keine Luft mehr zu bekommen. Immer mehr junge Leute zogen sich an der Mauer hoch, begannen auf ihr zu tanzen. Dann begannen sie zu zählen: »Zehn, neun, acht, sieben ...«

Als sie bei eins angelangt waren, stiegen pfeifend die Raketen in den feuchtkalten Himmel über dem Tiergarten, Hunderte, dann Tausende, bunte Orgien aus Licht, rot, grün, blau, weiß, zischten über das Brandenburger Tor hinweg, tauchten es in ein grelles, schillerndes Licht. Die Menschen fielen sich um den Hals, Wildfremde küßten sich, wünschten sich ein frohes neues Jahr. Raissa zog aus ihrer Plastiktüte eine Flasche Krimsekt hervor. »Hier, mach auf«, rief sie gegen den tosenden Lärm. Arbatov mühte sich, hatte dann Erfolg, der Korken flog heraus. Raissa zog die Flasche an den Mund und nahm einen langen Schluck. Ihr Gesicht glühte, das Licht der Raketen spiegelte sich in ihren Augen. Sie reichte ihm die Flasche. »*Na sdarowje*«, schrie sie. Er trank, widerstrebend. Sie küßte ihn. »Oh, Jurij, Jurij, ist es nicht wunderbar?« Er hielt sie fest, wußte nicht, was er sagen sollte. Vor ihm tanzten sie wie die Derwische auf der Mauer, wild, ausgelassen. Raissa nahm ihm die Flasche aus der Hand und begann, ihn nach links zu schieben, am Brandenburger Tor vorbei, anderen nach, die nun auch in diese Richtung strebten. Endlich kamen sie an dem Mauerdurchbruch an. Ein DDR-Grenzer stand dort, hilflos, bemühte sich, Pässe zu stempeln, gab es dann aber auf. Raissa schob Arbatov durch die Öffnung in der Mauer, durch die Menschen hin- und hergingen, wie selbstverständlich, die einen in den Osten der Stadt, die anderen in den Westen.

Plötzlich standen sie jenseits der Mauer, auf der immer noch Hunderte tanzten, am Rande des Tiergartens. Arbatov sah die vielen Löcher, dort, wo die Souvenirjäger mit ihren Hämmern Zementbrocken herausgebrochen hatten. Der sozialistische Schutzwall, dachte er bitter, so sieht er also nun aus.

Raissa fiel ihm wieder um den Hals. Ihre Augen strahlten. »Jurij, wir sind im Westen«, sagte sie. »Im Westen!«

Arbatov schaute verstohlen auf seine Armbanduhr. Er fragte sich, wann am Morgen der erste Zug fahren würde, zurück nach Wünsdorf.

Tel Aviv, Israel

23. Februar 1991

Als die Sirenen zu heulen begannen, erwachte Ruthi Berman erschrocken. Sie tastete den Boden des Badezimmers nach der Taschenlampe ab, schaltete sie ein und schaute dann auf ihre Uhr: 2.21 Uhr morgens. Wie jede Nacht, seit die Angriffe begonnen hatten, hatte sie auch diese wieder im einzigen fensterlosen Zimmer der Wohnung verbracht, aber in dieser Nacht war sie zum ersten Mal eingeschlafen. Vielleicht hatte sie sich inzwischen an die Angriffe gewöhnt, doch vielleicht war es einfach nur ihre völlige Erschöpfung, die sie hatte einschlafen lassen.

Wie auf die meisten Einwohner von Tel Aviv hatten die Raketenangriffe auch auf sie eher psychische als physische Auswirkungen. Alle waren sie gereizt, ihre Nerven lagen blank bei der nächtlichen Bedrohung durch immer mehr Scud-Raketen. Kaum jemand war durch die direkte Wirkung der Raketen umgekommen, einige waren an Herzinfarkt gestorben, ein paar ältere Menschen waren unter den Gasmasken erstickt, doch die Furcht, daß der nächste Angriff tödlich sein könnte, schien Nacht für Nacht größer zu werden. Im Radio hatte man bekanntgegeben, daß bereits über vierhundert Gebäude beschädigt worden waren.

Ruthi rieb sich den Schlaf aus den Augen und griff nach ihrer Gasmaske. Sie haßte dieses Ding inzwischen – nicht nur, weil es Klaustrophobie verursachte, sondern auch weil es ein Symbol war, das Symbol für ihre Hilflosigkeit.

Diese Nebenwirkung des Golfkriegs hatte der Friedensbewegung einen schweren Schlag versetzt. Zum ersten Mal, seit sie sich der *Shalom Achshav* angeschlossen hatte, verspürte sie einen gewissen Widerwillen, ihre Meinung öffentlich zu äußern.

Die Stimmung der Israelis war seit dem Beginn der Angriffe immer militanter geworden, und die Bilder von Arabern, die auf den Dächern ihrer Häuser im Jordantal und auf der West Bank den Scud-Raketen auf ihrem Weg nach Tel Aviv zujubelten, hatten alles nur noch schlimmer gemacht. Ein Engagement in der israelischen Friedensbewegung war noch nie einfach gewesen, aber in letzter Zeit kam es ihr sogar wirklich gefährlich vor.

Sie setzte die Gasmaske auf, lehnte ihren Kopf an die Kachelwand und schloß die Augen. Die Minuten zerronnen, und das wellenförmige Auf und Ab des Sirenengeheuls wurde schließlich so laut, daß es in den Ohren schmerzte. Sie hatte den Eindruck, daß sie körperlich durch die Wände des winzigen Raums, der ihr als Luftschutzbunker diente, spüren konnte, wie es sie umschloß. Sie umklammerte ihre Knie und versuchte, langsam und regelmäßig zu atmen. Sie wollte nicht wieder hyperventilieren. Obwohl es hier drinnen nicht heiß war, begann sie unter der Maske zu schwitzen.

Ruthi riß die Augen auf, als sie die erste Scud einschlagen hörte. Aus Erfahrung wußte sie, daß es ein Treffer war, aber nicht in der Nähe. Weiter heulte die Sirene, mal lauter, dann wieder leiser, lauter und leiser. Sie preßte ihre Beine noch stärker aneinander und versuchte, an etwas anderes zu denken, irgend etwas, vergeblich.

Avi. Jedesmal, wenn sie und er zusammen waren, kämpften sie wie Hund und Katze gegeneinander, doch gab es zwischen ihnen das stille Einverständnis, daß diese Streitereien ihre Liebe zueinander in keiner Weise schmälern durften. Sie fragte sich, wo er jetzt nur sein mochte. Ihr Vater absolvierte zur Zeit seinen jährlichen Militärdienst, doch sie wußte, daß er einen relativ sicheren Bürodienst versah.

Aber Avi. Er war irgendwo oben im Norden bei seiner Golan-Brigade, und er hatte der ganzen Familie versichert, daß sich die IDF aus dem Krieg heraushalten würde, denn das hatten sie den Amerikanern versprochen.

Doch was wäre, wenn dieser Geisteskranke in Bagdad befahl, eine Scud mit chemischem oder biologischem Kampfstoff abzufeuern? Nur eine einzige? Das würde reichen, um die israelische Zurückhaltung endgültig zu durchbrechen. Das würde dann den totalen Krieg bedeuten, und Avis Einheit wäre eine der ersten, die sich in den Kampf werfen würde. Wenn Avi etwas zustieße, das würde ihre Mutter nicht verkraften, nicht nach dem, was David geschehen war, David, über dessen Tod sie nie hinweggekommen war. Es verging kein Tag, an dem ihr nicht die Bilder seines Todes bei der Explosion der Landmine durch den Kopf gingen.

Der Schweiß brannte in ihren Augen, und einen Moment lang war sie versucht, die Maske kurz abzunehmen, um sich die Augen zu wischen, als die zweite Rakete aufschlug. Der Explosionsknall war lauter als der erste, und sie fühlte den Boden unter sich erbeben. Dann wieder ein Scud-Einschlag, doch der war sehr weit entfernt, vielleicht in der Nähe des Flughafens. Das Sirenengeheul marterte ihren Kopf immer stärker. Unbewußt begann sie, im Rhythmus ihres Herzschlags und dem Auf und Ab der Sirenen langsam hin und her zu schaukeln. Oh mein Gott, nicht ich. Ich nicht, murmelte sie nun vor sich hin.

Und dann kam der Einschlag.

Der Knall war so ohrenbetäubend, daß sie sich die Ohren mit

beiden Händen zuhalten mußte und sich auf die Seite rollen ließ, als das gesamte Gebäude erzitterte und Mörtel von der Decke fiel. Wenn sie sich später an diese ersten Augenblicke erinnerte, dann glaubte sie, sie hätte aufgeschrien, aber sicher war sie sich da nicht. So blieb sie eine Weile liegen, umklammerte sich mit beiden Armen, preßte ihr Ohr an die kühlenden Kacheln, ihr Herz raste, ihr Atem kam stoßweise. Das Heulen der Sirenen vermischte sich mit dem der Krankenwagen, die sich näherten.

Als endlich der Alarm aufgehoben wurde, hatte sie aufgehört zu zittern, und ihre Atmung war fast wieder normal. Sie nahm die Maske ab, hängte sie an den Haken auf der Rückseite der Tür und schaltete das Licht an. Dann drehte sie sich um und betrachtete sich im Spiegel über dem Waschbecken. Ihr dunkles Haar war voller Mörtelstaub, den sie nun abschüttelte und von ihrem Pullover strich. Jetzt schaute sie wieder in den Spiegel und bemerkte die roten Striemen auf ihrer Stirn, dort, wo sich der Rand der Gasmaske eingedrückt hatte. Ihre Augen waren geschwollen und ihre Wangen gerötet. Sie drehte den Wasserhahn auf, wusch sich mit kaltem Wasser ihr Gesicht, trocknete es ab und ging ins Wohnzimmer. Sie nahm das Telefon und wählte die Nummer ihrer Mutter. Besetzt. Jeder Israeli rief wohl jetzt irgend jemanden an und wollte wissen, ob alles in Ordnung war. Sie rieb sich den Nacken und wählte erneut. Immer noch besetzt. Beim dritten Versuch kam sie durch.

»Geht's dir gut, *Emma?*« fragte sie.

»Mir? Ja, sicher«, antwortete sie, aber Ruthi hörte das Zittern in ihrer Stimme.

»Und *Abba?*«

»Der ist noch oben auf dem Dach, auf Scud-Wache, deren Sinn ich nie so recht verstanden habe, aber du weißt ja selbst, wie er ist.«

Ruthi wußte genau, daß er nie in den Luftschutzraum ging und nie eine Gasmaske aufsetzte. Sie zögerte einen Moment und fragte dann: »Und, ... ja, ... hast du was von Avi gehört?«

Ihre Mutter antwortete nicht gleich, und Ruthi glaubte, sie

seufzen zu hören, dann sagte sie: »Er hat uns gestern abend angerufen. Es geht ihm gut. Er hat nur noch vier Wochen vor sich, dann ist er fertig mit seinem Dienst, aber ich habe den Eindruck, er will weiter für die Regierung arbeiten. Er sagt, sie hätten ihm einen Posten angeboten, irgendwas beim Sicherheitsdienst. Ich glaube, er war ganz schön aufgeregt, aber er hat versucht, das vor mir zu verbergen, und über Einzelheiten wollte er nicht reden.«

Jetzt war es also heraus, dachte Ruthi. Als sie zuletzt zusammengewesen waren, als er vom Golan für ein Wochenende zu Hause gewesen war, da hatte ihr Avi von diesem Angebot erzählt.

»Irgendwo im Sicherheitsapparat, wo viel los ist«, hatte er gesagt, und sie konnte sich sehr gut vorstellen, was das zu bedeuten hatte.

»Nun gut, Mama«, sagte sie. »Mach dir keine Sorgen. Ich bin ja so froh, daß keinem von euch etwas passiert ist. Ich liebe euch. *Shalom.*«

Dann legte sie auf, starrte abwesend aus dem Fenster und kaute dabei auf einem Fingernagel. Da sie Avi kannte, wußte sie, daß er gut auf sich selbst aufpassen konnte, aber wenn sie nicht völlig mit ihrer Vermutung danebenlag, dann würde er wohl zum Mossad gehen, ein äußerst beunruhigender Gedanke. Sie merkte, wie sie an einem Stück Nagelhaut kaute und zog ihren Finger angeekelt aus dem Mund. Sie hatte sich vor kurzem wieder einmal vorgenommen, sich diese Unart abzugewöhnen. Mit schnellen Schritten durchquerte sie das Wohnzimmer, griff ihre Jacke von einer Stuhllehne und ging hinunter auf die Hashomar-Straße.

Unten auf der Straße herrschte ein geordnetes Chaos. Die Scud hatte in einem Wohngebäude inmitten eines Häuserblocks auf der gegenüberliegenden Straßenseite eingeschlagen. Löschmannschaften bekämpften bereits die Flammen, die aus dem Dach schossen. Polizeifahrzeuge und ein Krankenwagen verstopften die enge Straße. Ihre blinkenden Signalleuchten wurden von den weißen Häuserwänden reflektiert. Feuerwehrschläuche schlängelten sich über die nasse Straße.

Die Polizei hatte den Bereich vor dem brennenden Gebäude bereits abgeriegelt, und Ruthi bahnte sich mit Ellenbogenstößen ihren Weg in die erste Reihe der Menschenmenge von Nachbarn, die sich an der Absperrung drängten. Sie konnte die Sanitäter erkennen, die jemanden auf einer Trage aus dem Haus transportierten. Polizisten und Feuerwehrleute durchkämmten unter Anleitung der Menge, die ihnen Hinweise und Vorschläge zurief, den gesamten Bereich. Sie blickte um sich, ob sie jemanden aus ihrem Gebäude erkennen konnte. Da berührte eine Hand ihre Schulter, und sie schaute in das Gesicht eines jungen Mannes, der ihr irgendwie bekannt vorkam.

»Bist du nicht Ruthi Berman, Avis Schwester?«

Sie nickte und antwortete: »Ja«, wobei sie ein wenig besorgt die Stirn runzelte.

»Das Mädchen von der *Shalom Achshav*, stimmt's?«

Ruthi reckte ihren Kopf, als sie merkte, daß Ärger in der Luft lag, und sagte: »Mm, mm.«

»Dann sind das also die Leute, mit denen wir deiner Meinung nach Frieden schließen sollen? Mit diesen Terroristen, die mit Raketen auf unsere Landsleute schießen?« fragte er und deutete dabei mit der Hand in den Himmel.

»Ich …«

Der junge Mann drehte seinen Kopf von ihr fort und rief einem Freund zu: »He, Gido, hier ist jemand von den ›Frieden-Jetzt‹-Leuten. Ich versuche gerade mal herauszufinden, ob sie mit diesen Mördern immer noch Frieden schließen will.«

Ruthi versuchte sich von ihm zu entfernen, aber er hielt sie am Arm fest. Sein Freund stellte sich direkt vor ihr in den Weg.

»Mein Freund Gido hier hat einen Bruder durch diese Terroristenschlächter verloren. Er möchte keinen Frieden mit denen schließen, oder, Gido?«

»Ich habe auch einen Bruder verloren«, entgegnete Ruthi.

»Wie viele sollen denn noch Brüder, Väter und Schwestern verlieren, bis wir diesem Kämpfen ein Ende setzen?«

»Aber die wollen doch gar keinen Frieden mit uns, du naives kleines Mädchen«, sagte Gido. »Die wollen doch nur eins, nämlich daß wir alle sterben. Sie wollen uns ins Meer treiben.«

Sie wollte sich wirklich nicht mit ihnen anlegen. Das hatte sie schon allzu oft getan, und sie kannte die Frustrationen, die dann kamen. Und ganz besonders in Situationen wie diesen war es völlig sinnlos, mit ihnen zu diskutieren. Sie wollte weggehen, aber wieder hielten sie sie auf.

»Ich muß jetzt wirklich gehen«, sagte sie.

Der erste der jungen Männer wandte sich der Menge hinter ihm zu und rief. »He, Leute. Wir haben hier einen kleinen Friedensengel. Sie will Land gegen Frieden eintauschen.«

Ein Mann rief zurück: »Das einzige Land, das wir für Frieden eintauschen können, ist unser gesamtes Vaterland!«

Eine Frau kreischte: »Nur zu, gib ihnen noch mehr Land, damit sie ihre Selbstmordkommandos noch näher zu uns bringen können!«

»So ringen die Araber um Frieden«, rief ein weiterer Mann und zeigte dabei auf das brennende Gebäude.

»Es gibt nur eine Möglichkeit, wie man mit diesen Terroristen umzugehen hat. Jedesmal, wenn sie auf uns einschlagen, dann müssen wir zurückschlagen, und zwar doppelt so hart«, rief Gido.

Der junge Mann, der sie angesprochen hatte, sagte: »Ich zeig' dir mal, was ich von eurem ›Frieden-Jetzt‹-Getue halte.« Er wölbte beide Hände vor seinem Mund und schrie: »Verräter! Verräter! Verräter!«

Die Menge fiel in den Sprechgesang ein: »Verräter! Verräter! Verräter!«

Ruthi hielt sich die Ohren zu, zog den Kopf ein und bahnte sich ihren Weg durch die Menge. Als sie sie endlich hinter sich gelassen hatte, rannte sie in ihr Haus zurück, und erst als sie dort drinnen in Sicherheit war, ließ sie ihren Tränen freien Lauf.

Beirut, Libanon

30. August 1993

Für einen flüchtigen Beobachter sah der Mann, der im Schatten des Hauses in der Sh'tillah-Straße stand, nicht anders aus als einer von den Tausenden von jungen Männern, die sich in den Beiruter Straßencafés Abend für Abend herumtrieben.

Er trug Reebok-Sportschuhe, eine khakifarbene Hose, ein graues T-Shirt und eine glänzende, dunkelblaue Jacke mit drei Streifen auf den Ärmeln. Sein gelocktes Haar schien im Mondlicht bläulich-schwarz. Sein Teint war dunkel, beinahe olivgetönt. Er starrte mit seinen schwarzen Augen auf das weiß getünchte, fast quadratische Haus auf der gegenüberliegenden Straßenseite in diesem ruhigen Wohnviertel.

Das Haus war unbeleuchtet, die blaue Eingangstür verriegelt. Das Viertel schlief. Die Augustnacht war wie Samt, still, warm und weich. Die Ruhe wurde nur gestört durch das Zirpen der Zikaden und durch einen Hund, der hin und wieder, aus unerfindlichem Grund, in ein ärgerliches Gebell ausbrach.

Irgendwo in der Nähe mußte auch eine Ziege sein, denn von Zeit zu Zeit hörte er das Klingeln ihrer kleinen Glocke.

Eine vereinzelte Wolke schob sich vor den Mond, und diesen Augenblick nutzte er, um hinter vorgehaltenen Händen gierig an seiner Zigarette zu ziehen und wieder einmal die Uhr zu kontrollieren. Es war 1.10 Uhr, immer noch viel Zeit, aber er wartete nun schon länger als eine Stunde und spürte, wie die Anspannung in seiner Brust zunahm.

Kurz darauf sah er das Auto. Es bog langsam in die Straße ein. Die Scheinwerfer wischten über die Stelle, an der er stand. Er wich zurück in den Schatten und drückte sich gegen eine der Betonsäulen des Vordachs, ließ seine Zigarette zu Boden fallen und trat sie sorgsam aus, während der Wagen vor dem gegenüberliegenden Haus hielt. Die Scheinwerfer erloschen, und das Motorengeräusch erstarb. Die vier Wagentüren öffneten sich fast gleichzeitig, und die Insassen, allesamt Männer, stiegen aus und gingen hintereinander die Treppenstufen hinauf. Er zählte fünf Mann, wartete, bis sie im Haus verschwunden waren, drehte sich dann um, steckte die Hände in seine Jackentaschen und verschwand.

Er brauchte fast zehn Minuten bis zu dem Lieferwagen, den er an einem Olivenhain geparkt hatte. Der Citroën mit offener Ladefläche schien nicht mehr als ein rostzerfressenes Wrack zu sein, dessen ursprüngliche Lackierung nur noch zu ahnen war. Aber der Mann hatte dafür gesorgt, daß sich der Wagen in technisch einwandfreiem Zustand befand. Er ließ den Motor an, bog in die Hauptstraße ein und fuhr mit abgeschalteten Scheinwerfern in Richtung Fußballstadion.

Er parkte auf dem Spielfeld, direkt hinter dem Fußballtor, stellte den Motor ab, griff instinktiv nach einer Zigarette und zündete sie an. Dann lehnte er sich zurück, schloß die Augen und atmete den Rauch langsam durch die Nase aus. Seine müden Augen brannten. In den drei Tagen, die er bis jetzt im Libanon verbracht hatte, hatte er weniger als drei Stunden geschlafen. Er rollte seinen Kopf hin und her, um seinen steifen Nacken zu lokkern. Er hob die Hand und drehte das Handgelenk so, daß der Mond auf seine Uhr schien. Er überprüfte erneut die Uhrzeit. Es blieb ihm noch fast eine Dreiviertelstunde.

Es war nicht das erste Mal, daß er außerhalb Israels an einem Stoßtrupp-Unternehmen teilgenommen hatte, aber dies war das erste, das er allein vorbereitet hatte – ganz allein, als Vorauskommando.

Er liebte seinen Job, er liebte die Gefahr und die Spannung, aber vor allem die innere Befriedigung, die er mit sich brachte. Wenn er gelegentlich über sich nachdachte, empfand er sich als einen sehr alttestamentarischen Juden.

Ja, er glaubte an einen Gott der Rache, den Gott, der die Ägypter, Philister, Moabiter und Hethiter und all die anderen Erzfeinde seines Volkes zermalmt hatte.

Und jetzt, mehr als zweitausend Jahre später, würde er, Avi

Berman, erneut der rechte Arm dieser Rache Gottes sein, und nichts hätte ihn tiefer befriedigen können.

Er wußte, daß es viele Israelis gab, die nur darauf warteten, daß den Arabern irgendwann eine Lektion erteilt werden würde, die ihnen endgültig eines klarmachte: Die Juden würden es ihnen zurückzahlen, Auge um Auge, Zahn um Zahn. Jeder Angriff auf den Staat Israel und seine Bürger würde eine noch gewaltsamere Antwort zur Folge haben, und zwar so lange, bis sie schließlich irgendwann einmal den Terror als Mittel der Politik aufgeben würden.

Doch es war Avi völlig egal, ob sie nun aufgeben würden oder nicht. Sein Geschäft war Vergeltung, nicht Erziehung. Und gerade dieses Kommandounternehmen würde zeigen, wie süß Rache sein kann.

Über ein Jahr war seit der Sprengung der israelischen Botschaft in Buenos Aires vergangen, bei der 29 Menschen getötet und 250 verletzt worden waren. Der Mossad brauchte Monate, um die Verantwortlichen zu identifizieren und ihren Aufenthaltsort herauszufinden. Doch jetzt war es soweit.

Das entfernte Dröhnen eines Hubschraubers riß ihn aus seinen Gedanken. Er richtete sich kerzengerade auf und starrte in den Nachthimmel. Das Dröhnen wurde lauter, und er kontrollierte erneut die Uhrzeit. Genau um 2.50 Uhr schaltete er die Scheinwerfer des Lieferwagens an, aus und wieder an, zählte bis fünf und schaltete sie dann wieder aus. Dieses Signal wiederholte er noch zweimal, und jedesmal kam das typische Dröhnen der Sikorsky CH 53 näher, bis er den tieffliegenden Hubschrauber schließlich über der Tribüne des Stadions sah.

Der Pilot ließ den Hubschrauber einen Augenblick lang über der Mitte des Spielfeldes schweben, er wirbelte eine Staubwolke auf, unter der Avi so gut wie nichts mehr erkennen konnte. Dann setzte die schwere Maschine auf libanesischem Boden auf. Der riesige Rotor peitschte noch durch die Luft, während eine Gruppe von sechs Männern heraussprang und vornübergebeugt auf den wartenden Lastwagen zulief.

Avi winkte sie auf die Ladefläche. Sie trugen Jeans, schwarze Sweatshirts und schwarze Skimasken. Jeder von ihnen war mit einer Uzi-Maschinenpistole ausgerüstet. Einer nach dem anderen kletterte auf die Ladefläche. Alle klopften sie Avi auf die Schulter oder flüsterten ihm »Shalom« zu. Als seine Fracht untergebracht war, zog er die Wagenplane über seine Kameraden.

Bevor er heruntersprang, flüsterte er ihnen zu: *»Leila tov, ve leila mennucha, Yeladim«* – »Gute Nacht, träumt schön, Kinder.«

Gegen Viertel nach drei war er wieder auf dem Parkplatz am Olivenhain. Sie waren genau pünktlich.

Sie sind meine Herde, und heute nacht bin ich ihr Hirte, sagte er sich, während er sie auf einem gewundenen Pfad, vorbei an Olivenbäumen, zu dem Haus führte, das das Ziel ihrer Operation war. Gott schütze uns, dachte er.

Im Verlauf der letzten Stunde hatte sich der Nachthimmel zugezogen. Avi schaute dankbar hinauf zu den Wolken, die sich vor die glitzernde Scheibe des Mondes geschoben hatten, als sie den Olivenhain verließen und sich den verschlafenen Häusern näherten.

Immer wieder war er erstaunt, wie lautlos sich eine Gruppe bewaffneter Männer bewegen konnte. Außer dem leisen Rascheln der Kleider und den Tritten der Stiefel war so gut wie nichts zu hören, als sie sich durch die menschenleeren Straßen zum Ausgangspunkt ihres Unternehmens bewegten, der Avi als Beobachtungsposten gedient hatte. Sie spurteten voran, liefen zu zweit und zu dritt von Haus zu Haus, hielten einen Augenblick an, sicherten, liefen dann weiter, um Häuserecken und durch enge Gassen. Ihre Bewegung alarmierte gelegentlich einen Hund, der zu bellen begann, aber sie hatten schon vor langer Zeit gelernt, wie man mit bellenden Hunden in arabischen Dörfern umzugehen hatte: einfach ignorieren.

Unter dem Vordach des Gebäudes in der Sh'tilla-Straße angekommen, deutete Avi auf das gegenüberliegende Haus und nickte mit dem Kopf, das Zeichen, daß er den Befehl an den Kommandoführer abgab. Alle Augen richteten sich nun auf den

Mann mit den breiten Schultern und dem gedrungenen Körper, der noch einmal die Uhrzeit überprüfte, die Hand hob und dann, nach einem kurzen Augenblick, das Signal für den Angriff gab, indem er die Hand fallen ließ.

Die beiden ersten Männer des Stoßtrupps hasteten zur anderen Straßenseite und schlichen sich unter den erhöhten vorderen Teil des Hauses. Die zwei anderen Männer fühlten einen leichten Klaps auf ihrem Rücken, das Zeichen für sie, die Straße zu überqueren und die Treppe hinaufzustürmen, während ihr Anführer ihnen am Treppenaufgang Deckung gab.

Der erste des Trupps war ein Riesenkerl, zertrümmerte mit einem gezielten Stiefeltritt die Tür, warf sich über die Schwelle und lag, die Uzi im Anschlag, auf dem Boden, während der zweite Mann durch die Türöffnung sprang.

Ein junger Mann saß aufrecht, die Augen weit aufgerissen, auf einem Sofa an der rechten Zimmerwand. Er ließ sich zu Boden fallen und versuchte, auf dem Boden kriechend, seine Waffe zu erreichen, die auf einem Stuhl neben dem Fenster lag, aber die beiden Israelis hatten bereits das Feuer auf ihn eröffnet. Seine Hand erreichte noch ein Stuhlbein, umkrampfte es einen kurzen Augenblick, dann ließ er los und blieb regungslos liegen. Ohne sich zu vergewissern, ob er tot war, lief der eine der Israelis nach links, der andere nach rechts zu den Schlafzimmern. Als der erste Mann des Stoßtrupps den Vorhang zur Seite riß, sah er im Bett eine Frau, die ihre beiden Kinder an sich drückte, und den Körper eines Mannes, der sich schnell von ihm wegdrehte. Als er sich im Bett aufrichtete, sah der Israeli die automatische Waffe in der Hand des Arabers und schoß sofort. Das Zimmer wurde vom Kugelhagel durchlöchert. Die Körper auf dem Bett zuckten unter dem Einschlag der Kugeln hin und her, ihr Blut spritzte an die Wand.

Die beiden Araber in dem linken Zimmer hoben einfach nur die Hände, als sie ihre Angreifer sahen.

Ali Ben Nasar hatte gerade das Badezimmer an der Rückseite des Hauses betreten, als er hinter sich die Schüsse hörte.

Ohne eine Sekunde zu zögern, stieg er auf den Toilettenrand und streckte seine Hände nach den Kacheln an der Decke aus. Mit seiner Rechten, an der sowohl der kleine als auch der Ringfinger fehlten, öffnete er einen verborgenen Riegel, und mit seiner Linken schob er zwei Kachelreihen beiseite. Mit der Beweglichkeit und der Kraft seines durchtrainierten Körpers kletterte er in das Versteck unter der Decke und schob die Kacheln hinter sich zu.

»Eure Hände! Eure Hände! Zeigt mir Eure Hände!« schrie Avi die immer noch auf dem Bett sitzenden beiden Männer auf arabisch an. Ihre Gesichter drückten eine Mischung aus Verachtung und Verwirrung aus, als sie ihre geöffneten Hände Avi entgegenstreckten. Er nahm eine Taschenlampe und leuchtete in ihre Augen. Dann wandte sich Avi an den Kommandoführer.

»Er ist nicht hier«, sagte er.

»Was heißt, er ist nicht hier? Du hast doch gesagt, du hättest alle fünf hineingehen gesehen.«

»Es sind auch alle fünf hineingegangen.«

»Und du hast dir die beiden Toten genau angesehen?«

»Er ist nicht dabei.« Hilflos leuchtete er mit der Taschenlampe in dem Raum umher.

»Vielleicht hat er das Haus wieder verlassen«, sagte er mit leiser Stimme.

»Und vielleicht können Schweine fliegen«, erwiderte der Kommandoführer. »Schau draußen nach.«

Avi ging nach draußen, während die beiden anderen Mitglieder des Kommandos den Arabern die Hände auf den Rücken fesselten.

Kurz darauf kehrte er zurück.

»Niemand hat das Haus verlassen. Unsere beiden Leute da unten schwören es«, sagte er.

»Dann muß das Schwein sich irgendwo im Haus versteckt haben«, sagte der Kommandoführer und rief in den benachbarten Raum hinein:

»Uri, spreng es in die Luft – sofort.«

Drei Häuser weiter beobachtete Ali Ben Nasar vom Dach aus, wie das Haus in einer Wolke von Feuer und Rauch explodierte. Er schien die kleinen Trümmerstücke, die auf ihn niederregneten, nicht wahrzunehmen, aus schmalen Augenschlitzen beobachtete er die Flammen, die zum Nachthimmel hinaufzüngelten. Es war nicht das erste Mal, daß er einer gefährlichen Situation im letzten Augenblick entkommen war. Er beobachtete auch seine beiden Kameraden, die von den Israelis – die Köpfe mit Kissenbezügen verhüllt – abgeführt wurden. Er glitt zur Rückseite des Daches, rutschte an einem Wasserrohr zu Boden und verschwand in der Dunkelheit der Nacht.

Beirut, Libanon

13. September 1993

»Nadir, schau doch mal, ob du das wieder hinkriegst.«

Nadir al Fatar erhob sich von seinem Stuhl in dem winzigen Zimmer und kniete sich vor das Fernsehgerät. Er drehte an verschiedenen Knöpfen herum, bis das Bild auf dem Fernsehschirm wieder ruhig stand. Dann setzte er sich wieder neben das Sofa.

Ali Ben Nasar und sein Vater saßen nebeneinander auf der alten Couch und starrten gebannt auf den Fernseher. Das Zimmer war gerade mal so groß, daß eine Couch, die gleichzeitig als Bett diente, ein Stuhl und das Tischchen für den Fernseher hineinpaßten. Ein kleiner Ofen und ein Waschbecken füllten die Ecke neben der Badezimmertür aus. Eine leichte Brise umspielte den Vorhang am Fenster zu dem winzigen Balkon.

Selbst nach libanesischen Maßstäben war die Wohnung klein, aber Ali war glücklich, daß es ihm durch seine Verbindungen gelungen war, seinen Vater aus dem Lager herauszuholen und ihm die Wohnung hier im Moslemviertel der Stadt zu besorgen.

Der alte Mann legte seine Hand auf Alis Knie und sagte: »Es ist wirklich lieb von dir, daß du mich hier besuchst. Ich mach' mir immer solche Sorgen um dich, wenn ich dich lange nicht gesehen habe.«

»Um mich brauchst du dir doch keine Sorgen machen, Vater.«

»Und was sollen dann die Männer da vor der Tür?«

Ali gab sich Mühe, ein wenig zu lächeln. »Das sind nur ein paar Freunde ... Die warten auf mich und Nadir.«

»Na, na, ich bin doch nicht von gestern«, sagte der Alte und deutete mit der Hand auf die Tür. »Mein Sohn reist in Begleitung seiner Leibwächter, und da soll ich mir keine Sorgen machen?«

»Wir leben eben in einer unsicheren Zeit«, antwortete Ali.

»Das tun wir alle«, entgegnete sein Vater, »aber es läuft doch nicht jeder mit bewaffneten Wächtern herum.«

»Pst, es fängt an«, sagte Nadir, ging zum Fernseher und stellte den Ton lauter.

Die Fassade des Weißen Hauses erschien im Bild, und der Kommentator berichtete, daß die wichtigsten Verhandlungsteilnehmer, die soeben eine Übereinkunft erzielt hatten, in wenigen Augenblicken herauskommen würden.

»Man muß auf alles gefaßt sein, was dieses Frettchen ohne Rückgrat, dieser sogenannte palästinensische Patriot da hinter verschlossenen Türen wieder aufgegeben hat«, sagte Ali.

»Warum redest du so voller Gift und Galle über ihn?« fragte der alte Nasar. »Ohne ihn hätten wir doch überhaupt keine Aussichten, je einen Staat namens Palästina zu bekommen. Ohne die PLO würden wir doch immer noch unter dem Daumen der Israelis leben müssen.«

»Entschuldigen Sie, Herr Nasar«, warf Nadir ein, »aber das sind doch nur alte Geschichten. So wie in der Zeitung von letzter Woche. Vor zwanzig Jahren, ja, da hatte Arafat noch den heiligen Zorn im Leib, aber jetzt ist er alt und verbraucht, und das Feuer in ihm ist erloschen.«

»Ich glaube, daß ihr jungen Leute ihn unterschätzt«, gab der alte Mann zurück. »Er ist immer noch ...«

»Da, sie kommen«, sagte Ali und nickte in Richtung des Fernsehers.

Der libanesische Fernsehkommentator stellte die drei Politiker vor, die sich vor den Kameras präsentierten: Bill Clinton, Präsident der Vereinigten Staaten, Itzhak Rabin, der israelische Premierminister, und Yassir Arafat, Vorsitzender der PLO. Clinton ging zum Podium und hielt eine kurze Ansprache, die simultan ins Arabische übersetzt wurde.

»Er sagt genau das Richtige«, sagte Ali, »aber seine Worte sind ohne Bedeutung. Solange wir es mit diesen jüdischen Lügnern zu tun haben, kann uns überhaupt nichts garantiert werden. Nichts als Betrug und Gaunereien.«

Jetzt stand Rabin auf dem Podium. Er blinzelte in das helle Sonnenlicht dieses Septembermorgens.

»Ich möchte allen Palästinensern sagen, daß wir dazu bestimmt sind, miteinander auf dem Boden desselben Landes zu leben. Wir, die Soldaten, die aus den blutigen Schlachten zurückgekehrt sind; wir, die wir Verwandte und Freunde mit unseren eigenen Augen haben sterben sehen; wir, die ihrem Begräbnis beigewohnt haben und ihren Eltern nicht mehr in die Augen blicken können; wir, die wir aus einem Land kommen, wo Eltern ihre Kinder begraben; wir, die gegen euch Palästinenser gekämpft haben, wir rufen euch heute zu: Genug des Blutes und der Tränen! Es muß genug sein!«

»Und genug jetzt von deinem Misthaufen voller Lügen«, sagte Nadir angeekelt.

»In Allahs Namen«, sagte der alte Nasar, »nun gib doch diesem Mann eine Chance. Die Juden sind des Blutvergießens genauso überdrüssig wie wir selbst.«

»Wenn sie dessen jetzt überdrüssig sind, dann warte mal ab, was die Zukunft für sie noch auf Lager hat«, erwiderte Ali.

»Pst, unser ›ehrenwerter Führer‹ spricht.«

Yassir Arafat hatte bereits begonnen, seine vorbereitete Rede vorzulesen.

»... und wir versprechen, alle Aspekte der UN-Resolutionen

242 und 338 in die Tat umzusetzen. Ich versichere Israel außerdem, daß das Recht der Palästinenser auf Selbstbestimmung die Rechte unserer Nachbarn nicht einschränken und ihre Sicherheit nicht beeinträchtigen wird.«

Die Kamera fuhr auf Clinton zu, der die beiden Männer zusammenführte. Man sah Lächeln auf seinem und Arafats Gesicht, und der Palästinenserführer streckte Rabin die Hand entgegen. Der Israeli lächelte jedoch nicht, sondern zögerte.

»Schau dir das an!« rief Nadir mit erhobenen Händen. »Diese häßliche Kröte ist tatsächlich bereit, dem Juden in den Hintern zu kriechen. Was für ein ekelhaftes Schauspiel. Eine Schande!«

»Jemand muß doch den ersten Schritt tun!« sagte der alte Mann. »Und wir sollten nicht vergessen, daß es unser Volk gewesen ist, das die Hand zur Freundschaft ausgestreckt hat.«

»Freundschaft?« hielt ihm Ali entgegen. »Ich würde das eher ›Kapitulation‹ ... ›Verrat‹ nennen, darum geht es doch. Arafat betreibt unseren Ausverkauf. Ich möchte zu gerne wissen, was sie ihm dafür versprochen haben. Wieviele Dollar werden wohl nach diesem Händeschütteln auf sein Bankkonto fließen?«

»Für Geld würde er so etwas nie tun«, antwortete sein Vater, der bei dem Gedanken Empörung verspürte.

»Da könnten Sie recht haben, Herr Nasar«, sagte Nadir. »Wahrscheinlich nicht für Geld. Aber ich glaube, der Mann würde wirklich alles tun, um im Rampenlicht der Weltpolitik zu stehen, da, vor dem Weißen Haus mit dem Herrn Clinton, und alle Kameras auf ihn gerichtet. Das ist sein Lohn. Da bin ich ganz sicher. Kein Geld.«

»Seht«, unterbrach ihn Ali. »Jetzt ist der Jude bereit, die Hand unseres Verräters zu schütteln.«

»Das reicht jetzt!« rief der alte Mann aus. »Yassir Arafat einen Verräter zu nennen, das ist ja unglaublich. Das dulde ich nicht in meinem Hause. Nicht einmal bei meinem eigenen Sohn. All diese Jahre ist er unsere einzige Hoffnung gewesen, der einzige, der sich für uns erhoben hat, der dafür gesorgt hat, daß uns die Welt mit Respekt betrachtet. Ich werde es nicht zulassen, daß man ihn mit diesem Gerede von Verrat verleumdet. Wenn er und der Jude sich die Hand geben, dann wird er schon wissen, was er tut.«

»Bei allem gebotenen Respekt, Herr Nasar«, sagte Nadir. »Selbst wir jungen Leute erkennen das Verdienst an, das Arafat um die palästinensische Sache hatte ... früher einmal. Aber er gehört nun der Vergangenheit an. Er glaubt ja jetzt tatsächlich, man könne mit den Juden verhandeln, argumentieren und Abkommen treffen. Er macht sich doch nur etwas vor. Das einzige, auf das ein Jude je reagiert hat, ist unsere Kraft – und unser Terror.«

»Er spielt jetzt das Spiel nach den Regeln der westlichen Welt«, mischte sich Ali wieder ein. »Sie haben ihn zu sich gelockt, um mit ihm Schach zu spielen. Aber das ist ihr Spiel, nicht das unsere, dieses Spiel von wohl vorausbedachten Zügen und Gegenzügen. Im Nahen Osten spielt man Backgammon, *tawla*, wo der Fall der Würfel, das Glück und das Risiko entscheiden. Der Herr Arafat spielt das falsche Spiel, und darum muß er abtreten. Die Zeit für einen neuen Führer ist nun gekommen, für jemanden, der unser Spiel spielt und nicht das unserer Gegner.«

»Du redest von Spielen«, erwiderte der alte Mann, »aber für mich ist Arafat ein Mann der Praxis, einer, der verstanden hat, daß uns die Gewalt nur bis hierher gebracht hat, aber nicht weiter, und daß es nun Zeit ist zu verhandeln.«

»Gerede!« sagte Ali in einem Anflug von Ekel.

»Und was haben du und deine Anhänger uns zu bieten? Märtyrer im Namen unserer gemeinsamen Sache? In Allahs Namen?«

»Wenn wir in seinem Namen sterben müssen, dann sei es eben so«, antwortete Nadir. »Besser, wir erreichen das Paradies auf den Flügeln einer Heldentat, als daß wir vor den Juden zu Kreuze kriechen.«

»Vergib mir, Vater«, sagte Ali und erhob sich, »aber leider hat sich deine Generation vom Allmächtigen abgewandt, und damit müßt ihr leben. Ein neuer Geist beseelt nun unsere Leute, eine neue Art von Hingabe an den Glauben, den wir vergessen hatten. Leg dein Ohr auf den Boden, dann hörst du es im Nahen Osten. Vor kurzem noch war es nur ein Murmeln. Dann wurde es mächtiger, aber schon bald wird es wie ein Aufschrei durch diesen Teil der Welt gehen, und dann, lieber Vater, dann wird die übrige Welt auf uns Araber schauen und uns endlich beachten. Und das nicht etwa, weil wir ihnen ein unterwürfiges Händeschütteln vorführen, sondern weil wir ihnen unsere zu allem entschlossene Faust entgegenrecken.«

Der alte Mann schaute verwirrt drein, als er zunächst seinen Sohn und dann Nadir umarmte. Als sie zur Tür hinausgingen, rief er ihnen nach: »Gebt auf euch acht, meine Kinder. Allah sei mit euch.«

Das leere Treppenhaus warf seine Worte als hohles Echo zurück.

Tel Aviv, Israel

13. September 1993

Miriam Berman stellte den letzten Teller auf den Abendbrottisch, kreuzte ihre Arme über der Brust und beobachtete, wie ihre Tochter das Tafelsilber richtete.

»Ich bin so froh, daß du zum Abendessen gekommen bist, Ruthi. Du bist schon länger als einen Monat nicht mehr bei uns gewesen«, sagte sie.

»Versuch jetzt nicht, mir Schuld einzureden, *Emma.* Du weißt doch ganz genau, wie hart ich gearbeitet habe. Meistens habe ich nur fünf Stunden Schlaf. Ich weiß wirklich nicht mehr, wie lange ich den Job noch aushalte. Eines Tages schufte ich mich noch zu Tode«, erwiderte Ruthi.

Miriam ging um den Tisch und legte ihr die Hand auf die Schulter.

»Vielleicht solltest du dich nach einer anderen Arbeit umsehen. Ich weiß zwar, wie aufregend es sein muß, bei einer Zeitung zu arbeiten, aber du mußt auch an deine Gesundheit denken.«

Ruthi öffnete die Glastüren der Vitrine und holte die *Menora* hervor.

»Die Aufregung und Begeisterung hat sich schon vor einiger Zeit gelegt. Jetzt ist das nur noch viel und harte Arbeit«, sagte sie und stellte den silbernen siebenarmigen Leuchter in die Mitte des Eßtischs.

»Und du solltest dir Zeit für dein Privatleben nehmen. Du wirst eben auch nicht jünger. Alle Mädchen in deinem Alter, die ich kenne, sind schon längst …«

»… unter der Haube«, beendete Ruthi den Satz ihrer Mutter. »Irgendwie kommt mir dieser Spruch bekannt vor.«

Miriam hob resigniert ihre Hand und schaute auf die Armbanduhr.

»Sie müßten jetzt jeden Augenblick kommen«, sagte sie. »Wann hast du Avi zum letzten Mal gesehen?«

»Das ist schon eine ganze Weile her. Ich weiß nicht genau … vielleicht so vor acht oder neun Monaten.« Ruthi steckte beide Hände in die Taschen ihrer Jeans und blickte an die Zimmerdekke. »Ich kann nur hoffen, daß wir uns nicht gleich wieder streiten.«

Miriam legte den Kopf zur Seite und zog ihre Augenbrauen nach oben. »Fang doch gar nicht erst damit an. Du mußt ihn ja nicht zu deinen Vorstellungen bekehren.«

»Jetzt hör aber auf, Mama. Das ist unfair«, verteidigte sie sich und hielt die Hände unschuldig in die Höhe. »Ich fang doch nie an, wenn er mich nicht provoziert.«

»Nun hör mal zu, Ruthi«, sagte ihre Mutter und legte ihr dabei wieder die Hände auf die Schulter. »Avi hat sich verändert. Ich weiß nicht, wie ich's ausdrücken soll. Zurückhaltend, vielleicht. Oder vielleicht mehr in sich gekehrt. Dein Vater sagt, es ist so was wie kalte Gleichgültigkeit. Ich weiß nicht so recht. Bestimmt hat es was mit seiner Arbeit zu tun. Darüber redet er ja nie, aber man merkt, daß ihn die innerlich belastet. Laß uns also in Ruhe und Frieden unser Abendessen genießen, einverstanden?« Ruthi nickte.

»He«, sagte sie, »ich wollte ja noch nicht mal die große Show in Washington sehen. Alle wollen sie doch sehen, wie die beiden Typen sich die Hand geben. Da sag ich nur: ›Ja und?‹ Die echte Probe kommt doch erst jetzt. Dann werden wir es ja erleben, ob Herr Rabin seine ›Freunde‹ von der Rechten unter Kontrolle halten kann.«

»Keine Politik«, sagte Miriam, wobei sie beide Worte einzeln betonte.

»Ich werd' mir Mühe geben. Aber wenn er mir damit kommt ...«

Kurz darauf öffnete sich die Küchentür. Jacov und Avi stürmten herein, gaben den beiden Frauen schnell einen Kuß und gingen gleich ins Wohnzimmer.

»Vielleicht läuft die Übertragung ja noch«, sagte Jacov und schaltete den Fernseher an.

Ein Kommentator faßte noch einmal das Wesentliche der Titelstory dieses Tages zusammen.

»Na ja«, sagte er, »die zeigen das in den Nachrichten noch einmal. Wenigstens haben wirs im Autoradio gehört.«

»Ich weiß gar nicht, ob ich das überhaupt sehen will«, sagte Avi. »Ich meine, die haben Israel an der Gurgel gepackt und unser Land zu einem Handel mit Arafat gezwungen, und jeder glaubt, daß das doch prima sei. Nun, ich jedenfalls habe nicht vergessen, was dieser Herr Arafat hier angerichtet hat. Ich hab' das Blut an seinen Händen nicht vergessen, und ich habe auch nicht vergessen, wie er auf der einen Seite versucht, uns zu beschwichtigen, und uns dann den Rücken zukehrt und seinen Leuten die provozierendsten Sachen sagt, um sie gegen uns aufzuwiegeln. Und jetzt setzt Clinton Rabin unter Druck, damit er diesem Mörder und Terroristen die Hand schüttelt. Das stinkt doch zum Himmel!«

»Avi, Avi«, ermahnte ihn sein Vater besänftigend. »Ich hab' es deiner Mutter versprochen – kein Streit heute abend. Laß uns ein einziges Mal einen friedvollen Abend im Kreise der Familie verbringen«

»Was hat er gesagt, *Abba?* Fängt er schon wieder mit seinen rechten Hetzreden an?«

Die beiden Männer drehten sich um und sahen, daß Ruthi in der Tür stand und ihre Hände in die Hüften gestemmt hatte.

Jacov rollte mit den Augen.

»Warum muß das denn jedesmal so sein, wenn ihr beiden zusammenkommt?« fragte er. »Warum können wir nicht einfach über ... über das Wetter reden, oder ... über Sport, oder über irgendwas, außer Politik?«

»Weil wir eben Israelis sind,« antwortete Ruthi und kam ins Wohnzimmer. »Weil unser Dasein nun mal so eng mit der Politik verbunden ist, ob wir das nun wahrhaben wollen oder nicht. Es gibt wirklich nichts anderes, über das man in diesem Land diskutieren könnte. Wir befinden uns hier an einem Scheideweg der Geschichte, und wozu wir uns entschließen, das wird über unsere Zukunft bestimmen. Deswegen müssen wir das unter uns auskämpfen, die Rechten, die Linken und die Ultraorthodoxen. Wenn eine dieser Gruppen aufhört zu reden und zu streiten, denken die anderen, sie hätte aufgegeben. Das kann ich nicht zulassen. Ich glaube an die Friedensbewegung, und wenn die sich nicht durchsetzt, dann ganz gewiß nicht, weil ich aufgehört habe zu reden.«

»Sehr schöne Ansprache«, sagte Avi und tat so, als ob er applaudiere. »Ich hatte schon geglaubt, du seist zur Besinnung gekommen, seit wir uns das letzte Mal getroffen haben. Aber Leute wie du lernen eben nichts dazu. Die arabischen Heckenschützen schießen auf unsere Kibbuzim, und ihr haltet ihnen den Olivenzweig hin. Ihre Terroristen schicken Selbstmordkommandos in unsere Städte, und ihr ruft ihnen zu: ›Laßt uns Frieden schließen.‹ Wir fordern Arafat auf, die Hamas unter Kontrolle zu halten. Bei ihrer nächsten Versammlung hält er dann eine seiner demagogischen Reden, und ihr wollt ihm die Hand schütteln. Vielleicht blicke ich ja nicht durch, Schwesterchen, aber das kommt mir doch völlig verrückt vor.«

»Da haben wir's wieder«, sagte Jacov und erhob sich aus seinem Sessel.

»Ich werd' jetzt mal Mutter beim Abendessen helfen. Tut mir den Gefallen und vergeßt das alles, bevor wir uns zu Tisch setzen. Ich will keine Magenschmerzen bekommen.« Kopfschüttelnd verließ er den Raum.

Ruthi nahm seinen Platz ein und schaute ihren Bruder an.

»Mein süßes, unschuldiges Schwesterherz, weißt du eigentlich, was sie ihren Kindern in Gaza und der West Bank beibringen?« fuhr Avi fort. »Das wir die Nazis von heute sind! Stell dir das mal vor! Aber die kleinen Würstchen nehmen ihnen diesen Mist natürlich ab, und wenn sie dann alt genug sind, dann haben wir die nächste Generation von Judenhassern und Selbstmordattentätern.« Ruthi hatte ihren Bruder die ganze Zeit genau betrachtet. Unter seinem jugendlichen Aussehen schien er ihr so alt, oder vielleicht war er nur müde; aber zum ersten Mal erkannte sie einen beunruhigenden Ausdruck von ... Verzweiflung? Oder war es Qual? Oder auch Schuld?

»Avi«, sagte sie in einem milderen Ton, »so einfach sind die Dinge nicht. Wir Israelis wollen es zwar nicht zugeben, aber wir haben genug dazu beigetragen, daß der Haß entfacht geblieben ist. Was lehren wir denn unsere Kinder? Nicht unbedingt in der Schule, aber was glaubst du denn, was die meisten unserer Kinder von den Arabern halten? Daß sie Lügner und Diebe sind, daß sie faul sind, keinen Respekt vor dem Leben eines Menschen haben und daß sie einem Juden die Kehle so einfach durchschneiden, wie sie ihm in die Augen schauen. Und was ist mit den Siedlungen, die wir immer weiter bauen? Oder wie wir die Wasserrechte unter Kontrolle halten? Oder daß wir die Palästinenser pauschal bestrafen, auch wenn nur wenige von ihnen die Verbrechen begehen? Irgendwann ist dann doch einmal der Zeitpunkt gekommen, wo eine Seite den Mut haben muß zu sagen, daß beide sowohl recht als auch unrecht haben, und dann müssen wir uns zusammensetzen und einen Weg finden, wie wir miteinander auskommen können.« Sie unterbrach ihre

Rede und schaute Avi wieder an. »Du hörst mir gar nicht zu, oder?«

Er hob den Kopf und rieb sich übers Gesicht.

»Das hast du mir doch alles schon tausendmal gesagt, und ich hab andere Dinge im Kopf.«

»Was denn, zum Beispiel?«

Ja, was denn eigentlich, dachte er. Zum Beispiel, wie völlig frustriert und deprimiert er nach seiner fehlgeschlagenen Mission im Libanon war? Oder wie elend er sich gefühlt hatte, als er den Falken schon fast mit Händen greifen konnte und ihn dann doch wieder entwischen ließ? Seit er zurückgekommen war, gingen ihm solche Gedanken nicht mehr aus dem Kopf, und immer wieder verfolgte ihn diese Szene, und immer wieder suchte er nach dem Fehler, der ihn hatte entkommen lassen. Aber darüber konnte er mit niemandem reden, schon gar nicht mit seiner Familie. »Kommt, Kinder. Das Essen steht auf dem Tisch.«

Miriam Berman stand im Flur und wischte sich die Hände an der Schürze ab. Jacov stand hinter ihr und hatte beide Hände auf ihre Schultern gelegt. »Und jetzt Schluß mit der Politik!« sagte er.

Wünsdorf, Deutschland

1. Juni 1994

Jurij Arbatov warf sich auf dem Bett unruhig hin und her. Sein Atem ging unregelmäßig, keuchend. Er spürte den Schmerz in seinem Schädel. Er schlug die Augen auf. Die Leuchtziffern des kleinen Radioweckers neben dem Bett zeigten 2.37 Uhr. Arbatov fror. Sein blau-weiß gestreifter Schlafanzug war durchgeschwitzt, das Bettuch unter ihm feucht. Seine schweißnassen Haare klebten an seinem Kopf. Er richtete sich leise auf, schlug die Bettdecke zurück und ging in das Badezimmer. Er ließ kaltes Wasser über seine Gelenke laufen und wusch sich dann den Schweiß von seinem Gesicht.

Arbatov schaltete das Licht im Bad aus und ging zurück zu seinem Bett. Als er wieder unter die Bettdecke kroch, murmelte Raissa: »Was ist los? Kannst du schon wieder nicht schlafen?«

Er langte mit seinem Arm zu ihr hinüber und versuchte, sie an sich zu ziehen. Sie wich ihm aus. »Laß mich in Ruhe«, sagte sie, immer noch im Halbschlaf. »Schlaf endlich weiter«.

Er tastete im Dunkeln mit seiner Hand über den Nachttisch, bis er die Packung und die Streichhölzer fand. Er holte eine Zigarette heraus und zündete sich eine an. Das Rot der Glut beleuchtete sein unrasiertes Gesicht.

Seit Wochen ging es nun so. Nacht für Nacht wachte er auf, in kaltem Schweiß gebadet. Raissa hatte aufgehört, mit ihm zu schlafen. Sie war gereizt und feindselig.

Er versuchte es zu verdrängen; er versuchte sich einzureden, daß es nur vorübergehend war, daß sie sich schon in ihr Schicksal fügen würde, wenn sie erst einmal wieder zurück sein würden, zurück in Rußland. Doch in seinem Herzen bohrten tiefe Zweifel, fraßen an ihm, ließen ihn nicht mehr los. Arbatov schaute zu ihr hinüber. Sie schlief, sie atmete regelmäßig. Er wußte, er würde es nicht ertragen können, sie zu verlieren.

Arbatov legte sich hin und zog die Bettdecke über sich. Endlich fiel er in einen bleiernen Schlaf.

Sie stellte die Kaffeetasse vor ihn hin, stumm. Sie trug einen offenen rosa Bademantel, darunter ein weißes Nachthemd. Ihr Blick war gleichgültig. Raissa zog sich in das Badezimmer zurück. Arbatov stand von dem kleinen Tisch in der Küche auf und ging zum Fenster. Auf der Straße vor dem Wohnblock sah er eine Reihe von Lastwagen, die mit Hausrat beladen wurden. Stühle, Tische, Waschmaschinen, Waschbecken und Armaturen aus den Badezimmern, sogar die Steckdosen aus den Wänden, alles wurde ausgeräumt und verpackt.

Das war es also, das Ende, dachte er. Am 21. April 1945 hatte die Rote Armee Wünsdorf erobert, damals eines der Hauptquartiere von Hitlers Wehrmacht. Seither wurden von hier die über eine halbe Million sowjetischer Soldaten und ihre Familienangehörigen befehligt, die in der DDR stationiert gewesen waren. Doch in wenigen Wochen, Ende August, nach 49 Jahren, würde es vorbei sein, endgültig. Der letzte russische Soldat würde dann für immer aus Deutschland abgezogen sein. Von seinem Fenster konnte er an einem Mast eine Fahne entdecken. Sie trug die Farben Weiß, Rot und Blau – die Fahne Rußlands. Das war nicht die Fahne, auf die er seinen Eid abgelegt hatte, dachte Arbatov. Die war rot gewesen, mit Hammer und Sichel. Er war Soldat geworden, um der Sowjetunion zu dienen, dem Vaterland der Werktätigen. Stolz hatte er das Parteiabzeichen der KPdSU getragen, genau wie sein Vater. Und jetzt?

Die Sowjetunion war zerfallen, die Rote Armee auseinandergebrochen, die einstigen Sowjetrepubliken waren selbständig, und wer als Russe dort noch lebte, wurde wie ein Aussätziger behandelt. Und Wünsdorf, wo einst die Elite der sowjetischen Truppen stationiert war, lag auf dem Gebiet der NATO! Selbst das hatte dieser Gorbatschow zugelassen – die Übernahme Ostdeutschlands durch den Militärpakt des Westens! Überall fuhren seither die dunkelgrünen Lastwagen der Bundeswehr umher; ständig tauchten sie sogar in Wünsdorf auf, um die Übergabe zu regeln. Die Übergabe an die Deutschen. Nun hatten sie doch noch ihren Krieg gewonnen!

Arbatov lehnte seinen Kopf gegen die Fensterscheibe. Er schloß die Augen. Er fühlte sich schwach und elend. Er hatte nicht bemerkt, daß Raissa neben ihn getreten war. Sie trug immer noch ihren Bademantel. »Da drüben«, sagte sie und zeigte auf einen der rostfarbenen Container, die gerade beladen wurden, »die Lisenoks, weißt du, wo die hinkommen?«

Er schwieg.

»An die Wolga, in irgendein Kaff«, sagte sie. »Und weißt du, wo sie wohnen werden?«

Arbatov wußte, was kommen würde. Wieder und wieder hatte sie es in den vergangenen Wochen angesprochen, hatte nicht locker gelassen.

»In einem Zelt!« sagte sie. »Sie werden in einem Zelt wohnen. Und ihre Nachbarn auch. Und die Belogurows kommen in einen Blechcontainer. In Sibirien!«

Wütend zog sie den Gürtel ihres Bademantels enger. »Der Dank des Vaterlandes. Nicht mal eine Wohnung haben sie für uns, nichts. Und wir? Jurij, was wird aus uns?«

Arbatov blickte weiter aus dem Fenster. Er wagte es nicht, sie anzuschauen. Er hatte noch keine Antwort auf ihre Frage. Er wußte nur, in wenigen Wochen würden sie alle weg sein, und für die meisten war die Zukunft unsicher.

»Die Generäle, sie sind fein raus. Hast du nicht gehört, was da läuft?« fing sie wieder an. »Sie haben sich alles organisiert, zusammen mit der Mafia, jede Menge West-Autos, Mercedes, BMW, die Hallen stehen voll davon. Und die Luftwaffe fliegt sie in ihren Transportern nach Rußland. Und hier verscherbeln sie die Waffen. Und was machst du? Du schaust zu und zerfrißt dich vor Selbstmitleid, jammerst über den Zerfall der Sitten. Jawohl, sie sind zerfallen, mein Lieber, du wirst daran nichts ändern können. Jeder muß sehen, wo er bleibt.«

Arbatov drehte sich um. Er nahm seine Uniformjacke vom Stuhl und zog sie über. Wieder vermied er, sie anzuschauen. »Ich komme heute abend später«, sagte er. Raissa antwortete nicht. Sie blieb vor dem Fenster stehen und schaute hinaus.

Die Sonne war soeben hinter den Kasernen versunken, die in ein tiefes Rot getaucht lagen, friedlich und still. Der Major beschleunigte seine Schritte. Wie erwartet, hatte die Besprechung bis spät in den Abend gedauert. Die atomaren Sprengköpfe waren zwar schon abgezogen worden. Jetzt ging es darum, wohin man die letzten Trägersysteme für die taktischen Atomwaffen, die Schwere Artillerie und die Kurzstreckenraketen verlegen würde. In den vergangenen Jahren in Deutschland hatte er im Hauptquartier zu dem Stab gehört, der sich mit der Einsatzplanung für die Tausende von Atomsprengköpfen beschäftigte, die die Rote Armee in der einstigen DDR stationiert hatte.

Arbatov lief die Stufen zum zweiten Stock hinauf. Die Tür war nur angelehnt. Jurij Arbatov steckte den Schlüssel, den er in der Hand gehalten hatte, in seine Hosentasche und stieß die Tür ganz auf.

»Raissa?« rief er. Keine Antwort. Er lief in der Wohnung hin und her, öffnete die Tür zum Wohnzimmer, dann zum Schlafzimmer, dann zum Bad. Er schaute in die Küche. Auch sie war leer.

Er kehrte zurück in das Wohnzimmer. Er setzte sich auf einen der zwei Sessel, die an dem niedrigen Tisch vor dem Fernseher standen. Da sah er den Brief, der neben einer leeren Vase auf dem Tisch lag. Hastig öffnete er ihn. Er las:

Lieber Jurij, es hat keinen Zweck mehr. Ich kann so nicht mehr leben. Ich kann und will es nicht ertragen, ohne Zukunft, ohne irgendeine Perspektive sein zu müssen. Ich werde mein Schicksal selbst in die Hand nehmen. Versuche nicht, mich umzustimmen.

Raissa

Einen Moment saß er da wie gelähmt. Er blickte auf das Stück Papier, das er immer noch in seinen Händen hielt. Dann sprang er auf, rannte die Treppe herunter. Er lief quer durch die Siedlung, immer schneller. Er hörte seinen Atem, der stoßweise kam. Endlich kam er an dem Bahnhof an, der zu dem Stützpunkt gehörte. Jeden Abend fuhr hier der Zug nach Moskau ab, 1929 Kilometer, 36 Stunden. Seit Monaten verließen so 500 Soldaten und Familienangehörige Deutschland für immer.

Ein Soldat saß gelangweilt auf einer Bank. Er blickte auf die leeren Geleise vor ihm. Er machte keine Anstalten aufzustehen, als er den Offizier sah, der atemlos vor ihm stand.

Arbatov versuchte Luft zu schnappen. Obwohl die Frage überflüssig war, stellte er sie dennoch. »Der Zug ... der Zug nach Moskau?« keuchte er.

»Weg«, sagte der Soldat, »vor einer Viertelstunde.«

Tel Aviv, Israel

5. November 1995

Jacov und Miriam Berman kamen aus einer Seitenstraße auf den Könige-von-Israel-Platz. Sie hatten zu Fuß zwanzig Minuten von ihrem Parkplatz bis hierher gebraucht.

»Und du wolltest gemütlich eine Kleinigkeit im Café essen und dann zur Versammlung rübergehen«, sagte Miriam spöttisch und klopfte ihrem Mann spielerisch auf den Hinterkopf.

»Das konnte ich ja nicht ahnen«, erwiderte Jacov. »Ich las in der Zeitung, daß man befürchtete, es kämen zu wenig Leute hierher, besonders als bekannt wurde, daß Barbra Streisand nicht kommen würde. Und jetzt schau dir das an. Alles voll von Zuschauern.«

»Als ich hörte, Barbra käme nicht, da wollte ich auch schon nicht mehr hin«, sagte Miriam.

»Ausgerechnet du!« Ihr Mann warf ihr einen schelmisch mißbilligenden Blick zu. »Laß uns mal versuchen, ob wir weiter nach vorne kommen können. Von hier aus kann man ja kaum etwas erkennen.«

»Was meinst du denn, was die anderen alle hier versuchen?« gab Miriam zurück. »Jeder will in der ersten Reihe sitzen, und jeder Israeli ist ein Meister im Vordrängen.«

Eine halbe Stunde später hatten sich die beiden bis auf etwa hundert Meter zum Podium durchgekämpft.

»So, das reicht«, sagte Jacov. »Ich glaub', hier geht's nicht mehr weiter.«

»Schau mal, da drüben.« Miriam zeigte auf eine Ecke des Platzes. »Die Leute von ›Frieden Jetzt‹. Ruthi ist bestimmt dabei.«

»Hast du ihr gesagt, wo wir uns nachher treffen?«

»Ja, ja, hab' ich. Hoffentlich schaffen wir es überhaupt in diesem Gedränge bis dahin.«

Jetzt tat sich etwas auf dem Podium. Leute stiegen hinauf und nahmen ihre Plätze ein.

Der Mann, der neben Jacov stand, hob ein kleines Fernglas an die Augen und sagte dann mit vernehmlicher Stimme: »Da steht Peres ... und da Leah Rabin ... ja, und da ist er, das ist Itzhak.«

Jacov fragte den Mann: »Darf ich mal durchschauen?«

Der gab ihm etwas widerwillig das Fernglas. Jacov überflog das Podium und gab das Fernglas an seinen Besitzer zurück. Dann sagte er zu Miriam: »Rabin sieht müde aus, richtig ausgezehrt.«

»Und da wunderst du dich?« erwiderte seine Frau. »Der Mann rast ja wie ein *Meshugina* durch die Welt. Ich weiß wirklich nicht, wie der das macht. Der muß sich ja jeden Tag an fünf verschiedenen Stellen aufhalten.«

»Das ist eben sein Job«, sagte Jacov. »Ich glaube kaum, daß es daran liegt, daß er so fertig ist. Ich glaube eher, daß es diese verrückten Likud-Leute sind, die ihn Tag und Nacht verfolgen. Diese ekelhaften Plakate, auf denen er als Nazi abgebildet ist, und diese Schilder mit der Aufschrift ›Verräter‹, mit denen sie seinen Rücktritt fordern.«

»Und sie rufen ihm ›Mörder‹ zu, ja, sie belagern sogar sein Haus«, fügte Miriam hinzu. »Hast du im Fernsehen die Leute mit den Spruchbändern für Leah gesehen, ›Nächstes Jahr Hängen Wir Dich Auf?‹ Eine wahre Schande!«

»So sind eben die Likud-Leute«, sagte Jacov. »Letzte Woche habe ich Rabin in dieser neuen Interviewshow *Moked* gesehen. Er hat gesagt, die sollten sich wirklich schämen, und dem Bibi Netanyahu hat er's richtig gegeben. Er sagte, er lehne es ab, sich mit ihm zu treffen, um über die zunehmenden politischen Spannungen zu reden, weil Bibi keine klare Haltung gegenüber diesen Rechtsextremisten einnimmt.«

Der Mann mit dem Fernglas mischte sich ein: »Die Show habe ich auch gesehen. Rabin hat noch gesagt, er erwarte Gewaltausbrüche auf unseren Straßen.« Er zuckte die Achseln.

»Aber er hat doch auch gesagt, er sei davon überzeugt, daß ein Jude nie einen anderen Juden umbringen würde. So weit würde es nie kommen«, antwortete Jacov.

»*Alleveih*«, gab der Mann mit dem Fernglas zurück. »Dein Wort in Gottes Ohr.«

Die Menge hatte nun bemerkt, daß ihr Premierminister auf der Tribüne war. Aus den vorderen Reihen hörte man Hochrufe. »Rabin, Rabin, Rabin«, und bald stimmte die ganze Versammlung und schließlich auch die Leute in den Seitenstraßen in der Nähe ein.

»Das gefällt ihm«, berichtete der Mann mit dem Fernglas. »Gerade hat er den Daumen nach oben gestreckt, und ich meine sogar, ich hätte ihn lächeln gesehen.«

»Wenn der einmal lächelt, dann hat das wirklich etwas zu bedeuten«, sagte Jacov.

Und dann begann Rabin seine Rede.

Zunächst dankte er seinen Zuhörern. Er gab zu, er habe am Engagement des israelischen Volkes gezweifelt, aber daß sie sich nun alle hier versammelt hätten, gäbe ihm wieder Vertrauen.

»Gestatten Sie mir, Ihnen mitzuteilen, daß auch ich zutiefst bewegt bin«, fuhr er fort. »Ich möchte jedem einzelnen von Ihnen, die Sie hierher gekommen sind, danken, daß Sie Stellung gegen die Gewalt und für den Frieden beziehen.«

Dann machte er eine Pause und schaute über die Menschenmenge.

»Siebenundzwanzig Jahre lang war ich selbst Soldat. Ich habe in einer Zeit gekämpft, in der es noch keine Hoffnung auf Frieden gab. Jetzt aber glaube ich, daß der Frieden eine Chance hat, eine wirkliche Chance. Und die müssen wir ergreifen.«

Er begann jetzt, lauter zu sprechen: »Die Gewalt ist dabei, das Fundament der Demokratie Israels zu untergraben! Wir müssen ihr einen Riegel vorschieben, sie verdammen, sie muß gebändigt werden. Nicht sie macht unseren Staat Israel aus, sondern die Demokratie. Es mag durchaus unterschiedliche Ansichten geben, aber die werden auf dieselbe Art und Weise entschieden werden wie im Jahre 1992, als man uns das Mandat gegeben hat zu tun, was wir jetzt tun und was wir auch in Zukunft tun werden.«

Er erwähnte die Diplomaten aus Jordanien, Ägypten und Marokko, die direkt vor ihm in der ersten Reihe saßen, und nannte sie »Länder, mit denen wir in Frieden leben.« Er lobte die PLO als »Friedenspartner unter den Palästinensern … ehemals ein Feind, der nun dem Terrorismus abgeschworen hat.«

Ohne den Blick von seinen Zuhörern zu wenden, fuhr er fort: »Für Israels Zukunft gibt es keinen Weg ohne Schmerzen, aber der Weg des Friedens ist besser als der des Krieges. Und dabei spreche ich als Soldat, als Verteidigungsminister, der den Schmerz der Soldatenfamilien der Streitkräfte Israels sehr wohl kennt. Ihretwegen, wegen unserer Kinder und Kindeskinder wünsche ich, daß diese Regierung jede noch so winzige Gelegenheit ergreift, um einen umfassenden Frieden zu realisieren. Diese Versammlung hier und heute muß der israelischen Öffentlichkeit, den Juden in aller Welt, den Völkern der arabischen Welt und schließlich der ganzen Welt eine Botschaft überbringen, nämlich die, daß das israelische Volk den Frieden will und alles für ihn tun wird. Und dafür danke ich Ihnen.«

Die Reaktion war überwältigend. Hurrarufe und Applaus wurden immer lauter und schienen den Redner mit sich zu reißen. Rabin, ein Mann, der seine Gefühle so gut wie nie in der Öffentlichkeit zeigte, wandte sich Simon Peres zu und umarmte ihn. Die beiden waren seit vielen Jahren politische Gegner, die keinen Hehl aus ihrer gegenseitigem Verachtung machten.

»Umarmt der etwa Peres?« rief Miriam durch den Lärm der Menge ihrem Mann zu.

Nun stand ein Sänger am Mikrofon und stimmte »Ein Lied für den Frieden« an, die Hymne der *Shalom-Achshav*-Bewegung. Man reichte dem zögernden Rabin ein Blatt mit dem Text der Hymne. Rabin stellte sich neben den Sänger, der das Mikrofon für ihn zurechtrückte.

»Die Sonne soll aufgehen und dem Morgen Licht spenden / Das reinste Gebet wird ihn nicht zurückbringen, dessen Licht ausgelöscht wurde … / Singt also nur ein Lied für den Frieden /

Flüstert kein Gebet / Singt lieber ein Lied für den Frieden / Singt es laut heraus.«

Jacov klatschte Beifall und rief seiner Frau dabei zu: »Singen kann er nun wirklich nicht.«

Dann wurde *Hatikvah,* was soviel wie »Die Hoffnung« bedeutet, die Nationalhymne Israels, gesungen.

Die Bermans beobachteten, wie die Leute von der Tribüne abtraten, und dann drängten sie sich durch die Menschenmenge zum Treffpunkt, den sie mit ihrer Tochter vereinbart hatten.

»Das waren bestimmt eine halbe Million Leute«, sagte Ruthi, die auf der Rücksitzbank von Jacovs 1989er Toyota saß.

»Also«, antwortete Jacov, »eine halbe Million, das ist wohl ein bißchen hoch gegriffen. Vielleicht waren es hunderttausend, vielleicht ein paar mehr.«

»Viel mehr!« sagte Ruthi.

Sie krochen auf der Straße nach Norden in Richtung Netanya durch den Rückstau der Versammlungsteilnehmer. Als sie sich dem Vorort Herzliyah Pituach näherten, ging es allmählich schneller voran.

»Hier tanke ich mal besser«, sagte Jacov und bog zu einer der Tankstellen am Straßenrand ab.

Miriam merkte als erste, daß hier etwas merkwürdig war. »Was machen die denn alle hier?« fragte sie und zeigte auf eine Gruppe von Leuten, die sich am Eingang der Tankstelle versammelt hatten. Dann sah Jacov die Autos, mehr als ein Dutzend, die in wildem Durcheinander neben den Zapfsäulen und auf dem Tankstellenhof geparkt waren. Ohne den Motor abzustellen, stieg er aus und ging auf die Leute zu, die sich an der Eingangstür zusammengedrängt hatten. Bewegungslos, so, als seien sie eingefroren, standen sie dort, und keiner sagte ein Wort. Jacov fiel auf, daß sie die Arme umeinander geschlungen hatten. Als er näher kam, bemerkte er das kalte, blaue, flimmernde Licht des Fernsehgerätes aus dem Inneren des Tankstellenhäuschens, das sich in ihren Gesichtern spiegelte. Er klopfte einer jungen Frau auf die Schulter.

»Was ist denn hier los?« fragte er sie.

Tränenüberströmt blickte sie ihn an.

»Rabin«, antwortete sie. »Sie haben auf ihn geschossen. Diese dreckigen Bastarde haben tatsächlich auf Itzhak geschossen.«

»Das kann doch nicht wahr sein«, rief Jacov aus. »Ich komme doch gerade von der Versammlung. Ich habe ihn noch gesehen.«

»Sie haben ihn hinter der Tribüne erwischt«, erklärte die Frau. »In dem Moment, als er gehen wollte.«

»Oh mein Gott!« sagte Jacov, der sich auf die Zehenspitzen gestellt hatte, um über die Köpfe hinweg durch die Türöffnung sehen zu können, doch er konnte nur einen kleinen Ausschnitt des Bildschirms erkennen. Er drehte sich rum und lief zum Auto zurück.

»Rabin. Sie haben auf Rabin geschossen«, sagte er aufgewühlt und stellte das Radio an.

»... ist unterwegs zum Ichilov-Krankenhaus«, berichtete der Reporter, »wo sich bereits eine Masse von Journalisten und Neugierigen versammelt hat. Bisher verfügen wir kaum über Informationen bezüglich der Schwere der Verletzungen des Premierministers. Zur Zeit können wir Ihnen nur sagen, daß es kurz nach der Versammlung auf dem Könige-von-Israel-Platz eine Schießerei gegeben hat. Die Augenzeugenberichte sind widersprüchlich, aber sie stimmen darin überein, daß drei Schüsse abgefeuert wurden, daß Rabin tatsächlich getroffen und dann sofort abtransportiert wurde. Vor ungefähr fünfundzwanzig Minuten brachte man ihn hierher ins Ichilov-Krankenhaus. Außerdem haben wir erfahren, daß Leah Rabin zu einem anderen Ort gefahren wurde, aber daß sie sich in diesem Moment auf dem Weg hierher ins Krankenhaus befindet. Wir können hier nur abwarten, was nun weiter geschehen wird.«

»Man hätte es doch wissen müssen«, sagte Jacov und schlug mit der Hand auf das Lenkrad. »Schon seit Tagen gab es Gerüchte, daß man einen Terroranschlag anläßlich der Versammlung plante. Aber wer hätte gedacht, daß man es auf Rabin abgesehen hätte? Eine Bombe mitten in die Menschenmenge oder noch ein wahnsinniger Selbstmordattentäter, das hatte man erwartet. Aber Rabin zu erschießen, das ist ja unglaublich!«

Auf dem Rücksitz begann Ruthi zu schluchzen, und Miriam drehte sich tröstend zu ihr um. Jacov legte den Gang ein und fuhr sofort auf die Autobahn.

»Fahren wir nach Hause«, sagte er.

»Das ist ein zäher Bursche«, sagte Miriam und streichelte über den Arm ihrer Tochter. »Der wird schon durchkommen. Der hat schon Schlimmeres durchgemacht.«

»Ausgerechnet jetzt, wo alles so voller Hoffnung war«, sagte Ruthi mit tränenerfüllter Stimme, »da muß die eine oder die andere Seite daherkommen und alles wieder kaputtmachen.«

»Ich selbst«, sagte Jacov, »ich hatte gerade angefangen zu glauben, daß man ihnen Vertrauen schenken könnte, daß vielleicht, nur vielleicht, der Moment gekommen sei, wo auch sie kein Blutvergießen mehr ertragen könnten. Jetzt weiß ich nicht mehr, was ich noch glauben soll. Jetzt meine ich, daß wir ihnen wohl nie trauen können. Wir reichen ihnen unsere Hand in Frieden, und sie, sie spucken darauf.... Nein, noch schlimmer, sie hacken sie ab.«

Ruthi lehnte sich nach vorn. »Aber das sind doch nur die Extremisten, *Abba.* Wir können doch nicht immer nur alle Araber für die Taten einiger weniger verantwortlich machen. Wenn wir das tun, dann wird nie Frieden herrschen.«

»Aber irgend jemand muß verantwortlich gemacht werden. Vielleicht stacheln ihre Führer sie an. Vielleicht müssen wir damit ja leben. Vielleicht wollen sie uns für immer und ewig bekämpfen, statt mit uns in Frieden zu leben.«

»Was für ein Unheil«, sagte Ruthi, sackte auf ihrem Sitz in sich zusammen und schlug die Arme um sich. »Nun haben wir wieder einen Grund, weiter zu hassen.«

»Ihr Leute von ›Frieden Jetzt‹«, gab Jacov zurück, »ihr denkt, daß wir die Gründe für den Haß auf die Araber einfach erfinden, aber wir erfinden sie eben nicht. Fünf Kriege mußten wir führen, nur um zu überleben. Überlaß die Sache doch der Armee und nicht der Friedensbewegung.«

Ruthis Stimme klang sarkastisch: »Mein lieber Vater, du hast wohl vergessen, daß ausgerechnet eine Gruppe von Offizieren *Shalom Achshav* ins Leben gerufen hat. Sie haben vor zwanzig Jahren erkannt, was notwendig ist, und es waren Soldaten.«

Jacov brummte mürrisch und schaltete das Radio aus.

»Fahren wir nach Hause«, sagte er.

Das Bild auf dem Fernsehschirm blinkte einmal, zweimal, dann stand es und zeigte eine Fernsehjournalistin im Studio.

»... und die Protestaktionen hatten eine bedrohliche Wendung angenommen«, war ihre Stimme zu hören. »Der jüngste Zwischenfall in Wingate war kein Einzelfall. Wie Sie sich sicherlich erinnern werden, war Rabin von der Sporthochschule eingeladen, um dort eine Rede zu halten, als er von einem Rabbi aus einer Siedlung in der West Bank angesprochen wurde. Selbst nachdem man den Mann angehalten und festgenommen hatte, buhte die Menge Rabin zehn Minuten lang aus, bevor sie ihn zu Wort kommen ließen.«

»Warum redet sie denn darüber?« wollte Jacov wissen. »Was hat das denn damit zu tun, daß er von einem Araber angeschossen wurde?«

»Dann tauchten Poster mit übereinander gekreuzten Gewehren auf sowie Autoaufkleber mit der Aufschrift ›Rabin muß sterben‹ – all dies unmißverständliche Aufforderungen zum Mord.«

»Wovon spricht die überhaupt?« fragte Miriam. »Ich versteh kein Wort.«

»Wir möchten ausdrücklich betonen«, wiederholte die Nachrichtensprecherin, »daß der im Zusammenhang mit dem Attentat auf Premierminister Rabin Festgenommene als ein gewisser Yigal Amir identifiziert werden konnte, ein fünfundzwanzigjähriger Jurastudent der Bar-Ilan-Universität. Zur Zeit ist nicht mehr über ihn bekannt.«

»Ein Jude? Ein Jude hat auf Rabin geschossen?« sagte Jacov ungläubig und hob fassungslos beide Arme in die Luft.

»Das waren die wahnsinnigen Rechtsextremisten«, schrie

Ruthi. »Rabin wollte sie ja nie ernst nehmen, aber jetzt seht euch an, wozu sie in der Lage sind!«

»Hier kommt soeben die neueste Meldung aus dem Ishilov-Krankenhaus«, hörten sie die Moderatorin. Sie machte eine kurze Pause und warf einen Blick auf den Zettel, den sie bekommen hatte. Sie schien nicht zu glauben, was sie da las. Als sie wieder in die Kamera schaute, war sie bleich geworden, ihr Gesicht zeigte ihren Schmerz. »Es wird uns hier berichtet ... aus offizieller Quelle, daß Premierminister Rabin gestorben ist. Das ärztliche Bulletin besagt, daß die Wiederbelebungsversuche aufgegeben wurden.« Sie setzte ihre Brille ab und schaute einen Augenblick lang nicht mehr in die Kamera. Dann fing sie sich wieder und fuhr fort. »Die unmittelbare Folge der erschütternden Nachricht über die Identifizierung des Mörders ist ein vernichtender Schlag gegen das Ziel, dem Itzhak Rabin sein Leben gewidmet hatte, dem Frieden. Wenn wir nicht einmal untereinander in Frieden leben können, wie können wir dann hoffen, friedlich mit unseren arabischen Nachbarn zusammenzuleben?«

Jacov Berman ließ verzweifelt den Kopf hängen. Als rede er mit sich selbst, brachte er hervor: »Dieses Land zerreißt sich selbst. Wie sollen wir jetzt weiterleben?«

»Das ist der traurigste Tag der Geschichte Israels«, sagte Ruthi. »Ich kann einfach nicht glauben, was hier geschieht. Das kommt davon, wenn man den Haß der Menschen immer wieder anfacht.«

»Wir Juden waren meistens unterschiedlicher Meinungen«, sagte Miriam, »aber daß wir uns gegenseitig umbringen ... Wer hätte so etwas je gedacht?«

»Jetzt werden wir es erleben«, erwiderte Jacov, »die Reaktion wird nicht auf sich warten lassen und dann die Gegenreaktion und dann immer so weiter und weiter und weiter.«

Die Moderatorin ließ erneut die Ereignisse der Nacht Revue passieren.

»Ich weiß nicht so recht. Vielleicht läßt uns sein Tod zur Vernunft kommen«, erklärte Ruthi. »Und vielleicht ist dies ja sein letztes Opfer für den Frieden.«

Jacov erhob sich aus seinem Sessel. Als er an seiner Tochter vorbeiging, klopfte er ihr auf die Schulter. »Verlier den Glauben an dein Ziel nicht. Ich, ich bin wohl schon zu lange auf dieser Welt. Zu oft habe ich meinen Hoffnungen vertraut, aber heute abend sind sie endgültig zerbrochen.«

Keiner von ihnen sprach ein Wort, als er den Raum verließ. Nur die Stimme der Moderatorin wiederholte, was doch jedem nun bekannt war. Schließlich wandte sich Ruthi ihrer Mutter zu. »Ich möchte mal wissen, wie Avi auf all das reagiert.«

»Ich weiß es nicht«, antwortete Miriam. »Wir haben nun wochenlang nichts mehr von ihm gehört. Normalerweise gelingt es ihm doch immer wieder, sich zu melden, egal, wo er sich gerade befindet. So allmählich mache ich mir wirklich Sorgen um ihn.«

»Sorg dich nicht um Avi«, versuchte Ruthi sie zu beruhigen. »Der kann sich sehr wohl um sich selbst kümmern.«

2. Teil

Einige Jahre später

Schersunogorsk, Sibirien

»Und denken Sie daran«, sagte Alexeij Dimitrow, »was wir hier brauchen, ist vor allem Geld. Sagen Sie das denen in Moskau.« Sie saßen in einem kleinen Büro und tranken Tee. Dimitrows Gesicht war eingefallen, es wirkte alt, weit älter als seine 58 Jahre. Sein weißer Kittel war angeschmutzt. Er nahm seine Brille ab und begann, sie mit einem Taschentuch zu putzen. Draußen trieb ein steifer Nordwind dicke Schneeflocken an das Doppelfenster. »Geld ist wirklich das Wichtigste. Wer will denn hier noch leben, mitten in Sibirien?« sagte er noch einmal. »Die Jungen unter 40 sind schon fast alle weg. Wir können sie nicht mehr anständig bezahlen. Weiß Gott, wo sie abgeblieben sind. Im Iran? In Libyen?« Er zuckte mit den Schultern. »Und wir Älteren? Wir Älteren müssen sehen, wie wir irgendwie durchkommen. Aber, verdammt nochmal, es kann so nicht weitergehen.«

Er hob die Teekanne in Richtung Arbatov. Der Major nickte. Dimitrow goß nach. »Sehen Sie, es ist ganz einfach. Wir haben schon die Hälfte unserer Atomwaffen abgerüstet. Sie wissen ja, warum. Dieser Gorbatschow konnte nicht schnell genug den Amerikanern entgegenkommen. Na ja, und mit Chernov ... Was soll ich Ihnen sagen, Sie kriegen das ja in Moskau auch mit. Früher hatten wir mal an die 40000, große, mittlere, kleine. Und jetzt sind es noch an die 20000, vor allem kleine, Bomben, Artilleriegeschosse, Sprengköpfe für die Kurzstreckenraketen. Aber da gibt es ein Problem: Diese taktischen nuklearen Sprengköpfe haben eine bestimmte Lebensdauer, so um die zehn Jahre. Die meisten erreichen bald diese Frist. Und dann?«

Dimitrow rührte langsam mit einem Löffel in seinem Teeglas. »Und dann«, nahm er seine eigene Frage auf, »dann haben wir zwei Möglichkeiten: Entweder wir verlieren auch noch diese militärische Option, oder mir müssen die Sprengköpfe ersetzen. Unsere Atomwaffenfabriken funktionieren noch, hier in Krasnojarsk-26 haben wir immer noch drei Brutreaktoren für die Plutoniumherstellung, und einer ist noch in Tomsk-7. Aber wenn wir nicht endlich Geld aus Moskau bekommen, dann weiß ich wirklich nicht, wie es weitergehen soll«.

Arbatov hörte schweigend zu. Er hatte einen Notizblock vor sich und machte sich Aufzeichnungen. Zwei Tage lang hatte er sich im Auftrag des Verteidigungsministeriums in der Atom-Stadt Krasnojarsk-26 umgesehen. Hier lebten immer noch 90000 Menschen, und dennoch war sie auf keiner Karte eingezeichnet. Und davon gab es noch neun weitere Städte, die zu Zeiten der Sowjetunion das Geheimste überhaupt waren und dennoch der ganze Stolz der Machtelite, denn hier waren die nuklearen Forschungsstätten, hier wurden die Atombomben gebaut, die die Sowjetunion zu einer gleichberechtigten Weltmacht gemacht hatten. Doch jetzt war ihre Existenz bedroht. Die neuen Machthaber in Moskau hatten kein Geld mehr, und außerdem hatten sie mit den Amerikanern vereinbart, Tausende von Sprengköpfen zu verschrotten.

Und selbst ein Teil des geheimen Schleiers war gelüftet. Krasnojarsk-26 hatte nun neben seiner Code-Bezeichnung auch noch einen zivilen Namen, dem man sogar dem Westen mitgeteilt hatte, es hieß nach der nahegelegenen Stadt Schersunogorsk.

Der Major stand auf. Er gab Dimitrow die Hand. »Seien Sie sicher, daß ich Ihre Probleme in Moskau weitergeben werde«, sagte er. Dimitrow erhob sich. Er zeigte eine gequältes Lächeln. »Danke, nehmen Sie es nicht persönlich, aber es waren schon viele vor Ihnen da, die das auch versprochen haben. Nur leider ...«. Er schüttelte Arbatovs Hand. »Leider ist nie etwas passiert«.

Der Wind hatte zugenommen. »Dreißig Grad minus«, sagte der Fahrer, ein pockennarbiger Gefreiter, gleichmütig. »Es wird Frühling. Letzte Woche waren es noch fast 40.« Als Arbatov den Geländewagen verließ, der ihn zum Flugplatz gebracht hatte, traf ihn der Wind mit einem harten Schlag, der ihm die Uniformmütze vom Kopf riß. Sie tanzte, von den Windböen getrieben, über das Vorfeld. Ein Flugplatzarbeiter sprang von seinem Gabelstapler und fing sie auf. Arbatov lief zu ihm hinüber und holte sich die Mütze ab. Er setzte sie auf und hielt sie mit einer Hand fest. Ein schwerer Lastwagen war vorgefahren. Dick vermummte Männer sprühten mit Schläuchen Enteisungsflüssigkeit auf die Tragflächen der TU-154, die in wenigen Minuten in Richtung Moskau starten sollte. Arbatov sprang die Treppe hoch, auf der Schnee- und Eisreste klebten, er nahm immer zwei Stufen auf einmal.

Dann trat er daneben.

Seine rechter Fuß rutschte auf der Kante der obersten Treppenstufe ab, er verlor das Gleichgewicht, fiel vornüber, sein Kopf krachte auf das eiserne Geländer der Gangway, gleich vor der aufgeklappten Tür der Maschine. Er spürte den Schlag gegen seine Schädeldecke, den stechenden Schmerz über dem linken Auge und ging kurz in die Knie.

Dann fühlte er, wie ihn jemand stützte und nach oben zog. »Um Himmels willen«, hörte er eine weibliche Stimme, »haben Sie sich verletzt?«

Arbatov schaute auf und sah in ein Gesicht mit hellen graublauen Augen, einem vollen sinnlichen Mund, der einen Hauch zu rot geschminkt war, einer kleinen hübschen Nase. Das Gesicht wurde umrahmt von langen hellblonden Haaren, auf denen eine dunkelblaue Uniform-Mütze mit den Abzeichen einer Aeroflot-Stewardeß saß.

»Oh, Sie bluten ja«, sagte Natascha Tschechowa. Arbatov fühlte mit der linken Hand an seine Stirn. Er bemerkte eine klebrige Flüssigkeit, und als er seine Hand betrachtete, sah er, daß sie blutbeschmiert war.

»Kommen Sie, setzen Sie sich hier nach vorne, da ist noch ein freier Platz in der ersten Klasse, ich kümmere mich gleich um Sie«, sagte die Stewardeß.

Er biß die Zähne zusammen, konnte aber ein Ächzen nicht unterdrücken, als er sich auf dem zugewiesenen Platz niederließ. Natascha Tschechowa kam mit einem Verbandskasten und nahm ein Tuch heraus, tränkte es mit einer Flüssigkeit und begann die

Wunde auszuwaschen. Arbatov zuckte zusammen, aber es gelang ihm jetzt, ohne Schmerzenslaut die Prozedur über sich ergehen zu lassen.

»So, das haben wir gleich«, sagte die Stewardeß. Sie angelte ein Pflaster aus dem Verbandskasten, riß den Schutzstreifen ab und drückte es fest auf die Wunde über dem linken Auge. Sie lächelte. »Wie wär's mit einem Glas Krimsekt? Sie haben es sich doch verdient nach diesem Schreck.«

Arbatov wollte abwehren, schämte sich, plötzlich das Objekt intensiver weiblicher Fürsorge zu sein, doch sie kam schon wieder zurück, die offene Flasche und ein Glas in der Hand. Sie schenkte aus, ohne seine Antwort abzuwarten. »Bitte sehr, auf Ihr Wohl.« Er nahm das Glas und nippte verlegen daran.

Inzwischen hatte sie aus der Ablage über der Sitzreihe eine Decke und ein Kissen geholt und stopfte es Arbatov hinter den Rücken. »So, jetzt entspannen Sie mal schön und versuchen Sie etwas zu schlafen. Das wird Ihnen guttun.«

Nach dem Start tat der Sekt seine Wirkung. Arbatov fiel in einen bleiernen Schlaf. Gesichter tauchten vor ihm auf, verschwammen, kamen wieder, Bilder, die ihn quälten, wieder und wieder, ein Soldat, der an einem Felsen kauerte, rauchend, ein Körper, der sich überschlug, in einen Abgrund stürzte, ein Gesicht in einer weißen Maske, das sich über ihn beugte, dann ein weibliches, rundes, mit eisblauen Augen, ein roter Mund öffnete sich, und er sagte: »Es ist vorbei.«

Er versuchte, das Gesicht in seine Hände zu nehmen, aber es entzog sich. Er flüsterte: Raissa, Raissa.

Er hörte eine andere Stimme, eine weibliche, von weither. »Ist Ihnen nicht gut?« fragte sie. Er öffnete die Augen. Natascha Tschechowa hatte sich über ihn gebeugt.

»Wie? Oh ..., nein, es ... eh, es ist alles in Ordnung.«

»Na, vielleicht sollten Sie mal etwas essen. Ich bringe Ihnen gleich was.«

Wieder, bevor er etwas einwenden konnte, war sie verschwunden und kam kurz darauf mit einem Tablett zurück, auf dem ein Mittagessen stand. »Bitte sehr und guten Appetit.« Ihre Hand berührte dabei die seine, und sie ließ sie einen Moment länger darauf liegen, als notwendig gewesen wäre.

Er sah ihr offenes Lächeln, und er versuchte, noch etwas verkrampft, zurückzulächeln. Als er gegessen hatte, kam sie schnell zurück und räumte das Tablett ab. Ungefragt erschien sie mit einem Glas und schenkte einen armenischen Kognak ein. Daneben legte sie eine Karte.

»Falls Sie mal Langeweile haben sollten«, sagte sie und lächelte erneut.

»Normalerweise fliege ich auf anderen Strecken, aber wer weiß, vielleicht trifft man sich ja mal wieder.«

Er schaute auf die Karte. Natascha Tschechowa, Aeroflot, stand darauf, darunter zwei Adressen, eine dienstliche und eine private, dazu eine Telefonnummer, die sie rot unterstrichen hatte.

Nach der Landung stand sie an der Flugzeugtür, um die Passagiere zu verabschieden, in ihrer dunkelblauen, gutsitzenden Uniform, und Arbatov nahm zum ersten Mal zur Kenntnis, wie hübsch sie tatsächlich war. Schlanke Beine schauten aus einem Rock hervor, der einen Hauch zu kurz geraten war. Sie zeigte ein selbstbewußtes Lächeln, als er an ihr vorbei mit den anderen Passagieren zum Ausgang geschoben wurde. »Ich hoffe, Sie hatten einen angenehmen Flug«, sagte sie. »Und, wie gesagt, wenn Sie mal nichts Besseres zu tun haben sollten, wissen Sie, wo Sie mich erreichen können.«

Einen Augenblick war er versucht, sie zum Abschied auf die Wange zu küssen, wie eine alte Freundin, die er schon lange kannte, gleichzeitig fühlte er sich jedoch von der Schnelligkeit der Entwicklung, von ihrer offensiven Art überfordert, ja überfahren. »Vielen Dank«, murmelte er. Und dann: »Auf Wiedersehen.«

Zürich, Schweiz

Vorschrift ist Vorschrift, dachte Albert Brenner und öffnete mißmutig die Lederschleife, die den Revolver in seinem Gürtelholster sicherte, so daß er die Waffe schnell ziehen konnte.

Er begann, durch die Scheibe des Führerhauses die Umgebung abzusuchen. Viel war freilich nicht zu sehen, denn der gepanzerte Geldtransporter stand auf dem von hohen Mauern umgebenen Hof der Unionsbank, mit der Rückseite des Wagens zum Hintereingang. Brenner schaute nach links aus dem Seitenfenster und sah, wie sein Beifahrer mit unbewegtem Gesicht ebenfalls umherschaute und, die rechte Hand auf seinen Dienstrevolver gestützt, den Geldtransporter absicherte. Albert Brenner suchte, während er weiter Ausschau hielt, auf dem Sitz neben ihm nach der alten Ledertasche, fand sie schließlich und zog die Schachtel mit den Butterbroten hervor. Er öffnete sie, nahm ein Brot heraus und biß lustlos hinein. Käse und Salami, das war die Reihenfolge, wie er die Brote belegte, jetzt, da er sie täglich selber machen mußte. Käse und Salami, und heute war Käse dran.

Was waren es noch für Zeiten, als Margrit sein Lunchpaket gemacht hatte, wie hatte sie nur diese schmackhaften Brote Tag für Tag für ihn gezaubert, wunderte er sich jetzt manchmal. Doch dann kam der Schlaganfall, der sie fast völlig gelähmt hatte, und nun hatte er zwei Jobs: Tagsüber fuhr er den Geldtransporter, abends übernahm er von der Tagschwester ihre Pflege und führte den Haushalt.

Er schob die Uniformmütze zurück und schloß für einen kurzen Moment die übermüdeten Augen. Er wußte, daß ihm Schlaf fehlte, aber er konnte es nicht ändern. Brenner konnte den Tag nicht abwarten, an dem er in Pension gehen würde.

Er riß sich zusammen, öffnete die Augen wieder und schaute in den Rückspiegel. Endlich sah er Henri aus der Bank kommen. Er schleppte einen schweren Metallcontainer. Der Beifahrer, ein junger, stiller Mann aus dem Berner Oberland, ging auf ihn zu und faßte mit an.

Albert Brenner hörte, wie der schwere Container auf der Ladefläche aufgesetzt und die Tür geschlossen wurde. Er seufzte, wickelte den Rest seines Brotes wieder in Papier und legte es in die Dose zurück, als sich die Beifahrertür öffnete und sein Partner einstieg.

»Hinten bei Henri alles in Ordnung?« fragte er. »Alles okay«, antwortete der Beifahrer einsilbig, legte das Schreibbrett an seinen Platz unter dem Armaturenbrett und knöpfte seinen grauen Uniformmantel auf.

Brenner startete den Motor und steuerte den Transporter durch die Gasse auf der Rückseite der Züricher Unionsbank in Richtung Bahnhofstraße. Er fuhr die wenigen hundert Meter, bis er den See vor sich liegen sah, und bog dann nach rechts auf die Uferstraße ein. Er schaute auf seine Uhr, bevor er sich in den dichten Feierabendverkehr einreihte. Noch knapp zwei Stunden, und sie würden in Luzern sein. Dann noch die Rückfahrt nach Hause, wo er die Tagschwester ablösen würde. Er hörte sich erneut seufzen. Wenigstens kein Neuschnee, dachte er mit Blick auf die Schneereste, die am Straßenrand lagen.

Die untergehende Sonne warf bereits lange Schatten auf die Landstraße. Sie waren jetzt schon fünf Kilometer außerhalb von Zürich, fuhren immer noch am Ufer des Sees entlang. Albert nahm kaum noch die vor ihm liegende Strecke wahr. Er fuhr mit der Routine eines Fahrers, der diese Strecke auswendig kannte. Daher sah er den Lastzug mit Anhänger in der Seitenstraße nur unterbewußt aus dem Augenwinkel, denn in Gedanken war er bereits bei den nächtlichen Pflichten, die es zu Hause zu erledigen galt.

Hätte er sich konzentriert, statt an diese Pflichten zu denken, so wäre ihm mit Sicherheit dieser große Lastwagen aufgefallen, der hinter seinem Transporter aus der Seitenstraße herausgefahren war. Er blockierte mit dem Anhänger beide Fahrspuren. Der Fahrer des LKW, ein gedrungener, dunkelhäutiger Mann mit schwarzem Schnauzbart, stellte den Motor ab, sprang aus dem Führerhaus, steckte den Zündschlüssel in die Tasche und ging seelenruhig wieder zurück zu der Querstraße, aus der er gekommen war, begleitet vom wütenden Hupkonzert der entnervten Fahrer in dem Verkehrsstau, der sich sofort gebildet hatte.

Als der Geldtransporter um die nächste Kurve bog, rief Alberts Beifahrer erschreckt: »Verdammt, Vorsicht!« In diesem Augenblick sah er die beiden Personenwagen, einen Mercedes älterer Bauart und einen Volvo, die die Kreuzung 100 Meter weiter vorn blockierten. Albert trat instinktiv mit Gewalt auf die Bremse.

Der junge Mann mit dunkler Hautfarbe und dichtem schwarzen Haar oben auf dem nahegelegenen Hügel richtete die Panzerfaust auf seiner Schulter aus und starrte mit zusammengekniffenen Augen durch die Zielvorrichtung. Kurz bevor der Geldtransporter zum Stillstand kam, drückte er ab.

Das Geschoß schlug auf der Beifahrerseite ein und riß die rechte Seite des Führerhauses auf. Die Explosion war so gewaltig, daß der schwere gepanzerte Wagen umkippte.

Alberts Beifahrer konnte nicht mehr wahrnehmen, was ihn da getroffen hatte. Es riß seinen Kopf ab. Ein Gemisch aus Blut, Gehirn und Hautfetzen spritzte in Alberts Gesicht. Er lag seitwärts gegen die Fahrertür gekrümmt und erkannte noch das klaffende Loch, wo einmal sein Brustkorb gewesen war. Es blieb ihm nur noch Zeit für die Frage, wer sich nun um Margrit kümmern sollte, dann atmete er ein letztes Mal. Seine Hände umklammerten das Lenkrad noch im Augenblick des Todes.

Henri Boiselle rappelte sich mühsam im Laderaum des Transporters auf und versuchte zu begreifen, was gerade geschehen war. Es hatte eine Explosion gegeben, und offensichtlich war der Transporter umgekippt, aber wie und warum? Einer der Metallcontainer hatte dabei sein Schienbein zerschmettert, aber er fühlte den Schmerz kaum, als er sich zur hinteren Ladetür schleppte. Sein Adrenalinspiegel stieg rapide an, und zeitweise verlor er die Orientierung. Dies war auch der Grund, warum er das eherne Grundprinzip seiner Ausbildung verletzte: Er rutschte an der Laderaumwand zur Tür hin und griff nach dem Riegel. Da er sich schräg zur Tür befand, mußte er all seine Kraft aufwenden, um den Riegel herunterzudrücken. Endlich gelang es ihm, und die schwer gepanzerte Tür öffnete sich wie ein Scheunentor. Henri starrte den Bruchteil einer Sekunde lang die beiden Männer in ihren Skimasken an, bis ihm eine Salve die Brust zerfetzte und ihn in den Laderaum zurückschleuderte. Während sein Körper noch gegen den Leinensackstapel und die Metallcontainer rollte, war er bereits tot.

Karl Hovermale bremste seinen Bierlastwagen in eben dem Augenblick, als er um die Kurve bog und die beiden Fahrzeuge sah, die die Straße blockierten. Er war mit weit überhöhter Geschwindigkeit unterwegs, um die letzte Ladung des Tages noch rechtzeitig ausliefern zu können. Die Bremsen des LKW kreischten, der Anhänger brach nach rechts aus, stellte sich quer und riß den Lastzug gegen die Böschung auf der gegenüberliegenden Straßenseite, wo er endlich zum Stillstand kam. Bei dem verzweifelten Versuch, seinen Lastwagen unter Kontrolle zu halten, glaubte Hovermale, hinter den Personenwagen, die die Straße blockierten, eine Explosion zu erkennen. Sein LKW stand schief, und so mußte er sich fast quer über den Beifahrersitz legen, um aus dem Seitenfenster zu blicken. Aber er sah es nun deutlich: Aus einem Flammenmeer, das der Rumpf eines umgestürzten Fahrzeugs auszuspeien schien, erhob sich eine schwarze Rauchwolke in den Frühabendhimmel.

Wie er später dem Züricher Polizeiinspektor berichtete, waren die beiden auf der Kreuzung stehenden Wagen hinter das, was er nun als Überreste eines Geldtransporters erkannt hatte, gefahren. Der dichte Rauch nahm ihm jedoch jegliche Sicht. Er hörte Schüsse und beschloß, in seinem gestrandeten Lastzug in Deckung zu bleiben. Von dort aus beobachtete er kurz darauf, wie ein Mann mit einer Panzerfaust die Böschung herunterrannte und in den alten Mercedes sprang. »Er war der einzige ohne Skimaske. Sah aus wie ein Araber, wenn Sie mich fragen«, berichtete er dem Polizisten. Die beiden Autos fuhren mit quietschenden Reifen weg. Eines von ihnen raste in die Seitenstraße der Kreuzung, das andere bog um seinen LKW und fuhr in die Richtung, aus der er gekommen war.

»In dem Auto«, erklärte er dem Inspektor, »saßen zwei Männer mit Skimasken, und sie wären beinahe frontal mit einem Fahrzeug hinter meinem LKW zusammengestoßen. Aber es gelang ihnen, gerade noch auszuweichen, und dann rasten sie davon«.

Bei Tripolis, Libyen

Ali Ben Nasar saß auf dem Rand seines Behelfsbetts und rieb sich die Hand. Immer wenn es naßkalt war, schmerzte diese verfluchte Hand, an der zwei Finger fehlten, und obwohl sich das Wetter innerhalb der letzten beiden Tage völlig verändert hatte, spürte er immer noch den stechenden Schmerz und die damit verbundenen Krämpfe in seinen Arm. Er preßte den schmerzenden Arm an seinen Körper, so als ob er ein verletztes Kind trösten wollte, und starrte die Wand vor sich an. Fast einen ganzen Monat hatte er nun schon gewartet, Tag für Tag, Woche für Woche, und allmählich verlor er die Geduld. Jeden Morgen wachte er in der Hoffnung auf, daß der neue Tag ihm die sehnsüchtig erwartete Nachricht bringen würde, bislang vergeblich.

Er hatte die gesamte kurze Regenzeit hier verbracht, die das Ende des Winters an der libyschen Küste begleitet, und nun war der *Ghible* gekommen, der die Temperatur innerhalb weniger Stunden ins Unerträgliche trieb und seinen trockenheißen Sandsturm in das kleine Lager am Rande von Tripolis blies. Hitze, Wind und knirschender Sand, der in alle Ritzen und Winkel drang, ließen ihn immer ungeduldiger werden.

Er war ein Mann der Tat, Warten nicht gerade seine starke Seite. In seinem noch jungen Leben hatte er schon viel zu oft und zu lange warten müssen. Sein Volk wartete bereits seit fast nunmehr fünfzig Jahren, wartete darauf, daß es sein Land wie durch ein Wunder zurückbekommen würde. Als ob geduldiges Warten die hartherzigen Israelis erweichen würde! Sie warteten, wie schon sein Vater gewartet hatte, während er sein armseliges Leben im Libanon fristete und immer noch davon träumte, wieder nach Hause zurückzukehren, nach Haifa. Der alte Mann hatte selbst dann noch voller Geduld gewartet, als sein ältester Sohn Amir von einem israelischen Stoßtrupp ergriffen und verschleppt worden war. Ausgerechnet Amir, der Gelehrte, der Pazifist, dieser völlig unpolitische Mensch. Gefangen, weil er sich zur falschen Zeit am falschen Ort aufgehalten hatte. Dabei hatte die israelische Operation eigentlich ihm gegolten, Ali Ben Nasar, und dieser Gedanke erfüllte ihn mit Wut, aber auch einem grimmigen Stolz, denn niemanden wollten die Israelis mehr als ihn, den Falken. Aber nun saß der Bruder in einem israelischen Gefängnis, angeklagt als Terrorist, und sein geduldiger Vater wartete immer noch auf seine Entlassung, sandte seine Gebete Tag für Tag zum Himmel und wartete, daß Allah seinem Sohn die Freiheit schenken würde.

Auch Ali hatte gewartet, aber dies war eine völlig andere Art des Wartens. Er hatte darauf gewartet, erwachsen und stark genug zu sein, um endlich handeln zu können, aber er hatte diese Zeit genutzt. In den Gassen des Lagers hatte er gelernt, wie man zu kämpfen hat, mit jedem Jungen, der ihm über den Weg lief, hatte er es aufgenommen, egal wie alt oder wie kräftig. Schnell hatte er begriffen, daß nichts als der Sieg zählte. Und schon bald ging ihm der Ruf eines verschlagenen Kämpfers, der vor keinem schmutzigen Trick zurückschreckt, voraus. Ein Finger im Auge des Gegners, ein Schlag gegen die Kehle oder ein Kniestoß in den Unterleib, das war seine Art zu kämpfen. Was ihn jedoch dazu trieb, jeden Jungen zu überwältigen, der seine Herausforderung annahm, war nicht der Kampf selbst, sondern die Einstellung, mit der er kämpfte. Denn dieser schmächtige Kerl war im Besitz einer geheimen Waffe, einer Kraft tief in seinem Inneren, die ihm den entscheidenden Vorteil vor denen gab, die viel kräftiger und größer als er waren. Ali hatte sich beigebracht, seine Gegner im Geiste zu verwandeln. Auf unerklärliche Weise war er in der Lage, sich jeden seiner Gegner als »den Juden« vorzustellen. Mitten im Kampf überfiel ihn dann eine solche Wut, der keiner der Lagerjungen widerstehen konnte. Gegen diesen imaginären »Juden« kämpfte er mit einer Brutalität, die seine Widersacher in Angst und Schrecken versetzte. Als er schließlich vierzehn Jahre alt war, nannte man ihn im ganzen Lager den Schläger von Shatilla.

Aber es war nicht allein die Furcht, die er verbreitete, die ihn wie ganz natürlich zum Anführer machte, nein, da war noch etwas, das von ihm ausging und das zur Folge hatte, daß andere ihm Gehorsam zollten: sein zielbewußtes Handeln, gepaart mit eiserner Entschlossenheit. Als der Mullah der Hesbollah nach jemandem suchte, der den Befehl über die jungen Krieger übernehmen konnte, gab es für ihn nur eine Wahl, und diese Wahl hatte er nie bereut. Ali befehligte die jungen Soldaten des Heiligen Krieges so, als sei er ein geborener General. Er war ein Fanatiker, bereit, auch das Letzte für die Sache zu geben. Und was er von sich verlangte, verlangte er wie selbstverständlich auch von seinen Untergebenen.

Im Alter von siebzehn Jahren war er bereits in den Rang eines regulären Angehörigen einer Hesbollah-Kampfeinheit aufgestiegen und widmete sein Leben nur noch einer Aufgabe, der Vernichtung aller Feinde des Dschihad, als der Libanon in den Bürgerkriegswirren versank. Ali Ben Nasar war stets an vorderster Front zu finden, immer der erste, der sich mit seiner Kalaschnikow wild um sich schießend auf den Feind stürzte, immer auf dem Vormarsch, immer vor allen anderen.

Sein Wagemut war Legende, nicht nur in den blutgetränkten Straßen Beiruts, denn er war auch als »Meisterspieler« bekannt. Mit derselben Tollkühnheit, die ihn im Straßenkampf auszeichnete, beherrschte er auch die endlosen Runden russischen Roulettes, das die militanten Moslems anzog wie die Motten das Licht. Das war ein Spiel, das wie geschaffen war für ein Land wie den Libanon, wo das Leben keinen Pfennig wert war. Bei diesem Todesspiel war Nasar in seinem Element. Dieser tollkühne Wagemut wie auch die Möglichkeit des schnellen Todes ließen ihn aufblühen. Er liebte das Ritual dieses Spiels, den kurzen Augenblick, wenn er sich in ein höheres Wesen verwandelte, in den wahren Helden.

Er sitzt an einem niedrigen, weißgedeckten Spieltisch, auf dem der Smith & Wesson-Revolver sowie eine einzige Patrone liegen, genau so, wie es das Ritual verlangt. Alle starren ihn voller Ehrfurcht an. Er spielt häufiger als alle anderen, und die meisten seiner Mitspieler haben das Spiel nicht überlebt. Er aber spielt weiter.

Wetten werden abgeschlossen, dann herrscht Totenstille. Er starrt auf den Tisch, ergreift den Revolver, öffnet die Kammer und legt die Patrone ein. Nun starrt er nur noch vor sich hin, hält die Waffe ohne zu zögern an die rechte Schläfe und drückt ab. Das metallische Klicken klingt wie das Krachen einer Peitsche. Mit einem Schlag löst sich die Anspannung der Zuschauer, nicht jedoch die seine. Ali Ben Nasar zeigt keinerlei Regung, lächelt nicht befreit, atmet nicht einmal tief durch. Er steht einfach nur da, dreht sich um und verläßt den Schauplatz des Todesspiels.

Die drückende Schwüle in seinem engen Zimmer machte ihm zu schaffen. Von ferne hörte er den Ruf des Muezzin, der die Gläubigen zum Gebet rief. Heute würde er hier in seinem Zimmer beten. Ben Nasar wischte sich mit den Hemdsärmeln den Schweiß ab, der in die Augen tropfte, und betrachtete seine verstümmelte Hand. Wut kochte in ihm auf, eine Wut, die sich noch durch die in ihm gärende Ungeduld steigerte. Er rieb über die rötlichen Stummel, die einmal seine Finger gewesen waren. Sein Arm fühlte sich wie elektrisiert an. Er preßte ihn und schüttelte ihn dann hin und her, um den Schmerz zu lindern, was ihm jedoch bei all seiner aufgestauten Wut nicht gelang. Er ärgerte sich nicht etwa über den Verlust seiner beiden Finger oder um die damit verbundenen Unannehmlichkeiten, denn er war bereit, noch weit größere Opfer für den Dschihad zu bringen. Nein, wütend war er allein auf sich selbst.

Wie war ein solches Maß eigener Dummheit und Schlamperei nur möglich gewesen? Wie oft hatte er schon in der Zeit vor dem Attentat in Argentinien mit Bomben gearbeitet und war dabei nie unvorsichtig gewesen. Aber damals war irgend etwas schiefgegangen. Er hatte die Szene immer wieder in seinem Geiste Revue passieren lassen, hatte versucht herauszufinden, was er falsch gemacht hatte. Es war ihm alles wie einer der zahllosen routinemäßigen Proben vorgekommen, ein Test, wie er ihn immer wieder in all den Jahren durchgeführt hatte. Er hatte den Zündmechanismus auf offenem Feld in der Nähe von Buenos Aires getestet, um die Sprengung der israelischen Botschaft vorzubereiten, und dieser Zünder war dann einfach in seiner Hand explodiert. Ohne erkennbaren Grund. Irgendein idiotischer Fehler, und seine Finger waren abgerissen.

Während er im Hotel untätig herumsitzen mußte, hatte seine Gruppe den Anschlag durchgeführt. Er, Ali Ben Nasar, der Mann, der immer an vorderster Front zu finden war, mußte nun beiseite stehen und konnte nichts tun, als seine vor Schmerzen hämmernde Hand zu drücken und auf den blutdurchtränkten Verband zu starren.

Das Klopfen am Türrahmen riß ihn aus seinen quälenden Gedanken. Ein alter Mann aus dem Dorf steckte seinen Kopf in das Zimmer und lächelte aus zahnlosem Mund.

»Er wird dich nun empfangen«, sagte er. »Folge mir.«

Ben Nasar streifte seinen Kaffieh über, wickelte das eine Ende um seine untere Gesichtshälfte und trat heraus in die sengende Hitze des späten Nachmittags. Nie verließ er sein Zimmer, ohne sein Gesicht zu verdecken, nicht einmal hier im Lager. Niemand sollte erfahren, daß er je hier gewesen war, auch nicht seine Waffenbrüder.

Er folgte dem alten Mann den Hügel hinter dem Lager hinauf, durch das sandumpeitschte Dorf, das bis auf ein paar kriegspielende Jungen menschenleer schien.

»Stirb, dreckiger Jude«, rief einer der Jungen und zielte mit seinem hölzernen Stock, der ein Gewehr darstellen sollte, auf ein kleineres Kind.

»Im Namen Allahs töte ich dich.«

Ja, kleiner Bruder, dachte Ben Nasar, je jünger du bist, wenn du den Krieg beginnst, desto besser.

Sie betraten die Moschee durch eine Seitentür, und der Alte führte ihn einen Flur entlang bis zum Ende des Gebäudes. Dort öffnete er einen Vorhang, bedeutete ihm einzutreten und verschwand lautlos. Der Mullah hatte sich auf riesigen Kissen in der Mitte des Raumes niedergelassen. Er trug ein schwarzes Gewand und einen weißen Turban. Als Ben Nasar eintrat, schaute er nicht einmal auf. Ben Nasar nahm vor ihm im Schneidersitz Platz und wartete, daß er angesprochen würde.

Als der Mullah endlich seinen Blick erhob und ihn anschaute, sagte er: »Unsere Brüder in der Schweiz haben es geschafft. Sie haben das Geld. Gepriesen sei Allah, unser Beschützer.«

»Ich kann also aufbrechen?« fragte Ben Nasar.

»Ja, mein Sohn. Alles ist bereit. Der Allmächtige wird dich schützen. In seinem Namen wirst du die Ungläubigen in Tel Aviv und Washington strafen. Mohammed, unser Prophet, geheiligt sei sein Name, hat unseren Glauben mit Feuer und Schwert verbreitet. Nun wirst du unsere Sache vertreten. Gepriesen sei Allah.«

Ben Nasar ergriff die ausgestreckte Hand des Mullah und küßte sie.

»Ich werde das Licht des Glaubens aufleuchten lassen, so daß es die ganze Welt sehen muß.«

Bei Moskau, Rußland

Jurij Arbatov stampfte mit den Füßen auf, um die Kälte zu vertreiben, die trotz der dicken Fellstiefel an seinen Beinen hochkroch. Er blickte auf seine Armbanduhr und stellte ungeduldig fest, daß die Zeit stillzustehen schien.

Einst hatte er diesen Moment genossen, die Klarheit, die der frühe Morgen brachte, den ungehinderten Blick über die lautlose Weite, die scheinbare Zeitlosigkeit der Natur, selbst die trockene Kälte hatte er als belebend, nicht als Bedrohung wahrgenommen.

Jetzt empfand er die Stille, die über dem weiten offenen Land lag, als belastend, provozierend unwirklich in ihrer Friedfertigkeit. Ein Ast gab unter der Schneelast nach. Das Brechen des Holzes zerriß die Ruhe wie ein Peitschenhieb.

Erst zögerlich, dann immer schneller schob sich der Sonnenball über die Birkenkronen in den eisblauen Himmel. Der makellos weiße Schnee schien für einige Augenblicke zu glühen, erst zartrosa, dann hellorange, dann goldgelb.

Der Major legte die Hand über die plötzlich geblendeten Augen. Er nahm sein schweres Fernglas und richtete es auf den Hügel, der in etwa fünf Kilometer Entfernung vor ihm lag. Sein geübter Blick erkannte trotz des frischen Schnees, der in der Nacht gefallen war, die Umrisse der alten Panzerwracks, die als Ziele für das Übungsschießen dienten.

Der Major ließ das Fernglas sinken und schaute zu Oberst Andreij Primakow, einem hageren Mann um die 50, hinüber, der neben ihm auf dem hölzernen Beobachtungsturm stand. Arbatov blickte erneut auf seine Armbanduhr, deren Zeiger gerade auf 7.00 Uhr vorrückten. Der Regimentskommandeur nickte Arbatov zu.

Der Major ergriff sein Funkgerät. »Feuer frei«, sagte er.

Rechts von dem Beobachtungsturm, in etwa fünfhundert Metern Entfernung, blitzte am Waldrand entlang aus einem

Dutzend Rohren Mündungsfeuer auf. Die Salve der schweren Artilleriegeschütze entlud sich wie der Donner in einem schweren Sommergewitter. Für einen Augenblick lag danach eine trügerische Ruhe über dem Manövergelände der russischen Panzertruppe, rund 50 Kilometer von Moskau entfernt. Dann feuerten die Geschütze erneut. Aus dem Birkenwald hinter den mit weißen Netzen getarnten Artillerie-Stellungen drang das tiefe zornige Brummen schwerer Dieselmotoren herüber, das anschwoll und näherkam.

Der Major hob wieder sein Fernglas. Dann sah er sie – eine lange Phalanx von T-80-Panzern brach aus dem Wald hervor und richtete, noch in voller Fahrt, suchend die Kanonenrohre auf die Ziele auf dem Hügel. In den scharfen Knall der Panzergeschütze mischte sich das Bellen von Maschinengewehren, deren Leuchtspurgeschosse wie lange Perlenketten ihrem Ziel entgegenzischten.

Plötzlich kam einer der T-80-Panzer aus der Spur, schlingerte, begann sich zu drehen. Arbatov, noch immer das Fernglas vor Augen, hielt den Atem an. Ein zweiter Panzer, der in kurzem Abstand gefolgt war, krachte in voller Fahrt in den Vordermann hinein, schob ihn in einen Graben, eine Stichflamme schoß heraus, und wenige Augenblicke später ertönte eine furchtbare Explosion.

»Oh, mein Gott«, schrie der Oberst auf. Und wieder: »Oh, mein Gott.« Der Major ließ sein Fernglas sinken, einen Augenblick gelähmt. Dann schrie er in sein Funkgerät: »An alle, an alle, Feuer einstellen, sofort Feuer einstellen. Sanitäter vor!«

»Geben Sie her, schnell, geben Sie her.« Der Oberst streckte die Hand aus. Arbatov reichte ihm sein Fernglas. Der Regimentskommandeur preßte es an seine Augen. »Nein, oh mein Gott, nein, nein, nein ...« stieß er hervor. Arbatov schaute auf den bleichen Oberst. Noch immer hielt er das Fernglas fest umkrampft, starrte in Richtung auf die schwarzen Rauchwolken, die über der Unglücksstelle in den kalten Himmel stiegen. Auf dem Manövergelände pflügte nun ein Sanitäts-Schützenpanzer, der ein großes rotes Kreuz auf weißem Grund auf der Seitenwand trug, durch den Schnee in Richtung auf die brennenden Wracks zu. Sanitäter sprangen heraus, liefen auf die Panzer zu, blieben dann aber stehen. Keiner wagte sich an das Feuer heran. Eine neuerliche Explosion zwang sie dazu, sich auf den Boden zu werfen. Prasselnd wie ein chinesisches Feuerwerk ging die Munition in die Luft.

Arbatov griff erneut zu seinem Funkgerät. »Schickt uns einen Hubschrauber, schnell!« Ungeduldig hielt er das Gerät an sein Ohr.

Schließlich kam krächzend eine Stimme aus dem kleinen Lautsprecher: »Der Hubschrauber kann nicht starten. Wir haben kein Benzin. Es soll erst morgen geliefert werden.« Wütend schaltete Arbatov das Gerät ab und schob es in die Tasche seines dunkelgrünen Militärmantels.

Stumm, am ganzen Körper zitternd, mußte der Oberst zusehen, wie seine Soldaten vor ihm in den glühenden Metall-Kästen verkohlten.

Arbatov, der ihn aus dem Augenwinkel beobachtet hatte, legte ihm eine Hand auf den Arm: »Wie lange soll das noch so weitergehen? Schon wieder eine gebrochene Panzerkette, bestimmt ein Materialfehler. Sie liefern uns nur noch Ausschuß. Der fünfte Unfall in drei Wochen. Vier Tote, zehn Verletzte.« Er nickte in Richtung auf die Panzerwracks, über denen eine schwarze Rauchwolke stand. »Ohne die da, natürlich.«

Der Oberst drehte ihm sein eingefallenes Gesicht zu. Arbatov sah, daß er weinte. Seine Schultern zuckten. »Da drüben …« Einen Augenblick konnte er nicht weitersprechen, riß sich dann aber zusammen. »Da drüben … mein Sohn, er ist in dem ersten Panzer, er war gerade zum Leutnant befördert worden …«

Am Horizont erschien dicht über den Bäumen ein kleiner Punkt, wurde größer, raste auf den Beobachtungsturm zu. Ein Heulen schwoll an, lauter, kreischender, steigerte sich zu einem Inferno. Ein MIG-29 donnerte im Tiefflug über das Übungsgelände, zog unmittelbar über den beiden Männern hoch, ging in eine Steilkurve und verschwand in dem grellen Blau des Himmels.

Arbatov hatte sich unwillkürlich die Ohren zugehalten. Er spürte ein Würgen im Hals, er wollte dagegen anschreien, wollte die Fäuste wütend gegen den Himmel recken, wollte sich von seiner Ohnmacht befreien.

Doch er brachte keinen Ton heraus.

Er blickte in das immer noch tränenüberströmte Gesicht des Regimentskommandeurs. Arbatov sagte leise: »Sie machen uns fertig, Andrej Sergejewitsch. Chernov und seine Leute machen uns völlig fertig. Wenn es so weitergeht, sind wir bald am Ende. Dann bricht die Armee zusammen.«

Ein leichter Wind trieb die schwarzen Rauchwolken auf den Beobachtungsturm zu. Sie trugen den Geruch von Dieselöl und verbranntem Fleisch. Arbatov starrte in die dunklen Schwaden. Wie zu sich selbst sagte er: »Wir dürfen das nicht länger hinnehmen. Er wird alles ruinieren, die Streitkräfte, Rußland, uns alle.«

Der Oberst strich sich mit einer Hand über die Augen und versuchte, die Tränen wegzuwischen. Arbatov faßte ihn bei der Schulter. »Ihr Sohn, Andrej Sergejewitsch, darf nicht umsonst gestorben sein«.

Arbatov klopfte den Schnee von seinen schweren Militärstiefeln und öffnete die Tür der alten Baracke, die als Offizierskasino diente. Er nahm die dunkelgrüne Uniformmütze ab und zog die Fellhandschuhe aus. Eine nackte Glühbirne baumelte von der Decke herab und warf ein schwaches Licht auf die karge Einrichtung. Die Stühle und Tische waren grob zusammengezimmert, die Holzwände bilderlos. Ein abgewetztes Sofa stand in einer Ecke, davor ein kleiner Holztisch, auf dem ein grauer Stoff-Fetzen lag, der als Tischtuch herhalten mußte. Neben dem Sofa strahlte ein Kanonenofen, dessen Tür offenstand, trockene Hitze in den kleinen Raum. Fünf Männer, darunter Oberst Primakow, standen schweigend um den Ofen herum und wärmten ihre

Hände an ihren Teegläsern. Drei jüngere trugen an ihren Uniformen die Rangabzeichen eines Leutnants. Über der Brusttasche prangten die Schwingen der Fallschirmjäger. Einer, Ende Dreißig mit kurzen blonden Haaren, war in Zivil.

Ein magerer Gefreiter erschien mit einer zerbeulten Metallkanne und einem Tablett, auf dem ein leeres Glas stand. Er hielt es Arbatov hin. Der Major nickte, und der Gefreite goß Tee in das Glas. »Bring mehr Gläser«, sagte er.

Wenige Augenblicke später kam der Gefreite zurück und stellte das Tablett mit fünf weiteren Gläsern auf den kleinen Holztisch. »Gut, wir brauchen dich nicht mehr. Verschwinde«, sagte Arbatov. Der Major zog eine Wodkaflasche aus der Tasche seines Militärmantels, schraubte sie auf und begann, die Gläser zu füllen.

Er reichte jedem der Männer ein Glas. »Na sdarowje – auf eure Gesundheit«, sagte er. Alle leerten ihre Gläser in einem Zug. Arbatov goß erneut ein und nickte den anderen zu, sich zu setzen.

Sie nahmen rund um den Kanonenofen Platz. Arbatov setzte sich auf das alte Sofa.

»Ich brauche niemanden lange vorzustellen«, begann er. »Ihr alle kennt Oberst Primakow, ihr habt zusammen mit seinem Sohn die Militärakademie besucht«, sprach er die Leutnante an. Er wies auf den Zivilisten. »Das ist Oleg Gratschew. Er war früher für das KGB Verbindungsoffizier zur Roten Armee. Wie ihr seht, hält er immer noch Kontakt, auch zu den Kameraden in der Lubjanka. Ihr könnt ihm vertrauen, er ist ein alter Freund von mir.«

Gratschew entblößte seine gelben Zähne zu einem dünnen Grinsen und reichte Arbatov sein Glas zum Nachfüllen.

Der Oberst saß mit steinernem Gesicht stocksteif auf seinem Stuhl. Am rechten Ärmel seiner Uniformjacke trug er eine schwarze Trauerbinde.

»Ich darf gleich zur Sache kommen«, sagte Arbatov.

»Ihr alle wißt, warum wir heute hier sind. Wir betrauern

einen Freund, einen von uns, einen Märtyrer des Regimes, ein weiteres Opfer von Chernov und seiner Moskauer Clique. Er richtet unser Land zugrunde, und er kriecht vor den Amerikanern wie ein winselnder Hund. Einst waren wir eine stolze Großmacht, vor der die Welt zitterte. Jetzt macht er uns zum Gespött.«

Arbatov nahm sein Wodkaglas, trank es aus und warf es voller Zorn an die Wand. Es zersplitterte in tausend Stücke.

»Und jetzt? Was hat der räudige Schakal noch vor? Er will nach Amerika reisen und sich von Präsident Webster schon wieder ein Abrüstungsabkommen diktieren lassen. Noch mehr Atomsprengköpfe sollen abgebaut werden. Nicht genug, daß er unsere konventionellen Streitkräfte völlig ausbluten läßt. Wenn es so weitergeht, dann sind wir bald auch unsere Atomwaffen los. Dann, meine Freunde, ist Rußland wehrlos. Genau das, was die Amerikaner wollen. Endlich haben sie es geschafft. Und dieser Chernov ist ihr Lakai, sonst nichts!«

Arbatov sprang erregt auf und begann vor den anderen auf und ab zu laufen. Schließlich blieb er stehen.

»Wie lange soll das noch so weitergehen? Nein, meine Freunde, wir können nicht mehr wegschauen. Wir müssen handeln. Das ist unsere patriotische Pflicht.«

Er schaute auf den Oberst. »Der Tod Ihres Sohnes darf nicht ungesühnt bleiben.«

Arbatov ergriff die Flasche und schenkte erneut für alle ein. Sie tranken sich zu. Einen Augenblick herrschte Stille im Raum. Nur das Knacken der Holzscheite im Ofen war zu hören.

Schließlich schaute der Oberst, der bisher geschwiegen hatte, auf.

»Aber was können wir tun, Jurij Alexejewitsch?«

Arbatov blickte ihm in die Augen.

»Wir müssen Chernov stoppen. Wir müssen ihm einen Denkzettel verpassen – ihm und den Amerikanern, damit Rußland endlich aufwacht. Wir müssen ein Zeichen setzen, das die Welt zur Kenntnis nehmen muß.«

Er zeigte auf Gratschew. »Hier, unser Freund wird uns dabei helfen. Er hat einen interessanten Plan.«

Wieder entblößte Gratschew seine Zähne und grinste. »Wir haben einen Kontakt zu Leuten, die uns dabei helfen wollen, eine Hilfe auf Gegenseitigkeit sozusagen. Ein paar Araber, wir haben ihnen schon während meiner Zeit beim KGB ausgeholfen. Sie wollen den Amerikanern eine Lektion erteilen, eine drastische Lektion. Sie haben den Plan, und wir haben das, was sie dazu brauchen.«

Nur das Prasseln des Feuers war zu hören. Arbatov nickte Gratschew aufmunternd zu.

»Nun ja«, sagte Gratschew, »es ist sicher ein verwegener Plan, nicht ganz ohne Risiko.« Er schaute einen Moment zu Boden, hob dann aber wieder den Blick. »Was sie von uns wollen, ist ein Atomsprengkopf.«

Arbatov sah die überraschten Gesichter der anderen. Der Oberst schien plötzlich noch blasser als zuvor. Arbatov wußte, jetzt war der entscheidende Augenblick gekommen.

»Meine Freunde, es geht um unser Vaterland, es geht um Rußland. Wenn wir nicht handeln, dann ist es zu spät. Wir müssen dieses Risiko eingehen. Ein Atomsprengkopf – um unsere Atomstreitmacht zu erhalten. Rußland braucht uns!«

Er wies auf den Obersten. »Denkt an seinen Sohn. Verbrannt in einem Panzer, weil sie uns nur noch Schrott zur Verfügung stellen. Wollt Ihr die nächsten sein?«

Wieder schenkte er ein. Er hob sein Glas. Die anderen taten es ihm nach. »Wir sind es, die unser Land retten können. Lassen wir es nicht im Stich!«

Alle standen auf und tranken sich zu.

Frankfurt/M., Deutschland

Ein hohes, beinahe kreischendes Geräusch unterbrach das bis dahin stetige Summen der Triebwerke. Jurij Arbatov schreckte aus seinem Halbschlaf hoch. Instinktiv faßte er an seine linke Brusttasche. Er fühlte, daß der Paß immer noch darin steckte. Verärgert stellte er fest, daß sich schlagartig leichte Schweißperlen auf seiner Stirn gebildet hatten. Er nahm den Paß heraus und blätterte darin, bis er die Seite mit dem Foto fand. Ein Gesicht mit einem kantigen Kinn, darüber ein Mund mit schmalen Lippen, eine gerade Nase, kühle blaue Augen, eine hohe Stirn, dunkelblonde, dichte, auffallend kurz geschnittene Haare – sein eigenes Gesicht schaute ihn an.

Gratschew, dachte er. Unruhig rutschte er auf seinem Sessel hin und her. Gratschew, der Mann, der alles konnte, der alles möglich machte, der alle Schliche kannte, der vor nichts zurückschreckte.

Sicher, er kannte ihn schon fast fünfzehn Jahre, aus Gratschews KGB-Zeit. Sie hatten ihn gefeuert, als die Sowjetunion und damit der alte Machtapparat aufgelöst wurde. Seither war er in jene Grauzone abgetaucht, in der so viele in dem neuen Rußland überlebten: kein fester Job, aber immer etwas zu tun, Kontakte zu den alten Kameraden aus dem KGB und natürlich auch zu den vielen, die sich aus der alten Zeit in den neuen Geheimdienst hinübergerettet hatten. Es waren dunkle Geschäfte mit den neuen Reichen, den halblegalen Profiteuren, den Schiebern, den Vertretern eines unfertigen Systems, das es den Cleveren erlaubte, sich über Nacht schier grenzenlos zu bereichern, und – da war sich Arbatov sicher – Gratschew schreckte auch nicht davor zurück, Handlanger für die Bosse der russischen Mafia zu spielen, wenn der Preis stimmte. Was ihn, so mußte sich Arbatov eingestehen, heute nur noch mit Gratschew verband, war die Verachtung für die neuen Machthaber im Kreml, die sich Demokraten nannten und doch große

Teile des Volkes in tiefe Armut und Hoffnungslosigkeit gestürzt hatten.

Konnte er diesem Gratschew wirklich trauen? Konnte, durfte er ihn in dieses Projekt verwickeln, das Rußland retten, das ihm seine alte Weltgeltung zurückbringen sollte?

Arbatov sah den grinsenden Gratschew vor sich, der ihm vor der Abreise den Paß zugesteckt hatte. »Hier, ein Meisterwerk«, hatte Gratschew gesagt. Dieses dümmliche, arrogante Grinsen. Arbatov nahm sein Taschentuch und wischte sich über die Stirn. Er schluckte, versuchte das ungute Gefühl in seinem Magen zu verdrängen. Die Wahrheit, die ganz einfache Wahrheit war, daß er keine Alternative hatte, daß er auf Gratschew angewiesen war.

Wieder hörte er das ansteigende, sirrende Kreischen der Hydraulik-Pumpen. Durch das Fenster der Iljuschin 62 sah er, daß an den Tragflächen die Landeklappen ausfuhren. Ein leichtes Schütteln wurde spürbar, als sich die Klappen dem Fahrtwind entgegenstemmten und so die Fluggeschwindigkeit reduzierten.

Er steckte den Paß in die Tasche zurück. Arbatov stellte fest, daß sich die Aeroflot-Maschine bereits im letzten Teil des Landeanflugs befand. Draußen ragten große schlanke Türme aus Glas und Stahl respektheischend in den Himmel, an deren Spitzen dünne weiße Wolkenfetzen vorbeihuschten. Für einen Augenblick brachen sich Sonnenstrahlen in ihren glitzernden Fassaden und ließen sie grell aufblitzen, wie ein Signal an die Reisenden aus aller Welt, die täglich zu Tausenden die mächtigen Türme der deutschen Groß-Banken überflogen. Arbatov sah einen Fluß, der sich durch die Frankfurter Innenstadt schlängelte, und erinnerte sich, daß es sich dabei um den Main handeln mußte.

Wieder veränderte sich das Geräusch, und ein leichter Ruck ging durch die Maschine, als der Pilot das Fahrwerk ausfuhr. Arbatov sah auf der linken Seite der Landebahn große Flugzeughallen auf sich zukommen, als die IL-62 sanft aufsetzte und auszurollen begann. Vor den Hallen identifizierte er die grau gestrichenen Transportflugzeuge als C-141- und C-5-Galaxy der amerikanischen Luftwaffe. Sein Blick verfinsterte sich. Er ballte die Fäuste.

Die IL-62 bog nun nach rechts auf den Taxiway ab und rollte auf die Parkposition der Aeroflot zu. Zwei Busse holten die Passagiere aus Moskau ab und brachten sie zum Ankunftsbereich. Langsam schob sich die Menschenschlange auf die Kontrollstelle zu, an der junge Beamte des Bundesgrenzschutzes die Papiere der ankommenden Passagiere überprüften.

Arbatov, der einen ungewohnten dunkelgrauen Zivilanzug trug, faßte nervös erneut an seine linke Brusttasche. In wenigen Augenblicken würde sich herausstellen, wie gut die Fälschung wirklich war, die Oleg Gratschew besorgt hatte. Gratschew hatte nur eine Woche gebraucht, um den neuen Paß herstellen zu lassen. Er sah gut gebraucht aus, hatte mehrere Aus- und Einreisestempel aus verschiedenen europäischen Ländern und ein ordnungsgemäßes Visum der deutschen Botschaft in Moskau für eine Einreise in die Bundesrepublik Deutschland.

»Ihre Papiere, bitte«, sagte der Beamte hinter seinem Tresen.

Arbatov übergab ihm den Paß. Der Beamte schlug ihn auf. Er verglich das Bild mit dem Gesicht des vor ihm Stehenden. Dann las er den Eintrag: Alexander Popov, geb. 24. 5. 1956 in Moskau, Beruf: Kaufmann.

»Wie lange werden Sie bei uns bleiben, Herr Popov?« fragte er auf Englisch.

»Eh … nur heute«, antwortete Arbatov, ebenfalls auf Englisch.

Wieder blätterte der Beamte. Schließlich entdeckte er das Blatt mit dem Visum der deutschen Botschaft. Einen Augenblick, der Arbatov wie eine Ewigkeit vorkam, zögerte er, sah genauer hin. »Das Visum berechtigt Sie zu einem Aufenthalt bis zu drei Monaten«, sagte er.

»Wie?« fragte Arbatov.

»Ja, danke, eh … wie gesagt, leider muß ich heute schon wieder zurück. Dringende Geschäfte.« Der Beamte nahm seinen Stempel und drückte ihn in den Paß.

»Bitte sehr, Herr Popov, einen angenehmen Aufenthalt in der Bundesrepublik Deutschland. Schade, daß Sie nur so wenig Zeit haben.«

»Danke«, murmelte Arbatov und steckte den Paß ein.

Der Major trat hinaus in die Ankunftshalle, in der sich die Menschenmassen drängten. Er suchte nach einem Hinweisschild, fand es und setzte sich in Bewegung. Er überquerte mit schnellen Schritten die Zufahrtsstraße zum Flughafengebäude über eine überdachte Betonbrücke, die in die Eingangshalle des Sheraton-Hotels führte.

Arbatov schaute sich nach den Fahrstühlen um, stieg im letzten Moment bei einer Touristengruppe zu und drückte den Knopf für den fünften Stock. Am Zimmer 515 klopfte er dreimal. Die Tür öffnete sich einen Spalt, und zwei durchdringende, schwarze Augen schauten ihn prüfend an.

»Oleg läßt grüßen«, sagte Arbatov. Der Falke öffnete die Tür weiter und ließ den Major schweigend ein. Er winkte mit einer 9-Millimeter-Pistole in Richtung auf die Mitte des Zimmers und steckte die Waffe dann griffbereit in seinen Hosenbund.

Auf einem Tisch vor dem Fenster, dessen Vorhänge zugezogen waren, lag ein schwarzer Aktenkoffer. »Öffnen Sie ihn«, sagte der Falke.

Arbatov ließ die beiden Schlösser aufschnappen und hob den Deckel an. Der Koffer war bis an den Rand mit grünen Dollarnoten angefüllt.

»Zählen Sie nach«, wies ihn der Falke an. »Drei Millionen Dollar.«

»Nicht nötig«, sagte Arbatov und schloß den Kofferdeckel wieder. »Das dürfte reichen.«

»Wann können Sie liefern?« fragte der Falke.

»In zwei Wochen, höchstens drei«, sagte Arbatov.

»Gut, ich verlasse mich auf Sie. Lieferung wie vereinbart nach New York. Hier ist eine Telefonnummer und das Codewort. Wir holen das Paket dann am Flugplatz ab.«

Arbatov nickte. Der Falke nahm den Koffer und drückte ihn

dem Major in die Hand. Er wies auf die Tür. »Ich hoffe, wir hören bald von Ihnen. Es ist hohe Zeit, daß gehandelt wird.«

Moskau, Rußland

Oleg Gratschew zeigte seine gelben Zähne. »Gut«, sagte er, »sehr gut. Der Falke ist eben ein Profi.« Er grinste zufrieden, als Arbatov den schwarzen Aktenkoffer auf den Tisch stellte. »Kein Wunder, schließlich haben wir ihn beim KGB ausgebildet.« Er räumte eine leere Wodkaflasche und zwei Gläser beiseite, klappte den Aktenkoffer auf, holte das Geld heraus und begann, die Bündel auf dem Tisch zu verteilen.

»Was denken Sie, wieviel brauchen wir für Smolzewski?«

»Fünfhunderttausend«, sagte Arbatov. »Ohne ihn ist es nicht zu machen.«

Gratschew nickte. »Ohne Smolzewski wird nichts aus dem Plan. Er muß das Ding scharfmachen. Die Araber haben davon keine Ahnung.«

»Und wie geht's mit den anderen?« fragte Arbatov.

»Primakovs Leute verlangen eine Million. Die Freunde des Obersten besorgen die Lagepläne, sie werden dafür sorgen, daß sich die Ware auch tatsächlich am Ort befindet. Allerdings ...«

Arbatov bemerkte, wie Gratschew stockte. »Was, allerdings?«

»Nun ja, sie können zwar die Lagepläne beschaffen. Soweit ist alles klar. Aber ... eh ... sie können nicht selber liefern.«

Arbatov schaute ihn scharf an. »Was heißt das – sie können nicht selber liefern?«

»Sie haben die Bewachung der Atomsprengköpfe noch einmal verschärft. Neben dem Militär sind jetzt auch die Sondertruppen des Innenministeriums eingeschaltet. Ich habe alles probiert. Geld, viel Geld, die alten Verbindungen, nichts hat genutzt. Chernov hat die neuen Maßnahmen persönlich angeordnet. Wie es heißt, auf Druck der Amerikaner.«

Arbatov bemerkte, wie ihm das Blut in den Kopf schoß. »Das bedeutet doch, wir haben keine Alternative, als die Ware selbst herauszuholen. Und zwar mit Gewalt.«

»Leider«, sagte Gratschew, »leider wird sich das nicht vermeiden lassen.«

»Also, dann werde ich mich darum kümmern«, sagte Arbatov grimmig.

Gratschew wies auf ein großes Geldbündel auf dem Tisch. Verschlagen sagte er: »Da sind noch anderthalb Millionen übrig. Ich ... ich habe gedacht, wir teilen uns das.«

Arbatov schaute ihn wütend an. »Kommt nicht in Frage. Ich tue das für Rußland, für unser Vaterland, für unsere Würde, nicht für Geld.«

»Aber ich habe doch eine Menge Auslagen. Die Papiere, der Transport, die Waffen ... Und die alten Kameraden machen das auch nicht umsonst.«

Mit finsterer Miene begann Arbatov, die Geldscheine zu zählen. Einen Augenblick herrschte eine bedrückende Stille in dem engen Apartment. Nur das Knistern der Geldscheine war zu hören. »So, hier, fünfhunderttausend für Sie«, sagte Arbatov. Verächtlich schob er die Geldbündel zu Gratschew hinüber. »Den Rest nehme ich in Verwahrung. Wenn Sie mehr brauchen, lassen Sie es mich wissen.«

Gratschew zog die Geldbündel an sich und begann, sie in den Taschen seines schäbigen Anzugs zu verstauen. »Wir brauchen jemand, der die Ware nach New York transportiert. Wird auch nicht billig«, sagte Gratschew. »Ich werde mich mal umhören, nicht ganz einfach, aber ich kenne da einen Exporteur, der mit Pelzen handelt. Er hat ständig Transporte nach Amerika. Der kann leicht mal ein kleines Paket zusätzlich mitnehmen. Wir haben das schon häufiger ausprobiert. Mit Gold, Devisen und gelegentlich mal ein paar Kunstgegenständen. Sie wissen doch, die Amerikaner sind ganz verrückt auf alles, was alt ist.«

Arbatov schaute skeptisch. Er wollte diese Fracht keinem dieser windigen Händler anvertrauen. »Ich glaube nicht, daß wir das Risiko eingehen können«, sagte er. Gratschew schaute auf seine Füße. »Ich fürchte, Sie haben recht.«

Arbatov nickte, hielt dann aber einen Moment inne. Ein Gedanke schoß ihm durch den Kopf. Er griff in die Außentasche seiner Jacke und suchte darin herum, bis er das Stück Papier spürte. Er zog es heraus und schaute auf Natascha Tschechowas Karte, auf der eine Telefonnummer rot unterstrichen war. Er legte sie auf den Tisch. Gratschew blickte ihn fragend an.

»Eine Stewardeß«, sagte Arbatov, »hab' ich gerade kennengelernt.«

»Eine Stewardeß?« Gratschews Züge hellten sich auf. »Sehr gut, sehr gut. Die fliegen doch ständig hin und her, keiner denkt wirklich daran, daß sie irgendwas Gefährliches tun könnten. Die perfekte Tarnung. Probieren Sie's. Die Liebe versetzt eben Berge.« Er grinste wieder. Arbatov fühlte sich unbehaglich. Aber es war ihm klar, daß er keine bessere Lösung hatte. Er nahm die Karte und steckte sie in seine Jackentasche zurück.

Er sah, daß sie einen Augenblick stutzte, ihre Augen ihn verwirrt anschauten, so, als könnten sie mit dem fremden Mann in der Uniform eines Majors der russischen Armee nichts anfangen. Er nahm die dunkelgrüne Militärmütze ab. »Ich bin's, Jurij Arbatov«, sagte er. »Ich hatte angerufen, Sie hatten mir freundlicherweise Ihre Telefonnummer gegeben ...«

Ein Lächeln, beinahe spitzbübisch, ging über ihr Gesicht, jenes gewinnende Lächeln, das ihm schon im Flugzeug aufgefallen war.

»Ja, natürlich, kommen Sie herein. Tut mir leid. Ich habe Sie nicht gleich erkannt. Sie schauen so anders aus ...« Sie trug noch ihre Aeroflot-Uniform, und er bemerkte erneut, wie gut sie ihre tadellose Figur betonte. »Schön, daß Sie gleich gekommen sind. Ich bin kurz vor Ihrem Anruf erst vom Flugplatz zurückgekommen. Aus New York.«

Er trat in die kleine, enge Diele. Sie schloß die Tür hinter ihm.

»Willkommen in meinem Palast«, sagte sie mit einem ironischen Unterton und wies auf die anderen beiden Türen. »Hier die Küche, das Bad und da der Salon – Wohn- und Schlafzimmer gleichzeitig, 45 Quadratmeter alles zusammen, aber ich bin froh, daß ich endlich eine eigene Wohnung habe.«

Er schaute in das Zimmer, ein breites Sofa, ein niedriger Couchtisch mit einer Vase, in der ein etwas angewelkter Blumenstrauß stand, zwei braune Korbsessel, bunte Vorhänge mit einem Blumenmuster, an der Wand ein großes Poster von New York, eine Nachtaufnahme des glitzernden Manhattan. Auf einer kleinen Anrichte in der Ecke stand ein Fernseher, der eingeschaltet war. Der Sprecher kündigte gerade eine Rede von Präsident Chernov an.

Arbatov stand, etwas verlegen, in der Diele. »Geben Sie her«, sagte sie und nahm ihm die Mütze ab. Er zog den dicken Wollmantel mit den Schulterstücken eines Majors aus und hängte ihn an die Garderobe zu der Mütze. Sie lächelte ihn an, diesmal aufreizend-verführerisch, und begann seine Uniformjacke aufzuknöpfen. Er ließ es, überrascht und verunsichert, geschehen. »Wenn Sie ablegen wollen, bitte sehr, fühlen Sie sich ganz wie zu Hause.« Sie streifte ihm die Jacke ab. »Gestatten Sie, daß ich es mir auch bequem mache?«

Ohne eine Antwort abzuwarten, schlüpfte sie aus ihren hochhackigen Schuhen und schleuderte sie mit dem Fuß in eine Ecke, öffnete die Knöpfe ihrer Uniformjacke und warf sie achtlos über einen Stuhl. Sie ging in die Küche und kam kurz darauf mit einer Flasche Krimsekt und zwei Gläsern zurück.

Sie bat ihn, die Flasche zu öffnen. Er tat es, etwas umständlich, und schenkte beiden ein. Sie stieß mit ihrem Glas gegen seines. »Auf Ihr Wohl, oder darf ich sagen: auf unser Wohl?«

Er wußte nicht, was er sagen sollte. Diese Frau war so anders, als er es gewohnt war, so offen, so direkt, so zielgerichtet, ihrer Wirkung so sicher. Einen Augenblick dachte er daran, seine Jacke zurückzuholen und sie wieder anzuziehen. Seine Uniform gab ihm Sicherheit, ohne sie fühlte er sich ausgeliefert, beinahe nackt. Alles ging so schnell, viel zu schnell. Und dennoch spürte er ihre

Sinnlichkeit, und er bemerkte, nicht ohne Staunen über sich selber, daß sie ihn nicht gleichgültig ließ. Sie schien ansteckend, wie ein Virus, der übersprang, der erst ein unbestimmtes Kribbeln verursachte und dann drohte, zu einem Fieberanfall zu werden. Er versuchte, dieses Gefühl zu bekämpfen, sich zu disziplinieren. Aber er wußte, daß er dabei war, diesen Kampf zu verlieren.

Und er war sich sicher, daß sie dies längst verstanden hatte. Sie hatte instinktiv das richtige Opfer gewählt. Er mochte den Verstand auf seiner Seite haben, aber sie hatte ihre weiblichen Gefühle, und sie waren in diesem Kampf die stärkeren Waffen.

Sie lächelte ihm zu, das Glas immer noch in ihrer Hand. Etwas linkisch stieß er mit seinem Glas dagegen.

Sie tranken, und Natascha schenkte gleich nach. »Nun, Herr Major, gibt es irgend etwas, was ich für Sie tun kann?« Wieder dieses verführerische Lächeln.

Arbatov schaute in sein Glas. »Eh ... ja ... eh, ich meine, nein, es tut mir leid, daß ich Sie so überfallen habe ... Wenn ich gewußt hätte, daß Sie gerade erst von so einem langen Flug zurückgekommen sind, hätte ich mich natürlich nicht gemeldet. Sie müssen schrecklich müde sein.«

Sie nippte an ihrem Glas. »Fürchterlich müde, ganz unendlich müde«, sagte sie schelmisch. »Und ich brauche ganz dringend jemand, der mich in den Schlaf wiegt.«

Sie nahm seine Krawatte in die Hand und führte ihn, wie einen Hund an der Leine, rückwärts gehend in Richtung auf das Sofa. Sein Verstand rebellierte, aber er fühlte sich zu schwach, um sich dagegen aufzubäumen. »Können Sie mir kurz behilflich sein?« sagte sie. Sie griff nach einer Schlaufe an der Unterseite des Sofas. Es faltete sich zu einem Bett auseinander. Sie legte ihre Arme um seinen Hals und ließ sich daran hängen, bis ihr Gewicht ihn nach unten zog. Einen Augenblick hielt er noch den Nacken steif, leistete Widerstand, dann gab er nach und ließ sich fallen, genau dorthin, wo sie ihn haben wollte, auf ihren aufnahmebereiten Körper, den er mit seinem unter sich begrub.

Sie begann, ihn zu küssen, leidenschaftlich, fordernd, beinahe herrisch. Sie flüsterte: »Oh mein Gott, Jurij, ich habe dich gewollt, gleich vom ersten Augenblick an.«

Einen kurzen Moment noch lag er steif auf ihr, versuchte ein letztes Mal, die Kontrolle zurückzugewinnen. Er spürte, wie sich ihre Brüste gegen seinen Brustkorb drückten, wie ihre Zunge seine umspielte. Dann gab er jeden Widerstand auf.

Seine Hand tastete nach den Knöpfen ihrer Bluse, er riß sie auf, er fiel über sie her, ihre Körper preßten sich aneinander. Jetzt war er es, der der Aggressive war, der Ungestüme. Es war, als habe sie etwas in ihm freigesetzt, das lange erstarrt und plötzlich aufgebrochen war. Sie rissen sich die Kleider herunter, hektisch, fiebrig. Endlich drang er in sie ein. Er legte seine ganze Kraft in das Auf und Ab seiner Hüften, fast brutal und ohne Rücksicht. Sie stöhnte, biß in seine Schulter, preßte ihre Fingernägel in seinen Rücken. »Jurij, Jurij, Jurij«, schrie sie. Sie kamen schnell, fast gleichzeitig, ineinander verkrampft. Er spürte das Zittern ihres Körpers, das andauerte, wie ein Nachbeben, und dann langsam abebbte. Er blieb noch eine Weile auf ihr liegen, atemlos und verwundert, verwundert über sich selber. Dann löste er sich langsam aus ihrer Umarmung.

Sie blieb, dicht an ihn gedrängt, neben ihm liegen, ihren Arm über seine Brust gelegt. »Oh, Jurij, es war wunderbar. Noch schöner, als ich es mir vorgestellt hatte.«

Er angelte nach seiner Uniformhose, zog eine Packung Zigaretten heraus, zündete zwei an und reichte ihr eine. Sie rauchten. Er blieb stumm. Arbatov fühlte sich ausgelaugt und leer. Er wußte, daß er sich dieser Frau ausgeliefert hatte. Er war mit einem klaren Ziel gekommen, aber sie hatte ihn gar nicht zu Wort kommen lassen, sie hatte die Spielregeln diktiert. Es würde schwer sein, sich daraus zu lösen. Dieser Gedanke beunruhigte ihn. Dabei wußte er doch, daß er sie brauchte. Aber er wollte jetzt nicht darüber reden, nicht jetzt.

Plötzlich drang eine Stimme in sein Bewußtsein, eine Stimme, die jedes Kind in Rußland kannte, eine Stimme, die aus dem Fernsehapparat kam, der immer noch lief.

»Und so, meine Landsleute, will ich noch einmal betonen: Rußland ist und bleibt eine Demokratie. Meine Regierung wird dafür sorgen, daß der Reformprozeß in unserem Lande unumkehrbar ist«, sagte Präsident Chernov mit einem ernstem Gesicht, das direkt in die Kamera schaute. Arbatov schob den Arm Nataschas brüsk zur Seite, setzte sich ruckartig auf und starrte auf den Fernseher.

»Demokratie, Reformen«, stieß er hervor. Seine Stimme war voller Haß. »Daß ich nicht lache. Sieh ihn dir an – Chernov, dieser Scharlatan, der Totengräber Rußlands!«

Wütend sog er an seiner Zigarette und stieß den Rauch durch die Nase gegen die Decke.

Der Präsident fuhr fort: »Der Welt sagen wir: Rußland bleibt ein verläßlicher, berechenbarer Partner in der internationalen Gemeinschaft. Wir halten uns an alle Abkommen. In Kürze werde ich zu einem neuerlichen Treffen mit US-Präsident Webster nach Washington reisen und dort mit ihm über ein neues Abrüstungsabkommen verhandeln. Wir werden das nukleare Risiko noch weiter verringern und zusammen mit den Amerikanern die Welt damit noch sicherer machen.«

Arbatov sprang aus dem Bett und schaltete mit einem kurzen Handgriff den Fernseher aus. Chernovs Gesicht verschwand.

Arbatov warf sich auf das Bett zurück.

»Ich kann diesen Schwafler nicht mehr ertragen. Die Welt sicherer machen! Neue Abrüstungsverhandlungen! Das heißt doch nur: Der Ausverkauf Rußlands geht weiter. Wenn er so weitermacht, sind wir bald völlig wehrlos.«

Sein Kopf war nun hochrot. Er packte Natascha an den Schultern und begann sie zu schütteln. »Wir dürfen das nicht zulassen, hörst du, wir dürfen das nicht zulassen!«

Sie schaute ihn an, mit weit aufgerissenen Augen, überrascht, schockiert. Arbatov bemerkte ihren erschrockenen Blick. Er ließ sie los und ließ sich auf die Kissen fallen.

Er zündete eine neue Zigarette an und rauchte eine Weile schweigend.

»Es tut mir leid«, sagte er schließlich. »Ich wollte dich nicht erschrecken, aber dieser Scheißkerl wirkt auf mich wie ein rotes Tuch.« Sie rückte an ihn heran und begann seine Brust zu streicheln. Dann nahm sie ihm die Zigarette fort, zerdrückte sie im Aschenbecher und küßte ihn.

»Ich weiß was Besseres, als sich über diesen blöden Chernov aufzuregen«, sagte sie.

Moskau, Rußland

Die Rosen, die in einem großen Plastikeimer standen, sahen frisch aus und tiefrot. Arbatov fragte sich, wie sie es wohl schafften, am Ende des Winters frische Blumen anzubieten. Es gab auch Tulpen und Narzissen. Eine alte Frau mit einem Kopftuch schlurfte aus einem Raum am hinteren Ende des Geschäftes in Richtung auf die Verkaufstheke. »Ja?« sagte sie.

Arbatov zeigte auf die Rosen.

»Wieviel kostet ein Dutzend?«

Sie schaute ihn prüfend an. Dann nannte sie den Preis. Arbatov versuchte, sich den Schock nicht anmerken zu lassen. Er fühlte nach den Geldscheinen in seiner Tasche. Ein Fünftel seines Monatsgehaltes. Endlich, mit drei Wochen Verspätung, war das Gehalt für die Offiziere in und um Moskau ausgezahlt worden. Offenbar hatte sich bei Chernov herumgesprochen, daß es wichtig war, wenigstens die Militärs in der Hauptstadt bei Laune zu halten. Aus Sibirien hatte Arbatov gehört, daß dort ganze Einheiten seit Monaten auf ihr Geld warteten.

Die Frau blickte ungeduldig.

»Eh … ja … also, eh … geben Sie mir … eh, fünf«, sagte er. Sie packte die Rosen in Zeitungspapier und hielt die Hand auf. Arbatov gab ihr die Scheine. Sie steckte sie in die Tasche ihrer schmutzigen Schürze.

Er verließ den Blumenladen mit schnellen Schritten und ging

die wenigen Schritte bis zum Eingang des Wohnblocks, in dem Nataschas Apartment lag. Er stand einen Augenblick unschlüssig auf der Straße, die Blumen unter den Arm geklemmt. Arbatov zündete eine Zigarette an, zog kurz daran, warf sie aber bald wieder fort.

Er schaute nach oben und versuchte vergeblich, das Fenster zu identifizieren, hinter dem Natascha Tschechowa wohnte. Zu viele Fenster, zu viele Reihen. Einen Moment lang wollte er wieder fortgehen, blieb dann aber stehen und zündete sich eine weitere Zigarette an. Konnte, durfte er sie fragen? War es nicht viel zu gefährlich? Was wußte er schon über sie – außer, daß sie gut im Bett war?

Er hatte ihren Körper genossen, ihre stürmische Leidenschaft, aber er war auch verunsichert. Er war es nicht gewohnt, überrumpelt zu werden. Er, Major Jurij Arbatov, war ein Mann der Tat. Er schätzte es nicht, wenn andere die Initiative ergriffen, schon gar nicht, wenn es sich um eine Frau handelte.

Aber war es ihm nicht schon einmal passiert? Hatte es mit Raissa nicht auch so begonnen? Hatte sie ihn nicht in kürzester Zeit in ihren Bann geschlagen, ihn völlig überfahren?

Raissa, Raissa, verdammt noch mal, warum mußte sie ihm gerade jetzt einfallen? Warum ihn verfolgen? Warum konnte er diese Frau nicht einfach vergessen, diese Episode in seinem Leben hinter sich bringen?

Er begann wieder hin und her zu laufen. Er versuchte, das Problem rational anzugehen. Er war zu dem Schluß gekommen, daß er Natascha brauchte, wenn der Plan gelingen sollte.

Aber war das wirklich alles? Mußte er nicht einräumen, daß sie einen schwachen Punkt getroffen hatte, der ihn verwundbar machte, angreifbar? Oder genauer: War es tatsächlich nur ihr attraktiver Körper, der ihn anzog?

Die Narbe in seinem Kopf machte sich wieder bemerkbar. Er war diese Schmerzen leid, die sich immer genau dann einstellten, wenn er sich aufregte, er war diese Frauen leid, er war sich selber leid. Was war das richtige Wort, um diesen Zustand zu beschreiben? Wehleidig, voller Selbstmitleid, gar lustvoll leidend – Masochismus?

Er schaute auf das zusammengerollte Papier in seiner Hand, in dem die Rosen steckten. Er schüttelte den Kopf. Rosen, wirklich Rosen?

Ein letztes Mal nahm er einen tiefen Zug aus seiner Zigarette und setzte sich dann in Bewegung. Arbatov ging geradeaus, schaute nicht nach rechts oder links, sah die Eingangstür auf sich zukommen, dann den Aufzug, dann den Flur, dann die Tür.

Er klingelte.

Die Tür öffnete sich. Sie wirkte verschlafen. Ihr Haare waren ungekämmt, sie trug einen Bademantel. Er reichte ihr die Rosen, die er aus dem Zeitungspapier gewickelt hatte.

»Für dich«, sagte er.

Sie lächelte, wieder ihr verdammtes, aufreizendes Lächeln, das ihm schon gleich am Anfang im Flugzeug aufgefallen war. Sie zog ihn in den kleinen Flur und schloß die Tür hinter ihm. Mit der einen Hand legte sie die Blumen auf eine kleine Kommode unter dem Spiegel, die freie Hand griff nun seinen Nacken, und sie begann, ihn leidenschaftlich zu küssen.

»Oh, Jurij, Jurij, Jurij«, stammelte sie.

Einen Moment lang wollte er sich wehren, brachte aber erneut die Kraft nicht auf und ließ sich von ihr in das Zimmer ziehen, in Richtung auf die Schlafcouch. Sie ließ ihren Bademantel von den Schultern gleiten. Er fühlte ihre nackte Haut, bemerkte, wie sie anfing, ihn auszuziehen. Er gab jeglichen Widerstand auf. Ihre Leidenschaft trug ihn davon, ließ ihn für einen Augenblick vergessen, warum er eigentlich gekommen war.

Arbatov spürte, wie sie sich hinterher an ihn schmiegte, sich dann wohlig ausstreckte. Er beneidete sie um die Leichtigkeit, mit der sie das Leben anzugehen schien, wie sie es genießen konnte, ohne Fragezeichen, ohne Wenn und Aber.

Sie strich über seine Haare. Er bemerkte, wie ihre Hand einen Moment zögerte, als sie die Narbe auf seiner Schädeldecke ertastete. »Was ist das?« fragte sie, einen besorgten Ton in ihrer Stimme.

»Oh, nichts, nichts«, sagte er, »ein Unfall, schon lange vorbei, wirklich nichts Ernsthaftes.«

Er nahm die Hand und hielt sie fest. Er wußte nicht, wie er anfangen sollte.

»Natascha«, sagte er schließlich, »eh … ich … eh …«

Sie schaute ihn an, lächelnd.

»Ja?«

»Ich … eh … ich brauche deine Hilfe.«

Wieder streichelte sie über seine Haare.

»Natürlich, Jurij, gerne. Was kann ich für dich tun?«

»Eh … ein Paket. Es muß nach New York … eh … unauffällig, verstehst du?«

»Ein Paket?«

»Ja, ein Paket, für … eh … für Freunde von mir in New York.«

»Für Freunde? Kein Problem, Jurij. Ich bin fast jede Woche dort. Wirklich kein Problem. Bring es nur vorbei, und ich nehme es mit.«

Sie küßte ihn.

»Unauffällig, natürlich«, sagte sie und lächelte erneut.

Sie stand auf, zog den Bademantel über und holte die Rosen aus dem Flur. Sie ging in die Küche, ließ Wasser in eine Glasvase und kam mit den roten Rosen in das Zimmer zurück. Sie stellte sie auf den kleinen Couchtisch vor dem Bett, ein triumphierendes Lächeln auf den Lippen. »Danke, Jurij«, sagte sie, »du bist wirklich ein Schatz.«

Ein ungewöhnlich milder Westwind hatte eine schwere, graue Wolkendecke über die Stadt geschoben. Endlich hatte ein Schneepflug seinen Weg auch in die Vorstadt gefunden. Er warf die angetauten Schneeberge in schneller Fahrt auf die Bürgersteige.

Die gesichtslosen Wohnmaschinen aus vorgefertigten Beton-Platten, die sich wie gigantische, gleichförmige Steinquader aneinanderreihten, wirkten im Schneematsch noch grauer, noch freudloser.

Arbatov hatte seinen alten Lada mehrere hundert Meter entfernt vor einem Kino geparkt und war erst in die andere Richtung gegangen, hatte dann die Straße überquert, war zu seinem Auto zurückgekehrt und wieder eingestiegen. Nervös fingerte er eine Zigarette aus ihrer Packung, zündete sie an, sog den Rauch tief ein, während er durch die Windschutzscheibe die Umgebung beobachtete. Das Autoradio spielte Tschaikowsky. Er wartete eine Weile, stieg dann wieder aus und ging schließlich, sich ständig umdrehend, in Richtung auf den Wohnblock am Ende der Straße zu. Er umklammerte mit seiner rechten Hand den Griff eines schwarzen Aktenkoffers, der für diese Gegend viel zu elegant wirkte. Vor dem Eingang mit den vielen Klingelknöpfen spielten dick vermummte Kinder lärmend im Schneematsch. Arbatov verzichtete darauf, die Klingel zu benutzen, sondern wandte sich, an einer schier endlosen Reihe von Briefkästen vorbei, zum Fahrstuhl.

Er drückte den Knopf. Nichts bewegte sich. Eine Frau kam keuchend, ein schreiendes Baby auf dem Arm, den Kinderwagen mit der anderen Hand balancierend, die Treppe herunter. »Sparen Sie sich die Mühe. Der Aufzug ist schon seit Wochen kaputt«, sagte sie.

Arbatov begann die Treppenstufen hochzusteigen, nahm erst zwei Stufen auf einmal, mußte dann aber, nach dem vierten Stockwerk, sein Tempo deutlich reduzieren und kam, heftig nach Atem ringend, schließlich im achten Stock an.

Er ging nach rechts den langen, schlecht beleuchteten Gang hinunter und blieb vor der Tür mit der Nummer 812 stehen. Von drinnen hörte er Radiomusik. Immer noch Tschaikowsky. Arbatov klopfte. Nach einer Weile hörte er schlurfende, unregelmäßige Schritte. Die Tür öffnete sich und gab den Blick auf einen hageren, grauhaarigen Mann um Mitte fünfzig frei, dessen Augen sich durch dicke Brillengläser hindurch auf Arbatov richteten.

»Komm rein«, sagte Andreij Smolzewski. »Ich geh schon mal vor.« Er humpelte, sich auf einen Stock stützend, in das kleine

Wohnzimmer. Der Raum roch nach abgestandenem, kalten Zigarettenrauch, in den sich der Geruch von verdunstetem Alkohol mischte. Arbatov schaute sich schnell um. Eine Sitzgarnitur mit einem alten Sofa und zwei abgewetzten Sesseln stand rund um einen niedrigen Couchtisch, darauf eine kleine Vase mit Plastikblumen.

»Ich soll dich von Dimitrow grüßen«, sagte Arbatov.

»Dimitrow? Ist er immer noch in Krasnojarsk-26?«

Arbatov nickte.

»Na ja, ein paar Verrückte muß es ja noch geben, die in dem Geschäft ausharren«, sagte Smolzewski.

Ächzend, das eine Bein steif vorgestreckt, ließ er sich nieder. Smolzewski klopfte mit dem Stock an das rechte Bein. »Holz«, sagte er, »gutes russisches Birkenholz. Ein Souvenir von der Explosion. Wir arbeiteten an einem neuen Zünder für den Sprengkopf. Und plötzlich – bumm! Das ganze Labor ein Trümmerhaufen. Dabei kann ich noch von Glück sagen, daß ich mit dem Leben davongekommen bin. Die beiden anderen hat es erwischt. Dem einen hat es den Kopf abgerissen, der andere ist verblutet. Mich haben sie verantwortlich gemacht und rausgeschmissen, gleich am nächsten Tag, das Bein war gerade amputiert. Nach dreißig Jahren, einfach raus. Der Dank des Vaterlandes! Dabei war es ein Materialfehler, gar keine Frage. Sie haben uns wieder Mist geliefert, drittklassiges Material aus irgendeiner runtergekommenen, gottverdammten Fabrik in Sibirien. Aber ich, ich mußte gehen.«

Arbatov sah den begierigen Blick, den Smolzewski auf den Aktenkoffer richtete. »Hast du Zigaretten?« Arbatov zog eine Stange Zigaretten aus der Tasche und legte sie neben den Aktenkoffer. Dazu stellte er eine Wodkaflasche. »Die Gläser sind in der Küche«, sagte Smolzewski. Arbatov ging hinüber, holte die Gläser und goß ein. Sie tranken.

»Kannst du dir das vorstellen?« begann Smolzewski aufs neue. »Dreißig Jahre waren wir die Elite, der Stolz der Sowjetunion. Privilegiert, Autos, Sonderzuteilungen für Lebensmittel, Geld, eine Datscha, nur das Beste vom Besten. Und heute?«

Er nahm sein Glas und trank es aus. Smolzewski beantwortete seine Frage selbst, die Stimme voller Verachtung: »Heute sitze ich hier und schaue aus dem Fenster. Ein arbeitsloser Atom-Physiker, den keiner mehr haben will. Nicht mal in einer Kochtopf-Fabrik finde ich heute noch Arbeit. Von wegen Elite! Heute sind wir für sie nur noch Schrott.« Er hob sein Glas. »Danke, Gospodin Chernov, vielen Dank!«

Arbatovs Blick fiel auf die Wand gegenüber, auf eine Anrichte aus dunklem Holz, auf der eine Sammlung von Plastikmodellen stand – SS-4- und SS-20-Raketen, Flugzeuge mit schweren Bomben unter dem Rumpf, kleine Artillerie-Granaten.

Über der Anrichte hingen zahlreiche Bilder und Urkunden, dazwischen, ebenfalls unter Glas, Orden und Auszeichnungen. Smolzewski war Arbatovs Blick gefolgt. »Ja, ja«, sagte er, »weiß Gott, Bilder aus besseren Zeiten.«

Er wies mit dem Stock auf ein Foto, das neben dem Fenster hing. »Sieh mal, da ist sogar ein Bild von uns beiden.«

Arbatov schaute genauer hin. Ein Mann in Zivil, in einem weißen Laborkittel, Smolzewski, daneben ein Uniformträger, ein Major, offensichtlich er selber, zwischen beiden ein Artilleriegeschoß. Arbatov erinnerte sich. Ein Bild, das bei der Erprobung des atomaren Sprengkopfes für die 150-Millimeter-Artillerie entstanden war. Arbatov war damals der Projektoffizier für die Rote Armee gewesen, Smolzewski hatte den Sprengkopf entwikkelt.

Einen Augenblick lang kam Leben in Smolzewskis Gesicht, der Stolz des Wissenschaftlers auf seine Leistung brach durch. »Klein«, sagte er, »handlich, aber dreimal die Sprengkraft von Hiroshima. Wir waren damals dem Westen um fünf Jahre voraus, vor allem, wenn es um die kompakte Bauweise ging.«

Dann fiel er wieder in sich zusammen. Er nahm eine Zigarette. Arbatov gab ihm Feuer. Smolzewski schaute ihn fragend an. »Wieviele haben wir noch davon? 20000, 10000, 2000, 1000?«

Arbatov zuckte mit den Schultern. »Chernov tut alles, was die Amerikaner wollen. Wenn es so weitergeht, wird er bald den letzten Sprengkopf verschrottet haben. Dann hast du bald noch mehr arbeitslose Kollegen.«

Arbatov griff nach dem Aktenkoffer und legte ihn direkt vor Smolzewski auf den Tisch. Er hob den Deckel an und ließ ihn hineinschauen. Smolzewski pfiff durch die Zähne. Arbatov klappte den Deckel völlig auf und wies auf die dicken Bündel mit Dollar-Scheinen. »Für dich«, sagte er. Er sah, wie Smolzewskis Augen gierig aufblitzten.

»Wir haben Arbeit für dich. Und du kannst Rußland damit helfen.«

Smolzewski sah ihn fragend an. »Wir wollen Chernov eine Lektion erteilen. Wir liefern unseren Freunden, was sie dafür brauchen. Es sind Araber. Deshalb brauchen wir jemand wie dich, einen Experten für Atomsprengköpfe. Du verstehst?«

»Ehrlich gesagt, noch nicht ganz.«

»Wir liefern ihnen einen Atomsprengkopf. Sie haben nur keine Ahnung, wie so was funktioniert. Du sollst es ihnen zeigen. Und zwar in New York.«

»In New York? Du meinst, ich soll nach Amerika reisen?«

»Ja, sobald wir die Ware geliefert haben. Hast du Bedenken?«

»Eh ... nein, eh ... ich meine, ja. Also, du meinst, ich und ein Atomsprengkopf in Amerika ...?«

Arbatov sah, wie es in Smolzewskis Gesicht arbeitete.

»Amerika?« fragte er wieder. »Mit einem Atomsprengkopf? Ziemlich riskant, meinst du nicht?«

Der Major zog es vor, nicht zu antworten. Es war zu offensichtlich, daß Smolzewski recht hatte. Aber er konnte nicht auf ihn verzichten.

Smolzewskis Blick richtete sich wieder auf den Aktenkoffer. Nach einer längeren Pause sagte er: »Wieviel?«

»Fünfhunderttausend.«

Smolzewski griff zu der Wodkaflasche und schenkte beiden nach. Er trank das Glas in einem Zug aus. Er setzte es hart auf den Tisch.

»Eine Million«, sagte er.

Arbatov zog den Aktenkoffer wieder zu sich. Einen Moment war er versucht, aufzustehen und zu gehen. Dann zwang er sich sitzen zu bleiben. Er schob Smolzewski das Glas hin. Der Physiker schenkte wieder nach. Sie tranken, schweigend.

»Ich muß mit meinen Freunden darüber reden«, sagte Arbatov schließlich.

»Mach das«, sagte Smolzewski. Er hob die Flasche und wollte erneut nachgießen. Arbatov wehrte ab.

»Nein, danke.«

Er stand auf. Smolzewski griff nach seinem Stock und wollte ebenfalls hochkommen.

»Bemüh dich nicht, ich finde schon meinen Weg«, sagte Arbatov. »Ich melde mich, bald.«

Smolzewski wich seinem Blick aus. »Gut«, sagte er. Er starrte auf den Tisch vor ihm. Arbatov nahm den Aktenkoffer an sich und verließ den Raum.

»Mistkerl.« Gratschew lief in seinem kleinen Wohnzimmer auf und ab. Arbatov saß in einem Sessel, über den eine alte Decke gebreitet lag. Auf dem Tisch lagen mehrere Ausgaben des »Playboy.« Es klingelte an der Tür. Gratschew zuckte zusammen, schaute hastig auf seine Armbanduhr. Einen Augenblick blieb er mitten im Zimmer stehen, dann sagte er: »Entschuldigen Sie.« Er ging in die kleine Diele und öffnete die Tür. Arbatov hörte eine weibliche Stimme. Durch die Dielentür sah er eine junge Blondine in hochhackigen Stiefeln, darüber einen dunklen Pelzmantel. Gratschew nahm sie beim Arm und schob sie in Richtung Schlafzimmertür. »Einen Moment, Schätzchen, ich bin gleich bei dir. Ich muß nur noch ein paar Geschäfte erledigen.«

Er schloß die Tür sorgfältig hinter ihr. Auf dem Rückweg zum Wohnzimmer zog er auch die Dielentür hinter sich zu.

Gratschew tat so, als sei nichts gewesen. »Also dieser Mistkerl will mehr Geld. Eine Million! Nicht schlecht.«

Arbatov nickte. Es war ihm klar, was Gratschew dachte.

Fünfhunderttausend mehr für Smolzewski, das würde seinen

eigenen Anteil gefährden. Der Major mahlte mit den Zähnen. Geldgieriges Pack, dachte er.

»Gibt es keinen anderen? Arbeitslose Atomphysiker haben wir doch wahrlich genug«, fragte Gratschew.

»Keinen, dem wir trauen können«, sagte Arbatov.

Gratschew schaute auf seine ungepflegten Fingernägel. »Also gut«, sagte er schließlich. »Aber wir sollten ihm nicht gleich alles geben.« Arbatov nickte. »Was ist mit den übrigen Vorbereitungen?«

»Fast alles geklärt. Ich treffe mich morgen früh mit meinem Mann im Verteidigungsministerium. Wird auch teuer«, sagte Gratschew. Er blickte in Richtung Tür. Er zeigte seine gelben Zähne.

»Wenn du mich jetzt entschuldigen könntest ...? Da drin wartet noch jemand auf mich. Und man soll eine Dame doch nicht warten lassen, oder?«

Arbatov erhob sich. Er fühlte sich plötzlich müde und verbittert. Er haßte den Gedanken, jetzt noch einmal quer durch die Stadt zu fahren. Und er haßte Gratschew und Smolzewski und Chernov. Er dachte an die Blondine, die auf Gratschew hinter der Tür wartete. Warum konnte er nicht so sein wie Gratschew? Das Leben nehmen, wie es kam? Warum an morgen denken? An Rußland? Beinahe wütend zog er die Tür hinter sich zu und trat hinaus in den langen kalten Flur.

Nachdem er geklingelt hatte, dauerte es eine lange Weile, bis er die humpelnden Schritte Smolzewskis vernahm. Er hörte das Rasseln des Schlüsselbundes, dann wurde die Tür geöffnet.

Smolzewski empfing ihn mit einem glasigen Blick in seinen müden Augen. »Ach, du schon wieder«, sagte er mit einem schiefen Grinsen. Er hatte offensichtlich Schwierigkeiten mit dem Sprechen. »Komm ... komm rein.«

Arbatov sah, daß die Wodkaflasche auf dem Tisch fast leer war.

Smolzewski wies mit der Hand auf das Sofa.

»Setz dich.«

Arbatov blieb stehen. »Ich habe mit meinen Freunden gesprochen. Wir sind einverstanden. Eine Million also.«

Er stellte den Aktenkoffer auf den Tisch. Smolzewski, der sich inzwischen auf das Sofa hatte fallen lassen, zog ihn zu sich herüber.

»Das ist die Hälfte«, sagte Arbatov. »Die andere Hälfte folgt nach getaner Arbeit. Du verstehst?«

Smolzewski zögerte einen Moment. Arbatov faßte nach dem Griff des Aktenkoffers.

»Du mußt natürlich nicht. Wir finden sicher auch jemanden anderes, der sich eine Million Dollar verdienen will.«

Smolzewski fiel ihm in den Arm. »Halt, halt, langsam, so war das nicht gemeint. Natürlich mache ich mit. Nach New York wollte ich immer schon mal.«

»Gut, morgen kommt ein Mann namens Gratschew vorbei und holt deinen Paß ab. Er besorgt dir bei den Amerikanern ein Visum. Offiziell fährst du zu deinen Verwandten, zu einer Großtante. Sie heißt Tamara und wohnt in Brighton Beach in Brooklyn. Da wimmelt es nur von Russen, alles Emigranten.«

»Es ist schön, plötzlich Verwandte in Amerika zu haben«, sagte Smolzewski und grinste. »Tantchen Tamara, ich komme!«

Arbatov nahm die Flasche vom Tisch, schraubte sie auf und ging damit in die kleine Küche. Er schüttete den Rest des Wodkas in die Spüle. »Hör damit auf«, sagte er, »wenigstens die nächsten Tage.« Er warf die Flasche in den Abfalleimer. Er ging zu Smolzewski und legte ihm die Hand auf die Schulter. »Hör zu, du mußt dich wirklich zusammenreißen. Das hier ist kein Kinderspiel.« Smolzewski hatte die Hand um das leere Glas vor sich gelegt. Sie zitterte leicht. Arbatovs Blick suchte das Photo, auf dem sie beide zu sehen waren. Er atmete tief aus. Ein Bild aus Zeiten, die nie wiederkommen würden. Im Hinausgehen sah er aus den Augenwinkeln, wie Smolzewski den Deckel des Aktenkoffers hochklappte und andächtig mit seinen Händen über die Geldbündel strich.

Oleg Gratschew trat wütend mit dem Fuß gegen das Kupplungspedal. »Scheißkarre«, fluchte er. Wieder drehte er den Zündschlüssel des Lada, doch der Anlasser gab nur ein müdes Krächzen von sich. Der Wagen stand mitten auf einer Kreuzung und bewegte sich nicht mehr. Hinter dem Lada hatte sich bereits eine längere Schlange gebildet, aus der heraus ein wildes Hupen einsetzte. »Ja, ja«, stöhnte Gratschew, »blödes Volk, seht Ihr denn nicht, daß die Karre nicht mehr fährt?« Er sprang heraus und begann, das Auto von der Kreuzung zu schieben. Vergeblich. Endlich erbarmte sich ein anderer Autofahrer, stieg aus und half ihm.

Gratschew stand trotz der Kälte schnaufend am Straßenrand und versuchte, ein Taxi zum Anhalten zu bewegen. Der Wind hatte sich gedreht, und aus Sibirien war eine neue Kaltfront über die Hauptstadt hinweggezogen. In den vergangenen Stunden hatte dichtes Schneetreiben eingesetzt. Gratschew schlug den Kragen seiner Felljacke hoch und schaute nervös auf seine Armbanduhr. Du mußt sie stoppen, unbedingt, dachte er. An der nächsten Ecke sah er eine Telefonzelle. Doch Gratschew entschied sich dagegen. Er hatte, aus seiner KGB-Zeit, ein begründetes Mißtrauen gegen alle Telefongespräche, und ausgerechnet heute wäre dies erst recht eine schlechte Idee. Er durfte keine Spuren hinterlassen, schon gar nicht solche mit seiner Stimme. Aber er mußte sie stoppen, egal wie. Die überraschende Nachricht hatte ihn kurz vorher erreicht. Sie kam direkt aus dem Verteidigungsministerium, wo er einem Oberstleutnant zehntausend Dollar dafür gezahlt hatte, ihn über die Dienstpläne auf dem laufenden zu halten. Die Wachmannschaft, so die alarmierende Meldung, war völlig ausgetauscht worden, kurzfristig, auch der diensttuende Offizier, der von dem Überfall informiert war. Sie hatten die Bewachung der Atomdepots noch einmal verschärft, und die ständige Rotation der Mannschaften war ein Teil der Maßnahmen. Er konnte sie nicht blind in die Falle tappen lassen. Er mußte sie warnen. Wieder versuchte er ein Taxi zu stoppen. Doch der Fahrer schaute in die andere Richtung. Gratschew suchte in seiner Tasche und zog einen 100-Dollar-Schein hervor. An der Ampel riß er die Tür eines Autos auf, dessen Fahrer ihn erschreckt anschaute. Er hielt ihm den Dollar-Schein hin. »Hier«, sagte er. »Fahren Sie los. Ich sag Ihnen, wohin.«

Der Fahrer gab Gas. Vor dem großen Wohnblock, in dem Arbatov sein Apartment hatte, sprang Gratschew aus dem Wagen. Er rannte die Treppen hinauf und klingelte Sturm. Immer wieder und wieder. Doch hinter der Tür rührte sich nichts. Es war zu spät.

Arbatov schaltete einen Gang herunter. Der Wagen kam im Schnee leicht ins Schlingern, blieb auf dem Waldweg aber in der Spur. »Da ist es.« Der Leutnant, der neben ihm saß, nahm den Blick von der Karte und wies auf den Lichtschein. Ein Suchscheinwerfer versuchte, sich durch die Schneewand eine Lichtschneise zu schlagen, ohne den Wagen zu erfassen. »Noch ungefähr 200 Meter«, sagte der Leutnant, »dann sind wir am Zaun.«

Arbatov faßte das Lenkrad fester. Er hatte beschlossen, einen Geländewagen der Armee zu nehmen. Das würde hier am wenigsten auffallen, und außerdem war es die einzige Möglichkeit, in dem dichten Schneetreiben überhaupt voranzukommen.

Oberst Primakov hatte den Wagen in seiner Einheit aufgetrieben, und Gratschew hatte andere Kennzeichen besorgt. Die Waffen und die Haftladung hatte Gratschew im Untergrund beschafft, 2000 Dollar gingen dafür drauf. Viele Offiziere hatten seit Monaten kein Gehalt mehr gesehen, und sie hielten sich schadlos, indem sie die Waffenkammern plünderten. Niemand schien in der Lage, den Handel zu stoppen. Die russische Mafia kaufte alles auf, konnte aber nie genug bekommen. Die Kalaschnikows waren offenbar überall begehrt, die Waffen verschwanden ständig über die Grenze in Richtung Süden, vor allem in den Iran.

Auf der hinteren Sitzbank des Geländewagens saßen die beiden anderen Offiziere, die Arbatov für den Überfall gewonnen hatte. Er sah im Rückspiegel ihre ernsten, jungen Gesichter. Er wußte, daß er sich auf sie verlassen konnte. Sie waren wie er: empört über den Zerfall, über die Korruption, über den Ausverkauf Rußlands.

Arbatov nahm vorsichtig den Fuß vom Gas und ließ den Geländewagen ausrollen. »Da sind wir. Jeder weiß, was er zu tun hat. Die Wachmannschaften sind so eingeteilt, daß in der nächsten halben Stunde keiner in der Nähe des Bunkers 12 ist. Also, dann, viel Glück.«

Sie zogen weiße Anoraks und weiße Tuchhosen über die schwarzen Trainingsanzüge. Dann stiegen sie aus. Der Leutnant nahm die schwere Drahtschere und begann den Zaun zu durchschneiden. Sie zwängten sich hindurch und bewegten sich in gebücktem Gang, die Kalaschnikows im Anschlag, in Richtung auf den Munitionsbunker zu, der mit einem roten Kreuz auf der Karte eingezeichnet war.

Plötzlich war er da. Aus dem Schneetreiben tauchte eine Gestalt auf, ein Mann in Uniform, auf dem Kopf einen Stahlhelm, das Sturmgewehr umgehängt. Arbatov hielt den Atem an. Er sah, daß er an der Uniform die Abzeichen der Sondertruppen des Innenministeriums trug. Der Mann schaute in die andere Richtung, einen Augenblick zu lange. Als er sich der Gruppe zuwandte, die Augen weit aufgerissen, schlug Arbatov mit der umgedrehten Maschinenpistole zu. Der Kolben traf den Wachposten am Hals. Röchelnd brach er zusammen. Der Leutnant warf sich über ihn und hielt ihm den Mund zu, bis das Leben aus dem zuckenden Körper wich.

Verdammt, dachte Arbatov, eigentlich hätte hier niemand sein dürfen. Er wies in Richtung auf den Bunker. Gebückt schlichen sie weiter, immer wieder sichernd. Vor dem Bunker 12 stand ein weiterer Wachtposten. Er rauchte und trat, vor Kälte zitternd, von einem Fuß auf den anderen. Der Leutnant schlich sich von hinten an ihn heran und schlitzte ihm mit dem Messer den Kehlkopf auf. Arbatov spürte, wie sein Magen sich zusammenkrampfte, als er sah, wie das Blut in den Schnee spritzte.

Er drückte sich an die schwere Stahltür des Munitionsbunkers, versuchte die Klinke herunterzudrücken und die Tür aufzustoßen. Doch sie rührte sich nicht. Die Tür war verschlossen.

Gratschew, durchzuckte es ihn. Es hatte alles fast wie ein Spaziergang geklungen. Die Wachmannschaften an anderer Stelle beschäftigt, die Stahltür offen, der Sprengkopf zum Abholen bereit – so hatte es Gratschew versprochen. Viel zu einfach, viel zu naiv, dachte Arbatov. Er sah Gratschew vor sich, die Dollar-Scheine zählend, mit gierigem Blick. Doch irgend etwas mußte passiert sein, etwas, wogegen auch der in Moskau sonst allmächtige Dollar nichts ausrichten konnte. Aber jetzt aufgeben, das hätte das Ende der Operation bedeutet. Sie hätten die Leichen gefunden, die Spuren im Schnee, und sie hätten sich ihren Reim darauf gemacht. Zumindest für die nächsten Monate wäre der Diebstahl eines Atomsprengkopfes unmöglich geworden.

Wieder tastete sich der Suchscheinwerfer durch die Nacht. Sie warfen sich auf den Boden. Der Lichtstrahl wischte über den Bunker, ging aber zwei Meter an ihnen vorbei und wanderte weiter über die anderen Munitionsdepots.

»Die Haftladung, schnell«, flüsterte er dem jungen Offizier zu, der hinter ihm lag. Er hatte darauf bestanden, den Sprengsatz mitzunehmen, instinktiv, für alle Fälle. »Weg, weg hier. Geht in Deckung.« Sie zogen sich, auf dem Bauch rückwärts kriechend, von dem Bunkereingang zurück. Arbatov sprang auf und befestigte die Haftladung an der Stahltür. Er warf sich hinter eine Schneewehe. Die Explosion zerriß die Stille der Winternacht. Arbatov spürte die Druckwelle über sich hinweggehen und hatte das Gefühl, als platze ihm das Trommelfell. Er sprang auf, riß die Tür auf, die schräg in den Angeln hing, und rannte in den Bunker. In einem Regal lagen die Geschosse, zehn nebeneinander, Artilleriegeschosse mit einem taktischen Atomsprengkopf. Er griff sich hastig den ersten Sprengkopf und lief wieder nach draußen.

Der Lichtkegel des Suchscheinwerfers irrlichterte nun über die Munitionsbunker. Als Arbatov herausgerannt kam, blendete ihn der Lichtstrahl. Er ließ sich fallen, verlor dabei den Sprengkopf. Der Leutnant griff sich das Geschoß, begann zu laufen, in Richtung auf den Zaun. Der Lichtstrahl verfolgte ihn.

Die anderen beiden lagen weiter hinten im Schutz einer Schneewehe, ihre Maschinenpistolen im Anschlag. Arbatov schaute auf und sah eine Gruppe von Soldaten auf sie zulaufen. Er sah das Mündungsfeuer ihrer Sturmgewehre. Er hörte einen unterdrückten Schrei. Er folgte der Richtung, aus der der Schrei gekommen war. Arbatov sah, wie der Leutnant gekrümmt am Boden lag, etwa hundert Meter vom Zaun entfernt. »Gebt mir Deckung«, schrie er den anderen beiden zu. Sie eröffneten das Feuer auf die anstürmenden Soldaten, mehrere brachen unter dem Kugelhagel zusammen.

Arbatov sprang auf und lief los. Er hörte, wie Kugeln gefährlich nahe an seinem Kopf vorbeizischten. Er strauchelte in einem Schneeloch, fiel, rappelte sich wieder hoch, lief weiter. Er erreichte den Leutnant und sah, daß er tot war. Er wand ihm den Sprengkopf aus den Händen und lief, um Atem ringend, durch das Stakkato der Maschinenpistolen.

Arbatov erreichte den Zaun, zwängte sich durch die Lücke in dem Draht, keuchte weiter zu dem Geländewagen. Einen Augenblick verharrte er, schaute sich um, sah im Schneetreiben eine Gestalt auf sich zukommen. Er sah, wie ein Ruck durch die Gestalt ging, als die Kugel durch sie hindurchging, der Mann fiel um, krümmte sich und blieb liegen. Arbatov erkannte, daß es einer seiner Begleiter war.

Einen Moment zögerte er noch, dann drehte er den Zündschlüssel um. Der Geländewagen setzte sich in Bewegung. Arbatov gab Gas. Schleudernd nahm der Wagen Fahrt auf und verschwand im dichten Schneetreiben.

Boris Chernov saß vornübergebeugt an seinem Schreibtisch. Der Kegel der Lampe warf ein kreisrundes Licht auf die Platte vor ihm. Es war still im Raum. Er stützte den Kopf in beide Hände. Er blieb so eine lange Zeit sitzen. Dann nahm er die Hände herunter und legte sie vor sich auf den Schreibtisch. Er spreizte die

Finger. Er sah, daß sie zitterten. Wie lange noch, dachte er, wie lange noch würde er durchhalten können? Chernov versuchte sich zu konzentrieren.

War es eine Warnung, eine Drohung oder eine Provokation? Und wie weit würden sie gehen? Wer konnte ein Interesse daran haben, eine solche Ungeheuerlichkeit zu wagen? Waren es die Kommunisten oder die Nationalisten? War es jemand in den Streitkräften, vielleicht einer der zahlreichen Generäle, die er in den letzten Monaten gefeuert hatte? Oder war es die Mafia, die immer dreister, immer skrupelloser, immer geldgieriger wurde?

So wie die Dinge lagen, konnte er keine Möglichkeit ausschließen. Aber er konnte es nicht zulassen, daß sie seine Pläne durchkreuzten.

Er stand auf, drückte seinen schmerzenden Rücken durch und ging zum Fenster, zurück zu seinem Schreibtisch, wieder zum Fenster, zurück zum Schreibtisch und wieder zum Fenster.

Dort blieb er stehen und starrte hinaus in die Nacht.

»Sie sind also sicher, daß es sich um einen funktionstüchtigen atomaren Sprengkopf handelt?« sprach er gegen die Fensterscheibe.

Der Mann stand eingeknickt hinter ihm. Alexander Rostopowitsch, Chernovs Bürochef, sah zu Boden und sagte leise: »Absolut sicher, leider.«

Der Präsident drehte sich zu ihm um und zog den Gürtel seines blauen Bademantels zusammen, den er über seinem gestreiften Pyjama trug. Sein silbernes Haar hing ihm ungekämmt ins Gesicht, sein sonst rosiges Gesicht war leichenblaß.

»Wie konnte das passieren? Haben wir nicht gerade erst die Sicherheitsmaßnahmen für die Munitionsdepots verschärft?«

»Ja, richtig, die Täter waren besonders dreist und gewalttätig. Und sie kannten sich offenbar aus. Drei der Täter hat es erwischt, aber sie können leider nichts mehr sagen, sie sind tot. Der vierte ist entkommen – mit dem Sprengkopf.«

Chernov zerrte energisch an dem Gürtel seines Bademantels.

»Egal wie, Rostopowitsch, schaffen Sie den Sprengkopf wieder herbei. Sie haben alle Vollmachten. Das Militär, das Innenministerium, der Geheimdienst, alles. Es ist mir völlig egal, wie Sie es machen, aber schaffen sie ihn wieder her.«

Wieder begann Chernov hin- und herzulaufen. Dann nahm er erneut seine Position am Fenster ein. Er schwieg. Draußen tanzten die Schneeflocken im Lichte der Scheinwerfer. Es konnte nicht sein, nicht ausgerechnet jetzt. Wieder sprach er gegen die Fensterscheibe: »Und hören Sie, Rostopowitsch: Keiner darf etwas davon erfahren, hören Sie, keiner! Vor allem die Amerikaner nicht. Das Gipfeltreffen mit Webster muß stattfinden. Wir können dabei nicht als Weltmacht dastehen, die nicht mal in der Lage ist, ihre Atomwaffen sicher zu lagern.«

Er stützte sich mit den Händen auf dem Fenstersims ab. Er fühlte sich plötzlich schwach. Leise sagte er: »Ich muß Webster sehen. Wir brauchen die Kredite von den Amerikanern, unter allen Umständen. Sonst sind wir am Ende!«

Die Augen in dem Türspalt waren weit aufgerissen. »Mein Gott, wie siehst du denn aus?« sagte sie. Er legte seinen Zeigefinger auf ihren Mund und drückte sich gegen die Tür ihres Apartments, so daß sie in den kleinen Flur zurückweichen mußte.

»Schnell«, flüsterte Jurij Arbatov, »laß mich herein.« Er trug auf beiden Armen ein in eine alte Decke gehülltes, offensichtlich schweres Paket.

Er zog die Tür hinter sich zu, setzte das Paket unter ihrem Garderobenspiegel ab und schaltete das Licht in dem Flur aus. »Psst, sei leise«, flüsterte er wieder. Er nahm sie bei der Hand und führte sie zu der aufgeklappten Schlafcouch in ihrem Wohnzimmer. Arbatov zog die Vorhänge dicht zu und schaltete dann die kleine Lampe neben ihrem Bett ein. Die roten Leuchtziffern des Radioweckers zeigten 4.30 Uhr. Er bemerkte ihren mißtrauischen Blick. Er schaute an sich herunter. Die dicken Stiefel waren voller Eis und Lehm, sein schwarzer Trainingsanzug wies dunkle feuchte Flecken auf. Er strich mit der Hand darüber und sah, daß sie sich dunkelrot einfärbte. Arbatov sah den Schock auf ihrem Gesicht. »Jurij, um Himmels willen, was ist passiert?«

Verflucht, dachte er, der Leutnant, das Blut des toten Leutnants. Im Hosenbund steckte immer noch seine 9-Millimeter-Dienstpistole. Er nahm sie heraus und warf sie auf das Bett.

»Es ... es ist etwas schiefgelaufen ... es gab eine Schießerei ... sie haben einen Freund von mir umgelegt.«

Natascha Tschechowa wich an die Wand gegenüber zurück und stemmte sich mit dem Rücken dagegen, als suchte sie einen festen Halt.

Er bewegte sich auf sie zu und packte sie bei den Schultern. »Wir mußten es tun. Verdammt noch mal, versteh doch, wir mußten es tun.«

Ihre Stimme hatte einen flehenden Ausdruck.

»Was, Jurij, sag's mir doch, was mußtet ihr tun?«

»Wir ... eh, wir haben das besorgt, was wir brauchen, um Chernov eine Lektion zu erteilen.«

»Chernov? Was hat Chernov damit zu tun?«

Er ließ sie los und hämmerte mit der Faust gegen die Wand. »Verdammt, verdammt, verdammt ... begreif es doch endlich. Er läßt uns keine andere Wahl. Ihm ist nur noch mit Gewalt beizukommen.«

Sie atmete heftig. Er beugte sich über sie und preßte seine Lippen auf ihren Mund. Sie wehrte sich einen Moment, gab dann aber nach. Arbatov zog sie auf ihr Bett. Sie krallten sich aneinander fest, liebten sich mit der Heftigkeit der Verzweifelten.

Dann lagen sie ganz still nebeneinander. Arbatov hatte die Hände hinter dem Kopf verschränkt und starrte an die Decke. Schließlich sagte er, ohne sie anzuschauen: »Natascha, du mußt mir dabei helfen ...«

»Helfen? Bei was?«

»Es geht um diesen Transport, du weißt, um das Paket für meinen eh ... meinen Freund in New York. Jetzt ist es soweit. Es muß dringend auf den Weg. Du fliegst doch heute hin.«

Sie schmiegte sich an ihn. Arbatov legte seinen Arm um sie und küßte sie auf die Stirn.

»Ich wußte, daß du mich nicht im Stich lassen würdest.«

Sie lächelte.

»Du weißt doch, für dich ginge ich bis zum Ende der Welt.«

Natascha kraulte seine Haare. Dann schaute sie auf die Uhr. »Laß uns nicht die Zeit verschwenden. In vier Stunden muß ich zum Flugplatz.« Sie begann ihn zu küssen. In der Ferne war das Geheul der Sirene eines Polizeiwagens zu hören. Es kam näher, wurde lauter. Der Wagen fuhr, offenbar in schneller Fahrt vorbei, das Heulen seiner Sirene brach sich zwischen den Häuserwänden, wurde leiser, ebbte völlig ab. Arbatov erstarrte, befreite sich aus ihrer Umarmung. Sie versuchte sich weiter anzuklammern. Er setzte sich auf, lehnte sich an das Kopfende des Bettes und steckte sich eine Zigarette an. Natascha gab auf. Sie setzte sich, mit angezogenen Beinen, neben ihn. »Gib mir auch eine.« Er zündete sie für sie an.

»Übrigens, das Paket, das ich mitnehmen soll ... Was ist es eigentlich?« Arbatov sog tief an seiner Zigarette und blies dann den Rauch aus. Er schwieg, sog erneut, stieß den Rauch wieder aus und zerdrückte die Zigarette in dem Aschenbecher, der neben dem Bett stand.

»Eh ... es ist ... vielleicht ist es besser, wenn du es gar nicht weißt.«

»Vertraust du mir etwa nicht? Jurij, ich hab dir doch gesagt, ich tue alles für dich.«

Er erkannte, daß es keinen Sinn hatte. Er konnte sie nicht einfach losschicken, ohne es ihr zu sagen.

»Es geht um das Paket, das ich mitgebracht habe. Es ist ... es ist ein Atomsprengkopf.«

Arbatov spürte, wie der Schock durch ihren Körper ging. Natascha begann zu zittern. Er legte seinen Arm um sie und zog sie an sich heran. Er flüsterte in ihr Ohr: »Versteh doch, es geht hier nicht um mich, nicht um uns. Es geht um viel mehr. Es geht um Rußland, um unser aller Zukunft.«

Sie zitterte noch immer, die brennende Zigarette glitt ihr aus den Fingern. Arbatov hob sie auf und warf sie in den Aschenbecher.

Wieder flüsterte er, eindringlicher noch: »Natascha, ich brauche dich. Du bist die einzige, die es tun kann.«

Er erhöhte den Druck seines Armes, den er um sie gelegt hatte. Er haßte sich für das, was er nun sagte: »Natascha, mein Liebling, bitte, bitte, tu es. Ich brauche dich. Ich liebe dich.«

Sie schlang ihre Arme um seinen Hals. Er spürte ihre Tränen auf seiner Haut. »Warum mußte ich nur so einen schrecklichen Kerl wie dich treffen? Oh, Jurij, ich liebe dich.«

Gratschew war sichtlich verlegen. »Kommen Sie rein«, sagte er zögernd. Er trug einen alten Bademantel und ausgetretene Pantoffel. Arbatov fiel auf, daß er ihn im Flur stehen ließ und nicht weiter in die Wohnung hineinbat.

»Ich habe versucht, Sie zu warnen« sagte Gratschew leise. »Aber Sie waren schon weg. Es war zu spät.«

Arbatov spürte, wie für einen Augenblick wilder Zorn in ihm aufwallte. Doch er beherrschte sich.

»Wir haben die Ware«, sagte er. Aus dem Schlafzimmer, dessen Tür offen stand, kam eine verschlafene Stimme. »Oleg, mein Liebling, was machst Du nur? Komm wieder ins Bett.«

Wieder merkte Arbatov, wie ihn der Zorn überkam. Gratschew und seine Weiber. Abend für Abend strich er durch die Hallen der Luxushotels und suchte sich unter den Tausenden von Prostituierten eine Gespielin für die Nacht, wie ein Junkie seinen Stoff, und wie ein Junkie brauchte er dafür Geld, viel Geld, Dollars, amerikanische Dollars. Gratschew zog die Schlafzimmertür zu und drängte Arbatov in das kleine Wohnzimmer. »Sie haben also die Ware?« flüsterte er.

»Ja«, sagte Arbatov. »Und ich habe auch jemanden, der sie transportieren wird. Es hat funktioniert, so wie besprochen.«

Er zog einen Umschlag aus der Tasche. »Hier, 20000 Dollar. Für den Mann am Zoll, auf dem Flugplatz. Er soll dafür sorgen, daß die Besatzung des Aeroflot-Fluges nach New York heute unbehelligt bleibt. Sie verstehen?«

Gratschew nahm den Umschlag und ließ ihn in der Tasche seines Bademantels verschwinden. »Wann geht die Maschine?«

»Heute mittag.«

Gratschew schaute auf seine Armbanduhr. Es war 7.30 Uhr. »Gut«, sagte er, »das geht in Ordnung.«

Der Schneeregen, der den ganzen Vormittag über nicht aufhören wollte, half wahrlich nicht, ihre Laune zu verbessern, und auch die Umgebung trug nicht dazu bei. Dieses Café erinnerte sie eher an den Wartesaal eines Bahnhofs – hohe Decken, hell erleuchtet, mit vielen Reihen von leeren Plastiktischen. Aber es lag in der Nähe, und sie hatte wenig Zeit vor ihrem Abflug am Mittag. Sie trug lange Hosen und einen weiten Strickpullover, ihr Regenmantel lag über einem der vier Plastikstühle. Sie goß sich einen Tee ein. Während sie den ersten Schluck nahm, sah sie Olga durch die Tür kommen.

Olga Gurkin war ihre beste Freundin. Was vor vier Jahren als eine Beziehung zwischen einer Vorgesetzten und ihrer Mitarbeiterin begonnen hatte, hatte sich schnell zu einem Verhältnis von der Art vertieft, wie es nur Frauen verstanden – und um das sie manche Männer beneideten. Natascha winkte ihr zu, und Olga zwängte sich durch die Tischreihen zu ihr herüber. Sie trug die Aeroflot-Uniform, ganz offensichtlich auf dem Weg zu irgendeinem Abflug; sie nahm das Käppi ab, ließ die Haare fallen und warf ihren blauen Regenmantel über den von Natascha. Die beiden Frauen umarmten sich, bevor sie sich einander gegenübersetzten.

Olga suchte in ihrer Handtasche nach Zigaretten, während Natascha eine zweite Tasse Tee eingoß. Nachdem sie die Zigarette angezündet hatte und den Rauch tief ausatmete, sagte Olga: »Nun … Ich kann kaum abwarten, was du zu erzählen hast, Sweetheart. Laß es mich hören!«

Natascha rollte mit den Augen. Olga nannte jeden »Sweetheart«, eine Angewohnheit, an die sie sich nie gewöhnen würde.

Sie schaute auf die Tischplatte, während sie mit dem Löffel spielte.

»Ich weiß nicht, wie ich beginnen soll«, sagte sie endlich.

»Wie wäre es mit gleich von Anfang an«, sagte Olga, während sie einen Schluck aus ihrer Tasse nahm. »Läge ich ganz falsch, wenn ich annehmen würde, daß es was mit einem Mann zu tun hat?«

»Er ist Major in der Armee«, sagte Natascha. »Ich habe ihn auf einem Flug in Sibirien getroffen.«

Sie machte eine Pause, offenbar in Gedanken an dieses Treffen.

»Ich hab' mich in ihn verknallt, im ersten Moment, als ich ihn sah. Es war unvorstellbar. Gerade als ich zu dem Schluß kam, daß es einen solchen Mann für mich nicht gibt, stand er plötzlich vor mir. Ganz einfach so.« Sie schnippte mit den Fingern.

»Olga«, sagte sie und beugte sich zu ihr hinüber, »ich habe etwas getan, was ich nie zuvor gemacht habe. Ich hab' ihm meine Karte gegeben mit meiner Telefonnummer zu Hause und ihn gebeten, mich anzurufen.«

Natascha lief rot an. »Und dann ist er plötzlich bei mir aufgetaucht.«

»Kann ich Ihnen ein Stück Kuchen bringen?«

Sie sahen auf und blickten auf einen dürren, langen Kellner, das Gesicht voller Akne, sein Gehabe affektiert.

»Was haben Sie da?« fragte Olga.

»Pflaumenkuchen«, erwiderte er, legte seine Arme über Kreuz und blickte an die Decke.

»Ist das alles? Nur Pflaumen?«

»Ich mach' hier die Speisekarte nicht, ich bin nur der Kellner«, sagte er lispelnd.

»Also gut, ich nehme Pflaumen«, meinte Olga.

Natascha schüttelte den Kopf, während sich der Kellner ohne besondere Eile entfernte.

»Du mußt dich mal nach einem netteren Laden umschauen, Sweetheart«, sagte Olga. »Dieses Loch erinnert mich wirklich an die alten Zeiten.« Sie sah sich um und schaute dann wieder Natascha an.

»Also?«

Natascha blickte ihrer Freundin einen Moment aufmerksam ins Gesicht. Man merkte ihr definitiv an, daß sie älter wurde – die Linien um ihren Mund und ihre Stirn wurden deutlicher, und rund um das Kinn zeigten sich erste Spuren von Fett. Waren es nur die Jahre, oder war es auch ihr anstrengender Lebensstil? Es war kein Geheimnis, daß Olga Gurkin, früher oder später, mit den meisten der Aeroflot-Piloten im Bett gewesen war – und mit ein paar Mechanikern außerdem. Wenn sich jemand mit Männern auskannte, dann war es Olga.

»Er ist wunderbar. Ich weiß gar nicht, wo ich anfangen soll ...«, sagte sie und fuhr mit dem Finger um den Rand der Tasse.

»Hat dieser Mr. Wunderbar auch einen Namen?« Olga zog an ihrer Zigarette.

»Jurij, Major Jurij Arbatov«, sagte Natascha, ein Lächeln auf ihrem Gesicht, »er sieht gut aus, er ist nett und aufmerksam ...«

»Und gut im Bett?« warf Olga ein.

Natascha zeigte ein verschämtes Lächeln, nahm Olgas Zigarette und zog daran.

»Oh ja, er ist schon gut«, sagte sie, »am Anfang war er etwas schüchtern, und, nun ja, ich hab ihn verführt, beim ersten Mal.«

»Na und, was ist das Problem, Sweetheart?«

Wie sollte sie das Problem angehen? Konnte sie einfach sagen, ach, übrigens, er möchte, daß ich für ihn einen Sprengkopf nach New York transportiere? Unmöglich. Sie fing an, sich zu fragen, was sie hier eigentlich machte. Sie wollte unbedingt eine Meinung dazu hören – daß ihr jemand sagte, klar, das mußt du machen. Was für eine Frage! Du liebst den Mann, und er bittet dich um einen Gefallen. Wozu die ganze Aufregung? Aber auf der anderen Seite ging es nicht darum, daß er irgendwo eine Flasche Wodka abgeliefert haben wollte. Hier ging es um einen nuklearen Sprengkopf, verdammt nochmal. Und sie wollte nicht einmal wissen, zu welchem Zweck er dienen sollte oder für wen er bestimmt war. Sie hatte kein Auge zugetan, seit sie ihm zugesagt hatte, daß sie es tun würde. Die Zeile aus einem alten amerikanischen Rock-'n'-Roll-Song ging ihr durch den Kopf – *the things we do for love* – die Dinge, die wir aus Liebe tun.

»Natascha?« Olga lehnte sich über den Tisch, eine Augenbraue hochgezogen.

»Ach, ich weiß auch nicht«, sagte sie und saugte an ihrer Lippe.

»Manchmal wirkt er so ... so abwesend.«

»Nicht im Bett, hoffentlich«, sagte Olga, die sich zurücklehnte, um dem Kellner Platz zu machen, damit der den Pflaumenkuchen vor sie hinstellen konnte. Der Kellner verschwand mit einem arroganten Blick auf die beiden.

»Nein, dabei nicht«, sagte Natascha zögerlich. Sie sah sich um, als suche sie nach dem richtigen Wort. »Es ist so, als sei er besessen.«

»Nun kommen wir zu dem interessanten Teil«, antwortete Olga und hob die Gabel mit dem Kuchen zum Mund.

Natascha hob abwehrend ihre Hand. »Es dreht sich nicht alles um Sex, weißt du. Jurij hat anscheinend einen Haß auf Chernov, der ihn völlig auffrißt. Er glaubt, daß Chernov das Land ruiniert und daß er was unternehmen muß, um ihn aus dem Amt zu treiben.«

Sie machte eine Pause und dachte, dies sei nun endlich der richtige Weg, um zu ihrem eigentlichen Thema zu kommen.

»Nun, das ist gut, Sweetie«, sagte Olga kauend, »ich schätze Männer, die eine klare Position beziehen. Das ist sehr männlich. Sehr erotisch, wenn du mich fragst.«

Natascha schob die Tasse von sich weg. So ging das nicht, dachte sie. Sie würde alleine eine Lösung finden müssen, auf ihre eigene Art. Olga würde ihr dabei nicht helfen können.

»Also ...«, sagte Olga, »er beschäftigt sich also mit Politik?«

»Ich denke, so kann man das nennen. Worum es geht ... er möchte, daß ich dabei mitmache.«

»Aber das ist doch wunderbar, Sweetheart. Du weißt doch,

was man so sagt: wenn Paare Dinge zusammen machen ...« Olga wischte ihren Mund mit einer Papierserviette ab.

Ja, dachte Natascha, das nette junge Paar, das einen Atomsprengkopf in die Vereinigten Staaten einschmuggelt. Es war Zeit, das Thema zu wechseln.

»Ich glaube, du hast recht, Olga, mein Fehler ist, daß ich immer zuerst nach den Dingen bei einem Mann suche, die schwierig sind. Und wie geht's dir? Was machst du noch so?«

Olga zündete eine neue Zigarette an, stieß den Rauch aus, lehnte sich über den Tisch und flüsterte: »Sein Name ist Gregor. 26 Jahre alt, ein Körper wie ein griechischer Gott – und was für eine Ausdauer!«

Während Olga nun genüßlich ein paar Einzelheiten erzählte, zwang sich Natascha zu einen Lächeln und mimte Interesse, aber ihre Gefühle der Unsicherheit und von einem scheinbar unaufhaltsamen Verhängnis waren noch stärker als zuvor.

Noch einmal kniete er nieder, zum drittenmal an diesem Morgen, und zog den schwarzen Lederkoffer unter dem Bett hervor, klappte ihn auf und schaute hinein. Er fühlte die Dollar-Scheine, blätterte die dicken Bündel auf, strich darüber. Andreij Smolzewski lächelte. Er nahm 5000 Dollar heraus und steckte sie in seine Jackentasche. Nach kurzem Zögern griff er noch einmal zu und steckte weitere 5000 ein. New York ist doch teuer, dachte er. Dann schloß er den Koffer wieder und schob ihn tief unter das Bett.

Ächzend richtete er sich auf, wobei er sich auf seinem Stock abstützte. Er nahm den Paß, der auf dem Nachttisch lag, und schlug die Seite mit dem amerikanischen Visum auf. Wieder lächelte er verschmitzt.

»Tantchen Tamara, ich komme«, sagte er.

Er verstaute den Paß und ein Aeroflot-Ticket in seiner Jacke und ergriff den kleinen Koffer und seinen Stock.

Smolzewski drehte den Schlüssel seines Apartments zweimal um, dann nahm er den Schlüssel für das zweite Schloß, das er zusätzlich hatte einbauen lassen, und schloß noch einmal ab. Die Zahl der Einbrüche in diesem Moskauer Stadtteil hatte erheblich zugenommen.

Im Treppenhaus begann er humpelnd den langen, mühseligen Abstieg, acht Treppen. Dann hatte er Glück. Er brauchte nur eine Minute, bis er ein Taxi fand.

»Zum Flugplatz«, sagte Smolzewski, als sich der Wagen in Bewegung setzte.

»Machen Sie sich auf einiges gefaßt«, brummte der Taxifahrer und rückte an seiner Ledermütze. »Die ganze Stadt steht kopf.«

Statt einer weiteren Erklärung gab er Gas, trat aber an der nächsten Kreuzung wieder voll auf die Bremse. »Verdammter Mist, ich wußte es doch.«

Auf der Kreuzung stand ein Polizeiwagen quer. Ein Polizist winkte alle Autos an den Straßenrand. Ein anderer beugte sich zu dem Fahrer herunter.

»Wohin?«

»Zum Flughafen.«

Der Polizist beäugte Smolzewski.

»Den Paß.«

Smolzewski reichte ihn heraus. Der Polizist blätterte darin. »Gepäck?«

Smolzewski nickte.

»Aufmachen.«

Der Fahrer stieg aus und hob den Kofferraumdeckel. Der Polizist öffnete den Koffer, wühlte darin herum. Dann reichte er Smolzewski den Paß zurück.

»Gut, weiterfahren.«

Bis zum Flughafen waren weitere drei Kontrollstellen eingerichtet.

Fluchende Autofahrer standen in langen Schlangen, einige machten sich mit Hupkonzerten Luft.

»Die Mafia«, zuckte der Taxi-Fahrer mit den Schultern. »Angeblich wollen sie wieder mal durchgreifen, vor allem gegen den Drogenhandel.

»Chernov tut so, als wolle er was tun.« Er spuckte aus dem Fenster. »Nutzt ja doch nichts.«

Die Schlange vor den Abfertigungsschaltern am Sheremetjewo-Flughafen reichte bis auf die Straße hinaus. Frustrierte Passagiere liefen, ihre Tickets in der Hand, auf und ab, schauten auf die Anzeigetafeln, verglichen die Abflugzeiten mit der großen Uhr an der Stirnwand der Halle.

Aeroflot-Mitarbeiter versuchten, die aufgebrachten Menschen zu beruhigen.

»Haben die nichts Besseres zu tun, als die Koffer von harmlosen Bürgern zu durchwühlen?« schrie eine Frau. »Ich muß nach New York zu meinen Enkelkindern.«

An der Gepäckabfertigung standen drei Polizisten, dahinter mit einigem Abstand zwei Soldaten mit umgehängten Maschinenpistolen. Jeder angelieferte Koffer wurde geöffnet.

Der kleine Bus mit der Besatzung des Aeroflot-Fluges 472 nach New York rollte anderthalb Stunden vor dem Abflug an einem Nebeneingang vor. Natascha Tschechowa hievte ihren kleinen Crew-Koffer aus dem Bus. Sie spürte das Gewicht des Geschosses, das den größten Teil des Koffers einnahm. Ein Kollege wollte ihr helfen, doch sie wehrte ab.

»Danke, es geht schon.« Sie hielt sich bewußt zwischen den anderen. Als sie an der Zollkontrolle ankamen, erstarrte sie. Neben dem Zollbeamten stand ein Soldat, seine Kalaschnikow im Anschlag. Der Beamte empfing sie mit einem gequälten Lächeln. »Wir haben heute Besuch«, sagte er und wies auf den Soldaten neben sich.

Der Soldat hob die Maschinenpistole leicht an und zeigte damit auf die Besatzung. »Wohin?« fragte er. »Nach New York«, sagte der Zollbeamte. »Alles alte Bekannte von mir. Die kommen hier jede Woche zweimal durch. Wirklich kein Grund zur Sorge.«

Doch der Soldat blieb hartnäckig. Wieder zeigte er mit seiner Maschinenpistole, diesmal auf den Koffer des Flugkapitäns. »Los, machen Sie mal auf.«

Der Kapitän begann, den Reißverschluß seines Koffers aufzuziehen.

Der Soldat blickte kurz hinein. Er nickte. »Weiter.« Als nächstes war der Chefsteward an der Reihe. Wieder nickte der Soldat nach ergebnisloser Inspektion.

Natascha Tschechowa sah, wie der Zollbeamte zu schwitzen begann. Über die Lautsprecheranlage des Flugplatzes ertönte eine Stimme:

»Wir bitten um Verständnis für die Gepäckkontrollen. Aber seien Sie beruhigt: der Flug nach New York wird wie geplant starten.«

Der Zollbeamte zog den Ärmel seiner Jacke zurück und blickte, so daß es der Soldat sehen mußte, auf seine Armbanduhr. »Jetzt wird es aber Zeit«, sagte er laut. »Sie sehen doch: keiner hat hier was zu verbergen. Sie verschwenden nur die Zeit dieser Leute.«

Der Soldat schaute mißmutig drein, senkte aber seine Kalaschnikow und winkte die übrigen durch. Natascha Tschechowa umfaßte den Griff ihres Koffers und rollte ihn an dem Soldaten vorbei zum Flugzeug.

New York, Kennedy-Airport

Sie fühlte sich müde und zerschlagen. Als alle Passagiere das Flugzeug verlassen hatten, schüttete sie in der Bordküche aus einer kleinen Flasche zwei Aspirin-Tabletten in ein Wasserglas und sah zu, wie sie sich auflösten. Sie trank aus, wobei sie den bitteren Geschmack des Aspirin auf der Zunge spürte.

Der Chefsteward schaute sie besorgt an. »Irgendwas nicht in Ordnung?«

»Danke, kein Problem«, sagte sie. »Nur ein bißchen Kopfschmerzen. Wird gleich vorbeigehen.«

Natascha Tschechowa holte ihren Mantel aus der Kleiderablage und verließ mit der übrigen Besatzung die IL-62. Am Ende der überdachten Gangway sah sie das Schild mit einem großen Apfel: »Welcome to the Big Apple.«

Am Abfertigungsschalter für die Airline-Besatzungen saß eine etwa 45jährige beleibte Schwarze in der Uniform der Einwanderungsbehörde.

»Na, dann einen guten Aufenthalt«, sagte sie und knallte ihren Stempel in den Paß.

Das Gepäck kreiste bereits auf dem Band. Natascha Tschechowa schaute sich vorsichtig um. Dann nahm sie entschlossen den Griff in die Hand und zog den schweren Koffer vom Band auf den Boden. Sie stellte ihn auf seine Rollen und begann, ihn in Richtung auf die Zollbeamten zu ziehen, die am Ende der Gepäckhalle des John-F.-Kennedy-Airports standen. Sie wandte sich nach links, dorthin, wo ein grünes Schild die Passagiere zum Durchgang aufforderte, die nichts zu verzollen haben. Der Beamte winkte sie gleichmütig durch wie die übrige Besatzung auch. Hinter der Zollkontrolle drängte sie sich durch die Menschen, die sich hier versammelt hatten, um Passagiere abzuholen.

Am Ausgang blieb sie einen Moment stehen und schaute sich um. Sie entdeckte den Zeitungsstand. Sie griff in eines der Regale und zog die neueste Ausgabe von »Cosmopolitan« heraus.

Ihren Koffer hatte sie hinter sich abgestellt, einen schwarzen Koffer mit Rollen, wie sie von den Airline-Besatzungen auf der ganzen Welt benutzt wurden. Sie blätterte in dem Magazin, langsam, scheinbar ohne Eile.

Unter ihrer dunklen Uniformjacke hatten sich große Schweißflecken gebildet. Dennoch war ihr kalt. Jurij, dachte sie, Jurij, warum konnte er jetzt nicht hier sein, sie festhalten, ihr sagen, daß es schon in Ordnung war, daß sie das Richtige tat? War es wirklich das Richtige? Hatte er tatsächlich gesagt, daß es sich um einen Atomsprengkopf handelte? Nein, nein, nein, dachte sie, sicherlich hatte sie alles mißverstanden. Es konnte nicht sein, es war einfach zu ungeheuerlich, zu absurd. Ein Alptraum, aus dem sie erwachen würde, der sich einfach auflösen würde. Sie blätterte weiter in dem Magazin, aber die Buchstaben verschwammen vor ihren Augen.

Der dunkelhäutige junge Mann, der gegenüber dem Zeitungskiosk Platz genommen hatte, legte die Zeitung nieder, faltete sie sorgfältig und legte sie auf den Nachbarsitz. Er trug einen dunklen Anzug und dazu eine unauffällige Krawatte. Seit er die Aeroflot-Stewardeß zum ersten Mal gesehen hatte, hatte er den Blick nicht von ihr gewandt. Nun griff er nach dem schwarzen Koffer neben sich. Er war identisch mit dem, den sie auf den Boden gestellt hatte, um einige Zeitschriften durchzublättern. Ein einfacher Tausch, dachte er, und umklammerte den Plastikgriff.

Und dann bemerkte er sie.

Zwei Jugendliche tänzelten auf den Zeitungskiosk zu, von denen er seit seiner Ankunft in New York schon allzu viele gesehen hatte. Ausgebeulte Jeans, teure Turnschuhe, knallige Jacken, unter denen die Hemden über der Hose heraushingen, und umgekehrt aufgesetzte Baseballkappen. Er hatte den flüchtigen Eindruck, daß es Puertoricaner waren, aber es blieb ihm keine Zeit, weiter darüber nachzudenken. Er hatte sich schon halb von seinem Sitzplatz erhoben, da er instinktiv erkannt hatte, was als nächstes geschehen würde. Einer der beiden Jugendlichen stieß absichtlich mit der Stewardeß zusammen, so daß sie das Gleichgewicht verlor, während sein Komplize nach ihrem Koffer griff und in die Menge lief, die zum Ausgang der Halle strömte.

Einen Moment lang war er wie gelähmt – traute seinen Augen nicht. Der Bursche hatte den Koffer! Er hatte den Sprengkopf! Ali Ben Nasar sprang auf, raste quer durch die Halle und wäre beinahe in eine junge Frau hineingerannt, die in diesem Augenblick aus einem Postkartenladen herauskam, bevor er sich in die ihm entgegenkommende Masse der Passagiere warf.

»Haltet ihn!« schrie er. »Haltet den Burschen fest! Er hat meinen Koffer!«

Ein Schwarm von Reisenden hatte sich um ihn versammelt, und so verlor er sein Ziel aus den Augen. Er geriet in Panik und schob und drängte sie aus seinem Weg. Einige leisteten Widerstand, packten nach ihm, aber die meisten von ihnen waren froh, seinen wild um sich schlagenden Armen zu entkommen. Er stolperte voran durch eine Lücke zwischen einer japanischen Geschäftsfrau und einer Frau im Rollstuhl, und dann sah er den Jackenrücken des Diebs. Er rannte weiter, zeigte auf die Figur, die zum Ausgang lief, und schrie so laut er konnte: »Der da! Haltet ihn! Er hat meinen Koffer gestohlen!«

Der Jugendliche hielt einen Moment inne und schaute sich seelenruhig um. Dann begann auch er loszurennen, Passanten in seinem Weg sprangen beiseite.

»Haltet ihn! Haltet den Dieb! Jemand muß ihn aufhalten!« brüllte Nasar und schnappte nach Luft.

Der Koffer war zu schwer, als daß man sich damit schnell genug aus dem Staub machen konnte, und Nasar beobachtete, wie der Jugendliche mit dem Gewicht kämpfte, um den Ausgang zu erreichen. Er hatte nur noch ein paar Schritte vor sich, als ihm zwei schwarze Flughafenangestellte durch die Doppeltür entgegenkamen.

Nasar schrie erneut und registrierte erleichtert, daß die beiden Schwarzen in Overalls die Lage erfaßt hatten und den Fluchtweg des Jugendlichen mit ausgebreiteten Armen blockierten. Er blieb einen halben Meter vor ihnen stehen, blickte sich um, sah den wild auf sich zurasenden Nasar und erkannte, daß es nicht klappen würde. Er ließ den Koffer fallen, wandte sich erst nach links, dann nach rechts, rannte einen Mann vom Sicherheitsdienst um und verschwand in der Menschenmenge.

Nasar blieb einen Augenblick stehen, um sich bei den beiden Männern zu bedanken, zog seine Krawatte zurecht, griff nach dem Koffer und ging hinaus.

Der Sprengkopf hatte sein Ziel erreicht.

Washington, D.C., Weißes Haus

»Nehmen Sie doch Platz, Mr. Blake. Der Präsident wird gleich da sein«, sagte die Sekretärin und führte ihn in den Besucherbereich des Oval Office, des Präsidialbüros des mächtigsten Politikers der Welt.

Anthony Blake stellte seinen Aktenkoffer neben eines der Sofas.

»Kommt er wieder zu spät?« fragte er.

Die Sekretärin warf ihm einen verständnisvollen Blick zu, der ausdrückte: Was ist daran schon Besonderes? Dann verließ sie den Raum.

Blake richtete sich auf eine längere Wartezeit ein. Bill Webster war nicht eben für seine Pünktlichkeit bekannt. Er fragte sich, für was er denn eigentlich bekannt war.

Er setzte seine Brille ab und klopfte mit dem Bügel gegen seine Zähne, eine Angewohnheit, die ihn immer dann überkam, wenn er sich in Gedanken verlor.

Der ultimative Wahlkämpfer, ja, das war Bill Webster. Jung, gutaussehend, verheiratet mit einer attraktiven Frau, nette Kinder. Hohe Beliebtheitsquoten bei allen Umfragen. Aber was verbarg sich hinter dieser für die Öffentlichkeit bestimmten Fassade? Blake hatte nicht gezögert, als ihm Webster das Amt des Sicherheitsberaters angeboten hatte. Der ultimative Platz im Zentrum der Macht! Aber das hatte ihm auch die einzigartige Chance gegeben, Webster aus der Nähe zu beobachten. Ein Amateur, war seine Schlußfolgerung. Zumindest galt dies für den Bereich der Außenpolitik. Manchmal vermutete er, und das nicht ohne Grund, daß dieser Mann selbst bedeutende Vorgänge im Ausland nur als Nebensache ansah.

Andererseits hieß es, er sei volksnah, und sein mangelndes Interesse an dem, was sich im Rest der Welt abspielte, war vermutlich gerade das typisch Amerikanische an ihm.

Und dennoch mußte er sich eingestehen, daß Webster das,

was ihm an Interesse und Wissen fehlte, durch eine gewisse Art von Dreistigkeit wettmachte. Bei einigen Punkten aus seiner Antrittsrede mußte den Russen ein gehöriger Schreck in die Glieder gefahren sein. Er hatte Chernov zu einer Art Abrüstungswettbewerb herausgefordert und die Spielregeln so festgelegt, daß der Verlierer in diesem Spiel als »Hunnenkönig der Neuzeit« in die Geschichtsbücher eingehen würde, der vor der Weltöffentlichkeit völlig sein Gesicht verlieren würde. Es war kaum zu glauben, aber es hatte funktioniert. Der Mann im Kreml bettelte nun fast darum, seine nuklearen Sprengköpfe loszuwerden, und Bill Webster machte durchaus den Eindruck, als ob er sehr genau wüßte, was er da gerade ausgelöst hatte.

Blake schaute auf seine Uhr und blickte dann gedankenverloren um sich. Jedesmal aufs neue war er beeindruckt von der ungeheuren Macht, die dem Inhaber dieses Amtszimmers zur Verfügung stand. Sein Blick fiel auf den Schreibtisch des Präsidenten. Die meisten der letzten Präsidenten hatten den Schreibtisch eines ihrer Amtsvorgänger verwendet, eines Vorgängers, den sie bewunderten und dem sie nacheifern wollten. Bill Webster aber hatte den Schreibtisch mit nach Washington gebracht, den er als Gouverneur von Montana benutzt hatte, ein recht grobes Möbelstück, mit Ledereinlagen und Brandeisenreliefs aus seinem Heimatstaat.

Sieben Monate lang war er nun bereits Präsident, und das offizielle Washington schüttelte immer noch ungläubig den Kopf. Wie war es möglich gewesen, daß ausgerechnet dieser Mann zum Präsidenten gewählt worden war? Das gesamte Wahlverfahren war eine einzige Glückssträhne für ihn gewesen. Websters Partei hatte ihn als Kandidaten gegen den amtierenden Präsidenten aufgestellt, der als unschlagbar galt. Auf diese Weise hatte Websters Partei etwas für einen Bundesstaat zu tun versucht, der auf der Bühne der Innenpolitik nicht über die Rolle eines unbedeutenden Hinterbänklers hinausgekommen war. Websters Wahlkampf war bereits eine verlorene Sache und blieb es auch, bis Präsident Matthew Hargrove plötzlich von einem schweren

Herzanfall niedergeworfen wurde, der die gesamte Nation zutiefst erschreckte. Während der Wahlnacht lag er immer noch auf der Intensivstation, und kein Wähler, der auch nur den geringsten Funken von Verstand besaß, würde seine Stimme für einen Präsidenten abgeben, dessen Leben an einem seidenen Faden hing und der zudem noch durch einen Vizepräsidenten belastet war, der nur deswegen einen eher zweifelhaften Ruhm besaß, weil er sich in der Glitzerwelt der Hollywoodstars herumtrieb.

Die Tür des Oval Office öffnete sich mit einem Schlag, als der Präsident mit seinem Hund, einem Golden Retriever, eintrat. Vier ausladende Schritte, und Webster stand mit ausgestreckter Hand vor Blake, der gerade erst dabei war, sich zu erheben.

»Tony, Tony«, knurrte der Präsident und schüttelte Blake kräftig die Hand. »Tut mir leid, daß ich mich verspätet habe. Den ganzen Vormittag nichts als ein blöder Quatsch nach dem anderen. Scheint, als ob ich heute jede einzelne Umweltschutzorganisation dieses Landes im Kreuz habe. Setzen Sie sich doch.«

Webster nahm auf der Couch gegenüber von Blake Platz, seinen Hund wie immer neben sich.

»Etwas zu trinken, Tony? Kaffee, Tee? Für die harten Sachen ist es wohl noch etwas früh.«

»Nein danke, Mr. President. Wir sollten direkt zur Sache kommen.«

»Natürlich. Diese Angelegenheit mit den Russen«, erwiderte Webster, wobei er den Kopf seines Hundes kraulte.

Blake betrachtete die Hündin, ein sicherlich schönes Tier, das den Präsidenten fast überallhin begleitete. Sie hieß Connie, aber es ging das Gerücht um, daß dies nur die Abkürzung für Constituent war, also für alles, was mit Wahlen und Wählern zu tun hat, ein Name, den Webster selbst ausgesucht hatte. Blake legte den Aktenkoffer auf seinen Schoß und entnahm ihm einen Ordner, der den Stempel mit dem Symbol für »Streng Geheim« trug. Dann stellte er den Aktenkoffer wieder ab, öffnete den Ordner und räusperte sich vernehmlich.

»Mr. President, dieser aktuellste Bericht aus ...«

»Entschuldigen Sie, Tony.« Der Präsident drückte den Knopf der hausinternen Sprechanlage. »Caroline, sagen Sie Sanchez, er solle mir eine Diät-Fresca mit einem Stück Zitrone bringen ... Wollen Sie wirklich nichts, Tony?« Blake schüttelte den Kopf. »Danke, Caroline.« Dann wandte er sich wieder Blake zu. »Entschuldigung, fahren Sie bitte fort.«

»Jawohl, Sir. Ich wollte gerade sagen, daß die letzten Nachrichten aus Moskau äußerst beunruhigend sind.«

»Hm«, antwortete der Präsident.

»Es scheint so, als stünde das ganze Land kurz vor dem totalen Zusammenbruch. Täglich nehmen die Protestversammlungen in den Straßen der Hauptstadt zu und ...«

In diesem Augenblick öffnete sich die Tür, und Webster gab Blake ein Handzeichen, seinen Vortrag zu unterbrechen. Ein Kellner in weißem Jackett brachte den Drink, den der Präsident bestellt hatte, und stellte ihn auf den Ecktisch.

»Danke, Sanchez. Aber merken Sie sich bitte für die Zukunft: weniger Eis.«

»Jawohl, Sir, Mr. President«, beeilte sich der Kellner zu sagen. »Ich werde Ihnen sofort einen mit weniger Eis holen.«

»Nicht nötig«, erwiderte der Präsident. »Das geht schon in Ordnung. Nur eben in Zukunft ...«

Sanchez nickte dienstbeflissen und ging.

Webster erhob das Glas, nahm einen Schluck und fuhr dann fort: »Wo waren wir stehengeblieben, Tony?«

»Bei der Lage in Moskau, Mr. President, die täglich kritischer zu werden droht. Und nun berichten unsere CIA-Leute auch noch, daß sich etwas sehr Merkwürdiges ereignet hat.«

»Merkwürdig?«

»Jawohl, Sir. Man scheint nach etwas zu suchen. Polizei und Spezialeinheiten der Armee durchkämmen die Haupstadt. Sie durchsuchen jeden und alles. Züge, Busse, Flugzeuge, alles wird angehalten, und so durchsuchen sie alles, was in die Stadt kommt oder sie verlassen will. Der gesamte öffentliche Verkehr, der schon unter normalen Verhältnissen nicht besonders pünktlich ist, befindet sich in einem einzigen, riesigen Stau.«

»Und wonach, zum Teufel, suchen sie?« fragte Webster, der endlich einmal einen Ansatz von Interesse zeigte.

»Das genau ist ja so seltsam, Mr. President. Sie sind in diesem Punkt nicht besonders gesprächig. Offiziell hat man bekanntgegeben, es handele sich um einen Schlag gegen ihre eigene Mafia, aber das kaufen ihnen unsere Leute nicht ab. Wir haben zwar noch keinen direkten Hinweis, daß dies nicht der Fall ist, aber irgendeine größere Sache läuft da ab, und ich wollte Sie daher auf dem laufenden halten.«

Webster hatte aufgehört, Connies Kopf zu kraulen, und schaute nun doch etwas besorgt aus.

»Gehen Sie davon aus, daß Chernov trotzdem zum Gipfeltreffen nach Washington kommen wird?«

»Selbstverständlich«, antwortete Blake. »Der russische Botschafter hat erst heute morgen noch bestätigt, daß Chernov endgültig zugesagt hat.«

»Nun gut«, sagte der Präsident.

Blake zog ein weiteres Blatt aus dem Ordner, blickte kurz darauf und sagte dann: »Leider gibt es da noch etwas sehr Unangenehmes, Mr. President.«

Der Präsident beugte sich nach vorne.

»Die CIA hat etwas von einer Schießerei in einer Militärbasis außerhalb von Moskau in Erfahrung gebracht. Unsere Leute dort vermuten, daß sich da russische Soldaten gegenseitig beschossen haben und daß es eine Reihe von Opfern gegeben hat.« Blake unterbrach sich kurz. »Und genau diese Militärbasis ist Lager für einen Teil ihres nuklearen Sprengkopfarsenals.«

Bill Webster biß sich auf die Unterlippe.

Connie gähnte und legte ihren Kopf auf die ausgestreckten Vorderpfoten.

Brighton Beach, New York

Andreij Smolzewski unterbrach seine Arbeit und schaute über den Tisch voller Geräteteile, Werkzeuge und Drähte zur Tür. Der nervöse junge Mann, der ihn in den letzten beiden Tagen wie ein Kindermädchen begleitet hatte, sprang von seinem angestammten Sofaplatz auf, als er das Klopfsignal hörte, und lief durch den engen Flur der kleinen Mietswohnung. Er horchte an der Tür und sagte dann etwas auf Arabisch. Als die Antwort ebenfalls in dieser Sprache erfolgte, öffnete er. Ali Ben Nasar trat ein. Die beiden Araber unterhielten sich zuerst in gedämpften Ton, wurden bald aber vor Erregung lauter, bis der Falke den jungen Mann einfach zur Seite stieß und ins Wohnzimmer kam.

Ohne zu grüßen, fragte er: »Wie lange noch?«

Smolzewski schaute ihm ins Gesicht und antwortete, ohne den Zigarettenstummel aus seinem Mund zu nehmen: »Genau, bis ich fertig bin.«

Ben Nasar versteifte seine Haltung und ging einen weiteren Schritt auf den Tisch zu, an dem der alte Mann arbeitete. Smolzewski konnte diese Anspannung fast körperlich fühlen, die von diesem Mann ausging. Nasars Nasenlöcher weiteten sich, seine kalten schwarzen Augen zogen sich zu Schlitzen zusammen.

»Ich muß aber unbedingt wissen, wann du fertig wirst«, zischte er.

»Und ich muß auch einiges wissen«, entgegnete Smolzewski.

»Was?« fragte Nasar, der seine Ungeduld kaum zügeln konnte.

Smolzewski nahm die Zigarette aus dem Mund und hielt sie zwischen Daumen und Zeigefinger, so, wie es Russen gewöhnlich tun. Er deutete mit der Hand auf die Wände um ihn herum und sagte dann: »Konntest du keine bessere Unterkunft als diese Hütte hier finden? Schau dir das an! Leben alle hier in New York dermaßen erbärmlich? Und ich dachte immer, Moskau sei schon erbärmlich genug. Schau dich nur um. Völlig verdreckt. Die Tapete fällt von den Wänden, die Möbel fallen auseinander. Und dann diese Küche! Mir wird schon von diesem elenden Gestank schlecht.«

»Alter Mann, wir betreiben hier kein Luxushotel. Wir haben uns nach einer Gegend umgesehen, in der du nicht weiter auffällst. Ein typisch russisches Einwandererviertel. Und diese Wohnung hier bietet genau das, was uns am wichtigsten erscheint. Sie ist sehr privat und abgelegen.«

»In der Tat: sehr privat«, entgegnete Smolzewski. »Kein Mensch außer mir wohnt in diesem Gebäude, und kein vernünftiger Mensch will hier freiwillig wohnen!«

Der Falke zog sich einen Küchenstuhl heran, bei dem die Füllung des billigen roten Plastikpolsters durch einen Riß hervorquoll, und setzte sich dem Russen gegenüber.

»Ich bin nicht hier, um mich mit dir über Innenausstattung zu unterhalten. Ich will wissen, wann du den Zünder angeschlossen haben wirst und wann du mir endlich zeigst, wie er funktioniert.«

»Und ich will wissen, wann ich endlich etwas zu essen bekomme«, brummte Smolzewski und kniff seine Augen vor dem Zigarettenrauch zusammen, den er soeben ausgeatmet hatte.

Nasar wandte sich dem jungen Mann zu, der am Türrahmen lehnte, und sagte ihm etwas auf Arabisch. Smolzewskis Babysitter nahm seine blaue Chicago-Bulls-Jacke und ging zur Tür.

»Und sag ihm, nichts von McDonalds«, rief der alte Mann. »Und er soll mir noch eine Rolle Isolierband mitbringen.«

Nasar gab seinem Komplizen diese Anweisungen weiter und wandte sich wieder Smolzewski zu.

»Nun, Professor, wie lange also noch?«

Smolzewski nahm einen Schraubenzieher vom Tisch, benutzte ihn wie einen Zeigestock und begann seinen Vortrag über die Einzelheiten seiner Arbeit.

»Hier nun haben wir die Energiequelle«, dozierte er, »eine einfache Batterie, verbunden mit einem Zeitschalter, den dieser Mechanismus hier darstellt. Wird er aktiviert, baut die Batterie genügend Kapazität auf, um die Zünder mit Energie zu versorgen.« Mit der unvermeidlichen Zigarette deutete er auf jeden einzelnen der Zünder, von denen einige bereits mit Drähten verbunden waren, während andere noch auf dem Tisch herumlagen. »Aber für diese Art von Sprengkopf haben die Zünder nicht genügend Ladung zum Erzeugen einer Druckwelle, die stark genug ist. Dafür haben wir hier einen Zündverstärker.« Er deutete auf einen kleinen Mechanismus, der auf dem Tisch lag. »Den verbinde ich dann ...«

»Erspar mir die Einzelheiten, alter Mann«, unterbrach Nasar seinen Vortrag. »Alles, was ich wissen muß, ist, wie man es aufstellt und wann du fertig bist.«

Der Russe zündete sich eine neue Zigarette an der an, die er gerade rauchte, ließ den Stummel auf den ausgeblichenen Linoleumboden fallen und drückte ihn mit seinem Schuh aus.

»Morgen, spätestens übermorgen.«

Der Falke schaute ihn fragend an.

Smolzewski zuckte mit den Schultern.

»Gute Arbeit braucht eben ihre Zeit.«

Moskau, Rußland

Einen Moment lang stand er vor der Tür, unschlüssig und nervös. Dann klopfte er entschlossen und trat ein, ohne eine Antwort abzuwarten. Als erstes fiel ihm das Bild auf, das hinter dem General an der Wand hing. Boris Chernov lächelte aus dem hölzernen Rahmen auf ihn herab. Der General schaute zu ihm auf und folgte seinem Blick. »Vorschrift«, sagte er. »In allen Büros hier im Verteidigungsministerium muß das verdammte Bild hängen.«

General Wladimir Olschowski lehnte sich in seinem Bürosessel zurück und verschränkte die Hände hinter dem Kopf. Arbatov sah, wie ihn der General, dessen Uniformjacke lange Ordensreihen zierten, musterte. Eine ganze Weile herrschte Stille in dem nüchtern eingerichteten Raum. Neben dem Bild von Chernov hing ein Photo, das Olschowski an der Front in Afghanistan zeigte.

»Ich habe von dem Unfall gehört, bei dem Primakovs Sohn draufgegangen ist«, sagte der General endlich. »Sie waren ja Zeuge, als es passierte. Eine verdammte Sauerei, wie sie mit unseren Truppen umgehen.«

Arbatov reagierte nicht. Er fühlte sich unbehaglich. Der Anruf aus Olschowskis Büro war überraschend gekommen. Der Major konnte sich keinen Reim darauf machen, warum er nun vor dem Mann stand, der für die taktischen Atomsprengköpfe im Verteidigungsministerium zuständig war. Hatten sie schon einen Verdacht? Waren sie ihm auf der Spur? Er hatte seine Dienstpistole, eine Makarow, eingesteckt und durchgeladen. Lebend sollten sie ihn nicht bekommen. Er schaute sich nervös um, jeden Moment Soldaten der Militärpolizei erwartend. Aber sie waren alleine in dem Raum.

Der General öffnete die Schublade seines Schreibtisches und nahm einen Umschlag heraus.

»Hier«, sagte er, »Ihre Reisepapiere.«

Er bemerkte Arbatovs erstaunten Blick.

»Sie sind doch Experte für taktische Atomwaffen. Außerdem sprechen Sie Englisch. Sie wissen doch: Präsident Chernov wird mit den Amerikanern über einen weiteren Abbau der Atomwaffen verhandeln. Webster will endlich einen Durchbruch. Verstehen Sie: kein Abrüstungsabkommen, keine Kredite! Die Amerikaner setzen Chernov die Daumenschrauben an. Sie wollen die Zahl der Sprengköpfe noch einmal um 50 Prozent reduzieren.«

»Verzeihung, ich verstehe nicht ganz – was habe ich damit zu tun?« fragte Arbatov.

»Ganz einfach. Wir brauchen bei diesen Verhandlungen den Rat von Praktikern. Leute, die wissen, wovon sie reden. Leute wie Sie, Arbatov, damit die Idioten vom Außenministerium sich nicht wieder von den Amerikanern über den Tisch ziehen lassen.

Sie sollen das Vorauskommando begleiten. Sie reisen morgen ab – nach Washington!«

Arbatov fühlte sich, als habe ihm jemand einen Schlag in die Magengrube versetzt. Die Farbe wich ihm aus dem Gesicht.

Der General schaute ihn prüfend an.

»Ist Ihnen nicht gut?«

Arbatov hatte Mühe, die Fassung zu bewahren.

»Nein, nein, es ist nichts«, sagte er schließlich. »Es kommt nur etwas überraschend.«

Er nahm Haltung an und salutierte. Der General erwiderte den Gruß nicht. Verlegen schaute er zu Boden. Als sich Arbatov umdrehte, um zu gehen, blickte er auf.

»Einen Moment noch. Da ist noch etwas.« Olschowski räusperte sich. »Eine unangenehme Geschichte, verdammt unangenehm.«

Wieder räusperte sich der General.

»Nun, wir hatten eine Schießerei in einem unserer Munitionsdepots. Dabei ... eh ... dabei ist ein Sprengkopf abhanden gekommen, eh ... ein nuklearer Sprengkopf.«

Also doch, schoß es Arbatov durch den Kopf. Die Reise nach Washington – alles nur ein Vorwand. Sie wußten es, hatten längst alles herausgefunden. Gleich würde die Tür aufgehen, und sie würden sich auf ihn stürzen. Langsam ließ er seine Hand auf die lederne Pistolentasche gleiten, die an seinem Gürtel hing.

Der General schaute auf seine Schreibtischplatte. Dann fixierte er Arbatov. »Wir gehen davon aus, daß Gangster dahinterstecken. Die russische Mafia wird immer dreister. Bestimmt werden sie sich bald melden und Millionen für die Rückgabe verlangen.«

Arbatov nahm die Hand von der Pistolentasche zurück und steckte sie in seine Hosentasche.

»Die Sache ist natürlich streng geheim, Arbatov. Aber als Mitglied der Delegation müssen Sie Bescheid wissen. Ich hoffe, die Kerle von der CIA haben das noch nicht mitgekriegt. Falls die Amerikaner Sie dennoch darauf ansprechen sollten, streiten Sie alles ab. Unsere offizielle Linie ist: die russischen Atomsprengköpfe sind sicher!«

Er stand auf und gab Arbatov die Hand. »Also dann, gute Reise, Ihre Maschine geht morgen früh.«

Der Mann mit dem dunkelgrauen Anzug trug darunter ein hellblaues Button-down-Hemd, dazu eine gestreifte Krawatte. Seine schwarzen Schuhe, die er bei Florsheim in New York gekauft hatte, waren auf Hochglanz poliert. Alexander Falin kam aus einer alten Familie in St. Petersburg, und irgendwie hatte er es trotz der 70 Jahre des Sowjetsystems geschafft, seine großbürgerlichen Wurzeln zu erhalten. Er war in den diplomatischen Dienst eingetreten und war unter anderem an den Botschaften in London und Washington sowie an der Uno-Vertretung in New York eingesetzt worden. Über die Hälfte seiner 25 Jahre im Dienste der Regierung hatte er im westlichen Ausland verbracht. Er hatte sich diesen Einflüssen weit geöffnet, das Leben im Westen hatte ihn geprägt. Falin trug einen eleganten Lederaktenkoffer in der Hand. Jurij Arbatov, der seine Ausgehuniform angezogen hatte, betrachtete ihn mit Verachtung. Er sieht aus, amerikanischer als die Amerikaner, dachte er.

Beide saßen in dem dunkelgrünen Militärbus nebeneinander, der sie zum Flugzeug brachte.

»Ich hoffe, wir werden einen schnellen Durchbruch bei unseren Verhandlungen haben«, begann Falin das Gespräch. Er war der Leiter der Vorausdelegation, die den Besuch Chernovs in Washington vorbereiten sollte, einer Gruppe aus Diplomaten und Militärs.

»Es wird Zeit, daß wir endlich stärker abrüsten und uns von den enormen Kosten für die Rüstung befreien. Rußland braucht das Geld wahrlich dringender für wichtigere Dinge.«

Arbatovs Stirnadern schwollen an. Aber er schwieg.

Der Bus näherte sich der Maschine der russischen Luftwaffe, die in wenigen Minuten abheben sollte. Die Delegation ging an Bord. Mißmutig schaute Arbatov von der Treppe noch einmal über das weite Land, das sich jenseits des Flughafenzauns erstreckte. Dann drehte er sich um und betrat das Flugzeug.

Die Passagiere waren nach dem langen Nachtflug von New York aufgewacht. Natascha Tschechowa begann die Tabletts mit dem Frühstück wegzuräumen. Über den Bordlautsprecher kam die Ansage: »In wenigen Minuten werden wir in Moskau landen. Bitte schnallen Sie sich an und stellen Sie die Rückenlehnen senkrecht.«

Natascha ging durch die Reihen und überprüfte, ob die Passagiere der Aufforderung gefolgt waren. Die Kopfschmerzen waren fast unerträglich geworden. Die letzten 48 Stunden schienen ihr wie ein Film, ein Drama aus dem Leben von jemand anderem, der immer wieder vor ihr ablief. Konnte es wirklich sein, daß sie in ihrem Koffer eine Atombombe transportiert hatte, für irgendwelche wildfremden Araber? Sie, die Stewardeß Natascha Tschechowa, für die Politik eher ein Fremdwort war?

Bald würde sie Jurij sehen, würde sich in seine Arme flüchten, die Augen schließen – und das Gefühl haben, daß es schon in Ordnung war, in Ordnung sein mußte. Schließlich hatte er gesagt, sie habe es für Rußland getan, für die Zukunft. Für ihre Zukunft? Für eine gemeinsame Zukunft?

Die Maschine setzte auf, hart. Der Pilot rollte auf das Abfertigungsgebäude zu. Natascha Tschechowa schaute aus dem Fenster. Sie hörte die Stimme der Kollegin über den Bordlautsprecher. »Wir sind soeben in Moskau gelandet. Bitte, bleiben Sie sitzen, bis die Maschine zum Stillstand gekommen ist. Ich hoffe, Sie hatten einen angenehmen Flug mit Aeroflot.«

Tel Aviv, Israel

Er hatte die Augen geschlossen. Das rhythmische Auf und Ab der Brandung hüllte sein Bewußtsein ein wie ein weiches Laken und trug ihn in einen friedlichen Dämmerschlaf. Avi Berman lag ausgestreckt auf einem weißen Plastiksessel, völlig ausgepumpt von seinem Dauerlauf den Strand entlang. Er war am Yachthafen gestartet, dann entlang der Küste hinunter nach Jaffa, vorbei an den neuerbauten Hochhäusern, und schließlich wieder zurück zum Hotelstrand in Tel Aviv.

Sein grauer Trainingsanzug schützte ihn vor dem kühlen Wind, der über das Mittelmeer fegte. Es war Anfang März, und die Sonne hatte ihre volle Kraft noch nicht erreicht, doch der Strand begann sich bereits an diesem Sabbatmorgen mit den üblichen Badegästen zu füllen, die jetzt ihre Strandtücher ausbreiteten und sich auf ihren freien Tag am Meer freuten.

Er mußte an Yael denken. Heute abend würde er sie treffen, und schon jetzt konnte er es kaum erwarten. Dies war ihr dienstfreies Wochenende, und sie würde nach Tel Aviv kommen. Sie war als Leutnant auf den Golanhöhen stationiert, wo sie ihren Dienst in einer Fernmeldeeinheit versah, die den Funkverkehr in Syrien abhörte. Und nun kam es ihm so vor, als stünde sie vor ihm, er blickte in ihr sanftes Gesicht mit dem olivfarbenen Teint, er konnte förmlich ihr dichtes, schwarzes Haar fühlen, ein unverkennbares Zeichen ihrer jemenitischen Abstammung. Noch war er sich nicht sicher, ob er sie zuerst zum Abendessen in eins der Restaurants am nördlichen Ende der Hayarkon-Straße ausführen und dann mit ihr schlafen sollte, oder aber umgekehrt. Er mußte nur einen Moment lang nachdenken, um sich für letzteres zu entscheiden.

Er kannte sie schon mehr als ein Jahr, und manchmal kam ihm der Gedanke, Yael und er könnten sich zusammen irgendwie eine Zukunft aufbauen, in einer kleinen gemeinsamen Wohnung, und später vielleicht ... Avi mußte sich zwingen, die Augen wieder zu öffnen. Er wollte diese Vorstellung nicht konsequent zu Ende denken. Denn zuallererst war er ein Agent des Mossad, und er würde niemandem einen Vorwand liefern, ihn zu einer Ausbildungseinheit abzuschieben, weil er irgendwelchen familiären Verpflichtungen nachkommen mußte. Zumindest solange nicht, bis er sein Ziel erreicht hatte, und es gab für ihn nur ein einziges Ziel: Er mußte ihn finden, er mußte den Falken packen. Einmal hatte er ihn bereits entwischen lassen, ein zweites Mal würde ihm das nicht passieren.

»He, Avi!«

Die Stimme riß ihn aus seinen Gedanken. Er richtete sich halb auf, hielt seine Hand gegen die Sonne über die Augen und hätte beinahe aufgestöhnt, als er Menachem Kravitz vor sich auftauchen sah.

»*Nu? Boychick,* wieso macht denn ein gesunder Knabe wie du mitten am Tag ein Nickerchen? Das ist doch was für alte Knochen wie ich einer bin«, sagte Menachem und schob Avis Bein zur Seite, damit er sich neben ihn setzen konnte.

»Wie gehts dir, Meni?«, wollte Avi wissen.

»Für mein Alter gar nicht mal so schlecht. Natürlich hab ich so meine Wehwehchen, aber für meine achtundsiebzig Jahre gehts mir noch ganz ordentlich. Was treibst du denn so in letzter Zeit? Seit Itais Bar-Mizwa hab ich dich nicht mehr zu Gesicht bekommen.«

»Bin im öffentlichen Dienst«, erwiderte Avi.

Der alte Mann versetzte ihm einen Klaps auf's Bein. »Hör mir doch mit dem Blödsinn vom öffentlichen Dienst auf.« Dabei mußte er breit grinsen, und seine braungefärbten Zähne kamen zum Vorschein. »Das weiß doch jeder, das du beim Mossad bist. Stimmts?«

Avi blickte weg auf den Strand, dann schaute er seinen ungebetenen Gast wieder an.

»Ich muß jetzt los«, sagte er kurz und stand auf.

»Ist ja schon gut. Keine streng geheimen Fragen mehr, aber hau nicht gleich ab. Wie oft hab ich denn mal die Möglichkeit, mich mit dem Enkel meines besten Freundes zu unterhalten? Ach, wie stolz wär dein Zade jetzt auf dich. Möge seine Seele in Frieden ruhen. Du weißt ja, daß er und ich zusammen hierher aus Rußland gekommen sind.«

»Ich weiß, ich weiß, Meni. Ich hab' die Geschichte ja schon mindestens hundertmal gehört«, unterbrach ihn Avi, wohl wissend, daß er sie nun zum hunderterstenmal hören würde.

»Wir kamen 1947 hier an, zwei Milchbärte aus Minsk, Jungs aus der Stadt. Wir konnten nicht mal 'ne Kuh von einem Känguruh unterscheiden, und da hat man uns gleich in ein Kibbuz geschickt.«

»Nach Kfar Tabor«, ergänzte Avi.

»Stimmt. Du erinnerst dich. Was für Zeiten waren das noch, was für Zeiten.« Der Alte zog ein Taschentuch heraus und wischte sich die Schweißperlen vom Kopf.

»Tja, Meni«, sagte Avi und machte erneut Anstalten zu gehen.

»Hab' ich dir schon die Geschichte von der Nacht erzählt, in der ich mit deinem Zade Wache schieben mußte? Das war direkt nach Kriegsausbruch 1948. Da standen wir also ...«

»Ich kenn' doch die Geschichte, ich kann sie im Schlaf beten«, unterbrach ihn Avi.

»Die ganze Nacht saßen wir in unserem Schützenloch und warteten darauf, daß uns die Araber angriffen. Man hatte uns erzählt, die Jordanier würden es sein, und wir waren auf ihren Empfang vorbereitet. Was sag' ich da, ›vorbereitet‹? Wir hatten zwar Gewehre, aber geschossen hatten wir damit noch nie. Wir hatten ja nicht mal genug Munition zum Üben. Jede einzelne Patrone mußten wir für die Araber aufheben. Also hieß es warten und warten, und dann sahen wir sie über das Feld kommen. Ungefähr hundert Mann.«

»Ich dachte, es wären zwanzig gewesen«, korrigierte ihn Avi.

»Na ja, sagen wir mal fünfzig. Aber sie hatten uns umzingelt, und wir warteten, bis sie ganz nahe heran waren, und dann erst haben wir das Feuer eröffnet.« Die Augen des alten Mannes strahlten bei der Erinnerung an diese Heldentat. »Sie fielen wie

Kartenhäuser um. Zwölf von ihnen direkt vor unserem Posten, und der Rest ist abgehauen.«

»Waren es nicht drei?« fragte Avi ironisch.

»Drei, sechs, zwölf, was macht das schon?« Menachem zuckte mit den Schultern und hob die Hände. »Wir hatten ihren Vorstoß abgewehrt und den ganzen Kibbuz gerettet. Ich und dein Zade. Und dann war da noch ...«

Das Läuten des Mobiltelefons, das Avi an seinem Gürtel trug, half ihm aus der Patsche.

»Wir sind soweit«, hörte er die Stimme am anderen Ende der Verbindung. »Komm sofort hierher.«

»Jawohl«, bestätigte Avi und schaute auf die Uhr. »In einer guten Stunde bin ich da.«

Er steuerte seinen alten Subaru Richtung Norden auf der Straße Richtung Haifa, an den Sanddünen des Mittelmeeres entlang. In Hadera verließ er die Küste und bog nach Osten ab. Langsam stieg das Gelände an, sanfte Hügel mit Orangenhainen gingen über in die karstigen Berge von Samaria, an deren Abhängen sich die Siedlungen der israelischen Palästinenser schmiegten.

Nach einem kleinen Waldstück hinter einem Hügel an der Kreuzung mit der Straße nach Megiddo tauchte auf der rechten Seite sein Ziel auf: mehrere Reihen dichter Stacheldrahtverhaue, die zusätzlich Zeltbahnen als Sichtschutz hatten, darüber zahlreiche, olivfarbene, offene Wachtürme, ein weißgetünchtes Verwaltungsgebäude, rechts daneben weitere, noch höhere Stacheldrahtzäune und darin Israels bestbewachtes Gefangenenlager – Endstation für rund 1000 palästinensische Terroristen, die die israelischen Kommandos festgenommen hatten.

Ein Soldat mit einer umgehängten Uzi-Maschinenpistole öffnete das mit Stacheldraht bewehrte Tor. Avi Berman zeigte der Wache seinen Dienstausweis. »Sie werden schon erwartet«, sagte der Uniformierte. »Hier lang.« Er geleitete Avi in das Büro des Lagerkommandeurs, der in einer grünen Armeeuniform mit offenem Kragen und verstaubten Kampfstiefeln so aussah, als käme er gerade von einem Angriff in der Libanon-Schutzzone. Vor seinem Schreibtisch saß Ari Ben-Or auf der Lehne eines alten Sessel. Der Mossad-Mann rauchte. Mit seinen 35 Jahren trug er den Spitznamen »der Alte«. Sein Körper war sportlich durchtrainiert, er trug Blue Jeans und eine Windjacke.

In dem zweiten Sessel saß ein beinahe kahlköpfiger Mann um die 45 mit einer randlosen Brille. Er hielt einen Aktenordner in der Hand. Auf seinen Schulterstücken der Uniform trug er die Abzeichen eines Obersten. Seine Brust war über der rechten Tasche mit zahlreichen Ordenslitzen geschmückt.

»Das ist er, unser hoffnungsvoller Jagdhund«, sagte Ari Ben-Or und wies auf Avi Berman, der immer noch seinen Trainingsanzug anhatte. Der Oberst erhob sich kurz aus dem Sessel und reichte Avi die Hand. »Shimon Goldfish«, sagte er.

Das war er also, dachte Avi, der Mann, über den es im Mossad so viele Gerüchte gab. Er war die graue Eminenz, der Mann aus dem Büro des Premierministers, dem sowohl der Shabak, der israelische Inlandsgeheimdienst, wie auch der Mossad, der Auslandsnachrichtendienst, direkt unterstanden.

Avi bemerkte, wie seine durchdringenden Augen im Raum hin- und herwanderten und die übrigen drei aufmerksam musterten. Goldfish wies auf das Dossier in seiner Hand.

»Wir haben beunruhigende Meldungen über den Falken«, begann er schließlich.

»Unsere Funkaufklärung hat ein kurzes Telefongespräch aufgefangen. Es kam aus der Schweiz und ging an eine Nummer in Libyen, eine Nummer, die als Kontaktadresse für den Falken dient. Darin wurde nur gesagt, man habe die Beute. Es war am selben Tag, an dem in der Schweiz irgendwelche Araber einen Geldtransporter überfallen und drei Millionen Dollar erbeutet haben.«

Avi sah, wie sich Goldfishs Miene verdüsterte.

»Der Falke hat also offenbar Geld, viel Geld. Die Frage ist: Was hat er damit vor? Wir müssen davon ausgehen, daß er eine größere Aktion plant. Nach dem Anschlag in Argentinien ist ihm alles zuzutrauen. Wir müssen ihn finden, und zwar bald. Und die Gefangenen müssen uns auf seine Spur führen.«

Das fensterlose Verhörzimmer war kahl und eng. Die Wände waren weiß gekalkt, der Boden aus grauem Beton. Von der Decke strahlte eine Neonröhre ein kaltes Licht herab. In der Mitte des Raumes stand ein Metalltisch, auf seinen beiden Längsseiten jeweils drei Stühle. »Willkommen, du altes Arschloch.« Moshe Mualem stieß ihn mit seiner harten, breiten Faust in die Rippen, und Avi Berman war sicher, mindestens einen blauen Fleck davongetragen zu haben.

»Du bist also jetzt beim Mossad gelandet. Wir machen hier die Drecksarbeit, und ihr treibt euch im Ausland herum und reißt die Weiber auf. Na gut, dann laß uns mal kooperieren – wenn es denn unbedingt sein muß.«

Moshe Mualem war ein massiger Mann mit starken, muskelbepackten Oberarmen. Seine Haare waren millimeterkurz rasiert. Er wirkte älter als seine 26 Jahre. Avi kannte ihn aus seiner Armeezeit, wo Mualem einer der am meisten gefürchteten Ausbilder gewesen war, ebenso brutal wie ordinär. Seine Großeltern waren Juden aus dem Irak. Schon in der Armee hatte er aus seinem Haß gegenüber den Arabern keinen Hehl gemacht. Sie waren für ihn die Untermenschen, kamen noch nach den Hunden, waren faul, verschlagen, gefährlich.

Daß Moshe Mualem jetzt beim Shabak gelandet war, war für ihn eine völlig logische Entwicklung. Denn das Hauptziel des Shabak war die Bekämpfung des arabischen Terrorismus.

»Okay, dann wollen wir mal«, sagte er. Avi sah das Aufblitzen in seinen Augen.

»Also, du übernimmst die Rolle des guten Kerls, und ich bin der böse Bursche. Ist doch klar, oder?« sagte Mualem. Avi nickte.

Die schwere Metalltür öffnete sich, und die drei Gefangenen wurden hereingeführt. Sie gingen mit unsicheren Schritten, denn man hatte ihnen dunkle Stoffkapuzen übergestülpt.

Ein Wächter löste kurz ihre Handschellen, kettete sie dann

aber gleich wieder an den Metallstühlen fest. Avi sah, wie Mualem dem Wächter grinsend ein Zeichen gab. Der Wächter nahm die Kapuzen ab.

Die Gefangenen blinzelten in das helle Licht. Dann ging ein Schock über ihre Züge.

Avi erkannte sie wieder. Zwei von ihnen hatte er selber im Libanon gefangengenommen, als der Falke entwischt war. Den anderen kannte er nur von einem Foto. Es war der Bruder des Falken.

»Ich glaube, ich brauche die Herren nicht vorzustellen«, höhnte Mualem. »Das hättet ihr verdammten Kameltreiber euch wohl nicht träumen lassen, das ihr euch hier wiederseht.«

Amir Ben Nasar schaute ihn mit einem haßerfüllten Blick an. Wenn er je geglaubt hatte, man könne mit den Israelis auskommen, dann hatten ihn die Monate in Megiddo eines anderen belehrt.

Mualems Stimme war plötzlich schneidend.

»Also, damit das klar ist, worum es hier geht. Wir wollen wissen, wo der Falke ist. Und ihr werdet es uns sagen«.

Er stand von seinem Stuhl auf und beugte sich zu Ben Nasar herüber, bis sein Gesicht unmittelbar vor dem des Arabers war. »Und mach mir keine Schwierigkeiten, hörst du?«

Ben Nasar wich mit dem Kopf zurück und spuckte Mualem ins Gesicht. Mualem holte aus und schlug mit der Faust zu. »Du Schwein, dir werde ich's zeigen«. Noch einmal schlug er zu. Aus Ben Nasars Nase tropfte Blut auf die Tischplatte. Er blickte den Israeli trotzig an. »Fahr zur Hölle.«

»Na gut«, sagte Mualem, plötzlich in geschäftsmäßigem Ton, »dann wollen wir mal den Herrn Nachbarn fragen«.

Er baute sich vor dem zweiten Gefangenen auf.

»Nun, mein Freund, was hast du uns zu sagen? Was denkst du, wo hält sich der Falke wohl versteckt?«

Auch er spukte vor Mualem aus und schaute trotzig auf den Boden.

Mualem gab ihm mit der flachen Hand zwei Ohrfeigen, so hart, daß sein Kopf hin- und herflog.

»Hör zu, du Hurensohn, das ist erst der Anfang. Ich werde schon aus dir herausprügeln, was ich von dir hören will«, sagte Mualem.

Er wandte sich an den dritten, einen Palästinenser, Anfang 20, mit hageren, ausgemergelten Gesichtszügen, mit wirren, kranken Augen, in denen die Angst irrlichterte. Avi sah die Schweißperlen, die sich auf seiner Stirn gebildet hatten. Instinktiv wußte er, daß dieser Gefangene sein Mann war – wenn man ihn nur richtig behandelte.

Mualem fuchtelte mit der Faust vor seinem Gesicht herum. »Spuck's aus, erzähl mir, wo der Falke ist, oder ich schlage deine Visage zu Brei«, sagte er drohend.

Avi fiel ihm in den Arm. »Genug«, sagte er und schob den massigen Mann beiseite, weg von dem Gefangenen.

Mualem verstand. »Nun gut, mein Freund hier hat ein weiches Herz. Ich gehe – für heute. Aber macht euch keine falschen Hoffnungen. Ich komme wieder, und ich habe Zeit. Viel Zeit.«

Er verließ den Raum. Avi gab dem Wächter ein Zeichen, und er führte auch die beiden anderen Gefangenen ab.

Avi setzte sich dem jungen Mann gegenüber, dessen Augenlider nervös zuckten.

»Wie heißt du?« fragte er.

Der Araber antwortete zögernd.

»Muhammed.«

»Gut, Muhammed, wir wollen einmal ganz vernünftig miteinander reden. Die Lage ist doch so: Eigentlich wollen wir doch alle dasselbe. Wir wollen endlich Frieden. Aber es gibt immer wieder Fanatiker, die diesen Prozeß stören, die nur Gewalt wollen, die unsere Frauen und Kinder umbringen. Das muß ein Ende haben.«

Avi hatte sich entschlossen, es dem Araber einfach zu machen. Er mußte ihm irgendeinen Vorwand geben, irgend etwas, woran er glauben, womit er sich wenigstens selbst betrügen konnte.

»Nur wenn wir diese Fanatiker zur Strecke bringen, können wir zum Frieden kommen, Frieden für uns alle, Muhammed.«

Er sah, daß der Gefangene ruhiger wurde. Das Zittern seiner Hände ließ nach.

»Du kannst uns dabei helfen. Und wenn du uns hilfst, helfen wir dir. Verstehst du – entweder du bleibst für den Rest deines Lebens in diesem Loch, zusammen mit den anderen, oder wir finden eine Möglichkeit, dich freizulassen. Ein neuer Name, eine neue Identität, Geld, vielleicht kannst du in Jordanien untertauchen oder in Ägypten.«

Avi schaute den Araber eindringlich an. »Ich werde dich hier herausholen. Ich verspreche es dir. Aber du mußt mir auch helfen.«

Das Zittern der Hände setzte wieder ein. Aber Avi war sich sicher, daß dies der entscheidende Kampf war. Er gab dem Araber Zeit.

Schließlich sagte er: »Nun? Du mußt mir nur sagen, wo ich ihn finden kann. Niemand wird etwas davon erfahren.«

Muhammed blickte zu Boden.

»Frankfurt«, flüsterte er.

Avi hielt den Atem an. »Und?«

»Er hat eine Wohnung in Frankfurt. Ich glaube, in der Schillerstraße oder so ähnlich. Nummer 36.«

Avi atmete tief aus. Er zog eine Packung Zigaretten heraus und reichte sie an Muhammed weiter, der gierig zugriff. Er drückte auf einen Knopf unter dem Metalltisch. Der Wächter erschien.

»Bring ihn weg. In eine Einzelzelle. Und sieh zu, daß er keinen Kontakt zu den anderen hat.«

Wenige Minuten später saß er Shimon Goldfish und Ari Ben-Or gegenüber. »Ich glaube, wir haben eine Spur«, sagte Avi, »in Deutschland.«

Goldfish griff zum Telefon. »Geben Sie mir die El-Al.« An Avi und Ben-Or gewandt, sagte er: »Ich sehe zu, daß ich Sie und ein Team in die nächste Maschine bekomme.«

Die Verbindung kam zustande. Goldfish gab kurze, präzise Anweisungen.

»Erledigt«, sagte er. Dann fixierte er die beiden Mossad-Agenten: »Noch etwas: Sie und Ihr Team sind auf sich gestellt. Kein Wort zu irgend jemandem, nicht zu den Deutschen, nicht zu den Amerikanern. Der Falke ist ganz allein unsere Angelegenheit. Wir wollen keine Verhaftung, keinen Prozeß im Ausland, keine jahrelangen Auslieferungsverhandlungen. Eine Kugel durch den Kopf – das ist die einzige Lösung. Ist das klar?« Avi nickte, Ari Ben-Or saugte gleichmütig an seiner Zigarette. »Na dann, gute Reise«, sagte Goldfish, »Sie fliegen noch heute abend.«

Yael, dachte Avi, verdammt, er würde sie wieder nicht sehen. Er versuchte sich zu beruhigen. Vielleicht war es ja wirklich besser so.

Frankfurt/M., Deutschland

Das Haus in der Schillerstraße 36 hatte eine liebevoll restaurierte Jugendstilfassade und strahlte behäbige Bürgerlichkeit aus. Das perfekte Versteck, dachte Avi Berman. Hier würde niemand einen arabischen Top-Terroristen vermuten.

Er überprüfte die Namen neben den Klingelknöpfen. Es waren insgesamt sechs. Schnell fand er im zweiten Stock den Namen, den er suchte. Dr. Ali Al Kasar. Er wußte aus der Akte des Falken, daß dies einer seiner vielen Decknamen war.

Ari Ben-Or saß mit den übrigen zwei aus dem Team im Auto, das auf der gegenüberliegenden Straßenseite stand. Avi wußte, daß ihn der Alte beobachtete. Unschlüssig stand er noch einen Moment vor der mit Jugendstilornamenten verzierten Haustür. Eine ältere Frau kam mit einer schweren Einkaufstüte, einen Schlüssel in der Hand. »Kann ich Ihnen helfen?« sagte sie.

»Eh, ja, ich wollte zu Dr. Al Kasar. Ich ... ich bin ein alter Freund von ihm«, sagte er in gebrochenem Deutsch. Er bemerkte, wie sie ihn prüfend anschaute. Er war sich sicher, daß sie einen Israeli nicht von einem Araber unterscheiden konnte.

»Da haben Sie Pech«, sagte die Frau. »Er ist heute morgen abgereist.«

Avi hatte keine Schwierigkeiten, überzeugend zu reagieren. Er brauchte seine Enttäuschung nicht zu spielen. Nach einem kurzen Moment fing er sich wieder.

»Hat er gesagt, wo er hinfährt?«

»Nein, der Herr Doktor kam bei mir vorbei und hat die Miete gleich für die nächsten drei Monate bezahlt. Er hat nur gesagt, daß er auf eine längere Reise geht. Der Herr Doktor ist ja viel auf Reisen.« Sie streckte ihm die Hand hin. »Ich bin übrigens Frau Meyer, ich bin die Vermieterin.«

Er ergriff die ausgestreckte Hand und schüttelte sie. »Sehr angenehm, Frau Meyer«, sagte er. »Mein Name ist … eh … Mustafa Tawil.«

»Ja, tut mir leid, Herr Tawil, wirklich, aber da kann man wohl nichts machen. Auf Wiedersehen.«

Sie wandte sich ab und steckte den Schlüssel in das Türschloß. Du mußt etwas tun, irgend etwas, dachte Avi. Er fühlte nach der Pistole mit dem Schalldämpfer, die er unter seiner Jacke trug, verwarf den Gedanken aber wieder. Zu auffällig, zu gefährlich in dieser ruhigen Gegend. Schnell, schnell, eine Idee, irgendeine.

»Eh … ja, sehr schade«, sagte er, »er wollte mich heute unbedingt treffen, um mir etwas zu übergeben. Nur, mein Flugzeug von Beirut hatte Verspätung, leider. Aber er sagte, es sei sehr wichtig. Vielleicht … vielleicht hat er ja den Brief für mich in seiner Wohnung hinterlassen.« Sie drehte sich zu ihm herum. Er sah ihren skeptischen Blick. Du mußt etwas tun, sagte er sich, du darfst die Gelegenheit nicht verstreichen lassen. »Vielleicht kann ich ja mal nachsehen?«

»Sie meinen, in seiner Wohnung?«

»Ja, es wäre wirklich sehr wichtig für mich.«

»Aber ich kann Sie doch nicht einfach in die Wohnung lassen. Ich meine, das geht doch nicht …«

Er sah, daß es nur noch eine Chance gab. Er mußte es zumindest probieren. Avi griff in seine Jackentasche und zog ein Geldbündel heraus. Zehn Hundert-Mark-Scheine. Er drückte sie in ihre Hand. Einen Moment zögerte sie, steckte sie dann aber ein.

»Also gut«, sagte sie, »hier ist der Schlüssel. Aber machen Sie schnell.«

Er sprang die Treppenstufen in das zweite Stockwerk hoch. Der Schlüssel paßte. Avi öffnete und betrat die Wohnung des Falken. Hohe Decken, weiße, leere Wände, ein Parkettfußboden. Schnell stellte er fest, daß die Wohnung fast leer war. In einem Raum stand ein Sessel, davor ein Fernseher und ein Telefon. In der Küche sah er eine Tasse, die ungewaschen in der Spüle stand. Ein Blick in den Kühlschrank zeigte, daß er ebenfalls leer war.

Im Schlafzimmer lagen lediglich zwei Matratzen auf dem Boden, darauf ungemachtes Bettzeug. Er schaute in den Einbauschrank und entdeckte zwei Anzüge und mehrere Hemden und Krawatten. Er überprüfte die Anzugtaschen, fand aber nichts. Dann ging sein Blick zurück zu den Matratzen. Daneben lag eine *International Herald Tribune.* Er hob sie auf und sah, daß ein Artikel angekreuzt war. Die Schlagzeile lautete: »Chernov und Webster planen Gipfeltreffen in Washington.« Er schob die Matratzen beiseite und pfiff durch die Zähne. Darunter lagen zwei Stadtpläne, einer von Washington und einer von New York. Er schaute beide genauer an. Er entdeckte auf den ersten Blick nichts Außergewöhnliches. Dann sah er sie, eine dünne Bleistiftmarkierung auf dem Plan von New York. Der Falke hatte einen Stadtteil eingekreist: Brighton Beach.

Avi legte die Stadtpläne zurück und schob die Matratzen darüber. Er verschloß die Wohnung und lieferte die Schlüssel bei Frau Meyer ab. Sie schaute ihn fragend an. »Hervorragend«, sagte er, »wirklich hervorragend. Ich habe gefunden, was ich gesucht habe. Sie waren eine große Hilfe.«

Brighton Beach, New York

»Smotri kuda idjosch, idiot! – Pass doch auf, du Idiot!« Der Verkäufer vor dem Obstladen schüttelte die Faust in Richtung auf den hilflosen alten Mann, der gerade dabei war, die Äpfel vom Boden aufzulesen. Er war halb blind und war mit seinem Stock an die Obstkiste geraten. Er hatte sie dabei heruntergerissen. Die Äpfel blockierten den engen Bürgersteig. »Iswinitje, iswinitje – Entschuldigung, Entschuldigung«, murmelte der alte Mann.

»Ty tschto, meschugge – bist wohl meschugge«, polterte der Verkäufer immer noch.

Avi Berman, der beinahe über die Äpfel gestolpert wäre, hielt an, kniete sich hin und begann dem alten Mann beim Auflesen zu helfen. Der Alte bedankte sich überschwenglich.

»Spasibo – vielen Dank«, sagte er. Avi zögerte einen Augenblick. Er konzentrierte sich, bis ihm die Worte einfielen. Dann fragte er:

»Kak projti k Sinagogje – Wo geht's hier zur Synagoge?«

Die Gesichtszüge des Alten hellten sich auf.

»Eto rjadom, na lewo – Da drüben, gleich links«, sagte er und zeigte mit seinem Stock auf die Straße gegenüber. Avi nickte und überquerte die Fahrbahn der Brighton Beach Avenue, über die hinweg auf den hochgelegten Gleisen die Züge der New Yorker S-Bahn rumpelten. Einen Augenblick blieb er neben einem der angerosteten Pfeiler stehen. Neben ihm, an einem Kiosk, stand eine Gruppe wohlbeleibter älterer Frauen mit Einkaufstüten, die lebhaft etwas diskutierten. Russische Wortfetzen drangen zu ihm herüber. Sie klangen vertraut.

Er sah das breite, lächelnde Gesicht seiner Großmutter mütterlicherseits vor sich, die ihn auf den Knien wiegte. Sie war aus Kiew nach Israel gekommen, und ihr Leben lang hatte sie nur gebrochen Hebräisch gesprochen. Mit Moshe, seinem Großvater, hatte sie sich zu Hause grundsätzlich nur auf Russisch unterhalten, und auch seine Mutter hatte ihn mit russischen Kinderliedern in den Schlaf gewiegt.

Seine Großeltern väterlicherseits waren aus Lateinamerika eingewandert. Seine Mutter hatte ihm das Gefühlvolle der Russen mitgegeben, der Vater, dessen Eltern aus Chile eingewandert waren, das Draufgängerische der Lateinamerikaner. Er selbst fühlte sich als Sabra, als einer, der in Israel geboren war. Er war stolz darauf, im jüdischen Heimatland aufgewachsen zu sein, dem großen Schmelztiegel für Juden aus rund einhundert Nationen.

Wieder rumpelte ein Zug über ihn hinweg. Für einen Moment überdeckte das Gedröhne der Räder alle anderen Geräusche. Avi schaute sich um. Überall sah er auf den Schildern an den Geschäften und Restaurants kyrillische Buchstaben. An dem Kiosk hing eine ganze Reihe von russischen Zeitungen, die hier neben der *New York Times* und der *New York Post* angeboten wurden. Er begann zu verstehen, warum der Taxifahrer von »Klein-Odessa« gesprochen hatte, als er ihn nach Brighton Beach fuhr.

Avi bog von der Hauptstraße ab und fand nach einigen hundert Metern, wonach er suchte. Die Synagoge war klein, in das Muster der Glasfenster war der Davidsstern eingearbeitet.

Rabbi Yitzhak Steimatzky war ein Mann von etwa 70 Jahren. Der Rabbi trug einen schwarzen Hut, einen schwarzen Kittel und einen langen, grauen Bart. Die flinken Augen schauten durch eine kleine Brille mit kreisrunden Gläsern. Er erhob sich von dem Stuhl hinter einem alten Schreibtisch, hinter dem ein Ölgemälde des Tempelberges von Jerusalem hing, und reichte Avi die Hand. »Sie sind also der junge Mann aus Israel«, sagte er.

Avi ergriff die Hand und verneigte sich tief. Der Rabbi wies auf das Bild hinter sich. »Leider habe ich es nie dorthin geschafft. Eine Schande, ich muß es zugeben.«

»Shalom«, sagte Alvi, »vielen Dank, daß Sie sich gleich Zeit für mich nehmen.«

Der Rabbi setzte sich und wies auf den Stuhl auf der anderen Seite des Schreibtisches. »Was kann ich für Sie tun?«

Avi machte nicht den Versuch, dem alten Mann eine lange erfundene Geschichte zu erzählen. Im Ausland, so war die Erfahrung des Mossad, war es am effektivsten, wenn man sich an jüdische Institutionen wandte und sie um Hilfe bat. Sie waren mehr als begierig zu helfen, etwas für Israel zu tun.

»Wir suchen einen Araber, einen Mann namens Ben Nasar. Er ist ein Top-Terrorist. Wir haben Hinweise, daß er hier sein könnte, in Brighton Beach.«

Der Rabbi wiegte den Kopf. »Hier? Hier gibt es doch nur Russen und Ukrainer – gute Russen, böse Russen, Zehntausende, und alle sind Juden – oder geben jedenfalls vor, Juden zu sein, wegen der Einreiseerlaubnis. Leider sind die meisten nicht sehr religiös. Aber Araber, ausgerechnet hier?«

»Wir haben da einen konkreten Anhaltspunkt. Bitte, Rabbi, es ist für die Sicherheit Israels ungeheuer wichtig, daß Sie uns helfen.«

»Gut, gut, junger Mann«, sagte der Rabbi beschwichtigend. »Aber wie können wir diesen, wie hieß er noch, diesen Ben Nasar auftreiben?«

»Er muß irgendwo einen Unterschlupf finden, ein Hotelzimmer, eine Wohnung, irgend etwas«, sagte Avi.

Der Rabbi faßte sich an die Nase und rieb daran.

»Eine Wohnung, sagen Sie? Da habe ich eine Idee. Es gibt in meiner Gemeinde einen Immobilienmakler. Ich werde mal mit ihm reden. Alle Wohnungsvermietungen in dieser Gegend sind doch in seinem Computer.«

»Sehr gute Idee, er soll alle arabisch klingenden Namen heraussuchen. Zumindest ist das ein Anfang.«

»Mazel tov – viel Glück«, sagte der Rabbi.

Avi stand auf. »Danke, Rabbi, Sie sind eine große Hilfe.« Er lächelte und richtete seinen Blick auf das Bild hinter dem Schreibtisch. »Und Sie wissen doch: Nächstes Jahr in Jerusalem – es ist dafür nie zu spät.«

Avi Berman runzelte die Stirn, als er das verwitterte Firmenschild am Bürofenster las. Dort stand A. WASSERMAN REAL ESTATE, und darunter waren diverse Zettel an der Innenseite des Fensters mit Klebeband befestigt, auf denen Mietwohnungen annonciert waren. Einige der Zettel waren schon arg vergilbt, sie mußten wohl seit geraumer Zeit erfolglos dort gehangen haben. Avi hielt sich die Hand über die Augen, um besser durch das verstaubte Fenster schauen zu können. Er blickte in einen dunklen Raum, der karg möbliert war: ein kleiner Schreibtisch, ein Computer und ein paar Stühle, das war alles. Der Fußboden war mit billigem Linoleum belegt, die Wände kahl bis auf einen Kalender hinter dem Schreibtisch.

Avi drückte die Türklinke, aber es war abgeschlossen. Nochmals schaute er in das Dunkel des Inneren und klopfte dann mehrmals, doch es rührte sich nichts. War er hier an der richtigen Adresse? Unsicher blickte er sich um und bemerkte plötzlich, wie drinnen eine Neonröhre aufflackerte und schließlich das Büro erhellte. Ein schwergewichtiger Mann in Hemdsärmeln winkte ihm zu und schlurfte zur Tür. Albert Wasserman entriegelte die drei Sicherheitsschlösser, öffnete die Tür aber nur einen Spaltbreit, so daß er den Besucher erkennen konnte. Dies, seine tiefliegenden, immer wieder in alle Richtungen blickenden Augen unter buschigen Brauen und seine Adlernase wiesen ihn als jemanden aus, der allem und jedem zunächst einmal mißtraut.

»Schickt dich der Rabbi?« fragte er in breitem Brooklyner Dialekt. Erst als Avi nickte, öffnete er die Tür ganz.

»Also dann herein.«

Avi betrat die Geschäftsräume der A. Wassermann Real Estate, deren Chef und einziger Angestellter die Tür schnell wieder verschloß.

»Hier entlang«, sagte Wasserman, der sich noch nicht einmal die Mühe machte, seinen Besucher anzuschauen, und ging schweren Schritts zur Hintertür des Büros. Avi folgte ihm in ein Hinterzimmer, das Wasserman gleich wieder abschloß. Der Raum war so vollgestellt, daß kaum noch Platz zum Stehen blieb.

An den Wänden stapelten sich Kartons und Holzkisten bis zur Decke.

Albert Wasserman betrachtete Avi näher.

»Der Rabbi sagte mir, daß du meine Hilfe brauchst.«

»Richtig. Wenn Sie mir freundlicherweise ...«

Wasserman ließ ihn nicht ausreden. »Mossad?«

Avi zuckte mit den Schultern. Derlei Fragen nach seinem Beruf mochte er nicht.

Wassermans Miene hellte sich auf. Avi meinte sogar, den Ansatz eines Lächelns entdeckt zu haben.

»Na klar doch«, sagte der schwergewichtige Mann und legte seine Hand freundschaftlich auf Avis Arm. »Sag nichts, ich weiß Bescheid.«

Jetzt erst bemerkte Avi das nervöse Zucken im Gesicht seines Gegenübers.

»Du kannst dir nicht vorstellen, wie lange wir auf diesen Augenblick gewartet haben. Aber wir sind bereit. Wir sind sogar sehr bereit, junger Freund. Meine Leute bekennen sich zum ›Barzel-Prinzip‹, sie sind wie aus Eisen geschmiedet. Allzeit bereit, unseren Glaubensgenossen überall und mit allen erdenklichen Mitteln zur Seite zu stehen, wenn es sein muß auch mit Brachialgewalt. Es muß endlich Schluß sein mit dem Klischee des schwächlichen Juden, der immer nur davonläuft.«

Wasserman war nun in seinem Element, seine Stimme wurde durchdringend, und das Zucken in seinem Gesicht verstärkte sich zusehends; es schien fast so, als schneide er wütende Grimassen.

»Mr. Wasserman ...«, versuchte Avi die Tirade zu unterbrechen, kam aber wieder nicht dazu, seinen Satz zu vollenden.

»Für dich Albert, nenn mich einfach Albert.«

»Gut. Also ich ...«

Aber Wasserman schien sich für das Anliegen seines Besuchers nicht im mindesten zu interessieren. Statt dessen öffnete er den Deckel einer Holzkiste.

»Schluß mit dem Typ des Juden, den man ungestraft wie einen ›Schlamiel‹ herumstoßen kann – Schluß mit dem ewigen

Opferlamm. Jetzt schlagen wir zurück. Wie viele Leute brauchst du?« fragte er und wandte sich wieder Avi zu. In seiner Hand glänzte eine Neun-Millimeter-Halbautomatik.

»Zehn? Oder fünfzehn? Brauchst nur was zu sagen, und sie stehen schon vor der Tür.« Er schlug entschlossen mit der Faust auf einen Karton. »Alles drin, was du brauchst. Munition, Handgranaten, Raketenwerfer, sag's einfach.«

Avi starrte ihn mit offenem Mund an und mußte schwer schlucken. Endlich schüttelte er den Kopf.

»Albert, über was zum Teufel redest du denn da?«

»Na, über was wohl? Über die Jewish Defense League natürlich, du weißt doch, die Liga zur Verteidigung unseres Judentums, und die steht dir mit allem, was sie hat, zur Verfügung. Egal, was ihr vom Mossad hier vorhabt, wir sind dabei, wenn es gilt, Leib und Leben eines Juden zu schützen. Im Namen unseres Anführers Meir Kahane, möge er in Frieden ruhen, das versprechen wir dir.«

Avi atmete tief durch und schüttelte wieder den Kopf. Vielleicht gelang es ihm ja diesmal, zu Wort zu kommen.

»Albert, ich muß doch nur wissen, was dein Computer mit Listen von Vermietungen in diesem Viertel innerhalb der letzten Wochen und Monate gespeichert hat. Laß mich nur einen Blick darauf werfen. Ich finde dann schon, was ich brauche.«

Albert Wasserman sackte sichtlich enttäuscht in sich zusammen. Ganz langsam legte er die Neun-Millimeter wieder auf den Kistendeckel und fuhr sich durch seinen wuscheligen Haarschopf.

Avi zuckte mitleidsvoll die Schultern und hob entschuldigend die Hände.

Als die Kellnerin in dem kleinen russischen Restaurant gegangen war, konnte sich Avi nicht länger zurückhalten. »Ein Treffer«, sagte er, »ein Volltreffer.«

Sie hatten einen Tisch im hinteren Teil des Restaurants gewählt, das zu dieser Mittagszeit nur mäßig besucht war. Aus dem

Lautsprecher schallten Balalaika-Klänge, eine Frauenstimme sang dazu auf Russisch aufreizend, peitschend, hart.

Sie hatten das Tagesgericht bestellt, Plinsen mit saurer Sahne. Ari Ben-Or hob den Blick von seinem Teller und stellte das Kauen ein. »Und?« sagte er.

»Der Immobilienmakler. Er hatte nur einen einzigen arabischen Namen in seinem Computer. Ali Abu Najib. Ich bin gleich hin und habe mir den Hausmeister vorgenommen. Er hat mir eine perfekte Beschreibung des Falken geliefert. Kein Zweifel, er ist es. Er hat die Wohnung schon vor vier Wochen gemietet. Eines ist allerdings merkwürdig.«

Ben-Or legte die Gabel beiseite. Auch die beiden anderen des Mossad-Teams blickten gespannt auf Avi.

»Er wohnt nicht dort. Statt dessen ist vor wenigen Tagen ein älterer Mann eingezogen. Er hat eine Beinverletzung. Offenbar ein Russe.« Avi sah, wie Ben-Or die Augenbrauen hochzog. »Ein Russe?«

»Ja, der Hausmeister ist sich ziemlich sicher. Er ist meistens in dem Apartment und hält sich zurück. Spricht nur schlecht Englisch.«

»Der Falke und ein Russe? Was kann das bedeuten?«

Ben-Or stocherte auf seinem Teller herum. Schließlich sagte er: »Gut, ab sofort werden wir die Wohnung beobachten. Rund um die Uhr.«

Er blickte auf Yossi Deri und Chaim Massala. »Ihr beiden nehmt das Auto und übernehmt die Tagschicht. Avi und ich lösen euch am Abend ab. Und denkt daran: kein Aufsehen. Kein Kidnapping, keine Heldentaten. Unser Auftrag ist klar: der Falke muß eliminiert werden, bevor er wieder zuschlagen kann.«

»Mist, verdammter Mist.« Ari Ben-Or fluchte leise. Avi Berman, der hinter dem Steuer saß, schaute zu ihm herüber. Ben-Or rutschte auf seinem Sitz hin und her.

»Der Magen. Seit Stunden rumort es darin.« Für einen Augenblick war es wieder still in dem Ford Taurus, in dem sie ihren

Beobachtungsposten eingerichtet hatten. Sie hatten das Auto auf der anderen Straßenseite geparkt, schräg gegenüber von dem Schuhladen, über dem die von dem Falken angemietete Wohnung lag, außerhalb des Lichtkegels der Straßenlaterne, die vor dem Laden stand.

Die enge Straße lag verlassen. Hin und wieder glitt ein Taxi vorbei. Einmal torkelte ein Betrunkener über die Fahrbahn, fiel hin, raffte sich wieder auf und verschwand in der Dunkelheit. Avi schaute auf die Leuchtziffern der Uhr im Armaturenbrett des Autos. 3.30 Uhr.

»Wird Zeit, daß der Bastard endlich auftaucht«, sagte Ben-Or. »Mir wäre jedenfalls wohler, wenn wir den Kerl endlich ausschalten könnten.« Avi blieb stumm. Er dachte an Yael. Ob sie ihn vermissen würde? Er stellte sich vor, wie sie auf den Golan-Höhen saß, in irgendeinem Bunker, in ihrer dunkelgrünen Armeeuniform, einen Kopfhörer über den Ohren, und dem Funkverkehr der Syrer lauschte. Sie würde noch ein Jahr beim Militär sein. Was dann? Dann würde er sich entscheiden müssen. War sie die Frau, mit der er leben wollte? Er versuchte den Gedanken zu verdrängen.

»He, Mann, schlaf nicht ein«, sagte Ben-Or und stieß ihn in die Rippen.

»Ist was?«

»Eh … nein … nichts«, antwortete Avi. »Es ist nur …«, fügte er leise hinzu »wegen Yael.«

»Photo?« fragte Ben-Or.

Avi zog eine Photographie aus der Tasche. Ben-Or bemühte sich, im spärlichen Licht der Straßenlaterne darauf etwas zu erkennen.

»Hübsches Mädchen«, sagte er schließlich. »Aber laß dir was gesagt sein, alter Junge, von einem, der sich auskennt. Laß die Finger von den Weibern. Ich habe es dreimal probiert. Es war immer ein Desaster. In unserem Job bleibst du besser Junggeselle.« Er lachte zynisch. »Es sei denn, du willst, daß sie bald eine Witwe ist …«

Avi steckte das Photo zurück in seine Jackentasche. Einen langen Augenblick war Stille in dem Wagen. Avi sah, wie Ben-Or wieder unruhig hin- und herrutschte.

»Scheiße«, sagte Ben-Or schließlich. »Tut mir leid, ich muß raus. Scheint ein Durchfall zu sein. Irgendwo in dieser gottverdammten Gegend muß doch eine Toilette sein. Kann ein paar Minuten dauern. Halt die Augen auf, ich bin so schnell wie möglich zurück.«

Er öffnete die Wagentür und wandte sich, mit suchendem Blick, nach links, dann nach rechts. Er lief mit unsicheren Schritten bis zur nächsten Ecke und bog dann nach rechts ab.

Avi zündete sich eine Zigarette an. Er öffnete das Wagenfenster einen Spalt und ließ den Rauch nach außen entweichen. Die Kälte der Nacht drang ein, reichte aber nicht aus, um die Müdigkeit zu bekämpfen. Jetzt erst spürte er, wie wenig er in den letzten Tagen geschlafen hatte. Einen Augenblick legte er seinen Kopf auf das Lenkrad und schloß die Augen. Nur nicht einschlafen, hämmerte er sich ein. Er fiel in einen Sekundenschlaf. Als er wieder aufblickte, sah er die Figur vor dem Schuhladen.

Ein schlanker Mann um die 30 stand davor und schien für einen Moment unschlüssig. Er drehte den Kopf, und der Lichtkegel der Straßenlaterne fiel auf sein Gesicht. Trotz der Entfernung erkannte Avi die scharfen Gesichtszüge, das dunkle Haar. Er hatte sein Photo hundertmal studiert. Er war sich sicher: dort, auf der anderen Straßenseite, stand der Falke. Sein Herz begann zu hämmern. Seine Hände umkrampften das Lenkrad. Er merkte, daß sie feucht waren.

Der Falke drehte sich langsam um und begann die Straße hinunterzugehen, weg von dem Schuhladen, weg von dem Auto auf der anderen Straßenseite.

Avi hielt den Atem an. Nicht noch einmal, er durfte nicht noch einmal entkommen. Ari, dachte er, verdammt noch mal, wo bleibt Ari? Er sah, wie sich der Falke entfernte. Er hörte die Stimme von Goldfish: »Eine Kugel durch den Kopf – das ist es, was wir wollen.«

Er hatte keine andere Wahl. Er mußte handeln. Sie würden es ihm nicht verzeihen, dachte er, wenn der Falke wieder spurlos verschwinden würde.

Er faßte in seine Jacke und zog die Pistole heraus. Avi öffnete vorsichtig die Autotür und ließ sich herausgleiten. Er folgte dem Schatten, der sich schnell entfernte. Lautlos glitt er auf seinen Reebok-Sportschuhen durch die Nacht.

Der Falke hatte eine Weile im Schatten eines Baumes gestanden, etwa 50 Meter von dem Schuhladen entfernt. Nichts rührte sich. Er hatte das Auto zwei Straßenblocks weiter geparkt und den übrigen Weg zu Fuß zurückgelegt. Er wollte sichergehen und den Sprengkopf in der Nacht abtransportieren. Außerdem wollte er die Angelegenheit mit Smolzewski gleich erledigen, nicht während des Tages, wenn der neugierige Hausmeister ständig herumschnüffelte.

Er löste sich aus dem Schatten und ging langsam auf den Schuhladen zu, neben dem sich der Eingang zum Treppenhaus befand. Er sah das Auto auf der anderen Straßenseite und den Mann, der über dem Steuerrad gebeugt saß und offensichtlich eingeschlafen war.

Instinktiv spürte er die Gefahr. Er wartete einen Augenblick vor dem Laden und bemerkte, wie der Mann hochschreckte und zu ihm herüberstarrte. Der Falke drehte sich um und zwang sich, mit ruhigen Schritten davonzugehen. Nach einigen Metern hielt er kurz inne und sah aus den Augenwinkeln, wie sich die Autotür öffnete, der Mann eilig ausstieg und ihm zu folgen begann. Der Falke erhöhte seine Geschwindigkeit und versuchte, Distanz zu dem anderen zu schaffen. Nach einigen hundert Metern fand er, wonach er suchte. Eine Hofeinfahrt. Er bog ein. In der Dunkelheit erkannte er ein Auto, das in der Einfahrt geparkt war. Er kniete sich hinter der Motorhaube nieder und zog die Neun-Millimeter-Pistole mit dem Schalldämpfer heraus.

Avi nahm immer wieder Deckung in einem Türeingang, sprang heraus, lief weiter, nahm wieder Deckung. Er bemerkte, daß der Falke nun schneller ging, mit zügigen, sicheren Schritten, wie ein Mann, der ein festes Ziel hat.

Plötzlich bog er ab und war in einer Einfahrt verschwunden. Avi merkte, wie das Blut in seinem Kopf zu rasen begann. Er darf dir nicht entkommen, er darf dir nicht entkommen, hämmerte es in ihm. Er sah das Gesicht von Goldfish vor sich, strenge Augen hinter der randlosen Brille. Er sah, wie Goldfish den Mund öffnete. Versager, sagte er.

Er faßte den Knauf der Pistole fester. Er verharrte einen Augenblick an der Ecke, die in die Einfahrt führte. Er hob die Pistole und sprang nach vorn. Er sah das Aufblitzen des Mündungsfeuers in der Dunkelheit vor ihm. Er spürte, wie die Kugel durch seine Brust ging, dann spürte er den zweiten Schlag, der seine Brust noch weiter aufriß.

Wieder sah er ein Gesicht. Weite, schwarze Augen, dunkle Haare, Yael. Die Augen schauten ihn fragend an.

Dann war es, als habe jemand den Film angehalten. Die Leinwand wurde schwarz.

Der Falke sah den Mann gegen das Straßenlicht als Schattenriß. Er sah die Pistole in seiner Hand, als er um die Ecke in die Hofeinfahrt kam. Er zielte sorgfältig und drückte zweimal ab. Der Schalldämpfer schluckte den Knall. Er sah den Mann fallen. Er wartete einen kurzen Moment, dann verließ er seine Deckung hinter dem Auto und trat auf den leblosen Körper zu. Er feuerte zwei weitere Schüsse in seinen Rücken ab.

Dann drehte er den Toten um und zog den Kopf an den Haaren so, daß er das Gesicht sehen konnte. Ein dunkler Teint, krause, schwarze Haare. »Dreckiger Jude«, sagte er und spuckte aus.

Er durchsuchte seine Kleider und nahm alle Papiere heraus. Das Geld ließ er stecken. Er war kein Dieb.

Der Falke stand auf und dachte nach. Er war sich sicher, daß der Mossad nie einen Mann alleine auf ihn ansetzen würde. Er mußte den anderen finden. Vorsichtig schaute er aus der Einfahrt heraus. Dann wandte er sich schnell nach links, weiter von dem Schuhladen weg, der etwa 400 Meter entfernt lag.

Er lief bis zur nächsten Straßenecke, bog wieder nach links ab und umrundete den ganzen Straßenblock. Nach einigen Minuten kam er wieder von hinten an das Auto heran, das immer noch an derselben Stelle geparkt stand. Er drückte sich in den Schatten eines Hauseingangs. Der Falke sah, daß sich jetzt ein anderer Mann darin befand, der nervös hin- und herschaute, offensichtlich auf der Suche nach seinem Partner. Schließlich stieg der Mann aus und schaute ratlos hinüber zu dem Schuhgeschäft.

Er war ein einfaches Ziel. Der Falke schoß dreimal. Der Mann sackte zusammen. Der Falke zog die Leiche hinüber zu dem Auto und öffnete den Kofferraum. Er wuchtete den schweren Mann hinein. Zumindest in den nächsten Minuten sollte ihn niemand finden. Er hatte noch etwas zu erledigen. Er nahm ihm die Papiere ab. Neben einigen Ausweisen mit amerikanischen Decknamen fand er einen israelischen Führerschein. Der Name darauf lautete Ari Ben-Or.

Der Falke schob ein neues Magazin in seine Pistole und lud durch. Dann ging er auf die andere Straßenseite, zog den Schlüssel heraus und öffnete die Tür zum Treppeneingang neben dem Schuhgeschäft. Er stieg die Treppe in den zweiten Stock hinauf und schloß leise die Tür zu der Wohnung auf.

Auf Zehenspitzen schlich er nach rechts, auf das Schlafzimmer zu. Er sah Smolzewski auf dem Bett liegen. Er schnarchte, ein tiefes, sägendes Schnarchen. Der Falke schaltete das Deckenlicht ein und stieß den Russen in die Rippen.

Smolzewski kam hoch, seine Augen blinzelten unsicher. Seine rechte Hand suchte nach seiner Brille. Er fand sie schließlich und setzte sie auf. »Mein Gott, was ist los? Sie haben mich vielleicht erschreckt.«

»Wo ist sie?« fragte der Falke. »Ist sie fertig?«

»Oh … eh … was?« Ein Lächeln ging über Smolzewskis Gesicht. »Ach, Sie meinen unser Baby. Ja, fertig, wie versprochen.«

Er wies auf einen Koffer, der offen neben dem Bett stand.

»Hier, reisefertig. Die Schaltuhr für den Zünder muß nur noch eingeschaltet werden. Sie läuft wie gewünscht 48 Stunden. 48 Stunden – und bummm!!«

Der Falke nickte.

»Das war's dann wohl. Mich brauchen Sie ja nicht mehr«, grinste Smolzewski. »Washington soll immer eine Reise wert sein. Ich bleibe lieber hier, Sie verstehen das sicher.«

»Nein, wir brauchen Sie nicht mehr, und Sie bleiben auch hier«, sagte der Falke. Er zog die Pistole aus seiner Jacke. Er sah Smolzewskis weit aufgerissene Augen. Er zielte auf den rechten Teil von dessen Schlafanzugjacke. Er drückte ab und sah, wie Smolzewskis Körper langsam vom Bett auf den Boden rutschte. Der Falke nahm den Koffer mit dem Sprengkopf und zog den Reißverschluß zu. Er hatte, was er brauchte. Allah konnte nun Rache an den Ungläubigen nehmen, die sein Volk so lange erniedrigt hatten. Und er würde sein Werkzeug sein.

Entschlossen nahm er den Koffer in die Hand und zog die Tür hinter sich zu.

Der Falke kramte in seiner Jackentasche, bis er den Briefumschlag fand. »Hier«, sagte er. Der junge Mann mit dem pockennarbigen Gesicht griff gierig nach dem Umschlag, riß ihn auf und nahm die Geldscheine heraus. 20 Hundert-Dollar-Scheine. Der Falke sah, wie der Mann nickte, das Geld in der Brusttasche seines schwarz-rot karierten Flanellhemdes verstaute und einen Autoschlüssel hervorholte.

»Sorry«, sagte Jose Ferrarez. »Der Lack mußte erst trocknen. Dauert halt 'ne Weile.« Der Falke nahm wortlos den Schlüssel, öffnete die Tür des alten Ford-Lieferwagens und rutschte hinter das Lenkrad. Ferrarez tippte mit dem Zeigefinger an seine alte Baseballmütze. »Na, denn gute Fahrt«, sagte er und grinste. Der Falke ließ den Motor an und steuerte den Lieferwagen aus der engen Garage, die voller alter Autoteile lag, rückwärts hinaus auf die Straße. Der Wagen roch immer noch nach frischer Farbe. Über Nacht hatte Ferrarez den Wagen umgespritzt, der am Tag zuvor noch rot gewesen war und einem italienischen Obstverkäufer aus Brooklyn gehört hatte, der ihn nur wenige Minuten aus den Augen gelassen hatte – lange genug für den Cousin von Ferrarez, die Tür aufzubrechen, den Lieferwagen kurzzuschließen und davonzubrausen. Jetzt hatte der Ford ein unauffälliges Dunkelbraun. Auch die Nummernschilder hatte Ferrarez ausgetauscht, sie hatten ebenfalls zu einem Ford gehört, der jedoch kurz zuvor verschrottet worden war.

Der Falke schaute, während er zurück nach Brighton Beach fuhr, auf die Uhr. 17.00 Uhr. Er hatte fast einen Tag verloren, bis der blöde Lack endlich getrocknet war. Aber besser einen gestohlenen Wagen als ein Mietauto, dachte er – zu leicht zu identifizieren.

Er stoppte vor dem kleinen Hotel, in dem er unauffälligen Unterschlupf gefunden hatte. Nach wenigen Minuten kam er wieder heraus und lud den kleinen Koffer ein, der seine brisante Fracht enthielt.

Die Dunkelheit brach bereits herein, als Ali Ben Nasar den Wagen an der Mautstelle der Autobahn, dem New Jersey Turnpike, anhielt, sich eine Karte geben ließ und dann nach Süden Richtung Washington fuhr. Seine drei Landsleute waren bereits am Tag zuvor mit dem Zug vorausgefahren, um die notwendigen Vorbereitungen für seine Arbeit zu treffen.

Er fädelte sich auf der mittleren Fahrspur ein und stellte fest, daß der Highway am frühen Abend wenig befahren war. Er brauchte sich also kaum auf das Fahren konzentrieren und konnte nun in Ruhe die letzten vierundzwanzig Stunden an sich vorüberziehen lassen.

Bis hierher war die Operation fast genau nach seinem Plan abgelaufen. Natürlich hatte er nicht damit rechnen können, daß diese Israelis dort auftauchen würden. Das hätte katastrophale Folgen haben können. Aber soweit er das beurteilen konnte, hatte er völlig richtig gehandelt. Er hatte die Papiere der Toten an sich genommen, es würde geraume Zeit vergehen, bis die Behörden feststellen konnten, um wen es sich handelte. Und selbst wenn die Leichen schneller identifiziert würden, so gäbe es immer noch keinerlei Verbindung zu seiner Mission in diesem Lande, und daher würde auch kein Verdacht auf ihn fallen.

Plötzlich durchzuckte ihn ein Gedanke; er umklammerte das Lenkrad, bis seine Knöchel weiß hervortraten. Er knirschte mit den Zähnen, seine Wangenmuskulatur spannte sich, und es bildeten sich Schweißperlen auf seiner Stirn. Mein Gott! Der Russe! Ich habe vergessen, seine Papiere mitzunehmen. Sie werden sofort herausbekommen, wer er ist. Er hämmerte mit der rechten Hand auf das Lenkrad. Verdammt, verdammt, verdammt. Wie konnte ich nur so stümperhaft sein?

Einen Augenblick lang überlegte er, ob er nicht besser nach Brighton Beach zurückkehren sollte. Es bestand eigentlich kein Grund, warum irgend jemand die Leiche schon entdeckt haben könnte. Vermutlich würde er seinen Fehler also noch wettmachen können. Er fuhr langsamer und blieb schließlich am Straßenrand stehen. Er zündete sich eine Zigarette an und versuchte sich zu beruhigen. Er rieb sich die Schläfen und schloß die Augen. Schließlich zog er wieder kräftig an seiner Zigarette, lehnte sich zurück und ließ den Rauch langsam entweichen.

Nur nichts übereilen, dachte er sich. Was wäre, wenn die Behörden aber doch herausgefunden hatten, daß es sich bei dem Toten um Andreij Smolzewski handelte? Andererseits, was machte schon ein weiterer toter Russe in Brighton Beach aus? Dort war ja die Moskauer Mafia groß im Geschäft, und daher war die Leiche eines Russen für die dortige Polizei nicht mehr als ein Routinefall. Sie würden sich also kaum bemühen herauszufinden, wer Smolzewski wirklich war. Wieder saugte er an seiner Zigarette, atmete aus und sah zu, wie der Rauch durch einen Spalt des Fensters in die kühle Nachtluft abzog. Ich muß vom ungünstigsten Fall ausgehen, spielte er die Möglichkeiten durch. Was wäre, wenn es ihnen gelänge, den Toten als russischen Kernphysiker zu identifizieren? Wie würde dies meine Pläne berühren?

Wieder schloß er die Augen und wägte die möglichen Konsequenzen ab. Als er sie wieder öffnete, war er zu dem Schluß gekommen, daß keinerlei Gefahr zu befürchten war. Letztlich war es völlig gleichgültig, wenn sie herausfinden sollten, wer dieser Mann in Wahrheit war. Im Gegenteil – das würde seiner Drohung nur noch mehr Gewicht verleihen. Und außerdem: Zwar hatte er die beiden Mossad-Leute ausgeschaltet, aber er konnte keineswegs sicher sein, daß nicht andere auf ihn warteten. Nun, es machte keinen Sinn, zurückzufahren.

Er merkte, wie die Spannung von ihm wich und er wieder normal atmen konnte. Er nahm einen letzten Zug an seiner Zigarette, kurbelte das Seitenfenster ganz herunter und warf den Stummel hinaus.

Wenn ich mir das genau überlege, dachte er, so muß ich zugeben, daß Allah mir wohlgesonnen ist. Das Ganze ist doch eigentlich ein Geschenk des Himmels. Ich könnte vielleicht sogar Webster von dieser Leiche erzählen. Dann kann er seinen gesamten Geheimdienst und noch das FBI einschalten, und die können überprüfen, ob ich ihm die Wahrheit gesagt habe. Wenn er auch nur im entferntesten daran zweifelt, ob ich meine Drohung ernst meine, dann wird der Leichenfund und die Identifizierung des Kernphysikers diese Zweifel endgültig beseitigen. So wird der tote alte Mann zu meinem Beweis. Ich sollte geradezu hoffen, daß sie ihn mit seinem Reisepaß finden. Er verzog sein Gesicht zu einem breiten Grinsen, legte den Gang ein und fuhr los.

Er schaute auf die Uhr und mußte feststellen, daß er zuviel Zeit verloren hatte. Aber jetzt in der Nacht braucht man sich über irgendwelche Radarfallen keine Gedanken zu machen, sagte er sich und beschleunigte.

Ein Autobahnrastplatz flog an ihm vorbei, und etwa eine Meile weiter sah er das Blaulicht im Rückspiegel und hörte das Geheul einer Polizeisirene. Er schaute auf den Tachometer. Die Nadel zeigte auf knapp 80 Meilen. Einen Moment dachte er daran, das Gaspedal noch tiefer durchzutreten. Doch dann entschied er sich dagegen. Zu auffällig, und außerdem konnte er das Rennen mit diesem alten Lieferwagen nicht gewinnen. Er fuhr rechts ran und wartete auf den Streifenwagen. Er mußte schnell eine Entscheidung treffen, wie er mit dieser unerwartet bedrohlichen Situation fertig werden sollte. Er biß sich auf die Lippen. Jetzt rächte es sich, daß er darauf verzichtet hatte, sich auch einen Führerschein und Fahrzeugpapiere zu besorgen. Aber es hätte einfach zu lange gedauert.

Eines jedenfalls war klar: er konnte es nicht zulassen, daß dieser Bulle in seinem Wagen herumschnüffelte. Er griff unter seiner Windjacke nach der Pistole, die in seinem Hosenbund steckte. Das rotierende Blaulicht des Streifenwagens spiegelte sich rhythmisch im Rückspiegel.

»'n Abend, Sir.«

Der Falke blickte in das Gesicht eines Polizisten des Bundesstaates New Jersey. Ein Mann von imposanter Statur, ein großer, grobschlächtiger Afro-Amerikaner, der allein wegen seiner Körpergröße und seiner blaugrauen Uniform ein Sinnbild der Staatsautorität war. Er mußte sich tief zum Wagenfenster herunterbeugen, um ihm zu sagen: »Wir haben Sie mit 78 Meilen gestoppt, aber es sind nur 50 Meilen erlaubt, Sir. Zeigen Sie mir bitte Ihren Führerschein und Ihre Kraftfahrzeugpapiere.«

»Selbstverständlich«, erwiderte Nasar und beugte sich zum Handschuhfach auf der Beifahrerseite hinüber.

»Hier bitte.«

Der Polizist schaltete seine Taschenlampe ein und schaute in den Wagen. Er zuckte noch zurück, seine Hand fuhr zu dem Lederholster an seinem Gürtel. Doch es war zu spät.

Der Schuß traf ihn genau zwischen Nasenrücken und rechtem Augenwinkel. Die Taschenlampe fiel scheppernd zu Boden. Der Mann griff sich reflexartig ins Gesicht, Blut spritzte zwischen den ausgestreckten Fingern seiner Hand hindurch. Er wankte noch ein paar Schritte zurück, brach zusammen und war bereits tot, als sein Körper auf den Asphalt schlug.

Der Falke sprang aus dem Wagen und blickte um sich. Zwei schwere LKWs waren gerade vorbeigefahren, und in ihrem Sog wirbelte der Hut des Polizisten auf die Fahrbahn. Trotzdem war sich Nasar sicher, daß niemand beobachtet hatte, wie der Mann zusammenbrach.

Er brauchte all seine Kraft, um die schwere Leiche hinter den Streifenwagen zu zerren. Er fand den Schalter für das Blaulicht und stellte es ab.

Dann ging er zu seinem Wagen zurück, startete ihn und fädelte sich wieder in den Verkehr ein. Vor ihm lagen noch drei Stunden Fahrt, und er mußte reichlich Zeit aufholen.

Brighton Beach, New York

»Los, mach endlich diese Scheißtür auf, Jamie«, winselte sie.

»Hast du keine Augen im Kopf? Du siehst doch, daß ich nicht schneller kann. Nur die Ruhe, gleich sind wir drin.«

»Ich kann nicht mehr, mir geht's dreckig!«

»Halt deine verdammte Fresse, Carol«, zischte er sie an. »Ich brauch doch verdammtnochmal auch 'ne Dröhnung, aber erst müssen wir da rein.«

Carol schlug die Arme um sich und versuchte ihr Zittern zu unterdrücken. »Wir können's doch im Hinterhof machen«, brachte sie mit zuckenden Lippen heraus.

Jamie unterbrach seine Anstrengungen und starrte sie an.

»Hör zu, du kleine Nutte, genau so haben sie mich beim letzten Mal geschnappt. Draußen fixen ist bei mir nicht mehr drin. Reiß dich verflucht noch mal zusammen.« Dann arbeitete er weiter am Schloß herum.

»Mann, mir wird kotzschlecht«, heulte sie.

»Verdammte Scheiße!« knurrte er. »Kannst du nicht einmal...«

In dem Moment gab das Schloß nach. Sie setzten sich auf die Stufen des Treppenhauses in dieser leeren, von seinen Bewohnern längst aufgegebenen Mietskaserne. Aus der Tasche seiner zerlumpten Armeejacke voller Fettflecken zog er eine Papiertüte und schüttete deren Inhalt auf seinen Schoß: einen Löffel, eine

Schachtel Esbit, ein Stück Gummischlauch und eine Packung Streichhölzer. Carol öffnete den Reißverschluß ihres Pullovers, fummelte in ihrem BH herum und brachte schließlich ein Fläschchen zum Vorschein, in dem sich ein Block Crack-Kokain befand. Sie versuchte, es mit ihren zittrigen Händen Jamie zu geben, aber es glitt ihr aus der Hand, dann auf den Schoß und fiel auf den ausgetretenen Linoleumfußboden.

»Scheiße!« riefen beide gleichzeitig und bückten sich nach der Flasche auf Abwegen, wobei Löffel und Dose ebenfalls zu Boden fielen.

Als sie endlich alles aufgesammelt hatten, setzten sie sich wieder auf die Treppe. Jamie zündete das Esbit an und begann das Crack im Löffel zu erhitzen. Carol hatte bereits den Ärmel ihres Pullovers hochgekrempelt und band mit dem Schlauch den Oberarm ab.

»Ich zuerst«, wimmerte sie, wobei ihre Augenlider zuckten.

»Her mit dem Eisen«, rief Jamie über den Löffel hinweg. Sie sah ihn ungläubig mit offenem Mund an. »Das Eisen?«

»Klar, was sonst, los her mit der Nadel.«

»Hab ich nicht, Jamie«, sagte sie mit vor Angst zitternder Stimme. »Du hast das Scheißding doch.«

»Quatsch nicht rum. Ich hab sie dir gegeben.«

»He, Jamie. Du hast sie gehabt. Scheiß mich hier nicht an. Ich weiß es genau, daß du die verdammte Nadel hast.«

»Wenn ich die Dröhnung jetzt nicht haben müßte, dann würde ich dir eins in deine elende Fresse hauen«, brüllte er sie an. »Du saudumme Schlampe. Zwei Sachen hab ich dir gegeben, und auch die sind weg. Mach nur weiter so, dann kannst du dich verpissen, und zwar ohne mich!«

Carol bedeckte ihren Mund mit ihren verdreckten Händen. Ihre Nägel krallten sich ins Gesicht.

»Ich muß kotzen, mir ist sauschlecht.«

»Gottverdammte Scheiße!« fluchte Jamie angeekelt.

Carol rutschte nervös auf der Treppenstufe hin und her, die Hände immer noch vor dem Mund. »Guck in deinen Taschen nach, Jamie. Ich weiß doch, daß du sie hast. Bitte, bitte! Guck da nach!« Ihr Gesicht glänzte jetzt verschwitzt, aus ihren Augen starrte schiere Verzweiflung.

Jamie legte den Löffel auf die Stufe und durchwühlte seine Jackentaschen.

»Los, mach schon«, stöhnte Carol. Ihr Atem ging jetzt stoßweise.

Jamie fingerte in dem Täschchen auf dem linken Ärmel, und endlich fand er den glatten Plastikzylinder mit der Subkutanspritze.

»Verdammtnochmal«, murmelte er vor sich hin.

»Ja, Jamie, ja, da ist sie!« kreischte sie hysterisch.

»Vorwärts, Tempo, verpaß sie mir!«

Er erhitzte das Crack erneut, füllte die Spritze und suchte ihren ausgestreckten Arm nach einer Vene zum Einstechen ab. Das war zwar nicht einfach, aber er kannte Carols Arm wie seinen eigenen. »Hör auf zu zittern, sonst vermassle ich's«, herrschte er sie an.

Carol biß sich auf die Lippen, um stillzuhalten, während er ihr die Spritze setzte. Er drückte die Hälfte des Crack heraus, band ihr den Schlauch ab und spritzte sich den Rest selbst ein.

Sie legten sich rücklings auf die Stufen, schlossen die Augen und warteten sehnsüchtig darauf, daß das Kokain zu wirken begann.

Nach ein paar Minuten drehte Jamie sich zu ihr um und lächelte sie an: »Wieder alles okay, Baby?«

Ihr Kopf schwankte in seine Richtung. »Oh, jaaa, Süßer, deinem Baby gehts gut, richtig guuut.«

»Carol«, begann er wieder.

»Mmm.«

»Baby, war das der letzte Rest von unserm Stoff?«

»Mmm«, antwortete sie desinteressiert. Warum sollte sie über ein Problem nachdenken, das erst morgen akut sein würde?

»Wir müssen unbedingt neuen Stoff besorgen.«

»Mmm.«

»Sperr die Löffel auf, Carol. Ich hab nur noch zwei Dollar in der Tasche. Wir brauchen dringendst Knete für unsern Mann, geht das in deinen Schädel rein?«

»Mm.«

»He, Baby, du bist mir eine schöne Hilfe. Mach doch endlich auch mal was für unsern Stoff. Jetzt hilf mir schon beim Nachdenken.«

»Wir brauchen doch nur was zu verscheuern, das wär's doch«, sagte sie in einem plötzlich sehr geschäftlichen Ton.

»Aha.« Sein sarkastischer Unterton war nicht zu überhören. »Wir müssen einfach nur was verkaufen. Einfach so.« Jamie schnipste mit den Fingern. »Und wo, zum Teufel, sollen wir so was finden?«

»Warum nicht in einer von diesen Buden?« antwortete sie mit einem dümmlichen Grinsen.

»Hier liegt doch nur Mist herum. Alles nur leere Bruchbuden, hast du denn keine Augen im Kopf?« fauchte er zurück.

»Wir brechen uns schon keinen ab, wenn wir hier mal was rumstöbern«, antwortete sie benommen. »Du guckst hier unten nach und ich da oben.«

»Scheiß-Zeitverschwendung«, knurrte er unwillig.

»Hat wohl heute schon was Besseres vor, der Herr hier«, sagte sie und verschwand im Treppenhaus zum ersten Stock.

Jamie schlenderte durch das Erdgeschoß und rüttelte unterwegs an jeder Wohnungstür. Als er wieder zurück von seiner erfolglosen Erkundung war, rief er nach oben ins Treppenhaus: »Alles dicht hier unten, Carol. Und übrigens, ich werd jetzt nicht ...«

»Jamie«, rief sie tonlos, und doch klang es dringlich.

Er begann, die Treppe hinaufzustapfen.

»Mach schon, komm her. Hier ist 'n Toter drin.«

Jamie stürzte nun den Rest der Treppe hoch und sah, wie sie im offenen Türeingang zur Wohnung Nummer 214 stand. Sie kaute am Ärmelende ihres Pullovers und starrte mit aufgerissenen Augen hinein. Jamie zwängte sich an ihr vorbei durch die Diele und blieb dann wie vom Blitz getroffen stehen.

»Oh Gott«, sagte er, »alles voller Blut!«

»Ich kann da nicht mehr hinsehen, Jamie.« Sie wandte sich voller Grauen ab.

»Schmeiß da irgendwas drüber, schnell.«

Er griff nach einem Hemd, das über der Lehne des Küchenstuhls hing, und bedeckte damit den Kopf und die Brust des Toten. »Okay, kannst jetzt hinsehen.«

Carol ging wieder hinein. »Der ist doch ganz hin, oder, Jamie?«

»Tja, der hat den Löffel endgültig abgegeben.«

»Meinst du, er hat was bei sich, was wir brauchen könnten?«

»Keine Ahnung. Schau doch nach, wenn du's wissen willst.«

»Ich doch nicht, Jamie, du!« Unterdessen kaute sie an beiden Ärmelenden. Jamie kniete sich hin und durchwühlte die Taschen des Toten, die jedoch leer waren. »Nichts. Hab ich dir ja gleich gesagt.«

Sie nahm ihre Hände etwas vom Mund zurück und nuschelte: »Da hängt 'ne Jacke, da drüben, im Kleiderschrank.«

Jamie stand auf und ging zu dem schäbigen klapprigen Schrank. Er nahm das graue Nadelstreifensakko vom Metallkleiderbügel ab und zog aus der Innentasche einen Geldbeutel, ließ das Sakko fallen und öffnete die verschlissene Börse.

»Kann doch nicht wahr sein!« rief er. »Mein Gott, Carol! Schau dir das mal an! Lauter Hunderter! 'ne ganze Fuhre davon! Das glaub' ich einfach nicht! He Carol, kneif mich!«

Er hielt ihr das offene Portemonnaie direkt vor die Nase.

»Mindestens fünfzig Hunderter. Fünftausend Scheißdollar! Na dann, frohes Fest, Baby.«

Die beiden gingen schnell, aber ohne zu laufen, denn das wäre zu verdächtig gewesen, einige Häuserblocks weiter, weg von diesem Haus des Todes, aber gleichzeitig ihres unverhofften Glücks. Carol schaute sich von Zeit zu Zeit unsicher um. Vor einem Rexall Drugstore packte sie Jamies Ärmel und blieb stehen.

»Was is'n los?« sagte er mürrisch, als ob sie ihn an der Flucht hindern wollte.

»Du mußt das irgendeinem sagen.«

»Was faselst du da?«

»Also, du mußt den Bullen oder so sagen, daß da hinten dieser tote Typ liegt«, antwortete sie.

»Bist wohl total verrückt. Sollen die vielleicht von dem Geld wissen?« fragte Jamie im Flüsterton.

»Brauchst du ihnen ja nicht auf die Nase zu binden. Sag einfach nur, wo der Typ rumliegt.«

»Weiß nich'«, erwiderte Jamie unsicher. Dabei tätschelte er liebevoll das Geldbündel in seiner Jackentasche, die Lösung all ihrer Probleme. »Wozu zum Teufel denn?«

»Weil man das einfach muß, darum«, antwortete sie ihm wie einem kleinen Kind, das etwas nicht einsehen will.

Jamie verzog nachdenklich den Mund. Carol deutete auf eine Telefonzelle an der nächsten Straßenecke.

»Polizeinotruf«, meldete sich eine weibliche Stimme.

»Öhh, ist da Neun Eins Eins?« fragte Jamie.

»Jawohl, Sir. Benötigen Sie polizeiliche Hilfe?«

»Nein, nein! Brauch keine Polizei.«

»Wie kann ich Ihnen denn behilflich sein, Sir?«

»Mhm, ... ich ..., also ich soll da einen Toten melden.«

»Sie möchten melden, daß jemand umgekommen ist, Sir?«

»Ja klar, der Typ, den wir da gefunden haben.«

»Und wo befinden Sie sich jetzt, Sir?«

»Ich?«

»Ja, Sie, Sir. Sagen Sie mir bitte, wo Sie sich jetzt befinden.«

»Nee, sag ich lieber nicht.« Er hielt die Hand vor den Hörer und sagte zu Carol: »Ich sag denen doch nicht, wo wir sind!«

»Sir«, machte sich die Stimme am Telefon wieder bemerkbar. »Sagen Sie uns nun wenigstens, wo sich der Tote befindet?«

»Ja, ja. Er ist in der Abbruchbude da, im ersten Stock.«

»Und die Adresse des Gebäudes, bitte?«

Wieder hielt er die Hand vor den Hörer und fragte Carol: »High?«

Sie nickte.

»An der Kreuzung von Second Street und High Street.«
»Und Ihr Name, Sir?«
»Wie ich heiße?«
»Ja, bitte.«
Er hängte auf und lächelte Carol zufrieden an in dem Bewußtsein, seine Bürgerpflicht erfüllt zu haben.

Moskau, Rußland

Natascha Tschechowa zahlte eilig den Taxifahrer, der vor dem langen Apartmentgebäude angehalten hatte. Sie wartete, ob er ihr Gepäck aus dem Kofferraum holen würde. Doch er blieb stoisch sitzen und kaute an seiner Zigarette. Sie stieg aus, öffnete den Kofferraumdeckel und hievte den kleinen Koffer selber heraus. Sie steckte noch in der Uniform einer Aeroflot-Stewardeß. Vorsichtig setzte sie ihn auf dem Bürgersteig ab. Darin befand sich eine Flasche teurer Kognak, den sie für Jurij im Duty Free Shop in New York erstanden hatte. Sie malte sich in Gedanken aus, wie er wohl darauf reagieren würde, wenn sie ihm die Flasche auf den Tisch stellen würde, und bei dieser Vorstellung huschte ein Lächeln über ihr Gesicht. Sie schaute auf die Uhr und dachte, daß er noch da sein müßte.

Sie schloß die Tür zur Wohnung Nummer 315 auf, stellte ihren Koffer ab und rief nach Jurij, noch bevor sie die Tür hinter sich geschlossen hatte.

Aber es kam keine Antwort. Ihre Überraschung wich bald der Enttäuschung, und ihr Lächeln erstarb.

Sie schloß die Wohnungstüre, rief noch einmal seinen Namen und ging durch die winzige Diele in das Zimmer, das ihr zum Wohnen wie zum Schlafen dienen mußte. Sie schaute sich kurz um und stellte fest, daß er tatsächlich nicht da war. Tief enttäuscht kehrte sie in die Diele zurück, um ihren Koffer zu holen, den sie dann achtlos auf das Klappbett warf, das tagsüber ihr Sofa war. Sie zog ihre Uniformjacke aus und streifte ihre Stökkelschuhe ab. Auf dem Weg zur Küche knöpfte sie ihre Bluse auf und öffnete den BH-Verschluß. Dann schüttete sie Wasser in einen Kessel, um sich Tee zu kochen, und zündete den Gasofen mit einem Streichholz an. Als sie das Streichholz ausblies, bemerkte sie, daß auf dem Küchentisch ein Zettel lag. Schnell nahm sie ihn hoch:

»N.

Man hat mich Chernovs Vorausabteilung zugeteilt. Hatte leider keine Wahl. Keine Sorge. Ich liebe Dich.

J.«

Natascha hielt das Streichholz immer noch in die Höhe, ließ die Notiz auf den Tisch fallen und starrte sie eine Zeitlang so an, als hätte sie ihr noch mehr mitzuteilen als das, was sie gerade gelesen hatte.

Jurij war also in Washington.

Sie schlug die Hände vors Gesicht. Ausgerechnet Washington. Der einzige Ort auf dieser Erde, wo ihr Liebling jetzt nicht sein sollte. Absichtlich hatte sie ihm nur sehr wenige Fragen zu diesem Plan gestellt, aber sie wußte doch sehr genau, daß Washington, D.C., zu diesem Zeitpunkt die wohl gefährlichste Stadt der Welt war.

Sie ging hinüber in das Zimmer, hielt inne, strich sich durch ihre Haare und suchte nach Zigaretten. Aus der Schachtel klopfte sie eine heraus und ging wieder in die Küche, um sie dort anzuzünden. Als sie das Streichholz an die Reibfläche führte, merkte sie, wie sehr ihre Hand zitterte. Natascha nahm einen tiefen Lungenzug in der Hoffnung, daß sie sich dadurch beruhigen würde. Ihr Blick ging zu dem Photo, das sie mit einem Klebeband an den Küchenschrank geheftet hatte. Sie sah seinen herausfordernden Blick, das kantige Kinn. Natascha merkte, wie ihr die Tränen kamen. Sie versuchte sie abzuwischen, vergeblich. Sie streifte die Asche im Spülbecken ab, drehte sich um und verschränkte die Arme vor der Brust; sie lehnte sich gegen den harten Kachelrand der Spüle.

Als der Teekessel zu pfeifen begann, zuckte sie erschreckt zusammen. Sie bekam Herzklopfen, stellte das Gas ab und ging wieder ruhelos ins Wohnzimmer. Unter einem Stapel von Modezeitschriften fand sie schließlich das Telefonbuch und schlug unter »Botschaften« nach. Ihr Zeigefinger lief die Spalten hinunter und blieb bei dem Eintrag »Botschaft der Vereinigten Staaten von Amerika« stehen.

Natascha ging mit dem Telefonbuch zum Sofa, drückte ihre Zigarette aus, hob den Hörer ab und wählte. Voller Nervosität wartete sie darauf, daß jemand abheben würde.

Brighton Beach, New York

»Okay, okay, mal langsam«, sagte der Detektiv, »nun regen Sie sich mal wieder ab.« Er schob sich einen neuen Kaugummi in den Mund, blätterte seinen Notizblock auf und nahm einen Kugelschreiber in die rechte Hand. »Also noch mal von vorne: Der Mann kam vor einer Woche und zog hier ein. Aber er war gar nicht der Mieter, richtig?«

»Genau, genau, so war's«, beeilte sich der Hausmeister zu sagen. Jose Halvarez hatte einen schweren spanischen Akzent. Er war klein, schmächtig, Ende 50 und kam aus Puerto Rico. Er trug einen grauen, verschmutzten Overall und eine Baseballmütze mit dem Abzeichen der New York Yankees. Der Detektiv beobachtete, wie sein Blick unruhig hin- und herging. Er schaute auf den Toten, der jetzt auf einer Bahre vor ihm lag.

Andreij Smolzewskis Augen starrten leblos an die Decke. Ein Polizist in Uniform hatte eine Decke über seinen Brustkorb mit der Schußwunde gelegt, nachdem der Photograph seine Arbeit beendet hatte.

»Also, die Mieter, was war mit denen?« setzte der Detektiv wieder an.

»Es waren irgendwelche nahöstlichen Typen, Araber, nehm'

ich mal an«, sagte Halvarez. »Die kamen vor drei Wochen und haben das Loch hier gemietet. Sie zahlten die Miete für zwei Monate im voraus. Geht mich ja nichts an, aber gewundert hat's mich schon. Und dann vor einer Woche kamen sie mit diesem …« er wies auf den Toten, »mit diesem Herrn hier. Sie sagten, er würde nur ein paar Tage bleiben.«

»Und?«

»Er hat sich kaum aus dem Apartment herausbewegt. Die Tür war immer geschlossen. Keine Ahnung, was er den ganzen Tag gemacht hat. Aber er war ein Russe, sprach nur ganz schlecht Englisch. Gelegentlich kamen die Araber vorbei.«

Detektiv Joe O'Connor kaute weiter auf seinem Kaugummi herum. Auf seinem massigen Körper saß ein breiter irischer Schädel, er hatte die meisten Haare verloren, sein Gesicht war breit und gerötet. Er wirkte eher behäbig, aber seine Augen waren wach und aufmerksam. An seinem Gürtel baumelte das Metallschild, das ihn als Detektiv der New Yorker Polizei auswies. Er wandte sich an den anderen Mann in Zivil, der den Raum systematisch absuchte.

»Irgendwas besonderes, Matt?«

Matt Califona drehte sich um.

»Ja, hier, unter dem Kopfkissen lag ein Paß.«

Er reichte ihn an O'Connor weiter.

»Versuch mal dein Glück. Alles auf Kyrillisch«.

»Wollen mal sehen.«

O'Connor schlug ihn auf. Seit er aus dem südlichen Manhattan nach Brighton Beach versetzt worden war, hatte er wie die meisten Polizisten in diesem Revier einen Russisch-Kurs nehmen müssen, der ihm zumindest Grundkenntnisse der Sprache vermittelt hatte. Denn ohne Russisch konnte man in diesem Teil der Stadt nicht mehr durchkommen.

Er blätterte in dem Paß, bis er das Bild sah, und verglich es mit dem Gesicht des Toten. Dann fand er den Eintrag mit dem Namen. »Andreij Smolzewski«, las er, »geboren am 3. September 1939 in Moskau.«

Er klappte den Paß zu. Tote Russen waren in diesem Polizeirevier nichts Besonderes. Die russische Mafia hatte sich in Brighton Beach fest eingenistet. Sie war brutaler, raffinierter und gewaltbereiter als alles, was die Polizei in New York je an organisierter Kriminalität kennengelernt hatte.

Er zuckte mit den Schultern, als zwei Männer die Bahre anhoben und Smolzeswki abtransportierten.

»Schafft ihn zur Obduktion. Sie sollen die Kugeln rausholen und sich das im Labor mal genauer anschauen«, sagte er.

Es war der dritte Mord in den letzten zwei Wochen, der zehnte in drei Monaten. Aufgeklärt hatten sie noch keinen einzigen. Bei den meisten wußten sie, wer dahinter stand. Aber Joe O'Connor hatte sich zähneknirschend damit abfinden müssen, daß Mordfälle in Brighton Beach in aller Regel nicht auflösbar waren. Es war ganz einfach: Wer redete, der war selbst innerhalb von Tagen ein toter Mann. Das hatte sich herumgesprochen und funktionierte bisher ohne Ausnahme höchst effektiv. Die russische Mafia flog ihre Killer zumeist direkt aus Rußland ein. Sie blieben ein paar Tage, erledigten ihren Job, und dann verschwanden sie wieder. 2000 Dollar Honorar, das war in Moskau viel Geld.

O'Connor schaute auf seine Notizen. Merkwürdig war nur die Geschichte mit den Arabern.

Er bemerkte, daß Jose Halvarez immer noch vor ihm stand. »Sag mal, Jose, ist dir sonst noch irgendwas aufgefallen? Irgend jemand sonst, der zu Besuch kam, vielleicht?«

Halvarez sog die Stirn kraus. Er dachte nach.

»Nein, aber da war so ein junger Typ. Sah auch so aus, als käme er aus dem Nahen Osten. Er hat sich nach den Arabern bei mir erkundigt.«

Wieder ging O'Connor über seine Notizen. Offenbar eine Invasion von diesen nahöstlichen Typen in Brighton Beach, dachte er. Merkwürdig, sie gehörten hier eigentlich nicht hin. Ein Gedanke ging ihm durch den Kopf.

»He, Matt, wie war das mit den anderen beiden Leichen, die

sie gestern gefunden haben? Der in dem Hofeingang und der andere in dem Kofferraum? War das nicht gleich hier in der Nähe?«

»Ja, draußen vor der Haustür der eine, und der andere ein paar hundert Meter weiter.«

O'Connor versuchte sich an den Obduktionsbericht zu erinnern. Dunkle Hautfarbe, schwarze Haare, möglicherweise aus dem Nahen Osten, hieß es da. Keine Papiere, erschossen.

»Sollen doch mal die Kugeln vergleichen«, sagte O'Connor. »Vielleicht gibt es ja eine Verbindung.«

Er klappte seinen Notizblock zu und klopfte dem Hausmeister auf die Schulter. »Okay, Jose, das war's fürs erste. Wenn wir noch Fragen haben, werden wir wissen, wo wir dich finden.«

Er würde jetzt ins Revier zurückfahren. Jetzt kam der Teil, den er haßte. Papierkram ohne Ende. Da es sich bei dem Toten offenbar um einen Ausländer handelte, würde er einen Bericht nach Washington schicken. Sollten die doch sehen, was sie damit machten. Scheiß-Papierkram, dachte er wieder. Auch nach 28 Jahren im Job hatte er sich noch immer nicht daran gewöhnt. Und jetzt auch noch der Umgang mit diesem verdammten Computer. Fuck it, dachte er. Noch drei Jahre bis zur Pensionierung.

Washington, D. C.

Moses Washington Carver hob seinen über den Toilettenspülkasten gebeugten Kopf und rief ins Badezimmer: »Yolanda!«

Sie antwortete nicht.

»Yolanda! Komm sofort her und hilf deinem Daddy, sonst setzt's was!«

Da stand ein aufgeschossenes Mädchen, etwa Mitte zwanzig, im Türrahmen. Das Gesicht unter dem gekräuselten schwarzen Haar war auffallend hellhäutig.

»Was gibts denn, Paps?«

»Was heißt hier ›Was‹«? Wenn du mir hier nicht gleich hilfst, komm' ich zu spät zur Arbeit. Ich hätt' schon vor zehn Minuten weg sein müssen.«

»Aber, aber, Paps. Jetzt reg dich mal nicht so auf. Du bist doch sonst immer pünktlich. Wenn du nun einmal, nur einmal, ein paar Minuten zu spät kommst wegen einer verstopften Toilette, dann schmeißen die dich doch nicht gleich raus.«

»Darum geht's doch gar nicht«, erwiderte Moses. »Ich muß an meinen guten Ruf denken. Nun hol mir schon endlich einen Schraubenzieher. Den hätt' ich mir schon längst selbst geholt, wenn ich nicht dieses Ventil hier zuhalten müßte.«

»Willst du etwa von hier verschwinden und deine Tochter samt deinen Enkelkindern hier ohne funktionierende Toilette im Stich lassen?«

Sie zog brummelnd ab, um den Schraubenzieher zu holen.

Moses hob den Kopf. Sein Blick fiel auf den Spiegel gegenüber an der Wand. Nicht mehr lange, dachte er bei sich, und mein Haar ist schneeweiß, genau wie das meines Vaters.

Nun war er selber nicht nur Vater, sondern sogar schon Großvater. Er seufzte. Ein Jahr war es nun her, seit Evelyn nicht mehr bei ihm war. Krebs, ein langer, grausamer Tod. Und dann war Yolanda unerwartet wieder mit ihren Kindern bei ihm eingezogen, nachdem ihr Mann sich mit einer anderen davongemacht hatte. Nun war er wieder »Familienvater«; ein zärtlicher Großvater für die Kinder, und gelegentlich ein etwas strenger Erzieher für Yolanda. Aber es lenkte ihn wenigstens von seinen schmerzlichen Erinnerungen an Evelyn ab, die ihn sonst immer wieder überfielen. Das mußte Gottes Plan sein.

»Hier bitte sehr, Paps, einmal Schraubenzieher«, sagte Yolanda im Ton einer Kellnerin. »Möchtest du noch was Süßes zu deinem Nachtimbiß?«

»Lieber nicht, mein Mädel. Noch mehr Kalorien kann ich nun wirklich nicht gebrauchen«, brummte er ihr über die Schulter zu.

»Warum mußt du auch so oft nachts arbeiten?« sagte sie händeringend. »Ich fühl mich nur sicher, wenn du nachts hier zu Hause bist, Paps.«

Moses zog die Spülung einmal zur Probe und schaute dann zu seiner Tochter auf. Mein Gott, dachte er, sie sieht immer noch wie ein kleines Mädchen aus, obwohl sie die Mutter der beiden Kleinen ist. Er richtete sich auf und legte seine Hände auf ihre Schultern.

»Nun hab dich mal nicht so, Kind. Hier kann überhaupt nichts Schlimmes passieren, wenn du nur immer daran denkst, hinter mir richtig abzuschließen.«

Zum Abschied drückte er ihr einen Kuß auf die Stirn. Yolanda zog ihm den Reißverschluß seines dunkelblauen Hausmeisteroveralls hoch.

»Deine Brote sind in der Papiertüte auf dem Tisch neben der Tür«, sagte sie. »Kannst du morgen früh auf dem Rückweg von der Arbeit frische Milch mitbringen?«

»Ich bin so gegen sieben wieder da«, sagte er und machte sich auf den Weg.

Moses Carver ging die Eisenstufen an der Eingangstür des Reihenhauses hinunter, in dem er mit seiner Familie bereits seit den frühen siebziger Jahren wohnte; nun bog er nach rechts ab, und von dort waren es nur noch drei Häuserblocks bis zur U-Bahnstation auf der Pennsylvania Avenue. Es lag leichter Frost in der Luft, und Moses klappte seinen Kragen hoch und vergrub die Hände in den Taschen. Er war noch nicht weit gekommen, als ihm ein junger Mann in einer Seitengasse auffiel, der auf ihn zuging. Moses beachtete ihn zunächst nicht, trotzdem bemerkte er, daß der Mann Ausländer war, möglicherweise ein Araber, wegen seines krausen, dicken schwarzen Haars und seines ungewöhnlich großen Schnauzers.

»Mister …. Mister! Sie mir bitte helfen? Mein Freund hier sein krank. Bitte!« Dabei gestikulierte er wild und deutete auf die Seitengasse.

Vorsichtig folgte Moses ihm und kniff seine Augen zusammen, um besser sehen zu können. Dann sah er einen Mann, der auf dem Boden lag. Er wimmerte vor Schmerzen, und Moses bückte sich. Er legte die Hand auf seine Schulter, versuchte ihn auf die Seite zu drehen und fragte: »Was ist mit Ihnen?«

Das Letzte, was Moses Carver in seinem Leben hörte, war ein dumpfer Schlag, und das Letzte, was er fühlte, war der stechende Schmerz in seinem Hinterkopf.

Victor Chavez saß auf dem Bettrand, gähnte noch verschlafen und hob die Arme über den Kopf. Er fühlte sich völlig zerschlagen und ausgelaugt. Drei Stunden Schlaf pro Tag, das reichte beim besten Willen nicht. Was aber sollte er machen? Die Rechnungen stapelten sich im Briefkasten, seine Frau war schwanger, und da blieb ihm nur eins, nämlich zwei Jobs gleichzeitig zu tun, damit er finanziell einigermaßen über die Runden kam. Irgendwann einmal würde das aber vorbei sein. Wenn das Baby einmal da war, könnte Angelina wieder arbeiten, und er könnte wie früher nur Taxifahren. Jetzt aber war seine Nebentätigkeit als Hausmeister zur Nachtschicht seine einzige finanzielle Rettung. Er spürte, wie Angelina seinen Rücken massierte.

»Querido«, murmelte sie verschlafen.

Er drehte sich zu ihr um und umarmte sie.

»Ich dachte, du schläfst noch«, sagte er.

»Gottseidank bin ich wach. Schließlich muß ich doch meinem Mann Frühstück machen und ihn zur Arbeit schicken.«

Victor legte seine Hand liebevoll auf ihren Bauch:

»Caramba! Heute abend tanzt ja unser kleiner Victor wieder.«

Angelina kicherte und stieß ihn weg.

»Du ziehst dich jetzt an, mein lieber Herr Hausmeister, und ich koch' dir einen starken Kaffee, der dich wieder auf die Beine bringt.«

Victor sah, wie sie mit einer Hand ihren Rücken stützte und in die Küche schlurfte. Trotz seiner Übermüdung kam ihm das, was sie beide in solch kurzer Zeit geschafft hatten, wie ein kleines Wunder vor. Etwa drei Jahre, nachdem sie El Salvador verlassen hatten, hatte er schon diese Gartenwohnung in Forest Heights angemietet, sie mit einigen Gebrauchtmöbeln wohnlich gestaltet und den Lieferwagen erworben. Nun gut, es war ein 84er Modell, aber immerhin ein Toyota und in keinem schlechten Zustand. Sie hatten sogar ein wenig Geld nach Hause schicken können.

Wenn seine Mutter nur sehen könnte, was sie alles erreicht hatten. Vielleicht könnte er ja im nächsten Jahr genug Geld zusammenkratzen, um sie herkommen zu lassen.

Er konnte sich sehr gut vorstellen, wie stolz sie auf ihren Sohn sein würde. Er fragte sich, welchen Eindruck es wohl auf sie machen würde, wenn er mit ihr auf die Landover Mall gehen würde. Sie würde dann bestimmt glauben, sie sei im Himmel angelangt. Er rieb sich die Augen, gähnte erneut und machte sich auf den Weg ins Badezimmer.

Angelina hatte ihm einen Frühstücksteller mit aufgewärmtem Huhn mit Reis neben seinen Kaffee auf den Küchentisch gestellt. Victor griff nach der Gabel und nahm eine Portion Reis. Sie stand neben ihm, und ihre Finger glitten durch sein Haar.

»Was ich dir noch sagen wollte, Schatz«, sagte sie. »Wir brauchen kein Kinderbett zu kaufen. Dolores hat mir gesagt, sie würde mir eins geben. Sie wollte es uns schenken, aber ich will ihr zehn Dollar dafür geben.«

Victor legte die Gabel auf den Teller und faßte nach ihrer Brust.

»Und was ich dir noch sagen wollte: Du hast einen wunderbaren Busen.«

Sie errötete und gab ihm einen Klaps auf die Wange.

Kurz darauf verließ Victor die Wohnung und überquerte den dunklen Parkplatz. Es war kalt geworden, und die Windschutzscheibe war leicht vereist. Mit dem Ärmel seines Overalls machte er die Fahrerseite etwas frei. Dreimal versuchte er den Lieferwagen zu starten, aber außer einem Orgeln des Anlassers geschah nichts.

»Mist«, brummte er und öffnete die Motorhaube. Nachdem er auf den Zündverteiler geklopft hatte, gelang es ihm endlich, den Motor anzulassen. Er schaltete die Scheinwerfer ein, setzte aus seinem Stellplatz zurück und fuhr zur Ausfahrt des Wohnblockparkplatzes.

Als er in die Naylor Road abbog, sah er einen Mann, der eine Taschenlampe hin und her schwenkte. Der Mann stand neben einem dunkelbraunen Lieferwagen, dessen Motorhaube geöffnet war. Victor schaute auf die Uhr. Wenn es kein schwerwiegender Defekt war, dann könnte er ihm helfen und trotzdem noch rechtzeitig zur Arbeit kommen. Er fuhr seinen Toyota an den Straßenrand, stellte den Motor ab und stieg aus.

Als er sich dem Lieferwagen näherte, schaltete der Mann seine Taschenlampe aus. Victor konnte ihn jetzt genau sehen: mittelgroß, schlank, olivfarbene Haut, gekräuseltes, dichtes schwarzes Haar. Victor glaubte zuerst, einen Landsmann aus Mittelamerika vor sich zu haben. Sein linker Arm hing in einer Schlinge. Der Mann redete ihn an: »Der Motor überhitzt.« Victor erkannte am Akzent, daß der Mann kein Latino sein konnte. So sprach niemand, dessen Muttersprache Spanisch ist. Ein Araber vielleicht, dachte er sich.

»Dann wollen wir mal sehen«, sagte Victor.

»Nicht nötig«, antwortete der Mann. »Der Keilriemen ist gerissen.«

»Tja, dann kann ich Ihnen leider nicht helfen. Da müssen Sie den Pannendienst anrufen. Der bringt Ihnen dann einen neuen Keilriemen vorbei. Da ist eine Texaco-Tankstelle ein Stück weiter oben auf der Straße. Ich halte da mal an und sag' Bescheid, sie sollen sich um Sie kümmern.«

»Nicht nötig«, erwiderte der Mann. »Ich hab da hinten im Wagen einen Ersatzkeilriemen, aber mit meinem kaputten Arm kann ich nichts machen. Wenn Sie ihn mir holen würden, könnte ich Ihnen zeigen, wie man ihn schnell anbringt.«

»Klar hol ich ihn, aber ich muß zur Arbeit. Aufziehen kann ich den nicht mehr für Sie.«

»Wenn Sie ihn mir nur holen, wäre ich Ihnen schon sehr dankbar«, sagte der Mann.

Victor folgte ihm zur Hecktüre des Van, und als er sie öffnen wollte, bemerke er die beiden fehlenden Finger an der rechten Hand des Mannes. Ein weiterer Grund, ihm behilflich zu sein, dachte er.

Victor stieg hinten ein und sah sich nach dem Keilriemen um.

»Da drüben in der Ecke«, hörte er die Stimme direkt hinter sich.

Victor suchte weiter, und da er nichts fand, drehte er sich zur offenen Hecktür um und sagte: »Ich sehe hier keinen …«

Er fühlte einen harten Schlag gleich hinter seinem rechten Ohr und verlor das Bewußtsein. Der Schlag, der ihn dann traf, war von solcher Wucht, daß er seinen Schädel spaltete. Victor Chavez war auf der Stelle tot.

Ali Ben Nasar fuhr den dunkelbraunen Lieferwagen die 14th Street entlang und bog dann links in eine enge Passage, die zum Personaleingang des Museums führte. Dort parkte er. Zusammen mit seinem Beifahrer stieg er aus, und die beiden gingen zum Wagenheck. Beide trugen Baseballkappen, deren Schirme sie tief ins Gesicht gezogen hatten, sowie dunkelblaue Dienstoveralls. Auf den linken Brusttaschen war die weiße Aufschrift des »United States Holocaust Museums«, und darunter stand der Zusatz: »Gebäudeservice.« Der Handwagen mit der seitlichen Leinenabdeckung, den sie aus dem Gepäckraum des Van zogen, unterschied sich in nichts von den tausend anderen, die von solchen Serviceunternehmen üblicherweise verwendet wurden. Oben heraus schauten Schrubber und Besen, auf der Leinenabdeckung stand die Abkürzung »USHM«, so daß ihre Karre völlig identisch war mit all den anderen, die in Washingtons neuestem Museum verwendet wurden.

Der Falke hatte das Sicherheitssystem des Museums stundenlang ausgekundschaftet und war daher nicht im mindesten überrascht, daß die Museumswärterin am Eingang ihre Comic-Lektüre nur kurz unterbrach, um den elektrischen Öffner zu betätigen und sie hereinzulassen. Ohne auf die aufgedruckten Namen zu schauen, griff sich jeder von ihnen eine Lochkarte aus dem Wandständer neben der Eingangspforte und stempelte sie ab.

»Wo ist denn Carver?« fragte die Wärterin, deren Interesse an den beiden Männern plötzlich erwacht zu sein schien.

Der Falke blickte zu ihr herüber. Da saß eine gedrungene, vollschlanke Schwarze, deren schwarzes Haar mit Pomade am Schädel klebte, deren weiße Uniformbluse mit Achselklappen sichtlich Mühe hatte, ihren ausladenden Busen im Zaum zu halten, und die gerade wieder in ihren Riesenhamburger gebissen hatte.

»Zu Hause. Krank gemeldet«, sagte Nasar und drehte ihr wieder den Rücken zu.

»Das is ja 'n Ding«, sagte sie und biß erneut zu. »Was hat er denn?«

»Grippe«, rief er ihr über die Schulter zu.

»Wer hat euch denn geschickt?« rief sie zwischen zwei Bissen.

»Zeitarbeitsunternehmen«, antwortete der Falke geistesgegenwärtig.

Betont gleichgültig schoben die beiden Männer den Reinigungskarren in einen der Dienstaufzüge und fuhren in den zweiten Stock.

Nach ein paar Minuten waren sie an der Stelle angekommen, die Ben Nasar als das einfachste und sicherste Versteck für seine wertvolle Fracht ausgesucht hatte. Es war eines der bewegendsten Ausstellungsstücke des Holocaust-Museums. Ben Nasar sprang über die Absperrung und fing an, einen Tunnel zu graben in dem Berg aus alten Schuhen, die die sechs Millionen Juden symbolisieren sollten, die in den Konzentrationslagern der Nazis ermordet worden waren. Der beißende, modrige Gestank des zerfallenden Leders ekelte ihn an. Stinkende Juden, dachte er wütend. Diese verfluchten Juden sind nun schon seit fünfzig Jahren tot, und sie stinken immer noch.

Sein Komplize hielt im Korridor Wache und half ihm dann, die Fracht des Handwagens über die Absperrung zu heben und in den durch den Tunnel geschaffenen Hohlraum zu legen. Genau wie Smolzewski es ihm beigebracht hatte, stellte Nasar vorsichtig den Zeitschalter für den Zündsatz ein und begrub ihn unter den Schuhen.

Der Sprengkopf war nun in Position und scharf.

Washington, D. C.

Er schaute auf die beiden Stümpfe an seiner rechten Hand, wo einst der Mittel- und der Ringfinger gewesen waren. Ein zynisches Lächeln umspielte seinen schmalen Mund. Was bedeuteten jetzt zwei fehlende Finger?

Beim letzten Mal, in Argentinien, mußte er mit der frisch verbundenen Wunde tatenlos im Hotel sitzen, während die Bombe hochging. Doch sie war ein Spielzeug im Vergleich zu dem, worüber er jetzt verfügte. Damals in Buenos Aires hatte sie 26 Menschen zerrissen. Diesmal könnten es Zehntausende sein, die sofort daran glauben mußten – und weitere Tausende in den Tagen, Wochen, Monaten, ja Jahren danach, Menschen, die an ihren Brandwunden sterben oder an den Folgen der Strahlenschäden langsam dahinsiechen würden.

Und diesmal würde er die Spielregeln bestimmen, er ganz allein. Nichts, niemand würde ihn stoppen. Er war Allahs Vollstrecker, sein gehorsamer, ergebener Diener. Er war sein Schwert und seine Fackel zugleich, er würde seinem Namen Geltung verschaffen, ein Feuer anzünden, ein Fanal setzen, das die Welt nicht mehr übersehen könnte.

Der Falke blinzelte in die Sonne, die über dem Kapitol an der Ostseite der Mall aufging. Er hatte zwei Nächte nicht geschlafen, aber jetzt war nicht die Zeit für Müdigkeit. Er war sich nicht sicher, wann er wieder dazu kommen würde in den nächsten 48 Stunden – oder ob er überhaupt jemals wieder schlafen würde.

Das Risiko, im Höllenfeuer des Atomblitzes mit zu verglühen, war hoch. Aber der Gedanke schreckte ihn nicht.

Er hatte dem Tod so oft ins Auge geschaut, er hatte nichts Erschreckendes mehr. Der Falke war bereit zu sterben, Allah würde ihn ins Paradies heimholen. Sein Name sei gelobt.

Er schaute an sich herab, auf das Schild mit der Abkürzung USHM an seiner Uniform. Wieder umspielte ein Lächeln seinen Mund. Ein Reinigungsmann im Holocaust-Museum – was für eine Verkleidung, was für eine Farce.

Es war ein langer Weg aus dem brennenden Flüchtlingslager in Shattilla hierher in das Zentrum der Weltmacht USA gewesen. Er schloß die Augen. Wieder sah er die Flammen vor sich, wieder sah er die schreienden Menschen, die durch die engen Gassen des Lagers liefen, die Männer mit den haßerfüllten Blicken, die mit ihren Maschinenpistolen auf alles schossen, was sich bewegte, die Mordkommandos der christlichen Milizen, die die Flüchtlinge in dem Palästinenserlager ausrotteten wie eine Flohplage.

Der Falke spürte, wie seine Augenlider zitterten. Er drehte sich um und sah, wie die Sonnenstrahlen Kraft tankten und den leichten Bodennebel auf der Mall, dem langen Park zwischen dem Kapitol und dem Lincoln Memorial, langsam vertrieben.

Er sah das Holocaust-Museum, nur einige hundert Meter entfernt, eingepaßt in die Häuserfront mehrerer Regierungsgebäude, so, als gehöre es zum Zentrum der Weltmacht USA wie selbstverständlich dazu. Wieder ballte er die Fäuste. Würde hier jemals irgendeiner auf den Gedanken kommen, ein Museum für die toten Palästinenser zu bauen, die Opfer von Shattilla, oder für die Hunderte von Kindern, die bei der Intifada im israelischen Kugelhagel umkamen?

Doch jetzt würde er dafür sorgen, daß die Welt sich erinnerte. Und wenn sie nicht einlenkten, dann würde dieses Museum in Bruchteilen von Sekunden zu Asche zerfallen. Die Bombe lag mitten drin, und sie tickte.

Er schaute auf seine Uhr. Noch 43 Stunden.

Der Falke stand am Kiosk vor dem flachen Hügel, auf dem der schlanke Obelisk des Washington Memorials 100 Meter in den blauen Himmel ragte. Ein leichter Wind ließ die 50 Sternenbanner flattern, die kreisförmig an ihren Masten rund um das Denkmal aufgehängt waren. Die erste Welle der Bürokraten kam über die 14th Street-Brücke aus Virginia in das Regierungsviertel der amerikanischen Bundeshauptstadt. Noch war dies für sie ein Tag wie jeder andere, noch wußten nur er und die anderen drei von der tödlichen Bedrohung.

Der Falke genoß ihre Ahnungslosigkeit. Seine Augen blitzten.

Washington erwachte. Er würde dafür sorgen, daß die Stadt so schnell nicht wieder in ihre Ruhe zurückfallen würde. Nicht nur die Hauptstadt, die Welt würde sich für immer verändern. Denn nun war es soweit. Er, der Falke, hatte es geschafft, wovor sich die Experten seit Jahren fürchteten. Er hatte eine Atombombe, und wenn er es wollte, dann würden all die Bürokraten nicht mehr zu ihren Familien zurückkehren. Neben dem Kiosk hingen mehrere Münz-Telefone. Er suchte in seiner Tasche, bis er eine 25-Cent-Münze fand. Er hob den Hörer ab und wählte sorgfältig die Nummer … Eine kühle weibliche Stimme meldete sich: »The White House.«

»Hören Sie gut zu, unterbrechen Sie mich nicht«, sagte der Falke in den Hörer.

»Ich habe eine Nachricht, die wird Ihren Präsidenten sehr interessieren.«

Die Stimme blieb kühl.

»Ich verbinde Sie.«

Eine andere Stimme meldete sich.

»Was kann ich für Sie tun?« fragte die Stimme, diesmal die eines Mannes. »Ich habe eine wichtige Nachricht«, wiederholte der Falke, »für Webster. Und Sie tun gut daran, wenn Sie mir genau zuhören.«

»Ich höre«, sagte die Stimme.

Der Falke sprach, etwa zwei Minuten, dann legte er auf.

In der Ferne, aus der Richtung des Weißen Hauses, sah er eine Gruppe von Joggern über die Mall auf sich zukommen. Auf der Constitution Avenue folgten den Läufern mehrere schwarze Limousinen und Geländewagen, die ein Blaulicht auf dem Dach hatten. Zwischen der Gruppe rannte aufgeregt ein Golden Retriever hin und her. In der Mitte zwischen drahtigen, jungen Männern, die alle Windjacken trugen und ständig die Umgebung mit ihren Augen absuchten, lief ein Mann mit einem grauen Trainingsanzug und einer schwarzen Baseballmütze. Die Figur kam dem Falken bekannt vor. Er schaute genauer hin. Es war Bill Webster bei seinem allmorgendlichen Dauerlauf, umgeben von Beamten des Secret Service.

Er merkte, wie ihn die Blicke der Leibwächter aus der Ferne streiften. Doch keiner interessierte sich wirklich für ihn, einen dunkelhäutigen Mann in der Uniform einer Reinigungsfirma, einen von so vielen, die frühmorgens die Gebäude im Regierungsviertel säuberten, bevor Washington seine Amtsgeschäfte aufnahm.

Washington, D. C.

Der blöde Köter, dachte Antony Blake, dieser verdammte Bastard. Connie hatte es sich unter dem Kabinettstisch bequem gemacht und seinen Kopf auf die Füße des Sicherheitsberaters gelegt. Er wedelte zufrieden mit dem Schwanz.

Blake verzog das Gesicht. Er merkte, wie Bill Webster, der neben ihm saß, mit der Hand unter den Tisch nach dem Kopf des Hundes suchte, um ihn zu streicheln. Dabei erwischte er Blakes Knie. Blake räusperte sich.

»Oh, Tony«, sagte Webster, »wir müssen wirklich endlich dafür sorgen, daß Connie einen Korb hier in der Ecke bekommt, einen festen Platz, damit der arme Kerl nicht immer unter dem Tisch liegen muß.«

Blake schaute in die Runde. Ihm gegenüber saß Madeleine McConnor, eine beleibte Blondine um die 60. Der Duft ihres Parfüms wehte zu ihm über die Tischplatte herüber. Gut, dachte er, aber zu stark für ihr Alter. Er mußte anerkennen, daß Webster mit ihr eine gute Wahl getroffen hatte. Madeleine McConnor war lange an der Harvard-Universität gewesen und hatte dort internationale Beziehungen gelehrt, bevor Webster sie entdeckt und zum Erstaunen aller zu seiner Außenministerin gemacht hatte. Blake sah ihr energisches Kinn, das sie vorreckte, und ihre kräftigen Hände, die auf einer Akte ruhten, die vor ihr lag.

Zum Nationalen Sicherheitsrat, der sich rund um den Kabinettstisch versammelt hatte, gehörte auch CIA-Chef John Smith, der Chef der Vereinigten Stabschefs, General Robert Taylor, und auch der FBI-Chef George Fitzgerald war an diesem Morgen als Gast dazugebeten worden.

»Okay, Tony, was gibt's?« eröffnete Webster die Sitzung. Er trug einen dunkelblauen Anzug mit einer Krawatte, die Blake etwas zu bunt erschien.

»Leider wenig Gutes«, sagte der Sicherheitsberater. Er hoffte, er würde auf Anhieb den richtigen Knopf finden. Er sah die Wiedergabe-Taste des Kassettenrekorders, der vor ihm auf dem Tisch stand, und drückte sie. Die Stimme, die aus dem kleinen Lautsprecher ertönte, hatte einen schweren arabischen Akzent.

»Hören Sie zu, Webster«, sagte der Falke, »ich weiß, Sie werden es nicht wahrhaben wollen. Aber wir haben sie, die Bombe – eine Atombombe. Und sie liegt irgendwo in ihrem Hinterhof.

Wenn Sie nicht tun, was wir wollen, denn werden wir diesmal Hiroshima spielen – nur sehr viel größer. Washington ist dann platt, sehr platt, verstehen Sie, Webster?«

Die Stimme auf dem Tonband klang höhnisch. Der Falke wurde lauter: »50 Jahre habt ihr die Zionisten-Schweine in Tel Aviv unterstützt, 50 Jahre lang habt ihr die Araber mit Füßen getreten. Arabisches Blut bedeckt die Erde Palästinas, Zehntausende unserer Brüder haben die Zionisten abgeschlachtet. Aber Allah, der Allmächtige und Erhabene, hat uns endlich das Schwert in die Hand gegeben, um sie zu rächen und unsere Ehre zurückzugewinnen.«

Der Falke machte eine Pause, alle an dem Tisch hörten, wie er schwer atmete.

»Sie haben nur eine Chance, Webster: Zeigen Sie Reue. Brechen Sie Ihre Beziehungen zu Israel ab. Zeigen Sie der Welt, daß Sie unsere gerechte Sache unterstützen.

Der amerikanische Botschafter in Israel muß das Land demonstrativ verlassen und eine Erklärung verlesen, daß die USA ihre diplomatischen Beziehungen zu den Zionisten abbrechen. Die ganze Welt soll Zeuge sein. Wir verlangen, daß die Abreise aus Tel Aviv live auf CNN übertragen wird.

Und dann noch etwas, Webster – wir wollen, daß die Israelis 100 unserer Brüder aus ihren Gefängnissen entlassen und nach Libyen fliegen. Machen Sie Ihren Freunden in Jerusalem klar, daß wir nicht spaßen. Und bemühen Sie sich gar nicht erst, mit uns zu verhandeln. Es gibt nichts zu verhandeln. Entweder Sie tun, was wir sagen, oder die Bombe geht hoch. Sie haben noch 46 Stunden, Webster, 46 Stunden, sonst wird die Supermacht Amerika leider ohne Hauptstadt sein. Alahu akbar – Gott ist groß.«

Blake schaltete den Rekorder ab. Er sah in die betretenen Gesichter der anderen. Er spürte, wie Connie unter dem Tisch mit dem Schwanz wedelte. Er war versucht, dem Hund einen Tritt zu geben, beherrschte sich aber im letzten Moment.

Webster räusperte sich.

»Ein starkes Stück«, sagte er. »Nun, was halten Sie davon?«

»Bisher ist es nur ein anonymer Anruf«, sagte Madeleine McConnor. »Wir können nicht unsere israelischen Freunde aufgeben und uns vor aller Welt demütigen lassen, nur weil irgendein Verrückter sich wichtig tun will.«

»Was meinen Sie, George?« wandte sich Webster an den FBI-Chef.

»Wenn Sie mich fragen: ich rate zur Vorsicht. Leider hat die Erfahrung gelehrt, daß wir heutzutage solche Drohungen ernst nehmen müssen. Erinnern Sie sich an die Bombe im World Trade Center? Das hat auch niemand für möglich gehalten. Und das war nur eine konventionelle Bombe, die ein paar Araber in einer Garage zusammengebastelt haben. Natürlich brauchen wir mehr Beweise, aber wir können nicht einfach so tun, als gebe es diese Drohung nicht.«

Ein Adjudant in der Uniform eines Oberstleutnants trat in den Raum, einen Aktenordner mit der Aufschrift »Streng geheim« unter dem Arm. Er reichte ihn an den CIA-Chef weiter.

Smith rückte seine Brille zurecht und überflog den Text. Dann meldete er sich zu Wort.

»Bei unserer Botschaft in Moskau hat sich eine Frau gemeldet, leider anonym. Klang ziemlich aufgeregt. Sie behauptet, sie habe persönlich einen Atomsprengkopf nach New York gebracht. Sie sagt, er sei für irgendwelche Araber bestimmt gewesen.«

Blake sah, wie Webster sich aufrecht setzte. Er bekam wieder diesen durchdringenden Blick, der anzeigte, daß er sich das Thema zu eigen gemacht hatte. Blake hatte lernen müssen, Webster nicht zu unterschätzen. Er kam aus der Provinz, Washington war für ihn über 40 Jahre ein Fremdwort, aber er war in der Lage, schnell zu lernen.

»Verdammt«, sagte Webster, »ich fürchte, George hat recht. Wir können das nicht einfach ignorieren.«

Er fixierte den FBI-Chef.

»Also, sehen Sie zu, was Sie tun können. Drehen Sie jeden Stein um. Und kein Wort an die Presse. Es darf keine Panik aufkommen.«

Fitzgerald starrte auf den Kassettenrecorder, so, als berge er alle Antworten.

»Wann ist der Anruf eingegangen?«

»Vor zwei Stunden«, sagte Lake. »Uns bleiben dann noch 44 Stunden.«

Alle Augen richteten sich auf die große Uhr an der Stirnwand des Raumes, direkt über dem Präsidenten. Für einen Augenblick herrschte eine beklemmende Stille. Selbst Connie hatte das Wedeln mit dem Schwanz eingestellt.

Washington, D. C.

Der Fahrer hielt den Blick nach vorne gerichtet, auf den Verkehr. Schließlich schaute er doch kurz in den Rückspiegel.

»Ist Ihnen nicht gut, Sir?« fragte er.

George Fitzgerald schreckte auf.

»Wie? Eh ... ich ... ich bin okay.«

Fitzgerald merkte, wie sein Puls raste, und er fühlte sein Herz bis zum Hals pochen. Er sah die Pennsylvania Avenue an sich vorbeigleiten. Ein leichter Nieselregen hatte eingesetzt, sein Blick war auf die Tropfen fixiert, die sich auf den Seitenscheiben seiner schwarzen Limousine gebildet hatten. Fußgänger huschten an ihm vorbei, arglos, ahnungslos. George Fitzgerald nahm es nur unterbewußt wahr, denn seine Gedanken kreisten um ein einziges Problem.

Verdammtnochmal. Warum ich? dachte er. Er hatte soeben an einer Sitzung im Oval Office teilgenommen, und seither sah er die Welt um sich herum, das Regierungsviertel von Washington, mit anderen Augen. Nichts war plötzlich noch so, wie es einmal war. Er stöhnte leise. Wieder sah er den Blick seines Fahrers im Rückspiegel. Nervös schaute Fitzgerald auf seine Armbanduhr. Wut stieg in ihm auf. »Bastard«, sagte er, »elender Bastard.«

Dabei wußte er genau, daß er auf den unbekannten Anrufer genauso wütend war wie auf sich selber. Denn schlagartig war ihm klar, wie gänzlich unvorbereitet ihn die neue Situation getroffen hatte.

Vor gerade einmal sechs Monaten war er zum Direktor des FBI ernannt worden, und er war dabei, sich auf diesem Posten gegen viele Widerstände durchzusetzen und einzuarbeiten. Und nun plötzlich das! Seit seiner Amtsübernahme hatte man ihn intensiv auf alle erdenklichen Ernstfälle eingestimmt. Nur dieser hier hätte nicht eintreten dürfen, schon gar nicht jetzt, denn er war noch weit davon entfernt, darauf routiniert und emotionslos reagieren zu können. Bei diesem Gedanken mußte er gequält lächeln, aber seine Lippen zitterten. Würde er überhaupt jemals in der Lage sein, einen solchen Krisenfall zu bewältigen? Noch hatte er nicht die vollständige Kontrolle über sein Amt. Er mußte sich gegen eine Unzahl von Neidern durchsetzen und gleichzeitig den durch eine Reihe von Skandalen arg ramponierten Ruf des FBI aufpolieren. Ausgerechnet jetzt, in dieser schon verfahrenen Situation, sollte er sich der ultimativen Herausforderung stellen.

Dabei, so mußte er sich eingestehen, war er noch ein Grünschnabel, und unter seiner Führung sollte das FBI nun die Stadt Washington retten? Und nebenbei noch die gesamte amerikanische Regierung und damit letztlich die Nation, denn was war ein Land ohne seine Regierung?

Als die Limousine vor einer Ampel halten mußte, tauchte vor ihm die Nordwestecke des Hochhauses auf, in dem sich sein Büro befand. Das gewaltige Gebäude hatte die Ausmaße eines ganzen Häuserblocks zwischen der 9th und 10th Street an der Pennsylvania Avenue. Dieser Betonklotz trug offiziell den Namen »The J. Edgar Hoover Building«, doch niemand verwendete ihn. Seine klotzige, schwerfällige Architektur stand in krassem Gegensatz zu der eleganten Leichtigkeit des Baustils der benachbarten Washingtoner Gebäude.

Erst bei diesem Anblick fiel Fitzgerald auf, wie stark dieser Klotz einer Festung ähnelte. Aber wozu diente diese Festung? Sollte sie uneinnehmbar sein, oder sollte sie sein Gefängnis darstellen? Heute war der Tag, an dem er sich wie ein Gefangener fühlte. Der hohe Status und die immense Macht seines Amtes wurden plötzlich überschattet von einer erdrückenden Verantwortung, gegen die er sich instinktiv wehrte. Er rollte seine Augen nach oben, sah aber nur das Dach des Wagens.

»Warum ich? Warum, zum Teufel, ausgerechnet ich?« flüsterte er.

Er mußte schlucken und biß die Zähne aufeinander. Sein Fahrer hielt, stieg aus und öffnete ihm die Wagentür. George Fitzgerald versuchte, Haltung zu bewahren, als er ausstieg und mit dem Aufzug zu seinem Büro im elften Stock fuhr. Als er am Schreibtisch seiner Empfangssekretärin vorbeiging, wies er sie an: »Bernice, stellen Sie bitte fest, wo sich Mr. Schoefield befindet, und teilen sie ihm mit, er soll sich unverzüglich bei mir melden.«

»Zeke, du solltest auf andere Gedanken kommen.«

Art Carlson schaute seinen Freund über den Schreibtisch hinweg an. Die beiden hatten die FBI-Akademie in Quantico zusammen absolviert und sich dann langsam die Hierarchie hinaufgearbeitet. Zwischen ihnen hatte immer eine Art freundschaftlicher Rivalität bestanden, bis Arts Karriereleiter ihn zur Technischen Abteilung des Büros brachte, während Zeke die Verwaltungslaufbahn einschlug. Beide hatten sie die 50 überschritten, beide hatten sie Spitzenpositionen erreicht. Jedenfalls, was Art anging. Als Leiter der Technischen Abteilung war er mit dieser letzten Stufe auf der Karriereleiter mehr als zufrieden. Ganz anders Zeke Schoefield. Art sah, wie Zeke mit dem Finger auf einen seiner Vorderzähne klopfte, für ihn ein klarer Hinweis, daß er innerlich erregt war.

»Hör mir doch zu, Zeke. Diese Sache frißt dich auf, aber da ist einfach nichts mehr zu machen. Vergiß es!«

Zeke Schoefield sah ihm direkt in die Augen.

»Ja, ja. Du hast ja recht. Aber sie läßt mich eben nicht los. Wie soll ich mich da beruhigen? Herrgottnochmal, es ist und bleibt eben eine verdammte Ungerechtigkeit. Ich weiß es, du weißt es, und alle anderen wissen es auch.«

Art schaute seinen Freund wieder an, diesmal jedoch etwas kritischer als vorher. Vielleicht lag es an seinem Aussehen. Mit seinem schütteren Haar, seinen hängenden Schultern und seinem verschlafenen Blick ähnelte Zeke Schoefield eher einem Kaufhausangestellten als einem Leitenden Beamten des FBI. Das war wohl der Grund, warum man ihn, den Stellvertretenden Direktor des FBI, bei der Beförderung übergangen und ihm jemand von draußen vor die Nase gesetzt hatte, der die Show leiten sollte. Dieser Fitzgerald würde den Rest seines Lebens auf seinem

Posten sitzen und nach seiner Pensionierung nicht einmal die Hälfte von dem wissen, was Zeke schon längst vergessen hatte. Das einzige, das für Fitzgerald sprach, war, daß er eben wie der Boß aussah und auch so redete. Ein gutaussehender Mann mit den notwendigen politischen Verbindungen, dieser Fitzgerald, das mußte er zugeben. Er hatte genau das, was Zeke fehlte. Carlson konnte sich einfach nicht vorstellen, wie Zeke mit der Presse umgehen würde oder mit den Mächtigen und Einflußreichen dieser Stadt zwanglos plauderte.

»Das ist jetzt schon länger als ein halbes Jahr her, alter Knabe. Aber das ändert überhaupt nichts an der Sache. Find dich also damit ab und tu das, wofür du bezahlt wirst.«

Schoefield wollte sich nicht beruhigen.

»Ich hätte diesen Job bekommen müssen. Jeder hier weiß das.«

Genau das war es eben, dachte Art, was Schoefield nicht verstehen konnte oder nicht verstehen wollte. Die Besetzung dieses Postens war eine rein politische Angelegenheit. Mit Verdiensten oder Fähigkeiten, über die Zeke zweifellos verfügte, hatte das nicht im geringsten zu tun.

»Okay, Zeke, Schluß damit ...« Der Summer auf Carlsons Schreibtisch unterbrach ihn. Er drückte den Knopf der hausinternen Sprechanlage. »Mr. Carlson, Sir, Mr. Schoefield soll in das Büro des Chefs kommen. Dringend.«

Man führte ihn direkt in das Heiligtum des Direktors, und Fitzgerald forderte ihn mit einer Handbewegung auf, sich zu setzen, während er sein Telefonat zu Ende führte. Der Direktor saß zurückgelehnt in seinem schwarzen Ledersessel, eine Hand hinter den Kopf gelegt, und starrte die Decke an; wahrscheinlich sprach er mit irgend jemandem über Veränderungen seiner privaten Haushaltsplanung. Was war denn so verflucht dringlich, wenn dieser Hundesohn hier mit seiner Frau Privatgespräche führte, dachte sich Schoefield. Er fühlte, wie der Haß auf diesen Karrieristen in ihm hochstieg.

Der Direktor hatte sein Gespräch beendet und lehnte sich auf den Schreibtisch: »Entschuldigen Sie bitte, Zeke.«

Er haßte es, wenn dieser Mann ihn mit seinem Spitznamen anredete. Der war für seine Freunde reserviert, und zu denen zählte Fitzgerald nun wahrlich nicht.

»Keine Ursache, Sir«, sagte er und hoffte, daß die zynische Art und Weise, wie er ihn als »Sir« tituliert hatte, nicht zu dick aufgetragen war, aber trotzdem seine Haltung ihm gegenüber verdeutlichte.

Fitzgerald biß sich auf die Unterlippe, schaute einen Augenblick lang auf seine gefalteten Hände und blickte dann Schoefield ins Gesicht: »Zeke, ich komme gerade aus dem Weißen Haus. Wir haben da ein verflucht großes Problem, und ich brauche dringend Ihre Hilfe.«

Las Vegas, Nevada

Jay Berry stellte die Dusche ab und griff nach dem Handtuch, trocknete seine blonden Haare und ging wieder ins Schlafzimmer zurück.

»Michelle«, rief er dem Bündel von Decken zu, daß in der Mitte des Ehebetts lag. Als er keine Antwort bekam, ging er zum Bett und wickelte sich das Handtuch um die Hüfte. »Komm schon, Schatz. Du kommst sonst zu spät zur Arbeit.«

Jetzt war ein verschlafenes Stöhnen aus dem Deckenbündel zu hören. Jay wiederholte spöttisch aber liebevoll: »Michelle … Spatz, nun steh endlich auf.«

»Laß mich in Ruhe«, antwortete sie, und das Bündel von Dekken bewegte sich, als sie sich noch fester einrollte.

Er ließ das Handtuch zu Boden fallen, hob eine Decke und schlüpfte zu seiner Frau ins Bett.

»Pfui, du bist ja noch naß!«

»Nur feucht«, antwortete er.

Sie drehte sich zu ihm um und strich mit ihren Fingern durch sein Haar, griff eine Strähne und zog daran: »Lieber Herr Dr. Berry, Sie haben offenbar völlig vergessen, daß ich heute erst nachmittags Dienst habe. Na, erinnerst du dich jetzt?« Diesen verschlafenen Blick hatte er schon immer sehr sexy an ihr gefunden.

»Mist,« sagte er, warf den Kopf zurück auf das Kissen und schlug sich auf die Stirn. »Hab ich tatsächlich vergessen. Entschuldige bitte, Liebling.«

Michelle Berry schlang ihren Arm um seine Brust und kuschelte sich an ihn. »Und du hast bestimmt auch vergessen, daß du versprochen hast, die Kinder heute morgen zur Schule zu fahren, mmh?«

»Ja, jetzt, wo du es sagst, fällt's mir wieder ein, aber da du ja jetzt wach bist ...«

Sie griff sich ein Kissen und drückte es auf sein Gesicht. »Ich glaub' dir kein Wort«, spielte sie die Verärgerte. »Ich kann nur hoffen, daß du bei den Zähnen deiner Patienten nicht so vergeßlich bist wie bei deinen häuslichen Pflichten.«

»Zähne? Welche Zähne denn?« murmelte er unter dem Kopfkissen.

Sie zog das Kissen weg. »Du bist wirklich unmöglich! Wie konnte ich nur auf dich hereinfallen, Jay Berry?«

»Weil wir das perfekte Paar sind«, antwortete er und legte beide Hände hinter den Kopf. »Ich schütze die Bürger von Las Vegas, Nevada, vor den verheerenden Schäden an Zähnen und Zahnfleisch, und du, du schützt die Vereinigten Staaten von Amerika vor Nuklearterrorismus.«

»Sehr witzig«, sagte sie, schwang die Beine aus dem Bett und tastete mit ihren Zehen nach den Hausschuhen.

»Was möchtest du zum Frühstück?«

»Wie wär's mit Spiegeleiern mit Speck und Toast?«

Als sie ihren Bademantel zugebunden hatte, drehte sie sich zu ihm um. Sie sieht verflucht gut aus, dachte er, als er sie betrachtete. Ihr Aussehen hatte ihn von Anfang an verhext. Großgewachsen, schlank, wenn auch ein wenig breitschultrig, und ein

Gesicht, nach dem sich jeder umdrehte. Ihre lange, blonde Mähne zog die Blicke auf sich, aber ihr Gesicht bewirkte, daß man den Blick auf ihr ruhen ließ. Nun fixierte sie ihn mit ihren dunkelblauen Augen und sagte: »Sie können von Glück reden, wenn Sie von mir heute morgen überhaupt Toast und Kaffee bekommen, Mister.« Dann lächelte sie ihn boshaft an: »Dafür schuldest du mir was.«

»Was denn genau?« rief er ihr nach, als sie das Zimmer verließ.

Eine Dreiviertelstunde später waren alle aus dem Haus, die beiden Kinder, Mark und Sally, ab zur Schule und Jay auf dem Weg zur Praxis. Sie saß alleine in der Küche und trank ihren Kaffee. Seit langer Zeit war sie einmal wieder morgens allein zu Hause. Ich habe wirklich Glück im Leben, dachte sie. Ein großartiger Mann, tolle Kinder, und dazu noch einen aufregenden Beruf. Sie schaute sich um. Vor etwa zwei Jahren hatten sie dieses Haus bezogen, fast so etwas wie ihr Traumhaus. Vier Schlafzimmer, Swimming- und Whirlpool, alles vorhanden, was das Leben angenehm macht.

So würde das also jeden Morgen sein, wenn ich nicht berufstätig wäre, dachte sie sich. Seit mehr als einem Jahr versuchte Jay nun schon, sie zu überreden, ihren Job aufzugeben und nur Hausfrau zu sein, bis die Kinder alt genug wären, aber sie konnte einfach nicht. Sie hatte zu viel investiert, um dahin zu kommen, wo sie jetzt war. Es war verdammt schwer gewesen, sich gegen Männer in einem männlichen Beruf durchzusetzen, und das würde sie nicht so einfach aufgeben. Sie war bis heute die einzige Frau in NEST, dem Nuklearen Krisensuchteam, und sie wußte nur zu genau, daß sie dies ihrer Intelligenz, ihrer körperlichen Fitneß und ihrem Einsatzwillen zu verdanken hatte. Sie wollte und konnte das, was sie erreicht hatte, nicht einmal für eine kurze Zeit aufgeben. Aber vielleicht würde Jay doch seinen Willen durchsetzen können. Sie blickte nach unten und fuhr mit der Hand über ihren Unterleib. Sie hatte ihrem Mann nichts davon erzählt, aber das war genau der Grund, warum sie sich den heutigen Vormittag freigenommen hatte. Sie hatte um elf Uhr einen Termin bei ihrem Gynäkologen, aber das war keine Routineuntersuchung. Seit zwanzig Jahren, seit ihrem vierzehnten Lebensjahr, war ihre Periode mit der Regelmäßigkeit eines Uhrwerks gekommen, und daher nahm sie ihr Ausbleiben nicht auf die leichte Schulter. Vielleicht ja nur ein Zufall, dachte sie.

Sie stellte die leere Tasse in die Spüle zum Frühstücksgeschirr. Nach dem Joggen würde sie saubermachen und abwaschen.

Sie joggte nun seit zwanzig Minuten, und dabei fiel ihr wieder ein, warum sie immer vor dem Frühstück lief. Gegen neun Uhr morgens schien die Sonne bereits so intensiv, daß eine bleierne Hitze über der Wüste hing. An diesem Morgen war es völlig windstill, und der Asphalt strahlte eine ungeheure Hitze ab, die schon einem normalen Fußgänger den Schweiß ins Gesicht trieb. Am Horizont sah sie das Flimmern der Hitzewellen, die über dem Teer der Rollbahn schwebten. Mit dem Schweißband an ihrem Handgelenk wischte sie sich über die tropfnasse Stirn. Trotz dieser Hitze fühlte sie sich wohl. Sie genoß das Gefühl ihrer körperlichen Fitneß, und immer wieder zwang sie sich, in Form zu bleiben. Dreimal wöchentlich Training im Fitneßclub und viermal Laufen hielten sie schlank und fit.

Die Straßen des Wohnviertels, durch das sie joggte, waren relativ eben. Das Fehlen von Steigungen glich sie durch erhöhtes Lauftempo aus. Ihre üblichen fünf Meilen schaffte sie in ungefähr fünfunddreißig Minuten, aber in dieser Hitze würde sie wohl länger brauchen.

Sie umrundete eine Straßenbiegung und kam an einem Wüstenstreifen vorbei, den man bereits für neue Bauten planiert hatte. Wenn man Las Vegas hört, denkt man automatisch an die Hauptstraße mit ihren Spielkasinos, aber diese Stadt breitete sich mit unglaublicher Geschwindigkeit nach allen Richtungen aus. Sie haßte die Gefräßigkeit der Stadt, die die Landschaft vernichtete und die Schönheit der Natur mit einer Reihenhauszeile nach der anderen verschandelte. Sie hatte den Eindruck, daß es immer »die anderen« waren, die an der Zerstörung der Wüste schuld waren, aber eigentlich gehörte sie ja auch dazu. Darüber jedoch wollte sie nicht weiter nachdenken.

Sie hatte die Hälfte ihrer Strecke hinter sich, ein leichtes Ziehen machte sich im rechten Knöchel bemerkbar, und sie begann, das Tempo zu steigern. Sie schüttelte die Arme, um die Verspannung in ihren Schultern zu lockern, und konzentrierte sich ganz auf ihren Laufrhythmus. Ein Lastwagen des United Parcel Service fuhr vorüber, und sie winkte dem Fahrer, der ihr bekannt vorkam, zu. Jetzt schwitzte sie immer stärker, und ihre Lunge war an der Grenze ihrer Leistungsfähigkeit angelangt, als sie zum Schlußspurt ansetzte. Zunächst nahm sie das Signal des elektronischen Piepsers nicht war.

Dann aber wurde ihr bewußt, was zu tun war. An der nächsten Kreuzung bog sie ab und sprintete, so schnell sie noch konnte, zum kleinen Einkaufszentrum des Viertels. Völlig außer Atem zog sie einen Vierteldollar aus ihrem Geldtäschchen, warf ihn in das Münztelefon und wählte die Nummer der NEST-Zentrale. Nachdem sie ihren Geheimcode eingegeben hatte, wurde sie direkt mit Dan Carothers, ihrem Einsatzleiter, verbunden.

»Michelle«, hörte sie ihn in einem Ton sagen, der seine Anspannung verriet. »Ich weiß zwar, daß du heute morgen freigenommen hast, aber wir haben hier höchste Alarmstufe bekommen. Ich brauche dich jetzt hier in der Zentrale. Komm so schnell wie irgend möglich. Und glaube nicht, daß du so bald wieder nach Hause kannst.«

Washington, D. C.

»Mach schon, mach schon«, sagte der Mann mit dem Bürstenhaarschnitt zu dem Techniker im blauen Overall, der gerade einen Computer auf seinen Schreibtisch hievte. »Zehn Minuten«, sagte der Techniker, »dann läuft das Ding.«

Nervös klopfte der FBI-Agent auf die Gabel seines Telefons.

Nichts, kein Wählton. Er knallte den Hörer zurück auf den Apparat. »Davon geht's auch nicht schneller«, bemerkte der Techniker, der dabei war, die Kabel mit dem Computer zu verbinden. »In spätestens einer halben Stunde sind alle Telefone geschaltet. Nehmen Sie solange das da.« Er wies auf ein Telefon, das auf dem Schreibtisch nebenan stand.

Der Agent sah, wie sich die Tür öffnete und Zeke Schoefield hereinkam. Einen Moment lang trat Ruhe ein in der Hektik, die den Raum füllte. Alle Augen folgten dem stellvertretenden FBI-Direktor, der zu seinem Schreibtisch hinüberging.

Er setzte sich, wie probeweise, stand dann aber wieder auf, als er die auf ihn gerichtete Aufmerksamkeit bemerkte. Er versuchte ein etwas schüchternes Lächeln.

»Okay«, sagte er »mit Gottes Hilfe – wir werden es schon schaffen!«

Dann setzte er sich wieder und schaute sich in dem großen Raum um. Die Maschinerie des FBI ist für die Behäbigkeit bekannt, mit der sie bei der Aufklärung von Fällen in Gang kommt. Diesmal jedoch war das ganz anders. Zwei Stunden nach seinem Treffen mit dem Direktor des FBI hatte Zeke Schoefield eine Sonderkommission zusammengestellt, die sich mit dieser nationalen Krise befassen sollte. Er hatte im fünften Stock eine ganze Zimmerflucht als seine persönliche Kommandozentrale eingerichtet, denn er benötigte viel Platz für all die Spezialisten, die er in die Kommission berufen hatte, Spezialisten mit Erfahrung im Nachrichtendienst, Sprengstoffexperten und Experten für den Nahen Osten, dazu noch sein Koordinationsteam. Und er mußte persönlich die gesamte Operation überwachen können.

Zeke hatte seinen Schreibtisch auf die erhöhte Plattform am einen Ende des großen Raums aufstellen lassen. Er blickte auf die Hektik vor sich. Er konnte das Gefühl nicht verdrängen: Wenn er ehrlich war, dann fühlte er sich trotz der unerhörten Drohung zufrieden. Zufrieden wie schon lange nicht mehr. Er griff nach seiner Checkliste und ging sie Punkt für Punkt durch.

Seine improvisierte Kommandozentrale war nun fast einsatzbereit. Er hatte dem Secret Service die Aufgabe erteilt, das Gebiet rund um das Weiße Haus zu überwachen. Er war sich nicht sicher, ob die Aussage des Falken, der Sprengkopf befinde sich im »Hinterhof« des Präsidenten, nun bedeutete, daß er sich irgendwo in direkter Nähe des Weißen Hauses oder nur irgendwo in der Hauptstadt befand. Zum jetzigen Zeitpunkt mußte er beides in Betracht ziehen.

Er hatte den Einsatz des NEST-Teams der Ostküste beantragt, das auf der Andrews Air Force Base in Maryland stationiert war, und er hatte zusätzlich verlangt, daß auch das Westküstenteam nach Washington eingeflogen werden sollte. Sein nächster Befehl erging an das Räumkommando der Städtischen Polizei, das er in ständigen Alarmzustand versetzte, und schließlich hatte er beantragt, das Staatliche Bombenräumkommando EOD von seiner Basis in Indian Head, Maryland, in die Hauptstadt einfliegen zu lassen.

Da der Terrorist angedeutet hatte, der nukleare Sprengkopf befinde sich irgendwo in der Stadt, fiel die Ermittlungsarbeit »vor Ort« unter die Zuständigkeit des D.C. Field Office des FBI, dessen Zentrale sich am Buzzard's Point befand, einem kleinen Flecken am Anacostia River, umgeben von zerfallenen Lagerhallen und Schrottplätzen.

Schoefield wählte die Direktverbindung nach Buzzard's Point und wurde auch gleich mit Harold Caldwell, dem Leiter des Washington Field Office, verbunden.

»Harold? Schoefield am Apparat. Wie ist der Stand der Dinge?«

»Einen Augenblick, Zeke.« Schoefield hörte, wie Caldwell mit einem Mitarbeiter redete. Dann war er wieder am Apparat.

»Entschuldigung. Wir sind hier alle etwas hektisch. Wir arbeiten ausschließlich an dieser Sache und haben alles andere gestrichen. Meine gesamten vierundzwanzig Leute sind dran, und ich habe noch zusätzliches Personal aus dem Baltimore Office angefordert. Sie schicken uns weitere zehn Beamte.«

»Gut, gut, Harold, aber was macht ihr da drüben? Nach welchem Aktionsplan arbeitet ihr?«

»Zeke, meine Leute sind über den gesamten Distrikt verteilt und suchen nach jedem noch so kleinen Hinweis, der uns weiterhelfen könnte. Und jeder winzige Hinweis wird ernstgenommen und weiterverfolgt. Nur ... leider bisher ohne Erfolg.«

Schoefields Blick ging an die Decke, so als könne er von dort eine Antwort erwarten. Er holte tief Luft, dann richtete er seine Aufmerksamkeit wieder auf den Telefonhörer an seinem Ohr.

»Gut, Harold«, sagte Zeke. »Im Moment haben wir hier auch noch nicht viel. Aber sobald wir etwas in der Hand haben, geben wir es sofort an euch weiter.«

»Ich hab' hier noch drei Leute in Reserve, damit ich auf Unvorhergesehenes reagieren kann«, erwiderte Caldwell.

»In Ordnung. Ich möchte, daß du jede Stunde mit mir Kontakt aufnimmst. Am besten zu jeder vollen Stunde.«

»Klar, Zeke.«

Schoefield legte auf und wandte sich dem Mann zu, der geduldig vor seinem Schreibtisch wartete.

»Nun, mein Sohn, was gibt's?«

Der junge Mann sah aus, als sei er gerade vom FBI frisch gebacken worden – schlank, sauber gekleidet mit weißem Hemd und konservativer Krawatte, das Haar kurz geschoren. In J. Edgars Form gegossen, dachte sich Zeke, nur mit einem kleinen Fehler: der FBI-Mann war asiatischer Herkunft. Er reichte Schoefield ein Schreiben und meldete: »Ich bin Ihr Verbindungsmann zur CIA, Sir. Dieses Fax hier ist soeben aus Langley eingetroffen. Vermutlich hat es etwas mit unserer Angelegenheit zu tun.« Zeke legte das Fax auf den Schreibtisch, setzte die Lesebrille, die an einem Band um seinen Hals hing, auf und las. Als er es zu Ende gelesen hatte, hatten sich seine Augenbrauen weit nach oben geschoben. Er schaute den jungen Mann an, bedeutete ihm durch ein kurzes Kopfnicken, daß er gehen könne, und sagte ein knappes »Danke sehr«. Dann wählte er Fitzgerald direkt an.

»Sir«, sagte Schoefield, »wir haben hier soeben ein Fax aus Langley bekommen. Man hat ihnen da einen Bericht über den Mord an einem russischen Staatsbürger geschickt, der in

Brighton Beach, New York, begangen wurde. Da der Mann im Besitz eines Besuchervisums war, hat die Stadtpolizei es der INS, der Einwanderungsbehörde, gemeldet, und die haben die CIA benachrichtigt. Deren Leute in Moskau wiederum haben ihn überprüft. Scheint so, als wäre dieser Andreij Smolzewski ein russischer Kernphysiker. Wurde vor rund einem Jahr rausgeworfen und war von da an eine Verstärkung im Heer der Arbeitslosen. Dann taucht er plötzlich als Leiche in einem fast völlig verlassenen Mietshaus in New York auf und – jetzt kommt es – der Superintendent sagt, die Wohnung wurde vor drei Monaten von einem Ausländer angemietet. Er ist der Meinung, dieser Typ könnte ein Araber gewesen sein.«

»Danke, Zeke«, sagte Fitzgerald und legte auf.

Danke, Zeke, sagte sich Schoefield und legte ebenfalls den Hörer auf die Gabel. Es ist so unglaublich befriedigend, zu dieser großartigen Organisation zu gehören. Er ließ die Lesebrille auf seine Brust fallen.

George Fitzgerald drehte sich mit seinem Ledersessel dem Fenster zu und schaute über die Pennsylvania Avenue auf die Rückseite des Gebäudes im neoklassischen Stil, in dem sich das Nationalarchiv befand. Die Strahlen der untergehenden Sonne tauchten die Marmorfassade des Gebäudes in einen warmen, goldenen Farbton. Er bildete aus seinen Fingern eine Pyramide und legte sein Kinn auf die Daumen. Unten auf den Straßen hatte der Feierabendverkehr eingesetzt; Tausende von Regierungsangestellten machten sich auf in den großen Stau des Heimwegs, die meisten von ihnen nach Maryland und die Vorstädte in Virginia. Der Wind frischte auf, trieb Papierfetzen den vom französischen Architekten L'Enfant erbauten Grand Boulevard entlang und ließ die Ampeln an ihren Kabeln hin- und herschwanken.

Fitzgerald wandte sich wieder seinem Schreibtisch zu und drückte auf den Knopf der Sprechanlage.

»Barbara, geben Sie mir Mr. Blake im Weißen Haus.«

Moskau, Rußland

Sie hatte sich gezwungen, das Abendessen vom Vortag noch einmal aufzuwärmen. Nun stocherte sie lustlos mit der Gabel auf dem Teller herum.

Natascha Tschechowa trug immer noch ihr Nachthemd. Ihre Haare waren ungekämmt, unter den Augen hatten sich dunkle Ringe gebildet. Neben dem Teller stand eine Wodkaflasche. Sie war halbleer. Gedankenverloren schenkte Natascha nach, in ein Wasserglas. Sie nippte, dann schüttete sie den Wodka in sich hinein. Sie merkte, wie er auf ihren leeren Magen traf. Die Übelkeit kam erneut in ihr hoch.

Jurij, dachte sie, oh Jurij. Sie nahm das Bild in die Hand, aus dem ihr sein Gesicht entgegenlächelte. Sie streichelte darüber. Dann stand sie auf und kramte in der Schublade einer Anrichte, bis sie die alte Bibel fand. Natascha legte sie vor sich hin. Mein Gott, tu etwas, irgend etwas. Sie bekreuzigte sich. Verzeih mir, Gott, flüsterte sie, ich weiß, ich habe gefehlt. Wieder kamen ihr die Tränen. Der Gedanke jagte immer wieder durch ihren Kopf: ich bin schuld, ich alleine! Ohne mich wäre Jurij jetzt nicht in tödlicher Gefahr.

Gott hatte sie gestraft, dachte sie. Sie hatte ihn durch ihre Tat herausgefordert, jetzt hatte er ihren Jurij nach Washington beordert, mitten in die tödliche Gefahr hinein. Sie seufzte tief. Gott, laß es nicht zu, dachte sie. Sie versprach, jeden Sonntag eine Kerze anzuzünden.

Sie blätterte die Bibel auf, versuchte zu lesen, doch die Zeilen verschwammen durch die Tränen vor ihren Augen. Sie war ohne Gott aufgewachsen. Im Sowjetsystem war er nicht vorgesehen. Ihre Mutter hatte erst gewagt, ihr die alte Bibel aus dem Familienbesitz zu geben, als überall Lenins Büsten gefallen waren. Vielleicht, so dachte sie, wollte Gott sich jetzt rächen.

In der Ecke stand der Fernseher. Sie bemerkte erst jetzt, daß er immer noch lief. Der Sprecher verlas gerade die Meldung, daß

Präsident Chernov am nächsten Morgen zu Gesprächen mit der amerikanischen Regierung nach Washington fliegen würde.

Natascha richtete sich auf. Plötzlich gespannt, verfolgte sie die Nachrichten. Diese Reise, so sagte der Sprecher weiter, sei für das Verhältnis zwischen beiden Ländern von äußerster Wichtigkeit. Durch den Wodkanebel, der ihr Gehirn durchflutete, brach sich ein Gedanke seine Bahn. Chernov würde nach Washington fliegen. Er würde fliegen, dachte sie, fliegen – mit seiner Sondermaschine, für die die Aeroflot die Besatzung stellte.

Sie sprang auf, suchte hastig in ihrer Handtasche nach dem kleinen Taschenkalender mit den Telefonnummern. Sie zog das Telefon zu sich herüber und wählte schnell eine Nummer.

Das Telefon klingelte, dreimal, viermal, fünfmal. »Hör endlich auf«, murmelte sie. Doch das Klingeln dauerte an. Olga Gurkin befreite sich seufzend aus seiner Umarmung, griff über seinen nackten Körper hinweg und angelte sich widerwillig den Hörer. Ihr Make-up war stark ramponiert, ihre blond gefärbten Haare strähnig. Ihr Gesicht war gerötet. Auf dem Nachttisch standen zwei Sektgläser, auf dem Fußboden davor lag eine leere Flasche Krimsekt.

»Ja?« sagte sie in den Hörer. »Oh, Natascha, mein Engelchen, du bist's, so spät noch, wo brennt's?«

Olga Gurkin setzte sich im Bett auf. Mit ihrer freien linken Hand streichelte sie über seine Haare. Wladimir Ostrowski rückte an sie heran und fing wieder an, ihre schweren Brüste zu massieren. Sie unterdrückte ein wohliges Grunzen.

Er war neun Jahre jünger, einer der neuen Kopiloten, der gerade von der Fliegerschule gekommen war. Dort hatte er alle Tests erfolgreich bestanden. Sie hatte gehört, er sei der Beste seines Jahrgangs, und er durfte sogar mit auf die Chernov-Maschine, als Ersatzpilot, zur Einweisung für höhere Aufgaben. Jetzt jedoch mußte er den entscheidenden Test absolvieren, den Olga Gurkin sich persönlich vorbehalten hatte, den Test in ihrem Bett. Es war zwar nur ein bösartiges Gerücht, daß *alle* neuen Piloten dazu verpflichtet waren, doch Olga Gurkin sorgte dafür, daß sie jedenfalls einen wesentlichen Teil der neuen Flieger-Generation persönlich, sehr persönlich einwies. Schließlich war sie die Chefstewardeß der Aeroflot und hatte einen Ruf zu verlieren.

Zufrieden schaute sie auf Ostrowski herab, sah seine gut entwickelten Muskeln, seinen sich wölbenden, behaarten Oberkörper, die sportlichen Beine.

»Also, Natascha, meine Liebe, was ist los?« fragte sie erneut, nachdem sie festgestellt hatte, daß die Anruferin ihre Frage noch nicht beantwortet hatte.

Wieder bemerkte sie das Zögern am Ende der Leitung.

»Sag mal, ist Dir nicht gut? Muß ich mir Sorgen machen?« fügte sie verwundert hinzu. Dies war nicht ihre übliche Natascha, ihre muntere Busenfreundin.

»Olga, du mußt mir einen Gefallen tun«, hörte sie die Stimme Nataschas, »einen großen Gefallen. Du bist doch eingeteilt, um mit Chernov nach Washington zu fliegen.«

»Ja, so ist es, morgen früh um neun geht's los.« Sie streichelte wieder versonnen über die Haare des neben ihr liegenden Piloten. »Olga, bitte, laß mich fahren. Erfinde irgendwas, sprich mit der Einsatzleitung, sag ihnen, daß du krank bist und daß ich dich vertreten soll.« Wieder bemerkte Olga, wie Natascha zögerte. Dann rückte sie mit dem Grund heraus. »Es ist ... eh ... es ist so, Jurij ist in Washington. Olga, ich muß ihn sehen, verstehst du, ich muß ihn unbedingt sehen. So schnell wie möglich«.

Oh Gott, dachte Olga, große Liebe. Was ist nur in Natascha gefahren? Aber sie neigte immer schon zu Sentimentalitäten. Sie spürte, wie Wladimir ihre Schenkel streichelte. Manchmal, dachte sie, konnte selbst sie schwach werden, sich vorstellen, mit einem Mann einmal länger zusammen zu sein als nur ein paar Stunden oder ein paar Tage. Dies zum Beispiel war so ein Moment.

Sie schaute nachdenklich auf den Mann an ihrer Seite. Wie jung er war! Wie männlich! Sie legte ihre Arme um ihn. Nein, sie konnte Natascha nicht helfen. Nicht jetzt. Denn es war doch so:

entweder flog sie mit Ostrowski nach Washington, oder Natascha traf dort ihren Jurij.

Da mußte Natascha leider zurückstehen. Jurij würde schließlich auch bald wieder zurückkommen.

»Tut mir leid, mein Engelchen, wirklich, aber es geht nicht«, säuselte sie in das Telefon. Sie hörte das Schluchzen am anderen Ende der Leitung. »Nimm's nicht so schwer, beim nächsten Mal kriegen wir das schon hin, bestimmt.«

Sie legte auf. Sie wandte sich wieder dem Piloten zu und begann ihn zu küssen. Er leistete keinen Widerstand.

Natascha Tschechowa starrte auf das Bild in dem Silberrahmen. Ohne hinzuschauen suchte sie mit der rechten Hand nach der Wodkaflasche, fand sie und schenkte nach, in das Wasserglas. Sie trank aus, verschluckte sich, hustete minutenlang. Sie warf sich auf das Bett, starrte an die Decke. »Oh mein Gott«, flüsterte sie. Eine Weile lag sie so da, zusammengekrümmt, erschöpft. Es mußte doch einen Ausweg geben! Sie erhob sich und ging zu dem Schrank in der Diele. Sie zog die unterste Schublade ganz heraus und reichte in den Hohlraum, der darunter lag. Sie hob eine Schachtel hervor und öffnete sie. Sie holte die Scheine heraus und zählte nach. 800 Dollar, ihre ganzen Ersparnisse.

Dann ging sie zum Bett zurück und blätterte in ihrem Notizbuch, bis sie die Nummer fand. Sie wählte und wartete ungeduldig, bis sich eine verschlafene Stimme am anderen Ende meldete.

»Nina? Natascha hier.«

»Natascha? Hast du eine Ahnung, wie spät es ist?«

Sie versuchte sich zusammenzureißen, ihre Stimme fest erscheinen zu lassen.

»Ja, ich weiß, entschuldige vielmals, aber das ist ein Notfall. Ich habe gerade einen Anruf aus Washington bekommen, von der russischen Botschaft. Es ist etwas Schreckliches passiert, Jurij, eh ... Major Arbatov, mein Freund, er ist in der Chernov-Vorausdelegation, er hatte einen Unfall, ein Auto. Wir sind befreundet, sehr, du verstehst. Der Mann von der Botschaft meinte, es sei schlimm …«

»Das ist ja fürchterlich«, hörte sie Ninas Stimme, jetzt wacher. Sie saß in der Einsatzleitung, wo sie die Einsätze der Stewardessen koordinierte. Früher war sie selbst geflogen, oft mit Natascha.

»Du, Nina, ich muß hin, ich muß ihn sehen, unbedingt. Und da dachte ich, vielleicht kannst du noch was auf Chernovs Maschine für mich arrangieren. Du weißt doch, ich habe die Sicherheitsüberprüfung, ich war schon mehrfach auf der Präsidentenmaschine dabei und ich habe das Dienstvisum für die USA. Vielleicht kann ja eines der anderen Mädchen krank werden, kurzfristig …«

Am anderen Ende war Stille.

»Bitte, Nina, nur du kannst es arrangieren … Es passiert doch nicht zum ersten Mal, das jemand plötzlich krank wird, jetzt, bei der Grippewelle …«

»Aber du weißt doch, du bist auf keiner Liste, nichts.«

»Nina, bitte, wenn du willst, dann kannst du es hinkriegen, ich bin doch schon mal eingesprungen, damals auf dem Flug nach Peking, als Olga den plötzlichen – wie haben sie es genannt – Schwächeanfall hatte, nach zwei Flaschen Wodka …«

Noch immer bemerkte sie das Zögern. Sie blickte auf das Geldbündel, das vor ihr auf der Bettdecke lag. »Nina«, sagte sie mit leiser Stimme, »es soll dein Schaden nicht sein. Ich habe hier etwas für dich. 800, du verstehst, amerikanisch, alles, was ich habe. Aber ich muß ihn sehen, Nina, ich muß ihn sehen. Bitte …«

»Also gut, ich will sehen, was ich für dich tun kann. Sei eine Stunde eher als sonst am Flugplatz, damit wir die Listen noch umschreiben können. Ich werde selber da sein und mit den Sicherheitsleuten reden.«

Und nach einer Pause: »Und vergiß den Umschlag nicht. Ich denke, ich muß mit den Sicherheitsleuten teilen. Okay?«

»Ja, sicher, du kannst dich darauf verlassen. Danke, Nina, danke.«

Sie legte auf. Natascha ließ sich wieder auf das Bett fallen. Sie legte sein Bild auf ihre Brust und drückte es an ihren Busen. »Jurij«, flüsterte sie, »Jurij.«

Washington, D. C.

Die vier Männer warteten schweigend in Zeke Schoefields Büro. Drei von ihnen hatte Zeke aus der Kommandozentrale hierher beordert und dann Harold Caldwell in Buzzard's Point angerufen. Das Treffen war für Punkt elf Uhr anberaumt worden, und nun saßen sie hier. Das Warten schien endlos, und einige von ihnen begannen nervös auf ihren Stühlen herumzurutschen.

William Rutherford Tuttle hatte das Aussehen eines gealterten Arnold Schwarzenegger und schien das Urbild des FBI-Agenten zu sein, ganz so, wie der Mann auf der Straße ihn sich vorstellt. Genau das aber war er nicht. Er war der intellektuelle Denker und Lenker des Büros, Sprößling einer wohlhabenden und einflußreichen Familie aus Rhode Island, ein kultivierter, belesener Mann, der jedes Detail, das für seine Aufgaben auch nur am Rande von Bedeutung war, im Gedächtnis behielt. Er leitete die Abteilung Nachrichtendienst und saß nun hier auf dem Sofa des Büros, nachdenklich das Spiel seiner Finger betrachtend.

A. J. Kaufmann, eine äußerst dürre Erscheinung mit dem länglichen und kantigen Gesicht eines Raubvogels, war der Nahostexperte, den Schoefield zu sich bestellt hatte. Er saß auf einem Stuhl direkt neben Schoefields Schreibtisch, die Arme hatte er vor der Brust verschränkt, die Beine übereinandergeschlagen, und sein rechter Fuß bewegte sich in einem Takt, den nur er selbst kannte. Bei seinen Kollegen galt er als Außenseiter, was er darauf zurückführte, daß er jüdischer Herkunft war, und im FBI gab es davon nur sehr wenige. Insider jedoch erklärten seine Außenseiterrolle ganz anders. Seine Karriere war unterschiedlich von der verlaufen, die für das FBI typisch ist. Man hatte ihn unter

Umgehung der üblichen Beförderungsstufen und Ausbildungsabschnitte von außerhalb berufen. Hinzu kam, daß sein Spezialgebiet für andere so geheimnisvoll und esoterisch war, daß man ihn nur in Ausnahmefällen hinzuzog. Er selbst war ein herber Mensch, dem auch nichts daran lag, all dies zu ändern. So blieb ihm eben nur die Rolle des merkwürdigen Außenseiters – zumindest bis zu diesem Zeitpunkt.

Caldwell hatte den Wartenden den Rücken zugekehrt. Seine Hände ruhten auf dem Fensterrahmen, und es schien, als betrachtete er die Skyline Washingtons. Hätten die anderen sein Gesicht sehen können, so hätten sie bemerkt, daß er ins Leere starrte und seine Augen von Zeit zu Zeit zuckten. Und da er seine Nervosität verbergen wollte, hatte er sich ans Fenster gestellt.

Am anderen Ende des Büros stand Alvin Brown, ein gedrungener, etwas übergewichtiger Afro-Amerikaner, er hatte die Hände hinter seinem Rücken gefaltet und tat so, als betrachtete er die Galerie von Auszeichnungen, Urkunden und Photographien, die eine ganze Wand in Zeke Schoefields Büro schmückten. Wie Kaufmann war auch Brown ein Außenseiter. Bevor er zum FBI berufen wurde, war er sechs Jahre lang Leiter des Bombenräumkommandos der New Yorker Polizei gewesen, und jetzt bekleidete er dieselbe Position im FBI. Im Gegensatz zu Kaufmann war Alvin Brown ein geselliger Mensch, dessen unkomplizierte Art ihm schnell Zugang zu den alten Seilschaften des FBI verschafft hatte, obwohl er kein Weißer war. Die meisten Veteranen hatten bereits vergessen, daß auch Brown nicht von der Pike auf gedient hatte, und die, die sich noch erinnern konnten, übersahen diesen Makel geflissentlich. Alvin hatte versucht, mit ein paar Scherzen die gedrückte Stimmung in Schoefields Büro etwas aufzuheitern, mußte jedoch schnell feststellen, daß sein Humor hier und jetzt nicht gefragt war.

Endlich hatte ihr Warten ein Ende. Die Tür öffnete sich, und Zeke Schoefield trat ein. Unter dem Arm trug er einen Aktenordner. Keiner der vier Wartenden hatte ihn je ohne Jackett gesehen, aber nun stand er hemdsärmelig vor ihnen. Er begrüßte sie mit einem kurzen Nicken und einem unpersönlichen »Meine Herren«; dann nahm er an seinem Schreibtisch Platz. Caldwell und Brown setzten sich ebenfalls, und die vier Männer blickten den Stellvertretenden Direktor erwartungsvoll an.

Schoefield nahm seine erkaltete Pfeife aus dem Aschenbecher und drehte sie langsam vor sich hin und her.

»Meine Herren, der Grund warum ich Sie hierhergebeten habe«, begann er in seiner ruhigen, methodischen Art, »ist folgender: Wir wollen feststellen, wo genau wir zu diesem Zeitpunkt mit unseren Ermittlungen stehen. Und das soll hier in Ruhe geschehen, abseits dieses Affentheaters da draußen.« Dabei deutete er mit seiner Pfeife auf die Tür. »Fassen wir also zusammen, was wir bisher in Erfahrung bringen konnten, und dann habe ich Ihnen noch die neuesten Informationen mitzuteilen.«

»Nun, was gibt es da schon groß zusammenzufassen?« bemerkte William Tuttle. »Wir wissen doch nur, daß wir es mit einer Terroristendrohung zu tun haben, von der wir annehmen, daß sie echt ist, da man die Verbindung zu der Leiche eines russischen Kernphysikers in New York hergestellt hat.«

»Zum jetzigen Zeitpunkt, William, müssen wir diese Drohung sehr ernst nehmen«, erwiderte Schoefield. Wir haben nämlich weitere Informationen erhalten, die unsere Annahme bekräftigen. Mir liegt ein Bericht aus Brighton Beach vor. Offenbar gab es in der Nähe des Gebäudes, wo der Russe gefunden wurde, zwei weitere Morde. Bei beiden Mordopfern scheint es sich um junge Männer aus dem Nahen Osten zu handeln, die aber ohne Papiere aufgefunden wurden. Allerdings hat die ballistische Überprüfung der Geschosse ergeben, daß alle drei Opfer mit derselben Waffe erschossen wurden, wie man mir gerade mitteilte.«

»Sehr aufschlußreich«, sagte Tuttle. »Ich kann zwar nachvollziehen, warum unser Terrorist den Physiker erledigt hat, aber warum in aller Welt sollte er zwei seiner eigenen Leute umbringen?«

Nun griff Kaufmann in die Diskussion ein: »Zeke hat doch gar nicht behauptet, es handele sich um Araber. Er hat lediglich gesagt, es handele sich um Leute, die aus Nahost stammen, oder, Zeke?« Es bereitete ihm offensichtlich Freude, den Chef der Nachrichtenabteilung zu korrigieren. »In der Tat. Der Bericht besagt: ›Junge Männer aus dem Nahen Osten‹«, stimmte Schoefield ihm zu.

»Und deshalb«, und hier machte Kaufmann eine Kunstpause, »könnten sie beispielsweise Israelis sein.«

»Worauf wollen Sie hinaus, A. J.?« fragte Schoefield.

»Nun, soweit mir bekannt ist, hat unser Spracherkennungsdienst den Anrufer im Weißen Haus als Araber identifiziert.«

»Richtig.«

»Wenn das der Fall ist und wenn es ebenso stimmt, daß er auch den Russen ermordet hat, dann muß ich wohl annehmen, daß diese beiden jungen Männer aus dem Nahen Osten nicht seine Freunde, sondern seine Feinde waren, also Israelis.«

»Mir leuchtet nicht ein, was Israelis mit dieser Angelegenheit zu tun haben sollen«, entgegnete Tuttle.

»Jetzt muß ich Ihnen noch etwas berichten«, unterbrach Schoefield die beiden. »Unsere Leute vom Sprachlabor haben das Tonband aus dem Weißen Haus noch einmal genauer untersucht. Diese Feinanalyse hat ergeben, daß es sich bei dem Anrufer nicht nur um irgendeinen Araber handelt, sondern sie konnten feststellen, wer dieser Mann genau ist. Es ist mit fast hundertprozentiger Sicherheit ein gewisser Ali Ben Nasar, auch unter dem Namen ›der Falke‹ bekannt.«

A. J. Kaufmann schlug sich begeistert aufs Knie. »Aha! Ich wußte doch, daß ich recht hatte. Das ist der Bursche, auf dessen Konto das Bombenattentat auf die israelische Botschaft in Argentinien geht. Und der steckte auch hinter dem Attentat in Rom, wieder auf deren Botschaft. Sollten wir es wirklich mit diesem ›Falken‹ zu tun haben, dann haben wir einen Gegner, den man nicht unterschätzen darf. Der ist extrem gefährlich und ist Muhamar Gaddhafis Busenfreund. Mit einem endlosen Strafregister von Attentaten. Haßt die Israelis wie die Pest. Seit mehr als einem Jahr sind die schon hinter ihm her. Durchaus möglich, daß die beiden New Yorker Leichen zwei Israelis sind, die das Pech hatten, ihn aufzuspüren.«

»Wir konnten ein Photo von Nasar in unserem Archiv ausgraben, kein sehr gutes und wohl schon etwas veraltet, aber wir verteilen es an all unsere Agenten und Polizisten in der Hauptstadt und der näheren Umgebung.« Schoefield legte die Pfeife zurück in den Aschenbecher und faltete seine Hände. »Und dann haben wir da noch einen weiteren Zwischenfall, der mit unserer Sache in Verbindung stehen könnte. Mir liegt hier ein Bericht aus New Jersey vor. Einer ihrer Verkehrspolizisten ist auf dem New Jersey Turnpike vorgestern nacht ermordet worden. Mitten ins Gesicht geschossen. Daraufhin habe ich die Staatspolizei von New Jersey angewiesen, sich mit der von Brighton Beach in Verbindung zu setzen, damit ein ballistischer Vergleich der Geschosse durchgeführt wird. Kann sein, daß der ›Falke‹ auch für diesen Mord verantwortlich ist.«

»Wenn wir ihn und seinen Sprengkopf nicht schnellstens finden, dann könnte er bald für ein paar hunderttausend Morde verantwortlich sein«, meldete sich Harold Caldwell zum ersten mal voller Ungeduld zu Wort. Alle Anwesenden drehten sich zu ihm um. »Ich möchte ja nicht unhöflich sein«, fuhr er fort, »aber es sind nun schon elf Stunden abgelaufen, und es mag ja auch recht interessant sein, hier herumzusitzen und über das ›Wer‹ und ›Warum‹ zu spekulieren, doch ich denke, wir sollten uns einmal auf das entscheidende ›Wo‹ konzentrieren. Wir müssen klären, wo sich dieser Sprengkopf befindet, um ihn zu entschärfen. So hab' ich das in der Schule gelernt.«

»Genau so ist es«, stimmte ihm Alvin Brown zu. »Meine Leute haben höchste Alarmstufe, genau wie auch das EOD und das Städtische Räumkommando. Aber erst müssen wir mal etwas haben, das wir entschärfen können!«

»Irgend welche neuen Erkenntnisse bezüglich der Lokalisierung des Sprengkopfes?« Schoefields Frage ging an Caldwell.

»Zeke, ich habe zwar meine Leute über die ganze Stadt verteilt, aber das ist so, als ob man nach einer Nadel im Heuhaufen sucht. Und nicht nur das, denn wir wissen ja nicht einmal, wie die Nadel aussieht und in welchem Stall sich der Heuhaufen befindet. Das Ding ist ja relativ klein. Es könnte also fast überall versteckt sein.«

»Der Anruf besagte doch, der Sprengkopf sei irgendwo ›im Hinterhof‹ des Präsidenten«, warf Tuttle ein.

»Nun, das könnte zutreffen, es könnte aber genauso gut sein, daß er uns an der Nase herumführt«, entgegnete ihm Caldwell. »Wie weit sind denn die NEST-Teams?«

»Das von der Ostküste, aus Andrews, ist seit fünf Stunden im Einsatz. Sie bearbeiten das Gebiet direkt um das Weiße Haus, aber bislang ohne Ergebnis. Das Team von der Westküste sollte hier sein in etwa …« Er warf einen kurzen Blick auf seine Uhr. »In zirka einer Stunde. Unser Plan besteht darin, das Andrews-Team weiterhin vom Weißen Haus aus einzusetzen und das Vegas-Team in Bereitschaft für den Fall zu halten, daß wir Hinweise aus anderen Bereichen der Stadt erhalten.«

Schofelds Lippen verzogen sich, als er um sich schaute.

»Sonst noch Informationen?«

Als er keine Antwort erhielt, entließ er sie zunächst mit einem knappen Kopfnicken, doch als sie schon an der Tür waren, rief er sie noch einmal zurück.

»Meine Herren. Ich muß Sie ja wohl nicht noch einmal an den Ernst der Lage erinnern. Ich brauche Ihren absoluten Einsatz in dieser Angelegenheit.«

Als sie gegangen waren und die Tür hinter sich geschlossen hatten, legte er den Kopf in seine Hände und murmelte: »Wir werden Glück brauchen, verdammt viel Glück. Oh Gott, hilf uns nur dies eine Mal.«

Wayne Wood hielt einen Moment inne und schaute auf das andere Flußufer. Er liebte die freie Natur, und so war er mit seiner Familie in diese Kleinstadt im Süden Marylands gezogen. Den

Nachteil, daß er täglich länger als zwei Stunden brauchte, um zu seiner Arbeitsstelle in Washington, D.C. zu fahren, nahm er dafür gerne in Kauf. Das Gefühl, die Natur gleich vor der eigenen Haustür zu haben, dieses Gefühl der Freiheit war es, was er immer gesucht hatte. Es gab kaum etwas, das ihm mehr Freude bereitete, als nach dem Abendessen durch diese unberührte Welt zu streifen. Dabei fühlte er sich wie die ersten Siedler der Pionierzeit, und dabei hatten sich sein Blick und sein Instinkt für die Gewohnheiten der Tiere, die an den Ufern des Potomac River lebten, geschärft. Hier gab es Biber und Beutelratten, hier konnte er die Hirsche noch mit eigener Hand füttern.

Wayne war nicht weit von seiner neuen Heimat aufgewachsen. Sein Vater hatte ihn immer auf seine Streifzüge durch die Wälder und auf seine Bootsfahrten mitgenommen, so daß ihm das Jagen und Fischen in Fleisch und Blut übergegangen war. Nun gab er dieses Wissen voller Stolz an seinen Sohn Kevin weiter.

Er suchte das Ufer ab nach seinem Sohn, der wie immer nicht mit ihm Schritt halten konnte. Ich muß ihm einmal eine Pause gönnen, dachte sich Wayne. Es geht alles zu schnell für ihn, und er achtet nicht genug auf die Feinheiten, ohne die man kein Gespür für die Wildnis bekommt. Das aber war Waynes Welt, der Blick für jede Einzelheit, für die winzigen Hinweise, aus deren Beobachtung er die Natur zu erklären verstand. Jetzt kniete er sich nieder, um einen Baumstumpf zu untersuchen, und als er Tierhaar an der Rinde entdeckte, mußte er lächeln. Das mußte eine Hirschkuh gewesen sein. Typisch, wie sie sich in der Brunftzeit an der Rinde rieb. Er schüttelte den Kopf. So wie Kevin durch die Gegend läuft, mußte ihm das ja entgangen sein. Er stand wieder auf und machte sich auf den Weg zum Flußufer, als er plötzlich die Stimme seines Sohnes hörte.

»Papa … Papa, komm her, mach schnell!«

Der Klang von Kevins Stimme hatte etwas, das ihn loslaufen ließ. Der Pfad wurde nun steiler und war mit Wurzelstümpfen von Kiefern bedeckt. Er stolperte und rief »Kevin! Kevin! Wo bist du denn?« – »Hier unten, direkt am Fluß«, hörte er seinen Sohn.

Schließlich fand er seinen Jungen am Flußufer, dort, wo sich am Ende des Pfades das Treibholz des Potomac angesammelt hatte. Kevin stand wie versteinert da und starrte auf das Wasser zu seinen Füßen.

»Was ist los, mein Junge?« fragte Wayne keuchend vor Anstrengung.

Kevin deutete auf die Wasseroberfläche, wo ein Baumstamm und ein alter Autoreifen im Fluß dümpelten.

»Ich glaub', da schwimmt ein Toter«, sagte er tonlos.

Jetzt sah auch Wayne die Wasserleiche. »Jesus Maria, tatsächlich!«

Wayne watete mit seinen Gummistiefeln im seichten Wasser des Flußufers, bis er einen Arm der Leiche packen konnte. Da merkte er erst, wie schwer sie war.

»Kevin, hilf mir. Ich krieg ihn alleine nicht raus«, rief er seinem Sohn zu.

»Ich kann keinen Toten anfassen, Pa!« sagte der Junge, der nun neben seinem Vater stand.

»Stell dich nicht so an. Der kann dir doch nichts mehr tun. Los, pack zu.«

Mit großer Mühe gelang es ihnen dann, den Körper ans Ufer zu ziehen und ihn auf den Rücken zu drehen.

»Der sieht ja aus wie einer von den Latinos, die bei dir arbeiten.«

»Egal. Lauf du jetzt nach Hause und ruf die Polizei an. Ich bleib' solange hier und passe auf.«

Atlanta, Georgia

Auf einem der 60 Monitore im CNN-Regieraum erschien der Kopf von Jonathan Hart. »Okay, wir haben ihn«, sagte der Techniker, ein Mann Mitte 30, »die Leitung nach Moskau steht.« Auf einem anderen Monitor, der anzeigte, was gerade über den Sender ging, lief ein Werbespot für Hühnersuppe.

»Gut, Bobbie«, sagte Joe Halligan, der diensttuende Redakteur in ein Mikrofon, das vor ihm neben dem langen Schaltpult stand. »Moskau ist dran. Wir schalten jetzt gleich zu Jonathan. Er ist auf dem Flugplatz und wird über den Abflug berichten.«

Er sah auf einem dritten Monitor, der das Ausgangsbild des Studios zeigte, wie Bobbie Diaz nickte. Sie nahm einen Kamm und ging damit noch einmal durch ihre blonden Haare. Sie wirkte makellos wie immer, kühl, unnahbar, routiniert, ein perfektes Make-up verdeckte die Tatsache, daß sie Ende 40 und unter den Moderatorinnen in der CNN-Sendezentrale in Atlanta die Seniorin war. Sie trug ein dunkelblaues Kostüm, das ihre Figur gekonnt betonte. Wie immer hatte sie ihre Kontaktlinsen aufgelegt. Niemand würde im Sender je mit einer Brille sehen.

»Sprich ihn auf die jüngsten Gerüchte an«, sagte Halligan wieder in das Mikrofon. »Okay, mach' ich«, sagte Bobbie Diaz. Auf dem Sender lief jetzt ein neuer Werbespot, diesmal für eine Lebensversicherung. Dem Zuschauer wurde eingehämmert, daß es nie zu spät sei für die finanzielle Absicherung des Lebensabends. Eine grauhaarige Großmutter hielt strahlend ihr Enkelkind im Arm.

»Achtung, noch 15 Sekunden«, sagte der Regisseur, der neben Halligan saß. »Und vergiß nicht, Jonathan nach Chernovs Verhältnis zum Militär zu fragen«, sagte Halligan in sein Mikrofon über den kleinen Kopfhörer in das Ohr von Bobbie Diaz. Er sah, wie sie ihm auf dem Monitor zunickte. Halligan bewunderte sie: die Art, wie sie in die Kamera schaute, konzentriert und routiniert zugleich. Er wußte, daß sie Hunderte von Stunden vor dieser Kamera verbrachte hatte, Krisen, Kriege, Erdbeben, nichts war ihr mehr fremd, sie hatte den Zuschauern im Gespräch mit den Korrespondenten Tausende von Ereignissen vermittelt. »Achtung, Kamera 1«, sagte der Regisseur, »und drauf!«

Auf dem Ausgangsbild im Regieraum erschien nun der Kopf von Bobbie Diaz.

»Der russische Präsident Chernov fliegt in diesen Minuten zu seinem lange geplanten Gipfeltreffen mit US-Präsident Webster. Wir schalten nun live zu unserem Moskauer Korrespondenten Jonathan Hart. Jonathan, welche Bedeutung wird dieser Besuch haben?«

Halligan sah auf seinem Monitor, wie Hart einen Moment zögerte und das Gesicht verzog. »Verdammtnochmal«, rief er, »Jonathan hat offenbar ein Tonproblem, ich glaube, er kann uns nicht richtig hören.«

Der Techniker blickte auf die Hunderte von Knöpfen auf dem Schaltpult vor sich. Er drückte hastig einen davon. Idiot, dachte Halligan, der solche Pannen haßte. Er war ein Perfektionist, und er war der Meinung, daß CNN eine Nachrichtenmaschine zu sein hatte, die gut geölt funktionierte, wie der Motor in einem großen Mercedes.

»Jonathan, können Sie mich hören?« fragte Bobbie Diaz. Hart nickte.

»Gut, ich stelle die Frage noch einmal: Wie wichtig ist dieser Besuch für Präsident Chernov?«

»Es wird ohne Zweifel ein entscheidender Besuch für das politische Überleben von Boris Chernov werden«, sagte Hart. »Chernov braucht dringend die US-Kredite. Die Menschen in Rußland sind es leid, immer wieder hingehalten zu werden. Sie wollen wirtschaftliche Fortschritte, keine leeren Worte. Gleichzeitig wird der Druck der russischen Nationalisten immer größer, die Chernovs pro-amerikanischen Kurs und sein Eingehen auf die Wünsche der US-Regierung für weitere Abrüstungsschritte verdammen.«

»Seit Tagen gibt es in Moskau große Unruhe. Gibt es inzwischen eine Erklärung dafür?« unterbrach ihn Bobbie Diaz.

»Offiziell nicht. Moskau ist eine große Gerüchteküche. Spekulationen sprechen davon, daß es auf einer Militärbasis eine Schießerei gegeben hat. Ob dies ein Zeichen für einen Aufstand der Militärs gegen Chernov ist, ist unklar. Fest steht nur, daß große Teile des Militärs mit Chernov gebrochen haben und ihn lieber heute als morgen aus dem Amt jagen würden. Auf jeden Fall: es wird ein interessanter Besuch in Washington werden«, berichtete Hart weiter.

Halligan sah, wie der CNN-Korrespondent sich umdrehte. Hart wies auf das Flugzeug hinter sich. »Dort kommt Chernov gerade mit seiner Limousine an. Er wird noch heute abend in Washington landen und dort gleich erste Gespräche mit Präsident Webster haben.«

Washington, D. C.

Jurij Arbatov schmiß die angebissene Pizza wütend in den Papierkorb. Dann warf er sich zurück auf das breite Hotelbett. Er trug noch seine Uniform, hatte aber die Jacke über den Stuhl gehängt und die Krawatte gelockert. Neben ihm stand ein Whisky, den er sich aus der Mini-Bar geholt hatte. Er zündete eine Zigarette an und saugte gierig daran.

Vergeblich ging sein Blick im Zimmer umher. Er suchte einen Aschenbecher, fand aber keinen. Ärgerlich schnippte er die Asche in ein gebrauchtes Glas, das auf seinem Nachttisch stand. Er erinnerte sich, daß man ihn an der Rezeption gefragt hatte, ob er ein Raucherzimmer haben wollte. Er hatte dem keine Bedeutung beigemessen. Jetzt stellte er fest, daß er offenbar ein Nichtraucherzimmer hatte. Er beschloß, dies zu ignorieren. Es war ein großes, geräumiges Zimmer im Watergate-Hotel, dessen Farbtöne in Grün und Rot gehalten waren. Für Chernovs Besuch wollte sich die russische Botschaft nicht lumpen lassen. Es war eine Frage des Prestiges, die Delegation angemessen unterzubringen. Sein Blick ging hinaus auf den Potomac. Am Fenster glitten die Flugzeuge vorbei, im Endanflug auf den National Airport, der gleich neben dem Fluß lag.

Neben ihm auf dem Bett lag die Fernbedienung für den Fernseher. Mehrfach war Arbatov versucht umzuschalten. »Hört auf«, stöhnte er, »hört endlich auf mit diesem Schwachsinn. Chernov, Chernov, Chernov! Verdammtnochmal, habt ihr nichts anderes zu berichten?«

Er nahm die Fernbedienung in die Hand, suchte nach dem Umschaltknopf, hielt dann aber inne. Seine Aufmerksamkeit blieb bei dem Programm von CNN haften.

Arbatov verfolgte die Story von Jonathan Hart aus Moskau. Er sah auf dem Bildschirm, wie Chernovs Limousine vorgefahren kam. Chernov stieg aus und schüttelte die Hände von irgendwelchen Unterlingen, die sich an einem roten Teppich aufgereiht hatten. Arbatov sah, daß auch Tanja Chernov gekommen war, seine 20 Jahre jüngere blonde, etwas beleibte Frau. Er verzog das Gesicht. Jedermann in Moskau wußte, daß sie hinter den Kulissen im Kreml das Sagen hatte. Sie war einmal mit ihm für eine Woche bei einem Staatsbesuch in den USA gewesen. Seitdem unterstützte sie alles, was zu einer Annäherung mit Amerika beitragen konnte. Sie hatte sogar die gemeinsame Tochter zum Studieren nach Harvard geschickt. Arbatov war versucht auszuspucken, hielt sich aber zurück. Er steckte eine neue Zigarette an und warf die alte in das Wasserglas.

Er sah, wie Chernov seine Frau auf die Wange küßte. Dann drehte er sich um und stieg langsam die Gangway zu seinem Sonderflugzeug herauf. Oben angekommen, winkte er noch einmal. Neben ihm wartete eine Stewardeß, um ihn in die Maschine zu geleiten.

Die Kameraeinstellung fuhr dicht auf den winkenden Chernov zu. Arbatovs Augen weiteten sich. Die Stewardeß neben ihm, durchzuckte es ihn, konnte es wirklich sein? »Oh, nein,

nein«, stöhnte er. Doch es gab keinen Zweifel. Natascha Tschechowa nahm Chernov beim Arm und wies in das Innere des Flugzeuges. Der Präsident lächelte, verbeugte sich leicht, drehte sich aber noch einmal um, winkte erneut in die Kamera und verschwand dann in der Maschine. Natascha Tschechowa nahm den Griff der Flugzeugtür, zog sie zu und verriegelte sie von innen. Arbatov lag auf seinem Bett. Er sah, wie die Gangway weggerollt wurde und das Flugzeug zum Start rollte. Der Major atmete schwer. Er schloß die Augen. »Verdammter Mist«, flüsterte er.

»Man muß sehen, ob Chernov wirklich Wort hält und in die drastische Kürzung der atomaren Sprengköpfe einwilligt«, sagte Jonathan Hart, dessen Kopf nun wieder ins Bild rückte. »Dies kann zu einem wirklich entscheidenden Durchbruch in den russisch-amerikanischen Beziehungen führen. Nun, in wenigen Stunden werden wir darüber mehr wissen.«

»In der Tat«, sagte Bobbie Diaz, »CNN wird auf jeden Fall an dieser Story dran bleiben. Doch erst einmal Werbung.«

Wieder lief der Werbespot für die Hühnersuppe.

Washington, D. C.

Der Luftwaffenstützpunkt Andrews liegt etwa fünfzehn Meilen vor Washington, D. C. Er erfüllt nicht nur die üblichen militärischen Aufgaben, sondern dient zudem als Präsidialflughafen. Er beherbergt auf einem eigens für sie reservierten Hochsicherheitsareal die Flugzeuge Air Force One und Two. Hier beginnen und enden die offiziellen Reisen des Präsidenten und Vizepräsidenten, und hier landen und starten auch die Staatsoberhäupter bei ihren Besuchen der USA.

Der riesige C-141-Militärtransporter, der Michelle Berry und ihr NEST-Team hierher brachte, war soeben in Andrews gelandet und rollte zu einem Hangar am Ende der Landebahn. Kurz darauf stand sie vor einem nicht gekennzeichneten Bus, der sie und ihr Team nach Washington bringen sollte.

»He!« rief sie den beiden Luftwaffenunteroffizieren zu, die dabei waren, die Ausrüstung aus der Transportmaschine zu laden. »Nicht so hektisch. Das Zeugs ist ganz schön empfindlich, das ihr da ausladet. Wenn davon was zu Bruch geht, dann brech' ich euer Rückgrat.«

»Jawohl, Ma'am«, antwortete der eine und salutierte dabei sehr salopp, womit er sie wohl brüskieren wollte, aber sie reagierte nicht darauf. Sie hatte an wichtigere Dinge zu denken. Da war zunächst einmal diese streng geheime Aufgabe in der Hauptstadt selbst. Sie wußte nur zu gut, daß die Ostküstenabteilung des NEST-Teams genau hier auf Andrews stationiert war. Warum also flog man sie und ihr Team den ganzen Weg von Las Vegas hierher? Das ergab doch keinen Sinn, und daher hatte sie ein ungutes Gefühl. Während des Fluges hatte sie sich die unterschiedlichsten Szenarien zur Erklärung dieses Rätsels vorzustellen versucht, doch keines von ihnen ergab die Lösung. Die einleuchtendste Erklärung, die ihr einfiel, war, daß es sich um einen Auftrag handelte, der entweder zu groß oder zu wichtig war, als daß er vom Ostküstenteam allein zu bewältigen wäre. Das war natürlich nur eine von vielen Möglichkeiten, aber wenn dies wirklich der Fall wäre, dann gab es genug Gründe, beunruhigt zu sein, mehr noch, sich echte Sorgen zu machen. Michelle Berry wandte sich an den Luftwaffenleutnant, der ihr als Verbindungsoffizier zugeteilt war. »Wo ist denn hier die nächste Toilette, Leutnant?«

»Direkt im Hangar links von Ihnen, Ma'am.«

»Achten Sie darauf, daß unsere gesamte Ausrüstung in den Bus kommt. Ich bin gleich wieder zurück.«

Das leichte Übelkeitsgefühl, das sie während des gesamten Fluges empfunden hatte, war nun zu einem regelrechten Brechreiz eskaliert, und sie fühlte, daß sie sich gleich übergeben mußte.

Seit der ersten telefonischen Drohung des Falken wurden alle im Weißen Haus ankommenden Gespräche auf eine Direktverbindung zum Hauptquartier des FBI umgeleitet. Man hatte das Personal der Telefonvermittlung des Weißen Hauses darauf trainiert, jeden verdächtigen Anrufer solange wie eben möglich am Apparat zu halten. Alle auswärtigen Telefonate wurden aufgezeichnet, und zusätzlich standen Techniker bereit, die Herkunft jeden möglichen Anrufs der Terroristen zu lokalisieren.

Ein Team von acht Spezialagenten in zwei Zivilfahrzeugen war am Gebäudeausgang zur 9th Street in ständiger Alarmbereitschaft, sozusagen auf Knopfdruck bereit, einzugreifen. Fünf Häuserblocks weiter, an einer der Zulieferstraßen zum National Mall, der eine Grasfläche zwischen dem Kapitol-Gebäude am einen und dem Lincoln Memorial am anderen Ende bildet, standen zehn Polizeiwagen mit laufenden Motoren in Bereitschaft, um ein Gebiet von vier Häuserblocks in jedem vorgegebenen Stadtteil abzuriegeln. Weitere zehn Einsatzfahrzeuge hatte man unter der 14th-Street-Brücke postiert.

Als der zweite Anruf in der Telefonzentrale des Weißen Hauses einging, lief alles nach Plan. Durch eine Reihe von Verzögerungen und Unterbrechungen wurde der Anruf des Falken solange ausgedehnt, bis es einem der FBI-Techniker gelungen war, die Herkunft des Gesprächs zu lokalisieren.

»Telefonzelle, Ecke 15th und Constitution«, rief er durchs Mikrofon. Mit quietschenden Reifen schossen die beiden Fahrzeuge des FBI die acht Blocks bis zur Telefonzelle. Jeder der zwanzig Polizeiwagen des District of Columbia fuhr zu vorher festgelegten Kreuzungen, an denen einer der Polizisten den Fahrzeugverkehr stoppte und kontrollierte, während die anderen zu Fuß zum Zielgebiet gingen, wobei sie alle Fußgänger kontrollierten.

Als Ali Ben Nasar eingehängt und die Telefonzelle verlassen hatte, konnte er bereits das Heulen der Polizeisirenen in der Ferne hören. Er mußte die schnelle Reaktionsfähigkeit der Polizeikräfte bewundern. Doch das würde ihnen alles nichts nützen.

Ruhigen Schrittes ging er die Constitution Avenue entlang, den eleganten Obelisken des Washington-Monuments zu seiner

Linken und die Ellipse vor dem Weißen Haus zu seiner Rechten. Wie jeder Tourist, der hier vorbeiging, blieb er am Denkmal der 101. Infanteriedivision stehen und betrachtete das Marmorschwert mit den goldenen Flammen. Während sein Kopf jedoch dem Denkmal zugewandt blieb, schoß sein Blick über seine Umgebung, nahm das gesamte Gebiet von der 15th Street zur rechten bis zur 17th Street zur linken Seite unter Beobachtung. Da sah er, wie ein Polizeiwagen auf die Kreuzung der 17th Street und Constitution Avenue einbog, wie drei Polizisten aus dem Wagen sprangen und in seine Richtung ausschwärmten.

Er steckte die Hände in die Hosentaschen, bog nach rechts ab und bummelte gemächlich auf den kleinen Park zu, der an die Ellipse neben der 15th Street grenzte.

Als er an den Bäumen angelangt war, sah er die schwarzen Wagen mit den rotierenden Dachleuchten, die kreuz und quer um die Telefonzelle, aus der er angerufen hatte, geparkt waren. Zwei Männer in dunklen Anzügen gingen in den Park. Er ging nun in eine andere Richtung, hin zur imposanten Rückseite des Schatzamtes, das an die nördliche Ecke des Parks grenzte.

Nicht schneller als ein normaler Spaziergänger betrat er eine kleine Lichtung und erschrak, als er zwei uniformierte Polizisten erblickte, die zwar noch weiter weg waren, doch von der Pennsylvania Avenue auf ihn zukamen. Wieder ging er in eine andere Richtung, diesmal auf die 15th Street zu. Er konnte die Männer in den dunklen Anzügen zwar nicht sehen, aber er war sicher, daß sie irgendwo rechts von ihm waren und näherkamen.

Er bückte sich und sah unter einer Hecke den Pappcontainer, das Heim eines von Tausenden von Washingtoner Obdachlosen. Er blickte hinein und sah, daß er leer war. Der Falke dachte nicht lange nach.

Wenige Augenblicke darauf trat Polizist Willie Scott mit der Schuhspitze gegen den Pappcontainer und rief dann nach rechts: »Absolut nichts, Sarge.«

Der Falke, der sich wie ein Fötus im Mutterleib unter der

Pappe verkrochen hatte, sah das uniformierte Hosenbein verschwinden und atmete langsam aus.

Zeke Schoefield legte den Hörer auf und blickte zu William Tuttle, der neben seinem Schreibtisch in der Kommandozentrale stand. Nach sechzehn Stunden Krisenmanagements waren deutliche Zeichen innerer Anspannung auf seinem Gesicht zu sehen. Er war unrasiert, und die grauen Bartstoppeln ließen ihn mindestens zehn Jahre älter erscheinen. Seine Augenpartie, die ihm normalerweise einen eher schläfrigen Ausdruck gab, war nun aufgedunsen, und seine Augen waren blutunterlaufen.

»Er ist ihnen entkommen«, sagte er.

»Verdammtnochmal!« erwiderte Tuttle.

Schoefield lehnte sich in seinem Stuhl zurück und verschränkte die Arme hinter seinem Kopf.

»Wahrscheinlich hätte das ja auch nichts genützt«, sagte er müde.

»Wie meinen Sie das?« fragte ihn Tuttle.

»Dieser Bursche ist ein fanatischer Terrorist, oder? Er ist bereit, für seine Sache zu sterben, bereit, mit dem Sprengkopf in die Luft zu fliegen, wenn es dazu kommen sollte. Selbst wenn wir ihn fingen, könnten wir ihn dann wirklich dazu zwingen, uns zu verraten, wo er das verdammte Ding versteckt hat?«

Tuttle schüttelte den Kopf. »Vermutlich haben Sie recht.«

»Haben Sie irgend etwas von den NEST-Teams in Erfahrung bringen können, William?« fragte Zeke und rieb sich die Augen.

»Nichts.«

»Verdammt, wir brauchen einen Durchbruch, irgendwas, was uns weiterbringt, und zwar jetzt«, sagte Schoefield und ließ die Hände auf seinen Schreibtisch fallen.

Anthony Blake bemerkte ihre fragenden Blicke. Sein Mund war trocken, seine Augen von der schlaflosen Nacht gerötet. Er hatte Sehnsucht nach einer Dusche und einem sauberen Hemd.

Um ihn herum war der nationale Sicherheitsrat versammelt. Wieder schaute Blake auf die Uhr am Kopfende des Kabinettssaals. Noch 36 Stunden, 36 verdammte Stunden, und kein Ergebnis von den NEST-Leuten. Das letzte Telefongespräch ging ihm durch den Kopf. Wie eine Nadel im Heuhaufen, so waren die Chancen, den Sprengkopf zu finden, hatte ihm diese Frau gesagt, die das Suchteam anführte.

Er sah, wie der Sekundenzeiger der großen Uhr über das Zifferblatt wanderte. Er wollte aufspringen, wollte ihn anhalten.

Er schaute auf die Tür, die zum Oval Office führte. Wo blieb Webster? Mußte er wieder diesen verdammten Köter im Rosengarten ausführen? Konnte er nicht einmal pünktlich sein? Wenigstens heute?

Blake bemerkte, daß die Augen der anderen immer noch auf ihn gerichtet waren. Er stellte fest, daß seine Hände den Kassettenrekorder umklammert hielten, der vor ihm auf der hochglanzpolierten Platte des langen Tisches im Kabinettssaal des Weißen Hauses stand. Endlich öffnete sich die Tür. Webster stürmte herein, wie immer gefolgt von Connie. »... 'tschuldigung, 'tschuldigung«, sagte er und ließ sich auf seinen Stuhl fallen, »aber ich mußte noch ein Telefongespräch mit Capitol Hill führen. Die Jungs im Kongreß werden langsam nervös. Es hat sich herumgesprochen, daß irgendwas in dieser Stadt nicht stimmt. Ich habe größte Probleme gehabt, sie zu beruhigen.«

Connie schaute sich um, hob die Schnauze nach oben, so als wollte er eine Witterung aufnehmen. Dann kroch der Hund unter den Tisch, suchte die Füße von Blake und ließ sich darauf nieder. Blake knirschte mit den Zähnen, rührte sich aber nicht.

Webster nickte ihm zu. Der Sicherheitsberater drückte den Wiedergabeknopf des Kassettenrekorders.

»Sie enttäuschen mich, Webster«, war die Stimme des Falken zu hören. »Ihr Botschafter ist ja immer noch in Tel Aviv. Immer noch Angst vor der Juden-Lobby? Glauben Sie nur nicht, daß wir bluffen. Sicher haben die Bullen in New York inzwischen den armen Smolzewski gefunden. Schade um ihn, so ein begabter Mann, wirklich ein begabter Atomphysiker.«

Der Falke machte eine kurze Pause. Dann fuhr er fort, und seine Stimme klang höhnisch: »Da Sie offenbar fest daran glauben, daß Washington sicher ist, werden wir leider etwas nachhelfen müssen. Leider, Webster, sehr bedauerlich. Aber Sie zwingen uns dazu. Ein kleiner Vorgeschmack für das, was danach kommt, wenn Sie nicht endlich handeln. Denken Sie daran: der Botschafter muß gehen, und unsere Gefangenen müssen freikommen. Und wir wollen es sehen, Webster, live!«

Wieder hielt der Falke inne, und einen Moment hörte man nur das Geräusch der Flugzeuge, die auf dem nahe gelegenen National Airport starteten. Dann kam wieder seine Stimme aus dem kleinen Lautsprecher des Rekorders.

»Haben Sie etwa Angst, Webster, mit den Israelis zu reden? Es wird Zeit, daß Amerika erwachsen wird. Wie lange wollen Sie noch hinnehmen, daß der Schwanz mit dem Hund wackelt, wie lange noch, Webster? Viel Glück, und denken Sie daran: es liegt alles in Ihrer Hand, ob Washington in Schutt und Asche fällt oder nicht.«

Blake schaltete den Rekorder ab. Die Gesichter in der Runde waren betreten. Webster räusperte sich. »Nun, was meinen Sie, George?« Alle Augen wanderten zu dem FBI-Chef. »Ich fürchte, Mr. President, der Falke blufft wirklich nicht. Jedenfalls sieht es doch so aus: Wir haben den Anrufer eindeutig als den Falken identifiziert, ein Top-Terrorist, der keine Skrupel kennt. Bei Moskau gibt es eine große Schießerei auf einer Militär-Basis, auf der Atomsprengköpfe gelagert sind. Auch wenn die Russen offiziell immer noch nichts zugeben, so läuft doch immer noch eine große Suchaktion. Mehrere hohe Militärs sollen verhaftet worden sein. Und dann dieser merkwürdige Anruf bei unserer Moskauer Botschaft: Eine Frau behauptet, sie habe eine Atombombe selber nach New York gebracht.«

Fitzgerald blätterte weiter in der Akte, die vor ihm lag. Er schaute wieder auf. »So unwahrscheinlich das ja auch klingen mag, aber ausgerechnet dort haben wir die Leiche eines russischen Atomphysikers gefunden. Wir müssen jetzt davon ausgehen, daß dieser Smolzewski mit dem Falken zusammengearbeitet hat, bevor sie ihn umgelegt haben. Sieht ganz so aus, als ob Smolzewski die Bombe scharf gemacht hat. Es paßt leider alles zusammen.«

»Und was ist mit Spuren in Washington?« fragte Webster.

Fitzgerald druckste herum.

»Glauben Sie mir, wir drehen jeden Stein herum. Aber bislang Fehlanzeige. Der Falke ist eben ein Profi.«

Webster wandte sich an Blake. »Was ist eigentlich mit der Liste der Gefangenen?«

»Angekommen, sie lag in der Telefonzelle, von der der Falke beim letzten Mal angerufen hat«, sagte Blake.

Der Sicherheitsberater sah, wie der Präsident nervös mit den Fingern auf der Tischplatte trommelte. Schließlich sagte Webster: »Ich fürchte, ich habe keine andere Wahl, ich werde mit den Israelis reden müssen.«

Madeleine McConnor setzte sich aufrecht, so als wollte sie einen Kampf aufnehmen. Ihre Augen blitzten vor Ärger.

»Sie meinen, wir sollen unsere Freunde aufgeben? Ausgerechnet Israel, unseren engsten Verbündeten im Nahen Osten? Die Weltmacht USA soll sich von Terroristen in die Knie zwingen lassen? Was soll der Rest der Welt von uns halten, wenn wir das zulassen? Wir machen uns zum Gespött der ganzen Welt«, sagte die Außenministerin.

Webster lief rot an. »Verdammtnochmal, lassen Sie die Sprüche. Jetzt geht's erst mal ums Überleben. Wollen Sie vielleicht die Verantwortung auf sich nehmen, wenn hier alles in die Luft fliegt?« fauchte er. »Verstehen Sie nicht? Solange wir das verfluchte Ding nicht finden, haben wir keine Alternative. Ich werde selbst mit Ben-Nathan reden.«

Anthony Blake merkte, wie Connie unter dem Tisch aufgeregt mit dem Schwanz wedelte. Er war versucht, den Hund zu treten, beherrschte sich aber im letzten Moment wieder einmal.

Jerusalem, Israel

»Was heißt, Sie haben keine Ahnung?« Benjamin Ben-Nathan spielte ungeduldig mit dem Kugelschreiber in seiner Hand. Er lockerte seine Krawatte. Er hatte sich noch immer nicht daran gewöhnt, eine zu tragen. Er war in einem Kibbuz aufgewachsen und haßte die Förmlichkeiten, die sein Amt als Premierminister mit sich brachten. Er war 55 Jahre alt, sein wettergegerbtes Gesicht war braungebrannt, seine Schultern waren breit, sein Körper immer noch muskulös. Die Wand hinter seinem Schreibtisch hatte er mit Bildern aus seinem Leben dekoriert. Neben der israelischen Flagge hingen Photos, die ihn als jungen Mann zeigten, in der Uniform eines Fallschirmjägers auf den Golan-Höhen während des Yom-Kippur-Krieges. Daneben war ein Photo, das erst vor wenigen Wochen entstanden war. Selbstbewußt lächelnd schüttelte er darauf Präsident Webster im Oval Office die Hand.

Der Mann, der auf der anderen Seite des Schreibtisches vor ihm saß, schaute betreten auf die Spitzen seiner Stiefel. Er trug auch im Büro des Premierministers seine dunkelgrüne Kampfuniform, wie zum Trotz gegenüber seiner Familie. Shimon Goldfish war das schwarze Schaf. Er war in der Armee geblieben, war im Stab des Militärattachés an der Botschaft in Washington gewesen, danach im Generalstab gelandet und war jetzt in der Regierungszentrale für die Geheimdienste zuständig. Seine Familie, die im Diamantengeschäft ihre Millionen gemacht hatte, betrachtete es als bösen Betriebsunfall, daß er hier im Amt des israelischen Premierministers arbeitete und für ihn die Drecksarbeit machte.

»Unsere Leute waren ganz dicht dran. Aber er ist verschwunden, spurlos«, sagte Goldfish schließlich. Leise fügte er hinzu: »Und er hat zwei unserer Leute umgebracht.«

Ben-Nathan sprang auf. Zornesröte stieg in sein Gesicht. »Zwei Tote? Verdammtnochmal, Shimon, wie oft muß ich mir das noch anhören? Dieser Falke ist doch nicht Superman.«

Goldfish schaute erneut auf die Spitzen seiner Stiefel. Ben-Nathan lief erregt in seinem Büro auf und ab, das in einem rechteckigen Anbau eines schmucklosen kahlen Sandsteingebäudes im Jerusalemer Regierungsviertel an der Ruppin-Straße untergebracht war. »Muß ich wieder einmal zu einer Beerdigung von Mossad-Leuten gehen?« fragte er schließlich.

»Ich fürchte, nein«, sagte Goldfish, »wir haben ihre Leichen bisher nicht einmal eingefordert. Sie sind immer noch in New York, in irgendeinem Leichenschauhaus. Die Polizei rätselt weiter herum und versucht ihre Identität zu ermitteln. Der Falke hat ihnen alle Papiere abgenommen, und wir haben uns auch nicht gemeldet. Bisher glaubt die Polizei immer noch an einen Mord, der irgend etwas mit der russischen Mafia zu tun hat.«

»Das wird ja immer besser«, empörte sich Ben-Nathan. »Wir können sie doch nicht einfach aufgeben.«

»Ich fürchte, wir haben im Augenblick keine andere Wahl. Wenn wir zu den Amerikanern gehen, dann müssen wir zugeben, daß wir auf ihrem Territorium eine Operation gegen einen Top-Terroristen ausgeführt haben, ohne sie zu informieren. Und Sie wissen selbst, was das bedeuten würde. Ein Riesenskandal, und wie unsere Beziehungen im Augenblick so sind, können wir uns das einfach nicht leisten.«

Ben-Nathan setzte sich wieder und begann erneut, mit seinem Kugelschreiber zu spielen. »Unmöglich«, sagte er, »Sie wissen, wir geben niemals unsere Toten auf. Das ist gegen jede Tradition.«

»In diesem Fall werden wir eine Ausnahme machen müssen«, beharrte Goldfish, »jedenfalls vorläufig. Unsere Kooperation mit der CIA würde schweren Schaden erleiden, wenn wir ausgerechnet jetzt einräumen müßten, daß wir hinter ihrem Rücken versucht haben, den Falken umzubringen. Die Amerikaner sind da sehr sensibel.«

»Und was denken Sie, hat der Falke in Amerika vor?«

Ben-Nathan sah, wie sich Goldfish zu ducken schien. Nach einer Weile sagte er: »Die Wahrheit ist: wir wissen es nicht. Alles, was wir herausgefunden haben, ist, daß er einem Russen sein Apartment zur Verfügung gestellt hat.«

Wieder machte er eine Pause. Ungeduldig ließ Ben-Nathan seinen Kugelschreiber zwischen seinen Fingern hin- und herwandern. »Und was ist mit diesem Russen?«

»Er ... eh ... er ist ebenfalls tot. Sieht so aus, als ob ihn der Falke erschossen hat.«

Über dem Herzl-Berg, der westlich des Regierungsviertels lag, begann die Sonne zu sinken. Der bis dahin blaue Märzhimmel verfärbte sich goldrot. Ben-Nathan drehte sich auf seinem Schreibtischsessel so, daß er das farbenfrohe Schauspiel beobachten konnte. Sein Blick ging auf die weiß-blaue Flagge mit dem Davidstern, die draußen vor seinem Büro wehte. Sie entfaltete sich in dem kühlen Wind, der in der letzten Stunde aufgefrischt hatte.

Einen Moment lang vergaß er den Mann, der nach wie vor auf dem Sessel vor ihm saß. Ben-Nathan beobachtete, wie der Sonnenball tiefer und tiefer rutschte und schließlich ganz verschwand. Der Herzl-Berg, auf dem Israels Helden beigesetzt werden, glühte im Abendrot.

Eine Stimme aus dem Lautsprecher der Intercom-Anlage auf seinem Schreibtisch riß ihn aus seinen Gedanken.

»Herr Premierminister, Sie haben ein wichtiges Telefongespräch. Präsident Webster möchte Sie sprechen. Er ist auf Leitung eins.«

Ben-Nathan drehte sich auf seinem Schreibtischsessel ruckartig herum und griff zum Telefonhörer.

»Shalom, Mr. President«, sagte er.

»Hallo, Herr Premierminister«, antwortete Webster. Einen kurzen Augenblick war Stille in der Leitung zwischen Washington und Jerusalem. Ben-Nathan hatte den Eindruck, daß sein Gesprächspartner schluckte. »Wir haben hier ein Problem«, begann Webster schließlich, »ein äußerst beunruhigendes Problem, und leider habe ich keine andere Wahl, als mich direkt an Sie zu wenden mit der Bitte, uns zu helfen«.

Ben-Nathan hörte, wie Webster schwer atmete.

»Terroristen haben hier in Washington eine Atombombe versteckt. Sie verlangen, daß wir die diplomatischen Beziehungen zu Israel abbrechen. Und, eh ... sie wollen, daß Israel 100 arabische Gefangene freiläßt. Wenn nicht, dann wollen sie Washington hochgehen lassen.«

Ben-Nathan merkte, daß seine Hand, die den Telefonhörer hielt, zu zittern begann. Er versuchte, sie zu kontrollieren. Er stöhnte leise.

»Herr Premierminister, sind Sie noch da?« fragte Webster.

»Ich ... oh, ja, natürlich.«

Ben-Nathan fing sich wieder.

»Sind Sie ganz sicher, daß diese Leute nicht bluffen?« fragte er.

»Leider haben wir jeden Grund anzunehmen, daß sie es ernst meinen. Der Mann, der sich bei uns gemeldet hat, ist ein Top-Terrorist. Unsere Geheimdienstleute haben ihn klar identifiziert. Sie nennen ihn den Falken.«

Ben-Natan biß sich auf die Lippen. Er schaute zu Goldfish herüber, der wieder auf seine Schuhspitzen schaute. Er holte tief Luft. »Mr. President, Sie wissen, daß Israel immer an der Seite der Vereinigten Staaten steht. Natürlich werden wir diese Angelegenheit unverzüglich in unserem Sicherheitskabinett erörtern. Aber leider muß ich Ihnen sagen: Israel läßt sich niemals von Terroristen erpressen!«

Wieder war einen Augenblick Stille in der Leitung.

Dann sagte Webster: »Herr Premierminister, bei allem Respekt für Ihre grundsätzliche Haltung – dies ist eine Ausnahmesituation. Wir reden über einen Atomsprengkopf, hier geht es um das Leben von Zehntausenden, vielleicht Hunderttausenden von Menschen. Sie müssen uns helfen!«

»Wenn wir uns einmal erpressen lassen, dann werden sie es immer wieder tun.« Er versuchte, seiner Stimme einen festen Ton zu geben, aber er bemerkte, daß seine Hand weiter zitterte.

»Mein Gott, Herr Premierminister, überlegen Sie es sich gründlich. Sie können uns nicht einfach im Stich lassen!«

»Es tut mir leid, aber, wie gesagt, wir werden das im Kabinett erörtern.«

»Ich bitte Sie, helfen Sie uns«, sagte Webster noch einmal.

»Wir melden uns, sobald sich das Kabinett damit befaßt hat«, versuchte Ben-Nathan Zeit zu gewinnen.

Er hörte ein Klicken in der Leitung. Webster hatte aufgelegt.

Ben-Nathan legte geistesabwesend den Hörer auf die Gabel zurück. Er sog die Luft ein, atmete tief aus. Er starrte aus dem Fenster. Über dem Herzl-Berg kämpfte das Abendrot einen letzten, vergeblichen Kampf mit der Dunkelheit, die sich über Jerusalem herabsenkte.

Ben-Nathan hörte ein Räuspern. Erschrocken drehte er sich auf seinem Sessel um. Plötzlich wurde ihm bewußt, daß Goldfish immer noch vor ihm saß.

»Es ist soweit«, sagte Ben-Nathan mit tonloser Stimme, »sie haben die Bombe. Eine Atombombe. Unser schlimmster Alptraum ist Wirklichkeit.«

Er sah, wie Goldfish erbleichte.

»Und wissen Sie, wer sie nach Washington gebracht hat? Der Falke!« Frustriert schlug Ben-Nathan mit der Faust auf den Schreibtisch.

»Wenn diese Idioten vom Mossad die Amerikaner frühzeitig informiert hätten, dann hätten sie ihn vielleicht gefaßt. Hätten, hätten, hätten! Was hilft uns das jetzt? Die Wahrheit ist: wir stekken mit den Amerikanern drin, und es gibt keinen Ausweg!«

Goldfish saß in seinem Sessel, zusammengesunken und aschfahl.

»Rufen Sie das Sicherheitskabinett zusammen. Sie sollen in zwei Stunden hier sein«, sagte Ben-Nathan.

Washington, D. C.

Denise Simmons hatte eben ihre Kaffeepause beendet, aber als sie auf die Uhr schaute, stellte sie fest, daß ihr noch zehn Minuten blieben, bis sie wieder mit ihrer Arbeit beginnen mußte. Sie lehnte sich an die kleine Mauer, die den Freedom Park umgab, diese Grünanlage, die die Pennsylvania Avenue auf ihrem Weg zur 15th Street teilte.

Sie betrachtete ihre frischpolierten Fingernägel und spreizte die Finger ihrer rechten Hand, um sie genauer sehen zu können. Jeder einzelne Nagel war mit demselben komplizierten Muster angemalt: ein verwirbelter, braungrauer und cremefarbener Hintergrund, und auf seiner Mitte ein wunderschönes Lila. Zehn kunstvolle Unikate, deren Maniküre länger als eine Stunde gedauert hatte. Diese Taneesha, dachte sie sich, sie ist schon eine gute Freundin. Von allein wäre Denise nie auf den Gedanken gekommen, soviel Geld für sich auszugeben. Vierzig Dollar und dann noch fünf Dollar Trinkgeld! Sie schüttelte den Kopf. Und dabei hatte sie noch nicht einmal Geburtstag, und es war auch sonst kein besonderer Anlaß gegeben. Taneesha hatte einfach nur gesagt, sie wolle ihr mal etwas gönnen.

Taneesha ließ sich ihre Nägel regelmäßig lackieren, Denise hingegen führte ein sehr bescheidenes Leben. Zwei ihrer Kinder lebten noch zu Hause, Jerome besuchte das College, also mußte sie mit jedem Pfennig rechnen, und das letzte, wofür sie Geld ausgeben konnte, war so etwas Leichtsinniges wie das Lackieren ihrer Fingernägel. Sie hatte ja bereits Schuldgefühle, wenn sie sich einmal im Monat einen Kinobesuch leistete oder mit Taneesha am Samstagabend ein Bier trinken ging. Wieder schaute sie auf ihre Hand. Sie mußte lächeln und dachte, meine Güte, die sehen aber wirklich toll aus. Dann sah sie auf die Uhr: kurz vor zehn. Zeit, wieder ihre Runde zu machen. Sie richtete sich auf, rückte ihre Uniformkappe zurecht und schlenderte über die Straße auf den Bürgersteig vor dem Rathaus des District of Columbia.

Schon vor ihrer Pause war ihr aufgefallen, daß die Parkuhr, an der der blaue Taurus parkte, bald abgelaufen sein würde, doch jetzt stand der Wagen immer noch da, und die Parkuhr zeigte das rote Zeichen mit der Aufschrift »Parkzeit abgelaufen«. Denise zog ihren Block heraus und ging zur Vorderseite des Fahrzeugs. Sie hatte gerade das Kennzeichen notiert, als die Bombe explodierte.

Denise hatte keine Chance. Sie war sofort tot. Später fand man noch Teile ihres Körpers fast einen halben Häuserblock entfernt von der Stelle, wo die Bombe hochgegangen war. Zwei Passanten erlitten schwere Verletzungen, und der Fahrer eines in dem Augenblick vorbeikommenden Wagens hatte tiefe Schnittwunden im Gesicht, als ein Teil des Taurus durch seine Windschutzscheibe flog. Außerdem gab es noch kleinere Schäden an der Fassade des Rathausgebäudes sowie eine Reihe von zerbrochenen Fensterscheiben.

Von seinem Beobachtungspunkt im Eingang des Marriott Hotels betrachtete der Falke das Ergebnis seiner Arbeit. Pech, daß die schwarze Frau gerade in dem Moment auftauchen mußte, dachte er sich. Wie sagt man im Englischen? Wrong place, wrong time. Aber er konnte sich über eine Tote keine Gedanken machen. Darum ging es nicht. Er mußte Webster zeigen, daß er ihn ernstzunehmen hatte. Seine Drohung war nicht leer. Nach diesen Explosionen würde man ihm mehr Aufmerksamkeit widmen, wenn er wieder im Weißen Haus anrufen würde. Er hörte schon das entfernte Sirenengeheul und sah, wie Leute vor dem Rathaus herumliefen. Er hatte beabsichtigt, dem Gebäude schwereren Schaden zuzufügen, aber soviel er erkennen konnte, war nicht besonders viel passiert. Nun gut, wenn man seinen Forderungen nicht nachkam, dann würde eben das ganze Gebäude und alles darum herum in die Luft fliegen. Sprengstoff hatte er genug. Er schlenderte über die Pennsylvania Avenue und schloß sich den Neugierigen an, die bereits von den Polizisten, die als erste am Tatort erschienen waren, zurückgehalten werden mußten. Die Gaffer machten schließlich einem Feuerwehrauto und einem Krankenwagen Platz. Der Taurus brannte immer noch, und mit großem Interesse beobachtete der Falke, wie sich die Feuerwehrleute an die Arbeit machten. Einige verwendeten chemische Löschmittel, während andere die Wasserschläuche anschlossen und mit den Löscharbeiten begannen. Die Sanitäter sprangen aus dem Krankenwagen und versorgten die Verletzten. Nach einigen Minuten kamen vier weitere Polizeiwagen, ein zweiter Feuerlöschzug und noch zwei Krankenwagen. Die Neugier des Falken war gestillt, er wandte sich von der Menge ab und ging in Richtung 15th Street. Er mußte zurück auf den Bürgersteig springen, als ein Ü-Wagen von Channel Seven TV vor ihm mit hoher Geschwindigkeit abbog, um diese brandaktuelle Story zu übertragen.

Die zweite wird noch besser sein, dachte er sich und schaute auf die Uhr. Noch eine halbe Stunde, dann wird die andere hochgehen, aber die wird dann von größerer politischer Bedeutung sein. Zwei Fliegen mit einem Schlag. Die kleine Explosion wird nicht nur meine Glaubwürdigkeit bei Mr. Webster verstärken, sondern auch dem Feind einen Schlag versetzen. Bei dem Gedanken huschte ein Lächeln über sein Gesicht. Er steckte die Hände in die Taschen seines Sakkos und trat auf die Straße.

Die Leute sagten, man könne Benny schon einen Häuserblock vorher riechen. Das mochte zwar übertrieben sein, aber nicht besonders. Er lebte seit sechs Jahren auf den Straßen von Washington und hatte wahrscheinlich in all der Zeit noch nie ein Bad genommen. Haare und Bart waren verdreckt und verfilzt, und das gab ihm zusammen mit dem ewig erschreckten Ausdruck seiner Augen ein wildes Aussehen. Seine Kleidung war ein schmutziges Sammelsurium von Einzelteilen, die er sich in den diversen Obdachlosenheimen der Stadt zusammengeklaubt hatte. Von seinen Turnschuhen, an denen die Schnürsenkel fehlten, hatte er die Fersen abgeschnitten, da es sich so bequemer gehen ließ. Von Zeit zu Zeit tauchte Benny in den Heimen auf, um eine Mahlzeit zu sich zu nehmen oder um sich dringend notwendige Winterkleidung zu besorgen, doch er lehnte ein Leben mit festem Wohnsitz grundsätzlich ab. Lebensmittel besorgte er sich aus den Mülltonnen seines festgelegten Bezirks, und er bettelte um Kleingeld, damit er sich den einzigen Komfort, den er nur gegen Bargeld erhielt, leisten konnte, Alkohol.

Dieser Vormittag war für Benny gar nicht mal schlecht gewesen. Er hatte die meiste Zeit mit Betteln vor den zahlreichen Restaurants an der H Street in Chinatown verbracht, und zusammen mit dem, was er am Vorabend eingeheimst hatte, reichte es schon um zehn Uhr morgens für einen Liter seines Lieblingsweins.

Charles wird sich über ein paar Tropfen Boone's Farm-Wein bestimmt freuen, dachte er sich. Seinem Kumpel war nicht so danach gewesen, ihren Wohnsitz an diesem Morgen zu verlassen. Benny machte sich um Charles Sorgen. Sie hatten die Koje die letzten zwei Jahre oder so geteilt, und es war ihm aufgefallen, daß sein Freund in letzter Zeit sowohl an Gewicht wie auch an Kraft verloren hatte. Die Tage, an denen Charles einfach daheim blieb, mehrten sich zusehends. Er fragte sich, was er tun sollte, wenn ihm etwas zustoßen würde. Benny hatte in seinem ganzen Obdachlosendasein noch nie jemanden wie Charles kennengelernt. Die meisten, denen er begegnet war, waren mehr oder weniger wie er selbst, doch Charles war anders. Obwohl er wie jeder andere Obdachlose aussah, hatte Benny herausgefunden, daß sein Freund Bildung besaß, Lehrer und verheiratet gewesen war und Kinder hatte. Wenn er einmal nüchtern war, dann konnte Benny ihm folgen, wenn er wieder einen seiner Vorträge hielt. Ganz besonders mochte er ihre Diskussionen über Philosophie.

Es war nur ein recht kurzer Weg vom Weingeschäft zur Gasse hinter der Ezekiel-A.-M.-E.-Baptistenkirche, und so gegen fünf vor halb elf war Benny wieder an dem Pappcontainer, der den beiden in den letzten Monaten als Heimstätte gedient hatte. Behutsam, damit er seinen Mitbewohner nur ja nicht störte, legte er sich neben Charles und wartete ab, ob er schon wach wäre. Ein beißender Gestank lag hier drinnen in der Luft, und so fragte er sich, ob Charles sich wieder einmal vollgepinkelt hätte. Da sein Freund sich nicht bewegte, legte er voller Sorge sein Ohr an Charles Mund, um festzustellen, ob er atmete. Unter dem Handtuch, das Charles tagsüber auf seinen Kopf legte, hörte er ein gedämpftes Schnarchen. Erleichtert richtete sich Benny auf und zog die Literflasche aus seiner Tasche, drehte den Metallverschluß ab und genehmigte sich zwei große Schlucke der goldfarbenen Flüssigkeit. Dann griff er nach Charles Schulter und rüttelte ihn wach.

»He, Kumpel! Aufgewacht! Ich hab was für …«

In diesem Augenblick hörte Benny den Knall der Explosion, dachte aber nicht, daß das etwas mit ihnen zu tun hätte, bis zu dem Moment, in dem die hintere Mauer der Kirche zusammenbrach und ihren Schlafcontainer unter sich begrub.

Nadir al-Farat hatte an der Kreuzung 8th und H Street im Schatten eines chinesischen Lebensmittelgeschäfts gewartet. Er hatte Ali versprochen, daß er sich um diese Sache kümmern würde, und er war froh darüber. Von seinem Beobachtungspunkt aus hatte er einen guten Blick auf den Giebel des Gebäudes, in dessen Mauerwerk der verhaßte sechszackige Stern gemeißelt war.

Doch irgend etwas konnte hier nicht stimmen. Wieder schaute er auf die Uhr und stellte fest, daß es schon beinahe eine Viertelstunde über der Zeit war. Vielleicht hatte sich ein Kontakt gelöst, vielleicht hatte er in seiner Eile ein Kabel falsch verbunden. Wenn er alles richtig gemacht hätte, dann müßte die Bombe jetzt explodiert sein. Das mußte er nun überprüfen.

Nadir ging vom Bürgersteig auf die 8th Street. Die Autos mußten scharf abbremsen, ein Hupkonzert ertönte, und er brachte sich mit einem Sprung in Sicherheit. Auf der anderen Straßenseite lief er zum Gebäude in der Mitte des Häuserblocks.

Gerade, als er in die schmale Gasse neben diesem Gebäude einbog und auf die Nische zuging, in der er die Bombe versteckt hatte, ging sie hoch.

Zeke Schoefield warf das angegessene Stück Pizza in die Schachtel auf seinem Schreibtisch und griff zum Telefon. Mit vollem Mund gelang es ihm gerade noch, sich verständlich mit Namen zu melden. Alvin Brown, der Leiter des Räumkommandos, war am Apparat.

»Zeke, es scheint so, als wären es nur die zwei. Sie waren in einem zeitlichen Abstand von exakt einer halben Stunde eingestellt, und Art und Menge des verwendeten Sprengstoffs sind offensichtlich identisch. Über weitere Details kann ich erst berichten, wenn meine Labortechniker mit ihrer Analyse fertig sind.«

»Gut, Alvin, aber brechen Sie sich keinen ab bei der Analyse. Unsere Überwachungsleute haben mich eben angerufen. Vor ungefähr zwanzig Minuten hat unser Terroristenfreund im Weißen Haus angerufen. Wollte, daß der Präsident weiß, daß er dafür verantwortlich ist und daß er es ernst meint.«

»Konnten wir den Anruf zurückverfolgen?«

»Viel zu kurz. Wir hatten keine Chance.« Schoefield zog seine Schreibtischschublade auf und nahm eine Flasche Mylanta heraus.

»Also war das nur ein Schuß vor den Bug?«

»Scheint so«, antwortete Schoefield. »Der Kerl will wohl sichergehen, daß ihn die Regierung ernst nimmt, will, daß Webster weiß, daß er ihn am Kragen hat.«

»Und dafür riskiert er zwei oder drei Tote.«

»Bei der Anzahl der Opfer ist der letzte Stand, daß die Politesse bisher das einzige Todesopfer ist. Dann sind da noch drei Verletzte vom Rathaus. Bei einem von ihnen sieht es gar nicht gut aus. Die anderen beiden sind nur leicht verletzt.«

»Wie stehts in Chinatown? Als ich da wegfuhr, gruben sie noch in den Trümmern herum. Jemand hat den Polizisten erzählt, daß in den Gassen dort ein paar Obdachlose schliefen«, sagte Brown.

»Ja, stimmt. Sie haben zwei von ihnen da rausgezogen. Sind beide auf der Intensivstation, beide in kritischem Zustand. Einer von ihnen hat Aids und wird so oder so nicht durchkommen.« Schoefield nahm einen kräftigen Schluck Mylanta und mußte aufstoßen.

»Dieser verfluchte Scheißkerl«, sagte Brown. »Läßt Leute in die Luft fliegen, einfach um ein Exempel zu statuieren.«

»Der hat ja schon eine Blutspur hinterlassen, und wenn wir den Burschen nicht innerhalb der …« Schoefield schaute auf seine Uhr, »…. nächsten siebzehn Stunden zu fassen kriegen, dann wird er in die Geschichte eingehen als der zweitgrößte Massenmörder aller Zeiten, direkt nach Adolf Hitler.«

»Hören Sie zu, Zeke, meine Leute greifen in dem Moment ein, in dem ihr diesen Sprengkopf gefunden habt. Gibts von der Front was zu berichten?«

»Wir tun alles Erdenkliche, aber auch das scheint nicht genug, und zur Zeit haben wir nicht einen einzigen konkreten Ansatzpunkt.«

»Wenn ich irgendwas tun kann, sagen Sie mir Bescheid«, sagte Brown.

»Danke.« Bevor Schoefield auflegte, sagte er noch: »Da geht mir noch eine Frage nicht aus dem Kopf, Alvin. Ich kann ja verstehen, warum der Falke sich das Rathaus für eins seiner Attentate ausgesucht hat – ein perfektes Symbol der Politik, aber warum zum Teufel hat er ausgerechnet eine Kirche der Schwarzen in die Luft gesprengt?«

»Das kann ich Ihnen sagen. Das Gebäude war früher einmal eine Synagoge. Hat immer noch den Davidsstern auf den Kirchenfenstern. Ich wette, dieser verrückte Hurensohn hat geglaubt, er würde den Juden einen Schlag versetzen, aber die einzigen Juden, die man heutzutage in dem Viertel antrifft, sind diejenigen, die sonntagabends in den Chinarestaurants essen gehen.«

Als Ben Nasar den Bericht der Polizei im Fernsehen verfolgt hatte, war ihm klar, wer der dritte Verletzte bei der Explosion war. Den ganzen Nachmittag hatten sie darauf gewartet, daß Nadir zurückkam, und nun verrieten ihnen die Sechs-Uhr-Nachrichten, wo er sich befand, nämlich im D.C. General Hospital, und er lag im Koma. Was wäre aber, wenn er aus dem Koma erwachte und wenn man ihn verhörte? Nadir würde ihnen absichtlich nichts verraten, aber konnte man sich da wirklich sicher sein? Wenn sie ihm vielleicht Drogen einflößten, oder wenn er im Delirium redete …

Es gab kein Problem, ins Krankenhaus zu kommen und festzustellen, wo Nadir lag. Er hatte der Frau am Empfang einfach gesagt, er habe Gründe anzunehmen, daß einer der bei der Explosion im Chinatown Verletzten ein verschwundener Verwandter sei. Natürlich war es ihnen recht, wenn er ihn identifizieren würde. Zuerst brachte man ihn zum Bett eines bärtigen, bewußtlosen Mannes, aber Ben Nasar schüttelte den Kopf. Nein, das war nicht sein Vetter. Und dann brachten sie ihn in Nadirs Zimmer. Sein Kopf war völlig bandagiert, Plastikschläuche steckten in seiner Nase. Sauerstoff, dachte Ben Nasar. Und mit einer Menge von Schläuchen und Drähten war er an Monitore und mehreren Tropfflaschen angeschlossen. Ben Nasar schaute ihn einen Moment lang an und schüttelte erneut den Kopf. Nein, auch das war nicht sein Verwandter. Tut ihm leid.

Eine halbe Stunde später betrat er das Krankenhaus wieder, diesmal im Trenchcoat und mit Hut und hatte einen kleinen Blumenstrauß mitgebracht. Er fuhr mit dem Aufzug zum fünften Stock und war überrascht, wie wenig Überwachung es hier gab. Aber natürlich wußten die Behörden ja nicht, daß Nadir der Bombenleger war. Woraus hätte man auch schließen sollen, daß es sich nicht um einen unbeteiligten Passanten handeln sollte. Aber wenn er das Bewußtsein wiedererlangen würde, könnte er ein Risiko bedeuten.

Die Tür zum Zimmer Nummer 512 stand halb auf, und Nasar ging wie irgendein Besucher zwanglos hinein. Als er einen Blick auf das zweite Bett des Zimmers warf, bekam er einen Schreck, denn vorher war es noch unbesetzt gewesen. Aber der Mann, der jetzt dort lag, hatte sich auf die Seite gedreht und schlief offenbar. Das einzige Licht im Raum kam vom Fernsehgerät, dessen flackernde Bilder ein merkwürdig blaues Licht auf der gegenüberliegenden Wand erzeugten.

Er ging gleich zu Nadir und stellte die Blumen auf den kleinen Beistelltisch neben seinem Bett. Dann ergriff er seine Hand und schaute in das Gesicht des Mannes, den er seit Kindheitstagen kannte.

Lieber Freund, du wirst nun dein letztes Opfer im Namen unserer Sache bringen. Ich weiß, wenn du sprechen könntest, würdest du sagen, daß dies dein Wille wäre. Allah wird dich als Held unseres Volkes im Paradies willkommen heißen.

Dann zog er das Kissen unter Nadirs Kopf hervor und drückte es auf sein Gesicht. Er leistete keinen Widerstand. Binnen kurzem gab der größte der Monitore einen langen Summton ab. Nasar legte das Kissen wieder unter den Kopf seines Freundes und verließ das Zimmer.

Washington, D. C., Weißes Haus

Aus der Ferne drang das Auf und Ab einer Sirene an sein Ohr. Wieder ein Krankenwagen, dachte er, wieder ein Mensch, der mit dem Tod rang. Wieder ein Opfer des unsichtbaren Wahnsinnigen, der sich Falke nannte. Michael Smith nahm zögernd die Jacke seines grauen Anzuges vom Stuhl. Er zog sie über, rückte seine blau-rot gestreifte Krawatte zurecht und ging noch einmal mit einem Kamm durch seine dunkelblonden Haare. Er schaute in den Spiegel, der neben der Tür seines engen Büros im Westflügel des Weißen Hauses hing.

Niemals, sagte er zu dem müden Gesicht in dem Spiegel, sie werden dir niemals glauben. Erneut zog er an seiner Krawatte. Du hast keine Chance, du wirst keine fünf Minuten mit dieser Story überleben. Er wandte sich von dem Spiegel ab und schaute auf die Uhr auf seinem Schreibtisch. Noch 20 Stunden, dachte er. Er war beinahe 40, sportlich, groß, hatte einen athletischen Körper.

Smith blickte auf den Bildschirm des Fernsehgerätes, das neben seinem Schreibtisch stand. CNN-Korrespondent Al Steinbrenner berichtete gerade aus dem Presseraum des Weißen Hauses, der nur wenige Meter von seinem Büro entfernt lag, der Sprecher des Präsidenten werde in wenigen Augenblicken zu einer Presse-Konferenz erscheinen.

»Washington ist voller Spannung, eine Serie von Explosionen hat die Stadt erschüttert – nur wenige Stunden, bevor der russische Präsident nach Washington kommt. Was mag dahinter stekken?« fragte Steinbrenner.

Dann flimmerten die letzten Aufnahmen über den Bildschirm: brennende Autos, Krankenwagen, die Tote und Verletzte einsammelten, Menschen, die fassungslos waren, mit erschrokkenen, bleichen Gesichtern.

Sandra Collins kam herein und brachte ihm die Texte, die sie gerade auf dem Computer getippt hatte. »Hier, alles mit dem Justizministerium, dem State Department und dem FBI abgestimmt«, sagte sie. Sie reichte ihm die Papiere. »Und der letzte Bericht von der Washingtoner Polizei. Eine Tote, 15 Verletzte, davon noch drei in Lebensgefahr.«

Sie war 28 Jahre alt, schlank und hatte lange blonde Haare. Sie kam aus dem Mittleren Westen, aus Indiana, wo sie bei einer lokalen Fernsehstation gearbeitet hatte. Dort war sie Webster bei einer Wahlkampfreise aufgefallen, und er hatte sie auf der Stelle für das Pressebüro im Weißen Haus angeheuert. Smith bemerkte, daß sie wieder einen Knopf zuviel an ihrer Bluse geöffnet hatte. Sie drückte ihm die Mappe mit den Texten in die Hand, dann stellte sie sich auf die Zehenspitzen und küßte ihn auf die Wange.

»Viel Glück«, sagte sie.

Smith war versucht, sie an sich zu ziehen, beherrschte sich dann aber.

Evelyn, dachte er, Evelyn und die beiden Kinder, John und

Nicole. Er sah ihr Bild in dem Silberrahmen auf seinem Schreibtisch, eine glückliche Familie, seine Familie. Sie lachten ihn an.

Er blickte auf Sandras Haare, sie waren weich und luden dazu ein, gestreichelt zu werden. Einen Moment standen sie sich beide gegenüber, verlegen, überrascht. Michael Smith sah, wie sie errötete, wie ein Schulmädchen, mit einem beinahe schüchternen Lächeln.

»Danke, Sandra«, sagte er leise. Sie gehörte zu dem kleinen Kreis im Weißen Haus, der Bescheid wußte. Er hatte es nicht verhindern können, daß sie es mitbekam, als er die Telefongespräche mit der CIA und dem FBI führte. Er wußte, daß er sich auf sie verlassen konnte, aber er wußte auch, daß es unmöglich sein würde, alle Löcher zu stopfen. Sie würden über jeden Mitarbeiter im Weißen Haus herfallen wie die wilden Tiere, ihn ausquetschen wie eine Zitrone, die Meute würde nicht lockerlassen, bis sie am Ziel war. Und er konnte es ihnen nicht einmal verübeln.

Es war ihr Job, der Job der amerikanischen Medienelite, solche Ungeheuerlichkeiten herauszufinden – und heute würde es sein Job sein, genau das zu verhindern.

Er ließ Sandra stehen und richtete sich entschlossen auf. Er verließ sein Büro und schritt durch den engen Flur die wenigen Schritte bis zum Presseraum des Weißen Hauses, der zwischen dem Westflügel und dem Hauptgebäude lag.

Einen Augenblick noch hielt er in dem kleinen Sekretariat inne, das vor dem Eingang in den Presseraum lag. Er holte tief Luft, räusperte sich, dann öffnete er ruckartig die Schiebetür. Das Licht der Scheinwerfer blendete ihn. Er wandte sich nach links und ging die drei Meter bis zu dem schmalen Podium mit dem Mikrofon, das vor einem blauen Vorhang aufgebaut war. Vor dem Vorhang hing ein ovales Schild, auf dem das Weiße Haus abgebildet war.

Er legte seine Unterlagen vor sich hin, ordnete sie sorgfältig und schaute in den Raum hinein, den er schon so viele hundert

Mal gesehen hatte. Doch heute hatte er das Gefühl, zum ersten Mal hier zu stehen. Er konnte die Spannung fast körperlich spüren, die sich aufgebaut hatte.

Vor ihm, auf den engen Stühlen, saßen dicht an dicht die im Weißen Haus akkreditierten Korrespondenten. In der ersten Reihe hatten die Vertreter der großen Fernsehsender und der Nachrichtenagenturen Platz genommen. Er erkannte Al Steinbrenner von CNN und Leslie Hammer von CBS, deren Gesichtsmuskeln zuckten. Sie trug ein rotes Kostüm und benutzte dazu einen ebenso grellroten Lippenstift.

Er war immer wieder verwundert, wie klein der Raum tatsächlich war, den in Amerika jedes Kind kannte. Früher war hier einmal ein Swimmingpool für den Präsidenten gewesen, bevor man daraus den Raum für die Pressekonferenzen gemacht hatte. Hinter den Stuhlreihen, am anderen Ende, stand die Reihe der Fernsehkameras, deren Objektive auf ihn gerichtet waren. Links daneben führte ein kurzer Flur zu den Arbeitsplätzen der Korrespondenten – kleine enge Verschläge mit einem Computer und einem Telefon.

Wie für Hunde, die in einem zu engen Käfig gehalten wurden, dachte Michael Smith, Hunde, die aggressiv nach allem schnappten, was sie vor die Schnauze bekamen.

»Okay, dann wollen wir mal«, sagte er und versuchte ein Lächeln. Er blätterte in seinen Unterlagen und hob dann den Kopf. »Der russische Präsident Boris Chernov wird in Kürze in Washington eintreffen und gleich anschließend zu einer ersten Unterredung mit Präsident Webster zusammentreffen. Im Mittelpunkt wird dabei der Fortgang der Abrüstungsverhandlungen stehen. Fragen dazu?« Leslie Hammer sprang auf.

»Hören Sie zu, Michael, der Nationale Sicherheitsrat hat in kurzer Zeit gleich zweimal getagt. Was steckt dahinter?«

»Wie ich gerade sagte, der russische Präsident kommt zu einem wichtigen Besuch, und der muß natürlich angemessen vorbereitet werden.«

»Ist das alles, was Sie dazu zu sagen haben?« rief sie.

Smith blätterte langsam in seinen Unterlagen. Bevor er antworten konnte, setzte sie nach.

»Haben Sie schon mal aus dem Fenster geschaut? Über Washington stehen schwarze Rauchwolken. Es gab eine Reihe von Explosionen. Haben Sie dafür vielleicht eine Erklärung?«

Nun war es also soweit, dachte er. Wieder blätterte er in seinen Unterlagen. Zeit gewinnen, nur ein paar Sekunden, für die richtige Formulierung. Aber er wußte genau, was immer er sagte, es würde die falsche Antwort sein. Sie würden ihm nicht glauben.

Aber was sollte er tun? Sollte er vielleicht sagen, wie es wirklich war? Die nackte Wahrheit? Sollte er vielleicht sagen: Ach, hier irgendwo liegt eine Atombombe, und ein verrückter Terrorist kann Washington jeden Moment hochgehen lassen?

»Natürlich ist der Präsident über diese bedauerlichen Vorfälle unterrichtet. FBI-Chef Fitzgerald steht in ständigem Kontakt mit dem Weißen Haus. Eine Sonder-Ermittlungsgruppe versucht in Zusammenarbeit mit der Washingtoner Polizei diese in der Tat besorgniserregenden Explosionen aufzuklären. Wir werden Sie unterrichten, sobald das FBI erste Erkenntnisse hat. Wichtig ist vor allem, die Ruhe zu bewahren«, hörte er sich selbst statt dessen sagen.

Er sah, wie die Augen von Leslie Hammer funkelten. Sie hatte sich in das Thema verbissen, sie würde nicht lockerlassen.

»Denken Sie nicht, daß dies etwas dürftig ist? Da draußen sterben Menschen, und alles, was Sie hier vorbringen, ist, daß der Präsident das besorgniserregend findet. Der Nationale Sicherheitsrat tagt zweimal, und Sie verweisen auf die Washingtoner Polizei. Wollen Sie uns an der Nase herumführen?«

»Man muß der Polizei Zeit für ihre Ermittlungen geben«, sagte Smith, »und solange die andauern, müssen wir uns leider in Geduld fassen. Leider, leider. Aber seien Sie versichert, wir werden Sie sofort informieren, sobald wir etwas Neues wissen.«

Leslie Hammer ließ sich auf ihren Stuhl fallen. Er sah ihr die Frustration an. Sie hatte für den Moment aufgegeben, aber er war sich sicher, daß der Kampf gerade erst begonnen hatte.

Gleich nach der Pressekonferenz würde sie zu ihrem Telefon rennen und alle ihre Kontaktpersonen in Washington anrufen, und er wußte, daß sie viele Kontakte hatte, nicht zuletzt im Weißen Haus selber. Nicht umsonst hatte sie beim letzten Presseball ausführlich mit Vize-Präsident Gerald Gordon getanzt. Seitdem hatten die Gerüchte über die beiden nicht mehr aufgehört. Sie hatte das Photo mit Gordon, das damals in allen Zeitungen erschienen war, demonstrativ an ihren Computer geheftet, so daß es alle sehen konnten.

»Wann, denken Sie, werden wir wieder etwas von Ihnen hören?« fragte John Silverman, der Korrespondent der Associated Press.

»So schnell wie möglich, John, aber bitte verstehen Sie, daß ich im Augenblick leider nicht mehr sagen kann.«

Er klappte den Aktendeckel mit seinen Unterlagen zu und verließ das Podium. Er merkte, daß er schweißgebadet war. Aber er war noch einmal davongekommen. Wie lange noch? Er schaute auf seine Armbanduhr. Noch 23 Stunden, vorausgesetzt, der Falke meinte es wirklich ernst. Und vorausgesetzt, er hatte wirklich eine Atombombe. Aber konnte man, durfte man noch ernsthafte Zweifel daran haben? Durfte man hoffen gegen alle Hoffnung?

Wieder hörte er in der Ferne das Heulen von Sirenen, es schwoll an, dröhnte in seinem Kopf. Er schloß die Augen. Nein, es konnte, es durfte nicht sein.

Als er in sein Büro zurückkam, sah er, daß Sandra immer noch dort stand. Sie hatte die Pressekonferenz an seinem Fernsehgerät verfolgt. Sie kam auf ihn zu und lehnte ihren Kopf an seine Schulter.

»Oh, Michael«, seufzte sie, »was soll nur daraus werden?«

Wieder war er versucht nachzugeben und seine Arme um sie zu legen, sie fest an sich zu drücken. Aber er riß sich zusammen. Es konnte nicht sein. Er suchte Blickkontakt mit dem Silberrahmen auf seinem Schreibtisch. Evelyn und die Kinder lachten ihm zu. Er ließ seine Arme fallen, drehte sich um und setzte sich auf seinen Schreibtischsessel. Smith stützte den Kopf in seine Hände.

Sandra Collins stand vor dem Schreibtisch, hilflos und schwer atmend. Er bemerkte nicht, wie sie sein Büro verließ.

Andrews Air Base, Maryland

Ein böiger Wind aus Nord-West blies über die nasse Landebahn. Er trieb ein tiefschwarzes Wolkengebirge vor sich her, aus dem heraus sich ein heftiger Platzregen über der Luftwaffenbasis entladen hatte.

Jurij Arbatov schlug den Kragen seines Uniformmantels hoch. Es war das letzte Rückzugsgefecht des Winters, die Temperaturen schwankten jetzt von Tag zu Tag erheblich. An den Bäumen am Rande des Flugfeldes waren schon die ersten Blüten aufgebrochen, trotz der Nachtfröste, die immer wieder den Einzug des Frühlings bedrohten.

Die dunklen Wolken zogen nun nach Osten ab, über Maryland hinweg in Richtung auf den Atlantik. Die Wolkendecke riß auf, und dahinter brach die Sonne durch. Ihre Strahlen spiegelten sich in dem dünnen Film aus Wasser, der sich auf dem Asphalt ausgebreitet hatte. Langsam nahm die Sonne an Kraft zu, das Wasser begann zu verdampfen und stieg als feiner Nebel nach oben.

Am Horizont erschien ein kleiner Punkt, der schnell größer wurde und auf die Landebahn zuglitt. »Da, da ist er.« Alexander Falin, der neben Arbatov stand, begann damit, aufgeregt seinen Aktenkoffer hin- und herzuschwenken. Arbatov schaute den Diplomaten an, sein Gesicht voller Verachtung.

Ein Offizier in der Uniform der US-Luftwaffe bellte Kommandos. Die Ehrenformation nahm Haltung an und präsentierte die Gewehre. Arbatov schaute sich um. Er sah, wie Madeleine McConnor aus ihrer schwarzen Limousine ausstieg und sich neben Anthony Blake stellte, der einen ungewohnten dunklen Hut trug. Die Objektive zahlreicher Fernsehkameras richteten sich auf die Sondermaschine Chernovs, die in diesem Augenblick auf der Landebahn von Andrews Air Base, dem Regierungsflughafen rund 20 Kilometer östlich von Washington, aufsetzte, ausrollte und langsam auf das Vorfeld zugerollt kam. Arbatov hörte aus der Richtung der Kameras russische Wortfetzen und stellte fest, daß das Moskauer Fernsehen offenbar die Ankunft des Präsidenten live übertrug.

Ein kleiner Traktor schob die Gangway an das Flugzeug, dahinter wurde der rote Teppich ausgerollt. Die Empfangsdelegation, an der Spitze Außenministerin McConnor und der russische Botschafter, nahm ihre Position ein. Auch Arbatov reihte sich am hinteren Ende der langen Schlange ein, neben General Semjonov, dem Militärattaché in Washington.

Unruhig ging sein Blick zu der vorderen Tür des Flugzeugs. Endlich wurde sie von innen entriegelt und aufgeklappt. Eine Stewardeß mit blonden Haaren erschien und stellte sich auf die Plattform der Gangway neben die Tür. Arbatov stöhnte leise. Oh, mein Gott, sie ist es, es war kein böser Traum, sie war tatsächlich mit Chernov an Bord gewesen. Er sah, wie sie sich nervös umschaute und die Empfangsdelegation absuchte.

Endlich kreuzten sich ihre Blicke. Ihr Gesicht hellte sich auf, sie winkte, wollte loslaufen, blieb dann aber stehen. Im selben Augenblick betrat Chernov die Gangway. Er hielt kurz inne, winkte und begann dann die Treppe hinunterzugehen.

Madeleine McConnor streckte ihm die Hand entgegen. Chernov ergriff sie und schüttelte sie heftig, ein breites Lächeln auf seinem rosafarbenen Gesicht. Dann schritt er die Reihe der Empfangsdelegation ab.

Arbatov merkte, wie sich Schweißperlen auf seinem Gesicht bildeten. Er stand stocksteif. Chernov rückte immer näher, schüttelte Hände, lächelte, wechselte ein paar Worte.

Flucht oder Angriff – das waren die beiden Möglichkeiten, die die Natur ursprünglich vorgesehen hatte, wenn ein Feind auftauchte, ging es Arbatov durch den Kopf. Der Körper schüttete Adrenalin aus, gab dem Menschen in solchen Situationen Extrakräfte, damit er schnell weglaufen oder hart zuschlagen konnte – simple Überlebensreflexe. Weglaufen kam nicht in Frage, also zuschlagen? Oder Chernov bei der Gurgel packen und solange zudrücken, bis er leblos zusammensacken würde, vor den Augen der Weltöffentlichkeit? War das nicht die Lösung, die einzige Lösung?

Er sah aus den Augenwinkeln, daß Chernov nun bei seinem Nachbarn in der langen Reihe angekommen war.

»Ich bin sicher, Ihre Leute haben den Besuch gut vorbereitet, so daß wir zu einem schnellen Erfolg kommen«, sagte Chernov, offensichtlich gut gelaunt, zu General Semjonov. Arbatov biß sich auf die Lippen. Er sah, wie Chernov sich nun zu ihm wandte. Der Präsident streckte lächelnd seine Hand aus.

Schlag zu, schrie es in ihm, schlag zu. Jetzt, jetzt, nutze die Chance. Doch Arbatov merkte, daß sein Gehirn nicht in der Lage war, diesen Befehl auszuführen. Er fühlte, daß ihm die Röte ins Gesicht schoß. Chernov schaute ihn an, leicht irritiert, die Hand immer noch ausgestreckt. Arbatov riß seine rechte Hand nach oben, an den Mützenrand, und salutierte. Dann ergriff er die ausgestreckte Hand Chernovs und schüttelte sie.

Chernov lächelte wieder. »Wie heißen Sie?«

»Eh ... Major Jurij Arbatov«, hörte er sich mit gepreßter Stimme sagen.

»Gut, Major Arbatov, ich wünsche Ihnen eine gute Zeit in Washington, und viel Erfolg bei unserer gemeinsamen Arbeit«, sagte Chernov und wandte sich an Alexander Falin, der links neben Arbatov stand. Im Hintergrund zeigte ein anschwellendes Heulen an, daß der Pilot die Turbine des dunkelgrünen Präsidentenhubschraubers angeworfen hatte, der Chernov ins Weiße Haus bringen sollte. Nach dem kurzen militärischen Zeremoniell bestieg Chernov, begleitet von Madeleine McConnor, die Maschine, die schnell am Himmel hinter den großen Hallen der Luftwaffenbasis verschwand und in knapp zehn Minuten im Garten des Weißen Hauses landen würde.

Die Empfangsdelegation löste sich auf, ihre Mitglieder gingen auf die wartenden Busse zu. Die Soldaten der Ehrenformation, die unvermeidlichen Statisten eines jeden offiziellen Besuchs, lösten sich aus ihrer Erstarrung und setzten die Gewehre auf dem Boden ab.

Arbatov stand immer noch an derselben Stelle am Ende des roten Teppichs. Er fühlte sich wie betäubt. Konnte es wirklich wahr sein, daß er soeben Boris Chernov die Hand geschüttelt hatte? Warum hatte er nicht zugeschlagen? War er nur ein mieser kleiner Feigling?

Er hatte doch eigentlich in diesem Drama die Rolle des tragischen Helden übernommen, der Rußland vor der Katastrophe retten wollte. William Shakespeare kam ihm in den Sinn. War er wie Hamlet, ein zorniger, verwirrter junger Mann, betrogen, auf Rache sinnend? Ging es nicht um Sein oder Nichtsein? War es nicht besser, die Mühen und Plagen durch Widerstand zu beenden?

Aber er kam sich vor wie ein Nebendarsteller, der einen schmierigen Schurken spielte. War nicht Chernov der eigentliche Schurke, der Verräter an Rußland, an seiner Zukunft? »Ist es auch Wahnsinn, so hat es doch Methode«, fiel ihm die Zeile aus Hamlet ein.

Arbatov starrte in die Weite, ohne seine Umgebung wirklich wahrzunehmen. Er war erschrocken, verwirrt, bestürzt. Er wehrte sich noch gegen die Erkenntnis, aber er mußte sich eingestehen, daß er nicht das Format hatte, dieses Drama mit letzter Konsequenz zu Ende zu bringen. Es war der Falke, der bereit war, den ganzen Einsatz zu geben, ohne Rücksicht auf Verluste, ohne Schonung für sich und für andere. Wo mochte er in dieser Minute sein? Arbatov glaubte es zu wissen, aber er konnte sich nicht sicher sein. Der Falke wollte den Amerikanern eine Lektion erteilen, mit einem Atomsprengkopf, so viel war klar. Und er hatte angedeutet, daß er es dort tun wollte, wohin die ganze Welt schauen würde. Das ließ nicht allzu viele Möglichkeiten offen. Und er hatte Chernovs Besuch in Washington erwähnt. Was für eine Ironie, dachte Arbatov. Hier war er nun selber in der amerikanischen Hauptstadt, der Mann, der den Atomsprengkopf gestohlen hatte – und nun war er eine Geisel des Falken wie alle anderen auch.

Plötzlich wurde ihm bewußt, daß jemand vor ihm stand. Eine junge Frau mit blonden Haaren in der Uniform einer Aeroflot-Stewardeß. Sie hatte Tränen in den Augen. Sie warf ihre Arme um seinen Hals.

»Jurij, verzeih mir, ich konnte nicht anders, ich mußte hier bei dir sein«, schluchzte Natascha Tschechowa.

Washington, D. C.

Leslie Hammer lief heftig an. Ihr Gesicht war beinahe so rot wie ihr Lippenstift. Sie hielt den Telefonhörer an ihr Ohr gepreßt. »Was heißt, er ist nicht zu sprechen?« bellte sie in das Telefon. Auch die Frauenstimme am anderen Ende war nun gereizt.

»Ich habe Ihnen doch schon zehn Mal gesagt, der Vize-Präsident ist heute sehr beschäftigt und kann leider keine Telefongespräche entgegennehmen.«

Leslie Hammer war versucht, den Hörer auf die Gabel zurückzuwerfen, aber noch gab sie nicht auf.

»Sie wissen doch, mit wem Sie reden?« sagte sie, »Leslie Hammer, von CBS News. Der Vize-Präsident ist ein alter Freund von mir. Ich bin sicher, er wird sehr verärgert sein, wenn er hört, daß Sie mich nicht verbunden haben. Sehr verärgert, kann ich Ihnen nur sagen. Also?«

»Es tut mir sehr leid, Missis Hammer, aber wie ich Ihnen schon gesagt habe: Vize-Präsident Gordon hat mir ausdrücklich aufgetragen, keine Telefongespräche durchzustellen, schon gar nicht von der Presse.«

Leslie Hammer nahm den Hörer und knallte ihn auf die Gabel.

»Arschloch«, sagte sie.

Sie schaute sich in dem Presseraum um. Alle anderen Korrespondenten saßen, dicht an dicht, an ihren Plätzen, den Telefonhörer in der Hand, und redeten mit ihren Quellen in Washington, im Weißen Haus selber, im Pentagon, im FBI, in der CIA, im Kongreß, im State Department.

Über dem engen Raum, in den die Arbeitsplätze der im Weißen Haus akkreditierten Korrespondenten hineingepfercht worden waren, lag eine Spannung, die auf alle auszustrahlen schien. Das Jagdfieber hatte die Meute gepackt. Je mehr sich ihre Quellen verweigerten, um so hartnäckiger versuchten sie, die Mauer des Schweigens zu durchbrechen. Obwohl sie so dicht aufeinandersaßen, wußte Leslie Hammer, daß jeder hier versuchen würde, die Nachricht exklusiv zu bekommen. Und sie wußte auch, daß es nur eine Frage von Stunden wäre, bis irgendwo ein Leck entstünde, aus dem die Wahrheit heraussickern würde. Und alle in diesem Raum würden alles daran setzen, dieses Leck als erster zu finden.

Sie ließ es auf keinen Fall zu, daß ihr jemand zuvorkommen würde. Leslie Hammer schaute auf das Photo, das sie mit Klebeband an der Seite ihres Computer-Bildschirms angeklebt hatte. Sie sah sich selber in den Armen von Vize-Präsident Gordon, bei einem gewagten Tango. Er war ein miserabler Tänzer, dachte sie, aber überraschend kreativ im Bett, wenn man bedachte, daß er vor vier Wochen mit großem Pomp seinen 60. Geburtstag gefeiert hatte. Und nun das! Er ließ sich von seiner Sekretärin verleugnen. Sie wollte erneut zum Telefon greifen, unterließ es dann aber. »Arschloch«, sagte sie wieder in Richtung auf das Photo.

Gordon hatte ihr mehr als einmal mit wertvollen Tips ausgeholfen. Die Tatsache, daß die Webster-Regierung ihre Handelsbeziehungen zu China noch weiter intensivieren würde, hatte er ihr ebenso zugesteckt wie die Information über die CIA-Pläne gegen den Diktator in Bagdad. Das hatte ihrer Karriere bei CBS erheblich geholfen. Doch jetzt verweigerte er sich. Es mußte irgend etwas Geheimnisvolles sein, irgend etwas so Dramatisches, daß selbst der Vize-Präsident es nicht wagen konnte, darüber zu sprechen.

Leslie Hammer kramte instinktiv in ihrer Handtasche, fand aber nicht, wonach sie suchte. Sie hatte das Rauchen schon vor einem Jahr aufgegeben, aber immer wenn sie in eine Streß-Situation hineingeriet, wollte sie wieder zu einer Zigarette greifen. Frustriert schloß sie die Handtasche.

Sie versuchte nachzudenken. Okay, der Nationale Sicherheitsrat hatte zweimal getagt. Das war offensichtlich. Das Kommen und Gehen der Mitglieder dieses exklusiven Zirkels im Weißen Haus konnte niemand geheimhalten.

Die Erklärung von Pressesprecher Smith, dabei sei es nur um die Vorbereitung des Besuchs von Chernov gegangen, war lächerlich. Eine Sitzung, vielleicht, aber gleich zwei hintereinander? Unfug, dachte sie. Und dann die Explosionen in der Stadt. Die Erklärungen von Smith dazu waren einfach zu dürftig. Natürlich war es nicht unbedingt Sache des Weißen Hauses, sich mit Bombenanschlägen zu beschäftigen. Das war erst einmal Sache der Polizei und dann des Justizministeriums, dem das FBI unterstand.

Und dennoch: Wenn es unmittelbar vor dem Besuch Chernovs in Washington so krachte, konnte die Webster-Regierung nicht einfach so tun, als sei das ein lokales Ereignis. Irgend etwas, da war sich Leslie Hammer sicher, stimmte hier nicht. Aber was?

Sie würde es herausfinden, und wenn sie die ganze Nacht an diesem verdammten Telefon sitzen müßte. Ihr Blick ging zu ihrer Handtasche. Eine Zigarette, nur eine einzige verdammte Zigarette, dachte sie.

Von Al Steinbrenners winziger Kabine, die seinen Arbeitsplatz als Korrespondent von CNN im Weißen Haus ausmachte, bis zum nicht minder kleinen Schreibtisch von Leslie Hammer waren es nur wenige Meter. Er sah, wie sie an ihren grellrot lakkierten Fingernägeln knabberte.

Steinbrenner wußte, daß er Leslie Hammer nicht unterschätzen durfte. Sie hatte ihn mehrfach mit Exklusivnachrichten geschlagen. Natürlich wußte Steinbrenner, wo seine Kollegin sie her hatte. Hier war er hilflos. Sollte er – sozusagen aus Konkurrenzgründen – nun ein Verhältnis mit der Frau von Vize-Präsident Gordon beginnen? Steinbrenner grinste zynisch. Nein, danke, dachte er, abgesehen davon, daß sie 58 Jahre alt und der wohl unpolitischste Mensch in ganz Washington war und ohnehin viel lieber in ihrer Heimat in Texas blieb, was Gordons Lebenswandel in der Bundeshauptstadt überhaupt erst ermöglichte.

Er hatte mehrfach versucht, sich an Sandra Collins heranzumachen. Aber sie hatte ihn immer kühl abblitzen lassen. Al Steinbrenner schaute an sich herab. Er bemerkte, daß sein Bauch sich über den Gürtel seiner Hose wölbte. Seit seiner Scheidung von Jane hatte er mindestens zehn Kilogramm zugenommen. Seine Haare begannen seit einigen Monaten rapide auszufallen, obwohl er gerade erst 45 geworden war. Er führte das auf den Streß und die schlechte Ernährung zurück. Hamburger, Cola, Kaffee, aufgewärmte Suppen, das war sein Standardessen. Sein Zuhause war praktisch das Weiße Haus, CNN hielt ihn fast pausenlos auf den Beinen, in sein kleines Apartment in Georgetown ging er nur noch zum Schlafen. Seit kurzem war er gezwungen, eine Brille zu tragen. Er lebte in der Panik, daß sein Glück bei den Frauen nun wohl vorüber war.

Er fühlte wie alle um ihn herum, daß sich in der Stadt etwas höchst Ungewöhnliches tat. Noch nie waren seine Quellen so zugeknöpft gewesen. Tut uns leid, Al, diesmal können wir wirklich nichts sagen, wirklich, tut uns sehr leid – das waren die Antworten, die er überall bekommen hatte. Er hatte seine Producerin Phylis Rosenthal auf die Story gehetzt. Sie waren wie ein altes Ehepaar, eingespielt, effektiv. Auch sie klapperte alle denkbaren Quellen ab. Bisher ohne Erfolg.

Das Telefon klingelte. Er nahm hastig den Hörer ab. Es war Phylis. Seine Augen wurden zu kleinen Schlitzen, als er ihr zuhörte.

»Wir haben gerade einen Anruf von einem unserer Kamerateams draußen in Andrews Air Force Base bekommen«, hörte er die Stimme seiner Producerin. »Unsere Leute waren dort, um die Ankunft von Chernov zu übertragen. Unser Tonmann hat zufällig am Kaffeeautomaten ein Gespräch zwischen ein paar Jungs von der US Air Force aufgeschnappt. Sie erzählten untereinander was von einem Transportflugzeug, das gestern abend aus Las Vegas angekommen ist. Und jetzt kommt es: An Bord war offenbar ein Such-Team von NEST. Du weißt doch, das sind die Spezialisten, die nach atomaren Sprengköpfen suchen. Sie sind gleich verschwunden, offenbar in Richtung Washington.«

Steinbrenner setzte sich senkrecht auf.

»Bist du sicher?« fragte er.

»Na ja, was heißt sicher, das ist das, was unsere Leute gehört haben. Natürlich müssen wir das checken. Aber immerhin: es ist wenigstens mal ein Anfang«, sagte Phylis. »Ich werde mich weiter umhören, und du mußt unbedingt mit Smith reden. Der Kerl muß jetzt was sagen, natürlich exklusiv für CNN.«

»Gut«, nickte Steinbrenner in den Telefonhörer, »ich werde das mit Smith probieren. Und halt mich auf dem laufenden, sobald du mehr hörst.«

»Klar, mach' ich.«

Sie hatte aufgelegt. Steinbrenner dachte nach. Krisenstimmung in der Stadt, Quellen, die unter keinen Umständen irgend etwas sagen wollten, zwei Sitzungen des Nationalen Sicherheitsrates, ein Pressesprecher, der offenbar mauerte – und jetzt die Ankunft eines Suchteams für atomare Sprengköpfe. Das konnte der entscheidende Hinweis sein, der das Rätsel auflösen würde.

Er schaute hinüber zu Leslie Hammer. Sie telefonierte, gestikulierte dabei wild mit ihren Händen, raufte sich zwischendurch die Haare, warf dann den Hörer wieder offenbar wütend auf die Gabel.

Steinbrenner lächelte einen Augenblick. Dann nahm er das Telefon und begann zu wählen. Langsam und methodisch. Er wählte die Nummer von Michael Smith. Er war sich sicher, daß er zumindest zu Smith durchkommen würde. Als CNN-Korrespondent im Weißen Haus hatte er genügend Gewicht, um nicht gleich im Vorzimmer des Sprechers des Präsidenten abgewimmelt zu werden.

Tatsächlich kam Smith an den Apparat.

»Hi, Al, alter Junge, was ist los? Du weißt, wir wollen erst etwas zu diesen Explosionen sagen, wenn wir von der Polizei mehr darüber erfahren haben. Du hörst darüber von mir so schnell wie möglich. Nur – im Augenblick habe ich leider nichts Neues«.

»Hör zu, Michael«, sagte Steinbrenner. »Ich bekomme da gerade einen interessanten Hinweis. Sagt dir NEST irgend etwas?«

Am anderen Ende der Leitung war Stille. Steinbrenner bemerkte, daß Smith schwer atmete. Er war sich sicher, auf der richtigen Spur zu sein. »Michael, das ist ein Superding. Du mußt dazu etwas sagen. Wir checken das natürlich noch genauer, aber verlaß dich drauf. Wir kriegen es schon raus, jetzt, wo wir erst mal wissen, wonach wir suchen müssen.«

»Al, verdammt noch mal, überstürze nichts. Das ist eine ganz heiße Kiste«, hörte er die Stimme von Smith. »Versteh doch, ich kann dazu im Augenblick nichts sagen. Wirklich nicht. Aber wenn es soweit ist, dann bist du der erste, den ich informieren werde. Versprochen. Aber bis dahin, Al, um Gottes willen, tu nichts, was der Sache schaden kann.«

»Wir können hier unmöglich die Augen verschließen, wenn in der Stadt nach einem atomaren Sprengkopf gesucht wird«, sagte Steinbrenner. »Wir werden sehen, was Atlanta dazu sagt. Von irgendwo werden wir schon eine Bestätigung bekommen. Bis dann also, Michael.«

Steinbrenner legte auf. Er tippte mit den Fingern im schnellem Tempo auf die Platte seines winzigen Schreibtisches. Dann wählte er die Nummer des CNN-Hauptquartiers in Atlanta. »Gib mir den Boß«, sagte er, als die Sekretärin sich meldete.

»Was, er ist auf der anderen Leitung? Ist mir scheißegal. Sag ihm, er soll damit aufhören. Ich bleib' dran. Es ist wichtig, verdammt wichtig.«

Er lehnte sich in seinem Schreibtischsessel zurück, dessen Rükkenlehne nachgab. Er legte die Beine auf den Schreibtisch und schaute an die Decke. Michael Smith atmete tief aus.

Nun war es also soweit. Er war geschockt, aber nicht verwundert. Es war ihm klar, daß es früher oder später passieren würde. Eine solche Story war in Washington nicht geheimzuhalten.

Aber was würde passieren, wenn wirklich die ganze Wahrheit bekannt würde?

Panik, Hysterie, ein Massenexodus aus der Stadt, eine Situation, die nicht mehr zu kontrollieren war. Es gab dafür kein Rezept, jedenfalls keines, das funktionierte. Die Fachleute hatten alles durchgespielt. Sie waren zu dem Schluß gekommen, daß man in einer solchen Situation auf jeden Fall versuchen mußte, den Sprengkopf zu finden – und wenn das nicht gelingen sollte, dann gab es nur einen einzigen, ganz einfachen Ausweg: Man mußte den Forderungen der Terroristen nachgeben.

Smith nahm die Beine vom Tisch. Sein Blick ging zur Uhr. Zwei Uhr nachmittags. Noch 15 Stunden, ganze 15 lausige Stunden. Er mußte verhindern, daß die Geschichte an die Öffentlichkeit kam. Smith griff zum Telefon. »Ich muß den Präsidenten sehen«, sagte er, »sofort.«

Wenige Augenblicke später stand er im Oval Office, dem Büro des Präsidenten im Westflügel des Weißen Hauses. Webster schaute ihn an. Smith sah die Müdigkeit in seinem Gesicht.

»Was ist los, Michael?«

»Sie wissen es, Mr. President. CNN hat herausgefunden, daß die NEST-Leute in der Stadt sind. Natürlich habe ich nichts bestätigt, aber sie werden ihre eigenen Schlüsse ziehen. Wir müssen sie stoppen.«

»Aber wie? Was schlagen Sie vor?«

»Es gibt nur einen Ausweg: Sie müssen selbst mit Ted Burner, dem Chef von CNN sprechen. Und außerdem: sollten wir den Forderungen der Terroristen wirklich nachgeben müssen, dann sind wir ohnehin auf die Kooperation von CNN angewiesen.«

Webster nickte.

»Gut, ich werde mit ihm reden.«

Michelle Berrys NEST-Team wurde vom Direktor des Ostküstenteams über die Lage unterrichtet. Er versuchte nicht, den Druck, der auf ihm lastete, herunterzuspielen. Er stellte die terroristische Gefahr dar und erläuterte den Einsatzplan der beiden NEST-Teams. Das Ostküstenteam war bereits im Einsatz, und nun sollte das Team von der Westküste den Sucheinsatz unterstützen.

Bevor er ins Detail ging, bedankte sich der Direktor dafür, daß alle NEST-Teammitglieder Freiwillige waren, die meisten von ihnen aus dem Energieministerium.

»Es handelt sich hier um eine reale Krisensituation«, wiederholte er, »nicht etwa um einen Übungsfall. Wenn sich die Drohung als wahr erweist und wir versagen, besteht in der Tat die Möglichkeit einer Nuklearkatastrophe. Die gesamte Stadt könnte ausgelöscht werden, und wir alle hier mit ihr. Wenn jemand von Ihnen schwerwiegende Bedenken hat, hierzubleiben, soll er sich nicht schämen, jetzt zu gehen.«

Er legte eine Pause ein und schaute sich im Raum um. Man hörte Husten und Stühlerücken, aber niemand verließ den Raum. Jeder der Freiwilligen war sich bewußt, daß die Aufgabe der NEST-Teams darin bestand, eine nukleare Bedrohung durch Terrororganisationen zu identifizieren, ihre reale Gefahr einzuschätzen, den nuklearen Sprengstoff zu lokalisieren und ihn zu entschärfen. Sie hatten zwar alle immer wieder an entsprechenden Übungen teilgenommen und Hunderte von unechten Drohungen bearbeitet, aber bisher war der Ernstfall noch nie eingetreten. Der Direktor ließ eine Weile verstreichen, die er für angemessen hielt, und fuhr dann mit der Instruktion fort.

»Also, bisher haben wir folgendes unternommen. Eine Abteilung unseres Teams vom Luftwaffenstützpunkt Andrews dient als Kommandozentrale und arbeitet hier im FBI-Gebäude unter Leitung der Bundespolizei. Meine restlichen Leute sind in der Hubschrauberaufklärung eingesetzt. Wegen der Bedeutung dieser

Stadt wird unser Kartenmaterial monatlich auf den letzten Stand gebracht, und daher verfügen wir über einen sehr guten Fundus für eine Vergleichsanalyse. Für jedes Quadrat der Washingtoner Gitternetzkarte kennen wir die Standardstrahlungswerte, und unsere 105C-Maschinen sind dabei, jeden Wert quadratmeterweise neu zu messen. Ihre beiden Hubschrauberbesatzungen nehmen bereits an dieser Aufgabe teil. Da uns allmählich die Zeit davonläuft, habe ich sie angewiesen, ihre Messungen direkt an unsere Leute von der Flugkontrolle in Andrews zu melden.«

Er schob einen Stapel Papiere auf die vor ihm liegenden Dias und schaute dann wieder auf, sein Gesicht voller Sorgenfalten.

»Die bittere Wahrheit ist, daß wir nicht einen Hinweis darauf haben, wo sich dieser Sprengkopf befinden könnte, und wir sind auch deshalb besorgt, weil wir vermutlich keine verräterischen Strahlenwerte zu messen in der Lage sein werden, falls er in einer Metallkapsel untergebracht ist. Jedenfalls nicht ausreichend für eine Entdeckung aus der Luft, obwohl die Detektoren in unseren Hubschraubern hypersensibel reagieren. Folglich besteht unsere größte Hoffnung in der Suche vom Boden aus, und da kommen Sie ins Spiel.«

Michelle Berry krümmte sich auf ihrem Stuhl. Ihr Magen begann wieder zu revoltieren.

»Ein kleines Kommando meines Teams hat bereits angefangen, den Boden Stück für Stück abzusuchen. Sie haben am Weißen Haus begonnen und arbeiten sich von dort voran. Wir verwenden kleine Handdetektoren und mischen uns unter die Masse von Touristen und Angestellten. Diesen Teil der Operation möchte ich verstärken, damit wir noch schneller ein größeres Gebiet absuchen können. Sobald der Rest von Ihnen Ihre Geräte hat und sich entsprechend ausgerüstet hat, instruieren wir Sie bezüglich des Ihnen zugewiesenen Areals, und dann gehen Sie los. Das war's erst einmal«, sagte er und blickte in die Runde. »Noch Fragen?«

Niemand meldete sich. Der Direktor nickte der Gruppe zu: »Und nun viel Glück. Das können wir verdammt brauchen.«

Michelle drehte sich zu ihrem Nachbarn um.

»Dennis, würden Sie bitte mein Zeug abholen und hierher bringen? Ich muß dringend zur Toilette«, sagte sie und hielt sich den Magen.

»Ja, klar.«

Dann eilte sie zur Damentoilette, wo sie zu ihrer Erleichterung feststellte, daß sie allein dort war. Sie ging in eine der Zellen und probierte alles mögliche aus, um sich zu übergeben, vergeblich. Der Schweiß brach ihr aus, und sie begann am ganzen Körper zu zittern. Sie ging zum Waschbecken, ließ kaltes Wasser über ein Papiertuch laufen und hielt es sich an die Stirn. Die kühle Nässe brachte ein wenig Erleichterung. Dann lehnte sie sich an das Becken, legte den Kopf in den Nacken und schloß die Augen.

Ich muß endlich damit aufhören, mich selbst zu belügen, dachte sie. Das hat nichts mit Luftkrankheit zu tun, auch nicht mit Angst oder dergleichen. Gib es zu, Michelle, du bist schwanger. Das ist doch das genau richtige Timing, oder? Mitten in der größten Herausforderung deiner Karriere. Wenn ich nur diese Übelkeit loswerden kann, bin ich in Ordnung.

Sie stellte sich vor, wie aufgeregt und glücklich Jay sein würde. Der arme Kerl hatte immer für ein weiteres Kind gebetet. Nun, mein Liebling, dein Wunsch ist in Erfüllung gegangen, und ich würde nichts lieber tun, als dich jetzt anzurufen, aber das verstößt gegen die Vorschriften.

Michelle drehte sich um, warf das Papiertuch in den Abfalleimer und zog ein neues. Sie drehte das Wasser wieder auf, wartete einen Augenblick, bis es sich abgekühlt hatte und schaute dann in den Spiegel. Ihr Teint war aschfahl, und es hatten sich dunkle Ränder unter ihren Augen gebildet. Mein Gott, du siehst aus wie der lebende Tod, dachte sie sich und sah ein Lächeln, das einer Grimasse glich, über ihr Gesicht huschen. Interessante Wortwahl, die du da getroffen hast, Michelle. Bei dieser speziellen Mission war der Tod eine durchaus reale Möglichkeit, und soeben hatte man ihnen die Chance gegeben, ihm zu entkommen. War sie egoistisch, wenn sie trotzdem hierblieb? Aber schließlich war sie doch mehr als nur ein einfaches Mitglied des NEST-Teams. Wenn ihr etwas passieren würde, müßte ihre Familie die Folgen tragen. Jay würde Witwer und müßte sich um zwei Kinder kümmern, die nicht über den Tod ihrer Mutter hinwegkämen. Hatte sie überhaupt das Recht, eine solche Entscheidung zu treffen, ohne Jay zumindest um Rat zu fragen?

Aber sie hatte auf die Teamregeln einen Eid geschworen. Während einer Mission durfte es keinerlei Verbindung mit einem Außenstehenden geben. Doch dieser Fall lag anders.

Sie ließ kaltes Wasser über das zweite Tuch laufen, drehte den Wasserhahn zu und legte das gefaltete Tuch über ihre Stirn. Allmählich fühlte sie sich besser. Ihr Magen hatte sich wieder beruhigt. Zum ersten Mal, seit sie Las Vegas verlassen hatte, verspürte sie Appetit.

Jay hat ein Recht darauf, informiert zu werden, besonders jetzt, da sie wußte, daß sie schwanger war. Er hat auch das Recht, darauf zu bestehen, daß sie ausschied und nach Hause kommen sollte. Und natürlich die Kinder ...

Michelle dachte an ihre eigene Kindheit, daran, daß sie ohne Mutter aufgewachsen war. Das war natürlich etwas anderes gewesen. Ihre Mutter hatte sich nicht in einer atomaren Explosion in Nichts aufgelöst. Michelles Mutter hatte ihren Verstand in einer Whiskyflasche aufgelöst. Das Schlimmste hatte sich ereignet, als sie sieben oder acht Jahre alt war, aber sie würde das hysterische Geschrei und ihren armen Vater nie vergessen, wenn er versuchte, ihre Mutter zu beruhigen. Natürlich war sie nicht immer so gewesen, und Michelle erinnerte sich auch an die Schulbrote, die sie ihr liebevoll eingepackt hatte, und wie ihr die Mutter abends, wenn sie im Bett lag, vorgelesen hatte. Und dann war da der Autounfall. Jedenfalls sagten das alle in der Familie, ein Unfall. Doch jeder in der Stadt wußte, daß Ethel Jenkins betrunken unterwegs gewesen war, als sie von der Straße abkam und in eine Ziegelmauer raste. Das war ein Teil ihrer Lebensgeschichte, den nur ganz wenige, natürlich auch Jay, kannten, ein

Teil, den sie begraben hatte. Nur jetzt durfte die Erinnerung noch einmal in ihr Bewußtsein dringen, jetzt, wo sie daran denken mußte, wie es wäre, wenn ihre eigenen Kinder ohne Mutter aufwachsen müßten. Michelle spritzte noch etwas kaltes Wasser über ihr Gesicht, trocknete es ab und richtete sich auf. Wieder schaute sie in den Spiegel. Na, da ist ja wieder etwas Farbe auf deine Wangen gekommen. Sie schaute sich intensiv ins Gesicht. Sag mir, was ich tun soll, Michelle, flüsterte sie.

Das NEST-Team machte sich im Bereitschaftsraum fertig. Die meisten von ihnen hatten bereits ihre »Verkleidungen« angezogen, als Michelle von der Toilette zurückkam. Dennis trug einen Anzug, der ihn als typischen Angestellten ausweisen sollte, und war dabei, die Krawatte zu binden. Michelle streifte den schwarzweißen Trainingsanzug über, in dem sie wie eine Einheimische oder eine salopp gekleidete Touristin aussah. Sie komplettierte dieses Bild mit einer schwarzen Baseballkappe mit Nike-Aufdruck und zog ihren blonden Pferdeschwanz durch die Öffnung auf der Rückseite. Dennis' Geigerzähler befand sich in einer abgenutzten Aktentasche neben ihm auf dem Boden. Michelles Gerät steckte in einem L.-L.-Bean-Rucksack, den sie über ihre Schulter hängte.

»Letzte Instruktionen in zehn Minuten«, rief jemand aus dem vorderen Bereich des Raums.

Michelle schaute sich um. Dennis kniete auf dem Boden und überprüfte den Inhalt seiner Aktentasche. Langsam ging sie ein Stück zurück und schlich sich dann zur Doppeltür, die in den Eingangsbereich führte. Als sie im Flur stand, sah sie gleich, wonach sie suchte, und ging zu den Telefonzellen am Ende des Korridors.

Dort stellte sie ihren Rucksack auf dem Boden einer Zelle ab, führte ihre Telefonkarte ein und wählte den Anschluß in Nevada. Während sie darauf wartete, daß Jays Telefonistin abhob, schaute sie nervös um sich.

»Lynne?« fragte sie mit zitternder Stimme.

»Sind Sie das, Michelle?«

»Lynne, ich muß unbedingt mit Jay sprechen. Es ist wirklich dringend, also sagen Sie ihm, er möchte sofort ans Telefon kommen, egal, was er gerade macht.«

»Aber selbstverständlich. Bleiben Sie dran.«

Die Wartezeit schien endlos. Sie erinnerte sich plötzlich an die Zeit in der High School, wenn sie sich krank meldete und dabei die Stimme ihrer Tante nachahmte, damit sie mit irgendeinem Freund zum See gehen konnte. Genauso ein Gefühl hatte sie jetzt, wohl wissend, daß sie dabei war, eine riesengroße Dummheit zu begehen, aber diesmal aus einem gewichtigen Grund. Lieber Gott, Michelle, was für ein Esel bist du doch! Das kann man doch nicht miteinander vergleichen. Was ist schon Schulschwänzen im Vergleich mit dem Bruch einer der ehernen Grundregeln ihrer Verpflichtung NEST gegenüber? Und dennoch sagte ihr eine innere Stimme, daß sie das Richtige tat.

»Liebling?« hörte sie Jays Stimme am anderen Ende.

»Jay, hör mir jetzt genau zu. Du weißt, daß ich dich von hier nicht anrufen darf, ich tu's aber trotzdem. Ich bin völlig durcheinander, und ich weiß nicht mehr, was ich tun soll.«

»Michelle, mein Liebling, nun beruhige dich doch. Was ist denn los?«

»Ach, Schatz, weißt du, ich bin schwanger, bin hier in Washington und ...«

»Was? Was? Nun mal langsam. Du bist also schwanger, und du bist in Washington?«

»Genau. In der Stadt, nicht im Bundesstaat Washington, und ... Ach, Jay, was soll ich denn machen? Die Situation hier ist wirklich ernst. Irgendein Terrorist hat einen nuklearen Sprengsatz in der Stadt versteckt und droht nun, ihn zu zünden, wenn der Präsident nicht auf seine Bedingungen eingeht. Wir müssen das Ding finden und entschärfen, aber was ist, wenn nicht? Ich muß die ganze Zeit an dich und die Kinder denken, und ... Ich weiß einfach nicht weiter.«

»Liebling, du hast mir doch gesagt, du seist schwanger, nicht wahr?«

»Bin ziemlich sicher.«

Jay sagte eine Zeitlang nichts.

»Jay, bist du noch dran?« unterbrach sie sein Schweigen. »Ich muß jetzt los. Vorher mußt du mir aber sagen, was ich deiner Meinung nach tun soll. Jetzt kann ich noch weg und wieder nach Hause kommen.«

»Ja, ich bin noch dran.« Seine Stimme klang leer. »Du willst mir doch sagen, daß es eine Atomexplosion geben könnte und du dabei sterben könntest und unser Kind auch.«

»Ja, die Möglichkeit besteht durchaus.«

Sie hörte, wie er tief ausatmete.

»Michelle, als du Mitglied von NEST geworden bist, habe ich dir versprochen, mich nicht in deine beruflichen Angelegenheiten einzumischen. Das war das schwerste Versprechen meines Lebens, aber ich habe es eben versprochen, und ich werde mich daran halten. Ich kann dir auch nicht sagen, was du tun sollst. Ich liebe dich unendlich, und ich weiß nicht, was ist, wenn dir etwas zustoßen sollte, aber ich kann dir diese Entscheidung nicht abnehmen. Die mußt du schon selbst treffen.«
Michelle war zum Heulen zumute. »Doktor Berry, ich liebe dich so sehr, daß ich nicht weiß, wie ich es sagen soll. Bald bin ich wieder bei dir, darauf kannst du dich verlassen. Gib den Kindern einen Kuß von mir. Jetzt muß ich wirklich Schluß machen.«

Dies war kein typischer Märztag für Washington, nicht windig, bei einer Mittagstemperatur von über fünfundzwanzig Grad ein Vorbote des nahenden Frühlings. Viele der Regierungsangestellten hatten bereits ihre Winterkleidung abgelegt, und auf den Straßen der Stadt sah man immer häufiger leichter und farbenfroher gekleidete Menschen. Zur Mittagszeit waren die Bänke im Lafayette-Park schräg gegenüber dem Weißen Haus alle besetzt durch die erste Schicht der Armee von Angestellten und Bürokraten.

Als Vorboten der touristischen Hochsaison hatten schließlich auch die Obdachlosen und hauptberuflichen Demonstranten, für die der Lafayette-Park ein Zuhause war, diese Grünfläche bevölkert. Aber nun war es halb fünf Uhr nachmittags, die Sonne ging langsam unter, und es wurde empfindlich kühler. Die erste Welle der Regierungsangestellten verließ bereits die Stadt.

Der Mann in der schweren, schwarzen Limousine, die soeben von der Pennsylvania Avenue auf dem Weg von seinem Büro abbog, hatte für all das keinen Blick. Anthony Blake war so sehr in Gedanken, daß er beinahe nicht bemerkt hätte, daß die Limousine sich schon in der Auffahrt zum Weißen Haus befand. Helen hatte er erzählt, es gäbe da eine kleinere Panne bei seiner Sicherheitsgenehmigung, und dann hatte er sie zu einem Abendflug zu ihrer Mutter nach Boston überredet. Seinen Schwiegersohn hatte er unter dem Vorwand, dort sei eine Familienangelegenheit zu regeln, nach Denver geschickt. Gott sei Dank war Joanne mit ihren Kindern in Disney World.

Jetzt erst schaute er sich um. Mehrere Kamerateams stellten gerade ihre Ausrüstung auf dem Rasen vor dem Regierungsgebäude auf. Offensichtlich hatten sie von dem Treffen, das Webster einberufen hatte, Wind bekommen. Doch sie würden vom offiziellen Bulletin enttäuscht sein. Über das, was am Konferenztisch des Präsidenten besprochen werden sollte, würden sie kein Wort erfahren. Die Zuschauer der Abendnachrichten würden lediglich erfahren, daß das Treffen stattgefunden hätte, das, und sonst nichts.

Blake war erneut überrascht, als er den Konferenzraum betrat. Er hatte zwar erwartet, daß die anderen bereits gekommen waren, nicht aber, daß Bill Webster, diesmal pünktlich, bereits am Tisch saß und ungeduldig darauf wartete, beginnen zu können.

»Sie sind der letzte, Tony«, begrüßte ihn der Präsident und tippte mit dem silbernen Füllhalter auf seinen Notizblock. »Nehmen Sie sich einen Stuhl, und dann fangen wir endlich an.«

Der Wandel Websters war Blake von Anfang an nicht entgangen. Da waren dunkle Ringe unter seinen Augen, ein müder Gesichtsausdruck, aber vor allem ein Ernst und eine Entschlossenheit, die Tony immer bei ihm vermißt hatte. Blake nahm seinen Platz am langen, ovalen Konferenztisch ein, öffnete seinen Aktenkoffer und legte seine Aufzeichnungen bereit.

»Man hat Sie stündlich über den letzten Stand der Dinge auf dem laufenden gehalten, daher müssen wir nicht alles noch einmal durchkauen. Aber der aktuellste Stand von vor etwa zwanzig Minuten ist, daß die Israelis sich keinen Zentimeter bewegt haben«, kam der Präsident gleich zur Sache.

Madeleine O'Connor meldete sich zu Wort. »Herr Präsident, ich kann Ihnen versichern, daß Ben-Natan sehr genau weiß, daß Ihre Ankündigung, seine Auslandshilfe zu stoppen, keine leere Drohung ist. Ich habe ihm das deutlich vor Augen geführt.«

»Ich verstehe diese Leute nicht«, erwiderte der Präsident, »nach all dem, was wir für sie getan haben. Die Milliarden von Dollar, die wir in Israel gesteckt haben. Die Art und Weise, wie wir sie jedesmal unterstützt haben, wenn in der Region ein Problem aufgetreten ist. Und jetzt, wo wir zum allerersten Mal ihre Hilfe benötigen, da haben sie doch tatsächlich die Unverfrorenheit, uns hängen zu lassen.«

»Die würden das ›Chuzpe‹ nennen«, legte der Direktor des CIA los.

»Nun, so einfach ist die Sache nun auch wieder nicht«, sagte Blake. »Seit Golda Meir damals in den sechziger Jahren mit dieser Politik begonnen hat, haben die Israelis es immer wieder grundsätzlich abgelehnt, sich terroristischen Erpressungsversuchen zu beugen. Das ist so eine Art Bestandteil ihrer Verfassung geworden, wie in Stein gemeißelt. Dafür müssen wir wohl Verständnis haben. Sie sind nicht einfach nur stur. Dieses Volk ist seit fünfzig Jahren von Todfeinden umzingelt, und in dieser Zeit haben sie ihre Erfahrungen damit gemacht, was funktioniert und was nicht. Ich bin der Meinung, wir sollten das respektieren.«

»Tja, mein lieber Tony, das kann ich sehr wohl respektieren«, gab der Präsident zurück, »aber das muß ich, zum Teufel noch mal, überhaupt nicht mögen. Und wenn diese Sache vorbei ist ... und wenn wir sie überleben sollten, darf ich hinzufügen ... also wenn es überstanden ist, dann werde ich mit diesem Herrn Ben-Natan mal ein Wörtchen reden müssen. Da können Sie ganz sicher sein, meine Damen und Herren.«

»Bewegt sich denn überhaupt nichts?« wollte George Fitzgerald wissen.

»Madeleine hat den Überblick über die gesamte Lage, und unser Botschafter wohnt praktisch in Ben-Natans Büro, aber es sieht nach einer Pattsituation aus«, antwortete Webster.

Blake meldete sich wieder. »Herr Präsident, ich glaube, wir sollten einmal anfangen, uns um Alternativen zu bemühen. Ich muß Sie ja nicht daran erinnern, das uns die Zeit davonläuft. Bis zum Ablauf des Ultimatums bleiben uns noch ungefähr zwölf Stunden. Über das Versteck des Sprengkopfs liegen uns keinerlei Hinweise vor, und ich bin der festen Überzeugung, daß wir nicht davon ausgehen können, daß die Israelis nachgeben werden.«

»Sie wollen also sagen, es gäbe eine Möglichkeit, die wir noch nicht ausgelotet haben«, sagte der Präsident. »Gibt es da etwas, von dem Sie Kenntnis haben, wir aber nicht?«

Anthony Blake schaute verlegen auf seine Unterlagen. Schließlich begann er mit für seine Verhältnisse gedämpfter Stimme: »Herr Präsident, ich habe es selbst in die Hand genommen, einen möglichen Unterstützungsplan zu entwickeln für den Fall, daß wir bei den Israelis auf Granit beißen.«

»Einen Unterstützungsplan?« unterbrach ihn Webster.

»Jawohl, Sir. Ich weiß, es mag ja übergeschnappt klingen, wie mein Enkel sagen würde, aber einer meiner Mitarbeiter unterbreitete mir den Vorschlag, eine Scheinentlassung von Gefangenen zu inszenieren.«

Bill Webster hob den Kopf. Sein Blick war plötzlich hellwach. »Machen Sie weiter.«

»Das wäre natürlich nichts anderes als ein Lotteriespiel, aber wenn alles andere versagen sollte, könnte der Plan eine Möglichkeit darstellen. Da wir nicht mehr viel zu verlieren haben, habe ich meine Leute angewiesen, seine Realisierung in Angriff zu nehmen.«

»Vielleicht bin ich etwas schwer von Begriff, Tony, aber ich verstehe nicht ganz, was Sie da vorhaben.«

»Sir, ich habe einige meiner Mitarbeiter zu den Medientechnikern geschickt, und die beiden Gruppen arbeiten nun gemeinsam an der Herstellung einer Videoaufnahme, die einen Vorgang simuliert, der real nicht stattfinden wird. Sie setzen dazu Schauspieler ein, die wie Leute aus dem Nahen Osten aussehen und von anderen Schauspielern in israelischen Uniformen bewacht werden. Die Uniformierten eskortieren sie dann von einem Bus zu einem nicht näher gekennzeichneten Flugzeug, das daraufhin startet. Meine Idee dabei war, daß, wenn keine echte Gefangenenfreilassung erfolgt, wir den Trick mit der Kassette einsetzen könnten, um den Falken glauben zu machen, seine Forderung sei erfüllt worden.«

Als Blake seine Ausführungen beendet hatte, herrschte Schweigen im Konferenzraum. Er blickte auf die Teilnehmer der Runde und stellte fest, daß alle Augen auf dem Präsidenten ruhten. Webster dachte offensichtlich intensiv über den Vorschlag nach und drehte seinen silbernen Mark-Cross-Füllhalter langsam mit beiden Händen hin und her. »Das wäre in der Tat ein tollkühner Versuch, und ich bete zu Gott, daß es nicht dazu kommen wird, aber unter den gegebenen Umständen haben wir da wohl noch ein As im Ärmel, selbst wenn es gefälscht ist. Wann wird das Band fertig sein?«

»In etwa drei Stunden steht es zur Verfügung«, antwortete Blake.

»Ich möchte es mir dann sofort anschauen.« Webster wandte sich an den Direktor des FBI. »George, haben Sie noch weitere Informationen für uns?«

»Wir tun alles Erdenkliche, um den Sprengkopf zu finden,

Mr. President. Leider habe ich hierzu keine neuen Erkenntnisse.«

»Was ist mit den NEST-Teams?«

»Alle im Einsatz, aber noch ohne Erfolg.«

»Ich möchte über jede Kleinigkeit sofort informiert werden. Hat jemand von Ihnen noch etwas zu sagen?« fragte der Präsident und steckte seinen Füller in die Innentasche seines Jacketts.

Madeleine O'Connor meldete sich noch einmal. »Ja, ich, Mr. President.«

Webster nickte ihr zu.

»Es geht um den moralischen Aspekt, über den wir bereits diskutiert haben, aber da habe ich noch meine Sorgen. Ich verstehe zwar, daß es logisch ist, den Ausbruch einer Panik zu verhindern, aber ...«

»Madeleine, ich möchte das nicht noch einmal mit Ihnen durchgehen. Ich kenne Ihre Einstellung diesbezüglich sehr wohl, und glauben Sie mir, das liegt auch mir schwer im Magen, doch ich bin zu dem Entschluß gekommen, zumindest für den Augenblick bei meiner Entscheidung zu bleiben. Kommen wir also zum Ende, oder gibt es noch etwas in dieser Sache?« sagte der Präsident abschließend und erhob sich.

Alle anderen am Tisch erhoben sich ebenfalls, und der Präsident ging zur Tür. Auf seinem Weg dorthin klopfte er Anthony Blake anerkennend auf die Schulter. Doch Tony würde den Ausdruck von Hoffnungslosigkeit und Verzweiflung im Blick des Präsidenten wohl nie mehr vergessen.

Las Vegas, Nevada

Jim Clarke war mit seinen Gedanken in die Partie Jeopardy so vertieft, daß er dem, was seine Frau erzählte, kaum Beachtung geschenkt hatte, aber jetzt hatte sie etwas gesagt, das sein Interesse geweckt hatte. Er legte seine Gabel auf den Teller, wischte sich den Mund ab und schaute Lynne zum ersten Mal an, seit sie ihm das Abendessen auf den Tisch gestellt hatte.

»Moment mal«, unterbrach er sie und hob die Hand, »einen Augenblick.« Er hatte seine Frau mitten im Satz unterbrochen, und sie hielt die Gabel mit dem Bissen, den sie gerade essen wollte, vor ihrem Mund an. »Was hast du eben von Doc Berrys Frau erzählt?«

Durch sein plötzliches Interesse ermuntert antwortete Lynne: »Wenn du mir zugehört hättest, dann müßtest du jetzt nicht fragen.«

»Ich schwöre, daß ich dir zugehört habe. Du hast da was von einem Telefonanruf seiner Frau erzählt. Was war denn der Grund ihres Anrufs?«

Lynne Clarke hob ihr Weinglas und lehnte sich zurück. Sie genoß jetzt die Aufmerksamkeit ihres Mannes, der die Augenbrauen vor lauter Ungeduld nach oben gezogen hatte. Sie wartete noch einen kleinen Moment, um seine Spannung zu steigern, und sagte dann: »Sie hat heute so um die Mittagszeit aus Washington angerufen.«

»Und weiter?«

»Sie klang völlig aufgeregt.«

»Okay, Lynne, muß ich dir denn alles einzeln aus der Nase ziehen? Nun sag schon, was los war.«

Sie ärgerte sich etwas darüber, daß sie nun nicht mehr lange im Rampenlicht dieser kleinen Aufführung stehen würde. »Tja, ich konnte natürlich nur das hören, was der Doc gesagt hat, aber ich glaube, sie hat aus Washington, D.C. angerufen.«

»Toll, das hast du doch schon gesagt. Worum zum Teufel ging

es ihr denn? Hast du nicht was von einer nuklearen Drohung gesagt?«

»Also, ich glaube, sie hat angerufen, um ihm zu sagen, daß sie schwanger ist, und sie ist drüben in Washington mit ihrem NEST-Team, und da ist diese terroristische Atombombendrohung, und jetzt versuchen sie, das Versteck dieser Bombe zu finden, und wenn sie es nicht finden, dann fliegt vielleicht die ganze Stadt in die Luft, und außerdem hat sie noch angerufen, um ihn zu fragen, ob sie das Team verlassen und nach Hause kommen soll ... Du glaubst es nicht, aber er hat ihr gesagt, sie solle das tun, was sie für richtig hält. Ich will dir mal was sagen, wenn der mein Mann wäre und ich wäre in einer Lage, wo es um Leben und Tod geht, so wie sie – also wenn ich da mitten auf einer Atombombe sitzen würde, und der würde mir sagen, ich sollte ...«

»Ja, ja, ist ja schon gut«, schnitt er ihr das Wort ab. »Kannst du nicht mal einen Moment aufhören zu quatschen? Ich denke gerade nach.« Er rieb sich mit der Hand über die Lippen. »Da ist also eine terroristische Atombombendrohung mitten in der Hauptstadt«, murmelte er vor sich hin, schaute dann seine Frau an und fuhr fort: »Hast du gesehen, ob sie darüber schon was im Fernsehen gebracht haben?« Bevor sie antworten konnte, sagte er: »Ich jedenfalls nicht. Wohl niemand, da bin ich mir verdammt sicher.«

Er schob seinen Stuhl zurück und warf seine Serviette auf den Tisch.

»Die halten das alles geheim, Schätzchen. Die ganze gottverdammte Hauptstadt unseres Landes kann jeden Moment in Schutt und Asche liegen, und die Regierung der Vereinigten Staaten hält das vor der Bevölkerung geheim!«

»Die werden schon ihre Gründe dafür haben. Vielleicht haben sie Angst davor, daß eine Panik ausbricht oder so.«

»Die Leute haben ein Recht darauf, informiert zu werden. Oder möchtest du so was nicht wissen, wenn du in Washington wohnen oder arbeiten würdest?«

»Und so ganz nebenbei kenne ich da jemanden, der uns eine ganze Menge Geld für diese Information bezahlen würde.«

Lynne stand auf, stemmte beide Hände auf den Tisch und beugte sich zu ihrem Mann herüber. Sie sah nun sehr ernst aus, und ihre Augen hatten sich zu Schlitzen zusammengezogen. »Und wer soll das denn sein, der dir einen Batzen Geld für diesen Leckerbissen bezahlen würde?«

Jim starrte auf die Spitzen seiner Hausschuhe, schaute dann zu ihr auf und sagte: »Ich dachte da so an ... nun, vielleicht Joe Peterson!«

»James Andrew Clarke, ich hör' wohl nicht recht. Ich finde es unglaublich, daß du überhaupt nur daran denkst, Informationen zu verkaufen, die ich dir im Vertrauen weitergegeben habe.«

»Nun reg dich mal nicht so fürchterlich auf. Das hat man dir doch überhaupt nicht im Vertrauen erzählt, du hast das einfach zufällig mitangehört. Und mir hast du das auch unter dem Siegel des Vertrauens erzählt. Ich hab keinen Eid darauf geschworen, es geheimzuhalten. Du hast mir das ganz einfach nur erzählt.«

»Aha, das nennt man schlicht Haarspalterei. Die Wahrheit ist doch, daß ich das, was ich gehört habe, nicht hätte hören sollen, und jetzt wird mir klar, daß ich es dir nie hätte erzählen dürfen.«

Jim versuchte es nun anders, stand auf und hob abwehrend die Hände.

»Du hast ja völlig recht, Schätzchen. Ich war wohl nicht ganz da. Vergessen wir also die ganze Angelegenheit. Ich geh jetzt mal zum Seven Eleven und hol mir ein leckeres Eis. Willst du auch was?«

Zwanzig Minuten später warf Jim einen Vierteldollar in den Münzfernsprecher vor dem kleinen Laden des Viertels und wählte die Nummer der Fernauskunft.

»Vermittlung, geben Sie mir bitte die Nummer von CNBC-TV in Chicago.«

Washington, D. C.

Hingabe gepaart mit Gewissenhaftigkeit ist bei Beamten eher die Ausnahme, und eine solche Ausnahme stellte Gloria Carter dar.

Offiziell war sie stellvertretende Verwaltungsleiterin der Washingtoner Mordkommission, aber jeder, der sich in der Abteilung auskannte, wußte, daß Mrs. Gloria den ganzen Laden unter Kontrolle hatte. Obwohl sie nie geheiratet hatte, nannte sie jeder einfach nur Mrs. Gloria. Sie war dreiundfünfzig Jahre alt, dürr, eine recht hellhäutige Afro-Amerikanerin, deren gesamtes Leben sich um ihren Beruf, ihre Kirchengemeinde und ihre drei Katzen abspielte. Von diesen drei Dingen war sie besessen und nahm sie entsprechend ernst. Für sie waren die Aktenberge, die die Abteilung ausspuckte, ihr Privatbereich, und der Teufel sollte den holen, der das anders sah. Die Neuzugänge der Mordkommission, seien es nun Kriminalbeamte oder Verwaltungsangestellte, brauchten Mrs. Gloria nur einmal querzukommen, dann hatten sie gelernt, daß man dies nicht zweimal versuchen sollte. Wenn sie ihre Lesebrille auf ihre bemerkenswert flache Brust fallen ließ und ihren Kopf nach vorn neigte, so daß das Weiße ihrer Augen die schwarzen Pupillen noch stärker hervorhob, dann bekamen selbst erwachsene Männer weiche Knie.

In ihrem nun mehr als zwanzig Jahre langen Berufsleben hatte man schon oft versucht, sie von ihrem Posten zu entfernen. All diese Versuche waren fehlgeschlagen, wenn die diversen Polizeichefs erkennen mußten, daß es niemanden gab, der die Abteilung mit der Präzision und Effizienz einer Gloria Carter zu verwalten in der Lage war. Zähneknirschend mußte man eingestehen, daß ihrer Aufmerksamkeit kein einziges Detail, sei es noch so klein und unbedeutend, entging. Sie war absolut pedantisch, wenn es darum ging, die Abteilungsvorschriften einzuhalten, und es war allgemein bekannt, daß jede Akte der Abteilung früher oder später persönlich von ihr überprüft wurde. Wie eine gewissenhafte Lehrerin gab sie unkorrekt ausgefüllte Formulare mit dem entsprechenden Vermerk zur umgehenden Korrektur an die zurück, die sie ausgefüllt hatten. Da sie absolut niemandem vertraute, ging Mrs. Gloria jedes einzelne Schriftstück der Abteilung durch.

An diesem frischen Märzmorgen saß sie in ihrem Drehsessel, trank einen kleinen Schluck Himbeertee und drehte sich dann wieder ihrer sorgfältig aufgeräumten Schreibtischplatte zu. Sie war gerade dabei, die Prüfung des Polizeiberichts über den Mord an einem gewissen Juan Hernandez abzuschließen, als ihr etwas daran auffiel. Sie schaute mit leerem Blick auf, aber ihr photographisches Gedächtnis ging bereits systematisch Hunderte in letzter Zeit kontrollierte Berichte durch. Schneller als jeder Computer hatte sie gefunden, wonach sie suchte, und ein Lächeln erschien auf ihren Lippen. Diesmal drehte sie sich nach links, stand auf und ging zum Aktenschrank an der Wand gegenüber. Sie öffnete das mittlere Schubfach, fand die Akte, die sie suchte sofort, und entnahm ihr eine Berichtsseite.

Dann ging sie wieder an ihren Schreibtisch, legte den Bericht neben den, den sie eben bearbeitet hatte, trank noch einen Schluck Tee und verglich die beiden Schriftstücke. Nachdem sie ihren Teebecher wieder hingestellt hatte, heftete sie die beiden Papiere zusammen und ging, auffallend schneller als gewohnt, damit ins Büro des Leiters der Mordkommission.

Zeke Schoefield hatte gerade eine der Zellen im für die höheren Chargen reservierten Toilettenbereich betreten und wollte sich erleichtern, als er die aufgeregte Stimme seines jüngsten Mitarbeiters hörte.

»Mr. Schoefield ... Mr. Schoefield!«

»Verdammtnochmal!« rief Zeke zurück. »Kann man denn hier nicht mal in Ruhe auf die Toilette gehen, ohne daß gleich wieder jemand was von einem will?«

»Tut mit leid, Sir, aber ich habe hier etwas, das Sie ganz bestimmt dringend interessieren wird. Das ist gerade hereingekommen«, sagte der junge Mann, der vor Zekes Toilette stand und mit einem Bogen Papier über den Türrand wedelte.

Schoefield griff nach dem Papier, hielt sich dabei die Hose mit seiner anderen Hand hoch und stellte dann fest, daß er seine Lesebrille auf dem Schreibtisch liegengelassen hatte. Er reichte das Blatt wieder über die Metalltür zurück und sagte: »Verdammt, mein Sohn, ich kann die Schrift nicht lesen. Was zum Teufel steht denn drauf?«

»Sir, es handelt sich um einen Bericht von unserem Verbindungsmann im D.C. Die Mordkommission dort hat herausgefunden, daß die zwei vor drei Tagen Ermordeten beide Hausmeister im Holocaust-Museum waren.«

»Hausmeister im Holocaust-Museum?« fragte Schoefield.

»Jawohl, Sir.«

Schoefield überlegte kurz und sagte dann dem jungen Mann, was er sofort zu tun hätte. »Also, dann los, mein Sohn, holen Sie mir den Leiter der NEST-Leute an den Apparat. Ich bin gleich da.«

Michelle Berry fühlte sich körperlich und seelisch hundeelend. Am Vormittag war ihr bereits schlecht gewesen, und das hatte sich nun zu einer ganztägigen allgemeinen Übelkeit ausgeweitet. Dazu kam noch, daß das schlechte Gewissen sie genauso plagte wie ihr Magen. Ihr Gespräch mit Jay hatte sie zwar persönlich etwas erleichtert, aber es war eben doch ein schwerwiegender Verstoß gegen ihren Diensteid, und daß sie den gebrochen hatte, hatte sie in einen Konflikt gestürzt. Sie kam sich wie eine Heuchlerin vor. Jeder, der Michelle kannte, wußte um ihre fast fanatische Ehrlichkeit und Integrität. Was jedoch keiner wußte, war, was sie dazu gebracht hatte, so fanatisch tugendhaft zu sein. Wie hätte jemand ahnen können, daß dies alles mit ihrer Mutter zusammenhing, daß sie als Kind miterleben mußte, wie ihre Mutter ein Leben voller Lügen, Betrug und gebrochener Versprechen geführt hatte, und die kleine Michelle sich geschworen hatte, daß ihr eigenes Leben einmal anders verlaufen würde. Nun aber nagte das eigene Versprechen, das sie gebrochen hatte, an ihr und ließ ihr keine Ruhe mehr. Die Aufgabe ihres Teams war die Überprüfung des Gebäudes am westlichen Ende der Fußgängerzone, und sie ging jetzt das Smithsonian-Museum für Geschichte und Technologie Etage für Etage durch. Das war zwar die Aufgabe, aber sie wurde das Gefühl nicht los, daß dies nur eine sinnlose Übung war. Washington war nun einmal eine Großstadt, und der verborgene Sprengsatz konnte überall stecken, und wo er explodierte, war für die fürchterliche Wirkung völlig bedeutungslos. Es schien ihr, als ob die Verantwortlichen meinten, sie müßten irgend etwas unternehmen, egal was, und daß die NEST-Teams alles Mögliche durchsuchten, war besser, als überhaupt nichts zu tun.

So arbeitete sie sich mechanisch von einem Raum zum nächsten durch, ihr Geigerzähler gab seinen monotonen Piepton ab, aber sie dachte nur an Jay und die Kinder. War es nicht wirklich egoistisch von ihr, hiergeblieben zu sein? War sie so entschlossen, ihre Dienstpflichten zu erfüllen und sich selbst zu beweisen, daß sie dadurch gefühllos ihre Familie einem möglichen Verlust aussetzte, von dem sie sich nicht mehr erholen würde? Jay hatte sie bestärkt, ihre eigenen Konsequenzen zu ziehen, aber hatte er nicht insgeheim doch gehofft, daß sie nach Hause käme, und war es ihm einfach nur schwergefallen, diesen Wunsch offen auszusprechen? Diese Fragen quälten sie, und der bittere, gallige Geschmack im Hals erinnerte sie immer wieder daran, daß es hier nicht nur um ihr eigenes Leben ging. Als sie im zweiten Stock einen Bereich durchkämmte, der der Geschichte des Verkehrs gewidmet war, meldete sich eine Stimme in ihrem Kopfhörer.

»Blaues Team ... Blaues Team. Versammeln Sie sich umgehend vor dem Washington-Monument. Ich wiederhole. Beenden Sie Ihre derzeitigen Aktivitäten und finden Sie sich im Gebiet der 15th Street am Sockel des Monuments ein.«

Kurz darauf rannte sie über die 14th Street und lief dann den Abhang zum Andenkenkiosk hinunter. Mit ihrem Trainingsanzug, der Baseballkappe und dem Rucksack sah sie aus wie so viele der jüngeren Regierungsangestellten, die nach Arbeitsschluß nach Hause joggten oder mit dem Rad fuhren. Als Michelle sich dem Treffpunkt näherte, sah sie den neutralen schwarzen Suburban, der in der für Reisebusse reservierten Zone parkte. Dann erkannte sie Dennis, der von der Independence Avenue her auf den Van zulief, wo er das Gebäude des Landwirtschaftsministeriums überprüft hatte. Ein drittes Mitglied des NEST-Teams lief vom Department of Printing and Engraving, der staatlichen Prägeanstalt in der Nähe des Jefferson-Memorial auf den Suburban zu.

Michelle war die erste des Teams am Van, dessen Seitentür sich öffnete wie die eines Rundfahrtbusses, dessen Sitzplätze auf der letzten Tagestour nur zum Teil besetzt waren. Sie stieg ein, während der Fahrer hupte und auf die restlichen Mitglieder des Teams wartete. Jetzt drückte der Fahrer immer aggressiver auf die Hupe, da er immer noch nicht losfahren konnte. Der Lärm erweckte die Aufmerksamkeit eines U. S. Parkpolizisten, der im Gebüsch hinter dem Sylvan-Theater eine Zigarette rauchte. Er ärgerte sich darüber, daß seine unerlaubte Dienstpause gestört wurde, trat seine Zigarette aus und ging zur Quelle dieses Lärms. Dort stellte er sich vor den Van und gab dem Fahrer ein Handzeichen, er solle stehenbleiben, als sich die Tür hinter den beiden letzten NEST-Leuten schloß und der Wagen loszufahren begann.

In dem Augenblick, als er die Fahrertür erreicht hatte, bog das Fahrzeug abrupt auf die Fahrbahn ab und beschleunigte die 15th Street entlang, so daß er sich mit einem Sprung in Sicherheit bringen mußte. Der Polizist war außer sich vor Wut, rannte zu seinem Motorrad, das er hinter einem Kiosk abgestellt hatte, ließ die Maschine an und betätigte die Sirene. Dann begann die Verfolgungsjagd.

Drei Häuserblocks weiter, dort, wo man einen Teil der 15th Street in Raul-Wallenberg-Platz umbenannt hatte, nachdem das Holocaust-Museum eröffnet worden war, hatte er den Van eingeholt. Der Wagen fuhr auf den Bürgersteig vor dem Hintereingang des Museums. Drei Männer und eine Frau stiegen aus und luden Gegenstände aus, die ihm wie elektronische Geräte vorkamen. Das Motorrad schnellte den Bordstein hoch und kam auf dem Bürgersteig mit quietschenden Bremsen neben dem Suburban zum Stehen. Die vier Personen luden weitere Geräte aus dem Wagen und schenkten dem Polizisten keinerlei Beachtung.

»Alles stehenbleiben«, rief er ihnen zu und hob seine Hand.

»Notfall, FBI«, rief ihm Dennis über die Schulter zu, während er ein großes Gerät auf eine Transportkarre stellte. »Reden Sie mit dem Fahrer.«

Der verärgerte Polizist ging zum Fenster der Fahrertür, ließ sich die FBI-Papiere des Fahrers zeigen und holte über Funk Erkundigungen ein. Inzwischen waren Michelle Berry und ihre drei Mitarbeiter bereits mit ihrer Ausrüstung im Museum verschwunden, wo nun eine präzise Überprüfung der radioaktiven Strahlenwerte erfolgen sollte.

Der Parkpolizist stieg wieder auf sein Motorrad, wendete und fuhr zum Washington-Monument zurück.

Chicago, Illinois

Die Flasche war halbvoll. Eine Weile starrte er in das leere Glas, das vor ihm stand. Dann entkorkte er die Flasche und goß nach. Joe Peterson drehte das Glas gedankenverloren in seinen Händen. Er klopfte eine Camel aus ihrer Packung und steckte sie an. Er blies den Rauch aus beiden Nasenflügeln und schaute aus dem Fenster.

Er blickte auf die Wolkenkratzer, die die Skyline von Chicago ausmachten. Peterson hatte keinen Blick für die Eleganz ihrer Architektur. Tiefe Wolken hingen an diesem Nachmittag über der Stadt. In den Regen mischten sich gelegentlich Schneeflokken. Ein steifer Wind blies von Kanada über den See, und die Menschen tief unten in den Straßenschluchten schlugen die Kragen ihrer Mäntel hoch. Chicago im März war ein miserabler Monat, meist noch kalt und fast immer windig. Joe Peterson war es egal. Er würde den Nachmittag in seinem Büro verbringen und sich auf die verdammte Show vorbereiten – oder zumindest so tun, als bereitete er sich darauf vor.

Denn was gab es schon Besonderes, worauf er sich noch einstellen konnte? Das Thema war heute abend: »Mein Partner ist homosexuell – können wir wirklich einen Jungen aus Thailand adoptieren?«

Vergangene Woche ging es um Verheiratete, die Aids hatten. »Ist Gruppensex noch eine Alternative?« war die Frage in dieser Sendung. Peterson hatte schon vor langer Zeit aufgehört, sich noch nach dem Sinn solcher Talkshows zu fragen. Er wußte, daß diese Sinnfrage völlig überflüssig war. Die Show sollte Werbung verkaufen, und seine Aufgabe als Moderator war es, sie so zu gestalten, daß sie möglichst viel Werbung anlockte. Wer wollte da noch nach Sinn fragen, nach Anspruch, nach Ethik, nach Erfüllung?

Er hatte es sich längst abgewöhnt, solche Probleme noch anzusprechen. Oder jedenfalls machte er sich vor, daß ihn das alles nicht mehr interessierte. Er blickte wieder versonnen in das Glas vor sich. Sicher, es gab einmal eine Zeit, da war er das Gewissen der Nation. Seine Sendungen hatten die Zuschauer aufgerüttelt, die Zeitungen hatten sie aufgegriffen, er hatte wahre Feldzüge gegen arrogante Großkonzerne geführt. Wenn die Joe-Peterson-Show ein Thema angepackt hatte, dann zitterten Beamte in den Amtsstuben. Er hatte Erfolg.

Doch das war vorbei. Lange vorbei. Seit Jahren ging es nur noch abwärts. Die Konkurrenz war mörderisch. Andere Sender hatten sein Format gestohlen, hatten eigene Shows dagegen gesetzt, hatten sich im Kampf um die Zuschauer gegenseitig darin überboten, das Niveau herunterzufahren. Jetzt sendeten sie alle denselben Mist. Und die Joe-Peterson-Show hatte den Trend mitgemacht. Das hatte sich gerächt. Jetzt stand sie bei den Einschaltquoten an vorletzter Stelle.

Peterson schaute auf die Whisky-Flasche. Guter Bourbon aus Kentucky. Der feine, milde Duft stieg ihm in die Nase. Die Flasche war über die Jahre sein Freund geworden, sein bester Freund.

Er hob das schwere Glas an die Lippen und schüttete den Inhalt hinunter. Peterson nahm die Flasche und goß nach. Er lehnte sich zurück und schloß die Augen. Sinnlos, dachte er, diese ganze gottverdammte Sendung war völlig sinnlos. Hirnlos war wohl das bessere Wort. Aber wen kümmerte es schon?

Er öffnete die Augen und drehte sich mit dem Stuhl so, daß er in den Spiegel schauen konnte, der an der Wand hing. Er schaute in das blasse, aufgedunsene Gesicht. Es war nicht länger zu verbergen. Es hatte ihn erwischt. Die Leber, eine Zirrhose. Unaufhaltsam, nicht mehr heilbar. Der Arzt hatte ihm schonungslos die Wahrheit gesagt. Wenn er so weitertrank, dann hatte er vielleicht noch ein halbes Jahr, sonst vielleicht noch ein Jahr, mit viel Glück zwei.

Peterson sog an seiner Camel. Er bemerkte, das seine Hand zitterte. Die Asche fiel auf seine Krawatte. Er wischte sie ab. Mit entschlossenem Griff nahm er die Flasche und warf sie in den Papierkorb. Einen Moment saß er still und schaute durch das Fenster auf den Schneeregen, der nun, vom Wind getrieben, an die Scheibe peitschte. Dann beugte er sich unter den Schreibtisch und holte die Flasche wieder hervor. Er stellte sie vor sich hin und umfaßte sie mit beiden Händen wie die schmalen Hüften einer Geliebten. Ist doch egal, dachte er, scheißegal.

Die Tür flog auf. Jeff Kowalski stürzte in das Büro. Seine Brille hing schräg auf der Nase, seine Krawatte war gelockert, die Hemdsärmel hochgekrempelt.

»He, Mann«, rief er, noch in der Bewegung, »wach auf. Ein Knüller, ein absoluter Knüller. Eine Geschichte, wie du sie noch nie in einer Sendung hattest«.

Peterson schaute ihn an, das Gesicht ein großes Fragezeichen.

»Nun spuck's schon aus«, sagte er. »Hast du noch einen schwulen Priester gefunden, der auch Kinder aus Thailand adoptieren möchte?«

»Vergiß die Schwulen-Nummer. Ich habe hier was viel besseres, unschlagbar, absolut unschlagbar. Die Geschichte des Jahres, ach, was sag' ich, die Geschichte des Jahrhunderts. Mann, das wird ein Ding, ein Superding!«

»Nun mach's nicht so spannend. Sag endlich, was los ist«, sagte Peterson.

»Eine Bombe – eine richtige Atombombe. In Washington. Und nur wir wissen davon. Exklusiv, Mann, absolut exklusiv. Wahnsinn, völliger Wahnsinn!«

Peterson blickte ihn fragend an.

»Was heißt – eine Atombombe? Wo? Wie? Was? Setz dich hin und erklär endlich mal in Ruhe.«

»Irgendwo in Washington liegt eine Atombombe versteckt. Und sie suchen danach wie die Verrückten. Hab' eben einen Anruf gekriegt, von irgendeinem Kerl in Las Vegas. Der hat die Geschichte zufällig mitgekriegt. Ein Riesenzufall. Seine Frau arbeitet bei einem Zahnklempner, und dessen Frau – und nun kommt es – ist Nuklearphysikerin bei so einer Regierungstruppe, die Atomwaffen sucht. Und weißt du, wo die ist? In Washington. Mußte ganz eilig abreisen. Der Kerl will 50000 Dollar für die Geschichte. Und weißt du was? Die zahlen wir, das ist sie wert, Cent für Cent.«

Peterson rollte das Whiskyglas zwischen seinen Fingern.

»Und wer sagt dir, das die Geschichte stimmt? Da kann ja jeder kommen und irgendwas behaupten«.

»Klar, Mann, hab ich doch längst gecheckt. Ich also gleich wieder ans Telefon, das Weiße Haus angerufen. Smith hat sich natürlich verleugnen lassen, als er was von der Joe-Peterson-Show hörte. Ich aber natürlich hartnäckig wie immer. Ich sage also zu dem Mädel im Vorzimmer: Sag Smith, wir wissen alles, die Geschichte mit der Atombombe, und wir werden das heute abend in unserer Show bringen. Und was denkst du, was passiert?

30 Sekunden später hab ich Smith am Apparat. Ich hör ihn noch schwer atmen. Sagt, das könnten wir doch nicht machen, auf keinen Fall, das gäbe eine riesige Panik, sie müßten unbedingt die Chance haben, die Bombe zu finden, sonst ginge sie vielleicht noch früher los, wenn die Terroristen das spitzkriegten und verrückt spielten. Also ich sage: Klar bringen wir das, Sie können doch nicht einfach die Bevölkerung über so was im Ungewissen lassen. Da droht er mir doch tatsächlich und will uns die Polizei auf den Hals schicken und so was. Ich also wieder: Haben Sie schon mal was von Pressefreiheit gehört, Mann? Also heute abend ist die Geschichte im Programm, und wir wollen dazu eine offizielle Stellungnahme des Weißen Hauses, live!«

Peterson sah, wie sich bei Kowalski vor Erregung Schweißperlen auf der Stirn bildeten.

»Und was hat Smith gesagt?«

»Die Show dürfe auf keinen Fall mit der Geschichte herauskommen. Wir trügen die volle Verantwortung, wenn was schiefginge. Und weißt du, was ich gesagt habe? Das solle er mal unsere Sorge sein lassen. Wir wollten die verdammte Stellungnahme von der Regierung, und basta!«

Joe Peterson nahm das Glas und trank es leer. Er goß nach und füllte ein zweites Glas. Er reichte es an Kowalski weiter.

»Hier, beruhige dich erst mal wieder. Könnte es vielleicht sein, daß Smith recht hat? Können wir wirklich die Verantwortung dafür übernehmen, wenn was schiefgeht?«

Kowalski, der gerade das Glas zum Mund geführt hatte, verschluckte sich. Er hustete, versuchte zu sprechen, brauchte eine Weile, bis er dazu in der Lage war.

»Bist du völlig übergeschnappt?« sagte er schließlich. »Hier haben wir die Geschichte des Jahrhunderts, und du zögerst auch nur einen Augenblick, sie zu bringen?«

Peterson schwieg. Kowalski setzte mit einem Ruck das Whiskyglas auf Petersons Schreibtisch ab.

»Hast du dir schon mal die letzten Einschaltquoten angesehen? Noch mal zwei Prozent Marktanteil weg. Wir stehen an vorletzter Stelle, Mann, an vorletzter Stelle. Du weißt doch ganz genau: Wenn wir so weitermachen, dann sind wir bald weg vom Fenster. Dann stellen sie die Joe-Peterson-Show ein, und zwar endgültig.«

Er faßte Peterson mit beiden Händen an den Schultern und begann ihn zu schütteln.

»Mann, wach auf. Es ist fünf vor zwölf. Diese Geschichte ist ein Geschenk des Himmels. Sie ist unsere Rettung. Sie wird uns rausreißen, und wir werden diese verdammte Geschichte bringen, hörst du, wir werden sie bringen.«

Er ließ Petersons Schulter los und richtete sich auf. »Ich fang' jetzt gleich an, ein paar kompetente Gäste zusammenzutelefonieren. Ex-FBI-Agenten, Terrorismus-Experten, Nuklearphysiker, so was in der Art. Mir wird schon was einfallen. Laß den guten Jeff nur machen. Und du, verdammt noch mal, bereite dich mal anständig vor.«

Er stieß Peterson mit der Faust gegen die Schulter.

»Mann, alter Junge, das wird eine Sendung werden! Wie in alten Zeiten, nur noch viel besser. Die Konkurrenz wird heulen vor Wut, wenn wir heute abend senden. Darauf kannst du Gift nehmen«.

Er drehte sich um und rannte aus der Tür. Peterson starrte aus dem Fenster. Der Regen klatschte mit hartem Stakkato an die Scheiben. Er öffnete langsam die Schublade seines Schreibtisches. Er sah, daß die Smith & Wesson noch da war. Er streichelte über ihren Lauf. Er nahm das Glas und trank es aus. Dann schloß er die Schublade wieder.

Washington, D. C.

Der Falke hatte einen für seine Zwecke idealen Beobachtungspunkt gefunden. Ab und zu mußte er zwar einigen Touristen Platz machen, doch erlaubten ihm die vier Fenster auf der Spitze des Washington-Monuments einen Rundumblick auf all das, was sich im Stadtzentrum abspielte. Niemand schenkte der Anwesenheit des olivfarbigen Fremden mit dem Fernglas hier Beachtung. Beim derzeitigen Stand seines Spiels konnte die Position hier oben wirklich nicht besser sein. Wenn das Museum am Abend seine Pforten schloß, würde er irgendwo hingehen, wo er sich die CNN-Nachrichten ansehen könnte, aber jetzt war er damit zufrieden, daß alles nach Plan lief.

Wenn da nicht dieses ununterbrochene Hupen gewesen wäre, hätte er die ganze Szene wohl verpaßt, so aber wurde er durch den Lärm darauf aufmerksam und ging zum Südfenster, um festzustellen, was denn da los war. Durch sein hochauflösendes Fernglas sah er, wie der Rundfahrtbus zu parken versuchte und der schwarze Van ihm den Platz versperrte. Er beobachtete, wie zwei Leute zum Van liefen und einstiegen, sah dann den Polizisten, der hinter dem Theater hervorkam um den Wagen an der Weiterfahrt zu hindern. Dann konnte er erkennen, wie er zur Seite sprang, als der Van losfuhr, und beobachtete die kurze Verfolgungsjagd, die an der Rückseite des Holocaust-Museums endete. Als er schließlich sah, wie man die ersten technischen Geräte auslud, senkte er sein Fernglas. Vor Staunen blieb ihm der Mund offenstehen, er mußte schlucken und drängte sich dann an einer Gruppe Teenager vorbei zum Aufzug.

Seine drei Landsleute, die unten ihre zugewiesenen Positionen eingenommen hatten, hatte er über sein Mobiltelefon informiert; sie warteten bereits auf ihn, als er das Monument verließ. Sie liefen jetzt hinter dem Falken her in Richtung Holocaust-Museum. Es dauerte nur einige Augenblicke, da hatten sie schon den breiten Rasen zwischen dem Monument und der Independence

Avenue überquert und kämpften sich quer durch den vierspurigen Feierabendverkehr, um sie herum quietschten Bremsen, und wütende Autofahrer hupten hinter ihnen her. Dann noch ein kurzer Sprint durch den Verkehr auf dem Raul-Wallenberg-Platz. Ein roter Mazda hätte einen der Araber beinahe erwischt und bekam von ihm im Vorbeilaufen einen Faustschlag auf die Motorhaube.

Bald würde das Museum schließen, und so war der Bürgersteig am Hintereingang voller Touristen, die aus dem Gebäude strömten. Die vier Terroristen schubsten und drängelten sich ihren Weg frei durch die Menschenmenge. Empörte Schreie verfolgten die Araber auf ihrem Weg zur Tür, nachdem sie eine ältere Dame und einen Jungen im Redskins-T-Shirt zu Boden gestoßen hatten.

Durch die Eingangsdrehtür kam gerade eine Gruppe von Schulkindern. Der Falke und seine drei Komplizen schoben sich durch den Behinderteneingang. Sofort ergriff Nasar die sich ihm bietende Gelegenheit und stellte seinen Fuß in die Drehtür.

»Stop!« brüllte er die etwa ein Dutzend Schulkinder, die noch nicht draußen waren, an. »Keine Bewegung!«

Ein Kartenkontrolleur, der etwa fünf Meter von der Tür entfernt saß, stand von seinem Hocker auf. »He! Was ist denn hier los?«

Rauwni Abu Moussak zog seine Automatik aus dem Trenchcoat und zielte auf den Kontrolleur, dessen Augen hervortraten und dem der Mund offen blieb.

»Runter! Auf den Boden!« schrie Moussak ihn an.

Jodie Schäfer, eine dreiundzwanzigjährige Junglehrerin kam mit zwei Nachzüglern in den Eingangsbereich, als das Geschrei begann. Die Kinder, die sich nah genug am Eingang befanden, sahen, wie die anderen drei Araber ihre Waffen zogen, einige der Mädchen gerieten in Panik und schrieen und weinten. Der Falke schlug dem neben ihm stehenden Mädchen mit der flachen Hand ins Gesicht.

»Schluß jetzt!« brüllte er sie so laut an, daß es alle hören konnten. »Schluß mit dem Geschrei! Auf den Boden! Alle Kinder sofort auf den Boden!« Dabei fuchtelte er mit seiner Waffe über ihren Köpfen herum.

Die Kinder beeilten sich, der Aufforderung nachzukommen. Jodi tauchte geistesgegenwärtig nach unten und zog ihre beiden Schutzbefohlenen in den Garderobenraum. Die Garderobenfrau, die gerade mit einem Mantel über dem Arm aus dem hinteren Aufbewahrungsraum kam, fragte sie verdutzt: »Ja, was haben Sie denn hier drin zu suchen?« Jodi legte einen Finger über ihre Lippen, damit sie still blieb, und gab ihr ein Zeichen, sie solle sich ebenfalls ducken. Die Frau starrte sie an, glaubte wohl, sie habe den Verstand verloren.

Drüben im Eingangsbereich ging der Falke auf den Kartenkontrolleur zu, einen grauhaarigen Schwarzen, und zog ihn vom Boden hoch.

»Hände hinter den Kopf«, befahl er und drückte ihm den Lauf seiner Pistole in den Rücken. »Wir gehen jetzt zum Informationsschalter.«

Als der Falke mit seiner Geisel an der Garderobe vorbeiging, ließ sich die Frau dort auf die Knie fallen und kroch zu Jodi und den beiden Kindern unter die Theke. Ein zweiter Terrorist folgte dem Falken und gab ihm mit gezogener Waffe Deckung nach hinten.

Auf der ersten Etage des Museums gibt es eine große, offene Fläche, die sogenannte Halle der Zeugen, an deren beiden Enden sich Eingänge befinden. Die Wände dieser zweistöckigen Halle bestehen aus mit Metall verstärkten, rohen Ziegeln. Am Westende dieser Halle der Zeugen führt eine lange, offene Wendeltreppe in das nächste Stockwerk. Die Treppe verjüngt sich absichtlich trichterförmig, einem Schornstein nachempfunden, nach oben hin. Diese Bauweise wirkt wie die einer Fabrik – einer Fabrik des Todes, die menschliche Wesen einsammelt und sie ihrem entsetzlichen Schicksal zuführt. Entlang der Südwand gibt es eine Reihe von Räumen, in denen die Geschichte Daniels zu sehen ist, eine Ausstellung, die an die jüngsten der Holocaustopfer erinnern soll. An der gegenüberliegenden Nordwand befinden sich die Garderobe, der Raum der Spender und der Eingang zur permanenten Ausstellung sowie Fahrstühle, die die Museumsbesucher zum Anfangspunkt des Rundgangs im vierten Stock transportieren. Im Zentrum der Halle, direkt vor den Aufzügen, liegt der Informationsschalter.

Die Empfangsdame hinter der Schaltertheke und ihre beiden freiwilligen Helferinnen räumten eben ihren Arbeitsbereich auf, da gleich geschlossen würde. Als sie aufschaute, sah sie Barlow kommen, der die Hände merkwürdig hinter seinem Kopf verschränkt hielt, und dahinter zwei Männer, die ihm folgten. Nervös und ohne zu wissen, was sie tun sollte, wartete sie, bis die drei Männer den Schalter erreicht hatten. Dann entdeckte sie die Waffen.

»Sie da«, sagte der Falke und zielte mit seiner Waffe auf sie, »sagen Sie über die Haussprechanlage durch, daß sich alle Angestellten hier am Informationsschalter versammeln sollen. Und dann geben Sie bekannt, daß alle Besucher das Museum jetzt sofort verlassen müssen.«

Die Empfangsdame zitterte nun vor Angst, tastete unsicher nach dem Schalter der Sprechanlage, schaute dann zum Falken auf und fragte: »Auch die Freiwilligen?«

»Ja, ja. Alle, sofort.«

Sie gab die Anweisung durch, und kurz darauf begannen sich die Angestellten und einige noch verbliebene Besucher am Schalter einzufinden. Als sie sich versammelt hatten, hatte er seine Pistole immer noch in den Rücken des Kontrolleurs gepreßt. Er wies sie an, das Gebäude zu verlassen und nickte in Richtung der 14th Street. Fremdenführer, Wachpersonal, Hausmeister und Dutzende von Freiwilligen kamen zum Informationsschalter im ersten Stock und zeigten sich, jeder auf seine Weise, überrascht und schockiert vom Anblick der Szene, die sich vor ihren Augen abspielte. Ausgesucht höflich, wie der Kellner eines Luxusrestaurants, wiederholte der Falke für jeden Neuankömmling und für jede einzelne Gruppe: »Würden Sie freundlicherweise das Gebäude umgehend verlassen, jetzt sofort, bitte. Dort drüben hinaus, bitte.«

Niemand widersetzte sich der Anordnung, selbst das Wachpersonal nicht, die meisten eilten dem Hauptausgang zu und waren sichtlich erleichtert, aus der Gefahrenzone zu entkommen. In wenigen Minuten waren nur noch einige vereinzelte Angestellte zu sehen.

Der Falke wandte sich wieder der Empfangsdame zu. »Geben Sie alles noch einmal durch. Sagen Sie allen, es handele sich um einen Notfall. Jeder muß sofort das Gebäude verlassen.«

Nachdem sich die Mitglieder des NEST-Teams den Museumswärtern gegenüber ausgewiesen hatten, ließen sie sich zu den Transportaufzügen geleiten. Weder die NEST-Leute noch deren harmlos erscheinende Ausrüstung weckten das Interesse einer Wachmannschaft, die noch nie mit einer bedrohlicheren Situation konfrontiert worden war, als gelegentlich einmal einem Besucher ohne gültige Eintrittskarte. Sie fuhren mit dem Aufzug ins Untergeschoß und waren dabei, die größeren und empfindlicheren ihrer Geigerzähler aufzustellen, als sie die erste Ansage über die interne Sprechanlage hörten. Sie maßen ihr ebenso wenig Bedeutung zu wie die beiden Hausmeister, die soeben zum Transportaufzug gingen. Einige Minuten später kam die zweite Ansage, das Museum zu evakuieren, über die Lautsprecher.

»Das FBI ist wohl hier«, sagte Dennis zu Michelle.

»Sieht so aus, als wären wir genau richtig«, erwiderte sie. »Jetzt müssen wir unseren kleinen Freund nur noch finden.«

»Tja, dann können wir gleich hier anfangen.«

»Paul und Kevin sollten die ersten beiden Stockwerke übernehmen. Wenn wir hier unten fertig sind, können wir uns um das vierte und fünfte kümmern«, sagte Michelle.

»Nicht schlecht. Also dann an die Arbeit.«

Gleich, nachdem Zeke Schoefield den Bericht über die beiden Hausmeistermorde gelesen hatte, schickte er eine Abteilung des

NEST-Teams zum Holocaust-Museum. Dann gab er an die Distriktpolizei durch, sie solle den Bereich um das Museum abriegeln und den Verkehr umleiten. Und noch bevor er seine Erfolgsmeldung an George Fitzgerald durchgab, dirigierte er die SWAT-Einheit des FBI mit ihrem Bombenräumkommando in das Gebiet. Das könnte es tatsächlich sein, dachte er sich. Das könnte der langersehnte Durchbruch sein. Der Falke hatte ja selbst gesagt, das Ding sei direkt im »Hinterhof« des Präsidenten. Das paßte doch gut zur Beschreibung des Holocaust-Museums, und genau das hatten sie nicht im entferntesten als mögliches Versteck in Betracht gezogen. Auf der Liste der zu durchsuchenden Gebäude hatte man ihm nur geringe Bedeutung zugemessen, vielleicht wegen seiner Größe oder der Tatsache, daß es zwischen zwei massive Regierungsgebäude gequetscht war. Aber nach der Ermordung zweier seiner Angestellten befand es sich plötzlich an der Spitze der Prioritätenliste. Wenn der Falke die beiden Hausmeister tatsächlich umgebracht hatte, dann würden ihm ihre Ausweise und Uniformen leichten Zutritt ins Gebäude ermöglicht haben.

Schoefield schaute auf die Uhr. Wenn das Ding dort ist, und lieber Gott, laß es dort sein ... bleiben uns noch fast zwölf Stunden, es zu finden und zu entschärfen. Zum ersten Mal, seit die Krise begonnen hatte, schöpfte er ein wenig Hoffnung. Bis jetzt hatte es dazu nicht den geringsten Anlaß gegeben. Sie hatten ziellos vor sich hin gearbeitet, ohne jeden Hinweis, ohne jede Spur. Und natürlich ohne die Öffentlichkeit um Unterstützung bitten zu können. Er hatte von Anfang an gewußt, daß das Auffinden des Sprengkopfs nur mit einem Riesenglück möglich sein würde, und nun schien dieser Fall eingetreten zu sein. Wenn das klappt, murmelte er vor sich hin, verdient die Dame da von der Polizei die Tapferkeitsmedaille.

Er öffnete die Schreibtischschublade, griff nach der Flasche Mylanta und nahm vorsichtshalber einen Schluck. Dann stand er auf und ging zum Büro des Direktors.

Im hinteren Bereich des Museums lagen vierzehn neunjährige Kinder auf dem Steinfußboden und wurden von zwei der Terroristen bewacht. Einige von ihnen weinten leise vor sich hin, aber die meisten gaben keinen Ton von sich. Hinter ihnen sagte der, den sie Moussak nannten und der gerade aus der Halle der Zeugen zurückgekommen war, seinen beiden Komplizen etwas auf Arabisch. Daraufhin rief einer der beiden den Kindern zu: »Alle aufstehen. Nicht reden.«

Die Kinder erhoben sich und schauten sich um, als seien sie eben aus dem Mittagsschlaf erwacht.

»Hierher«, befahl ihnen der junge Araber und führte sie einen nach dem anderen in den Raum der Spender, wo sie sich wieder auf den Boden legen mußten. Dann stellte er sich an die Tür.

Sein Komplize ging zum Hintereingang und verschloß ihn. Als er herausschaute, konnte er auf dem Raul-Wallenberg-Platz Polizeiwagen erkennen, deren Blaulicht auf den Wagendächern durch die einsetzende Dunkelheit blinkte. Als er sich umdrehte, öffneten sich die Türen des Transportaufzugs und Kevin Leary und Paul Newcome kamen mit einer Handkarre, auf der ihr Strahlungsmesser stand, heraus. Der Araber zielte mit seiner automatischen Pistole auf die beiden und brüllte sie an, sie sollten stehenbleiben. Die zwei NEST-Leute hoben die Hände. Der Terrorist bedeutete ihnen mit der Waffe, in die Halle der Zeugen zu gehen, wo Moussak am Informationsschalter anhielt. Die beiden Araber redeten kurz miteinander und führten ihre Gefangenen dann in die Garderobe. Mit allem, was ihnen dort unter die Hände kam, fesselten sie Leary und Newcome an Händen und Füßen. Später würden sie noch einmal zurückkommen und die Fesseln mit Kabelband verstärken.

Aus ihrem Versteck unter der Theke beobachteten Jodi Schäfer, ihre beiden Schützlinge und die Garderobenfrau, wie die zwei vom NEST-Team gefesselt wurden. Jodi hielt den beiden Kindern die Hände vor den Mund. Als die Araber die Garderobe wieder verlassen hatten, flüsterte sie der Garderobenfrau zu: »Was meinen Sie, sollen wir sie losbinden?«

»Und was sollen die dann machen? Die haben doch keine Waffen oder sowas.«

Paul Newcome hatte das Flüstern gehört und drehte sich mühsam herum, um festzustellen, woher es kam. So leise wie möglich sagte er in den Raum hinein: »Binden Sie uns bitte los. Wir gehören zum FBI.«

Da konnte Jodi nicht anders. Sie sagte den beiden Kindern, sie sollten sich nicht von der Stelle rühren, dann kroch sie gebückt aus ihrem Versteck unter der Theke zu den beiden Männern. Sie löste die Fesseln an Newcomes Händen, so daß er sich selbst von dem Elektrokabel um seine Füße befreien konnte. Dann kroch sie zu Kevin Leary und versuchte, den Knoten um seine Handgelenke zu öffnen, als eine Stimme hinter ihr ertönte:

»Du Frau da! Sofort aufhören!«

Jodi drehte ihren Kopf zur Tür und sah dort einen der Terroristen mit wildem Gesichtsausdruck stehen, der seine Waffe auf sie gerichtet hatte.

Zeke Schoefield hatte keine Chance, George Fitzgerald zu informieren. Als er das Büro des Direktors betrat, sah er ihn offensichtlich in größter Sorge am Telefon. Er reichte Zeke den Hörer: »Hier. Kümmern Sie sich besser darum. Unser Falke ist dran. Er hat das Museum in seine Gewalt gebracht. Er hat im Weißen Haus angerufen, und sie haben den Anruf zu uns geleitet.« Schoefield wollte gerade sagen, was ihm durch den Kopf ging, schluckte es jedoch herunter und griff einfach nach dem Hörer.

»Schoefield am Apparat.«

Zunächst hörte er keine Antwort, dann meldete sich eine Stimme mit breitem ausländischem Akzent: »Mit wem spreche ich? Sind Sie ein Beauftragter des Präsidenten?«

»Mein Name ist Schoefield. Ich bin der Stellvertretende Direktor der Bundespolizei, und ich habe die Befugnis, namens des Präsidenten zu sprechen.«

»Gut. Hören Sie mir jetzt ganz genau zu. Die Zeit läuft ab. Ist Ihr Präsident bereit, meine Forderungen zu erfüllen?«

»Präsident Webster unternimmt alles in seiner Macht stehende, um ihren Wünschen nachzukommen, doch Sie müssen einsehen, daß die Freilassung der Gefangenen nicht in seiner Hand liegt. Er muß ...«

»Nicht in seiner Hand? Das ist gelogen! Das weiß doch jeder, die Israelis sind nichts als Marionetten der Amerikaner. Ihr Amerikaner versorgt sie mit Geld, und dafür tanzen sie nach eurer Pfeife. Wenn Webster den Juden sagt, sie sollen die Gefangenen freilassen, dann lassen sie sie laufen.«

»Ganz so einfach ist die Sachlage nicht«, erwiderte Schoefield. »Wir stehen mit den Israelis in Verhandlung, aber brauchen dazu mehr Zeit. Ich bin mir ziemlich sicher, daß wir sie zum Nachgeben überreden können, doch ...«

»Ich werde Ihnen keine Zeit mehr geben!« Die Stimme des Falken überschlug sich fast. »Was glauben Sie eigentlich, mit wem Sie es hier zu tun haben? Mit einem Hampelmann? Es wird nicht eine Minute länger Zeit für Sie zur Verfügung stehen, und ab jetzt keine Verzögerungsmanöver mehr. Und jetzt hören Sie mir zu. Sie lassen mir jetzt ein Fernsehgerät mit Anschlußkabel bringen, damit ich die Nachrichten auf CNN sehen kann, und ich will, daß das Gerät in einer Stunde da ist. Ein Mann soll es allein hierher bringen, und zwar zum Vordereingang. Er darf nichts als Schuhe und Unterwäsche tragen. Ist das klar?«

Schoefield mußte schlucken. »Völlig klar, aber Sie müssen uns versichern, daß Sie mit uns offen verhandeln. Was ist mit den Geiseln?«

»Offen? Wieviele Beweise für meine Entschlossenheit wollen Sie denn noch von mir? Habe ich nicht genug Bomben gelegt? Wollen Sie mich immer noch nicht ernst nehmen? Ist das das Problem?« Der Ton des Falken wurde zunehmend schärfer.

»Darum geht es doch nicht«, versuchte Schoefield ihn zu beruhigen. »Wir wollen nichts als ein wenig Entgegenkommen Ihrerseits. Wir sind doch bereit, Ihre Forderung zu erfüllen und sie im Fernsehen auszustrahlen, aber dafür möchten wir etwas ...«

»Sie wollen also noch einen Beweis, daß ich meinen Worten Taten folgen lasse? Wollen Sie das?«

»Natürlich nicht. Ich will lediglich …«

»Sie wollen den Beweis, und den werden Sie auch bekommen.« Schoefield hörte ein Klicken, dann war die Leitung tot.

Er schaute noch einen Moment auf den Hörer in seiner Hand, legte auf und rieb sich die Stirn. »Verdammter Mist, wir stecken bis über beide Ohren drin. Das können Sie wörtlich nehmen.«

Michelle Berry hatte mit Dennis das Untergeschoß durchgearbeitet. Da sie keine ungewöhnliche Strahlungsintensität entdeckt hatten, gingen sie nach Plan vor und schafften ihre Ausrüstung in den Transportaufzug, mit dem sie auf die dritte Etage fuhren. Von dem, was sich ein Stockwerk unter ihnen abspielte, konnten sie nichts ahnen, und so stellten sie das Gerät auf und begannen mit ihren Messungen.

Das SWAT-Team des FBI hatte in einem Van einen Kommandostand hergerichtet, und dieser Wagen parkte nun am Raul-Wallenberg-Platz. Da ihnen kaum Informationen zur Verfügung standen, konnten sie noch keinen festen Einsatzplan entwickeln, aber sie hatten eine Reihe von Zeugen über die Erstürmung des Museums befragt. Die Grundschullehrerin der vierten Klasse, deren Schüler im Museum gefangen waren, konnte bestätigen, daß sechzehn der Kinder und ihre Junglehrerin fehlten. Außerdem gab sie den Agenten eine Namensliste der Eingeschlossenen. Viel mehr Hinweise konnte sie nicht geben, obwohl sie sich im Verlauf dieser Nervenprobe ruhig und gefaßt gezeigt hatte. Man bat sie, nicht mit der Presse zu reden und auch keinen Kontakt mit den Eltern der Kinder aufzunehmen, bis man ihr die Erlaubnis hierzu erteilen würde.

Einige der aus dem Museum kommenden Besucher hatten behauptet, es habe sich um vier Männer gehandelt, die sich ihren Weg ins Museum gebahnt hätten, aber nach der Befragung von

Museumsangestellten und einigen verspäteten Besuchern kamen die Agenten zu dem Schluß, daß nur zwei dunkelhäutige Täter das Museum in ihre Gewalt gebracht hätten. Diese Information wurde an das Krisenkontrollzentrum im Gebäude des FBI weitergegeben.

Er war nun allein am Informationsschalter. Der Empfangsdame und ihren beiden freiwilligen Helfern hatte er erlaubt, das Gebäude zu verlassen. Sie würden den Agenten berichten, es seien in der Tat vier Terroristen im Museum. Der Falke legte den Hörer auf und blickte durch die Halle der Zeugen hinüber zur Ausstellung der Kindesopfer. Daniels Geschichte.

Würde es hier jemals eine Ausstellung über die Geschichte der palästinensischen Kinder geben? Würde man seiner kleinen Schwester je ein Denkmal setzen, wie man es Daniel gesetzt hatte? Er glaubte nicht daran, aber spätestens morgen früh würde die ganze Welt ein Mahnmal haben, es sei denn, einhundert seiner Landsleute würden freigelassen und könnten den Kampf für ihre gemeinsame Sache wieder aufnehmen.

Er wurde in seinen Gedanken durch Abdullah unterbrochen, der die Halle betrat und eine junge Frau vor sich her stieß.

»Und wer ist das?« fragte ihn der Falke, als die beiden vor dem Schalter standen.

»Die hab ich in dem Raum bei den beiden Agenten gefunden«, antwortete Abdullah auf Arabisch. »Sie war gerade dabei, sie loszubinden.«

Als der Falke seinen Blick auf Jodi richtete, zogen sich seine Augen zu Schlitzen zusammen. »Wer bist du?« fragte er die junge Frau.

»Ich heiße Jodi Schäfer«, versuchte sie mit ruhiger Stimme zu antworten. »Ich bin Lehrerin. Ich bin mit den Kindern hierher gekommen, die Sie hier festhalten. Wir waren nur auf einem Klassenausflug. Egal was hier passiert, wir haben nichts damit zu tun. Lassen Sie uns bitte gehen.«

Der Falke beachtete sie nicht weiter und wandte sich Abdullah zu. »Schließ sie in den Raum mit den Kindern«, sagte er auf Arabisch, »und dann bring mir einen der Agenten. Ich weiß, daß noch zwei von denen hier sind. Ich muß herausbekommen, wo sie stecken.«

Kevin Leary saß auf einem der Hocker hinter dem Informationsschalter. Seine Hände waren weiterhin auf dem Rücken gefesselt, und über seine Augen hatte man Kabelband geklebt. Nur das Stück, das seinen Mund verschlossen hatte, war abgerissen worden und hatte einen roten Striemen auf der unteren Gesichtshälfte hinterlassen. Seine Unterlippe war angeschwollen und aus einer Ecke seines Mundes tropfte Blut. Der Falke stand vor dem Gefangenen und hatte seine Faust um ein Haarbüschel gekrallt.

»Ich bin deine Spielchen langsam leid«, spuckte er ihn an. »Wo sind die anderen beiden? Wo sind die Frau und der zweite?«

»Ich sag doch, daß ich keine Ahnung habe, wovon Sie reden«, antwortete Leary.

Der Falke hob die Faust, um erneut zuzuschlagen, doch das Geräusch des Lautsprechers aus der Gegend um den Eingangsbereich an der 14th Street unterbrach ihn dabei. Er überließ Abdullah die Bewachung des Gefangenen, nahm seine Waffe von der Theke und ging in die Eingangshalle, wobei er sich im Schatten hielt und den gleißenden Lichtstrahl, der durch die riesigen Glasfenster eindrang, vorsichtig mied.

»Achtung! An alle, die sich im Museum befinden. Achtung!« tönte die Stimme aus dem Lautsprecher auf dem Dach des FBI-Vans, der am Bordstein vor dem Eingang parkte. »Entsprechend Ihrer Forderung bringen wir Ihnen das Fernsehgerät. Öffnen Sie jetzt bitte und lassen Sie unseren Boten herein.«

Der Falke blinzelte in das grelle Licht und schlich zurück in die Weite der Halle. Dort ging er zum Telefon und wählte das Weiße Haus an. Er machte sich nicht einmal die Mühe, sich mit Namen zu melden, sondern sagte sofort: »Sagen Sie denen da draußen, sie sollen die Scheinwerfer abstellen, sonst läuft hier gar nichts.« Dann hängte er auf.

Einige Minuten darauf wurden die Jupiterlampen ausgeschaltet, und er ging wieder zum Eingang. Im Schutze der Dunkelheit des Flurs schloß er die Tür auf und wartete.

Aus dem Schatten der Autoblockade auf der 14th Street löste sich eine Gestalt. Der Mann hatte nur Schuhe und Boxershorts an. Er trug mit langsamen, bedächtigen Schritten ein Fernsehgerät auf das Museum zu. Mit entsicherter Waffe beobachtete ihn der Falke. Der Mann blieb vor der Tür stehen. Der Falke konnte erkennen, daß er trotz der kalten Abendluft schwitzte. Jetzt öffnete er die Tür.

»Bring es rein.«

»Ich soll es nur bis an die Tür bringen«, sagte der Mann vom FBI.

»Ich bin doch kein Idiot«, entgegnete ihm der Falke. »Ich werde den Teufel tun und herauskommen, um es mir zu holen. Bring's jetzt rein oder laß es. Mir soll das egal sein.«

Der Agent atmete tief durch und kam dann durch die geöffnete Tür herein. Der Falke drückte ihm den Lauf seiner Pistole unter das Kinn und zischte: »Beweg dich ganz langsam und stell es da drüben hin.« Dabei deutete er mit einer Kopfbewegung auf ein Bord an der Wand unter einem Ständer voller Prospekte. Es sah wie ein langsamer Synchrontanz aus, als sich die beiden Männer, so als seien sie eine Person, auf die Wand zu bewegten und das Gerät abgestellt wurde.

»Dreh dich um und leg die Hände hinter den Kopf«, sagte der Falke. »Ich gebe dir jetzt eine Botschaft für deinen Präsidenten mit auf den Weg. Du wirst ihm berichten, ich sei ein Mann, der zu seinem Wort steht. Alles, was ich versprochen habe, werde ich auch tun, falls meine Forderungen nicht erfüllt werden. Und nun ...«, stieß er den Agenten so heftig in den Rücken, daß er nach vorn taumelte »... nun raus hier.«

Annie Fuller hatte noch nie in ihrem zweiundvierzigjährigen Leben so viel Angst wie jetzt verspürt und wußte nicht mehr ein noch aus. Nachdem sie die junge Weiße geholt hatten, mußte sie sich um die beiden Kinder kümmern, und dann war da noch der an Händen und Füßen gefesselte Mann in der Ecke. Die Kinder waren sehr still, und das Zittern des kleinen Mädchens, das begonnen hatte, als sie die Lehrerin holten, hatte endlich nachgelassen. Annie griff in ihrer Tasche nach dem Schlüssel zum Lagerraum. Wenn wir da reinkommen könnten, dachte sie sich, dann könnte ich von innen abschließen, und dann würden sie sich wohl kaum die Mühe machen, dort nachzusehen.

Es war schon eine ganze Weile vergangen, seit sie die junge Lehrerin mitgenommen hatten, und seitdem hatte sie von keinem der Männer mit den Pistolen mehr etwas gesehen oder gehört. Annie war keine Spielernatur. Sie spielte nicht einmal Lotto. Sie war der Meinung, daß sei die reine Geldverschwendung. Aber sie wußte genau, daß die Chance, nicht entdeckt zu werden, wenn sie zurückkamen, von Minute zu Minute sank. Sie flüsterte den Kindern zu, sich nicht zu bewegen und genau zuzuschauen, was sie tun würde, dann nahm sie ihr Herz in beide Hände und machte sich auf allen Vieren in Richtung Lagerraum auf. Sie kroch an der Reihe von Ständern für die Schirme und Kleider vorbei. Dann hielt sie einen Augenblick inne und blickte durch das Maschengitter nach dem Mann auf dem Boden. Dessen Hände und Füße waren mit silbernem Kabelband gefesselt, und Augen und Mund waren zugeklebt. Oh mein Gott, kann ich ihn denn so da liegenlassen? Sie schüttelte den Kopf und kroch weiter in den hinteren Teil des Raums.

Als Annie die Tür erreicht hatte, blickte sie sich über die Schulter nach den Kindern unter der Theke um und legte mahnend ihren Finger auf die Lippen. Dann angelte sie den Schlüssel aus ihrer Tasche, schob den Arm vorsichtig nach oben, steckte den Schlüssel ins Schloß und drehte ihn um. Wieder schaute sie sich um; sie wollte ganz sicher sein, daß niemand in die Garderobe gekommen war, und dann öffnete sie langsam die Tür. Trotz aller Vorsicht gab die Tür dabei ein leise knarrendes Geräusch von sich; ihr blieb das Herz einen Moment lang stehen. Sie rührte sich eine Zeitlang nicht, dann drückte sie sie ganz auf. Nun drehte sie sich zu den Kindern um und winkte ihnen zu, sie sollten zu ihr kommen. Das schienen sie zunächst nicht zu verstehen, aber dann flüsterte der Junge dem Mädchen etwas ins Ohr, und beide krochen los.

Als die Kinder endlich in Sicherheit waren, reckte sich Annie, die immer noch auf dem Boden kniete, hoch und zog vorsichtig an der Tür. Als sie sie fast ganz geschlossen hatte, fiel ihr Blick auf den auf dem Boden liegenden Mann. Annie hielt inne und ließ sich wieder auf den Boden hinunter sinken. Sie hatte bisher schon viel mehr Mut bewiesen, als sie sich je zugetraut hätte, aber sie hatte plötzlich so ein Gefühl, als sei ihre Arbeit noch nicht getan. O mein Gott, dachte sie bei sich, ich kann den Mann doch nicht einfach so da draußen liegenlassen. Und wenn ich ihm jetzt zu Hilfe komme, Herr, steh mir bei.

»Ihr Kleinen bleibt da drin«, flüsterte sie. »Ich werd den Mann da losmachen. Laßt die Tür einen Spalt für mich auf, aber wenn's brenzlig wird, zieht ihr sie zu, verstanden?«

Die beiden Kinder nickten, und sie kroch wieder hinaus.

Annie schaute um sich. Das würde lange dauern, den ganzen Gang entlang zu kriechen und dann wieder zurück bis dorthin, wo der Mann lag. Sie könnte natürlich eine Abkürzung quer durch die Ständer nehmen, aber dabei müßte sie äußerst vorsichtig sein. Andererseits, je weniger Zeit sie da draußen war, desto besser. Also entschloß sie sich, die Abkürzung zu nehmen. Annie mußte durch zwei Reihen von Ständern, und unter größter Vorsicht gelang ihr das bei der ersten auch. Bei der zweiten Reihe allerdings bekam sie fast einen Herzanfall.

Der Mann lag auf der Seite, sein Gesicht ihr zugewandt, und wenn sie die letzte Ständerreihe hinter sich hätte, dann wäre sie bis auf zwei Meter bei ihm. Als ihr Oberkörper auf der anderen Seite war, verlagerte sie ihr Gewicht auf die Arme, um ihr rechtes Bein herüberzuheben, da aber rutschte sie auf der linken Hand aus. Annie fiel auf den Sockel des Ständers und streifte dabei den Rahmen. Durch den plötzlichen Stoß gerieten zwei Kleiderbügel ins Schwingen, und das metallische Klirren tönte in Annies Ohren wie das Läuten eines Feuermelders. Sie erstarrte, der Atem blieb ihr im Hals stecken, und sie wartete, bis das Vibrieren des Echos erstarb. Lieber Gott, betete sie, tu das deiner armen alten Annie nie wieder an.

Als sie ihre Fassung wiedererlangt hatte, kroch sie hinüber auf die Seite, auf der der Mann lag, legte ihm die Hand auf die Schulter und beugte sich an sein Ohr. Da fiel ihr sein blonder Wust von lockigem Haar auf. So nah bin ich einem Weißen noch nie gewesen, ging ihr durch den Kopf.

»Mister, ich werd Ihnen helfen«, flüsterte Annie. »Ich mach Ihnen jetzt das Band da ab. Das wird ganz schön ziehen, aber kein Ton, kapiert?«

Paul Newcome nickte als Zeichen, daß er verstanden hatte, und Annie zog ihm das Band von den Augen ab. Sein Stöhnen wurde durch das Band über seinem Mund gedämpft, und das riß Annie nun auch ab. Er fuhr sich mit der Zunge über seine aufgerissenen Lippen und blinzelte, um wieder klar sehen zu können. Sie hatte große Mühe, die Bänder um seine Handgelenke abzuziehen.

»Danke, vielen Dank, wer sie auch sein mögen«, sagte Paul.

»Sobald ich das da von Ihren Händen abgekriegt habe, muß ich weg«, sagte Annie. »Die Füße müssen Sie dann schon selbst losmachen.«

»Ja, klar«, sagte er, als seine Hände befreit waren.

Ohne ein weiteres Wort zu verlieren, verließ ihn Annie und machte sich wieder auf den Weg in den Lagerraum.

Paul brauchte ein paar Minuten, um die Fesseln seiner Knöchel zu lösen; dann stand er auf und schaute sich um. Vorsichtig arbeitete er sich an der Wand entlang zum offenen vorderen Teil der Garderobe durch. Er hatte keine Ahnung, wohin man Kevin gebracht hatte, aber aus dem Inneren des ersten Stocks konnte er gedämpfte Stimmen hören. Für Kevin konnte er nichts tun, aber er war fest entschlossen, Michelle und Dennis ausfindig zu machen, um sie zu warnen. Vorsichtig blickte er um die Ecke, konnte jedoch niemanden sehen. Daraufhin schlich er mit dem Rücken zur Wand hinaus und ging zum Transportaufzug und drückte auf den Knopf. Es schien ihm eine Ewigkeit zu dauern, bis der Aufzug den ersten Stock erreicht hatte, und die ganze Zeit hielt er den Atem an. Das Blut erstarrte in seinen Adern, als das kurze Ankunftsbimmeln ertönte, dann öffnete sich endlich die Tür, und er betrat den Aufzug. Als er sich umdrehte, um die Etagenknöpfe zu bedienen, ertönte eine schrille Stimme aus der Dunkelheit vor ihm.

»Stop!« brüllte ihn die Stimme an.

Paul streckte seine Hand nach dem Knopf für den dritten Stock aus. Die fünf Kugeln, die der Mann, der den Hintereingang zu bewachen hatte, abschoß, schlugen in seinem Körper ein und warfen ihn gegen die Rückwand der Aufzugskabine. Zwei der Schüsse trafen seinen Hals und hätten ihn fast enthauptet, bevor er tot zu Boden fiel.

Kevins Mund war eine Masse blutigen Fleischs, einen seiner Vorderzähne hatte man ihm ausgeschlagen, aber er hatte seinem Peiniger nicht verraten, was der wissen wollte. In den letzten zehn, fünfzehn Minuten war nichts weiter geschehen, und für die Atempause war er dankbar. Seinen Kopf hatte er auf die Brust gelegt, und nun gab er sich alle Mühe, nicht den Mut zu verlieren. Er hörte sie nicht weit entfernt Arabisch miteinander reden, und es war klar, daß sein Verhör bald wieder beginnen würde. Lange brauchte er darauf nicht zu warten. Er hörte, wie sich Schritte näherten, und als sie vor ihm angelangt waren, wurde sein Kopf an den Haaren nach hinten gerissen. Er fühlte den kalten Stahl einer Pistolenmündung unter seinem Kinn.

»Hast du die Schüsse gehört, mein Freund?« fragte der Mann.

Kevin mußte schlucken und stöhnte ein »Ja«.

»Das war dein Freund. Er war dumm genug, die Flucht zu versuchen.«

Kevin hörte, wie die Pistole mit einem Klicken entsichert wurde.

»Meine Geduld ist nun zu Ende. Du wirst mir jetzt erzählen,

wo sich die anderen beiden befinden, oder du wirst deinem Freund im Himmel Gesellschaft leisten.«

Bis hierher war es Kevin gelungen, seine Angst zu beherrschen, aber jetzt begann er unkontrolliert am ganzen Körper zu zittern. Durch seine geborstenen Lippen brachte er ein krächzendes »Dritter Stock« heraus.

Während Dennis den Bereich um das audiovisuelle Amphitheater am Ende der Ausstellung auf der dritten Etage überprüfte, ging Michelle über den Flur im Zentrum des Stockwerks. Je weiter sie sich an den vielen Ausgängen, die von dort abzweigten, voran arbeitete, desto stärkere Strahlenwerte registrierte ihr Geigerzähler. Mit dem lauter werdenden Klicken des Detektors stieg ihre innere Anspannung. Sie war versucht, Dennis dazuzurufen, doch gleichzeitig wollte sie allein den Fund für sich reklamieren. Als sie sich dem nach allen Seiten offenen Bereich näherte, in dem man einen riesigen Berg von Schuhen aufgetürmt hatte, die einst von den Holocaustopfern getragen wurden, sprangen die Meßwerte auf den höchsten Stand der Detektorskala. Volltreffer! dachte sie, und im gleichen Augenblick hörte sie eine Stimme am anderen Ende des Flurs.

»Hände hoch!«

Michelle blickte sich um. Der Ruf war zu weit entfernt, als daß er ihr hätte gelten können; zudem war niemand in Sichtweite. Dann hörte sie Dennis' Stimme: »Okay, okay. Nicht schießen.«

Sie reagierte sofort, indem sie ihr Gerät leise unter das Geländer vor dem Exponat schob und sich, so schnell sie konnte, von dort wegbewegte, woher die Stimmen kamen. Sie mußte jetzt ein Versteck finden, und dazu wählte sie eine der audiovisuellen Zellen entlang des Korridors. Im Inneren der Zelle drückte sie sich mit dem Rücken an die Trennwand und wartete ab. Ihre Atmung kam stoßartig, ganz wie bei einem Marathonlauf. Sie konzentrierte all ihre Aufmerksamkeit auf ihr Gehör, doch da war nichts als bedrohliche Stille. Ihr Puls raste. Dennis wurde mit der Waffe bedroht. Aber durch wen und warum? War dies der Versuch der

Terroristen, ihren Sprengkopf abzusichern? Sie konnte nur raten. Sicher war nur eins, nämlich, daß sie in Lebensgefahr schwebte. Ihre Hände wurden klamm, sie rieb sie gegeneinander, um die Anspannung zu lösen.

Dann hörte sie das Geräusch einer Bewegung am anderen Ende des Flurs. Sie mühte sich ab, um sich zu vergewissern, ob es stimmte, was sie zu hören glaubte. Und da war es, der Klang von Schritten, die sich langsam auf sie zu bewegten. Michelle hielt den Atem an. Die Schritte kamen näher, und als sie an ihrer Zelle vorbeikamen, erkannte sie im Dämmerlicht den Schatten des Mannes mit einer Pistole, der sich entlang der gegenüberliegenden Wand bewegte. Waren hier zwei Terroristen im Museum, einer bei Dennis und dieser hier? Sie versuchte, die Ruhe zu bewahren, nachzudenken. Wäre es vielleicht besser, wenn sie die Zelle verließ und dorthin ging, woher der zweite Mann gekommen war? Sie schlich auf den Türeingang zu und hörte die Stimmen. Sie waren zu weit entfernt, als daß sie verstehen konnte, was da geredet wurde, aber nun hatte sie die Gewißheit, daß es sich mindestens um zwei handelte. Sie mußte in die andere Richtung.

Als sie in den Korridor einbog, duckte sie sich nieder und lief ungefähr zwanzig Meter weit bis zu einer Nische und drückte sich platt gegen die Wand. Nicht weit vor ihr sah sie die Aufzugstür. Wenn es ihr nur gelänge, sie zu erreichen. Aber dazu würde sie den ganzen Flur überqueren müssen, und dabei würde sie jeder, der in ihre Richtung sah, erkennen. Sie wog ihre Chancen ab und stellte fest, daß ihr keine Wahl blieb. Sie mußte es blitzschnell versuchen und zu Gott beten, daß der Aufzug noch auf dieser Etage wartete.

Dann hörte sie Dennis' Stimme hinten auf dem Korridor. Er mühte sich zu rufen, und in seiner Stimme klang ein Zittern. »Michelle … komm da raus. Die bringen mich um, wenn du nicht kommst. Kevin oder Paul haben sie bereits ermordet. Die meinen es ernst. Die tun's wirklich. Komm raus mit erhobenen Händen.«

Sie zögerte, allerdings nur für einen kurzen Augenblick, dann trat Michelle Berry hervor auf den Korridor, hob die Hände und ging langsam dorthin, wo sie Dennis gefangenhielten.

Sharon Blair blickte nervös auf die Uhr im Armaturenbrett ihres Honda Accord. Sie zeigte 17.15 Uhr. Entschlossen drehte sie den Zündschlüssel um und trat auf das Gaspedal. Verdammt, dachte sie, schon wieder zu spät. Jeden Tag dasselbe. Sie bog vom Gelände des Washingtoner CNN-Studios nach rechts ab. Rot, schon wieder ist diese blöde Ampel rot. Sie klopfte mit den Händen auf das Lenkrad. Nun mach schon, dachte sie, spring um auf Grün. Endlich setzte sich der Verkehr vor ihr wieder in Bewegung.

Wieder blickte sie auf die Uhr. 17.17 Uhr. Wenn der Feierabendverkehr nicht zu dicht sein würde, würde sie es gerade noch schaffen, Frankie rechtzeitig abzuholen. Der Kindergarten schloß um 17.45 Uhr. Aber sie wußte, die Straßen waren um diese Zeit immer verstopft. Josephine, die Kindergärtnerin, würde wieder auf sie warten müssen. Sie sah schon ihr vorwurfsvolles Gesicht vor sich. Nein, wirklich, würde sie sagen, so geht es nicht weiter. Wir können nicht jeden Tag länger bleiben, nur weil Sie zu spät kommen. Wenn sich das nicht ändert, werden wir Frankie leider nicht bei uns behalten können. So ein liebes Kind, und so aufgeweckt, aber leider …

Sharon Blair hatte begonnen, Josephine zu hassen. Dabei wußte sie, daß die Kindergärtnerin eigentlich recht hatte. Es war schließlich nicht Josephines Schuld, daß sie als CNN-Korrespondentin arbeitete und sich nicht darauf verlassen konnte, jeden Tag pünktlich Feierabend zu haben. Und Josephine konnte auch nichts dafür, daß Dick sie verlassen und mit dem Kind sitzengelassen hatte. Was für eine Ehe, dachte sie. Ein vielbeschäftigter Rechtsanwalt und eine ehrgeizige Journalistin – und ein Kind. Sie hätte wissen müssen, daß dies in einer Stadt wie Washington eine Verbindung war, die nicht gutgehen konnte.

Inzwischen war Sharon Blair in die Pennsylvania Avenue eingebogen. Ein Polizeiwagen raste mit heulender Sirene an ihr vorbei, dann ein zweiter, schließlich ein dritter. Der Verkehr kam zum Stillstand. Verdammt, verdammt, verdammt, dachte sie. Unmöglich, sie konnte unmöglich in 25 Minuten in Georgetown sein, um Frankie abzuholen. Seit den Explosionen in der Stadt stand das Washingtoner CNN-Studio Kopf, und Daniel Miller, der Chef vom Dienst, hatte wieder seinen ernsten Blick, als sie sich mit schlechtem Gewissen aus der Tür schlich. Sie konnte froh sein, daß er sie überhaupt hatte gehen lassen.

Langsam setzten sich die Autos vor ihr wieder in Bewegung, stoppten aber erneut, als ein Krankenwagen mit Blaulicht und Sirene sich seinen Weg durch die Wagenkolonnen zu bahnen versuchte.

Als das Gejaule der Sirene abklang, hörte sie endlich das andere Geräusch. Es kam aus ihrer Handtasche. Sie zog sie vom Sitz neben sich herüber und begann, mit der freien Hand den Reißverschluß aufzuziehen. Das Handy klingelte noch immer, als es ihr schließlich gelang.

Sie meldete sich. »Hallo?«

»Sharon?« Sie erkannte die Stimme sofort. Es war Daniel Miller. Mein Gott, dachte sie, nur nicht, nur jetzt nicht, nicht schon wieder.

»Wo bist du?« fragte Miller.

»Immer noch auf der Pennsylvania Avenue, mitten im Verkehr«, sagte sie. »Wir haben eine Geiselnahme, im Holocaust-Museum. Irgendwelche Terroristen haben offenbar eine Schulklasse als Geiseln genommen. Fahr sofort hin. Atlanta weiß Bescheid und wartet schon. Der Übertragungswagen ist unterwegs. Susan McCash wird deine Producerin sein. Ich muß sehen, wo ich sie auftreibe. Gib Gas und melde dich, sobald du da bist«

»Daniel?« fragte sie. Aber er hatte schon aufgelegt. Sie merkte, wie das Adrenalin in ihr zu pumpen begann. Eine Geiselnahme! Mitten im Washingtoner Regierungsviertel! Ihre Gedanken begannen zu rasen. Das war ihre Chance. Eine tolle Geschichte, dramatisch, Ende offen, dazu noch im Holocaust-Museum.

CNN würde darauf breit einsteigen, das war sicher. Jawohl, dachte sie, das war sie, die Geschichte, die sie brauchte, um bei CNN voranzukommen.

Entschlossen bediente sie den Blinker, scherte aus der Kolonne der Autos aus, drehte mitten auf der Fahrbahn mit quietschenden Reifen und drängte sich rücksichtslos in den entgegenkommenden Verkehr. Sie schaute auf die Uhr. 17.25 Uhr. Wenn sie Glück hatte, würde sie in wenigen Minuten da sein. Das Holocaust-Museum war weniger als eine Meile entfernt, auf der anderen Seite der Mall.

Eine Geiselnahme mit Kindern, dachte sie. Weiß Gott, dramatisch genug. Das würde die Leute in ganz Amerika aufwühlen und darüber hinaus, eine Story, die weltweit Aufsehen erregen würde. Mit Kindern! Beinahe hätte sie eine Notbremsung gemacht. Frankie, dachte sie. Verdammtnochmal, Frankie. Nervös schaute sie wieder auf die Uhr. 17.27 Uhr. Er war ein wunderbares Kind, drei Jahre, aber es war fast unmöglich geworden, sich um ihn zu kümmern. Und jetzt schon gar nicht.

Hektisch angelte sie sich das Telefon und wählte eine Nummer. Sie hörte das Besetztzeichen. Mist, Mist, Mist, dachte sie, muß der blöde Kerl schon wieder telefonieren. Wahrscheinlich turtelt er wieder mit dieser Tracey. Oder mit Jane oder wie sie sonst alle heißen mochten. Sie ließ den Motor aufheulen und schlängelte sich durch den Verkehr. Wieder wählte sie die Nummer. Diesmal kam das Freizeichen.

»Hallo?« sagte eine männliche Stimme. Sie kam sofort auf den Punkt.

»Hör zu, Dick, ich bin auf dem Weg zu einer wichtigen Story, eine Geiselnahme. Frankie ist noch im Kindergarten. Fahr sofort los und hol ihn ab. Geh zu McDonalds mit ihm oder mach was du willst, aber hol ihn ab. Sofort.«

»Aber ich bin mitten in einem Klientengespräch. Ich kann doch nicht einfach alles stehen und liegen lassen ...«

»Hör zu, Dick, Frankie ist schließlich auch dein Kind. Es ist mir scheißegal, was du gerade machst. Du fährst jetzt sofort zum

Kindergarten und kümmerst dich um ihn. Mach's gut, Dick, bis bald.« Sie knallte das Telefon auf den Sitz neben sich. Idiot, dachte sie, du egoistischer Idiot.

Erneut begann sie mit der freien Hand in ihrer Handtasche zu suchen. Sie fischte schließlich ihre Presse-Ausweise heraus, die an einer dünnen Kette hingen, darunter auch den Journalisten-Ausweis der Metropolitan Police.

Sie hing sich die Ausweise um den Hals.

Einige hundert Meter weiter sah sie das wilde Blinken von zahlreichen Blaulichtern. Die 14th Street, die zum Holocaust-Museum führte, war blockiert, die Schlange der Autos wuchs von Sekunde zu Sekunde. Ein wildes Hupen hatte eingesetzt. Sharon Blair war klar, dies war die Endstation. Sie riß das Steuer nach rechts, überquerte den Bürgersteig und fuhr den Wagen auf die Rasenfläche der Mall, gleich vor dem Washington-Monument. Sie riß die Tür auf und lief los. Mochte sich um das Auto kümmern, wer wollte.

Ein stämmiger schwarzer Polizist stellte sich ihr in den Weg. Sie winkte mit ihrem Presse-Ausweis. Er ließ sie passieren. Vor dem Holocaust-Museum angekommen, sah sie, daß die Techniker des CNN-Übertragungswagens gerade ihre Antenne ausrichteten. Der Wagen war auf der gegenüberliegenden Straßenseite vom Museum geparkt.

Mit heulendem Motor kam ein weiterer Ü-Wagen von WUSA, der lokalen Station von CBS, angeprescht. Der Fahrer bremste hart und rangierte den weißen Wagen so, daß er neben dem CNN-Fahrzeug zum Stehen kam. Daneben standen bereits drei andere Ü-Wagen der lokalen Stationen von ABC, NBC und FOX.

Techniker waren dabei, Kabel auszurollen und Kamerastative aufzustellen. »Licht«, schrie Jerry Klein, der CNN-Kameramann, ein beinahe glatzköpfiger, übergewichtiger Mann um die 45, »wir brauchen mehr Licht.«

Joe Ramirez, der Techniker, stellte einen weiteren großen Scheinwerfer auf. Er verband ihn mit einer Kabelrolle, die zum

Übertragungswagen führte. Kurz darauf flammte der starke Scheinwerfer auf und tauchte den Eingang des Holocaust-Museums in ein gleißendes Licht.

Sharon Blair war noch außer Atem. Sie sah, wie sich der Bürgersteig gegenüber dem Museum in wenigen Minuten in ein Mediendorf verwandelte, in dem Kameraleute, Tontechniker, Producer und Korrespondenten wie emsige Ameisen hin- und herliefen. Vorsichtig kletterte sie über das Gewirr aus bunten Kabeln, die quer über den Bürgersteig verliefen und die Kameras mit den Ü-Wagen verbanden.

Zwei Polizisten spannten vor die Phalanx der Fernsehleute ein gelbes Plastikband mit der Aufschrift »Nicht übertreten – Polizei«, das sie an zwei Laternenpfählen befestigten.

Sharon Blair blickte unruhig auf ihre Uhr.

»Los, Jungs, macht voran«, rief sie den Technikern zu. »Okay, okay«, antwortete Jerry Klein, »drei Minuten, dann sind wir soweit.«

»Wo ist Susan?« fragte sie.

»Susan steckt noch im Verkehr. Wir müssen erst mal ohne sie auskommen.«

Sharon Blair ärgerte sich. Ausgerechnet jetzt. Susan McCash war eine Spitzenproducerin, sie war stets die Ruhe selbst, ein Fels in jeder Brandung, ein unverzichtbares Bindeglied zur Sendezentrale. Sie schaute sich weiter um. Sie sah eine rundes Dutzend Polizeiwagen der Washingtoner Polizei, zwei Autos mit der Aufschrift US Park Police, vier mit der Bezeichnung US Secret Service, drei Krankenwagen und einen Feuerwehrwagen. Polizisten waren dabei, Zeugen zu vernehmen. Ständig sprachen sie in ihre kleinen, rechteckigen Funkgeräte.

Sie ging auf einen der Beamten in der dunkelblauen Uniform der Washingtoner Metropolitan Police mit den Rangabzeichen eines Captains zu.

»Was ist los?« sagte sie und zeigte ihm ihren Ausweis.

»Wahrscheinlich vier Täter, haben eine Schulklasse in ihrer Gewalt«, sagte er kurz angebunden.

»Und was wollen sie?«

»Keine Ahnung, wir versuchen gerade, Kontakt zu ihnen aufzunehmen.«

Sharon Blair sah, wie Jerry Klein ihr zuwinkte. Er hielt ihr einen Telefonhörer entgegen. »Atlanta ist dran«, sagte er. »Sie fragen, wann du drauf gehen kannst?«

»Von mir aus sofort«, sagte sie. »Wann seid ihr fertig?«

»Jetzt«, sagte Jerry Klein. »Bitte sehr, »dein Platz ist vor der Kamera«. Sie stellte sich vor die Sonykamera, die auf einem dreibeinigen Stativ stand, und starrte in das Objektiv.

Joe Ramirez brachte ein Mikrofon und einen Ohrhörer, der an einem langen Kabel hing. Er befestigte den dazu gehörigen Lautstärkeregler, der in einem kleinen schwarzen Kasten untergebracht war, am Gürtel von Sharon Blairs Mantel.

Sie drückte den dünnen Plastikhörer in ihr Ohr.

»Hörst du Atlanta?« fragte Ramirez. Sharon Blair nickte.

»Sharon«, sagte eine Stimme in ihr Ohr, »noch dreißig Sekunden, dann bist du auf Sendung«.

Sie hörte die Ansage von Bobbie Diaz.

»Erst Bombenexplosionen, jetzt eine Geiselnahme in Washington. Wir schalten um zu Sharon Blair vor dem Holocaust-Museum.«

»In der Tat, ein Tag voller schrecklicher Ereignisse hier in der Hauptstadt. Die Geiselnehmer haben erst vor einer guten halben Stunde zugeschlagen, völlig unerwartet«, berichtete Sharon Blair. »Die Stadt ist voller Spekulationen. Gibt es einen Zusammenhang zwischen den Bombenexplosionen und dieser spektakulären Geiselnahme? Viele Fragen, noch wenige Antworten.«

Sharon Blair starrte in die Kamera. Sie wußte, daß die Fakten noch recht dürftig waren. Aber erst einmal war es wichtig, hier zu sein, dabei zu sein, Präsenz zu zeigen, schneller zu sein als die Konkurrenz. Sie war auf Sendung, das war es, was in diesem Augenblick zählte.

»Weiß man etwas über die Geiselnehmer?« hörte sie die Frage von Bobbie Diaz.

»Nein, noch nicht. Die Polizei will versuchen, sie in ein Gespräch zu verwickeln.«

Schnell, dachte sie, eine Formulierung, irgendeine, durchstehen, gut aussehen, dranbleiben.

»Hier geht es um das Schicksal unschuldiger Kinder – Kinder, die sich hier im Holocaust-Museum mit dem wohl schrecklichsten Verbrechen der Menschheit auseinandersetzen wollten. Jetzt sind sie selber Opfer, Opfer von brutalen Tätern. Es verspricht eine lange und dramatische Nacht zu werden«.

»Danke, Sharon«, hörte sie Bobbie Diaz sagen, »Sie werden uns weiter auf dem laufenden halten«.

Worauf du dich verlassen kannst, dachte Sharon Blair. Sie schaute ernst in die Kamera, bis sie sicher war, daß Atlanta abgeschaltet hatte.

Dann grinste sie.

»Okay, Jungs«, rief sie in die Richtung von Jerry Klein und Joe Ramirez.

»Stellt euch darauf ein, das kann hier lange dauern. Seht zu, daß ihr was zu essen besorgt. Und Kaffee. Viel Kaffee.«

Sie schaute auf ihre Armbanduhr. 17.45 Uhr. Verdammt, Frankie, dachte sie. Dick mußte sich kümmern, egal wie. Heute abend würde er nicht den Italian Lover spielen können, seine größte Rolle. Tracey würde sich anders trösten müssen. Oder Jane, oder wer immer heute abend an der Reihe war.

Der Offizier in der schwarzen Paradeuniform der US Army bellte ein Kommando. Aus den Kanonen, die auf dem Rasen der Mall jenseits des Zauns des Weißen Haus in Stellung gegangen waren, entlud sich die erste Salve. Ihr folgten 20 weitere Schuß Ehrensalut.

Bill Webster und Boris Chernov standen Seite an Seite auf einem kleinen Podest und ließen das Zeremoniell des Staatsbesuchs über sich ergehen. Webster überragte Chernov um fast einen Kopf. Die Militärkapelle spielte zuerst die russische, dann die amerikanische Nationalhymne. Ein kühler Wind wehte vom Potomac herüber und zauste an den Fahnen beider Länder vor dem Weißen Haus. Eine Ehrenformation aus je einer Kompanie der Armee, der Luftwaffe, der Marine und der Marineinfanterie präsentierte das Gewehr.

Bill Websters Blick war starr nach vorne gerichtet. Hinter dem schlanken Obelisken des Washington-Monuments konnte er auf der anderen Seite der Mall den Gebäudekomplex ausmachen, in dem das Holocaust-Museum untergebracht war.

Mein Gott, dachte er, was für eine absurde Situation! Hier standen die Präsidenten der beiden großen Atommächte, die immer noch das unmittelbare Kommando über Tausende von Sprengköpfen hatten, genug, um die zivilisierte Menschheit zu vernichten, und dort drüben, nur ein paar Hundert Meter weiter, lag ein nuklearer Sprengkörper, der ihrer Verfügung völlig entzogen war – eine kleine Gruppe von Terroristen war in der Lage, den Weltmächten ihren Willen aufzuzwingen.

Webster schaute verstohlen auf seine Armbanduhr. 18.30 Uhr. Verdammt, dachte er, nimmt diese Musik denn nie ein Ende? Noch zehneinhalb Stunden, und er stand hier mit Chernov herum und mußte den Schein wahren. Er stellte fest, daß er mit den Zähnen mahlte.

Der Kommandeur der Ehrenformation, ein Oberst, meldete, die Soldaten seien zur Inspektion angetreten. Webster nickte gottergeben, faßte Chernov beim Arm und geleitete ihn von dem kleinen Podest nach unten. Seite an Seite schritten sie an der langen Reihe der Soldaten vorbei. Als sie an den Fahnen der einzelnen Teilstreitkräfte anlangten, die von besonders ausgesuchten Soldaten gehalten wurden, hielten beide kurz an und verneigten sich. Chernov bedankte sich bei dem Kommandeur, der seinen Säbel präsentierte.

Endlich war das Zeremoniell vorbei. Webster wies mit einer Handbewegung in Richtung auf das flache Gebäude des Westflügels des Weißen Hauses, in dem sich das Oval Office, das eigentliche Arbeitszimmer des Präsidenten der USA befindet.

Gemeinsam gingen sie die wenigen Schritte am Rosengarten

vorbei, an dessen Magnolienbäumen bereits erste Blüten zu sehen waren.

Webster ließ seinem Gast den Vortritt, als sie das Oval Office betraten, das von hohen schmalen französischen Fenstern umgeben war. Er wies auf die Sitzgruppe aus gelben Sofas und zwei gleichfarbigen nebeneinanderstehenden Sesseln, die seinem Schreibtisch gegenüber stand. Beide nahmen Platz in den Sesseln. Webster wußte, was nun kommen würde. An diesem Abend haßte er die Vorstellung, die er sonst durchaus zu genießen wußte. Aber sie war unvermeidbar, wollte man weiterhin den Schein eines normalen, zugleich wichtigen Staatsbesuches wahren.

Die Tür öffnete sich, und die Meute der Kamerateams und Photographen drängte sich in den kleinen Raum, gefolgt von einigen Korrespondenten, darunter Leslie Hammer und Al Steinbrenner.

Webster sah, wie sich Leslie Hammer durch die dichte Reihe der Kameraleute nach vorne drängte, ihren kleinen, schmalen Körper anspannte wie einen Bogen, der gleich seine Pfeile abfeuern würde.

»Mr. President, was ist los in der Stadt? Überall Explosionen, der Nationale Sicherheitsrat tagt ständig, ihr Pressesprecher hat nur lauwarme Erklärungen, und jetzt noch eine Geiselnahme im Holocaust-Museum. Also, was ist eigentlich los? Sind Sie nicht der Meinung, daß die amerikanische Öffentlichkeit endlich eine Erklärung verdient?«

Webster rutschte auf seinem Sofa hin und her, während ein Dolmetscher Chernov die Übersetzung der Frage ins Ohr flüsterte.

»Nun, wir sind heute hier zusammen, um wichtige Gespräche mit unserem Gast, dem Präsidenten der Russischen Republik zu führen, die für die Zukunft unserer beider Länder von äußerster Wichtigkeit sind«, sagte er ausweichend.

»Aber, Mr. President, Sie beantworten nicht meine Frage. Unsere Zuschauer wollen wissen: Was zum Teufel ist los?« unterbrach ihn Leslie Hammer.

»Ich denke, Leslie, jeder wird verstehen, daß dies nicht die Stunde ist, in der der Präsident schon Auskunft über eine Situation geben sollte, die so völlig unklar ist. Jetzt ist unsere Polizei am Zug, und seien Sie versichert, die Sicherheitsbehörden tun gegenwärtig alles, um diese schrecklichen Vorfälle aufzuklären. Ich verstehe Ihre Ungeduld, aber zur Zeit können wir wirklich noch nicht mehr sagen.«

Webster sah die Frustration in Leslie Hammers Gesicht. »Licht aus«, rief ein junger Mann aus dem Pressebüro des Weißen Hauses und gab damit das Zeichen für das Ende der Filmaufnahmen. Noch einmal rief er: »Licht aus«. Die Kamerateams schalteten ihre Scheinwerfer aus. Leslie Hammer wollte es noch einmal probieren, doch die Photographen und Kameraleute hatten sich schon in Bewegung gesetzt und begannen den Raum zu verlassen. Leslie Hammer folgte ihnen, während sie zornige Blikke in Richtung auf Webster abschoß.

Bill Webster atmete auf, als die Tür hinter den Presseleuten endlich zuging.

»Tut mir leid«, wandte er sich an seinen Gast, »aber wir haben hier eine Lage, die zur Zeit alles überschattet.«

Chernov nickte. »Wirklich, eine sehr bedauerliche Situation«, sagte er.

Webster versuchte, sich zu zügeln. Er war wütend, wütend und hilflos. Er war ein Mann der Tat, der gelernt hatte, zuzupakken, zu handeln. Jetzt fühlte er sich der Situation ausgeliefert. Er war wütend auf die Terroristen, er war wütend auf sich selber, und er war wütend auf Chernov.

Anthony Blake kam herein und reichte dem Präsidenten einen Zettel. Webster warf einen schnellen Blick darauf.

»Die Terroristen haben ihre Forderungen noch einmal bekräftigt«, hieß es da. »Es gibt keinen Zweifel mehr, daß sie die Bombe bei sich haben. Das haben Messungen außerhalb der Mauern des Holocaust-Museums ergeben. Die Strahlung ist eindeutig«.

Webster schaute von dem Zettel auf. Er wußte, es war höchste

Zeit, das Versteckspielen zu beenden. Die Stunde der Wahrheit war gekommen. Er räusperte sich, dann fixierte er Chernov.

»Sie haben es ja gerade gehört, wir haben im Augenblick ziemlich viel Ärger hier«, begann er, »und es gibt verdammt wenig, was wir tun können.«

Er sah, wie Chernov unruhig hin- und herrutschte. Es gab keinen Ausweg mehr, er mußte nun endlich zur Sache kommen.

»Nun ja, die Geiselnahme im Holocaust-Museum ist nicht irgendein krimineller Akt. Es sind arabische Terroristen ...« Webster legte eine Pause ein. »... und sie haben eine Atombombe«.

Chernov erbleichte. Webster sah, wie seine Hände zu zittern begannen. Er setzte nach.

»Wir haben Grund zu der Annahme, daß es sich um einen russischen Sprengkopf handelt, Herr Präsident.«

Webster sah, wie das Zittern von Chernovs Händen zunahm.

»Wir sollten aufhören, uns etwas vorzumachen«, sagte er. »Um Himmels willen, Boris, wir haben von dem Anschlag auf Ihre Militärbasis gehört. Sie können die Suche in Moskau abblasen. Die Bombe ist jetzt hier, da drüben, nur ein paar hundert Meter entfernt.«

Wieder machte er eine Pause, um die Wirkung seiner Worte zu überprüfen. Chernov sah ihn an, verängstigt und gedemütigt.

»Hören Sie zu, Boris, wenn sie oder ihre Leute irgend etwas wissen, was uns weiterhelfen könnte, dann sagen Sie es uns. Vielleicht haben wir ja noch eine Chance«, sagte Webster.

Chernov nickte. Leise sagte er: »Irgendwann mußte es wohl so kommen.«

Einen Augenblick herrschte Stille im Oval Office. Beide Männer schauten sich an.

Sie waren zusammengekommen, um die Gefahr durch ihre beiderseitigen nuklearen Arsenale für die Menschheit zu verringern. Jetzt wurde ihnen klar, daß seit Hiroshima die Welt nie wieder so dicht vor einem neuen Atomblitz stand wie in diesem Augenblick.

»Ich werde alles veranlassen, was ich nur kann, damit unsere Experten Ihnen helfen können«, sagte Chernov schließlich.

Chicago, Illinois

Er klopfte die Camel aus der Packung und griff zu den Streichhölzern.

»Ausnahmsweise, Jenny?« fragte er mit einem Blick auf die mittelalte Frau mit den weißblond gefärbten Haaren, die er im Spiegel hinter sich sah.

Sie verzog das Gesicht.

»Bitte, Jenny, wirklich nur heute. Ausnahmsweise«, wiederholte er. Jenny McGuire strich ihm von hinten über die Haare. »Du weißt doch, daß du auf deine Gesundheit aufpassen sollst«, sagte sie und versuchte, ihrer Stimme einen strengen Ton zu geben.

»Bitte, Jenny.«

»Also, gut meinetwegen.« Sie fuhr mit dem Kamm durch seine Haare und zog sorgfältig den Scheitel nach. Dann nahm sie eine Puderquaste und begann, sein Gesicht abzutupfen. Sorgfältig ging sie mit der Quaste um seine Augen herum und schminkte die Falten weg. Sie verstand ihr Handwerk als Maskenbildnerin.

Er sah, wie sie prüfend über ihn hinweg in den Spiegel schaute und sich ihr Werk ansah. »So gut wie neu«, sagte sie und lächelte. Jenny McGuire war die einzige, die er vor wichtigen Sendungen an sein Gesicht heranließ.

Joe Peterson blickte nun selber in den Spiegel. Er fand, daß er müde aussah, verbraucht. Da half auch die Schminke nicht mehr.

Mit zitternden Händen riß er ein Streichholz an und zündete

damit seine Camel an. Er sog den Rauch tief ein. Als er den Rauch ausstieß, vernebelten die Schwaden kurz sein Gesicht.

Jenny hustete. »Wirklich, Joe, du solltest es lassen«, sagte sie.

»Ach, laß mich doch, ist eh egal«, sagte Peterson und zog erneut an seiner Zigarette.

»Was heißt, egal?« sagte sie, »ich höre, heute abend sollst du mal wieder ganz groß rauskommen. Jeff war völlig aus dem Häuschen. Er hat eine richtige Supersendung angekündigt.«

»So, hat er?«

»Ja, einen richtigen Knaller, hat er gesagt«.

»Ich bin mir da nicht so sicher«, sagte er mit müder Stimme.

»Was ist los, Joe? Keine Lust mehr? Eine tolle Sendung würde uns allen mal wieder guttun.«

Er zog es vor, nicht zu antworten. Joe Peterson zog gierig an seiner Zigarette. Er wußte, es würde seine letzte sein.

Die Tür wurde aufgerissen. Jeff Kowalski stürmte atemlos herein. Sein Gesicht war hochrot.

»Stellt euch vor, Kinder, was mir gerade passiert ist«, rief er. »Unglaublich, einfach unglaublich.«

Er holte Atem und schaute triumphierend um sich, bis er sicher war, die volle Aufmerksamkeit auf sich zu ziehen.

»Das Telefon klingelt, es meldet sich das Weiße Haus, und eine Frau sagt: Ich verbinde mit dem Präsidenten. Und dann, Ihr glaubt es nicht, war er dran: Webster persönlich!«

Peterson drückte seine Zigarette aus.

»Webster? Was wollte er?«

»Na, was wohl? Was denkst Du? Er wollte die Sendung verhindern, der Präsident höchstpersönlich wollte die Joe-Peterson-Show verhindern! Wir dürften das auf keinen Fall machen, auf gar keinen Fall, hat er gesagt. Erst hat er gedroht, dann hat er gebettelt.«

»Und du, was hast du gesagt?« fragte Peterson.

»Ich? Ich habe ihn natürlich abblitzen lassen. Kommt nicht in Frage, Mr. President, habe ich gesagt. Dies ist ein freies Land, und wir werden uns auch von Ihnen nicht vorschreiben lassen, was wir senden und was nicht. Er hat angefangen zu toben, hat was von größter Gefahr gefaselt, da hab ich einfach aufgelegt. Ich werde mir doch von Webster nicht unsere Show vermasseln lassen. So wahr ich Jeff Kowalski heiße – diese Sendung wird stattfinden!«

Peterson sah, wie Kowalski ungeduldig auf die Uhr schaute.

»Alles startklar? Noch 15 Minuten bis zur Sendung«, sagte er.

Peterson nahm einen Schluck aus dem Whiskyglas, das vor ihm auf der Ablage vor dem Schminktisch stand.

»Ich denke, Webster hat recht. Wir können das nicht machen«, sagte er.

Kowalski fuhr herum.

»Wie bitte? Bist du von allen guten Geistern verlassen? Bist du völlig übergeschnappt? Das ist unsere Chance, vielleicht noch unsere einzige.

Heute abend können wir es noch einmal packen, heute machen wir Schlagzeilen, heute wird die Joe-Peterson-Show wiedergeboren. Mann, Joe, erzähl nicht so einen Quatsch!«

»Im Ernst, Jeff, das geht zu weit. Wir können das einfach nicht machen. Willst du vielleicht verantworten, wenn die Bombe hochgeht? Wenn wir gleich mit der Story kommen, wer weiß, vielleicht drehen die Terroristen durch und jagen alles in die Luft.«

Peterson sah, wie Kowalski wieder rot anlief.

»Verdammt noch mal, Joe, hast du es immer noch nicht begriffen? Wir sind mit dieser Scheiß-Show am Ende, und heute abend haben wir die einmalige Gelegenheit, das Ruder rumzureißen. Joe, du kannst jetzt nicht kneifen. Wir sitzen zusammen in diesem Boot, und du wirst, verdammtnochmal, jetzt gleich rauf auf die Bühne gehen und dem gottverdammten Publikum die Geschichte von der Bombe erzählen. Wir haben dazu ein paar Experten im Studio, und eine Schaltung nach Washington zu unserem Mann am Ort, und du wirst eine Supersendung hinlegen.«

Kowalski lief in der kleinen Garderobe auf und ab. Er baute sich vor Peterson auf.

»Joe, Joe, Joe, reiß dich zusammen. Das hier ist ein knallhartes Geschäft, und wenn wir die Story nicht bringen, dann wird es die Konkurrenz tun. Und außerdem: Glaub doch nicht diesem blöden Webster. Was soll schon passieren? Diese Terroristen bluffen doch nur. Sie werden sich doch nicht selbst in die Luft sprengen. Also los, alter Junge, steht auf und geh jetzt ins Studio.

Peterson versuchte noch einmal zu widersprechen. Kowalski schnitt ihm das Wort ab.

»Joe, keine Diskussion mehr. Entweder, du spielst jetzt mit, oder es ist vorbei mit der Show. Dann kannst du irgendwo in Florida vor alten weißhaarigen Ladys den Conferencier beim Nachmittagstee machen – wenn sie dich dort noch haben wollen.«

Wieder schaute er hektisch auf die Uhr.

»Noch zehn Minuten. Also, ich gehe schon mal vor und gebe dem Regisseur ein Zeichen, und du setzt sofort deinen Arsch in Bewegung und legst eine Supersendung hin. Viel Glück, Joe, wir werden es brauchen.«

Er rannte los und schlug die Tür hinter sich zu. Peterson saß einen Moment still da, bis ihm klar wurde, daß Jenny McGuire immer noch im Raum stand und alles mitgehört hatte. Er sah, daß sie Tränen in den Augen hatte.

»Joe«, sagte sie leise, »es tut mir leid, daß es soweit kommen mußte.«

Er nahm ihre Hand und drückte sie.

»Ist schon gut, Jenny«, sagte er.

Er schaute verlegen auf den Boden.

»Sei so gut, hol mir doch noch schnell ein Glas Wasser«, sagte er.

Sie nickte und verließ den Raum. Peterson sprang schnell auf und drehte den Schlüssel an der Tür um. Dann ging er zu seinem Stuhl zurück. Er schaute in den Spiegel. Er wußte, daß es keinen Ausweg mehr gab. Es war vorbei. Er würde seinen Abgang haben, nach 20 Jahren würde Joe Peterson von der Bühne abtreten, für immer.

Langsam zog er die Schublade auf. Er nahm die Smith & Wesson heraus. Sein Vater hatte sie ihm geschenkt als er 16 wurde, damals auf der Farm in Texas. Sie hatte ihn sein Leben lang begleitet. Als Junge hatte er damit Schlangen und Kaninchen geschossen. Seither hatte er sie nicht mehr benutzt. Aber er wußte immer noch, wie man damit umging. Peterson strich über den Lauf. Dann drehte er die Trommel. Er vergewisserte sich, daß in allen Kammern eine Patrone steckte.

Er hörte, wie Jenny versuchte, die Tür zu öffnen.

Peterson steckte den Lauf in den Mund und richtete ihn nach oben, so daß die Kugel das Gehirn durchschlagen mußte. Die Smith & Wesson war immer noch die stärkste Handfeuerwaffe auf dem Markt. Er war sich sicher, daß eine Kugel reichen würde. Es würde kein schöner Anblick sein.

Wieder hörte er das Rütteln an der Tür.

»Joe, bist du noch da?« rief Jenny.

Er krümmte den Finger um den Abzug, spürte den Druckpunkt und zog voll durch.

Die Uhr neben dem Spiegel zeigte 20.25 Uhr.

Jeff Kowalski schaute irritiert auf die Uhr, die über dem Eingang zum Studio hing. Dann verglich er sie mit seiner Armbanduhr. Noch zehn Minuten bis zur Sendung. Scheiße, dachte er, wo bleibt er nur?

Die Tür öffnete sich. Kowalski atmete auf. Endlich!

Aber es war nicht Peterson. Jenny McGuire erschien, und er bemerkte sofort ihr tränenüberströmtes Gesicht. Die Tränen hatten sich durch ihr Make-up gefressen und breite Spuren hinterlassen.

»Verdammtnochmal, Jenny, was ist los? Wo bleibt er?« fuhr er sie an.

Sie stürzte auf ihn zu, warf in einer hilflosen Geste ihre Arme um seinen Hals, begann hemmungslos zu schluchzen. Einen Moment lang wußte er nicht, wie er reagieren sollte. Dann faßte er sie bei den Schultern, begann sie zu schütteln. »Herrgottnochmal, Jenny, hör auf zu flennen. Wo, verdammt, ist Joe?«

Sein Blick ging über sie hinweg wieder zu der Uhr.

»Er ist …«, ein Schluchzen kam irgendwo tief aus ihrer Brust, »er ist …«

Wieder schüttelte er sie.

»Ja, was ist? Spuck's endlich aus.«

Sie schaute zu ihm auf, war plötzlich ganz ruhig. Ihre Augen suchten seine. Mit tonloser Stimme sagte sie: »Er ist tot, Jeff. Er hat sich erschossen.«

Jeff Kowalski hielt den Atem an. Eine Hitzewelle schoß durch seinen Körper. Sein Kopf lief rot an. Der große Zeiger der Uhr über ihm schien plötzlich überdimensional, ein riesiges, drohendes Auge, das ihn unbarmherzig vorantrieb.

Noch fünf Minuten bis zur Sendung. Die Story seines Lebens, vorbei. Kowalski holte tief Luft. Nein, nein, nein, nicht mit ihm. Denk schnell, alter Junge, denk schnell. Er hatte keinen Moderator, aber er hatte die Story. Da draußen warteten die Studiogäste, schnell zusammengetrieben, nicht die Creme, aber immerhin. Es war die Geschichte des Jahrzehnts, besser als O. J Simpson, viel besser.

Jeff Kowalski gab sich einen Ruck. Er hatte noch nie selbst vor einer Kamera gestanden. Aber er würde es tun. Er würde gleich hinausgehen in das heiße Licht der Scheinwerfer, und er würde die Story erzählen, er würde die Sendung machen, irgendwie. Er würde es reißen, man würde ihn in New York dafür in den Himmel heben – der Producer, der die Sendung rettet, der dem Network die Schlagzeilen bringt, die Superstory. Er wischte sich über die Stirn, fühlte, daß sie schweißnaß war.

»Jeff?« Bill Blitzer, sein Assistent, riß ihn aus den Gedanken. Er hielt ihm einen Telefonhörer hin. »New York«, sagte er, »Robert Silverstein für dich.«

Jeff Kowalski schaute ihn an, verdutzt. Silverstein persönlich? Der Präsident des Senders? Jetzt, ausgerechnet jetzt?

Er nahm den Hörer. »Kowalski hier.«

»Jeff?« hörte er die Stimme Silversteins. »Was machen Sie nur für eine Scheiße?«

Kowalski faßte den Hörer fester, plötzlich blaß. Silverstein gab ihm keine Chance für eine Antwort.

»Webster hat mich gerade angerufen. Hören Sie, Kowalski! Webster, er hat mir die Geschichte erzählt. Er hat mir berichtet, daß Sie Arschloch nicht bereit sind zu kooperieren, daß Sie die nationale Sicherheit aufs Spiel setzen wollen. Sind Sie völlig meschugge, Kowalski?«

Kowalski hörte die bellende Stimme des Network-Chefs. Er sagte nichts. Er war nicht fähig zu irgendeinem Gedanken. Automatisch ging sein Blick zu der Uhr. Noch eine Minute bis zum Beginn der Sendung.

»Nichts da, Kowalski, nicht mit uns.«

»Aber ...« versuchte Kowalski schließlich einzuwerfen.

»Kein Aber. Kowalski, vergessen Sie's. Ich sage Ihnen, was wir machen werden. In ein paar Sekunden läuft die Joe-Peterson-Show, allerdings eine Wiederholung von vor vier Wochen zum Thema ›Sex in der Politik – wie weit dürfen die in Washington noch gehen?‹ Und, Kowalski, wir sprechen uns noch – nach der Sendung.«

Die Leitung war tot. Der große Zeiger der Uhr sprang auf die zwölf. Kowalski hörte im Hintergrund eine vertraute Melodienabfolge. Er blickte auf einen Monitor, der auf dem Gang zur Studiobühne stand. Auf dem Bildschirm lief der Vorspann zur Joe-Peterson-Show. Er bemerkte, daß Jenny McGuire immer noch da stand. Er legte einen Arm um sie. Er war sich nicht sicher, ob er ihr Trost spenden wollte oder selbst Trost suchte.

Washington D. C.

Zum ersten Mal, seit sie das Museum erstürmt hatten, hatte der Falke den Eindruck, die Situation unter Kontrolle zu haben. Alle seine Befürchtungen waren beseitigt, und nun blieb ihm nur zu warten. Er hatte das Fernsehgerät auf die Theke des Informationsschalters gestellt, das CNN-Programm eingeschaltet und die Lautstärke soweit wie möglich nach unten gedreht. Die Bilder würden ihm schon sagen, ob man seine Bedingungen erfüllte. Er schaute auf die Uhr. Es blieben noch zehn Stunden, und es gab keinen Hinweis darauf, daß die Amerikaner ihm geben würden, was er wollte.

Was er wirklich wollte, war die Befreiung seiner inhaftierten Mitstreiter und die Demütigung der Amerikaner, aber auch die Alternative hierzu war ihm mehr als recht. Wenn es dazu käme, wäre ein Platz im Himmel für ihn reserviert, und so war er bereit, auch die letzte Opfertat zu begehen. Den Tod fürchtete er nicht. Im Gegenteil, er sah ihn als die Krönung seines hingebungsvollen Glaubens an Allah. Nein, der Tod konnte den Falken nicht schrecken. Seine einzige Befürchtung war, daß Webster und seine Beraterclique ihn nicht ernst nähmen. Im Geiste sah er sie im Oval Office versammelt, wie sie sich über seine Forderungen lustig machten, kicherten, überlegten, wie sie ihn hereinlegen könnten. Solche Gedanken brachten sein Blut in Wallung. Nichts konnte ihn mehr in Wut bringen, als nicht ernstgenommen zu werden. Die westliche Welt hatte die islamische nie ernstgenommen. Sein Volk war seit Jahrzehnten die Lachnummer im Welttheater. Nicht beachtet, nicht respektiert, mit einer dürftigen Nebenrolle in der Weltpolitik. Aber dies würde sich ein für allemal ändern. Die Macht seines Volkes würde dieser Welt vor Augen geführt werden.

Der Falke wandte sich zu Abdullah, der auf den Informationsschalter zukam.

»Hast du die Gefangenen sicher verschlossen?« fragte er ihn.

»Jawohl, Ali. Sie können nicht entfliehen.«

»Und die Kinder?«

»Rauwni paßt auf sie auf. Ich werde den Vordereingang bewachen und Tombi den hinteren.«

»Gut«, sagte der Falke. »Jetzt warten wir ab.«

»Ali ...«

»Was ist?«

»Was hast du mit den Kindern vor?«

»Das wird sich zeigen. Das hängt davon ab, wie sich die Amerikaner verhalten. Wir müssen einfach abwarten.«

Michelle Berry lag auf dem Boden der Garderobe; Hände und Knöchel waren mit Kabelband gefesselt. Sie wußte, daß Dennis irgendwo hinter ihr lag, aber der Araber, der sie gefesselt hatte, hatte sie gewarnt, sie solle sich weder bewegen noch reden. Sie war sich fast sicher, daß der Terrorist nicht mehr im Raum war, aber sie traute sich nicht nachzuschauen. Sie spürte die Wut in sich, Wut darüber, daß sie nun gefangen war. Sie haßte es, sich zu ergeben, doch andererseits war ihr keine Alternative geblieben. Dennis wäre liquidiert worden, wenn sie nicht aufgegeben hätte. Aber was hatte er da über Paul oder Kevin gesagt? Daß sie einen von ihnen umgebracht hätten? Woher konnte er das wissen? Sie wollte ihn unbedingt danach fragen und war versucht, ihn anzusprechen. Gerade, als sie ihren ganzen Mut zusammennahm, hörte sie seine Stimme hinter sich.

»Michelle«, flüsterte er ihr zu, »ich glaub, sie sind nicht mehr hier. Bist du in Ordnung?«

»Ja, ich mach mir nur vor Angst in die Hose.«

»Kann ich verstehen.«

»Dennis, was hast du damit gemeint, Paul oder Kevin hätten sie umgebracht?«

»Das hat der Mann mir gesagt. Der Kerl, der mich erwischt hat, sagte, sie hätten einen unserer Agenten erschossen. Der hat uns die ganze Zeit ›Agenten‹ genannt. Der glaubt wohl, wir seien vom FBI.«

»Um Gottes willen«, sagte sie verzweifelt.

Da hörten sie eine dünne Stimme aus einer Ecke des Raums.

»Michelle? Dennis?«

Michelle verrenkte den Hals und versuchte festzustellen, wer außer ihnen noch im Raum sei.

»Ich bin's, Kevin.«

»Kevin. Bist du okay?« flüsterte sie erleichtert.

»Es tut mir so leid. Ich hab versucht, ihnen nicht zu verraten, wo ihr seid, aber als sie Paul erschossen hatten, da konnte ich einfach nicht mehr. Es tut mir alles so verdammt leid.«

Als das Telefon am Informationsschalter läutete, wollte der Falke zunächst nicht abheben, besann sich dann jedoch eines besseren, hob ab, sagte aber nichts.

»Hier spricht Schoefield vom FBI«, hörte er den Anrufer sagen.

Der Falke dachte einen Augenblick lang nach und sagte dann knapp: »Was wollen Sie?«

»Ich will mit Ihnen über die Geiseln reden.« Schoefield wartete einen Moment, erhielt aber keine Antwort. Also wiederholte er: »Ich möchte mit Ihnen über die Freilassung der Geiseln sprechen.« Wieder machte er eine Pause in der Hoffnung, den Falken in ein Gespräch zu verwickeln, doch auch diesmal bekam er keine Antwort. Er ließ eine Weile verstreichen, dann fuhr er fort: »Es nützt Ihnen nichts, wenn Sie die Geiseln weiter gefangenhalten. Sie haben doch alles, was Sie wollen, und daher besteht kein Grund, sie weiter festzuhalten.«

»Alles, was ich will?« antwortete der Falke nun plötzlich. »Glauben Sie im Ernst, ich hätte alles, was ich will? Dann sind Sie ein Narr. Ich will sehen, daß meine Landsleute aus den jüdischen Gefängnissen entlassen werden. Ich will, daß ihr Amerikaner den jüdischen Staat als das bezeichnet, was er wirklich ist – eine illegale Besetzung unseres palästinensischen Grund und Bodens – und gebt endlich eure Anerkennung und Unterstützung des kriminellen Staates Israel auf.«

»Ich verstehe Sie«, sagte Schoefield, »und wir arbeiten hart daran, Ihre Forderungen zu erfüllen, aber jetzt bitte ich Sie erst einmal um die Freilassung der Unschuldigen, die sich in Ihrer Gewalt befinden.«

»Mir fehlt jeder Beweis, daß irgend jemand etwas unternimmt, um meine Forderungen zu erfüllen.«

»Wir stehen in laufenden Verhandlungen, aber solche Dinge brauchen eben ihre Zeit«, sagte Schoefield.

»Das ist eine verdammte Lüge!« explodierte der Falke. »Sie tun doch überhaupt nichts! Sie verzögern und verzögern und lachen sich über die idiotischen Araber kaputt, aber Sie werden schon sehen, was Sie davon haben. Allah ist mein Zeuge, Sie werden schon bald erkennen, wie ernst es mir ist. Ich scherze nicht, und Sie können Ihre Spielchen mit mir nicht spielen und dabei gewinnen.«

»So glauben Sie mir doch«, versuchte Schoefield ihn zu beschwichtigen, »daß wir in der ernsten Lage, in der wir uns befinden, nicht leichtfertig handeln. Wir tun alles Menschenmögliche, um die Gefangenen auf Ihrer Liste freizubekommen, aber wir machen uns ganz besonders um die Kinder Sorgen. Die haben mit der ganzen Sache nicht das Geringste zu tun. Im Namen der Menschlichkeit bitte ich Sie, die Kinder gehen zu lassen.«

»Wenn Sie wirklich annehmen sollten, die Kinder nützten mir nichts, dann irren Sie sich«, erwiderte der Falke, legte eine kurze Pause ein und sagte dann: »Ich werde sie rausschicken, Sie werden schon sehen. Aber ich werde sie so herausschicken, daß sowohl Ihrem Präsidenten als auch den Israelis klar wird, daß ich meine, was ich sage.«

Wie viele der Kinder, die auf dem Boden des Raums der Spender lagen, war auch Jodi Schäfer vor Erschöpfung eingeschlafen. Sie schreckte hoch, als eine Hand an ihrer Schulter rüttelte. Der Mann mit der Pistole bedeutete ihr, zur Tür zu gehen. Man führte sie zum Hintereingang des Museums. Einige Minuten geschah nichts, und dann fragte sie: »Was geht hier vor? Warum haben Sie mich hierher gebracht? Ich will bei den Kindern bleiben.«

»Ruhe«, sagte der Araber. »Sie warten hier.«

Während Jodi da stand und wartete, stand der Falke an der Eingangstür des Raums, ließ die Kinder einzeln herauskommen und fragte jedes nach seinem Namen. Eins nach dem anderen gingen sie an ihm vorbei, aber als Jennifer Goldman ihm ihren Namen sagte, nickte er Moussak zu, der das Kind beim Arm nahm und wegführte.

Kurz darauf erschien der Falke im Eingangsbereich. Er kam gleich auf Jodi zu, die ihn fragend anschaute und vor Nervosität auf ihrer Unterlippe kaute.

»Sie werden uns jetzt verlassen und Ihrem Präsidenten eine Botschaft übermitteln. Sagen Sie ihm, daß Sie ihm den Beweis dafür bringen, daß man mit mir keine Späße treiben kann.«

Aus dem Inneren des Museums tauchte Moussak auf. Er trug Jennifer Goldman in seinen Armen. An der Tür übergab er das Kind an Jodi.

Jodi Schäfer schaute es voller Grauen an. Die Tür wurde aufgehalten, und sie wurde fast sanft hinausgeführt. Sie konnte noch einige Schritte draußen gehen, bis sie panisch zu schreien begann.

Blitzlichter schossen durch die Dunkelheit der Nacht.

Der Photograph von AP dachte sich, als er Bild um Bild schoß, eines davon würde ebenso historische Bedeutung gewinnen, wie das des Mädchens, das den toten Studenten an der Kent-State-Universität in ihren Armen wiegte, oder das des weinenden Akkordeonspielers bei Präsident Franklin Delano Roosevelts Begräbnis.

Jodi Schäfer stand vor dem Holocaust-Museum und hielt ein totes jüdisches Kind in ihren Armen. Auf ihrer Jeans waren die Blutflecken des ermordeten Mädchens zu sehen. Ihr Gesicht war in Tränen aufgelöst, und aus ihrem weit offenen Mund ertönte ein herzzerreißendes Weinen.

Atlanta, Georgia

»Mach schnell, Lois«, schrie der Regisseur über die Intercom-Anlage.

Lois Brenner zwängte sich an der Kamera 2 vorbei und stürzte mit ihrer Puderquaste auf Bobbie Diaz zu. Schnell ging sie mit der Quaste über das Gesicht der Moderatorin und schminkte die glänzenden Stellen an der Nase weg, die sich unter der Hitze der Studioscheinwerfer gebildet hatten.

Bobbie Diaz blinzelte. Feinste Spuren des Puders waren in ihre Augen eingedrungen. Sie versuchte, sich dennoch zu konzentrieren.

»Aus dem Bild, Lois, nun mach schon«, rief der Regisseur wieder.

»Achtung, Bobbie, du bist gleich drauf, wir gehen wieder nach Washington, zum Holocaust-Museum. Und denk daran, kein Wort über eine Atombombe! Dies ist eine Geiselnahme von Terroristen, die Kinder in ihrer Gewalt haben. Klar?«

Bobbie Diaz nickte. Auf dem Monitor vor ihr erschien der Kopf von Sharon Blair. An Kamera 1 ging das Rotlicht an. Bobbie Diaz drehte sich so, daß sie mit dieser Kamera Blickkontakt aufnahm.

»Am Holocaust-Museum gibt es offenbar eine neue, dramatische Entwicklung«, sagte sie, »wir schalten nun wieder zu CNN-Korrespondentin Sharon Blair. Sharon, was ist los?«

»Es ist höllisch«, berichtete die Korrespondentin. »Soeben wurde die Tür des Holocaust-Museums kurz geöffnet, und die Leiche eines Kindes wurde herausgetragen.«

Die Kamera schwenkte hinüber zu der Tür, wo zwei Sanitäter gerade dabei waren, die Leiche aufzunehmen und auf eine Bahre zu legen.

»Was für eine entsetzliche Tat«, sagte Sharon Blair, »offensichtlich wollten die Terroristen damit noch einmal ihre Entschlossenheit demonstrieren und zugleich ihre Forderungen bekräftigen. Neben mir steht jetzt Martha Albright, sie ist eine der Lehrerinnen, die die Schulklasse begleitet hatten. Sie ist gerade noch herausgekommen, als die Terroristen die Kinder als Geiseln genommen haben. Martha, Sie haben diese Geiselnehmer kurz gesehen. Was können Sie uns darüber sagen?«

Bobbie Diaz sah auf ihrem Monitor im CNN-Hauptquartier in Atlanta, wie die Kamera groß auf das Gesicht der Lehrerin zufuhr. Ein Weinkrampf schüttelte sie.

»Meine Kinder ...« schluchzte sie. »Oh mein Gott, die armen Kinder ...«

Sharon Blair zögerte einen Augenblick, bevor sie nachsetzte.

»Entsetzlich, ganz entsetzlich, aber was können Sie uns über die Geiselnehmer sagen?«

Die Kamera blieb unbarmherzig auf dem Gesicht der Lehrerin. Sie weinte hemmungslos. Dann faßte sie sich für einen Augenblick.

»Es sind insgesamt vier. Dunkelhaarig. Einer ist mir besonders aufgefallen, schlank, stechende Augen. Mittelöstlich, würde ich sagen. Er ist der Anführer.«

Wieder wurde sie von einem Weinkrampf geschüttelt.

»Kann denn niemand etwas tun?« flüsterte sie. »Es sind doch nur unschuldige Kinder ..«

Bobbie Diaz griff ein.

»Sharon, offensichtlich vermag Frau Albright im Moment nichts mehr zu sagen. Wie sehen im Augenblick die Möglichkeiten für die Polizei aus, die Geiselnahme zu beenden?«

»Nun, natürlich wimmelt es hier von Polizeibeamten. Das FBI hat seine Scharfschützen in Stellung gebracht, alles ist abgesperrt, aber die Wahrheit ist: im Augenblick sieht es nicht so aus, als könne die Polizei viel ausrichten.

Die Terroristen, das haben sie gerade erst wieder auf grauenvolle Weise gezeigt, sind zu allem entschlossen, und sie haben sich im Holocaust-Museum verschanzt – zusammen mit ihren Geiseln. Wir können im Augenblick nicht mehr tun als abzuwarten«.

»Gut, Sharon, für's erste vielen Dank. Wir bleiben in Kontakt«, sagte Bobbie Diaz, die nun wieder die Kamera 1 fixierte. »Aber zuerst eine kurze Unterbrechung.« Wieder flimmerte der Werbespot für die neueste Dosensuppe über den Bildschirm.

Washington, D. C.

Sie lagen eng aneinandergeschmiegt, ihre nackte Haut noch immer erhitzt. Sie hatten sich geliebt, mit der Heftigkeit der Verzweifelten. Jurij Arbatov suchte auf dem Nachtisch nach den Zigaretten, fand aber nur eine leere Schachtel. Statt dessen ertastete er die Fernbedienung für den Fernseher. Einen Moment war er versucht, den Knopf zu drücken, unterließ es dann aber. Er merkte, wie Nataschas Körper zuckte. Sie weinte, erst ein stilles, unterdrücktes Weinen, dann brach es voll aus ihr heraus.

»Nein, nein, nein«, schluchzte sie. Er legte seinen Arm um sie und begann mit der freien Hand, ihr Haar zu streicheln. Sie schob ihn von sich fort.

Arbatov starrte an die Decke des Hotelzimmers. Er fühlte sich leer und ausgebrannt. Er wollte es sich nicht wirklich eingestehen, konnte es aber nicht länger verdrängen. Er war ratlos, ratlos und – er mußte es hinnehmen – hilflos. Er fühlte sich von den Ereignissen überrollt, er fühlte sich von ihnen in die Enge getrieben, in eine Situation hinein, in der es für ihn keinen wirklichen Ausweg mehr gab.

Zum ersten Mal in seinem Leben wußte er nicht mehr, was richtig und was falsch war. Es war ein unerträglicher Zustand. Begonnen hatte es auf dem Flugplatz, als er nicht in der Lage war, sich gegen Chernov zu wehren. Seither war alles noch viel schlimmer geworden. Die plötzliche Anwesenheit Nataschas hatte ihn verwirrt, hatte ihm die innere Balance genommen, hatte das Gefühl der totalen Verunsicherung gesteigert.

War er nicht im Recht? War Chernov nicht der Verräter an der russischen Sache, gerade hier, in Washington? Hatte er nicht jedes Recht, sich dagegen mit allen Mitteln zu wehren? Der Gedanke beherrschte sein Gehirn, marterte ihn. Mit allen Mitteln, wirklich mit allen Mitteln?

Seit der Geiselnahme im Holocaust-Museum war ihm klar geworden, was der Falke wirklich beabsichtigte. Es war ihm bewußt geworden, daß er mit den Arabern den Plan nie wirklich zu Ende diskutiert, daß er selber die möglichen Konsequenzen nie bis ins letzte bedacht hatte. Er hatte die Bombe geliefert, und er wollte, daß die Welt aufmerksam werden sollte auf den Niedergang Rußlands. Ja, es sollte eine unüberhörbare Botschaft werden, und der Falke sollte sein Werkzeug sein.

Erschrocken mußte Arbatov erkennen daß sich die Rollen vertauscht hatten. Er war zum Werkzeug des Falken geworden. Dazu ein Werkzeug, das seine Schuldigkeit getan hatte und keinen Einfluß mehr auf den weiteren Ablauf haben würde.

Und dazu noch Natascha. Ihre ständigen Vorwürfe, ihre Selbstanklagen, ihre Tränen. Er stöhnte auf. Er konnte es nicht mehr ertragen, merkte, wie sich seine Gedanken im Kreise drehten.

Er tastete nach der Fernbedienung, suchte den Knopf und drückte ihn. Der Bildschirm flackerte auf, das Bild erschien. CNN berichtete vom weiteren Fortgang des Geiseldramas.

»Jetzt wird die Leiche des Kindes in ein Krankenhaus gebracht«, berichtete Sharon Blair gerade, »wird dies das letzte unschuldige Kind sein, das bei diesem Geiseldrama umkommt, oder werden die Terroristen noch mehr Geiseln umbringen, um ihre Forderungen durchzusetzen? Das ist gegenwärtig die bange Frage hier am Holocaust-Museum.«

Natascha hatte sich aufgerichtet. Arbatov sah ihre weit aufgerissenen Augen, die auf den Bildschirm starrten.

»Oh, mein Gott«, flüsterte sie schließlich, »oh mein Gott, diese Monster.«

Sie wandte sich Arbatov zu.

»Und wir sind schuld daran«, sagte sie mit bebender Stimme. »Hörst du, Jurij, wir sind schuld daran.«

Sie schrie nun, trommelte mit ihren Fäusten auf seinen Brustkorb.

»Du ... du hast mich dazu gebracht, diese verdammte Bombe nach Amerika zu bringen.« Sie schlug härter zu, die Schläge wurden zum Stakkato: »Und ich? Ich Idiot, ich verdammter Idiot habe dir geglaubt. Für Rußland, hast du gesagt, alles nur für Rußland. Und jetzt? Sieh doch, was deine Freunde hier machen. Mörder, wahnsinnige Mörder sind sie, nichts weiter.«

Er ergriff sie bei den Handgelenken, stoppte die Schläge. Sie wand sich und versuchte sich aus seinem eisernen Griff zu befreien.

»Du tust mit weh«, zischte sie.

Schließlich hörte sie auf, sich zu wehren. Ein Weinkrampf schüttelte sie.

Er ließ ihre Handgelenke los.

»Und ich habe geglaubt, du liebst mich. Ausgenutzt hast du mich, nichts weiter.«

Arbatov wußte nicht, was er tun sollte. »Ich ... eh ... ich wußte ja nicht ...«, stammelte er.

Sie schaute zu ihm auf. »Gott wird uns strafen«, sagte sie leise. Ihre Augen hatten nun einen flehentlichen Ausdruck.

»Jurij, wir ... du mußt etwas unternehmen. Du kannst doch nicht einfach hinnehmen, was da geschieht. Jurij, bitte, bitte, tu etwas, irgend etwas!«

Er blickte auf den Fernseher. Noch immer liefen die Bilder vom Holocaust-Museum über den Bildschirm. Die Eltern des ermordeten Kindes waren eingetroffen. Die Kamerateams stürzten sich auf sie. Die Mutter, eine dunkelhaarige Frau Ende dreißig, brach weinend zusammen. Arbatov biß sich auf die Lippen. Seine Hand tastete nach dem Telefon, das neben ihm auf dem Nachttisch stand. Er hob den Hörer ab und wählte die Nummer des Hotel-Operators.

»Geben Sie mir das FBI«, sagte er.

Von seinem engen Verschlag im Presseraum des Weißen Hauses verfolgte Al Steinbrenner die Übertragung vom Holocaust-Museum. Seine Hände umklammerten die Kante des kleinen Schreibtisches vor ihm so fest, daß das Weiße an den Handgelenken durchschimmerte. Mist, dachte er, verdammter Mist.

Er beobachtete, wie Leslie Hammer wütend ein weiteres Mal den Telefonhörer auf die Gabel warf. Er konnte sich ein zynisches Grinsen nicht verkneifen.

Wenigstens wußte sie nichts, noch immer nicht. Aber wie lange würde es noch dauern, bis auch sie hinter die Wahrheit kam? Würde ihr Bettgenosse es ihr nicht doch irgendwann erzählen?

Mist, dachte er wieder. Hier saß er nun, und er kannte die Wahrheit, die ganze verdammte Wahrheit.

Es hätte die tollste Geschichte seiner Karriere sein können. Eine Atombombe in Sichtweite des Weißen Hauses! Und er, CNN-Korrespondent Al Steinbrenner, wußte davon! Was für eine Story!

Aber Webster hatte tatsächlich Ted Burner angerufen und ihm einen Maulkorb verpaßt! Und der CNN-Chef hatte sich nicht nur darauf eingelassen, sondern die volle Kooperation zugesagt, wenn es darum ging, die Forderungen der Terroristen zu erfüllen. Sorry, Al, hatte man ihm in Atlanta gesagt, der Boß hat so entschieden. So ist die Lage, und kein Wort über die Atombombe, klar?

Al Steinbrenner blickte auf das Photo von John F. Kennedy, das er über seinem Schreibtisch aufgehängt hatte. Er hatte ihn als Teenager noch bei einer Wahlkampfveranstaltung erlebt, damals, in Iowa. Er war der Grund, warum er unbedingt eines Tages Journalist werden wollte, und er hatte es geschafft: er war der Korrespondent von CNN im Weißen Haus geworden.

Er erinnerte sich an ein Wort des ermordeten Präsidenten: »Das Leben ist nicht fair.«

Jerusalem, Israel

Für einen Augenblick herrschte betroffene Stille im Kabinettssaal. Auch Yossi Arat, der in den letzten Minuten ständig mit seinen Fingerkuppen auf die blankpolierte Platte des langen Tisches getrommelt hatte, saß nun regungslos und starrte wie die übrigen stumm auf den Bildschirm des Fernsehapparates, der auf einem kleinen Tisch in einer Ecke stand. Er war auf CNN International eingestellt.

Ari Honig, der Minister für Innere Sicherheit, durchbrach als erster das Schweigen der Runde.

»Diese Schweine«, stöhnte er. Sein Gesicht war aschfahl. Er nahm seine Brille ab und begann hektisch ihre Gläser mit einem Taschentuch zu polieren. Er setzte sie wieder auf.

Premierminister Ben-Nathan fing seinen Blick auf. Er sah darin Wut und Haß. Er wußte, daß es mit Honig am schwersten sein würde. Er war für die Polizei zuständig und damit für die Sicherheit in Israel.

Neben ihm saßen die übrigen Mitglieder des Sicherheitskabinetts, dem der Außen-, der Verteidigungs-, der Innen-, der Finanzminister, der Minister für Innere Sicherheit und der Minister für die Infrastruktur angehörten. Ihr Gesichter sahen müde aus, es war 3.30 Uhr morgens in Jerusalem, 20.30 Uhr in Washington.

Ben-Nathan räusperte sich.

»Webster hat eben noch einmal angerufen«, sagte er. »Er läßt sich nicht abschütteln. Und jetzt beginnt er zu drohen. Wenn wir nicht mitspielen, dann will er die Militärhilfe einstellen.«

Er sah, wie Verteidigungsminister Yossi Arat rot anlief. Ari Honig sprang von seinem Stuhl auf.

»Das ist Erpressung. Wir dürfen das nicht hinnehmen. Niemals!«

Er nahm wieder seine Brille ab und fuchtelte erregt damit herum. Er wies auf den Fernseher.

»Ihr habt es doch gerade gesehen. Es sind Mörder, nichts als kaltblütige Mörder, die nicht einmal davor zurückschrecken, unschuldige Kinder umzubringen. Und dann sollen wir noch mehr von ihnen freilassen? Und gleich hundert? Unmöglich!«

Yossi Arat nickte zustimmend.

»Genau, wenn wir einmal nachgeben, dann sind wir für immer erpreßbar. Das ist doch genau, was diese Terroristen wollen: der Welt zeigen, daß Israel doch in die Knie gezwungen werden kann. Unser besonderer Freund Mohammed Gaddhafi wird sich totlachen.«

»Wir haben Jahrzehnte gebraucht, um diese Gangster hinter Gitter zu bringen. Wenn wir sie jetzt freilassen, dann werden sie von vorne anfangen. Und sie werden wissen, daß es doch einen Weg aus unseren Gefängnissen gibt. Ich sage voraus: Es wird Terror ohne Ende geben – schlimmer als das, was wir je erlebt haben!« fügte Ari Honig hinzu.

»Und dieser Webster will uns dazu zwingen. Das ist unerhört«, sagte Yossi Arat. »Wofür all die Kriege, wofür all die Opfer? Wenn wir jetzt weich werden, dann war alles umsonst!«

»Und überhaupt«, ereiferte sich Honig jetzt, »diese Amerikaner. Immer wieder haben sie uns zu neuen Friedensabkommen mit den Palästinensern gezwungen. Und was haben wir davon? Nichts! Im Gegenteil: die kriegen doch nie die Fundamentalisten in den eigenen Reihen unter Kontrolle. Und wir müssen dafür büßen! Immer wieder! Ich sage: dieser ganze Friedensprozeß ist eine Katastrophe für Israel!«

Joel Rabinovich, der Außenminister, meldete sich zu Wort. Er war der Älteste in der Runde, ein Mann, der mit seinem schütteren Haar und seinen dicken Brillengläsern eher wie ein Universitätsprofessor wirkte und nicht wie ein Politiker, der mit allen Wassern gewaschen war. »Es ist ganz einfach: wir können uns noch so wehren – schließlich werden wir doch nachgeben müssen. Machen wir uns nichts vor: Auch wenn wir noch so sehr den starken Mann spielen, ohne die Amerikaner sind wir hier im Nahen Osten ziemlich schnell am Ende. Die Araber wissen das,

Webster weiß das, und alle in diesem Raum wissen das auch. Das ist die simple, nackte Wahrheit.«

Ben-Nathan sah, wie Ari Honig ihm giftige Blicke zuwarf. Der Premierminister fühlte sich aufgewühlt, zerrissen. Alles in ihm schrie danach, Nein zu sagen, Nein, und nochmals Nein. Israel konnte sich nicht erpressen lassen. Und dennoch wußte er, daß Rabinovich recht hatte. Es war viel zu einfach, um darüber stundenlange Debatten zu führen, die am Ende auf jeden Fall fruchtlos bleiben würden.

Die simple, nackte Wahrheit – es war genau, wie der Außenminister gesagt hatte: Seine Regierung, der stolze Staat Israel, der Gewinner aller Kriege gegen die Araber, selber eine Atommacht, vor der sich der ganze Nahe Osten fürchtete, konnte sich nicht verweigern. Konnte, durfte er verantworten, daß über Washington der weiße Pilz einer Atombombenexplosion aufwallen würde, mit Abertausenden von Strahlenopfern? Selbst wenn die Amerikaner mit eigenen Atomwaffen Rache nehmen wollten – an wem?

Und was konnte Israel tun? Stellungen der Palästinenser im Libanon bombardieren – zum wieviel hundertsten Mal?

Vielleicht würde man hinterher einen Schlag gegen Libyen führen – vielleicht sogar zusammen mit den Amerikanern. Vielleicht. Aber erst einmal mußte die unmittelbare Gefahr abgewendet werden. Und das bedeutete, man würde den Forderungen des Falken nachkommen müssen. Das, in der Tat, war die simple, die nackte Wahrheit.

Er schaute sich um, sah die erregten Gesichter der Männer vor ihm, die für die Sicherheit des Judenstaates verantwortlich waren. Er sah, daß alle ihre Blicke auf ihn gerichtet waren. Er war es, der letztlich entscheiden mußte.

Er versuchte entschlossen zu klingen: »Wir können nicht Nein sagen. Ich kann es nicht verantworten, niemand kann es, und deshalb werden wir die hundert Araber freilassen.«

Er wandte sich an den Minister für Innere Sicherheit. »Ari, Sie sorgen dafür, daß der Abtransport aus Megiddo vorbereitet wird. Wir haben nur noch wenige Stunden. Ich werde Webster anrufen und ihm sagen, daß wir einverstanden sind.«

Washington, D. C.

Er rasierte sich sorgfältig, dann ging er mit dem Kamm durch die Haare. Er zog sich langsam an, methodisch. Erst die Uniformhose, dann das weiße Hemd. Er band die Krawatte, zog sie zu und rückte sie gerade. Jurij Arbatov nahm die dunkelgrüne Jacke mit den Rangabzeichen eines Majors von der Garderobe. Zog sie über und schloß alle Knöpfe. Dann setzte er die Uniformmütze auf, nicht zu tief ins Gesicht, nicht zu sehr nach oben. Schließlich streifte er braune Handschuhe über.

Arbatov schaute an sich herunter und überprüfte die Sauberkeit seiner Schuhe. Er wollte korrekt aussehen, ein Offizier der russischen Streitkräfte, dem man Respekt würde entgegenbringen müssen. Er sah, wie ihn Natascha beobachtete. Sie hatte einen weißen Bademantel mit der Aufschrift »The Watergate« übergestreift und lag auf dem großen Doppelbett. Langsam stand sie auf und kam auf ihn zu. Sie schlang ihre Arme um seinen Hals.

»Hilf ihnen«, flüsterte sie, ihre Augen immer noch voller Tränen. »Hilf ihnen, damit der Wahnsinn aufhört.«

Sie drängte sich an ihn, küßte ihn, erst zögerlich, dann immer leidenschaftlicher.

»Oh, Jurij, ich liebe dich. Es wird alles gut werden. Bestimmt, ganz bestimmt.«

Wieder küßte sie ihn. Er stand steif da, unentschlossen. Seine Mütze war zu Boden gefallen. Schließlich legte er seine Arme um sie und drückte sie fest an sich.

»Ich liebe dich auch, Natascha«, sagte er. Und dann, nach einer Pause: »Es tut mir leid, bitte glaube mir, es tut mir so leid. Du mußt mir verzeihen, hörst du, bitte, bitte, du mußt mir verzeihen ... Ich ...« Es fiel ihm schwer, den Satz zu Ende zu bringen. »Ich habe doch nur das Beste gewollt.«

Das Telefon, das neben dem Bett stand, klingelte. Arbatov befreite sich aus der Umarmung und nahm den Hörer auf.

»Major Arbatov?« hörte er eine Stimme. »Hier ist die Rezeption. Ihr Wagen ist da.«

»Gut, ich komme sofort«, sagte er. Wieder nahm er sie in seine Arme und küßte sie auf die Stirn.

Sie weinte.

»Sei vorsichtig, Jurij, mein Gott, paß auf dich auf«, schluchzte sie. Sie wollte ihn festhalten, aber er drehte sich um und ging mit entschlossenen Schritten auf die Tür zu. Bevor er sie hinter sich schloß, schaute er auf seine Armbanduhr. Es war 21.07 Uhr.

Der Fahrer, ein Schwarzer von etwa 60 Jahren, stand an der Rezeption und wartete. Er rückte an seiner dunklen Mütze, als er Arbatov aus dem Fahrstuhl des Watergate-Hotels kommen sah.

»Josef Johnson, vom Federal Bureau of Investigation«, stellte er sich vor.

»Bitte hier lang.«

Er geleitete den Major zum Ausgang, vor dem ein schwarzer Lincoln Towncar geparkt war. Johnson riß die hintere Tür auf und ließ Arbatov einsteigen. Beinahe lautlos setzte sich die schwere Limousine in Bewegung und glitt hinaus auf die Straße.

Eine unwirkliche Stille lag über Foggy Botton, dem einstmals bürgerlichen Viertel mit den kleinen Reihenhäuschen, an dessen Rand das Watergate-Hotel lag.

Der Verkehr war an diesem kühlen Märzabend deutlich schwächer als sonst, die Straßen waren weitgehend leer. Offenbar trauten sich viele Menschen nach den Bombenanschlägen des Tages nicht mehr in das Regierungsviertel.

Nach wenigen Minuten passierten sie das Weiße Haus an der Südseite. Arbatov fiel auf, daß der Secret Service eine Reihe von Streifenwagen an allen Zugängen postiert hatte und die großen schweren Eisentore geschlossen waren. Er wußte, daß Chernov noch im Weißen Haus bei Webster war.

Arbatov merkte, daß seine Hände feucht waren. Vor wenigen Stunden hätte er dies noch als eine Fahrt durch Feindesland empfunden. Die Fronten waren für ihn klar und eindeutig gewesen: die Amerikaner wollten Rußland niederzwingen, und Chernov war der Verräter an der russischen Sache.

Jetzt hatte er sich freiwillig gemeldet, um dabei zu helfen, sie von der schlimmsten Bedrohung zu befreien, die man sich vorstellen konnte: von der Atombombe, die er selber besorgt hatte.

Jurij Arbatov war bestürzt und verwirrt. Er hatte sein Leben eingesetzt, er hatte sogar das Leben seiner Offizierskameraden geopfert, um Chernov zu schaden, um ihn möglichst von der Macht zu verdrängen. Wie konnte es sein, daß er jetzt im Auto des Direktors des FBI saß, auf dem Weg in das Hauptquartier der amerikanischen Bundespolizei?

Wer war nun der Verräter?

Sein Leben lang hatte er an ein großes, starkes Rußland geglaubt. War er jetzt nicht dabei, alles zu verspielen? Endgültig und unwiderruflich? Sollte er dem Fahrer nicht einfach sagen: Halt an, laß mich aussteigen? Noch war Zeit, noch glitt der Wagen durch das abendliche Washington. Aber aussteigen woraus? Was würde es bringen? Gab es einen ehrenvollen Ausweg, eine andere Lösung?

Er wußte, daß die Uhr tickte. Ein anderer hatte sie in Gang gesetzt, er hatte sich ihm ausgeliefert. Durfte er einfach passiv zusehen, wie die Uhr ablief?

Er stöhnte und schlug die Hände vors Gesicht. Er sah vor sich das Bild des toten Kindes, sah die weinende Mutter.

Arbatov nahm die Hände herunter. Er setzte sich aufrecht. Er wußte, was er zu tun hatte. Er konnte nicht mehr aussteigen. Es gab nur eine Lösung.

Er war der Mann, der sich mit dem russischen Sprengkopf auskannte. Er war bei seiner Entwicklung dabei gewesen. Wenn er nur Zugang zu der Bombe haben würde, dann würde er sie unschädlich machen können.

Vorausgesetzt, sie könnten den Falken rechtzeitig überrumpeln – natürlich.

Die schwarze Limousine war nun auf die Pennsylvania Avenue eingebogen. Wenige Augenblicke später hielt sie vor dem massigen Gebäude mit der Aufschrift »J. Edgar Hoover Building«.

Josef Johnson beeilte sich, um den Lincoln herumzukommen und die Tür für Arbatov aufzureißen.

Ein Mann in einem dunklen Anzug, einem weißen Hemd und einer gestreiften Krawatte wartete bereits am Eingang des FBI-Hauptquartiers. Er streckte Arbatov die Hand hin. »Matthew Andrews«, sagte er, »aus dem Büro des Direktors. Ich darf Sie gleich nach oben bringen, Major Arbatov. Sie werden schon erwartetet.«

Ich habe nun alles getan, was ich konnte, dachte der Falke bei seiner Runde im ersten Stock. Indem ich das kleine jüdische Mädchen getötet habe, habe ich diesem Herrn Webster und den Israelis noch einmal vor Augen geführt, daß ich ein Mann bin, den man ernst nehmen muß. Nun kommt es nur noch auf sie an. Entweder gehen sie auf meine Bedingungen ein, oder aber diese Stadt wird eine neue Bedeutung des Wortes Holocaust erfahren müssen.

Auf seiner Runde hatte er bereits nach Rauwni geschaut, der den Vordereingang bewachte, und war jetzt auf dem Weg zum gegenüberliegenden Ende der großen Halle. Als er an der Garderobe vorbeikam, klopfte er Moussak auf die Schulter.

»Die Frau will mit dir reden. Ich habe ihr schon tausendmal gesagt, sie soll ihren Mund halten, aber sie fragt immer wieder«, sagte Moussak.

Der Falke kratzte sich am Kinn und schaute auf seine Uhr. Bis zum Ablauf des Ultimatums waren es jetzt noch sieben Stunden, und er vermutete, die Amerikaner würden ihn bis zur letzten Minute hinzuhalten versuchen, in der Hoffnung, er würde den Mut nicht aufbringen, seine Drohung in die Tat umzusetzen. Das wären dann sieben lange Stunden ermüdenden Wartens. Warum sollte er sich mit einer Unterhaltung nicht etwas Abwechslung verschaffen? Er hatte noch nie in seinem Leben eine Amerikanerin kennengelernt, geschweige denn mit einer geredet.

»Bring sie zu mir an die Information«, befahl er Moussak.

»Sie wollten mich sprechen?« fragte der Falke, der hinter der Theke des Informationszentrums saß. Seine Pistole lag auf seinem Schoß, der Ton des Fernsehers neben ihm war abgestellt.

Michelle Berry stand mit ihren auf dem Rücken gefesselten Händen vor ihm. Ihr Körper schmerzte von den Stunden, die sie auf dem Boden gelegen hatte, so als habe man sie geschlagen. Seit ihrer Gefangennahme hatte sie viel Zeit zum Nachdenken gehabt, Nachdenken über ihr Leben, ihre Ehe und über ihre Kinder. Sie erinnerte sich, wie sie bereits in frühester Jugend entschlossen gewesen war, ein anderes Leben als das ihrer Eltern zu führen, vor allem nicht wie ihre Mutter zu werden, sondern eine Frau, der man Achtung entgegenbrachte. Dieser Entschluß hatte sie zu Spitzenleistungen in der Schule und im Sport angetrieben. Es war ihr wohl bewußt, daß dies auch die Antriebskraft für ihre Ambitionen auf das NEST-Team von dem Augenblick an gewesen war, in dem sie von dessen Existenz erfahren hatte. Das war die Gelegenheit, etwas Außergewöhnliches zu erreichen, ihren ganz speziellen Beitrag zu etwas sehr Wichtigem zu leisten. Es erschien ihr jetzt merkwürdig, aber im Verlauf ihrer gesamten Karriere hatte sie sich nie vorstellen können, daß sie eines Tages einmal tatsächlich tödlicher Gefahr ausgesetzt sein würde. In ihrer Phantasie hatte sie sich immer wieder ausgemalt, sie und ihr Team würden die Bombe immer finden und es gelänge ihnen stets, sie auch zu entschärfen. Als sie aber dort in der Garderobe auf dem Boden gelegen hatte, hatte sie zum ersten Mal die Möglichkeit ihres Todes ins Auge gefaßt. Sie hatte darüber nachgedacht, welche Folgen das für ihren Mann und ihre Kinder haben könnte, und war dann nach Stunden zu einer rationalen Entscheidung gekommen, wie sie mit dieser Möglichkeit in Frieden weiterleben konnte. Während all dieser Überlegungen war ihre Angst verflogen. Was blieb, war nichts als Wut.

Sie starrte dem Mann vor ihr direkt ins Gesicht. Ihre Augen waren zu Schlitzen zusammengezogen, ihre Lippen hatte sie zusammengekniffen.

»Warum tun Sie das?«

Der Falke starrte zurück, als überlege er, ob er mit ihr darüber diskutieren wollte oder nicht. Endlich sagte er: »Wollen Sie das wirklich wissen, oder wollen Sie mich nur von meinem Plan abbringen?«

Bevor Michelle antwortete, mußte sie sich eingestehen, daß der eigentliche Grund, warum sie mit ihm sprechen wollte, in der vagen Hoffnung lag, sie könne den Mann zur Vernunft bringen. Auf diese Frage war sie allerdings nicht vorbereitet. Wenn sie ihm die Wahrheit sagte, dann bedeutete dies mit Sicherheit das Ende der Unterhaltung, und so blieb ihr nur, das zu vermeiden.

»Ich verstehe einfach nicht«, sagte sie, »warum Sie unsere Stadt und mit ihr das Leben Hunderttausender unschuldiger Menschen zerstören wollen.«

»Wieso sind Sie denn der Meinung, daß ihr Amerikaner unschuldig seid – daß ihr keinerlei Verantwortung für das Leiden und Elend meines Volkes tragt?«

»Die amerikanische Regierung und das amerikanische Volk haben fünfzig Jahre lang versucht, im Nahen Osten Frieden zu stiften. Wie können Sie uns da vorwerfen, wir seien für das Problem verantwortlich, wenn wir doch immer diejenigen waren, die es zu lösen versuchten?«

»Ihr Amerikaner seid wie kleine Kinder – so leichtgläubig, so naiv. Ihr glaubt einer Regierung, die euch mit Lügen füttert«, gab der Falke zurück. »Sie erzählt euch, daß sie nur zu helfen versucht, aber sie lügt!«

Michelle merkte, wie der Mann sich immer mehr in seine Erregung hineinsteigerte. Der wilde Blick seiner Augen beunruhigte sie, und daher probierte sie eine andere Gesprächstaktik. »Vielleicht haben sie ja recht. Und vielleicht kenne ich auch nicht die ganze Wahrheit. Aber ich kann nicht glauben, daß meine Regierung Ihrem Volk mit Absicht Leid zufügen wollte.«

Der Falke schaute sie einen Augenblick an, stand dann auf und zog ihr einen Hocker heran. »Setzen Sie sich. Ich gebe Ihnen jetzt eine kleine Geschichtsstunde, die Ihre Meinung über eure großartige amerikanische Regierung ändern könnte.«

Michelle nahm Platz, und auch er setzte sich wieder. Dann schaute er auf den Bildschirm des Fernsehers, legte seine Waffe auf die Schaltertheke und lehnte sich mit den Ellenbogen auf seinen Knien nach vorn.

»Meine Familie lebt seit fünf Generationen in der Stadt Haifa. Seit fünf Generationen. Seit wie vielen Generationen gibt es Ihre Familie in Amerika?«

»Ich bin Amerikanerin in der dritten Generation«, antwortete Michelle.

»Bei uns waren es fünf. Seit über dreihundert Jahren leben meine Verwandten in oder um Haifa. Das Land gehörte uns. Juden gab es keine, nur Araber, Palästinenser. Und dann gab es den Krieg in Europa, einen Krieg, um die Juden hinauszuwerfen. Wohin sie auch immer gehen, man will die Juden hinausschmeißen. Keiner will sie, aber die zivilisierten Länder müssen einen Platz für sie finden. Einige Juden fuhren mit einem Schiff von einem Land zum anderen, aber keines der Länder wollte sie aufnehmen. Wußten Sie, daß Ihr eigener Präsident, Mr. Roosevelt, gebeten wurde, sie ins Land zu lassen? Doch der war ein kluger Mann. Er wußte, was passiert, wenn man Juden in sein Land kommen läßt. Sie übernehmen es einfach. Sie wollen alles für sich haben. Also selbst Ihr großer, liberaler Präsident Roosevelt, der von den amerikanischen Juden so bewunderte Staatsmann, wollte keine mehr von ihnen aufnehmen. Auch er hat sie fortgeschickt.«

»Davon hatte ich noch nie etwas gehört«, sagte Michelle.

»Und das glaube ich Ihnen sogar. Das ist die Art von Lügen,

die euch eure Regierung erzählt. Manchmal belügt sie euch schlicht, dann wieder verbirgt man die Wahrheit vor euch.«

»Dies ist eine offene Gesellschaft«, erwiderte sie. »Ich glaube einfach nicht, daß die Regierung ihr Volk so offenkundig belügt.«

Der Falke schüttelte den Kopf. »Was hat man euch denn erzählt, als man die Entscheidung traf, den Juden das Land meines Volks zu geben? Hat die Regierung euch denn da erzählt, daß mein Volk aus seiner Heimat vertrieben wurde? Natürlich nicht! Man hat euch erzählt, man würde den Juden helfen, sich ein Heimatland aufzubauen. Hat denn da jemand einmal gefragt: Und was ist mit den Menschen, die dort leben?«

»Ich glaube, darüber haben wir nie wirklich nachgedacht. Lebten dort nicht schon vor Tausenden von Jahren Juden?«

»Und eure amerikanischen Indianer, die leben doch auch schon seit Tausenden von Jahren, oder etwa nicht? Wollt ihr denen ihr Land zurückgeben? Wollt ihr den Indianern Manhattan oder Montana oder den ganzen Rest des Landes zurückgeben?«

»Aber das ist doch eine ganz andere Geschichte«, erwiderte Michelle.

»Nein!« schrie er. »Eben nicht! Als die Europäer und Amerikaner ein Land brauchten, wo sie die Juden unterbringen konnten, da brachten sie sie nicht nach England, nach Frankreich oder nach Florida. Sie schauten sich um und fanden schließlich ein Volk, das zu schwach war, sich zu wehren, und dann sagten sie: Das ist es – dahin können wir sie bringen. Und wenn die Leute da protestieren, brauchen wir das nicht zur Kenntnis zu nehmen. Die sind doch belanglos. Sie spielen keine Rolle. Sind ohne Bedeutung.«

»Aber die Juden lebten doch immer schon in jenem Teil der Welt. Warum ist es denn für euer Volk so schwierig, das Land mit ihnen zu teilen, in Frieden zusammenzuleben?« fragte Michelle und bereute ihre Frage sofort wieder.

»In Frieden leben?« schrie er sie an, und seine Augen traten hervor. »Ich spucke auf diese Lüge vom friedlichen Zusammenleben! Sobald die Juden das Land unter Kontrolle hatten, haben sie mein Volk daraus verjagt. Sie zwangen uns zu gehen. Meine Familie flüchtete in den Libanon. Sie mußten flüchten, oder man hätte sie umgebracht, also liefen sie fort.«

Michelle konnte der Versuchung nicht widerstehen, sie mußte es sagen: »Ich habe gelesen, daß sie geflüchtet sind, weil ihre Anführer ihnen befohlen haben, sie sollten verschwinden, sollten sich in Sicherheit bringen. Und in der Zwischenzeit würden sie die Juden töten, und dann könnten sie zurückkommen.«

Seine Reaktion war so blitzartig, daß sie nicht reagieren konnte. Mit der Rückseite seiner Hand schlug er ihr kräftig auf den Mund. »Eine Lüge«, brüllte er ihr ins Gesicht.

Ihre Ohren brummten von der Wucht des Schlags und sie merkte, wie ihr das Blut in den Kopf stieg. Ihre Lippe war verklebt, und mit der Zunge fühlte sie den blutenden Riß. Schlimmer als die körperliche Wirkung war jedoch die psychische. Ihre Augen flatterten. Die ungezügelte Gewalt in seiner Antwort hatte ihr einen Schock versetzt.

Der Falke stand auf, ging einfach weg und ließ sie verwirrt und am Boden zerstört zurück.

Als er wiederkam, näherte er sich ihr von hinten und schnitt das Kabelband durch, mit dem ihre Hände gefesselt waren. Dann reichte er ihr ein feuchtes Tuch, womit sie sich das Gesicht abwischen konnte. Michelle rieb sich die Handgelenke, bis das Blut wieder normal zirkulierte und tippte dann mit dem Tuch auf ihre geplatzte Lippe. Sie schaute den Falken an, der wieder seinen Platz ihr gegenüber eingenommen hatte. Er hatte seinen Kopf gesenkt, so als betrachte er den Boden. Dann schaute er zu ihr auf und sagte mit leiser Stimme: »Es … es tut mir leid. Es gibt keine Entschuldigung dafür, daß ein Mann eine Frau schlägt. Besonders eine wehrlose Frau. Vergeben Sie mir bitte.«

Michelle nahm das Tuch von ihrem Mund und blickte ihn ungläubig an. War das derselbe Mann, der sie gerade eben noch geschlagen hatte? »Ich verstehe. Ich war wohl der Geschichte Ihres Volkes gegenüber gefühllos.«

Der Falke atmete tief durch und schaute auf das Fernsehbild. Man zeigte soeben Bilder einer Überschwemmung. Nun wandte er sich ihr wieder zu. »Wissen Sie, 1948 hat meine Familie alles aufgeben müssen. Sie kamen mit nichts als dem, was sie am Leib trugen, in den Libanon. Bettelarm wohnten wir fünfzig Jahre lang in Lagern. Wir besitzen absolut nichts mehr – bis auf die Hoffnung, eines Tages in unser Land zurückkehren zu können. Erst dann werden wir wieder ein Volk sein. Ohne unser Land sind wir nichts.«

»Aber warum gebt ihr den Amerikanern die Schuld? Euren Zorn auf die Israelis kann ich ja noch verstehen, aber warum macht ihr uns verantwortlich für das Schicksal der Palästinenser?« fragte sie.

»Die Israelis? Die sind doch nur Marionetten, die nach der Pfeife der Amerikaner tanzen. Ohne die Milliarden amerikanischer Dollar wären die Israelis ein Nichts. Wir hätten sie schon vor fünfzig Jahren ins Meer getrieben.«

»Und darum wollen Sie diese Stadt in Schutt und Asche legen?«

»Das ist es nicht, was ich will«, antwortete der Falke. »Was ich wirklich will, ist das Ende der amerikanischen Hilfe für die Juden und die Befreiung meiner patriotischen Landsleute.«

»Das sehe ich noch ein«, erwiderte Michelle, »aber auf diese Weise geht das nicht. Sie können zwar diese Stadt zerstören, doch wird Ihnen das nicht helfen, Ihre Ziele zu erreichen.«

»Und was würden Sie statt dessen vorschlagen?«

»Ich glaube, daß Sie alles erreichen können, was Sie wollen, wenn Sie verhandeln. Haben Sie denn nicht gelernt, daß Gewalt ...«

»Verhandeln! Gerede! Wissen Sie eigentlich, wie uns dieses Geschwätz anwidert?«

In seinem Gesicht konnte sie erkennen, wie diese maßlose Wut wieder in ihm aufkam.

»Bitte«, sagte sie in ihrer Verzweiflung, »ich bitte Sie darum. Entschärfen Sie den Sprengkopf. Geben Sie diesen Plan auf. Wir werden alle umkommen, und Sie bekommen Ihre Heimat trotzdem nicht zurück.«

Der Falke erhob sich und ging auf sie zu. Ohne ein Wort zu sagen, ergriff er ihren Unterarm und führte sie wieder in den Garderobenraum. Am Eingang sagte er Abdullah etwas auf Arabisch, drehte sich dann um und ging zum Informationsschalter zurück. Abdullah deutete auf das Innere der Garderobe, sie solle wieder zu den beiden Gefangenen gehen.

Washington, D. C., Weißes Haus

Bill Webster hatte Anthony Blake, der vor dem Schreibtisch des Präsidenten saß, den Rücken zugekehrt und starrte in die Dunkelheit des Rose Garden. Seine Anzugjacke hing über der Lehne seines ledernen Drehsessels. Er hatte seine Hände hinter dem Rücken gefaltet. Das einzige Geräusch, das im Raum zu hören war, war des Ticken einer antiken Uhr, die auf dem Sims des offenen Kamins stand.

Blake ließ einen ihm angemessen erscheinenden Zeitraum verstreichen, räusperte sich und sagte: »Mr. President?«

Webster antwortete nicht.

»Mr. President, Sir. Es ist zwanzig nach eins. Die Zeit rennt uns davon. Die Hubschrauber warten darauf, die First Lady und Sie sowie einige Ihrer wichtigsten Leute zum Bunker in Virginia zu fliegen. Sie müssen eine Entscheidung treffen.«

Langsam drehte sich der Präsident herum und schaute seinen Sicherheitsberater an. Er umfaßte mit beiden Händen die Lehnen seines Arbeitssessels. Blake schaute in ein von Sorgen gequältes, abgehärmtes Gesicht. Normalerweise trug Bill Webtser immer ein Lächeln zur Schau, sozusagen sein Markenzeichen. Manchmal hatte Blake den Eindruck, daß der Präsident etwas zu häufig lächelte, auch bei unpassenden Gelegenheiten, doch in der heutigen Nacht war von diesem berühmten Lächeln nichts übriggeblieben. Seine Mundwinkel waren heruntergezogen, seine Kiefermuskeln zuckten. Sein Gesicht war aschfahl, dunkle Ringe hoben seine blutunterlaufenen Augen hervor. Er schaute sich im Oval Office um und ließ dann seinen Blick auf Blake ruhen.

»Und was soll mit Chernov geschehen?« fragte der Präsident. »Wir können ihn doch nicht einfach hier lassen.«

»Das ist alles bereits geregelt, Sir. Er wird Sie begleiten. Wir werden eine Presseerklärung abgeben, daß Sie und Chernov wegen der Geiselnahme im Holocaust-Museum nach Camp David fliegen, um dort die Gespräche in Ruhe fortzuführen.«

»Glauben Sie, die Presse wird uns das abkaufen, Tony?«

»Offen gesagt, ich bin mir da nicht so sicher, aber es ist jetzt mitten in der Nacht, und uns bleiben nicht viele Alternativen. Sie müssen die Stadt verlassen, und zwar schnell. Wenn alles überstanden ist, wird man so erleichtert sein, daß man sich wohl kaum die Mühe machen wird, zu viele Fragen über Ihren Weggang zu stellen. Und sollte es schiefgehen, dann haben zumindest die Führer der beiden wichtigsten Atommächte der Welt überlebt.«

»Blake schaute auf die Uhr.

»Herr Präsident, die Zeit läuft ab. Sie müssen sich entscheiden, und Sie müssen es jetzt tun. Es liegt im nationalen Interesse, daß Sie auf der Stelle abreisen.«

»Tony, ich habe die anderen fortgeschickt, weil hier einfach zu viele waren. Was ich jetzt brauche, ist absolute Klarheit.« Er kniff sich in den Nasenrücken. »Würden Sie jetzt bitte einmal zusammenfassen, wo wir zum jetzigen Zeitpunkt stehen und welche Alternativen sich uns noch bieten.« Webster drehte seinen Sessel zu sich, nahm Platz und drehte sich Blake zu. Er stützte sich mit seinen Ellenbogen auf den Schreibtisch, legte seine großen Hände um Mund und Nase und nickte Blake zu, er möge beginnen.

Blake blickte einen Augenblick lang zu Boden, um sich zu sammeln. Der Druck der hohen Verantwortung machte sich nun auch bei ihm bemerkbar. Im Verlauf der letzten ungefähr vierzig Stunden hatte er seine Meinung über Webster doch etwas geändert. Der Mann verfügte nur über recht begrenzte intellektuelle Fähigkeiten, und wenn irgend etwas Blake beeindruckte, dann war es der Umstand, daß er diese Unzulänglichkeit kaum zu verbergen suchte. Besonders in dieser außergewöhnlichen Krisensituation mußte er sich ganz und gar auf Blake verlassen, und nun kam es wirklich darauf an. Der Präsident mußte die Anordnungen geben, aber Blake wußte genau, daß Websters Entscheidungen größtenteils dadurch beeinflußt werden würden, wie er selbst die Lage darstellte. Und obgleich er entschlossen war, die Dinge so ausgewogen und neutral wie möglich darzustellen, hatte er eine dezidierte Meinung darüber, was zu tun sei. 1961 war Blake noch ein Neuling im State Department gewesen, als der frisch gewählte Präsident Kennedy durch seine übereifrigen Berater förmlich in die Katastrophe der Schweinebucht getrieben worden war. Er wollte nicht als der Mann in die Geschichte eingehen, von dem es heißen würde, er habe Bill Webster in einen nuklearen Holocaust getrieben.

Er schaute wieder hoch, lockerte seine Krawatte und sagte dann: »Sir, lassen Sie mich zunächst mit der allgemeineren Situation beginnen. Wie Sie wissen, haben die Israelis klein beigegeben. Die Bilder des ermordeten jüdischen Mädchens waren der letzte Anstoß. Dreizehn Kinder befinden sich noch im Museum, und die Israelis werden den Teufel tun, die Verantwortung dafür zu übernehmen, daß eins nach dem anderen abgeschlachtet wird.«

Webster rieb sich das Gesicht und sagte: »Und Sie sind sich völlig sicher, daß der Kerl es ernst meint, daß er das Ding wirklich hochgehen lassen will?«

»Bei allem, was wir von Interpol, den Israelis und aus unseren eigenen Akten über ihn wissen, besteht für mich kaum ein Zweifel, daß er fähig ist, seine Drohung in die Tat umzusetzen. Es handelt sich bei ihm um den ultimativen Fanatiker. Seiner Sache bis in den Tod verpflichtet, zu jedem Opfer bereit.«

»Und dieser Sprengkopf, den er da hat – ist der echt? Kann er ihn wirklich hochgehen lassen?«

»Wir müssen davon ausgehen, daß das der Fall ist«, antwortete Blake.

Bill Webster ließ sich in seinem Sessel zurückfallen und faltete die Hände hinter seinem Kopf. »Was ist mit der Videokassette von der getürkten Freilassung der Gefangenen? Können wir die irgendwie verwenden?«

»Wenn der Falke nicht den endgültigen Beweis dafür hat, daß sich seine Leute auf arabischem Gebiet in Sicherheit befinden, kauft er uns das nicht ab.«

»Okay, okay«, sagte der Präsident und schaute an die Decke, »dann wollen wir die Lage im Museum noch einmal durchgehen.«

Blake zog einen gelben Schreibblock aus dem Aktenkoffer neben seinem Stuhl und überflog seine Aufzeichnungen. »Wir sind uns relativ sicher, daß sich vier Terroristen im Museum aufhalten, und wir wissen, daß sie vier Mitglieder des NEST-Teams sowie dreizehn Kinder als Geiseln genommen haben. Die Lehrerin sagt aus, zwei weitere ihrer Schulkinder würden vermißt, und die Museumsleitung meldet eine fehlende Angestellte. Also könnte es sich um maximal zwanzig Geiseln handeln.«

»Zwanzig Geiseln«, wiederholte Webster und rieb sich die Augen.

»Was die genaue Lage des Sprengkopfs angeht, wissen wir lediglich, daß das NEST-Team vor seiner Gefangennahme berichtete, sie hätten das Untergeschoß überprüft. Daher wissen wir, daß er sich dort nicht befindet. Nun bleiben also vier komplette Stockwerke als Versteck übrig. Ein Sonderkommando, der SWAT-Abteilung des FBI hat sich von der Staatlichen Münze nebenan auf das Dach des Museums vorgearbeitet, und die Leute sind bereit, einzusteigen, aber dann müßten sie das Gebäude Stock für Stock mit Geigerzählern überprüfen, und dazu ist nicht genügend Zeit. Außerdem besteht die Möglichkeit, daß die Terroristen das Versteck bewachen.«

Webster richtete sich plötzlich kerzengerade auf. Ihm schien eine Idee gekommen zu sein. »Aber wenn da nur vier Terroristen sind, dann können sie doch nicht alle Etagen überwachen. Sie müssen die Eingänge bewachen, die Geiseln, den Sprengkopf, und das alles gleichzeitig. Dazu haben sie nicht genug Leute. Das können sie nicht alles tun. Das müssen wir ausnutzen.«

Anthony Blake richtete den Kopf auf und kniff seine Augen zusammen.

»Was genau schwebt Ihnen vor, Sir?«

Zum ersten Mal seit dem Ausbruch der Krise zeigte sich der Präsident ermutigt. Ein Ansatz von Lächeln überflog seine Mundwinkel, und Blake sah einen Hoffnungsschimmer in seinen Augen. Bill Webster lehnte sich über den Schreibtisch. »Geben wir's diesem Schweinehund mit allem, was wir haben.«

»Wie bitte, Mr. President?« erwiderte Blake mit unverhohlener Skepsis. »Ich verstehe nicht recht, was Sie damit meinen.«

Webster erhob sich und ging ans Fenster zum Rose Garden. Wieder verschränkte er die Hände hinter seinem Rücken, aber diesmal schien er eine Grundsatzerklärung abgeben zu wollen. Seine Stimme klang entschlossen und zuversichtlich. »Ich möchte, daß Sie diesen Befehl weitergeben, Tony. Das FBI muß es schaffen, sie müssen es einfach, und sie können es!«

Tel Aviv, Israel

Er hatte zwei Melatonin genommen, um durchzuschlafen. Der Jet-Lag steckte ihm immer noch in den Knochen. Sein Schlaf war bleiern, wilde Träume begleiteten ihn. Er überhörte das erste Klingeln des Telefons, das ihn sonst immer aufweckte.

Langsam schlich sich das penetrante Geräusch des Telefons in sein Unterbewußtsein, wo es sich in einen Traum voller Hektik mischte. Scheinwerfer, Kabel, Kameras, eine schreiende Producerin, Schüsse, Autos mit Blaulicht, der Geruch von Tränengas,

Steine, die flogen, Molotow-Cocktails, rennende Soldaten in grünen Uniformen.

Und ein klingelndes Telefon. Endlich erreichte das Geräusch sein Bewußtsein, trennte sich von dem Traum. Jerry Robinson wachte auf, schweißgebadet.

Er tastete in der Dunkelheit nach dem Hörer und hob ihn auf. »Hallo«, sagte er verschlafen.

»Jerry?« meldete sich ein Mann, der eine aufreizend frische Stimme hatte.

»Endlich, ich dachte schon, ich kriege dich überhaupt nicht mehr wach.«

Robinson versuchte sich zu erinnern, wo er diese Stimme schon gehört hatte.

»Was ist los, verdammtnochmal?« sagte er schließlich.

»Jerry, du mußt sofort kommen, der Botschafter will dich sehen, wie gesagt, sofort.«

Der Botschafter, dachte Robinson. Dann fiel ihm ein, woher er die Stimme kannte. Daniel Goldman, der Pressesprecher der US-Botschaft in Tel Aviv.

Er schaute auf die Leuchtziffern des Weckers, der neben dem Bett stand. Der Wecker zeigte 3.00 Uhr. Er gähnte.

»Bist du verrückt? Hast du eine Ahnung, wie spät es ist? Sag deinem Botschafter, ein anderes Mal. Ich muß heute früh raus. Die Palästinenser haben wieder einmal eine große Demonstration angekündigt, und wir werden darüber ausführlich berichten. Atlanta ist ganz wild darauf. Also, ein anderes Mal gern, für heute, leider nein.«

»Jerry, hör zu, leg nicht auf. Der Botschafter will dich nicht zum Kaffeeplausch sehen, nicht um diese Tageszeit. Dies ist eine Story, davon wirst du noch deinen Enkelkindern erzählen. Es geht um Leben und Tod, um viele Leben, Jerry. CNN muß dabei mitmachen. Wir brauchen dich, ich kann dir am Telefon nicht mehr sagen, aber, bitte, Jerry, komm – sofort.«

Robinson war jetzt wach. Seine Instinkte waren aktiviert. Er wußte, daß Goldman es sich nicht leisten konnte, ihn mitten in der Nacht nach Tel Aviv zu rufen, wenn es nicht wirklich eine Riesengeschichte war.

»Gut«, brummte er, »ich bin in 45 Minuten da.«

Ein fast voller Mond hing über Jerusalem, als Robinson sein Auto bestieg. Der CNN-Mann fuhr von seiner Wohnung in Yemin Moshe durch die verlassenen Straßen. Einmal passierte er einen Geländewagen der Grenzpolizei. Die schwer bewaffneten Insassen schauten mißtrauisch zu ihm herüber. Auf der rechten Seite lag die Altstadt von Jerusalem. Das Mondlicht tauchte die alten Zinnen in ein silbriges Licht. Die Kuppeln der El-Aksa-Moschee und des Felsendoms funkelten majestätisch. Verdammte Idioten, dachte Robinson, warum können sie sich nicht einigen?

Als er die Schnellstraße nach Tel Aviv erreicht hatte, gab er Gas. Der schwere Jeep Cherokee nahm auf der abschüssigen Straße Fahrt auf. Bald zeigte die Nadel des Tachometers 130 Stundenkilometer.

Auf beiden Seiten der Fahrbahn stiegen die Berghänge steil an. Robinson war immer wieder fasziniert von dem Gedanken, daß sich hier die israelischen Einwanderer 1948 den Zugang nach Jerusalem erkämpft hatten.

Rechts und links der Straße standen immer noch die Wracks ihrer primitiven gepanzerten Lastwagen, die damals unter dem Feuerhagel der Araber liegengeblieben waren. Und dennoch hatten sie es geschafft. Jetzt hingen sie an ihrer Hauptstadt, taten sich schwer, sie mit den anderen zu teilen, die auch seit Jahrtausenden hier lebten.

Bald sah Robinson in der Tiefebene vor sich das Lichtermeer von Tel Aviv. Er raste am Ben-Gurion-Flughafen vorbei, auf dem er erst am Tag zuvor angekommen war. Drei Tage war er in Washington gewesen, bei der Abschlußfeier an der High School seiner Tochter Linda. Er hatte es nie verwunden, daß sie ohne ihn aufgewachsen war. Aber Carolyn, seine Frau, hatte ihn verlassen, sie war es müde, ihm durch die Welt zu folgen. China, London, Sarajewo, Zaire, das waren die Stationen der letzten Jahre, und jetzt seit zwei Jahren Israel. Sie sind alle meschugge hier, dachte er, aber er war gerne in diesem Land, mit all seiner Verrücktheit, seinen Spannungen, seinen Widersprüchen, seiner Arroganz gegenüber dem Rest der Welt, mit all der schweren Last der Vergangenheit. Er haßte es, und er liebte es.

Er orientierte sich an dem Migdalotturm, einem futuristischen Apartmenthaus, der von weitem zu sehen war und auf der anderen Straßenseite die amerikanische Botschaft an der Hayarkon-Straße weit überragte. Vor dem fünfstöckigen Botschaftsgebäude, dessen Eingangsbereich mit grauem Marmor ausgekleidet war, kam der Jeep mit quietschenden Reifen zum Stehen. Robinson sah, daß eine Reihe von Fenstern in der Botschaft trotz der nächtlichen Stunde erleuchtet waren. Daniel Goldman, ein schlanker Mann um die 35, wartete schon am Eingang auf ihn. »Komm gleich mit nach oben«, sagte er und geleitete ihn zum Aufzug. Der Botschafter kam auf ihn zu und schüttelte ihm die Hand. Er wies ihm einen Platz in der Sitzgruppe an, die in der Ecke seines geräumigen Büros stand. »Kaffee?« sagte er und hob die Thermoskanne. »Gerne«, sagte Robinson, »kann ich wirklich gut gebrauchen.«

Der Botschafter goß ihm ein. David Malstrom trug ein weißes Hemd, die Jacke hing über dem Stuhl. Seine Krawatte war gelokkert. Sein blondes Haar war kurz geschnitten, seine Haut gebräunt. Er wirkte jünger als seine 55 Jahre. Man hätte ihn für einen Golfprofi halten können. »Danke, daß sie gleich gekommen sind«, sagte er. Robinson zog routinemäßig einen Notizblock aus der Tasche und legte ihn auf den niedrigen Tisch vor sich.

»Wir haben eine schreckliche Situation. Arabische Terroristen haben eine Bombe – eine Atombombe. Sie ist in Washington, und sie wollen sie in einigen Stunden hochgehen lassen, wenn wir unsere Beziehungen zu Israel nicht abbrechen. Die Israelis sollen außerdem hundert ihrer Gefangenen freilassen. Sie können sich ja vorstellen, was das bedeutet.«

Eine Atombombe – in Washington. Die Information traf ihn

wie ein Tiefschlag in die Magengrube. Linda, dachte er. Mein Gott, Linda. Sie war gerade 17 geworden, auf dem Weg vom Teenager zur jungen Frau, aber für ihn war sie immer doch das kleine Mädchen, seine Prinzessin, die er auf den Knien gewiegt hatte. Sie würde immer seine Prinzessin bleiben. Linda, sein einziges Kind.

»Jerry?« Der Botschafter schaute ihn an. »Können Sie mir folgen?«

»Wie? Eh ... ja, natürlich.«

»Der Präsident hat uns angewiesen, die Forderungen der Terroristen zu erfüllen. Und er hat es sogar geschafft, die Israelis zu überzeugen, dabei zu kooperieren. War schwierig genug, wie Sie sich denken können. Mehr Kaffee?«

Robinson nickte. Der Botschafter goß erneut ein.

»Der Punkt ist: die Terroristen wollen, daß CNN alles live überträgt. Verstehen Sie – damit unsere Erniedrigung in der ganzen Welt zu sehen ist. Und natürlich, damit sie selber überprüfen können, daß ihre Forderungen auch erfüllt werden. Darum habe ich Sie hergebeten. Jerry, Sie müssen mitmachen, das ist Teil des Deals, leider. Wir haben jeden Grund anzunehmen, daß sie nicht bluffen.«

Linda, dachte er wieder. Verdammt noch mal, warum konnte er jetzt nicht bei ihr sein, sie beschützen. Ein lausiger Vater bist du, dachte er. Robinson riß sich zusammen, versuchte sich zu konzentrieren.

Selbstverständlich würde er mitmachen, keine Frage. Um Lindas willen, aber natürlich: dies war auch die Story seines Lebens. Und es war keine Frage: Atlanta würde das genauso sehen.

»Klar spiele ich mit«, sagte er.

Malstrom atmete erleichtert aus.

»Danke, ich wußte, daß Sie uns nicht im Stich lassen würden.«

Er schaute auf die beiden Uhren an der Wand neben seinem Schreibtisch. Die linke zeigte die Zeit in Israel, die rechte die Zeit in Washington.

»Ich denke, es eilt. Es ist alles vorbereitet. Das Internationale Rote Kreuz hat in der Schweiz ein Flugzeug gechartert. Es wird die Gefangenen von Israel nach Libyen fliegen. Gleichzeitig mit dem Abflug werde ich hier vor der Botschaft eine Erklärung über den Abbruch der diplomatischen Beziehungen abgeben.«

Malstrom stand auf und reichte Robinson die Hand.

»Viel Glück«, sagte er, »für uns alle.«

Als er wieder in seinem Jeep saß, griff Robinson zum Autotelefon. Er wählte eine Nummer in Washington. Ungeduldig klopfte er mit der linken Hand auf das Lenkrad. Endlich hörte er eine Stimme, die Stimme seiner Ex-Frau.

»Carolyn? Ich bins. Hör zu, pack schnell ein paar Sachen, nimm Linda und fahr mit ihr aufs Land, möglichst weit weg. Vielleicht nach West-Virginia. Es ist wichtig, verdammt wichtig. Und, Carolyn, bitte, fahrt gleich.«

»Hast du schon mal auf die Uhr geschaut? Wir sind gerade dabei, ins Bett zu gehen. Jerry, bist du wieder einmal betrunken?«

»Bitte, Carolyn, ich bin so nüchtern wie noch nie, aber ich kann dir jetzt nicht mehr sagen. Tu einfach, was ich dir sage – bitte, ausnahmsweise. Du darfst keine Zeit verlieren.«

Er merkte, wie sie zögerte. Er konnte es ihr nicht einmal übelnehmen.

»Bitte, Carolyn, es geht um Leben und Tod. Glaub einem alten Nachrichtenmann, wenn du schon nicht deinem Ex-Mann glauben willst.«

»Na gut, aber gnade dir Gott, wenn das wieder einmal eine von deinen verrückten Ideen ist.«

Sie legte auf. Erleichert schaute er auf den Hörer. Dann wählte er erneut, diesmal eine Nummer in Atlanta.

»CNN Newsroom«, meldete sich eine Stimme.

»Jerry Robinson hier, gebt mir den Chef vom Dienst, aber schnell.«

»Hi, Jerry«, hörte er kurz darauf die Stimme von Don Fraser.

»Spar dir lange Erklärungen. Wir stehen schon alle kopf hier. Wir hatten gerade einen Anruf vom Weißen Haus. Wir wissen also Bescheid. Der Alte hat entschieden, daß wir mitmachen. Veranlasse alles, was nötig ist – Satellitenwagen, extra Kamerateams, alles, was du brauchst. Wir haben schon einen Lear-Jet gechartert und schicken dir Verstärkung aus unserem Büro in London. Jerry, das wird ein tolles Ding. Der Alte hat gesagt, Geld spielt keine Rolle. Und sieh zu, daß du hinterher Ben-Nathan kriegst, live natürlich.«

Megiddo, Israel

»Steh auf, du dreckiger Kameltreiber.« Menalem trat Amir Ben Nasar mit seinem Stiefel in die Seite. Ben Nasar lag auf einer Pritsche in einer engen Einzelzelle. »Na, mach schon«, sagte Menalem, »laß dich nicht so lange bitten. Auf geht's, zu einer Reise zu deinem Freund Gaddhafi.«

Wieder trat Menalem zu. Ben Nasar kam langsam hoch. Er versuchte, ein Stöhnen zu unterdrücken. Menalem sah seinen ungläubigen Blick.

»Ja, ja, du hast richtig gehört. Du und die anderen 99 Arschlöcher, ihr fliegt nach Libyen. Der Bus wartet draußen schon. Das hast du deinem feinen Bruder zu verdanken. Der veranstaltet im Augenblick einen ziemlichen Zirkus in Washington.«

Ben Nasar setzte sich auf den Rand seiner Pritsche. Dann stand er auf, reckte seine Glieder.

Menalem schaute ihn an, mit haßerfülltem Blick.

»Diesmal bist du mir noch davongekommen. Aber mach dir keine Illusionen: Dich werde ich jagen, und wenn ich den Rest meines Lebens damit verbringe, dich wieder hierher zu bringen. Irgendwann, ich schwöre es dir, wirst du hier sitzen, und dann werde ich dir alle Knochen brechen, und zwar einzeln.«

Ben Nasar bewegte sich langsam, noch mit unsicheren Schritten, auf die Zellentür zu, die offen stand. Er drehte sich um und spuckte vor Menalem auf die Erde.

»Allahu akbar – Gott ist groß«, sagte er.

Jerusalem, Israel

Benjamin Ben-Nathan stand mit auf dem Rücken verschränkten Händen am Fenster und schaute hinüber auf den Herzl-Berg. Goldfish kam herein. Er räusperte sich.

Ben-Nathan drehte sich langsam um. »Die Gefangenen sind auf dem Weg von Megiddo zum Ben-Gurion-Flughafen. Sie müßten in gut einer Stunde dort eintreffen«, sagte Goldfish.

»Danke«, sagte der Premierminister. Goldfish zog sich zurück. Ben-Nathan starrte auf das Telefon auf seinem Schreibtisch. Noch war Zeit, noch konnte er ihren Abflug mit einem Anruf stoppen. Er hatte die Macht dazu. Aber hatte er sie wirklich?

Wieder nahm Ben-Nathan seine Beobachtungsposition am Fenster ein. Es konnte nicht sein, dachte er, nicht wirklich, es konnte einfach nicht sein. Und warum mußte es ihm, ausgerechnet ihm, passieren?

Diese Handlungsweise warf alles über den Haufen, woran er glaubte, womit er groß geworden war. Alle Regierungschefs vor ihm hatten so gehandelt, warum mußte er jetzt davon abweichen?

Israel läßt sich nicht von Terroristen in die Knie zwingen – das war der Grundsatz, der alle zusammengehalten hatte. Und dennoch – in dieser Stunde war er dabei, diesen Grundsatz zu durchbrechen.

Dort oben, auf der andern Seite des Tales, lagen sie – begraben auf dem Herzl-Berg. Die Gründerväter Israels, dazu seine Soldaten, die im Kampf gefallen waren, Helden sie alle.

Ben-Nathan fühlte sich wie ein Verräter. Aber was hätte er

tun sollen? Gab es einen anderen Ausweg? Konnte er, durfte er verantworten, daß diese zum Äußersten entschlossenen Terroristen ernst machten? Wenn irgendein Land auf dieser Welt sich mit Terroristen auskannte, dann war es Israel. Und Ben-Nathan hatte keinen Zweifel daran, daß der Falke den Atomsprengkopf zünden und als Märtyrer alle anderen mit in den Tod reißen würde.

Das war es – die einfache, bittere Realität: gegen einen Atomsprengkopf in der Hand von Terroristen waren auch die Regierungen machtlos, die selber über Atomwaffen verfügten.

Ben-Nathan senkte den Blick. Er mußte sich damit abfinden, es war nicht zu ändern.

Er ging zu seinem Schreibtisch zurück und ließ sich in den Drehsessel fallen. Ben-Nathan nahm die Fernbedienung und schaltete den Fernseher ein, der in einer Ecke seines Büros stand.

Er sah den letzten CNN-Bericht aus Washington, die Kamera fuhr gerade wieder auf den verschlossenen Eingang des Holocaust-Museums zu, vor dem verzweifelte Eltern auf Nachrichten über das Schicksal ihrer Kinder warteten.

Der Falke hatte ganze Arbeit geleistet, dachte Ben-Nathan. Er fragte sich, was er wohl als nächstes plante. Ben-Nathan stöhnte leise. Er legte den Kopf auf die Platte seines Schreibtisches und schloß die Augen.

Washington, D. C., Holocaust-Museum

Der Falke blickte auf seine Uhr. Es war fünf vor vier. Er spürte plötzlich einen Druck in seinem Kopf und ein Gefühl, als ziehe sich seine Kehle zusammen. In den vergangenen drei Stunden hatte er vor dem Fernsehschirm gesessen und die Berichte über die Situation der Geiseln im Holocaust-Museum verfolgt, doch kein Bericht mit den Bildern, die er erhoffte, war ausgestrahlt worden. Kein Filmbericht über seine Landsleute, wie sie aus israelischer Gefangenschaft entlassen wurden, auch keiner über den amerikanischen Botschafter, der den Abbruch der diplomatischen Beziehungen bekanntgab. Er ballte die Fäuste und fühlte, wie sich seine Kinnmuskeln zusammenzogen. Sie denken, ich bluffe, dachte er. Sie glauben nicht, daß ich mein Versprechen einhalte. Allah sei gepriesen, sie werden ihren Irrtum erkennen. Ich bedaure nur, daß ich dann nicht mehr dabei sein werde, um Zeuge meiner Rache zu sein.

Er ließ seinen Gedanken einen Augenblick lang freien Lauf und malte sich die völlige Zerstörung dieser Stadt aus – des Machtzentrums der Feinde Allahs. Er stellte sich die Monumente aus Marmor vor, die Häuserreihen von Regierungsgebäuden – alle verschwunden, in radioaktive Trümmer verwandelt. Meilenweit nichts als Trümmerlandschaft. Selbst das Pentagon auf der anderen Seite des Flusses würde nicht verschont bleiben. Nichts würde Allahs Rache im Umkreis von fünf oder zehn Meilen entgehen, und ohne den Sitz ihrer Macht wären die Vereinigten Staaten ein Nichts. Sie wären keine Weltmacht mehr, nicht länger in der Lage, andere zu manipulieren, unter Druck zu setzen, zu nötigen. In einem einzigen kurzen Augenblick würden sie nur noch eine Schlange sein, der man den Kopf abgeschlagen hat – die sich vielleicht noch winden, aber nicht mehr zubeißen konnte. Dieses mächtige Land würde in untereinander zerstrittene Kleinstaaten zerfallen und verkommen. In seinen Geschichtsbüchern hatte er etwas über eine Bewegung gelesen, die für die Rechte der einzelnen Bundesstaaten Amerikas kämpft. Ihr Traum würde nun in Erfüllung gehen.

Und dort, wo ein Machtvakuum entsteht, wird eine Kraft auftreten, die diese Leere ausfüllt. Ich bete zu Gott, daß es die islamische Bewegung sein möge, die diese Gelegenheit ergreift. Wie erhebend wäre es zu sehen, wie Allahs Worte die Welt beherrschen. Der Falke schloß die Augen und versuchte sich ein Europa und ein Amerika vorzustellen, das von den Gesetzen des Koran regiert würde. Massen von Männern, die sich fünfmal täglich zum Lobpreis Allahs gen Mekka verbeugten. Millionen von Frauen in traditionellen Kleidern, die sich auf die Rolle in der Familie zurückbesannen, die der Prophet ihnen zugewiesen hat. Er stellte sich eine Welt vor, die dem Irrweg des Materialismus und des Konsums abgeschworen hatte und ihr Dasein dem Willen Gottes widmete – seines Gottes.

Unvermittelt schlug der Falke die Augen wieder auf, sein Gesichtsausdruck zeigte eine plötzliche Erkenntnis. Er dachte einen Augenblick lang nach und rief dann Abdullah zu, er solle alle zusammenholen.

Als sie sich um ihn am Informationsschalter versammelt hatten, warnte er sie: »Sie werden versuchen, uns zu überrumpeln. Sie können nicht nur einfach so herumsitzen und zulassen, daß wir ihre Stadt zerstören. Wenn sie es ablehnen, unsere Forderungen zu erfüllen – und das scheint der Fall zu sein –, dann haben sie nichts mehr zu verlieren. Sie müssen nun davon ausgehen, daß wir beabsichtigen, den Sprengkopf tatsächlich zu zünden, und folglich werden sie das Risiko eingehen. Webster wird sich sagen, es gibt nur zwei Möglichkeiten, nämlich, daß sie entweder innerhalb der nächsten Stunde nichts unternehmen, was dann zur völligen Zerstörung seiner Stadt führt, oder aber, daß sie den Versuch unternehmen, uns zu überrennen. Wenn ihnen das gelingen sollte, hätten sie die Möglichkeit, die Waffe zu finden und zu entschärfen. Gelingt es ihnen nicht, so haben sie es wenigstens versucht.«

»Allah wird nicht zulassen, daß sie Erfolg haben«, sagte Moussak. »Der Allmächtige ist mit uns.«

»Gepriesen sei Allah«, erwiderte der Falke, »doch wir müssen sicherstellen, daß sie uns nicht überwältigen. Wir müssen all die Kräfte, die uns verblieben sind, für die Bewachung des Sprengkopfs einsetzen. Ich habe lange darüber nachgedacht«, fuhr er fort, »es ist möglich – wenngleich äußerst unwahrscheinlich –, daß die Amerikaner im allerletzten Moment unsere Forderungen doch noch erfüllen. Deshalb müssen wir weiterhin auf die Berichterstattung im Fernsehen achten, und aus diesem Grund bleibt Abdullah hier. Abdullah, wenn sie zeigen, daß man unsere Leute freiläßt, kommst du sofort zu mir in den dritten Stock. Wir drei werden den Sprengkopf bis zum Tod verteidigen – unserem Tod und dem der Stadt.«

»Und die Geiseln?« fragte Rauwni.

»Schließ die Tür zum Raum mit den Kindern ab. Dann bring die Frau zu mir«, wies ihn der Falke an. »Sie könnte uns noch von Nutzen sein. Die beiden Männer sind außer Gefecht. Sie stellen keine Gefahr dar und können bleiben, wo sie sind.«

Von den drei NEST-Leuten auf dem Boden der Garderobe konnte nur Michelle Berry auf den Eingang sehen. Ein paar Minuten, nachdem ihr Bewacher seinen Posten an der Tür verlassen hatte, rief sie nach Dennis, der mit dem Gesicht zur Rückwand auf der gegenüberliegenden Seite der Reihe von Kleiderständern lag. Kevin Learys Augen waren immer noch zugeklebt, und er lag noch etwas weiter entfernt als Dennis in einer Ecke. Bevor ihr Dennis antworten konnte, hörte sie die Stimme hinter sich.

»Fräulein?« sagte die Flüsterstimme.

Michelle wälzte sich herum und blickte in Annie Fullers Gesicht, das durch die einen Spalt breit geöffnete Tür zum Lagerraum blickte.

»Was ist denn da draußen los? Sind die Männer mit den Kanonen noch hier drin?« fragte Annie.

Michelle traute ihren Ohren nicht. »Wer sind Sie denn? Was machen Sie hier?«

»Annie Fuller. Ich bin die Garderobenfrau. Ich hab mich hier mit zwei Kleinen versteckt.«

»Wer ist das? Wer ist denn da?« fragte Dennis mit heiserer Stimme.

Michelle stieß ihn an, er solle ruhig sein, und wälzte sich dann wieder zurück zum Eingang des Lagerraums. »Hören Sie mir zu, Annie. Ich muß dringend, sehr dringend telefonieren. Gibt es hier ein Telefon?«

»Da unter der Theke steht eins«, antwortete Annie.

»Nützt nichts. Viel zu nah an der Tür. Gibts kein anderes?«

Annie dachte kurz nach. »Da ist noch ein Münzfernsprecher hinten im Lagerraum. Ist, glaub' ich, nur für Angestellte, aber Sie können es ruhig nehmen.«

»Annie«, sagte Michelle in einem Ton, der deutlich machte, wie dringend es ihr war, »ich kann Ihnen überhaupt nicht sagen, wie wichtig dieser Anruf ist. Er könnte uns alle retten, und Sie müssen mir dabei helfen. Sie müssen meine Hände losbinden, und während ich telefoniere, müssen Sie sich an meiner Stelle hier hinlegen, damit der Bewacher nicht merkt, daß ich nicht da bin, wenn er nachsehen kommt.«

»Also, ich weiß nicht ...« schüttelte Annie den Kopf.

»Annie, Sie müssen das einfach tun. Das ist unsere letzte Hoffnung. Wenn ich niemanden zu Hilfe rufen kann, werden wir alle in die Luft gesprengt. Sie müssen mir helfen.«

»Mein Gott«, stöhnte Annie, stieß die Tür auf und kroch zu Michelle herüber, um sie loszubinden.

Im Lagerraum fand Michelle die beiden neun Jahre alten Kinder, die an der Rückwand auf einer leeren Transportkiste saßen. Sie ging zu ihnen, kniete sich vor sie und legte beruhigend ihre Hände auf die kleinen Köpfe. »Ihr seid ja so tapfer. Bald ist diese schreckliche Sache vorbei, und ihr könnt wieder nach Hause gehen. Wie heißt ihr beiden?«

Als Michael und Andrea ihr ihre Namen zuflüsterten, mußte Michelle an ihre eigenen Kinder denken, und sie unterdrückte ihre Tränen. Jetzt nicht, Michelle. Nicht jetzt. Du mußt dich konzentrieren.

»Drückt mir die Daumen, Kinder«, sagte sie. »Tante Michelle bekommt uns schon hier raus.«

Sie stand auf, schaute sich um und sah dann den Münzfernsprecher an der Wand gegenüber. Sie lief hinüber und kramte in ihrer Tasche nach Kleingeld. Die Hoffnung verließ sie, als sie einen Zehner, einen Fünfer und zwei einzelne Pennies herausgeholt hatte. Sie atmete tief durch und versuchte, nicht durchzudrehen. Das kann doch nicht wahr sein, schoß es ihr durch den Kopf, Washington, D.C. wird von der Landkarte wegradiert, nur weil acht Cent fehlen! Verzweifelt suchte sie nach einem Ausweg, aber es gab keinen. Sie schloß die Augen und schlug frustiert mit der Faust gegen die Wand.

»Brauchen Sie ’nen Vierteldollar?« sagte Michael leise.

Michelle öffnete die Augen und drehte sich um. Er saß immer noch auf der Transportkiste. Annie hatte ihm wohl gesagt, er solle da sitzenbleiben, und jetzt hielt er ihr eine Fünfundzwanzig-Cent-Münze entgegen.

Ein Grinsen breitete sich auf Michelles Gesicht aus. Sie ging zu dem Jungen, nahm die Münze und küßte ihn auf die Stirn. Michael errötete, aber das nahm sie nicht wahr. Sie war bereits wieder am Telefon und wählte die Nummer der Vermittlung. »Verbinden Sie mich bitte sofort mit dem FBI. Es handelt sich um einen nationalen Notfall.«

Gerade noch rechtzeitig, bevor Moussak sie holen kam, gelang es ihr, mit Annie den Platz zu tauschen.

Er brachte sie zum Falken, der sie am Unterarm packte. »Wir fahren nach oben«, sagte er, und dann gingen sie in Begleitung von Moussak und Rauwni in Richtung des Hintereingangs.

Als sie sich dem Transportaufzug näherten, sah Michelle eine Blutspur, die sich vom Aufzug bis zur Stelle unter dem Fenster hinzog, wo Paul Newcomes lebloser Körper lag. Sie fühlte einen Brechreiz und wußte, daß er nichts mit ihrer Schwangerschaft zu tun hatte. Ein Frösteln überkam sie, und ihre Knie zitterten. Pauls Leiche war ein unmißverständliches Signal, das ihr die tödliche Gefahr in aller Deutlichkeit vor Augen führte, in der sie sich alle befanden.

Die Aufzugstür öffnete sich, und sie betraten den blutbefleckten Boden der Kabine.

Randy Huang und seine Kollegen von der CIR, der Critical Incident Response, einer Eingreiftruppe, die in besonders bedrohlichen Krisensituationen zum Einsatz kam, befanden sich bereits seit zehn Stunden auf dem Dach des Museums und warteten auf ihren Einsatzbefehl. Hierhin zu kommen war für die acht Leute von der CIR und den sie begleitenden russischen Offizier kein Problem gewesen. In ihren schwarzen Kampfanzügen und mit geschwärzten Gesichtern waren sie in das benachbarte Gebäude der staatlichen Prägeanstalt eingedrungen, waren dann auf dessen Dach gestiegen und hatten sich von dort auf das Museumsdach abgeseilt. Da sie mit Bauskizzen des Museums ausgestattet waren, hatten sie den Belüftungsschacht schnell gefunden. Sie standen nun vor der Klappe, die in das Röhrensystem der Klimaanlage führte. Neben ihrer normalen Waffenausrüstung hatte man sie für diesen Sondereinsatz mit tragbaren Geigerzählern ausgerüstet. Wenn der Einsatzbefehl gegeben würde, müßten sie die Lage des Sprengkopfs ausfindig machen, den Bereich absichern und den russischen Offizier schützen, während er den Sprengsatz entschärfte.

Huang sah sich seine Kollegen an. Alle acht waren hochtrainierte Profis. Sie bildeten nun seit mehr als drei Jahren eine Einheit und hatten sich auf alle erdenklichen Krisensituationen vorbereitet. Doch die, mit der sie jetzt konfrontiert waren, gehörte nicht dazu. Wenn es um Nuklearmaterial ging, so hatten sie gelernt, dann würde man die Lokalisierung der Bombe immer den NEST-Teams oder dem Bombenräumkommando überlassen. Nun würde ihnen auch diese Aufgabe zufallen. Er fühlte ein Kribbeln unter seiner Bauchdecke. Sie mußten es einfach schaffen, dachte er, es gab keine Alternative.

Sein Blick fiel auf Jurij Arbatov, den Russen, der etwas abseits von den anderen saß und offenbar seinen eigenen Gedanken nachhing. Huang hätte gerne gewußt, was dem Mann durch den Kopf ging. Ein russischer Offizier, der sich zweifellos während seiner Dienstlaufbahn auf die Zerstörung der Vereinigten Staaten von Amerika vorbereitet hatte, der aber nun paradoxerweise hierhergeschickt worden war, um ausgerechnet die Hauptstadt dieses Landes zu retten. Welch merkwürdige Schicksalswendung, dachte sich Huang, und dennoch wohl kaum merkwürdiger als die eines Vietnamesen der zweiten Generation, der es zum Befehlshaber der wichtigsten SWAT-Einheit des FBI gebracht hatte.

Der Einsatzbefehl mit den endgültigen Anweisungen hatte Huang vor zwei Stunden erreicht. Er hatte daraufhin seine Männer versammelt und sie entsprechend instruiert.

»So, Leute, die Sache läuft wie folgt ab«, sagte er ihnen. »Wenn die Israelis ihre arabischen Gefangenen in ein Flugzeug setzen, dessen Start im Fernsehen übertragen wird, wird der amerikanische Botschafter den Abbruch der diplomatischen Beziehungen mit Israel bekanntgeben und das Land verlassen. Die Burschen im Museum werden all das auf CNN präsentiert bekommen, aber der endgültige Beweis wird für sie sein, daß sie die Landung der arabischen Gefangenen in einem arabischen Land beobachten können, und deshalb werden sie den Countdown für die Zündung des Sprengkopfs unterbrechen. Dazu werden sie sich verteilen müssen, und um vier Uhr dreißig werden SWAT-Einheiten den Hinter- und Vordereingang des Museums erstürmen, während wir von hier oben eindringen.«

Alle schauten auf die Uhr. Das Warten auf den Einsatz begann.

Um 4.12 Uhr meldete sich die Stimme in Huangs Kopfhörer.

»Kommandozentrale an CIR ... Kommandozentrale an CIR. Die Lage der Bombe ist jetzt bekannt. Ich wiederhole. Die Lage der Bombe ist jetzt bekannt. Sie befindet sich im dritten Stock. Der Sprengsatz ist unter einem Berg von Schuhen versteckt, einem der Exponate. Falls es keine weiteren Fragen gibt, geht rein, CIR.«

»Keine Fragen«, antwortete Huang. »Wir gehen rein.«

Jurij Arbatov zog die Skimaske über sein Gesicht. Durch die Augenschlitze sah er die anderen acht Männer, die gerade dabei waren, ihre Waffen durchzuladen.

Arbatov spürte, daß ihn die neuen Schuhe, die man ihm

beim FBI zusammen mit der übrigen Ausrüstung gegeben hatte, drückten. Er schaute an sich hinab. Er trug denselben Kampfanzug wie die anderen. Eine Hitzewelle stieg ihm in den Kopf. Er trug ihre Uniform! Einen Moment lang wollte er sich die Kleider vom Leibe reißen, sie vor ihnen auf den Boden werfen, wollte einfach gehen, weg, einfach weit weg. Er tastete nach seiner Armeepistole, die in seinem Gürtel steckte. Wenigstens seine eigene Waffe hatten sie ihm gelassen. In seiner Schädeldecke meldete sich der stechende Schmerz, das Blut pochte in seinen Ohren.

Ein kühler Nachtwind wehte vom nahen Potomac herüber und erfaßte die Männer des CIR-Teams. Arbatov fröstelte. Instinktiv suchte er mit einer fahrigen Bewegung in der Tasche seiner Hose nach einer Zigarettenpackung, griff jedoch ins Leere. Von unten, von der 14th Street durchschnitt das grelle Licht der Scheinwerfer der Fernseh-Übertragungswagen das Dunkel der Nacht.

Oben auf dem Dach herrschte für einen Moment eine unwirkliche Stille. Arbatov schaute auf die schwarzen Gestalten um ihn herum. Nur das Weiß ihrer Augen war noch zu sehen. Was für ein absurder Mummenschanz, dachte Arbatov.

Randy Huang durchbrach das Schweigen. »Los jetzt«, sagte er und zeigte auf den offenen Schacht der Klimaanlage. Er stieg als erster ein, die anderen acht des CIR-Teams folgten ihm. Jurij Arbatov kletterte als letzter in den engen Schacht.

Während er auf allen Vieren hinter den anderen durch den Schacht kroch, nahm das Pochen in seinem Kopf zu. Nach wenigen Metern war er in Schweiß gebadet. Noch wenige Augenblikke, und er würde auf den Mann treffen, dem er die Bombe verschafft hatte. Jetzt sollte er den Plan des Falken im letzten Moment zunichte machen. Ausgerechnet er, Jurij Arbatov!

Arabatov keuchte. Er hatte Schwierigkeiten, mit der Geschwindigkeit der anderen mitzuhalten, die geschmeidigen Katzen gleich durch den Schacht zu gleiten schienen.

Er war gezwungen, einen Moment innezuhalten, Atem zu

schöpfen. Er schloß die Augen. Bilder fetzten vorbei, das strenge Gesicht seines Vaters in der Uniform eines Obersten der Roten Armee, die weichen Züge seiner Mutter, Chernov, der ihm die Hand entgegenstreckte, die stechenden Augen des Falken, ein großes, sanftes Gesicht mit flehenden Augen, Natascha. Er wollte es in seine Hände nehmen, ihren Mund küssen, doch das Gesicht verschwand. Erschrocken öffnete er die Augen. Er sah weit vor sich ein Licht, das sich schnell entfernte, sah die Beine seines Vordermannes, die jetzt um eine Ecke bogen. Hastig setzte er sich in Bewegung. Wenige Meter weiter stieß von unten rechtwinklig ein Abzweig der Klimaanlage an den Schacht heran, fast einen halben Meter breit. Arbatov kletterte eilig über die Öffnung. Zu eilig, denn etwas löste sich aus seinem Gürtel und fiel polternd nach unten. Erschrocken griff Arbatov an seinen Gürtel. Doch es war zu spät. Seine Pistole war verschwunden.

Zum dritten und letzten Mal, seit sie im Lagerraum Unterschlupf gesucht hatte, öffnete Annie Fuller die Tür einen Spalt und schaute hinaus. Die Frau war verschwunden und ebenso der Mann mit der Pistole. Die zwei Männer auf dem Boden waren noch da, und sie fragte sich, ob sie noch einmal den Mut aufbringen könnte, sich in den Garderobenraum vorzuwagen, um sie zu befreien.

Sie öffnete die Tür noch ein Stück und horchte. Sie hörte einen der Männer leise stöhnen, aber ansonsten herrschte Stille. Das muß der in der Ecke sein, dachte sie sich. Der Mann mit dem aufgeschlagenen Mund. Barmherziger Gott, ich kann nicht einfach hier herumsitzen und nichts unternehmen. Und so kam es, daß sie sich erneut auf den ihr nun vertrauten Weg durch die Garderobenständer machte.

Abdullah saß am Informationszentrum, dort, wo der Falke die Berichte von CNN beobachtet hatte. Seine Augen klebten förmlich am Bildschirm. Den Lautsprecher hatte er nicht aufgedreht, da seine Englischkenntnisse nicht ausreichten, um dem

Fernsehkommentar zu folgen, doch die Bilder erzählten ihm die ganze Geschichte. Voller Ehrfurcht betrachtete er den Livebericht vom Ben-Gurion-Flughafen in Tel Aviv, der zeigte, wie zwei Busladungen arabischer Gefangener zu der wartenden Maschine auf der Startbahn gefahren wurden. Ich muß das Ali berichten. Ich muß ihm diese folgenschwere Nachricht überbringen. Sie erfüllen tatsächlich unsere Forderungen! Nachdem ihn die Hoffnung fast verlassen hatte, konnte er nun mit eigenen Augen sehen, daß die Juden seine Landsleute freiließen. Gepriesen sei Allah. Nun sah er, wie sich die Flugzeugtür schloß und die Gangway weggezogen wurde. Er würde warten, nur einen Augenblick noch, bis das Flugzeug abgehoben hatte. Dann würde er zu Ali hochgehen und ihm berichten.

Abdullah sah das stählerne Brecheisen nicht, das Annie aus dem Lagerraum geholt hatte, und er bemerkte auch den Mann nicht, der es in seinen Händen hielt. Das einzige, was er noch wahrnehmen konnte, war der blitzartige Schmerz in seinem Hinterkopf, der ihn hinter dem Informationsschalter zusammenbrechen ließ. Dennis Hawver ließ das Brecheisen neben den bewußtlosen Abdullah zu Boden fallen und griff nach der halbautomatischen Pistole auf der Schaltertheke.

Der Falke stieß Michelle Berry vor sich her und schlich vorsichtig am Transportaufzug vorbei den Korridor entlang bis zu der Stelle, an der er den Sprengkopf verborgen hatte. Mit schußbereiten Waffen flankierten ihn Moussak und Rauwni auf beiden Seiten. Die vier machten sich auf den Weg durch die Photoausstellung, in der auch »Das Ende eines Shtetl« zu sehen war. Hunderte von Gesichtern schauten sie auf ihrem Weg an, Gesichter unschuldiger Opfer der Schreckensherrschaft des Naziregimes. Langsam bewegten sie sich durch den Bereich, der die Ofentür einer Leichenverbrennungsanlage zeigte, dann an den Betonpfosten des Zauns eines Konzentrationslagers vorbei. Der Ausstellungsbereich war in gelbliches Halbdunkel getaucht, was den furchtbaren Ausstellungsstücken eine geisterhafte Ausstrahlung gab. Das

Echo ihrer Schritte war das einzige Geräusch im Halbdunkel der Halle.

Knapp dreißig Meter vom Versteck des Sprengkopfs entfernt griff der Falke nach Michelles Kragen und hob seine andere Hand zum Zeichen, Moussak und Rauwni sollten stehenbleiben. Die Bewegungen der vier erstarrten zu einem Standbild. Der Falke zog die Augen zusammen und spähte in die Dunkelheit. Er hob den Kopf, wollte sichergehen, daß er das fremdartige Geräusch wirklich gehört hatte. Doch im Korridor herrschte Grabesstille. Er gab Rauwni ein Handzeichen, er solle entlang der rechten Wand des Ganges vorangehen. Vorangebeugt und seine Waffe in der ausgestreckten Hand haltend schob sich der Araber zentimeterweise zur Nische mit dem Schuhberg voran. Mit äußerster Vorsicht blieb er nach ungefähr jedem Meter stehen und horchte nach Geräuschen, die aus dem Gang vor ihm kommen könnten.

Der Falke, Michelle und Moussak verharrten regungslos. Da Rauwni nichts hörte, bewegte er sich vorsichtig weiter, bis er endlich die Nischenecke erreicht hatte. Dann ging er noch einen Schritt weiter in das etwas hellere Licht der Nische hinein und hatte sich halb zu den anderen umgedreht, um ihnen das Signal zu geben, sie könnten ihm folgen, als die Salve von Schüssen vom anderen Ende des Korridors mit einem Krachen aufblitzte. Alle sechs Kugeln trafen ihn mitten in der Brust, wirbelten ihn herum und schmetterten ihn in der Mitte des Flurs zu Boden.

Moussak warf sich an der linken Wand zu Boden, hinter ihm der Falke, der Michelle mit sich riß. Durch den gesamten Korridor peitschte ein wilder Kugelhagel. Das Aufblitzen des Mündungsfeuers, das Heulen der Geschosse und das Stakkato der Feuerstöße der automatischen Waffen erfüllte die Leere der Halle.

Als der Kugelhagel allmählich nachließ und schließlich völlig erstarb, versuchte der Falke, sich einen Überblick zu verschaffen. Rauwni war tot, und Michelle war durch einen Schuß an ihrer linken Schulter verletzt. Sie steckten hier zirka zwanzig Meter vor dem Sprengkopf fest, die Schützen auf dem Treppenabsatz lauerten direkt darüber. Alles hing davon ab, was er jetzt unternahm.

Er atmete tief durch. Er mühte sich, seine Gedanken zu ordnen. Fast hätten sie es geschafft, seinen Plan zu vereiteln, aber eben nur fast.

Wenn er die Eindringlinge innerhalb der nächsten fünfzehn bis zwanzig Minuten daran hindern konnte, zu dem Sprengkopf vorzudringen, würde seine Drohung wahr. Er brauchte nur zu warten.

Randy Huang und seine Leute befanden sich in einer äußerst prekären Lage. Nachdem sie durch das Lüftungssystem in den vierten Stock gelangt waren, gingen sie die Treppe zum dritten hinunter. Dort im Korridor hatten sie Bewegungen im Gang vor ihnen wahrgenommen und sich auf den Treppenabsatz zurückgezogen. Sie hatten dann gewartet, bis der Mann mit der Waffe in den erleuchteten Bereich des Ausstellungsobjekts getreten war und hatten das Feuer auf ihn eröffnet. Die nun folgende Schießerei hatte eine klassische Pattsituation ergeben. Randy und drei seiner Leute befanden sich zusammen mit dem Russen hinter einer Ecke an der Treppe. Drei weitere seiner Leute waren auf die »Brücke der Namen« ausgewichen, eine von Glas eingeschlossene Passage, die mit Namen von Opfern des Holocaust beschriftet war. Alle von Huangs Leuten befanden sich in der Schußlinie der Terroristen.

Huang überprüfte die Uhrzeit. Es war jetzt 4.48 Uhr, zwölf Minuten vor dem Zündzeitpunkt des Sprengkopfs. Seit Minuten war kein Schuß mehr gefallen. Mein Gott, dachte er, sie wollen uns hier festnageln. Alles, was sie tun müssen, ist, uns von dem Sprengkopf fernzuhalten.

Wenn etwas geschehen sollte, dann war er am Zug. Er mußte schlucken und merkte, daß seine Kehle knochentrocken war. Wenn sie auf den Sprengkopf zustürmten – selbst wenn sie es alle sieben gleichzeitig täten, gäbe das nur ein einziges Gemetzel. Erreicht hätten sie damit nichts. Er mußte einen Weg finden, die Terroristen hervorzulocken oder den Russen sicher zum Sprengkopf zu bringen, und er mußte sich seine Strategie sehr schnell einfallen lassen.

Jurij Arbatov kroch durch die kleine Truppe, die sich in der Ecke zusammengedrängt hatte, und tippte Randy auf die Schulter. Huang wandte sich dem Russen zu.

»Ich muß an den Sprengkopf ran. Es bleibt ja kaum noch Zeit«, flüsterte Arbatov.

»Ja, ich weiß«, sagte Huang. »Nur – wie sollen wir Sie da hinbringen?«

»Feuern Sie los, mit allem, was Sie haben, und ich werde versuchen, zu den anderen auf die Brücke zu kommen. Dann werde ich zu den Schuhen laufen, und Sie werden alle weiterschießen und sie so ablenken.«

»Aber hören Sie, aus diesem Winkel geht es einfach nicht ...«, wandte Huang ein.

»Wir haben keine Zeit zu diskutieren«, erwiderte Arbatov. Er legte Huang kurz eine Hand auf die Schulter. »Ich renne jetzt los. Schießen Sie sofort.«

Er schob sich durch die kleine Gruppe und rannte in Richtung Brücke. Huang und seine Männer traten um die Ecke und eröffneten das Feuer. Der Falke und Moussak schossen vom anderen Ende des Gangs zurück. Nach einigen Augenblicken hörte das Stakkato der Schüsse auf. Der ätzende Geruch von Pulverdampf lag in der Luft. Einer von Randy Huangs Leuten lag tot im Korridor, und Jurij Arbatov war am rechten Oberschenkel getroffen worden, hatte jedoch die Männer an der Brücke erreicht.

»Eine Kugel hat Sie erwischt«, sagte einer der CIR-Leute. »Ich werde die Wunde verbinden.«

»Keine Zeit«, erwiderte der Russe. »Ich laufe jetzt zum Sprengkopf, Sie müssen mir Deckungsfeuer geben.«

»Aber aus diesem Winkel können wir nicht schießen«, sagte

der CIR-Mann eindringlich. »Wir können Ihnen keine Deckung geben.«

Arbatov, das Gesicht schmerzverzerrt, schob die beiden Männer beiseite und humpelte auf den Korridor. Er zog sein verletztes Bein nach und war bereits auf halben Wege zum Schuhberg, als der Falke und Moussak wieder zu feuern begannen. Ein Schuß traf Arbatov seitlich, und er ging zu Boden.

Randy Huang und die beiden, die zusammen mit ihm aus der Deckung hervorgekommen waren, um zurückzuschießen, ließen sich ebenfalls fallen.

Arbatov lag auf dem Marmorboden und spürte den brennenden Schmerz in seiner Seite. Ihm wurde schwindelig und er kämpfte gegen die Ohnmacht an, während die Kugeln über seinen Kopf zischten. Er mußte hier weg. Er mußte zum Sprengkopf.

Angetrieben durch reine Willenskraft und durch eine Energiereserve, von der er nie geglaubt hätte, daß sie in ihm steckte, begann er, auf den Schuhstapel zuzukriechen.

Zwei der CIR-Leute aus der Nische hatten sich in die Mitte des Korridors hinter Arbatov gerobbt, um das Deckungsfeuer zu verstärken, und einer von ihnen wurde fast augenblicklich am Kopf getroffen. Jurij kroch weiter und hatte bereits die Brüstung vor dem Exponat erreicht, als eine Kugel seinen Fuß erwischte. Der brennende Schmerz, der in seinem schon verletzten Bein hochschoß, war schlimmer als der, den er in seiner Seite fühlte, aber irgendwie gelang es ihm, voranzukommen. Noch fünf Meter, und er wäre in der Nische, außerhalb der Schußlinie der Terroristen. Er hatte viel Blut verloren, und ein trüber Schleier hatte sich auf seine Augen gelegt. Er kniff die Augen zusammen, um wieder einigermaßen klar sehen zu können. Nur noch ein winziges Stück, dann wäre er außer Schußweite. Er biß die Zähne zusammen und drückte sich mühsam das letzte Stück seines Weges voran.

Der Falke beobachtete, wie der Mann auf dem Boden in die Nische kroch. Es war ihnen nicht gelungen, ihn aufzuhalten. Er stellte das Feuer ein und gab Moussak ein Zeichen, er solle aufhören zu schießen. Die Frau hatte sich an die Wand hinter ihm gedrückt und hielt sich die Schulter. Das Feuer vom anderen Ende des Korridors hatte nachgelassen und hörte schließlich ganz auf.

Jurij Arbatov hatte sich in die Nische gezogen und hielt einen Moment inne, um wieder Atem zu schöpfen. Er wischte sich mit dem Handrücken über das Gesicht, starrte eine Weile auf den Blutfleck, den sein Mund dort hinterlassen hatte. Dann schaute er auf die Uhr. 4.52 Uhr. Nur noch acht Minuten. Er streckte seine Arme nach oben, umklammerte das Geländer und zog sich hoch. Die Wogen von Schmerz, die wie Messerstiche durch seinen Körper schnitten, die Schwindelanfälle, die ihm das Bewußtsein zu rauben drohten, all das nahm er einfach nicht zur Kenntnis, und wie ein Besessener fing er an, den Schuhstapel umzugraben. Er suchte ohne jegliche Methode, ohne System. Er fühlte, wie ihn allmählich seine Kraft verließ, er zog wahllos Schuhe heraus, warf sie fort, in der verzweifelten Hoffnung, den harten Stahl der Ummantelung des Sprengkopfs zu finden, den er vor nicht allzu langer Zeit noch selbst in Händen gehalten hatte. Seine rechtes Bein war nicht mehr zu gebrauchen, und daher konzentrierte er seine gesamte Kraft darauf, sein linkes Bein auf die Umrandung des Schaukastens zu bekommen. Nur noch ein Stoß, und er fiel mitten in den Berg verrottenden Leders, und schon begannen seine Hände wieder mit dem Graben.

Und dann sah er ihn.

Unter dem Metallgitter, auf dem der Schuhstapel lag, sah er den Sprengkopf.

Randy Huang traute seinen Augen nicht. Am anderen Ende des Korridors bewegte sich etwas. Zunächst konnte er nicht genau erkennen, was da los war, doch dann sah er, wie sich der Araber über die Mitte des Korridors hinweg auf den Schuhstapel zu bewegte, wobei er seine Geisel als Schutzschild benutzte. Er rief seinen Leuten zu, sie sollten das Feuer einstellen, dann wartete er hilflos, wie sich die Dinge weiterentwickeln würden.

Der Falke hatte seinen linken Arm um Michelles Nacken geschlungen und ihren Körper gegen den seinen gepreßt. Sie drückte ihre blutverschmierte Hand auf die Schulterwunde, und die beiden bewegten sich langsam die Halle hinunter. Moussak folgte ihnen an der linken Wand entlang. Die beiden Männer zielten mit ihren Waffen auf die Nische. Wenn sie einmal an der Ecke der Nische vorbei wären, hätten sie den Mann, der sich am Sprengkopf zu schaffen machte, im Visier.

Huang schlich sich noch ein Stück weiter auf den Korridor in der Hoffnung, eine Position zu finden, aus der er feuern könnte. Er brauchte lediglich den Bruchteil einer Sekunde, einen Augenblick, in dem er den Araber treffen könnte, ohne die Frau zu erschießen. Eine Stimme in seinem Hinterkopf sagte ihm immer wieder: Wenn du's nicht wenigstens versuchst, sterben wir sowieso alle. Zentimeterweise bewegte er sich voran, spähte durch das Zielfernrohr und hatte den Finger fest um den Abzug gelegt.

Noch zwei Schritte, und der Falke sah den Mann im Schuhstapel. Er hatte ihm den Rücken zugewandt, und er war über die Stelle gebeugt, an der der Sprengkopf lag. Der Falke streckte seinen rechten Arm aus und wollte gerade abdrücken, als sich Michelle plötzlich nach links warf. Der Ruck brachte ihn aus dem Gleichgewicht, und sein Schuß ging ins Leere. Arbatov zuckte zusammen und schaute über seine Schulter nach dort, woher der Knall des Schusses gekommen war. Mit letzter Kraft war es ihm soeben gelungen, das Metallgitter hochzuziehen, und er schüttelte den Kopf und kniff die Augen wieder zusammen, um klare Sicht zu haben, als Moussak neben dem Falken auftauchte.

Die Kugeln, die Moussak abschoß, bohrten sich in dem Augenblick in Arbatovs Rücken, als er das letzte Kabel aus dem Zeitzünder gezogen hatte.

Fast gleichzeitig mit dem von ihm abgefeuerten Schüssen wurde Moussak von einem Kugelhagel niedergestreckt, der in seinen Rücken einschlug. Dadurch wurde der Falke abgelenkt und ließ Michelle los, die zu Boden fiel. Als Ali Ben Nasar sich herumdrehte, traf ihn die Schußsalve aus Dennis Hawvers automatischer Pistole in Brust und Hals. Sein letztes Magazin schoß er in die Decke.

Er stand noch einen Moment lang so da, als sei er in Gedanken verloren, dann fiel seine Waffe mit einem lauten Scheppern auf den Boden. Er griff sich mit der Hand an den Hals und starrte sie dann an, als sehe er sie zum ersten Mal. Eine Mischung aus Wut und Erstaunen lief über sein Gesicht. Er faßte nach der Wand, um sich abzustützen, seine blutverschmierte Hand glitt über eine Reihe von Photographien, Bilder von Unterarmen mit eintätowierten Nummern. Unbeholfen machte er noch einen Schritt nach vorn, bevor seine Beine nachgaben, dann stürzte er vornüber auf den Boden des Museums.

Die Uhr zeigte 4.56 Uhr frühmorgens.

Ben-Gurion-Flughafen, Israel

Die beiden Busse tauchten in das Scheinwerfer-Licht der Fernseh-Teams ein. Der CNN-Satellitenwagen war im nördlichen Teil des Ben-Gurion-Flughafens aufgebaut, den die israelische Luftwaffe nutzte, weg von dem zivilen Teil des Flughafens, dessen Flugverkehr gestoppt worden war.

Soldaten hielten ihre Maschinenpistolen bereit. Zwischen den C-130-Hercules-Transportmaschinen der Luftwaffe stand eine DC-9 mit Schweizer Hoheitszeichen. Die vordere Tür war geöffnet, Soldaten hatten eine Gangway herangeschoben.

»In wenigen Minuten ist es soweit«, sagte Jerry Robinson in die Kamera des CNN-Teams. Er stand mit dem Rücken zu der DC-9, deren beide Triebwerke bereits liefen. »Es ist jetzt kurz vor

Mittag hier in Israel, wenige Minuten vor fünf Uhr in Washington. Gleich werden die Gefangenen an Bord gehen, und dann wird das Flugzeug in Richtung Libyen starten. Eine schwere Stunde für Israel, das zum ersten Mal nachgeben muß. Aber offenbar hat die Regierung keine andere Wahl mehr.«

Die beiden Busse rollten an der Gangway vor. Die Gefangenen begannen auszusteigen. Amir Ben Nasar betrat als erster die Treppe, die zu dem Flugzeug führte. Oben angekommen, drehte er sich um und riß beide Arme hoch. Er zeigte mit zwei Fingern das V-Zeichen. Dann verschwand er in der DC-9. Nach wenigen Minuten waren alle eingestiegen. Eine Stewardeß zog die Tür von innen zu. Langsam setzte sich das Flugzeug in Bewegung.

»Jerry«, hörte Robinson in seinem Kopfhörer die Stimme von Bobbie Diaz, der Moderatorin in Atlanta, »dies muß doch verheerend sein für die israelische Regierung. Glauben Sie, daß Premierminister Ben-Nathan das politisch überhaupt überleben kann?«

»Schwer zu sagen, Bobbie, aber natürlich wird er dem israelischen Volk genau erklären müssen, warum dies notwendig war. Das Drama jedenfalls geht hier bald zu Ende, und es kommt noch schlimmer. Wir schalten jetzt hinüber zur amerikanischen Botschaft, wo der US-Botschafter gleich eine Erklärung abgeben wird.«

Sie schaltete mit der Fernbedienung hin und her, erst auf das Programm des israelischen Fernsehens, dann zu CNN. Auf beiden Kanälen waren dieselben Bilder zu sehen, Bilder vom bevorstehenden Abflug der arabischen Terroristen. Ruthi Berman nahm einen Schluck aus dem weißen Kaffeebecher, der vor ihr stand. Der Kaffee war kalt und schal. Sie lief in die Küche und kam mit der Thermoskanne zurück. Sie wollte sich einen frischen Kaffee eingießen, aber die Kanne war leer.

Sie ging zu dem offenen Fenster hinüber und schaute hinaus. In der Ferne sah sie von ihrem Apartment das Meer. Ein Segelschiff mit zwei Masten zog seine Bahn durch das satte Blau der Wellen. Aber sie hatte keinen Blick für die Schönheit des Augenblicks. Schnell wandte sie sich wieder dem Fernsehprogramm zu. War dies ein Durchbruch? War dies ein Einlenken, ein Signal, das das Land dem Frieden ein Stück näherbringen würde? Oder reagierte die Regierung mit der Freilassung der Gefangenen wirklich nur auf Druck, auf eine konkrete Erpressung? Ruthi Berman war verwirrt und bestürzt. Jahrelang hatte sie für eine Verständigung mit den Arabern gekämpft. Jahrelang hatte sie geglaubt, daß Israel auch mit den radikalen arabischen Kräften verhandeln müßte, daß es nur dann einen wirklichen Frieden geben konnte. Jahrelang hatte sie dafür Haß geerntet, Ablehnung, zumindest Skepsis, selbst in der eigenen Familie.

Doch sie mußte zugeben, daß sie in diesem Augenblick selber ratlos war, daß sie ein Unbehagen spürte, als sie die Palästinenser in das Flugzeug steigen sah.

Sie griff zu dem drahtlosen Telefon, daß vor ihr auf dem Tisch lag, und wählte, während ihr Blick auf den Fernsehapparat gerichtet blieb, eine Nummer. Es klingelte dreimal. Dann hörte sie die Stimme ihrer Mutter.

»Shalom, Emma«, sagte Ruthi.

»Shalom«, sagte ihre Mutter. Ihre Stimme klang müde. Ruthi wußte, daß sie sich nicht wieder erholt hatte, nicht wieder erholen würde, seit der Sache mit David. Aber sie war immer ihre Vertraute geblieben, hatte nie Partei genommen, wenn es in der Familie zu Diskussionen gekommen war. Aber jetzt brauchte Ruthi jemanden, mit dem sie reden, mit dem sie ihre Gefühle austauschen konnte. Sie hörte, daß in dem Raum am anderen Ende der Leitung im Hintergrund auch das Fernsehprogramm lief, wie in jedem israelischen Haushalt.

»Was denkst du, Emma?«

»Ich … ich weiß nicht«, antwortete sie ausweichend. Und nach einer Pause: »Ich glaube, daß die Regierung einen Fehler macht. Diese jungen Männer haben alle Blut an ihren Händen. Wer weiß, was sie tun werden, wenn sie wieder frei sind.«

Ruthi Berman klopfte nervös mit der linken Hand auf die Tischplatte vor ihr. Sie wollte Einwände machen, wollte ihre Mutter widerlegen, doch sie konnte es nicht. Sie wußte, daß nichts gelöst, nichts wirklich zu Ende gebracht war, daß die Israelis hier Zeuge eines Ereignisses wurden, dem sie ausgeliefert waren, das sie nicht wirklich beeinflussen konnten. Sie beschloß, das Thema zu wechseln, wohl wissend, wie schwierig gerade das sein würde.

»Hast du von ihm gehört?« fragte sie. Wieder war eine Pause am anderen Ende der Leitung. Sie waren es gewohnt, wochenlang nichts von Avi zu hören. Aber er hatte es immer wieder geschafft, auch wenn es gegen die Regeln war, irgendwie Kontakt zu Yael zu halten, ihr ein Lebenszeichen zu geben, und Yael hatte die Familie informiert. Doch diesmal war es anders, beunruhigend anders. Auch Yael war ohne Nachricht, seitdem er verschwunden war, ohne sich noch einmal zu melden.

»Nein«, hörte sie ihre Mutter schließlich flüstern. Ruthi Berman wollte etwas Aufmunterndes sagen, aber es fiel ihr nichts ein. Sie schaute auf die Bilder in dem Fernsehapparat. Sie dachte an Avi. All die hundert jungen Palästinenser in diesem Flugzeug waren Avis Feinde, seine Todfeinde. Ruthi Berman suchte nach Worten.

»Er … er wird sich schon melden.« Ihre Mutter schwieg. »Shalom, Emma«, sagte Ruthi schließlich.

»Shalom, mein Kind.«

Sie schaltete das Telefon ab und legte es wieder auf den Tisch. Auf dem Bildschirm tauchte jetzt der Eingang der amerikanischen Botschaft auf.

David Malstrom schwitzte trotz des kühlen Windes, der vom Mittelmeer herüberwehte. Die Botschaft lag direkt am Strand von Tel Aviv, und viele Menschen waren von der Strandpromenade herübergekommen, angezogen durch die Scheinwerfer des CNN-Satellitenwagens. Malstrom las noch einmal die schriftliche Erklärung durch, die das US-Außenministerium ihm kurz zuvor übermittelt hatte.

Er hatte keine Wahl. Er würde dies vorlesen müssen, im Auftrag des Präsidenten der Vereinigten Staaten von Amerika.

Er trat durch die Glastür, die hinaus zur Hayarkon-Straße führt. Er postierte sich vor der Kamera und schaute in das unbarmherzige, grelle Licht der Scheinwerfer. Malstrom blickte sich um. Immer mehr Menschen strömten herbei, Neugierige, Besorgte, Unbefangene. Sie versammelten sich im Halbkreis um das Mikrofon, vor dem ein Techniker Malstrom gerade mit einem Ohrhörer ausstattete, der die Verbindung zur CNN-Sendezentrale in Atlanta herstellte.

Nervös zog Malstrom seine Krawatte gerade. Er zog einen Kamm aus der Tasche und kämmte ein weiteres Mal sein kurzes blondes Haar. Dann nahm er ein Papiertaschentuch und wischte sich den Schweiß ab. Mein Gott, dachte er, wann endlich ist es vorbei?

Er hörte das Wispern der Zuschauer um sich herum, sah in ihre fragenden, neugierigen Gesichter. Eine CNN-Producerin, die neben der Kamera stand und einen Telefonhörer an ihr Ohr gepreßt hielt, gab ihm ein Handzeichen. »Sie sind drauf«, sagte sie.

Malstrom nahm das Blatt mit dem Text hoch und schaute in das Kameraobjektiv vor ihm, das ihn kalt und unbeteiligt anzustarren schien. »Dies ist eine schwere Stunde in den langen und engen Beziehungen zwischen den USA und Israel«, sagte er, »aber zu meinem tiefen Bedauern muß ich im Auftrag des Präsidenten der Vereinigten Staaten von Amerika folgende Erklärung abgeben:

Die Regierung der USA sieht sich veranlaßt, die diplomatischen Beziehungen zum Staat Israel abzubrechen. Sie zieht mit sofortiger Wirkung ihren Botschafter aus Tel Aviv ab. Außerordentliche und tragische Umstände zwingen sie zu diesem Schritt. Die USA waren immer ein treuer Verbündeter Israels, aber zur Zeit wird diese Entscheidung durch Ereignisse diktiert, die leider außerhalb der Kontrolle der amerikanische Regierung liegen.

Soweit die offizielle Erklärung. Bitte haben Sie Verständnis, wenn ich Ihnen zur Stunde keine weiteren Fragen beantworten kann.«

Ein Raunen ging durch die Zuschauer, ungläubiges Erschrekken, dann gellten Pfiffe auf. Der Techniker befreite den Botschafter von seinem Ohrhörer. Malstrom merkte, daß er schweißgebadet war. Einige der jüngeren Zuschauer schüttelten drohend ihre Fäuste.

Einer schrie: »Verräter!« Andere nahm den Schrei auf. Bald schallte ein Chor wütender, enttäuschter Menschen: »Verräter, Verräter, Verräter!«

Jerry Robinson hatte über seinen Ohrhörer, der ihn sowohl mit der Sendezentrale wie auch mit dem zweiten Satellitenwagen vor der US-Botschaft verband, die Erklärung mitgehört.

Die CNN-Sendezentrale schaltete nun wieder zu ihm zurück.

»Was für eine Erklärung«, hörte er die Moderatorin Bobbie Diaz sagen, »Jerry, was denken Sie, was hier los ist?«

»Sicher hat das mit den gegenwärtigen Ereignissen in Washington zu tun, aber weder die israelische Regierung noch die amerikanische Regierung ist offenbar bereit, genau zu erklären, warum dieser sensationelle Schritt notwendig ist«, sagte Jerry Robinson, der seine Worte sorgfältig wählte.

Seine Augen flackerten nervös vor der Kamera. Verdammt, dachte er, verdammt, verdammt, verdammt. Er, CNN-Korrespondent Jerry Robison, kannte den genauen Grund – und er verschwieg ihn. Zutiefst unethisch, dachte er, ein Journalist, der die Wahrheit kennt und seine Zuschauer dennoch im Dunkeln läßt. Aber gab es nicht Situationen, wo die Wahrheit ein relativer Wert war, wo es Wichtigeres gab, als immer sofort zu wissen, ganz genau zu erfahren, jedes Detail live erklärt zu bekommen? War eine Atombombe, die das Leben Zehntausender bedrohte, ein solcher Grund? Konnte er die Panik verantworten, wenn er hier und jetzt die krasse, die ganze Wahrheit berichtete?

Linda, dachte er, war sie in Sicherheit, weit weg genug von Washington? Hatte Carolyn Wort gehalten? Waren sie wirklich gefahren?

Er hatte keine Zeit, sich weiteren privaten Betrachtungen hinzugeben. Schließlich war er auf Sendung, live, und die ganze Welt schaute zu.

»Jerry?« fragte Bobbie Diaz, »was denken Sie, sagen die Israelis dazu, die gerade die Erklärung des Botschafters gehört haben?«

Er konzentrierte sich wieder.

»Ich denke, für sie ist das, als sei ganz Israel von einer riesigen Bombe getroffen worden, ein unvorstellbarer Schock. Die Unterstützung der USA war bisher für jeden Israeli selbstverständlich, er ist damit aufgewachsen, hat es sozusagen als sein Geburtsrecht angesehen, von der großen Vaterfigur Amerika beschützt zu werden. Viele hier werden sich in dieser Stunde sehr allein gelassen fühlen, vielen wird erstmals klar werden, wie verwundbar Israel trotz seiner eigenen militärischen Stärke ohne Amerika ist«, sagte Robinson.

Die zweite Kamera verfolgte unterdessen die DC-9, die über den Taxiway in Richtung auf die große Startbahn rollte, die nach Westen führte, auf das Mittelmeer zu. Am Ende des Taxiway drehte die Maschine ein, brachte sich am Anfang der langen Bahn in Startposition.

Plötzlich heulten Sirenen auf. Feuerwehrfahrzeuge rasten aus ihren Hallen auf die Runway zu, fuhren mit höchster Geschwindigkeit an mehreren Stellen auf die Bahn, einer der schweren roten Lastwagen kam mit quietschenden Reifen unmittelbar vor der DC-9 zum Stehen.

Jerry Robinson hielt den Atem an.

»Jerry, hallo, Jerry, was ist los«, hörte er Bobbie Diaz in seinem Ohrhörer fragen.

»Anscheinend will irgend jemand den Start der Gefangenen im allerletzten Moment verhindern«, sagte Robinon, »wir haben aber noch keine Informationen darüber, was der Grund dafür ist. Jedenfalls scheint eines festzustehen: Die hundert Araber, die auf dem Weg nach Libyen waren, stecken auf der Startbahn fest.«

»Danke, Jerry.« Wieder Bobbie Diaz, ihre normalerweise unzerstörbar coole Stimme klang angespannt, nur einen Hauch, den nur bemerkte, wer sie lange auf dem Bildschirm beobachtet hatte. »Vielleicht hat das ja mit den Ereignissen in Washington zu tun, von denen wir gerade hören. Wir schalten zu Sharon Blair, die vor dem Holocaust-Museum steht. Hallo, Sharon, was gibt's dort Neues?«

Auf den Fernsehschirmen rund um die Welt erschien wieder der Kopf von Sharon Blair. Ihre Haare wirkten nach der langen Nacht verklebt, unter den Augen hatten sich dunkle Ringe gebildet. Aber ihre Stimme war wach und aufgeregt.

»Hier am Holocaust-Museum überschlagen sich die Ereignisse. Eben hörten wir eine minutenlange Schießerei, Schreie aus dem Inneren, jetzt hat das Schießen aufgehört. Offenbar haben Spezialeinheiten des FBI angegriffen. Die bange Frage ist jetzt: Ist es ihnen gelungen, die Terroristen zu überwältigen?«

Die Kamera fuhr nun an ihrem Kopf vorbei auf den Eingang des Holocaust-Museums zu. Die Tür öffnete sich. Ein FBI-Agent mit einer schwarzen Kampfuniform und einer schwarzen Skimaske über dem Kopf. Er riß den rechten Arm hoch und zeigte mit zwei Fingern das V-Zeichen.

»Mein Gott«, schrie Sharon Blair in ihr Mikrofon, »es ist vorbei. Unglaublich! Es ist vorbei. Die Geiselnahme hier am Holocaust-Museum, das fürchterlichste und gefährlichste Verbrechen, das Washington je erlebt hat, ist endgültig vorbei!«

Washington, D. C.

George Fitzgerald legte den Hörer auf und wandte sich Zeke Schoefield zu. Schoefield blickte auf seine Füße. Seine Hiatushernie hatte sich beruhigt und er hatte seit zwei Stunden kein Mylanta mehr einnehmen müssen. Die dumpfen Kopfschmerzen, die ihn während der gesamten Krise gequält hatten, waren weg, und seine Atmung hatte sich normalisiert. Bevor er sich im Büro des Direktors meldete, hatte er geduscht, sich rasiert und ein frisches Hemd angezogen.

Fitzgerald schaute ihn über seine Lesebrille hinweg an, faltete seine Hände auf dem Schreibtisch und sagte: »Das Weiße Haus. Tony Blake war dran. Der Präsident ist euphorisch. Redet schon von der Verleihung von Tapferkeitsmedaillen.«

»Ist er denn wieder in Washington?«

»Unterwegs«, antwortete Fitzgerald. »Er und Chernov sind gerade auf dem Rückflug aus Virginia.«

»Ich dachte, er wollte die Stadt nicht verlassen«, sagte Zeke.

»Man mußte ihn dazu überreden«, entgegnete Fitzgerald. »Blake hat ihm klargemacht, daß es seine Pflicht sei, die Stadt zu verlassen. Nationales Interesse. So was in der Art.«

Fitzgerald lehnte sich zurück und legte die Hände hinter den Kopf. »Nun, jedenfalls will der Präsident eine feierliche Ordensverleihung sobald als möglich.« Er strahlte die Selbstgefälligkeit eines Mannes aus, der gute Arbeit geleistet hat.

Zeke stellte sich dabei vor, wie der Direktor im Rose Garden stand und Präsident Webster ihm seine offizielle Belobigung aussprach. George Fitzgerald, der Mann, der so gut wie nichts zur Verhinderung der nuklearen Katastrophe beigetragen hatte, bekam die Anerkennung, die andere für ihre Leistungen verdient hätten. Zeke fühlte, wie das stechende Gefühl wieder in seiner Brust hochstieg, und er mußte sich Mühe geben, diesen Gedanken beiseite zu schieben. »Unsere Leute haben ausgezeichnet gearbeitet«, sagte er nur.

»Exzellent«, sagte Fitzgerald. »Eine Operation wie aus dem Lehrbuch. Durchgeführt mit der Präzision eines Uhrwerks.«

»Nun ja«, schränkte Zeke ein, »wir hatten natürlich auch viel Glück dabei.«

»Natürlich, natürlich«, räumte Fitzgerald widerwillig ein, »aber wie sagt man doch so schön, das Glück ist auf der Seite des Tüchtigen. Rechnen wir uns als Verdienst an, was uns zusteht. Schließlich haben wir den Sprengsatz aufgespürt, das komplizierte Geiselproblem gelöst, den Sprengkopf entschärft, und all das beim Verlust von nur wenigen Menschenleben.«

Wir, wir, wir. Zeke gefiel dieses »wir« überhaupt nicht. Wieso wir? Der Direktor hatte einfach nur an seinem Schreibtisch gesessen, Fingernägel gekaut und die anderen machen lassen.

»Nur wenige Menschenleben?« gab er zurück.

»Nun, wenn man bedenkt, daß es möglicherweise Hunderttausende von Toten hätten sein können, sind vier Tote doch keine schlechte Bilanz – einschließlich des kleinen Mädchens und des Russen.«

Zeke verspürte den Drang, heftig mit dem Kopf zu schütteln, und den noch stärkeren Drang zu sagen, was er davon hielt. Er wollte diesem Karrierepolitiker einmal richtig den Marsch blasen. Statt dessen sagte er nur: »Der Mann von NEST und unser Mann vom SWAT werden morgen auf dem Arlington-Friedhof beigesetzt.«

»Ja«, sagte Fitzgerald. »Ich werde stellvertretend für das FBI anwesend sein.«

Zeke schaute weg. Wenn einer dorthin gehörte, dann war es gewiß nicht Fitzgerald. Er war der festen Überzeugung, daß ihm die Medaille gebührte und er das FBI bei der Bestattung vertreten sollte, gleichzeitig wußte er aber auch, daß er sich von diesen destruktiven Gedanken lösen mußte. Davon bekäme er sonst nur ein Magengeschwür oder noch Schlimmeres. Er schaute George Emory Fitzgerald wieder an, der nun aufrecht in seinem Sessel saß und seine Lesebrille abgenommen hatte, ein dezenter Hinweis für Zeke, daß das Gespräch beendet sei.

»Und der Russe?« fragte Zeke.

»Ach ja, der Russe«, erwiderte Fitzgerald und rieb sich die Nasenspitze. »Ihr Mann Chang …«

»Huang«, korrigierte ihn Zeke.

»Ja, Huang. Ein äußerst scharfsichtiger junger Mann. Erinnern Sie mich daran, eine Notiz in seine Personalakte zu schreiben. Schafft die Leiche des Russen da raus, bevor die Presse Wind davon bekommt. Einfach genial.«

»Bis jetzt hat es ja funktioniert. Die Presse berichtet darüber, als sei es nur eine Geiselnahme gewesen. Niemand hat von einer nuklearen Drohung gesprochen. In allen Zeitungen und den anderen Medien wird behauptet, daß die Terroristen drohten, die Kinder eins nach dem anderen umzubringen, bis man ihre Forderungen erfüllt hätte.«

»An die politischen Folgen für Webster möchte ich nicht einmal denken, wenn bekannt würde, daß die Gefahr einer völligen Vernichtung der Stadt und ihrer gesamten Bevölkerung bestand, und er das nicht bekanntgegeben hat«, sagte Fitzgerald. »Man würde ihn teeren, federn und aus dem Land jagen. Den würde man nicht einmal mehr zum Hundefänger des kleinsten Kaffs in ganz Amerika wählen.«

Zeke hätte zu gerne gewußt, wie viele Menschen die Wahrheit kannten und wie viele von ihnen ihr Schweigen gebrochen hatten, um Familienangehörige und Freunde zu warnen. Er verspürte ein Gefühl von Schuld, weil er nicht einmal in Betracht gezogen hatte, Ginnie davon in Kenntnis zu setzen, sondern ihr nur erzählt hatte, er müsse für ein paar Tage verreisen. Andererseits wäre sie da draußen in Manassas vermutlich in Sicherheit gewesen. Vielleicht.

»Wie haben sie den Russen überhaupt da rausgekriegt?« wollte Fitzgerald wissen, als hätte er gemerkt, daß Schoefield nicht mehr bei der Sache war und er ihn auf den Boden der Tatsachen zurückholen wollte.

»Genauso, wie sie reingekommen sind«, antwortete Zeke.

»Über das Dach und dann in die Prägeanstalt. Ein Flugzeug wird für ihn nach Andrews geschickt. Die Leute von der Botschaft spielen das Thema herunter.«

»Und der Sprengkopf?« fragte Fitzgerald.

»Den haben sie auf demselben Weg rausgebracht und nach Aberdeen zur Entsorgung transportiert.«

»Ausgezeichnet«, sagte Fitzgerald, erhob sich und reichte Schoefield die Hand.

Zeke erhob sich nun auch, jedoch so langsam, daß der Direktor seine Hand einen peinlichen Moment lang ausgestreckt halten mußte, bevor er Zeke verabschieden konnte.

Tony Blake und Peter Lynch, der Stabschef des Präsidenten, warteten auf dem Rasen des Weißen Hauses darauf, daß sich die Tür des Hubschraubers öffnete. Bill Webster stieg als erster aus. In der linken Hand hielt er Connie an der Leine, mit der rechten half er Chernov die kurze Leiter herunter. Die beiden Männer lächelten und winkten den versammelten Presseleuten auf ihrem Weg zum kleinen Empfangskomitee zu. Webster trug eine karierte Wolljacke, Jeans und eine Baseballkappe; er sah aus, als käme er von einem Wochenendaufenthalt aus Camp David zurück, und nicht etwa von einer Übernachtung im geheimen Präsidentenbunker, der tief in den Hügeln Virginias verborgen lag. Chernov trug einen Anzug, jedoch ohne Krawatte.

Blake ging ihm als erster entgegen und beeilte sich, mit Webster Schritt zu halten, als er zum Südeingang des Regierungsgebäudes ging.

»Willkommen daheim, Mr. President«, begrüßte er ihn und lächelte seit Tagen zum ersten Mal wieder. »Ich habe mir erlaubt, ihnen die Ereignisse der vergangenen achtundvierzig Stunden zusammenzufassen«, fügte er hinzu und überreichte ihm einen zweiseitigen Bericht in einer Papiermappe.

Webster winkte der Presse erneut zu, nahm die Mappe an sich, knickte sie in der Mitte und steckte sie in die Tasche seiner rot-schwarz-grünen Jacke. »Gute Arbeit, Tony, wirklich gute Arbeit«, sagte er, wobei er ihm anerkennend auf die Schulter klopfte. Dann schaute er an ihm vorbei nach Peter Lynch, der Mühe hatte, ihnen zu folgen. Als er sicher war, sich außer Reichweite der Mikrofone zu befinden, sagte er: »Peter, kümmern Sie sich um die Ordensverleihung an die FBI-Agenten hier im Rose Garden. Ich möchte, daß Sie die gesamte Presse auftreiben, wenn ich diesen Burschen die Tapferkeitsmedaillen ans Revers hefte. Das wird groß in den Abendnachrichten rauskommen.« Dann schaute er zu Chernov, der zurückgeblieben war und den Reportern fröhlich zuwinkte, und fuhr dann fort: »Und dann schieben wir noch die feierliche Unterzeichnung des neuen Abrüstungsabkommens mit unserem Freund hier hinterher. Wir haben die Zeit in Virginia genutzt und sind schnell zu einer Übereinkunft gekommen. Was für ein Tag, Peter, was für ein Tag!«

Bill Webster lächelte wieder und winkte noch ein letztes Mal, bevor er durch die Tür verschwand. Dann wandte er sich wieder an Lynch. »Übrigens, Peter, um wieviel Uhr findet das Spendendinner heute abend in New York statt? Wenn wir da gut abschneiden wollen, muß ich vorher noch verdammt viele Telefonate führen.«

Natascha Tschechowa starrte mit leeren Blick aus dem Fenster der Botschaftslimousine, die über die South-Capitol-Street-Brücke zum Luftwaffenstützpunkt Andrews unterwegs war. Sie trug ihre Aeroflot-Uniform, die einzig angemessene Kleidung, die sie bei sich hatte, und saß so weit wie möglich entfernt von ihrem Begleiter, einem jungen Diplomaten. Sicher, er war sehr freundlich gewesen und hatte alles effizient geregelt. Nun saß er neben ihr auf dem Rücksitz, in seinem dunkelgrauen Anzug, weißen Hemd und konservativer Krawatte, schaute starr nach vorn und wirkte sehr amtlich, sehr distanziert.

Eigentlich war sie dafür dankbar. Sie wollte einfach nur allein sein. Das hatte sie von dem Augenblick an gewollt, als sie erfuhr, was mit Jurij geschehen war. Einfach nur allein sein, weinen, bis ihre Tränen versiegten.

Bitterkeit stieg in ihr auf. Sie dachte an die letzten Stunden zurück. Mein Gott, hätte ich mich nicht an die Botschaft gewandt und darauf bestanden, mit einem der Vorgesetzten zu sprechen, würde ich bis jetzt nichts erfahren haben. Sie hatte natürlich die Auflösung des Geiseldramas in ihrem Hotelzimmer im Fernsehen verfolgt, aber als alles vorbei war, hatten sie über einen russischen Offizier nichts gemeldet. Und auch nichts über einen Nuklearsprengkopf. Zunächst war ihr das merkwürdig vorgekommen, dann war sie beunruhigt, aber bald kam sie zu dem Schluß, daß den Behörden wahrscheinlich daran gelegen war, Jurijs Anwesenheit geheimzuhalten. Sie würden den Sprengkopf zusammen mit dem Mann, der ihn entschärft hatte, aus dem Museum schmuggeln, und vor Tagesanbruch wäre Jurij wieder in ihren Armen.

Aber dann zogen sich die Stunden dahin, sie starrte auf die Tür ihres gemeinsamen Zimmers, wartete darauf, daß sie sich endlich öffnete, wartete darauf, daß er sie in seine Arme schließen würde, wartete darauf, daß alles wieder gut wäre, daß das, was zum Alptraum hätte werden können, schließlich doch ein gutes Ende nähme.

Sie saß auf dem Bett in ihrer grauen Trainingshose und einem T-Shirt mit dem Logo von »Hootie and the Blowfish« auf der Brust, das hatte sie sich in New York gekauft, auf dem Times Square. Sie erinnerte sich daran, wie Jurij gelacht hatte, als sie es ihm zu erklären versuchte. Ihre Nervosität war immer stärker geworden. Eine dunkle Vorahnung überkam sie, und sie versuchte vergeblich, sie zu verdrängen.

Um kurz nach neun hörte sie, wie sich die Tür öffnete, und erschreckt setzte sie sich auf. Das Lächeln auf ihren Lippen verschwand, als sie sah, daß es nur das Zimmermädchen war, das sich entschuldigte und anbot, später wiederzukommen. Natascha winkte sie herein, setzte sich in die Ecke beim Fenster und schaute dem südamerikanischen Mädchen zu, die das Bett machte und dann im Badezimmer verschwand.

Die Zigaretten waren ihr ausgegangen, und der Nikotinmangel

machte sie immer unruhiger. Ihre Sorgen waren in Verärgerung umgeschlagen. Er hätte ja zumindest anrufen können. Das wäre wohl nicht zuviel verlangt. Die Zeit, ihr zu sagen, daß es ihm gut ginge, hätte er doch für sie aufbringen können. Sie kreuzte die Arme vor der Brust und schäumte. Genau das war es, was sie davon abgebracht hatte, sich wieder ernsthaft mit einem Mann einzulassen. Sie verzaubern dich, heben dich in den Himmel, und dann, wenn sie sich sicher sind, daß sie dich haben, tun sie nur noch das, was sie wollen, und kümmern sich keinen Deut mehr um dich. Nun, Major Jurij Arbatov, hatte sie sich gedacht, wenn du mich auf diese Art und Weise behandeln willst, dann kannst du das gleich wieder vergessen. Auf so einen Mann werde ich nicht wieder hereinfallen. Kein Mann wird mich je wieder mit Füßen treten.

Das Zimmermädchen hatte gerade begonnen, mit dem Staubsauger über den Teppichboden zu fahren, als ihr plötzlich der Gedanke kam, daß Jurij einfach deswegen nicht gekommen war und sich nicht gemeldet hatte, weil er nicht konnte. Er war verletzt. Er lag irgendwo in einem Krankenhausbett, vielleicht ohne Bewußtsein, und darum war er nicht hier und hatte nicht angerufen. Das Brummen des Staubsaugers schien den Raum zu füllen wie die unheilverkündende Melodie eines Kriminalfilms. Natürlich. Jurij war verletzt. Das erklärte alles. Sie mußte nur herumtelefonieren, dann würde sie herausfinden, wo er war, und würde zu ihm gehen.

Natascha hatte das verwirrte Hausmädchen aus dem Zimmer gescheucht und zum Telefonbuch unter der Gideonbibel im Nachttisch gegriffen. Ihr Anruf bei der russischen Botschaft war mehrfach umgeleitet worden, bevor sie endlich mit einem Zuständigen sprechen konnte, der bereit war, ihre Fragen zu beantworten. Dann war sie gezwungen, die Frage des Verwandtschaftsgrades zu beantworten. Nein, hatte sie dem Mann gesagt, sie sei nicht mit Major Arbatov verwandt. In dem Fall, hatte er ihr erklärt, sei er nicht befugt, sie über die Lage in Kenntnis zu setzen. Die Lage. Der Ausdruck war ihr merkwürdig vorgekommen. Jurij war »eine Lage«?

Sie hatte schnell ihren aggressiven Ton aufgegeben, hatte dem Mann am Telefon gesagt, wer sie war und hatte ihn angefleht, ihr zu sagen, was mit Jurij geschehen sei. Was er ihr sagte, hatte sie wie ein Keulenschlag getroffen. Er wäre unglücklicherweise im Museum umgekommen. Unglücklich umgekommen, hatte er gesagt.

Er war tot. Jurij würde nie mehr zu ihr zurückkehren. Niemals, nie wieder. Bei diesem Gedanken erstarrte sie, als hätte man die Verbindung zwischen Geist und Körper unterbrochen. Lange saß sie auf ihrem Bett, mit dem Telefonhörer in der Hand, der seine monotonen Signale aussandte, und dann kamen die Tränen.

Die Limousine bog nun in die Einfahrt zum Luftwaffenstützpunkt, wurde durch das Tor gewinkt und mit einem Polizeiwagen dorthin eskortiert, wo die Aeroflot-Maschine wartete. Als Natascha aus dem Wagen der Botschaft stieg, sah sie den schwarzen Leichenwagen zur Maschine fahren. Ein kühler Märzwind peitschte über die offene Fläche des Stützpunkts. Sie stand zitternd auf dem Rollfeld und schaute zu, wie der graue Metallsarg in das Frachtabteil eingeladen wurde.

All ihre Gedanken begannen mit »Wenn doch nur …« Wenn sie sich doch nur nie getroffen hätten. Wenn sie nur nicht zugelassen hätte, daß sie sich ineinander verliebt hätten. Wenn sie es doch nur abgelehnt hätte, den Sprengkopf hierher zu schmuggeln. Wenn, wenn, wenn. Aber dies war die Realität. Jurij lag in diesem Sarg. Tot. Und er würde ihr für den Rest ihres Lebens fehlen. Ihre Verzweiflung und ihre Trauer schienen an ihrer schweren, durchnäßten Kleidung zu hängen. Sie wischte sich eine Träne ab, voller Erstaunen, daß ihr noch Tränen geblieben waren, kletterte die Gangway hoch und betrat die Maschine. Kurz darauf setzte sich das Flugzeug in Bewegung, rollte auf die Startbahn, drehte und röhrte auf dem Beton zum Start nach Moskau.

Michelle Berry trug das schwarze Kleid, das ihr ihr Mann aus Las Vegas mitgebracht hatte. Die dunkelblaue Schlinge, die ihren linken Arm stützte, war zum Teil durch den Regenmantel verdeckt, der über ihren Schultern hing. Zusammen mit Dennis, Kevin und den anderen Mitgliedern des NEST-Teams sowie deren Familienangehörigen und Freunden, die von Nevada hierher geflogen waren, hatten sie sich am FBI-Gebäude versammelt und waren von dort über den Fluß zum Nationalfriedhof Arlington gefahren worden. Die Limousinen wurden in der Einfahrt geparkt, und dann gingen sie zu Fuß zu der Stelle auf dem Hügel, an der Paul Newcome zu Grabe getragen werden sollte. An der Grabstelle trafen sie auf einen Kaplan und eine Schützenabteilung der Marineinfanterie.

Die Zeremonie nahm sie nur verschwommen wahr. Der Sarg wurde zum Grab gebracht, und der Kaplan hielt seine Grabrede. Das Krachen des Gewehrsaluts holte sie für einen kurzen Augenblick in die Realität zurück, doch als man die Flagge zusammenfaltete und sie Pauls Vater überreichte, tauchte sie wieder in die Welt ihrer eigenen Gedanken ein.

Michelle schaute zu, wie der Sarg sich in die Erde senkte, und sie sah sich selbst darin liegen – geschieden aus diesem Leben, ihren geliebten Mann zurücklassend und die Kinder, die ihr so viel bedeuteten. Dort, mit Gottes Segen. Sie erzitterte, und Jay umfaßte noch fester ihre Schultern. Man brachte sie in eine andere Zeit, an einen anderen Ort. Sie war wieder die neunjährige Michelle, und sie schaute zu, wie man den Sarg ihrer Mutter in die Grube senkte, und die einzelne Rose, die sie auf ihn gelegt hatte, verschwand in der Dunkelheit der Erde. Wieder fühlte sie den schmerzlichen Verlust, den Schrecken eines Lebens ohne Mutter – denn selbst eine Mutter, der der Alkohol mehr bedeutete als ihre eigene Familie, ja selbst mehr als ihr eigenes Leben, war besser als keine Mutter. Wiederholte sie im Grunde nicht all das, nur in anderer Form? War sie nicht ihrer Vorstellung vom Leben genauso verfallen wie ihre Mutter dem Alkohol? Ich habe kein Recht dazu, dachte sie bei sich. Kein Recht, meine Familie einer solchen Tragödie auszusetzen. Solange sie sich zurückerinnern konnte, hatte sie immer zu beweisen versucht, daß sie es mit jedem Jungen aufnehmen konnte – und mit jedem Mann.

Die Trauerfeier war zu Ende gegangen, und die Trauergäste gingen langsam in kleinen Gruppen den Hügel hinunter. Michelle stand wie gelähmt da. Sie konnte ihren Blick nicht von der künstlichen grünen Grassode abwenden, die das Loch in der Erde bedeckte. Wer ist der Richter, fragte sie sich. Wer soll entscheiden, wann ich mich bewährt habe? Sie erinnerte sich, wie in irgendeiner Late-Night-Show im Fernsehen ein Psychologe gesagt hatte, daß das wahre Zeichen von Reife sei, wenn man die, die man immer so gerne zufriedenstellen möchte, in sich aufgenommen hat.

»Liebling?«

Sie antwortete ihm nicht.

»Michelle, wir müssen gehen«, sagte ihr Mann und rüttelte sanft ihre Schulter. Sie drehte sich um, schaute ihm tief in die Augen und streichelte ihm dann mit ihrer unverletzten Hand über die Wange.

»Bring mich nach Hause, Dr. Berry, nach Hause, zu meiner Familie. Wir müssen unser Leben gründlich verändern.«

Jay küßte seine Frau auf die Stirn. Dann gingen die beiden Arm in Arm langsam den Hügel hinab zur Limousine, die auf sie wartete.

Shatilla, Libanon

Muhamed Nasar empfing die Nachricht mit der stoischen Ruhe eines Mannes, für den Tragödien ein Teil seines Lebens sind. Als der Bote gegangen war, zog er seinen Gebetsteppich aus dem Schränkchen in der Ecke und rollte ihn auf dem Boden aus. Nachdem er seine mittäglichen Gebete beendet hatte, legte er den Teppich sorgfältig wieder an seinen Platz zurück. Dann ging er zu dem Schrank, auf dem die Photos seiner Kinder standen. Leila, tot seit langem, und nun auch Ali. Und Amir immer noch im Gefängnis, in ihrem Gefängnis. Er nahm die Photos und streichelte mit seiner rechten Hand über ihre Gesichter. Von der Straße drang der Lärm spielender Kinder durch die vorgezogenen Vorhänge. Plötzlich wurde er von einer Salve von Schüssen unterbrochen. Muhamed ging mit langsamen, schlurfenden Schritten und hängenden Schultern zum Eingang. Er blinzelte ins grelle Sonnenlicht.

Mitten auf der ungepflasterten Fahrbahn sah er eine Horde Jungen mit Holzstöcken, die ihnen als Schwerter in ihrem Kampf dienten. Zwischen ihnen stand ein etwas Älterer, vielleicht um die fünfzehn Jahre alt, der eine Kalaschnikow in den Händen hielt und damit wild in die Luft schoß. »Bringt sie um, die verdammten Juden«, schrie er. Wieder gab er einen Feuerstoß ab. Seine Stimme klang schrill: »Rache, Rache für unser Volk!«

Als er den alten Mann sah, löste er sich aus der Gruppe und kam auf ihn zu, die Kalaschnikow in den Händen.

Youssefs schmales Gesicht war erhitzt, seine dunklen Augen unter dem schwarzen Haarschopf blitzten. Einen langen Augenblick stand er so da, regungslos und stumm.

Der alte Mann legte seine Hand auf den Kopf des Jungen. Fast so wie sein junger Vetter hatte Ali ausgesehen, als er in Youssefs Alter war, dachte er. Der Junge trat einen Schritt zurück und schaute fragend zu Muhamed auf. »Er ist tot, nicht wahr?« sagte Youssef schließlich.

»Ja, er ist tot«, antwortete der alte Mann mit tonloser Stimme. Und, nach einer Pause, noch einmal: »Ja, Ali ist tot.«

Muhamed sah wieder das Aufblitzen in den Augen des Jungen, in denen sich wilder Zorn spiegelte.

»Ich werde ihn rächen, Onkel«, sagte der Junge. »Ich werde den Kampf fortsetzen, den Kampf für unser Volk gegen die verdammten Juden. Allah sei gepriesen.«

»Nein«, brach es aus Muhamed hervor, »nein, nein, nein ...«

Mit seiner freien Hand winkte er verzweifelt in der Luft.

Seine Stimme sank zu einem Flüstern herab.

»Es ist sinnlos. Schluß mit dem Töten. Es sind schon viel zu viele gestorben. Wir haben genug Opfer gebracht.« Er schaute auf den Boden. »Warum noch, warum?«

Doch der Junge stampfte trotzig mit einem Fuß auf.

»Du hast kein Recht so zu reden, Onkel. Ich werde Vergeltung üben, für Ali, für Leila, für all die anderen. Unser Kampf muß weitergehen.«

»Nein, Youssef, nein. Versteh mich doch. Rache und wieder Rache und am Ende noch mehr Tote ... Ich ... ich will nicht, daß auch du noch stirbst.«

Der Junge griff nach Muhameds Hand und küßte sie. Er verneigte sich vor dem alten Mann, blieb einen Moment mit gesenktem Kopf stehen und richtete dann wieder den Blick auf ihn.

»Verzeih mir, Onkel, aber es gibt keinen anderen Weg. Es geht um unsere Ehre. Wir müssen sie vernichten, und ich werde es tun – so wie Ali es getan hat. Allah sei mein Zeuge.«

Er verneigte sich noch einmal respektvoll. Dann drehte er sich um und ging entschlossen zur Tür.

Muhamed Nasar ließ sich auf einen Stuhl sinken und stützte den Kopf in die Hände.

»Ya Allah, ya Allah«, murmelte er, wieder und wieder. »O mein Gott.«